# 한국 근대 ——

## —— 이중어 문학장과

# 이광수 ——

**최주한**(崔珠瀚, Choi Juhan)
서강대학교 인문과학연구소 책임연구원. 숙명여자대학교 화학과를 졸업하고 서강대학교 국어국문학과에서 이광수 소설 연구로 박사학위를 받았다. 최근에는 상하이 시절 이광수의 문필활동과 사상을 재조명하는 데 관심을 기울이는 한편 이광수 전집 간행에도 힘쓰고 있다. 저서에『제국 권력에의 야망과 반감 사이에서―소설을 통해 본 식민지 지식인 이광수의 초상』(2005),『이광수와 식민지 문학의 윤리』(2014)가 있고, 역서에『근대일본사상사』(2006),『『무정』을 읽는다』(2008),『일본 유학생 작가 연구』(2010),『이광수, 일본을 만나다』(2016),『일본어라는 이향―이광수의 이언어 창작』(2019) 등이 있다. 공편 자료집『이광수 초기 문장집』Ⅰ·Ⅱ(2015)와『이광수 후기 문장집』Ⅰ·Ⅱ·Ⅲ(2017·2018·2019)을 간행하고, 이광수 전집 소재『허생전』(2019),『사랑』(2019) 등을 감수했다.

# 한국 근대 이중어 문학장과 이광수

**초판인쇄** 2019년 9월 23일 **초판발행** 2019년 10월 7일
**지은이** 최주한 **펴낸이** 박성모 **펴낸곳** 소명출판 **출판등록** 제13-522호
**주소** 06643 서울시 서초구 서초중앙로6길 15, 1층
**전화** 02-585-7840 **팩스** 02-585-7848 **전자우편** somyungbooks@daum.net **홈페이지** www.somyong.co.kr

값 53,000원 ⓒ 최주한, 2019
ISBN 979-11-5905-446-4 93810

이 책은 2016년 서강대학교 인문과학연구소의 연구비를 지원받았음.

# 한국 근대 이중어 문학장과

## 이광수

최주한 지음

KOREAN MODERN BILINGUAL LITERARY FIELD
AND LEE KWANG-SU

소명출판

## 책머리에

『이광수와 식민지 문학의 윤리』(2014) 이후 새롭게 쓴 글들을 묶어서 펴낸다. 그동안 이광수 연구자로서 한껏 호사를 누렸다. 무엇보다 한 국연구재단이 지원해 준 안정적인 연구 환경 덕분에 연구와 병행하여 이광수의 초기 문장과 후기 문장을 발굴·정리한 다섯 권 분량의 방대 한 문장집을 낼 수 있었고, 『무정』 100주년에서 3·1운동 100주년에 이 르기까지 이광수가 관여한 한국 근대문학사의 기념비적인 사건들을 조명해 볼 기회를 얻은 것도 엄청난 행운이었다. 게다가 오랫동안 춘 원연구학회에서 준비해 온 이광수 전집이 올해 4월부터 간행을 보기 시작했으니, 이 모든 작업의 충실한 기록이라 할 만한 이 책은 감히 단 언컨대 이광수 연구사의 한 획을 긋는 다층적인 시간의 결이 고스란히 담긴 연구 결과물이라고 해도 지나치지 않다.

그럼에도 불구하고 이 책에 군이 '한국 근대 이중어 문학장과 이광 수'라는 표제를 내건 것은 이광수의 이중어 글쓰기가 한국 근대문학의 형성, 구축, 변동에 관여한 양상을 체계적으로 연구해 보리라던 애초 의 연구 계획을 환기하고 싶었기 때문이다. 2000년대에 접어들어 일본 의 한국문학 연구자들에 의해 한국 근대작가들의 일본어 작품이 대대 적으로 발굴·소개되면서 일본어 작품은 친일문학의 범주를 넘어서 그 자체로 한국 근대문학 연구에서 무시할 수 없는 비중을 갖는 존재라 는 사실이 분명해졌다. 일찍이 유학 시절 일본문학을 통해 문학에 눈

뜬 이래 일본문단과의 경합 의식 속에서 조선의 근대문학을 개척하고 조선문단의 기반을 닦았으나 끝내 제 손으로 조선문학 해소론을 제출해야 했던 비운의 작가 이광수. 어떤 의미에서 이광수에게 이중어 글쓰기가 숙명이었다면, 이광수의 이중어 글쓰기에 관한 연구야말로 이광수 연구는 물론 한국 근대문학 연구에도 새로운 시야를 열어줄 것이라는 사실이 당시로서는 분명해 보였던 것이다.

돌아보건대 지금까지의 작업은 겨우 관련 연구의 디딤돌을 놓는 데 그쳤을 뿐임을 고백하지 않을 수 없다. 이광수의 이중어 글쓰기가 한국 근대문학의 형성에서 구축, 변동에 관여한 양상을 체계적으로 연구하려던 계획은 새로운 자료들과 맞닥뜨리는 과정에서 번번이 옆길로 새기 일쑤였고, 무르게도 뜻하지 않게 들어선 길에서 발견하게 된 이광수의 새로운 면모에 번번이 주의를 빼앗기곤 했던 까닭이다. 자료 자체가 갖는 힘을 애초의 연구 계획으로 가두기는 어려웠다. 아니, 이광수 연구를 진척시키는 데 도움이 된다면 일단 주어진 자료가 건네는 말에 집중하는 것이 더 중요하다고 생각했던 것도 같다. 여전히 학문 후속세대의 지위를 벗어나지 못하고 있는 처지인 터라 언제 연구를 중단하게 될지 모른다는 조바심도 한몫했을 것이다.

그래도 '한국 근대 이중어 문학장과 이광수'라는 표제에 걸맞은 체계를 고민하느라 나름 애를 썼다. 제1부 제2장 '『검둥의 설움』, 번역과 작가-주체의 정초'와 제3부 제3장 '전면적 언어 통제 시기 조선어 창작의 양가성'은 『이광수와 식민지 문학의 윤리』에 수록되었던 글을 재수록한 것이다. 전자는 제2부 제1장 '『어둠의 힘』(1923), 일본어 중역을 넘어서'와의 관련성을 염두에 둔 것이고, 후자는 중요한 주제임에도 불구하고 재차 다룰 여유가 없어서 이전의 논의로 대신했다. 한번 발표한 글은 가급적 손보지 않으려 하는 편이지만 이번에는 보완한 글도 여러 편 있다. 제1부 제3장 '『무정』의 근대 문체와 서간', 제4장 '이중어 글쓰기로서의 「오도답파여행」'은 여전히 논란 중인 쟁점이 있어서 논의를 보강한 대목이 있고, 제4부 제2장 '『무정』100년의 계보'는 지면에 발표된 이후 새로 발견된 자료들을 토대로 논의를 보충했다. 이어지는 제3장 '영화화된 〈무정〉(1939)의 역설'은 『무정』100년의 계보에 관한 논의를 보충하기 위해 따로 지면을 마련하여 쓴 글이다. 관련 논의의 상당 부분이 겹치는 것이 마음에 걸리지만, 그 자체로 음미할 대목이 있다고 판단되어 그대로 수록하게 되었다.

부족하나마 이로써 그동안 매달려 온 이광수의 이중어 글쓰기에 관한 연구는 일단락 짓는다. 연구가 앞으로 진척을 보게 될지 어떨지 지금으로서는 자신하기 어렵다. 때마침 이 책의 간행과 동시에 『이광수 후기 문장집』Ⅲ의 간행으로 오랜 문장집 작업도 끝을 보았으니, 일단은 후련한 마음뿐이다. 이 책의 간행을 지원하고 출판에 나서준 서강대학교 인문과학연구소와 소명출판, 그리고 번거로운 편집 작업에 애써준 편집자 윤소연 선생님께 감사의 인사 올린다. 모쪼록 이 책이 그동안 저자의 연구에 격려와 지원을 아끼지 않으셨던 여러 선생님들께, 그리고 고단한 연구의 길에 들어선 후속 연구자들에게 작은 선물이 되어주었으면 좋겠다.

2019년 8월 한여름 낮의 연구실에서
최주한

# 차례

## 제3부
## 전시체제하 문학장의 변동과 경계의 글쓰기

## 제4부
# 이광수 문학의 정치·문화적 반향들

# 제1부

# 근대문학 형성기 문학장의 분할과
# 이원적 글쓰기

# |제1장|
# 이광수의 초기 문장에 대하여

## 식민체제하에서 글을 쓴다는 것

이것(조선의 검열 제도―인용자)은 조선인이 되어보지 않으면 도저히
상상도 할 수 없다. (…중략…) 작가로서 펜과 원고지를 대하자면 어느 곳
이든(…중략…) 마치 간판장이가 그 주인의 마음에 들도록 의장(意匠)을
베풀 듯이 ××××, ××××, 필법으로 쓰지 않으면 안 되는 것이다. 오
늘날까지 조선인이 쓴 문학은 이렇게 씌어진 것이다.

1932년 6월 이광수는 일본의 종합잡지 『카이조改造』에 조선의 문학
에 대해 소개하는 글 「조선의 문학朝鮮の文學」을 발표하면서 식민체제하
에서 글을 쓴다는 것의 어려움에 대해 위와 같이 토로한 적이 있다. '간
판장이가 그 주인의 마음에 들도록 의장意匠을 베풀 듯이' 쓰지 않으면

안 되고, 조금이라도 마음에 들지 못하면 가차 없이 'XXXX, XXXX' 식으로 지워지거나 혹은 아예 존재한 적도 없었다는 듯이 사라져야 할 운명을 지닌 글쓰기. 물론 조선인이 되어보지 않으면 도저히 상상도 할 수 없는 정도의 식민지의 검열 제도란 비단 이 시기만의 문제는 아니었다. 이미 1900년대 후반 신문지법 및 출판법과 더불어 시작된 일제의 언론·출판 통제는 1910년 8월의 한일병합을 기점으로 식민지의 언론·출판계를 완전히 장악하기에 이르렀던 까닭이다.

일찍이 1908년 신문관을 설립하고 한국 최초의 근대잡지『소년』의 간행과 더불어 근대적인 문화운동의 기치를 올렸으나 여러 차례의 검열, 압수, 발행정지 끝에 결국 1911년 5월『소년』의 폐간을 지켜보아야 했던 최남선은 식민체제하 글쓰기의 열악한 조건에 대해 이렇게 쓴 바 있다.

지을 수 잇는 글 잇고 지을 수 업는 글 잇스며 ᄒ여셔 될 말 잇고 ᄒ여셔 못 될 말 잇느니, 이럼으로 우리의 붓은 가다가 뫼라도 문질을 힘으로 나가야 쓰겟것마는 모래 한 알도 굴녀보지 못ᄒ고 마는 일이 잇도다. 내 이 칙에 셔문을 짓게 되야 붓을 들고 조희를 림흠애 이 늣김과 이 한이 더욱 깁고 간졀ᄒ도다.

— 「서문」, 『검둥의 설움』, 1913

바야흐로 1910년을 전후한 조선의 언론·출판계는 '지을 수 있는 글'과 '지을 수 없는 글', '하여서 될 말'과 '하여서 못 될 말'의 경계가 또렷했고, 글을 쓰고자 하는 이라면 '지을 수 없는 글'과 '하여서 못 될 말'의 경계를 넘어서지 않도록 세심하게 주의하지 않을 수 없는 형편이었던 것이다.

중학 시절에서 2차 유학 시절에 이르는 시기 이광수의 글쓰기 또한 예외가 아니다. 더욱이 이광수의 글쓰기는 매체와 언어, 독자에 따라 '지을 수 없는 글'과 '하여서 못 될 말'의 수위를 조절하는 명민한 감각을 보여주고 있다는 점에서 단선적이지 않은 양상을 보여준다. 일면 타협의 측면이 존재하는 것도 사실이지만, 그러한 타협을 통해서라도 쓰고 싶은 글은 반드시 쓰고 하고 싶은 말은 반드시 하고야마는 강단을 보여주고 있는 점 또한 또렷하다. 따라서 이광수의 초기 문장들을 제대로 이해하기 위해서는 무엇보다도 특정한 문장이 어떤 언어로, 어떤 매체를 의식하며, 어떤 독자를 향해 쓰고 있는가 하는 역학관계를 고려하는 것이 관건이 된다.

## 중학 시절 – 애국적 글쓰기와 문학적 글쓰기의 갈림길에서

중학 시절 이광수의 글쓰기는 1907년 9월 메이지학원 중학을 편입학하던 무렵 또래 유학생 소년들과 함께 조직했던 '대한소년회'에서의 활동과 더불어 시작된다. 대한소년회는 1907년 7월 고종의 양위와 잇달아 강요된 군대 해산을 계기로 국내의 의병운동이 전국적인 규모로 확산되던 분위기에 호응하여 조직되었다. 소년회는 비정기적이나마 비분강개한 애국적인 성격의 등사판 회람잡지 『신한자유종』을 간행하기도 했는데, 당시 3호까지 잡지의 편집을 맡은 것이 이광수였다. 중학소년들의 회람잡지에 불과했지만 일찍이 일본 관헌의 눈에 띄어 압수되기도 했던 만큼, 메이지학원 중학 시절에 시작된 이광수의 글쓰기에는 애국적인 글쓰기에 대한 자부심과 더불어 검열과 통제에 대한 의식이 예리하게 각인되어 있었다고 해도 좋을 것이다.

이 무렵 이광수의 공식적인 글쓰기는 주로 서북 지역 출신 유학생 단체인 태극학회의 기관지 『태극학보』를 중심으로 이루어졌는데, 「국문과 한문의 과도시대」(1908.5), 「수병투약隨病投藥」(1908.10), 「혈루血淚」(1908.11) 등의 논설은 독자들에게 노예의 지위에서 벗어나 자유독립의 기상을 떨칠 것을 촉구하는 애국적인 성향을 띠고 있다. 1909년 1월 유학생 단체가 대한흥학회로 통합된 이후로는 대한흥학회의 기관지 『대한흥학보』에 「옥중호걸獄中豪傑」(1910.1), 「금일 아한我韓 청년과 정육情育」(1910.2), 「일본에 재在한 아한我韓 유학생을 논함」(1910.4) 등 역시 애국적인 성향의 글을 잇달아 썼다.

한편 이 무렵 이광수는 메이지학원 중학의 교지였던 『시로가네학보白金學報』에 일본어 단편 「사랑인가愛か」(1909.12)를 발표하기도 했는데, 이 일본어 단편은 사랑을 갈구하는 유학생 문길의 고독한 내면을 향하고 있다는 점에서 『태극학보』와 『대한흥학보』를 무대로 한 이광수의 공식적인 글쓰기와는 다소 이질적인 양상을 보여준다. 개인적 사랑을 갈구하는 고독한 자아의 형상이란 당대 기울어가는 조국을 눈앞에 둔 조선의 청년에게 최우선적인 가치로서 요구되었을 애국이라는 공적 가치와 충돌하는 것이었지 않을 수 없었을 것이 분명하다. 이 점에서

보면 「사랑인가」의 언어가 사적 자아의 내밀한 영역을 오롯이 그려낼 수 있었던 것은 전적으로 매체와 독자의 영역을 달리한 일본어 글쓰기를 선택한 덕분이었다고 해도 좋을 것이다.

일본어 단편 「사랑인가」가 호응을 얻으면서 자신의 문학적 재능에 자신감을 가진 이광수는 잠시 일본문단으로의 진출을 꿈꾸기도 하지만, 곧바로 조선문학의 건설 쪽으로 방향을 틀어 조선문학의 가능성을 타진하기 시작한다. 무엇보다도 당대 조선의 청년에게 요구되었던 애국이라는 공적인 가치를 저버리기 어려웠고, 때마침 조선 신문화운동의 주역으로 동참할 것을 권유하며 이광수에게 『소년』지에의 집필을 의뢰해 온 신문관의 걸출한 주인 최남선의 영향도 컸을 것이다. 이광수가 『대한흥학보』에 산문시 「옥중호걸」(1910.1)을 비롯하여 단편 「무정」(1910.3~4), 조선의 신문학 발흥에 대한 기대를 표명한 문학론 「문학의 가치」(1910.3)를 잇달아 발표하는 한편, 『소년』의 독자들을 의식하며 애국적인 소년의 이야기를 다룬 번안단편 「어린 희생」(1910.2~5)을 의욕적으로 집필한 것은 바로 이 무렵의 일이다. 조선의 매체와 조선의 독자를 향하는 순간 이광수의 문학적 글쓰기는 다시금 조선의 현실을 소환하며 조국에 대한 의무를 향하고 있었던 것이다.

# 오산 시절 전반기 – 망국亡國과 우회적 글쓰기로서의 번역

1910년 3월 중학을 마치고 고향 정주 오산학교의 교사로 부임한 이광수는 새로운 환경에 적응하느라 잠시 방황의 시기를 거친다. 그러나 얼마 지나지 않아 조국에 대한 의무를 되새기며 자존감을 회복할 수 있었던 그는 예의 『소년』을 무대로 조선 청년을 향한 당부의 글을 집중적으로 쏟아내기 시작한다. 「금일 아한我韓 청년의 경우」(1910.6), 「여余의 자각한 인생」(1910.8), 「조선 사람인 청년들에게」(1910.8), 「천재天才」(1910.8) 등이 그것인데, 망국의 위협을 앞둔 위급한 시기인 만큼 '신대한 건설'이라는 막중한 임무를 어깨에 진 조선 청년들의 역할을 강조하고 있는 것이 두드러진다.

그러나 이러한 의욕도 잠시, 1910년 8월의 한일합병 이래 조선의 청년들을 향한 이광수의 글쓰기적 실천은 좌절되고 만다. 이 시기 이광수의 글쓰기의 주요 무대였던 『소년』이 결국 1911년 5월 23호를 마지막으로 폐간된 것이 주된 원인이었지만, 설사 글을 쓸 수 있는 지면이 주어졌다 하더라도 쓸 수 있는 글은 지극히 제한적일 수밖에 없는 형편이었던 까닭이다. 단적인 예로 보성중학의 교지 『보중친목회보』 2호에 실린 「참영웅」(1910.12)은 한일합병의 충격이 이광수의 글쓰기 수위에 미친 영향을 잘 보여주는데, 앞서 『소년』에 발표한 글들과 동일한 논자를 전개하고 있되 '신대한 건설'의 정치적 지향성이 소거되어 있는 것이 눈에 띈다. 식민지 시기 이광수의 문장을 대할 때 '쓰여진 것'과 '쓰여지지 않은 것'의 행간을 헤아리는 일의 중요성을 새삼 일깨우는 글이다.

『소년』의 폐간 후 최남선이 신문관 문화사업의 돌파구로서 번역소설의 간행에 집중하게 되면서 이광수에게도 글쓰기의 돌파구가 마련된다. 일찍이 「문학의 가치」(1910.3)에서 미국 노예해방에 결정적인 영향을 미친 중요한 작가의 한 사람으로 꼽기도 했던 헤리엇 비처 스토Harriet Beecher Stowe의 『엉클 톰스 캐빈Uncle Tom's Cabin』(1852)을 번역할 수 있는 기회가 주어졌던 것이다. 일찌감치 이광수의 문학에 대한 재능과 열정을 알아보았던 최남선의 탁월한 결정이었다.

　이광수가 번역 저본으로 삼은 텍스트는 사카이 토시히코堺利彦가 책임 편집한 『인자박애의 이야기仁慈博愛の話』(內外出版協會, 1903)와 모모시마 레이센百島冷泉이 초역한 『노예 톰奴隷トム』(內外出版協會, 1907) 두 권의 일본어 번역서이다. 전자는 사회주의적 입장에서 완역에 가깝게 원전을 역술한 것이고 후자는 기독교적 입장에서 톰에 관한 서사만 선택적으로 초역한 것인데, 이광수의 『검둥의 설움』(1913)은 자유와 해방, 문명화와 독립을 추구하는 민족주의의 입장에서 두 개의 저본을 재구성했다. 또한 번역의 과정에서 서사를 압축하거나 재배열하여 극적 구성을 꾀하고, 한국어의 통사구조를 갖춘 자연스러운 입말체 문장을 구사하는 한편 생생한 묘사에 힘써 생동감 있는 장면을 연출하여 저본을 뛰어넘는 또 한 편의 독창적인 문학 텍스트를 산출해내는 데도 성공했다. 이 점에서 『검둥의 설움』은 무단통치의 시작과 더불어 글쓰기의 가능성이 극도로 제한되어 있던 검열의 시대에 번역이라는 우회적인 방식의 글쓰기를 통해서나마 제국주의와 식민주의에 주체적으로 대응하고자 한 윤리-정치적 글쓰기의 모범을 보여준다고 할 수 있다.

## 대륙방랑 시절 – 검열과 통제로부터 해방된 글쓰기

대륙방랑 시절 이광수의 글쓰기는 주로 해외 한인들의 언론지였던 『권업신문』,『대한인정교보』 등의 매체를 무대로 한 것이다. 1913년 늦가을, 오산을 떠나 대륙방랑의 길에 올랐던 이광수는 상하이에서 연해주의 블라디보스토크, 북만주의 무링穆陵, 시베리아의 치타에 이르기까지 주로 해외 각지에 흩어져 있던 망명 지사들의 근거지를 중심으로 이동했고, 그런 까닭에 자연스레 이들 한인 언론 매체에 관여할 수 있는 기회를 가질 수 있었다. 『권업신문』은 연해주 재러 한인의 집결체 역할을 하면서 독립운동을 전개하고 있던 권업회의 기관지였고,『대한인정교보』는 대한인국민회 시베리아 지방총회의 기관지로서 자바이칼의 수도 치타에서 간행되던 잡지였다. 특히 『대한인정교보』는 제1차 세계대전의 여파로 폐간되기까지 9·10·11호의 편집과 집필에 이광수가 주도적으로 관여한 잡지이기도 하다. 국내에 비해 일제의 통제로부터 비교적 자유로웠던 매체들이었던 만큼 이광수의 문장들 또한 검열을 의식하지 않은 사유를 그대로 보여주고 있어 주목을 끈다.

이 시기 『권업신문』과 『대한인정교보』에 실린 이광수의 문장들은 오산 시절의 경험에 기반하되 대륙방랑의 경험을 거치면서 보다 확장되고 심화된 독립준비론의 구상을 담고 있다. 당대를 상업 경쟁의 시대로 규정하면서 상업의 진흥을 거듭 강조하고(「독립준비하시오」, 1914.3), 문명화된 농촌의 사례를 들어 농촌계발주의를 주창하며(「농촌계발의견」, 1914.3), 당장의 먹고사는 일에 급급한 해외 동포들에게 문명에 눈뜨고 나라를

알게 할 교육이 긴급함을 역설한 것(「재외동포의 현상을 논하여 동포교육의 긴
급함을」, 1914.6)은 모두 이러한 통찰에 바탕을 둔 것으로, 제2차 유학과 더
불어 본격화될 독립 준비로서의 조선문명화의 구상이 이미 이 시기에
구체적인 형태를 갖추어 나가고 있었음을 보여준다. 특히 상업을 통한
문명화의 구상과 관련해서는 연암의 허생을 세계를 무대로 한 상업의
중요성을 통찰한 인물로서 재창안해낸 번안단편 「먹적골 가난방이로
한 세상을 들먹들먹한 허생원」(『아이들보이』, 1914.6)도 기억해둘 만하다.

한편 이 무렵 주로 교육 정도가 낮은 해외 동포들을 독자 대상으로 한
까닭에 주로 순한글 위주의 평이한 문장을 구사하면서도 동시에 한글의
우수성과 인쇄상의 이점을 주장하며 가로풀어쓰기와 같은 새로운 한글
표기법에 관심을 갖고 꾸준히 이를 실험한 점도 이채롭다. 9호의 목차
편집에 'ㅈㅓㅇㄱㅛㅂㅗ'라는 표기법을 도입한 것을 비롯하여 「아리나리
ㅏㄹㅣㄴㅏㄹㅣ」(1914.5), 「지사의 감회ㅈㅣㅅㅏㅂㅣㄱㅏㅁㅎㅣ」(1914.6) 등
의 작품이 그러하다. 또 앞서 언급한 논설 외에도 「나라를 떠나는 설움」,
「망국민의 설움」, 「상부련」(1914.6), 「나라생각」, 「꽃을 꺾어 관을 겯자」
(1914.8) 등의 우국시憂國詩, 「저마다 제 직분이 있다」(1914.6)와 같은 우화,
『대한인정교보』 '바른소리' 지면의 사설 등 다양한 형식의 계몽적 글쓰
기를 시도한 점도 주목할 만하다.

## 오산 시절 후반기 – 모색의 글쓰기, 글쓰기의 모색

오산 시절 후반기라고는 했지만 사실 1914년 9월 중순 대륙방랑을 마치고 돌아온 이광수가 오산에 머무른 시기는 반년이 채 못 된다. 이 듬해 연초 다시금 일본 유학을 결심하고 상경했던 그는 최남선에게 붙들려 『청춘』과 광문회의 편집일을 도왔고, 그해 9월에 곧바로 와세다대학 고등예과에 편입학하기 때문이다. 그러나 재차 유학을 앞둔 일종의 모색기에 해당하는 이 무렵 이광수는 최남선의 전폭적인 지원하에 『청춘』과 『새별』을 무대로 하여 사상적으로나 문학적으로 다양한 모색을 맘껏 시도할 수 있었으니, 이광수에게는 이 시기야말로 온갖 가능성으로 충만한 시기이기도 했다.

오산에 돌아오자마자 이광수는 곧바로 『청춘』 지면에 「상해서(第1信)」(1914.12), 「상해서(第2信)」(1915.1), 「해삼위海參威로서」(1915.3) 등 대륙방랑의 경험을 연재하는 글을 써낸다. 1914년 10월 이제 막 창간된 잡지 『청춘』에 힘도 실을 겸 최남선이 연재를 부탁하지 않았을까 싶다. 이들 기행문 연작이 서구 근대문명의 위력과 더불어 그로부터 소외되어 있는 약소민족의 현실을 비판적으로 되새기고 있다면, 이러한 문제의식의 연장선상에서 쓴 논설 「동정同情」(『청춘』, 1914.12)과 우화 「물나라의 배판」(『새별』, 1915.1)은 동일한 문제의식을 바탕으로 하면서도 '동정'과 '혈전'이라는 서로 상이한 해결책을 제시하고 있어 흥미롭다. 그러나 얼핏 상반되어 보이는 이들 해결책은 둘 다 문명의 빛은 온 인류가 골고루 누려야 할 혜택이고 인류의 구성원으로서 이에 대한 책임을 방기해서는 안 된다는 확고한 입장의 표명이기도 하다는 점에서, 대륙방랑의 경험을 통해 다져진 이광수의 사유가 다시금 독립 준비로서의 조선문명화의 사명으로 수렴되고 있음을 또렷이 보여준다.

한편 오산 시절 후반기 이광수의 글쓰기는 다양한 형식의 글쓰기와 더불어 근대적 형식의 글쓰기에 적합한 근대 문체 모색의 도정을 보여준다는 점에서도 주목할 만하다. 이 무렵 이광수는 「상해서」 이하 세 편의 기행문을 비롯하여 우화 「물나라의 배판」 외에도 「중학 방문기」(1914.12), 「내 소와 개」(1915.1), 「김경」(1915.3) 등 현장방문기, 수필, 소설 등 다양한 형식의 문장들을 잇달아 발표하는데, 이들 문장은 앞서 『아이들보이』에 발표된 번안단편 「허생원」(1914.8)과 더불어 '-습니다', '-나이다', '-이다' 등 문말어미의 일관성과 균질성을 의식한 중립적인 근대 문체의 경향성이 또렷하다는 점에서 이전까지의 글쓰기와는 확연하게 구분된다.

오산 시절 후반기 문체에 대한 이광수의 관심은 산문의 영역을 넘어서 「허생전」(1915.1)과 같은 장편 서사시나 「침묵의 미」(1915.3)와 같은 산문시, 그리고 이 밖에도 형식적인 각운脚韻을 통해 다양한 시의 운율을 실험하고 있던 다수의 단편시들에서 확인되는 것이기도 하다. 이 점에서 장편 『무정』(1917)에서 정점에 도달한 한국 근대소설의 근대 문체는 메이지 일본에서 제도로서 확립된 언문일치 문장의 영향이라든가 서구 및 일본 근대소설의 번역이나 번안의 자극에 힘입은 것 이상으로, 이들 다양한 문체 실험과 더불어 근대적이면서도 한글의 통사구조에 적합한 최적의 언어를 모색하는 과정에서 성취된 것이었다고 할 수 있다.

## 제2차 유학 시절 전반기－두 개의 혀를 가진 글쓰기

이광수가 와세다대학 고등예과에 편입학하여 2차 유학을 시작한 것은 1915년 9월의 일이다. 이 시기 이광수의 글쓰기 무대는 토쿄 유학생 학우회의 기관지『학지광』과『매일신보』의 지면으로 옮아간다. 오산 시절과는 다른 환경에 놓였으니 일면 자연스러운 일이었지만,『청춘』 6호(1915.3)가 정간停刊을 맞으면서 주요 발표 지면을 잃었으니 한편으로는 불가피한 일이기도 했다(이후『청춘』이 재간행된 것은 2년 후인 1917년 5월의 일이다).

1916년 3월 발행된『학지광』 8호는 이광수의 문장들이 여러 편 실려 있어 이제 막 2차 유학을 시작한 이광수의 포부가 어떠한 것이었는지 엿볼 수 있게 한다. '신문명의 빛'으로 '새 반도' 건설에의 의지를 표명하고 있는 장편시 「어린 벗에게」, '살고 퍼지고자 하는 욕망'이야말로 '찬란한 문명과 부'의 원동력임을 강조하고 있는 논설 「살아라」, 농촌 문제에 관한 일종의 사례 보고서로서 농촌문명화의 길을 제시하고 있는 연구논문 「용동－농촌문제연구에 관한 실례實例」 등의 논조에서 보는 바와 같이, 이 무렵 이광수의 관심은 온통 조선의 문명화라는 과제에 쏠려 있었다고 해도 과언이 아니다. 특히 「용동」은 이해 12월 신익희·장덕수 등 조선유학생학우회 소속 지인들과 함께 조선 문제를 연구하기 위해 설립한 조선학회 제1회 연구모임에서 발표한 연구논문으로, 일찍이 대륙방랑 시절 '일촌일지도자一村一指導者'에 의한 농촌계발이야말로 조선이 문명을 이루어 독립의 능력을 갖추기 위한 새 길임을 주창했던 『대한인정교본』 소재 「농촌계발주의」(1914.3)의 연속선상에 놓인 글이자, 이후 문명화된 농촌 곧 문명 조선의 건설을 위한 야심적 기획안이라 할 수 있는 『매일신보』 소재 「농촌계발」(1916.11~1917.2)의 토대가 되는 글이다.

이 무렵 이광수는 조선문명화의 사명을 이끌어갈 중추 세력의 양성과 관련하여 교육체제의 문제에도 지대한 관심을 가졌다. 당시 식민지 조선의 교육체제는 4년제 보통학교와 실과實科 중심의 4년제 고등보통학교(일본의 중학교 1학년 수준)를 기반으로 한 낮은 수준의 교육에 그쳤던 탓에 일본인과의 직업 경쟁에서 불리한 것은 물론 상급학교로의 진학에도 불리했다. 일본 민권론 계열 잡지 『홍수이후洪水以後』에 투고한 글 「조선인 교육에 대한 요구朝鮮人敎育に對する要求」(1916.3)는 과감하게 동화정책 지지를 내걸고 이러한 당대 조선의 교육체제를 비판하며 조선에 일본과 동일한 교육을 개방할 것을 요구하고 나선 것이어서 주목을 끈다. 후일 이런저런 논란을 불러일으키곤 했던 타협적 글쓰기의 시작이었지만, 이광수가 그만큼 발표 매체의 생리에 명민하게 대응했다는 이야기이기도 하다. 다음 달 4월 같은 잡지에 투고했으나 게재되지 않았던 「조선인의 눈에 비친 일본인의 결함朝鮮人の眼に映りたる日本人の缺陷」(당시 관헌의 기록에 따르면, 이 글은 '전문이 거의 매도적인 문구'로 가득하다)은 발표 매체의 코드에 거스르는 글쓰기의 운명을 잘 보여준다.

2차 유학 시절 발표 매체의 코드를 고려한 이러한 과감한 글쓰기 전략이 본격화된 것은 총독부 기관지 『매일신보』와의 관계 속에서였다. 1916년 7월 고등예과를 우수한 성적으로 졸업하고 잠시 귀국했던 이광수는 여름방학을 마치고 토쿄로 돌아가기 위해 경성에 들른 길에 『경성일보』 사장 아베 미츠이에阿部充家, 『매일신보』의 편집국장 격이었던 감사 나카무라 켄타로中村健太郎와 만남을 가졌다. 당시 『매일신보』 기자였던 친구 심우섭의 주선에 의한 이날의 만남에서 『매일신보』가 자신을 필요로 하고 있다는 사실을 감지한 이광수는 기차에 오르는 길로 나카무라와 아베에게 각각 답례의 글을 써 보낸다. 9월 8일 『매일신보』 지면에 실린 「증삼소거사贈三笑居士」와 같은 지면 22일과 23일 자에 연재된 「대구에서」가 그것이다. 『청춘』은 이미 정간된 지 오래였고, 『학지광』 또한 당국의 검열로 인해 7·8·9호의 압수가 잇달아 당국의 검열을 피하고자 원고 내용을 '학술 방면'으로 한정한다는 방침이 내려진 터였다. 이광수는 당대 유일한 조선어 신문 매체 『매일신보』가 조선인에게 문명지식을 보급하고 민족 감정을 불어넣는 데 긴요한 매체가 되어 줄 수 있으리라 판단했을 것이다.

짐작대로 나카무라와 아베에게 올린 글이 지면에 실리면서 『매일신보』를 손에 넣을 수 있었던 이광수는 벼르고 있었다는 듯이 조선의 독자들을 향해 엄청난 분량의 글을 쏟아내기 시작한다. 이해 가을학기에 발표된 것만 해도 「동경잡신」(9.27~11.9), 「교육가 제씨에게」(10.26~12.13), 「농촌계발」(10.26~2.18), 「문학이란 하何오」(11.10~23), 「혼인론」(11.21~30), 「조혼의 악습」(11.23~26), 「조선 가정의 개혁」(12.14~22) 등 수편을 헤아린다. 하나같이 문명 조선의 구상을 염두에 두고 집필한 논설들이다. 비록 총독부의 시선을 의식해야 한다는 조건이 뒤따랐지만, 그에게는 오랫동안 구상해 온 독립 준비로서의 조선의 문명화라는 과제와 관련하여 조선인 독자들에게 건네고 싶은 말들이 산더미같이 쌓여 있었다.

이처럼 불완전하게나마 이광수가 문명(=독립) 조선의 구상을 조선의 독자들 앞에 펼쳐 놓을 수 있었던 것은 역설적이게도 『매일신보』를 무대로 한 정력적인 문필활동 덕분이었다. 일찍이 최남선이 신문관에서 간행한 단행본 『무정』(1918)의 서문에서 조선에 '동트는 기별'을 울린 첫소리라 하여 격찬해 마지않았던 장편 『무정』의 연재 또한 그 연장선상에 놓인 것은 말할 것도 없다. 이 점에서 한국 최초의 근대장편 『무정』(1917)의 탄생에는 그 출발점에서부터 이미 식민체제하 글쓰기의 조건으로부터 자유로울 수 없었던 한국 근대문학의 운명이 고스란히 각인되어 있었다고 해도 그리 지나친 이야기는 아닐 것이다.

## 2차 유학 시절 후반기 - 전략적 타협의 글쓰기를 넘어서

『매일신보』를 무대로 한 이광수의 전략적 글쓰기는 일단 성공을 거두었다고 보아도 무방하다. 무엇보다도 장편 『무정』의 연재가 총독부와 조선의 독자 대중에게 두루 지대한 호응을 얻었다는 사실이 이를 입증한다. 『무정』이 표나게 내세운 문명 조선의 건설을 향한 의지는 조선의 근대화를 식민통치의 명분으로 내세웠던 식민당국의 코드를 거스르지 않았고, 독립된 개인으로서의 자각과 더불어 민족 구성원으로서 조선문명화의 사명에 눈떠가는 청년 주인공들의 이야기는 조선의 독자들에게도 문명한 독립 국가 건설의 꿈을 불어넣기에 충분했다. 두 개의 혀를 가진 글쓰기가 성공을 거둔 데 대한 자신감 덕분이었을까.

장편『무정』에 이어 이광수가『매일신보』와『경성일보』양쪽의 지면에 각각 조선어와 일본어로 나란히 연재했던 오도답파기에는 총독부의 시선을 의식하는 가운데서도 민족 구성원의 입장에서 은밀한 긴장과 길항을 드러내고자 한 흔적이 또렷하다.

잘 알려진 대로 애초에 매일신보사의 오도답파 기획은 '식민통치의 성과'에 대한 선전을 목적으로 한 것이었다. 그런 만큼「오도답파기행」이 관제官制 기행문의 성격을 띨 수밖에 없는 것은 필연적이었지만, 총독부 주도하의 근대화가 일본인과 조선인의 불균등한 발전을 초래하고 있다는 사실을 이미 직시하고 있던 이광수는 기사 곳곳에서 일본인 중심의 총독부의 시정施政을 비판하거나 당국의 시정 방침에 적당한 지지를 표하면서 민족의 소생에 필요한 제도적 차원의 공간을 확보하기 위한 노력을 담으려고 애썼다. 또한 조선인이 과거 오랫동안 숭고하고 세련된 문화를 향유했던 민족임을 일깨우고, 그런 만큼 근대문명의 세계로 나아갈 수 있는 자질과 역량을 충분히 갖춘 민족임을 보여주고자 애썼다. 이미 고대로부터 고도의 문명을 세상에 떨친 조선인의 독자적인 정치·문화적 역량에 대한 강조는 특히『경성일보』판「오도답파기행」에 두드러지는 경향으로,『경성일보』의 일본인 독자들을 향한 일본어 글쓰기에 조선어 글쓰기에 못지않은, 아니 어쩌면 더욱 예리하게 벼려진 민족적 자의식이 작동하고 있었음을 보여준다.

이광수의 민족적 자의식이 빚어낸 이러한 길항의 양상은「오도답파기행」직후에 쓴 논설「부활의 서광」(1917.10.16 집필)에서 더욱 극적으로 드러난다. 1917년 10월『와세다문학早稻田文學』에는 전前 와세다대학 문학부 교수이자 당시 극단 게이주츠좌藝術座를 이끌고 신극운동에 관

여하고 있던 시마무라 호게츠島村抱月가 조선에서의 순회공연을 마치고 토쿄에 돌아와 쓴「조선소식鮮だ୨」이 실린다. 경성에서 진학문, 최남선, 심우섭 등 조선의 문학 청년들과 만났던 이야기로 시작하여 조선의 과거에는 문예라 할 만한 것이 없고 "정신문명의 상징은 거의 전무"하다고 단언하면서 조선에도 조만간 "문학적 가치가 있는 일본어"로 참된 조선 민족의 영혼을 불러일으키는 참된 문예가 출현되기를 바란다는 기대를 표명하고 있는 글이다.

이에 대하여 이광수는 이렇게 응수하며 이 글을 맺었다. "조선 민족은 정신문명을 산출할 천자天資를 갖추고 있는 줄로 확신"하며, 조선의 신문단은 신사상의 세례와 더불어 여러 선구자의 노력에 힘입어 상당한 문체의 준비가 되어 있으니 "비로소 조선 신문학의 막은 열린 것"이라고. 이제 막 근대적인 한글장편『무정』의 성공을 보았고 나아가 오도답파 여행의 여정에서 신라 천년의 고도古都 경주를 통해 고대에 찬란한 문명을 일군 민족적 저력에 대한 자긍심을 되새겼던 이광수로서는 당연한 응전應戰이었을 것이다.

한편『매일신보』에 연재된 장편의 논문「신생활론」(1918.9~10)은 재조선 일본인 관변학자들의 조선인 민족성론과의 긴장과 길항관계 속에서 다시 읽을 수 있는 텍스트이다. 조선인에게는 독창적인 능력이 없으며, 따라서 선정善政과 우수한 일본 민족의 감화로써 일본에 동화시켜야 한다는 주장은 한일병합 이후 식민통치를 뒷받침하고자 조선학 연구에 뛰어들었던 타카하시 토루高橋亨와 같은 재조 일본인 관변학자들의 일관된 견해였다.「신생활론」은 이러한 재조 일본인 관변학자들의 전형화된 조선인 민족성론을 유교 및 기독교 비판의 맥락에서 다시 씀으로써 조선인을 단순히 일본 민족의 감화에 의해 동화되어야 하는 수동적 대상이 아니라 근대문명에 부응할 수 있는 저력을 갖춘 민족적 주체로서 재규정하려는 노력을 보여주고 있다.

이상에서 살펴본 대로 2차 유학 시절 총독부 기관지『매일신보』와 더불어 본격화되었던 이광수의 글쓰기는 애초에 제국의 시선과의 은밀한 긴장과 길항관계를 내포한 것이었다. 그러나 이 은밀한 긴장과 길항관계는 '쓰여지지 않은 것'과의 행간을 고려하지 않으면 잘 보이지 않는다. 이광수의 초기 문장들을 대할 때 '쓰여진 것'만큼이나 그것을 둘러싼 '쓰여지지 않은 것'들의 맥락을 최대한 복원해가며 읽는 자세가 요구되는 것도 이 때문이다. 이 점에서, 비록 예외적이었으나마 이 은밀한 긴장과 길항관계가 전면에 부상할 수 있었던 「2·8독립선언서」(1919.2)는 제국의 검열과 통제가 가로막았던 2차 유학 시절 이광수 글쓰기의 맨얼굴을 보여준다고 해도 좋을 것이다.

# 제2장

# 『검둥의 설움』(1913),
# 번역과 작가 – 주체의 정초

## 1. 번역문학, 제국주의가 남긴 뜻밖의 유산

한국 근대문학의 형성에 있어서 서구 및 일본 근대문학의 번역이 미친 영향은 아무리 강조해도 지나치지 않다. 한국의 근대소설이란 서구 제국주의의 팽창에 따른 전 지구적 근대화에 대응하는 과정에서 형성된 일련의 문화횡단적 실천의 산물이며, 더욱이 근대화의 요구에 적절히 대응할 기회를 갖지 못한 채 일본의 식민지로 전락했던 한국의 경우 일본의 중개를 거친 서구 근대문학의 번역은 근대문명의 원천이라 할 수 있는 서구의 정신적 자산과 대면할 수 있는 유일한 창구였다고 해도 과언이 아닌 까닭이다. 일찍이 이광수는 일국의 흥망성쇠와 부강빈약

이 국민의 이상과 사상 여하에 달렸으며 그 이상과 사상을 지배할 자 오직 '문학'이라고 하여 문학의 가치를 역설했지만,[1] 문학이라면 신소설이나 이른바 딱지본 소설이 전부였던 당대 현실에서 문학의 모범으로 제시할 만한 것이라고는 역시 서구 근대문학일 수밖에 없었다. 그가 근세문명에 일대 자극을 준 프랑스대혁명의 연출자로서 루소를 불러내고 미국 남북전쟁 당시 노예해방에 기여한 문학자로 스토와 포스터를 내세웠던 것,[2] 그리고 더불어 일본의 번역문학에 의존해서나마 서구 근대문학의 번역에 뛰어든 것은 식민지적 환경과 조건에 처한 근대 초기 문학자의 입장에서는 불가피한 선택이었던 셈이다.

그러나 일본의 번역문학에 의존했다고 해서 서구 근대문학의 번역이 모방적인 되받아쓰기이거나 중역에 의한 왜곡을 수반했으리라는 단선적인 가정은 재고될 필요가 있다. 일본의 경우 메이지시대 번역에 기울인 국가적인 노력이 서구적인 근대의 도래를 맞는 일본 나름의 적극적인 대응이었던 반면, 식민지 시기 전반에 걸쳐 일본이라는 창을 통해 근대를 경험하고 수용할 수밖에 없었던 한국의 경우 번역에 대한 이 같은 자의식부터가 부족했다는 식의 논의는[3] 번역을 통해 한국 근대문학의 기반을 마련하기 위해 분투한 근대 초기 문학자들의 노력을 간과해버리기 쉬운 까닭이다. 일찍이 근대 중국의 지적 역사를 서구의 번역이라는 관점에서 고찰하면서 '번역된 근대'라는 용어를 창안해내기도

1   李寶鏡, 「文學의 價値」(『대한흥학보』, 1910.3), 최주한·하타노 세츠코 편, 『이광수 초기 문장집』 I, 소나무, 2015, 92면. 이하 『초기 문장집』 I로 적는다.
2   위의 글, 91면.
3   윤지관, 「번역의 정치학, 외국문학 번역과 근대성」, 『안과 밖』 10, 영미문학연구회, 2001, 30~31면.

했던 리디아 리우는 번역을 통해 어떤 개념이 손님언어에서 주인언어로 옮겨갈 때 그 의미는 변형된다기보다 오히려 주인언어의 현지 환경속에서 창안·발명된다고 지적한 바 있는데,[4] 축자적이기보다 함축적인 언어를 운용하는 문학 번역의 경우 이러한 특성은 더욱 두드러질 수밖에 없다. 더욱이 문학은 인간의 삶을 다룬다는 점에서 역사적 특수성은 물론 그것을 넘어서는 보편성을 두루 갖추고 있는 까닭에 주인언어가 처한 환경에 따라 재해석되어 수용될 수 있는 가능성의 폭이 넓다.

그런 의미에서, 1852년 미국에서 간행된 스토의『엉클 톰스 캐빈』이 1913년『검둥의 설움』이라는 제목으로 식민지 한국에서 번역되기까지 어떠한 경로를 거쳤는지 탐색하는 것은 한국 근대문학의 형성에 관여한 조건과 힘들을 새로운 각도에서 조명하고 재구성하는 데 기여하는 유익한 통로가 되어줄 수 있다. 더욱이 원작이 기본적으로 기독교적 평등과 박애에 기초한 작품인 데다『검둥의 설움』의 번역 저본 역시 메이지 말기 국가주의에 저항하는 사회주의 및 기독교의 평등·박애사상을 각인하고 있는 텍스트라는 사실은 이광수의 민족주의가 사회주의 및 기독교의 보편주의를 통과하여 형성되었다는 점을 엿볼 수 있게 한다는 점에서도 주목을 끈다. 요컨대『엉클 톰스 캐빈』에서『검둥의 설움』에 이르는 번역의 경로는 그 자체가 제국주의의 팽창과 더불어 전파된 서구의 근대문학이 제국주의 비판의 도구로 전유되는 과정을 또렷이 각인하고 있을 뿐만 아니라, 그 전유의 과정은 번역상의 다시-쓰기를 통해 식민지 작가-주체의 형성을 준비하는 과정이기도 했다.

---

4  리디아 리우, 민정기 역,『언어횡단적 실천—문학, 민족문화, 그리고 번역된 근대성』, 소명출판, 2005, 60면.

따라서 『엉클 톰스 캐빈』에서 『검둥의 설움』에 이르는 번역의 경로 및 번역상의 전유 과정을 고찰하는 것은 한국 최초의 근대장편 『무정』이 예비되는 장면을 가늠해 보는 데도 도움을 줄 수 있을 것이다.


## 2. 『엉클 톰스 캐빈』에서
##    『검둥의 설움』에 이르는 번역의 경로


스토의 『엉클 톰스 캐빈』이 『검둥의 설움』이라는 제목의 단행본으로 한국에서 번역 간행된 것은 본격적인 서양소설의 번역 출판을 표방하고 나선 신문관의 기획 출판의 일환이었다.[5] 당시 신문관의 단행본 번역소설은 일본 기독교 계열 출판사의 하나였던 내외출판협회內外出版協會의 통속문고에 준하는 문고본의 축약된 형태로 간행된 데다 번역 또한 대개 내외출판협회 문고본의 번역을 그대로 따랐던 까닭에 원작에 대한 충실성은 물론이고 서양문학의 이질적인 상상력을 제약하는 한계를 고스란히 떠안았지만,[6] 『검둥의 설움』만큼은 예외였다. 박진영이 이미 밝혀둔 대로, 내외출판협회의 통속문고에도 『노예 톰』(1907)이라는 제목의 초역본이 존재했으나 이광수는 이 판본을 그대로 따르지 않았기 때문이다.

---

5   권두연, 「신문관 단행본 번역소설 연구」, 『사이間SAI』 5, 국제한국문학문화학회, 2008, 120~131면.
6   박진영, 『번역과 번안의 시대』, 소명출판, 2011, 236~239면.

이광수가 이 판본을 그대로 따르지 않았던 것은 일단 번역의 기획자였던 최남선이 "륙칠 년" 전 처음 읽고 감동하여 "오래 두고 번역ᄒ기를 쇠"[7]했던 책이 『노예 톰』이 아니었다는 사실 덕분이다. 1913년으로부터 육칠 년 전이라면 1906년 혹은 1907년의 일이다. 그러니까 최남선이 이 책을 읽은 것은 1906년 9월 와세다대학 전문부 역사지리과에 입학하여 재학 중이었을 때의 일이라는 얘기가 되는데, 1907년 3월 모의국회사건에 항의하여 퇴학하고 귀국한 그가 이해 12월에 간행된 『노예 톰』을 바로 접했을 가능성은 없다.[8] 또한 최남선이 『검둥의 설움』 서문에서 "이쌔까지 『엉클 톰』 소리만 드르면 그 가운ᄃᆡ 몇 구절은 반ᄃᆞ시 번개갓치 마음 우에 써나와 이샹ᄒ 늣김이 이상히 가슴 안에 가득"[9]하다고 하여 예시했던 구절 가운데 특히 "쟈, 봅시오. 나도 사람 모양으로 걸어안질 줄도 아지오. 내 얼골이 남만 못ᄒ오닛가, 손이 남만 못ᄒ오닛가, 지식이 남만 못홀가오. 이래도 사람이 아닐가오"[10]라는 조지의 대사는 『노예 톰』의 경우 생략되어 있는 원작의 2장에 해당한다. 그러면 최남선이 이 책을 읽고 감동하여 그토록 번역하고 싶어했던 책이란 어떤 책을 말하는 걸까.

일본에서 『엉클 톰스 캐빈』의 번역이 처음 시도된 것은 1896년 『고쿠민신문國民新聞』 '일요문학'란에 케이텐 보쿠도敬天牧童가 번역하여 연

---

7   최남선, 「서문」, 『초기 문장집』 I, 152면.
8   최남선의 유학 시절에 관해서는 하타노 세츠코, 최주한 역, 「한국 근대문학자의 일본 유학」,(『일본 유학생 작가 연구』, 소명출판, 2011, 44~47면) 참고.
9   최남선, 앞의 글, 153면.
10  위의 글, 229면. 해당 대목을 제시하면 다음과 같다. "자, 보세요. 나를. 분명히 사람이 하는 것처럼 걸터앉을 수 있지 않습니까. 보세요, 내 얼굴을, 손을, 몸뚱이를. 그래도 내가 '인간'이 아니겠습니까."(堺枯川 編輯, 『仁慈博愛の話』, 內外出版協會, 1903, 63면).

재한『톰의 오두막ㅏ厶の茅屋』이다. 제목도 그렇고 내용면에서도 완역을
시도했지만, 무슨 이유에서인지 원작의 1장도 채 번역을 마치지 못한
채 연재 4회만에 중단되고 만다. 연재 기일도 제대로 지키지 못해 1회
분은 11월 8일, 2회분은 11월 15일, 3회분은 12월 3일, 4회분은 그 이듬
해인 1897년 1월 24일에야 실렸다.[11] 45장에 이르는 방대한 원작의 분
량을 고려하건대, 일요일에만 연재된 데다 완역을 시도했으니 끝까지
연재되었더라도 4, 5년의 시간이 걸렸을지도 모른다.

　다음으로 번역된 것이 1903년 사카이 토시히코堺利彦가 편집하고 그
의 종형제인 시츠노 마타로志津野又郞가 역술譯述하여 내외출판협회에서
간행한 번역 단행본『인자박애의 이야기仁慈博愛の話』이다.[12] 제목도 그
렇고 표제에 '가정야화家庭夜話 제第3책冊', '사카이 코센堺枯川 편집編輯'[13]
이라고 되어 있어서 얼핏 보아서는 이 책이『엉클 톰스 캐빈』의 번역서
라는 것을 알아채기 어렵다. 이 단행본이 그동안 연구자들의 눈에 띄
지 않았던 것은 아마도 그 때문이었을 것이다.[14] 45장으로 되어 있는

---

11　연재 3회분까지는 하타노 선생님께서 일본 국회도서관에 의뢰하여 자료를 보내주
　　셨다. 그리고 연재 4회분은 고베대학에 있는 후배 김태현 선생이 교토 도서관에 소
　　장되어 있는 마이크로필름 자료를 보내주었다. 김태현 선생의 조사에 의하면,『톰의
　　오두막』은 4회분이 마지막이었다고 한다. 자료를 찾고 조사하느라 애써주신 두 분
　　께 이 자리를 빌려 감사의 마음을 전한다.
12　"가정야화 제3권은 내가 끝내 겨를이 없어 내 제자인 시츠노 마타로 씨에게 역술을 의탁
　　했다. 아직 공적인 문단에 선 일은 없지만 작문에 관한 재능과 충실함은 내가 인정하는
　　바이다. 다만 나는 가정야화 전체의 편자로서의 책임상 역술의 체제, 방법, 순서 등에
　　대해서는 시츠노 씨에게 많은 조언을 했다. 그러므로 이 제3권은 실은 시츠노 씨와 나의
　　합작이라 해도 좋다. 이 이야기의 원서는 아메리카의 비쳐 스토라는 부인의 명저로『엉
　　클 톰스 캐빈』이라는 제목의 책이다." 堺枯川,「はしがき」,『仁慈博愛の話』, 內外出版協
　　會, 1903, 1~2면.
13　'코센(枯川)'은 사카이 토시히코의 호다.
14　이 단행본은 하타노 선생님께서 일본 국회도서관에 의뢰하여 관련 자료를 모두 보내
　　주신 덕분에 찾을 수 있었다. 선생님의 각별한 노고에 진심으로 감사드린다.

원작에서 대략 10장 정도 생략하고 있지만, 나머지 부분은 기독교적 신비주의라든가 심령적 색채가 짙은 대목을 제외하면 거의 원작에 충실하게 번역되어 있다. 다만 대화 부분은 서술로 바꾸어 번역한 경우가 많고 대화를 그대로 옮긴 경우에도 대화와 지문을 분리하지 않은 채 번역 서술한 것이 눈에 띄는데, 보다 먼저 번역된『톰의 오두막』(1896)의 경우도 원작과 동일하게 대화 부분은 지문과 분리하여 번역한 것으로 보아 단행본의 분량이 제한되어 있었던 탓이 아니었을까 싶다.

세 번째 번역은 1907년 12월 내외출판협회에서 전 10권의 통속문고 시리즈 가운데 하나로 간행한『노예 톰奴隷トム』이다.[15] 모모시마 레이센百島冷泉이 초역抄譯했는데, 199페이지 분량으로 번역된『인자박애의 이야기』의 절반에도 못 미치는 90페이지 분량으로 축약되어 있다. 원작에서 거의 20여 장 가까이 대폭 생략한 데다 대화의 경우 단락 구분을 지켜 번역한 것을 고려하면『인자박애의 이야기』의 1/3 분량에 해당한다.『인자박애의 이야기』에서는 생략하고 있는 기독교적 색채를 살려 번역했고,『인자박애의 이야기』에는 생략되어 있는 장을 살려서 번역한 장도 있는 것으로 보아『인자박애의 이야기』를 참고했더라도 원작을 저본으로 했을 가능성이 높다. 다만 원작을 대폭 축약하느라 사건이나 대화를 압축 서술한 대목 가운데 의역이 심한 곳이 더러 눈에 띈다.[16]

---

15 신문관의 단행본 번역소설과 내외출판협회의 통속문고의 관련성에 대해서는 박진영, 앞의 책, 236~244면 참조.

16 이 글의 범위를 벗어나는 논의이기는 하지만, 사카이본과 모모시마본의 번역 저본에 대한 언급을 간단히 해두고자 한다. 우선 사카이본의 경우 원작의 3장을 번역한 (4)장이 원작의 내용을 거의 충실하게 옮겨 놓은 것으로 보아 원작을 저본으로 한 것으로 보인다. 젊은이들을 위한 도서 시리즈로 미국의 앨트머스사에서 간행한 축약본『엉클 톰스 캐빈』은 원작의 45장 391페이지 분량을 44장(45장은 작가의 말에 해당하므로 생략한 듯하다) 309페이지 분량으로 거의 원작에 충실하게 축약했는데, 이 앨트머스본만 해도 인물

이 가운데 최남선이 2차 유학 당시 읽고 감동하여 번역하고 싶어했던 책은 1903년 내외출판협회에서 간행한 『인자박애의 이야기』이다. 내외출판협회의 통속문고 가운데 『플랜더스의 개フランダースの犬』를 『불쌍한 동무』라는 제목으로 직접 번역하기도 했던 최남선이 이 책의 번역을 굳이 이광수에게 맡긴 것은 이광수야말로 이 책을 번역하는 데 적임자라고 여겼기 때문이었을 것이다. 최남선은 1909년 말 잠시 일본에 체류했을 때 이전부터 아는 사이였던 홍명희의 소개를 통해서 이광수를 소개받고, 이 두 사람에게 『소년』지의 집필을 의뢰한다.[17] 최남선은

---

들의 대화 위주로 판본을 축약해 놓은 터라 원작과 사카이본에 있는 지문과 서술은 모두 생략되어 있는 것을 확인할 수 있다. 모모시마본 역시 필요하다고 판단한 대목은 원작의 내용에 충실하게 번역하고 있는 것이 눈에 띈다. 일단 원작의 1장을 번역한 1장의 경우 셀비가 헤일리에게 톰의 정직성을 설명하기 위해 신시내티로 심부름을 보낸 일화를 설명하는 대목은 거의 원작에 가까운데, 이런 대목은 앨트머스본의 경우도 생략되어 있다. 또 원작의 31장을 번역한 11장의 경우도 리그리가 톰의 성경을 발견하고 신앙을 금지하고 그의 물건을 빼앗는 대목은 의역이기는 하지만 원작을 참조하지 않고는 번역하기 어려운 대목이며, 앨트머스본에도 사카이본에도 존재하지 않는다. 전체적인 내용을 대폭 축약하긴 했지만 원작을 저본으로 한 초역이 분명해 보인다. 사카이본과 모모시마본의 번역 저본을 비교하기 위해 참조한 앨트머스본의 출처는 다음과 같다. Harriet Beecher Stowe, *Altemus Young People's Library: Uncle Tom's Cabin*, Philadelphia : Henry Altemus Company, 1900(http://utc.iath.virginia.edu/childrn/altemushp.html).

17  이광수의 「육당 최남선론」에는 이광수가 최남선과 만났던 당시의 일을 기록하고 있는 1909년 11월 28일 자 및 11월 30일 자의 일기가 실려 있다. "歸途에 홍명희 군을 訪하다. 그는 余와 취미를 同히 하다. 그는 余를 好하다. 雜談多時. 최남선 군의 文과 詩를 보다. 확실히 그는 천재다. 현대 우리 문단에 第一指될 만하다. 최 씨가 나를 만나기를 원한다고. 화요일에 만나기로 하다"(이광수, 「육당 최남선론」, 『조선문단』, 1925.3), 『이광수 전집』 8, 우신사, 1979, 494면). 또 1910년 2월에 간행된 『소년』 제3년 제3권의 「편집실 통기」에는 최남선이 이광수에게 『소년』의 원고를 부탁한 일이 다음과 같이 기록되어 있다. "장래의 우리나라 문단을 건설하고 增廣도 할뿐더러 다시 한 걸음 나아가 세계의 사조를 한번 요동할 포부를 가지고 바야흐로 驚人沖天의 준비를 하시는 假人 洪君 과 孤舟 李君이 수고를 아끼지 아니하고 길이 本잡지를 위하야 瓊章玉稿를 부치심을 언약한 일이라. (…중략…) 우리는 물론 우선 이 두 潛龍을 위하야 本誌 중 중요한 부분을 베어드림을 기쁨으로 하려니와 (…중략…) 길이 고독의 비애로만 지내던 우리는 이제 비로소 단합의 芳醪에 醉하려 하난지라." 「편집실 통기」, 『소년』 3-2, 1910.2, 91~92면.

이미 이광수가 『태극학보』와 『대한흥학보』를 통해 다양한 논설을 발표한 이력을 알고 있었고, 그가 문예적 글쓰기에도 관심을 갖고 있다는 사실을 전해들었을 것이다. 실제로 이광수가 쓴 1909년 11월 7일 자 일기에는 2주 전부터 쓰기 시작했다는 소설 「노예」에 관한 언급이 나오고,[18] 이어서 이해 12월 일본어 단편 「사랑인가愛か」(『白金學報』, 1909.12)를 비롯하여 이듬해에는 영화를 저본으로 한 번안단편 「어린 희생」(『소년』, 1910.2~5)과 단편 「무정」(『대한흥학보』, 1910.3~4)이 잇달아 발표된다. 게다가 이해 3월에 『대한흥학보』에 발표된 「문학의 가치」(1910.3)는 "아직 문예라는 것이 없"[19]는 조선에 신문학의 기치를 올리겠다는 야심을 표명한 일종의 선언서라 할 만하니, 최남선은 문학에 대한 이광수의 재능과 열정을 일찌감치 알아보았던 것이 틀림없다.

사실 스토의 『엉클 톰스 캐빈』의 번역을 의뢰받았을 때 더욱 기뻤던 것은 이광수 쪽이었을 것이다. 일찍이 하타노 세츠코가 주목했듯이, 중학 시절 이광수의 관심을 사로잡았던 중요한 주제 가운데 하나가 바로 '노예'에 관한 것이었기 때문이다.[20] 그가 '노예'라는 주제에 대해 관심을 갖게 된 것은 중학 시절 메이지학원明治學院과 아오야마학원靑山學院의 몇

---

18  1909년 11월 7일 자 일기에 "아직 밝지도 아니 하엿는데 나는 '노예'를 쓰기를 繼續하엿다. 이것은 二週年前부터 시작한 것이니 나의 處女作이다"라는 언급이 보인다. 이광수, 「나의 소년시대―십팔 세 소년이 동경에서 한 일기」(『조선문단』, 1925.4), 『초기 문장집』 I, 31면.

19  1910년 1월 12일 자 일기에는 밤에 홍명희를 만나고 돌아오는 길에 아직 문예라는 것이 없는 조선에서 문학자의 길을 걷는다는 것에 대해 다음과 같이 고민하는 대목이 나온다. "전차ㅅ속에서 나는 文學者가 될가, 된다 하면 엇지나 될는고. 조선에는 아직 文藝라는 것이 업는데, 日本文壇에서 긁을 들고 나설가―이런 생각을 하엿다." 이광수, 위의 일기, 45면.

20  하타노 세츠코, 최주한 역, 「이광수의 자아―작품을 통해 본 이광수의 제1차 유학 시절의 세계관」, 『무정을 읽는다』, 소명출판, 2008, 102~119면.

몇 유학생들이 모여 자유독립의 기상을 표방하며 조직했던 애국적 소년 회의 활동과도 관련이 있다.[21] 이 무렵 이광수는 『태극학보』에 로마의 노예 검투사 스파르타쿠스가 그리스 동포들에게 자유를 위하여 봉기할 것을 연설하는 장면을 담은 번역단문 「혈루血淚」(1908.11)를 발표하는가 하면, 이듬해 10월 무렵에는 「노예」라는 제목의 소설을 습작하기도 했 다. 1910년 2월부터 3회에 걸쳐 『소년』에 연재 발표한 번안단편 「어린 희생」 또한 적국의 침략으로 나라를 짓밟히고 전선에서 아버지마저 잃 은 소년이 노예로 전락한 동포들의 처지에 분노하며 애국적 희생에 나 서는 이야기이다. 소년회에서 간행한 회람잡지 『신한자유종』 제3호의 표제화에 필라델피아의 자유종을 본딴 그림이 그려져 있는 것으로 보 아, 소년회 구성원들에게는 스토의 『엉클 톰스 캐빈』이 필독 도서처럼 읽혔을 가능성도 있다. 거의 1세기의 격차를 두고 벌어진 역사적 사건이 기는 해도, 이들 소년에게 미국의 독립과 노예의 해방은 예속으로부터 의 자유라는 점에서 동일한 범주의 것으로 인식되지 않았을까 싶다.

『엉클 톰스 캐빈』의 번역에 착수한 이광수는 이제 세 개의 판본을 앞 에 두고 있었다. 스토의 『엉클 톰스 캐빈』(1852) 원작과 사카이가 편집한 『인자박애의 이야기』(1903), 그리고 모모시마가 번역한 『노예 톰』(1907) 이 그것이다. 그러나 아무리 어학 능력이 뛰어났다고 해도 메이지학원 중학을 졸업한 정도의 수준에서 방대한 분량의 원작을 저본으로 번역에 뛰어드는 것은 힘에 버거웠을 것이다. 더구나 번역에 착수했던 오산학 교 시절에는 학교일과 동회일을 병행하느라 늘 분주했기에 시간적인 여

---

21 이광수의 애국적 소년회의 활동에 관해서는 최주한, 「중학 시절과 오산 시절의 이광 수」(『이광수와 식민지 문학의 윤리』, 소명출판, 2014) 참조.

유가 그리 많았던 것도 아니다. 이광수는 이미 일본어로 번역되었던 두 개의 판본을 십분 활용하여 번역해 나가는 방법을 택했다. 사카이의 『인자박애의 이야기』를 저본으로 하되, 필요한 곳에서는 모모시마의 『노예 톰』을 참고했다는 사실도 확인된다. 그러나 두 번역본을 판본으로 하면서도 이들 저본과는 또 다른 판본을 만들어낸 것도 사실이다. 이에 대해서는 다음 절에서 자세히 검토해 보기로 한다.

## 3. 원작 및 번역 저본과의 관계 검토

먼저 원작 및 번역 저본과 『검둥의 설움』을 비교하기 위해 사용한 판본을 밝혀둔다. 우선 원작 『엉클 톰스 캐빈』은 캘리포니아대학 도서관에서 원작 초판본을 디지털로 스캔한 판본과 문학동네에서 간행된 이종인의 번역본을 함께 참조했다.[22] 다음으로 『인자박애의 이야기』와 『노예 톰』은 일본 국회도서관 사이트에 소장되어 있는 자료를 내려받았다.[23] 마지막으로 『검둥의 설움』은 박진영이 엮은 신문관 번역소설 전집과 서강대학교

---

[22] 원작을 스캔한 이 판본은 이정화 선생님께서 보내주셨다. 이 자리를 빌려 진심으로 감사드린다. Harriet Beecher Stowe, *Uncle Tom's Cabin*, Reprint from the collection of University of California Libraries, 2013; 헤리엇 비처 스토, 이종인 역, 『톰 아저씨의 오두막』, 문학동네, 2011.

[23] 『노예 톰』은 일본 국회도서관 사이트(http://kindai.ndl.go.jp/info:ndljp/pid/877433) 에서, 그리고 『인자박애의 이야기』는 http://dl.ndl.go.jp/info:ndljp/pid/755014에서 각각 내려받을 수 있다. 堺枯川 編輯, 『仁慈博愛の話』, 內外出版協會, 1903; 百島冷泉 抄譯, 『奴隷トム』, 內外出版協會, 1907.

도서관에 소장되어 있는 신문관 간행본을 함께 참조했다.[24]

① Harriet Beecher Stowe, *Uncle Tom's Cabin*, Reprint from the collection of University of California Libraries, 2013.

② 堺枯川 編輯, 『仁慈博愛の話』, 內外出版協會, 1903.

③ 百島冷泉 抄譯, 『奴隷トム』, 內外出版協會, 1907.

④ 이광수 초역, 『검둥의 설움』, 신문관, 1913.

우선 원작과 번역 저본, 그리고 『검둥의 설움』의 장 구성을 비교하여 도표로 나타내면 ⟨표 1⟩과 같다.

⟨표 1⟩ 원작 및 번역 저본, 번역본의 장구성

| | *Uncle Tom's cabin* | 仁慈博愛の話 | 奴隷トム | 검둥의 설움 |
|---|---|---|---|---|
| 1장 | 어떤 인정 많은 남자가 소개되는 장 | 빚만큼 괴로운 것은 없다(2장) | 1장 | 1장 |
| 2장 | 어머니 | 물건이지 사람이 아니다(3장) | 생략 | 2장 |
| 3장 | 남편이자 아버지 | 더 이상 어떻게도 견딜 수 없다(4장) | 생략 | |
| 4장 | 톰 아저씨네 오두막의 저녁 풍경 | 톰 영감과 쿠로 노파(5장) | 2장 | 생략 |
| 5장 | 살아 있는 물건이 다른 주인에게 팔려갈 때의 느낌 | 하리야, 너는 팔렸구나(6장) | 1장에 삽입 | 3장 사카이본(5장) 삽입 |

---

**24** 박진영의 『신문관 번역소설 전집』(소명출판, 2010)은 "단행본의 초판을 바탕으로 삼아 엄격한 교정과 교열을 거친 결정판이자 비평적 정본"을 자처했지만, "외국어와 외래어를 지금의 한글 맞춤법과 표준어 규정에 맞게 고친"(일러두기) 까닭에 번역 저본과의 관계를 검토하기 어려운 점이 있어 다시금 원본을 참조하지 않을 수 없었다. 또 17장에 나오는 에바와 톱시의 대화 가운데 다음의 대목은 원전의 내용을 참고하여 교열했더라면 하는 아쉬움이 있다. "너는 좋아하는 사람도 없는 게로구나." "좋아하긴 무엇을 좋아하여. 난 다 싫어. 좋아하는 게라고는 사탕밖에 없소다"(303면)에서 '사탕'은 원작과 번역 저본에서는 모두 '사탕'으로 되어 있다.

| | *Uncle Tom's cabin* | 仁慈博愛の話 | 奴隷トム | 검둥의 설움 |
|---|---|---|---|---|
| 6장 | 발견 | 잘 속여 넘겼다는 표정(7장) | 생략 | 4장<br>사카이본(8장)<br>삽입 |
| 7장 | 어머니의 필사적인 투쟁 | 미끄러질런지, 건너뛸런지,<br>헛디딜런지, 넘어질런지(8장) | 생략 | 5장 |
| 8장 | 엘리자의 도망 | 생략 | 생략 | 생략 |
| 9장 | 인간적인 상원의원 | 입술만 달싹거릴 뿐, 소리는<br>전혀 나오지 않는다(9장) | 생략 | 6장 |
| 10장 | 물건으로 운반되다 | 나는 당신의 뜻만으로도<br>충분하다(10장) | 2·3장 | 7장<br>모모시마본<br>참조 |
| 11장 | 물건의 물건답지 않는 생각 | 내 어머니는 일곱 자식과<br>함께 팔렸습니다(11장) | 생략 | 8장 |
| 12장 | 합법적 거래의 선별된 사례 | 생략 | 3장에<br>삽입 | 생략 |
| 13장 | 퀘이커교도의 정착촌 | 오늘 밤 이곳으로 오세요(12장) | 생략 | 생략 |
| 14장 | 에반젤린 | 천삼백 원이면 쌉니다(13장) | 4장 | 9장 |
| 15장 | 톰의 새 주인과 여러 가지 일들 | 여행은 길고 편지는<br>짧다(14장) | 5장 | 10장<br>모모시마본<br>참조 |
| 16장 | 톰의 안주인과 그녀의 의견들 | 동정심이라고는<br>조금도 없다(15장) | | 11장 |
| 17장 | 자유인의 정당방위 | 자유를 위해 끝까지<br>싸웁니다(16장) | 생략 | 생략 |
| 18장 | 미스 오필리어의 경험과 의견 1 | 나는 차라리 지옥에<br>가고 싶다고(17장) | 6장 | 12장<br>모모시마본<br>참조/ 13장 |
| 19장 | 미스 오필리어의 경험과 의견 2 | 톰 영감이 편지를<br>쓰고 있는 걸요(18장) | 생략 | 생략 |
| 20장 | 톱시 | 나 같은 건 쓸모없으니<br>흠씬 두들겨패는 게 좋지(19장) | 6·7장 | 14장<br>모모시마본<br>참조 |
| 21장 | 켄터키 | 생략 | 생략 | 생략 |
| 22장 | 풀은 마르고 꽃은 시든다 | 읽고 쓸 수 없으니 모두가무척<br>괴로워하고 있습니다(20장) | 8장 | 15장<br>모모시마본<br>참조 |
| 23장 | 헨리크 | 생략 | 생략 | 생략 |
| 24장 | 전조 | 톰도 자식들을 매우<br>사랑하고 있어요(21장) | 9장 | 16장 |

|  | Uncle Tom's cabin | 仁慈博愛の話 | 奴隷トム | 검둥의 설움 |
|---|---|---|---|---|
| 25장 | 어린 에반젤리스트 | 죄 있는 자를 구하기 위해 하늘에서 내려온 천사(22장) | 생략 | 17장 |
| 26장 | 죽음 | 당신과도 천국에서 만나겠지요(23장) | 9장 | 18장 |
| 27장 | 이것이 지상의 마지막 순간 | 그 격한 소리에 말보다도 사람을 감동시키는 힘이 있었다(24장) | 생략 | 19장 |
| 28장 | 재회 | 사람은 어느 때고 죽게 마련이다(25장) | 10장 | 19장 |
| 29장 | 보호받지 못하는 사람들 | 인간의 가죽을 뒤집어쓴 악마(26장) | 10장 | 20장 모모시마본 참조 |
| 30장 | 노예창고 | 생략 | 생략 | 생략 |
| 31장 | 농장으로 가는 배 안에서 | 생략 | 11장 | 20장 모모시마본 |
| 32장 | 어두운 곳 | 생략 | 12장 | 20장 모모시마본 |
| 33장 | 캐시 | 나의 영혼만큼은 당신이 살 수 없다(27장) | 13장 | 21장 모모시마본 참조 |
| 34장 | 퀴드룬 여자 이야기 | (29)장에 삽입 | 14장 | 생략 |
| 35장 | 징후 | 생략 | 생략 | 생략 |
| 36장 | 에멀린과 캐시 | 생략 | 14장에 삽입 | 22장에 삽입 |
| 37장 | 자유 | 자식과 부부가 얼싸안고 하늘을 향해 기도드렸다(28장) | 생략 | 생략 |
| 38장 | 승리 | 질 때가 가까운 중년여성(29장) | 생략 | 22장 모모시마본 참조 |
| 39장 | 작전 | 나는 신께 부름받아 가는 길이요(30장) | 14장 | 22장 모모시마본 참조 |
| 40장 | 순교자 | 나는 신께 부름받아 가는 길이요(30장) | 14장 | 22장 모모시마본 참조 |
| 41장 | 젊은 주인 | 나는 죽어도 당신을 원망하지 않겠습니다(31장) | 15장 | 23장 모모시마본 참조 |
| 42장 | 그럴듯한 귀신 이야기 | 톰의 은혜(32장) | 생략 | 24장 |
| 43장 | 결과 | 톰의 은혜(32장) | 생략 | 24장 |
| 44장 | 해방자 | 톰의 은혜(32장) | 15장 | 24장 |
| 45장 | 맺는말(작가의 말) | 생략 | 생략 | 생략 |
| 비고 | | 노예의 설명(1장) | 스토우 부인(부록) | 스토우 부인 사적(서장) |

위의 표에서 볼 수 있듯이, 『인자박애의 이야기』(이하 사카이본)가 전체적인 내용을 훼손하지 않는 범위에서 원작을 축약하고 구성면에서도 원작의 사건 배열을 그대로 따르고 있다면, 『노예 톰』(이하 모모시마본)은 거의 절반에 가까운 내용을 대폭 생략하여 사건의 배열 자체를 재구성하고 있는 것이 눈에 띈다. 모모시마본은 특히 톰과 관련된 사건만으로 원작을 재구성하여 번역하고 있는데, 그런 까닭에 원작의 주요 스토리 사건의 또 다른 한 축을 구성하는 조지와 엘리자의 이야기는 아예 삭제되어 있는 것을 확인할 수 있다.

한편 모두 24장으로 구성된 『검둥의 설움』은 분량면에서도 일단 32장으로 구성된 사카이본과 15장으로 구성된 모모시마본을 절충 형태에 가깝다. 내용면에서는 모모시마본과 달리 조지와 엘리자의 이야기를 비중 있게 다루었고, 사카이본이 생략하거나 다루지 않은 대목에 대해서는 모모시마본을 참조하여 번역한 곳도 꽤 된다. 기본적으로 사카이본을 저본으로 번역하면서도 수시로 모모시마본에 따랐다는 흔적이 또렷하다. 몇 가지 두드러진 예를 들자면, 성경을 보는 톰과 노예 매매 광고를 보고 있는 헤일리를 서술한 장면(7장), 톱시가 필리의 댕기와 오필리어의 장갑을 도둑질하는 장면(14장), 클레어와 오필리어가 노예 다루는 법에 대해 논쟁하는 장면(14장), 레그리가 톰의 성경과 그밖의 물건을 빼앗는 장면(20장) 등은 원작과도 다른 모모시마본만의 독특한 축약적 의역을 그대로 따르고 있다.

한 가지 더 흥미로운 것은 이광수가 번역 저본의 인명과 지명을 한국어로 옮기는 과정에서 어느 한쪽의 판본을 따르지 않고 취사선택하고 있다는 점이다. 원작과 번역 저본, 그리고 『검둥의 설움』의 인명과 지

**〈표 2〉 원작 및 번역 저본, 번역본의 인명과 지명**

| Uncle Tom's cabin | 仁慈博愛の話 | 奴隷トム | 검둥의 설움 |
|---|---|---|---|
| Mr. Shelby | セルビー | セルビ | 셸비 |
| Haley | ハーレー | ハレー | 하레 |
| Eliza | エリザ | 생략 | 엘리자 |
| Harry | ハリ | 생략 | 할리 |
| George Harris | ヂョーヂ | 생략 | 조오지 |
| Mr. Harris | ハルリス | 생략 | 하리스 |
| Emily(Mrs.Shelby) | エミリ | エミリー | 에밀리 |
| Tom | トム | トム | 톰 |
| Cloe | クロー | クロ | 크로 |
| George Shelby | ゲオルグ | ジョージ | 조오지 |
| Andy | アンデー | 생략 | 안데 |
| Sam | サム | 생략 | 삼 |
| Symmes | サムイ | 생략 | 사무이 |
| St. Clare | クレ_ル | セント、クレヤ | 크렐 |
| Ophelia | オフエリヤ | オペリャ | 오베리아 |
| Evangeline | エバンジェーリーン | エバンゼリン | 에반젤린 |
| Topsy | トツピ | トプシ_ | 톱시 |
| Prue | ペル | 생략 | 베루 |
| Simon Legree | レグリ | シモン'レグリ_ | 시몬 레그리 |
| Emmeline | エメリン | エンメリン | 에메리 |
| Cassy | カツシー | 생략 | 카시 |
| Thoux | ドツ | 생략 | 도두 |
| Pontchartrain | ポンチヤルトレ_ン | ポンタートン | 폰찰 |
| Litchfield* | 생략 | リッチモンド | 리치몬드 |

명을 비교하여 도표로 나타내면 〈표 2〉와 같다.

사카이본은 톰의 첫 번째 주인인 셸비의 아들 조지 셸비를 노예 조지 해리스와 혼동할 것을 우려하여 '게오르그'라는 독일어식 발음을 사용했는데, 『검둥의 설움』은 모모시마본과 동일하게 '조오지'라는 발음을 그대로 옮기고 있다. 톰의 두 번째 주인인 세인트 클레어의 경우는 '크레루/크레야' 가운데 사카이본을 따라 '크렐'이라고 옮겼고, 톱시의 경우는 '토피/토프시' 가운데 모모시마본을 따라 '톱시'라고 옮겼다. 톰이 에바와 한 여름을 지냈던 호숫가 폰찰트레인은 '폰챠루토렌/폰타톤' 가운데 사카이본을 따라 '폰찰'이라고 옮겼다.[25] 어떤 원칙에 따라 취사선택한 것인지는 불분명하지만, 이들 인명과 지명을 옮긴 방식은 이광수가 번역 당시 두 판본을 모두 참고하고 있었다는 사실을 보여주는 또 하나의 증거가 된다.

물론 『검둥의 설움』이 사카이본과 모모시마본을 그대로 따랐던 것은 아니다. 사카이본과 모모시마본을 적절히 참조하여 사건을 재배열함으로써 원작은 물론이고 이들 두 판본과는 또 다른 방식의 이야기 구성을 창출하기도 했다. 몇 가지 두드러진 예를 들자면, 엘리자가 아들 해리와 함께 셸비의 집을 도망나와 톰의 오두막을 찾는 사건을 담은 3장과 엘리자의 도망을 둘러싸고 일어나는 해프닝을 다룬 4·5장, 그리고 에바가 죽음을 예감하고 주위 사람들에게 이를 암시하는 사건을 담은 15장 등이 그러하다. 먼저 원작의 5장에 해당하는 3장은 사카이본

---

**25**  〈표 2〉의 맨 마지막에 나오는 리치필드라는 지명은 스토가 태어난 곳이다. 모모시마본의 부록에는 '리치몬드'라고 잘못 옮겨져 있는데, 『검둥의 설움』의 서장인 「스토우 부인 사적」에도 그대로 '리치몬드'로 잘못 옮겨져 있다. 이 지명으로도 「스토우 부인 사적」이 「스토우 부인」을 저본으로 삼아 번역했다는 것을 알 수 있다.

과 달리 원작의 4장을 건너뛰고 엘리자가 해리와 함께 셸비의 집을 도망나오는 사건과 톰의 오두막에 도착하는 사건 사이에 원작의 4장(사카이본 5장)에 해당하는 톰의 오두막 장면을 삽입하여 서사 분량을 압축하면서도 자연스럽게 사건을 전개해 나가고 있다. 또 원작의 6·7장에 해당하는 4·5장은 엘리자의 도망을 돕기 위해 노예 상인 헤일리를 골탕먹이는 집안 식구들의 소동을 4장에서 한꺼번에 축약하여 번역하고, 5장에서는 셸비의 집에서 도망나온 엘리자가 여관에서 추격대와 맞닥뜨렸다가 오하이오강을 건너는 사건 전개에 집중함으로써 극적 긴장을 높이고 있다.[26] 마지막으로 원작의 22장에 해당하는 15장은 원작과 달리 에바가 종들에게도 글을 가르쳐야 한다고 어머니를 설득하는 사건과 에바가 톰에게 묵시록의 한 대목을 읽어주며 자신의 죽음을 암시하는 사건의 전후 순서를 바꾸어 배열함으로써, 죽음을 예감한 에바가 아버지 클레어에게 유언을 남기는 이야기를 담은 16장과의 자연스러운 연결을 꾀하고 있다.[27] 또 15장의 첫 대목은 톰이 클레어에게 팔려온 지 이태만에 조지 셸비에게 받은 편지 내용을 서술자가 간접 전달하고 있는 원작 및 사카이본과 달리, 서술자가 전달하고 있는 편지 내용을 편지 형식으로 재구성해 놓고 있기도 하다.

뿐만 아니라 사카이본이 종종 인물들의 대화를 축약하여 역술하고 있는 데 비해, 『검둥의 설움』은 원작에 가깝게 대화와 지문을 철저하게

---

26  원작의 7장과 이에 해당하는 사카이본 8장의 사건은 엘리자의 도망-헤일리를 붙들려는 소동-헤일리 일행의 추격-엘리자의 도강(渡江) 순서로 전개된다. 『검둥의 설움』은 헤일리를 붙들려는 소동을 4장에서 한꺼번에 서술하고, 5장에서는 엘리자의 도망-헤일리 일행의 추격-엘리자의 도강의 순서로 사건을 재구성하고 있다.
27  참고로 사카이본의 경우 후자의 사건이 생략되어 있고, 모모시마본은 전자의 사건이 생략되어 있다.

구분하여 번역하고 있는 태도도 눈에 띈다. 다음은 원작의 26장에 해당하는 사카이본의 23장의 한 장면과 같은 장면에 대한 이광수의 번역인데, 모모시마본에는 생략되어 있으므로 이 판본을 참고했을 가능성은 없다.

> 에바의 몸은 차츰 나빠져 정원에 나오는 일도 차츰 드물어졌다. 어느날 에바는 자기 방에서 성서를 펴들고 그 위에 수척해진 손을 놓고 의자에 기대어 있는데, 어머니가 톱시를 꾸짖는 소리가 들렸다. 톱시는 에바 아가씨에게 드리기 위해 꽃을 꺾었다고 이야기하는 것이지만, 마리는 거짓말이라고 꾸짖고 있는 것이다. 에바는 직접 툇마루에 나가 "어머니, 그만 두세요. 제가 꽃을 좋아하니까 저를 주세요." "그래도 네 방은 꽃이 가득하잖니." "나는 얼마든지 좋아하니까. 톱시야 이쪽으로 가져오렴." 톱시는 덜덜 떨며 꽃을 가지고 왔다. "아아, 예쁜 꽃다발이로구나" 하고 에바는 그것을 보고 있다. "톱시야, 너는 정말 대단하구나. 이곳에 화병이 있으니까 매일 뭐든 꽃아줘." 톱시는 머리를 약간 숙이고 저쪽으로 가버렸지만, 그 눈에는 눈물이 보인다.[28]

에바의 병은 날로 더흐야 살이란 한 졈도 업셔지고 밤낫 자리에만 누어 잇슬 샏이오 이제는 마당에도 나오지 못흐게 되엿더라.
하로는 톱시가 마당 화분에 심은 곳을 꺽거 가지고 에바의 문 밧게 다다를 세 마리 부인이 보고,
"이 빌어먹을 계집년 굿흐니, 쏘 곳밧흘 다 녹이는가 보고나."

28  堺枯川 編輯, 『仁慈博愛の話』, 內外出版協會, 1903, 141면.

"아니올시다. 제가 가지랴는 것이 아니라, 적은 아씨 들이랴고 썩거왓습니다."

"엑기 째려 죽일 년, 거짓말만 ㅎ겟다."

방 안에 잇던 에바가 이런 말을 듯고 벌덕 닐어나 문을 왈칵 열면셔,

"어머님, 웨 그러케 책망을 ㅎ십닛가. 난 곳이 보고 십흔데."

"네 방도 곳밧이도고나, 무슨 곳이 쏘 보고 십허."

"아니야요. 더 보고 십허요."

ㅎ고 고갯짓으로 톱시를 부르면셔,

"어듸, 이리 가져 오나라, 곳치 참 곱고나."

톱시는 누구를 두리는 듯 가만가만히 에바의 겻헤 가 셔셔 곳뭉치를 들인대 에바가 깃븐 듯이 밧아보며,

"에그, 참 곱기도 히라. 네가 이러케 잘 섯거 묵겟니. 이 다음에는 날마다 썩거다가 이 화병에 쏘자다고, 응."

톱시는 고맙고 정다온 마음을 이긔지 못ㅎ야 주먹으로 눈물을 씨스면셔 문을 열고 나아가더라.[29]

이 무렵 한국문단에서도 이미 대화와 지문의 분리가 규범화되어 있었던 것을 고려하면, 위의 장면은 사카이본을 저본으로 하면서도 규범에 따라 간접 서술을 직접 대화로 바꾸어 번역한 것일 가능성도 없지 않다. 그러나 대화가 사카이본보다 좀더 상세하며 원작에 가깝게 옮겨져 있는 터라 부분적으로 원작을 참고했을 가능성도 배제할 수는 없다.[30]

---

29  이광수, 『검둥의 설움』(1913), 『초기 문장집』 I, 217~218면.
30  사카이본에서 톱시가 화단의 꽃을 꺾고 혼이 나는 장면이 간접 서술되어 있는 장면

## 4. 번역에 각인된 정치적 입장의 차이들

번역 저본과는 다른 『검둥의 설움』이 갖는 독창성은 구성면에서뿐만 아니라, 번역 의도 및 번역의 강조점에 각인되어 있는 정치적 입장의 차이에서도 또렷하다.

먼저 사카이가 편집한 『인자박애의 이야기』가 간행된 1903년은 일본에서 러일전쟁을 앞두고 사회주의의 반전운동이 고조되었던 해이다. 당시 『요로즈초호万朝報』의 기자이기도 했던 사카이는 러일 간 전쟁 국면이 임박함에 따라 종래 인도주의, 사회주의, 기독교적 평화주의의 시각에서 비전론非戰論을 펼쳤던 『요로즈초호』가 개전론開戰論으로 전향하여 마침내 1903년 10월 9일 주전론主戰論의 입장을 표명하게 되자, 바로 그 이튿날로 코토쿠 슈스幸德秋水와 함께 퇴사하여 11월 헤이민샤平民社를 창립하는 한편 주간週刊 『헤이민신문平民新聞』을 간행하여 사회주의적 입장에서 대대적인 반전운동을 전개하기도 했다.[31]

일본에서 사회주의가 지식인들의 관심을 끌기 시작한 것은 메이지 정부에 의한 근대산업의 대규모 이식과 자본주의의 발전으로 빈부의 격차

을 대한 이광수는 구체적인 상황이 궁금하기도 하고 또 이 장면을 생생하게 번역할 목적으로 원작을 찾아보았을 가능성이 있다. 『검둥의 설움』에 삽입되어 있는 두 장의 삽화는 아마도 원작에서 가져온 것인 듯한데, 번역 저본으로서까지는 아니라도 해도 최소한 원작을 참조했을 가능성을 시사한다. 이광수가 오산 시절의 제자 이희철을 회고하고 있는 수필 「H군에게」에도 이희철이 "어느 여름 방학 때에 나를 위하여 英和辭典과 和英辭典에서 글자를 찾아주"(『창조』, 1920.7, 57면)었다는 회고가 나온다. 아쉽게도 이 판본은 아직까지 발견하지 못했다.

31 이노 켄지, 연구공간 '수유+너머' 일본근대사상팀 역, 「노동조합주의・사회주의・무정부주의의 발생」, 이에나가 사부로 편, 『근대 일본 사상사』, 소명출판, 2006, 149~153면.

와 수많은 빈민과 노동자의 열악한 처지가 본격적인 사회 문제로 대두되었던 메이지 20년대(1887~1896)였다. 그러나 당시까지만 해도 그 내용은 열악하고 비참한 노동자의 상태를 지적하고 그 개선책을 호소하는 사회개량론이거나 노동조합주의적 성격을 갖는 것이 대부분이었다. 그러나 청일전쟁을 계기로 한 자본주의의 비약적인 발전은 노동조합주의와 함께 사회주의에 대한 관심을 강화시켰고, 이러한 관심에 힘입어 노동운동은 사회주의와의 결합을 꾀하는 정치운동으로 발전하여 마침내 1901년 5월에는 '사회주의의 실현을 목표'로 삼은 사회민주당의 결성을 보게 된다. 사회민주당은 곧바로 결사를 금지당했지만, "어떻게 빈부의 격차를 타파할 것인가는 실로 20세기의 커다란 문제라고 생각한다"로 시작되는 사회민주당의 선언은 사회주의와 노동운동의 전략과 전술면에서 매우 중요한 의의를 갖는 것으로 평가되고 있다.

더욱이 사회민주당의 결사 금지를 계기로 정부가 노동운동을 억압하는 대신 사회주의 선전에 대해서는 관용 및 묵인의 정책을 취하게 됨에 따라 1903년 11월 헤이민샤가 창립되기까지의 약 1년 반 동안 사회주의 사상은 일본에서 일대 유행을 맞게 되는데, 사회민주당 결성 당시 결사 주체의 한 사람이자 『요로즈초호』 시절 사카이의 동료이기도 했던 코토쿠 슈스가 당대 뛰어난 사회주의 문헌의 하나로 평가되는 『사회주의신수』(1903)를 출간할 수 있었던 것도 바로 이러한 사회·정치적 여건 덕분이었다.[32] 사카이가 스토의 『엉클 톰스 캐빈』을 『인자박애의 이야기』라는 제목으로 역술하여 간행하고자 했던 동기 또한 이러한 사회주의적 입장을 반영한 것으로, 이는 다음과 같은 편집자의 말에서부

32  메이지시기 일본 사회주의의 전개에 대해서는 위의 책, 133~148면 참조.

터 또렷이 드러나 있다.

이 이야기를 하기 위해서는 우선 노예에 관해 설명하지 않으면 안 된다. (…중략…) 이 노예는 아프리카인이라 피부색이 검어 이른바 검둥이(黑ン ボ, 쿠론보)로, 유럽인을 백인으로 부르는 데 비해 흑인으로도 불리고 있 다. 이 흑인 즉 검둥이는 백인 즉 유럽인을 위해 전혀 인간 이외의 것으로 간주되어 잔혹한 취급을 받았다. (…중략…) 유럽에서 노예매매가 금지되 고 나서도 아메리카 합중국에서는 실제의 필요상 노예 제도가 행해지고 있 었다. 특히 농업이 왕성한 남방 지역이 그러했고 북방 지역은 일찍부터 노 예해방을 주장했는데, 이러한 남북의 이해 충돌로부터 노예해방 문제 때문 에 이른바 남북전쟁이 시작되어 4년간의 전쟁 끝에 노예해방의 열매를 거 둔 것이 1856년이었다. (…중략…) 노예해방이 이루어진 지 이미 40년이 된 오늘날, 노예라는 존재가 일찍이 있어본 일도 없는 일본에서 이런 이야기 를 할 필요가 있는지 묻는 이가 있을지도 모른다. 과연 노예해방은 이미 이 루어졌고, 일본에는 일찍이 노예라는 것이 없었다. 그러나 그것은 단지 명 의상의 일이고, 지금도 일본에 노예와 같은 자가 많다. 돈에 쫓기는 가난한 이들은 어 떤 점에서 노예이다. 소작인, 직공, 막벌이꾼, 인력거꾼, 기녀 등은 모두 어떤 점에서 노 예이다. 그래서 이 이야기를 읽는 사람이 이들 불쌍한 사람들 및 우리와 다른 인종에 대 해 혹시 조금이나마 인자박애(仁慈博愛)의 마음을 일으키는 일이 있을까 하고 여기에 이 이야기를 해보는 것이다.[33]

위의 인용문에서 볼 수 있듯이, 사카이에게 '노예'란 자본에 의해 핍

---

[33] 堺枯川 編輯, 『仁慈博愛の話』, 內外出版協會, 1903, 1~4면.

박받는 민중의 다른 이름이었다. 한때 흑인 노예가 아메리카 남부의 농업 자본에 의해 매매되는 물건으로 간주되어 인간 이외의 잔혹한 취급을 받았던 역사는 소작농, 직공, 막벌이꾼, 인력거꾼, 기녀 등 당대 일본 자본주의의 산물인 핍박받는 민중의 역사와 다르지 않다는 것이 사카이의 인식이었던 것이다. 이러한 인식은 원작과 달리 각 장의 주요 에피소드의 주제를 직접 드러내는 형식의 장 제목에서도 엿볼 수 있는데, 이를테면 '물건이지 사람이 아니다'(3장), '더 이상 어떻게도 견딜 수 없다'(4장), '내 어머니는 일곱 자식과 함께 팔렸습니다'(11장), '천삼백 원이면 쌉니다'(13장), '동정심이라고는 조금도 없다'(15장), '나는 차라리 지옥에 가고 싶다고'(17장), '인간의 가죽을 뒤집어쓴 악마'(26장) 등의 장 제목이 그러하다(〈표 1〉 참조).

한편 1907년 모모시마가 초역한 『노예 톰』은 번역 동기에서부터 이러한 사회·정치적인 관심이 거세되어 있는 것이 눈에 띈다. 그리고 사회·정치적인 관심 대신 부각되어 있는 것은 신 앞에서 모든 인간은 평등하다는 기독교적 평등사상이다.

이 책은 저 유명한 『엉클 톰스 캐빈』의 경개(梗槪)이다. 저 연약한 스토우 부인이 쓴 이 책이 인류의 문제인 노예해방에 공헌하고 남북전쟁을 일으켜 노예의 자취를 끊어 버리게 되었다고 하면 일단 수긍하기 어려울 지도 모른다. 그러나 사실이다. 그 무엇도 이 광휘 있는 대사실을 부정할 수 없다. 신 앞에서 형제자매로서 평등해야 함을, 뜨거운 저자의 동정심은 이 세상에 있어서는 안 되는 노예에게 쏟아져 그것이 이 책의 원본이 되었다. 나는 노예 톰과 에반젤린으로부터 많은 교훈을 배웠다. 원컨대 독자 제군도 그러기를 바란다.[34]

모모시마가 원작의 방대한 내용 가운데서 특히 톰과 에반젤린의 우정에 주목한 것은 이 두 사람의 우정이야말로 신 앞에서 모든 인간은 형제자매로서 평등하다는 기독교의 교훈을 잘 보여준다고 생각했기 때문이었던 것 같다. 전체 45장에 해당하는 원작에서 거의 절반에 해당하는 20여 장을 대폭 생략하고 톰의 서사를 중심으로 한 장만을 선택적으로 번역한 것도 그래서였을 것이다〈표 1〉 참조). 모모시마의 번역의도에 강조되어 있는 기독교적 평등사상과 형제애는 메이지 말기 '정신적 사회주의'를 표방하며 기독교적 동포주의의 시각에서 독자적인 사회주의 운동을 전개해 갔던 기독교 사회주의와 어느 정도 관련이 있을지도 모른다.[35] 물론 이러한 번역 방식은 문고본이라는 제한된 지면이 강제한 결과이기도 했다.

앞서도 언급한 것처럼, 『노예 톰』은 90페이지 남짓 분량의 문고본인 '통속문고' 시리즈의 하나로 기획·번역되었다. 그런 만큼 번역에 앞서 원작의 방대한 분량을 어떻게 축약할 것인가가 중요한 문제로 떠올랐을 텐데, 모모시마는 원작의 전체 내용을 간략하게 축약한 경개역이 아니라 톰과 직접 관련이 없는 장은 통째로 생략하고 톰과 관련이 있는 장을 선택하되 그 가운데서도 중요하다고 판단한 에피소드를 중심으로 원작에 가깝게 번역하는 초역의 방식을 취했다. 이처럼 원작의 절반에 해당하는 장을 뭉텅 잘라놓고도 "이 책은 저 유명한 『엉클 톰스 캐빈』의 경개梗槪"라고 단언한 것은 아마도 톰을 중심으로 한 서사가 원

---

**34** 百島冷泉 抄譯, 『奴隷トム』, 內外出版協會, 1907, 1면.

**35** 메이지 말기 기독교 사회주의의 활동에 대해서는 이노 켄지, 연구공간 '수유+너머' 일본근대사상팀 역, 앞의 글, 153~158면 참조.

작의 중심을 이룬다는 판단 때문이었을 것이다. 물론 이러한 선택적 번역의 과정에서 원작의 중요한 스토리 라인의 또 다른 한 축을 이루는 조지와 엘리자의 자유를 위한 투쟁의 서사를 흔적도 찾아볼 수 없게 된 것은 아쉬운 대목이다. 그러나 그 덕분에 『노예 톰』은 톰의 서사에 관한 한 상세한 번역과 더불어 원작에 가까운 생동감을 살려 번역해낼 수 있었던 것도 사실이다. 기본적으로 사카이본을 번역 저본으로 삼은 『검둥의 설움』이 부분적으로 『노예 톰』의 번역을 따른 것은 아마도 이 때문이었을 것이다.

사카이본과 모모시마본이 메이지 말기의 사회주의 및 기독교의 평등·박애사상을 바탕으로 원작을 재해석한 것이라면, 1913년 이광수가 초역하여 간행한 『검둥의 설움』은 식민지 민족주의의 독립사상을 바탕으로 원작을 재해석한 것이라는 점에서 또 다른 사회·정치적인 맥락을 각인하고 있다. 다음은 『검둥의 설움』에 대한 신문관의 광고 전문이다.

纖弱한 일 여자의 手로 위대한 사업을 성취한 중에 우리 스토우 부인 같은 이는 가장 공헌이 다대하고 영향이 심원한 자일지로다. 당시 미국에서는 백인의 흑인 학대함이 無所不至하야 금전으로 매매함은 物類에서 賤하고 鞭楚로 驅擲함은 牲畜에서 甚하니 天理― 이미 晦塞하고 人道― 또한 喪絶한지라. 此時에 부인이 正義를 仗하고 道理에 立하야 그 다수한 無辜를 위하야 背理無道한 虐遇와 窮慘極酷한 실정을 描하야 一世의 양심을 고발코저 한 것이 此書의 原本이니, 此書 一出하매 만인의 慕義하는 心이 격동되어 그 風力이 及하는 바에 노예파와 비노예파 사이에 남북전쟁의 대참극이 開演되고 필경 승리가

義人에게 歸하야 사백만 노예가 良民됨을 得하게 되니 一枝筆의 세력과 일 여자의 사업이 此에 極하얏다 할지로다. 此書는 그 세계적 名著를 우리게 소개코저 하야 간명하게 抄譯한 것이니 何人이든지 一讀하야 심대한 감흥을 得할지니라.[36]

　우회적인 방식으로 언급되어 있기는 해도, 스토의『엉클 톰스 캐빈』을 '천리天理'와 '인도人道'의 기치 아래 노예 제도의 부당함을 고발하여 역사상의 노예해방을 이끈 세계적 명저로 소개하고 있는 위의 광고문에서 자유와 해방, 독립을 갈구하는 식민지 민족주의의 염원을 간과하기란 불가능하다. 사카이에게 '노예'가 자본에 의해 핍박받는 민중의 다른 이름이었고 모모시마에게 '노예'가 신 앞에서 평등한 존재인 형제이자 자매였다면, 이광수에게 '노예'란 제국주의 열강의 침략적 야욕에 희생되어 민족적 생존과 번영의 권리를 유린당하고 있는 식민지 민족의 처지를 대변하는 이름이었다. "필경 승리가 義人에게 歸하야 사백만 노예가 良民됨을 득하게 되"었다는 것은 곧 조선 민족 또한 정의의 이름으로 반드시 독립의 지위를 얻게 될 것임을 암시적으로 표현한 것이었다고 해도 과언이 아닌 것이다.『검둥의 설움』이 다른 신문관 번역소설 단행본과 마찬가지로 내외출판협회의 문고본을 저본으로 번역할 수 있었음에도 불구하고 그렇게 하지 않은 또 하나의 이유도 바로 여기에 있다. 조지와 엘리자의 자유를 위한 투쟁의 서사를 통째로 생략하고 있는 모모시마의『노예 톰』은 노예의 처지로 전락한 식민지 민족에게 자유독립의 기상을 일깨울 수 있는

---

36 『검둥의 설움』 광고, 「부록-신문관 발매서적 총목록」, 박진영,『신문관 번역소설 전집』, 소명출판, 2010, 609면.

자유와 해방의 서사로서는 아무래도 역부족인 것이 사실이기 때문이다.

　만일 령감게서 검둥이흔테 잡혀가서 종이 되면 그것이 하느님의 쯧이라고 홀 터이오닛가. (…중략…) 령감게서는 나라도 잇고 법률도 잇지오마는 나긋히 종년의 배속으로 나온 놈에게 나라이 다 무엇이며 법률이 다 무엇입닛가. 우리는 법률 만드는 데 참여ㅎ는 힘도 업고 아모 권리라는 것도 업고, **법률이라는 것은 다만 우리를 못 잡아먹어 ㅎ는 당신네가 마음대로 우리를 잡아먹기에 죠토록 만든 것 아닙닛가. 당신네 위ㅎ야 만든 법률이 져의게도 유익흘 듯ㅎ오닛가.** 령감게서도 언젠지 미국 독립긔념날에 이런 말슴을 ㅎ섯지오 '우리 조샹은 이러흔 악흔 법률을 반항ㅎ야셔 칼을 잡고 닐어섯다'고 아니 ㅎ셧습닛가. (…중략…) 나는 즈유를 위ㅎ야셔는 죽기도 무서워 아니ㅎ니다. 내 목슴이 잇는 날신지는 내 즈유를 위ㅎ야 싸홀 터이올시다. 즈유를 엇으랴는 싸홈이 당신네 조샹의게 거룩흔 싸홈이던 모양으로 이 싸홈도 내게는 가장 거룩흔 싸홈이올시다.[37]

　죠지는 일을 ㅎ면서도 열심으로 책을 보며 생각도 만히 ㅎ야 한낫흐로는 저와 긋치 불상흔 수쳔만 죵을 건져 나이며, 또 한낫흐로는 문명ㅎ엿다는 백인죵에게 흑인죵도 너희게 지지 아니흔다는 것을 보이려 밤낫에 마음을 노치 아니ㅎ더니, 도두

---

37　『초기 문장집』I, 183~186면. 참고로 사카이본의 해당 대목을 옮기면 다음과 같다. "만일 인도인이 당신을 데리고 가서 노예로 삼을 때 그것이 신의 뜻이라고 하시겠습니까. (…중략…) 당신에게야 나라가 있지만 우리들 같은 노예 어미를 가진 자에게 나라가 어디에 있습니까. 또 우리들에게 어떤 법률이 있습니까. 우리에게는 법률을 만들 힘도 없고 권리도 없습니다. 법률은 다만 우리들을 구속할 뿐입니다. 당신도 언젠가 독립긔념일에 말씀하지 않으셨습니다. 당신들의 조상이 이런 법률에 반대하여 창을 들고 일어섰다고……" 堺枯川 編輯, 『仁慈博愛の話』, 62~63면.

부인이 돈을 내여 죠지 량쥬를 프랑쓰에 류학케 ᄒ랴고 캇시와 에메리시지 다리고 마르세유로 가는 배에 오르니라. (…중략…) 슈 년만에 죠지가 대학교를 졸업ᄒ쟈 프챵스에 란리가 닐어남으로 잠시 아메리카에 돌아와 잇더니, 아메리카는 원수의 싸이라 오래 잇지 못ᄒᆯ지라 어서 졍다온 아프리카에 돌아가 수쳔만 어리석고 불상ᄒᆫ 동포를 가르치고 새우쳐 남과 ᄀᆺ흔 문명ᄒᆫ 사람을 만든 후에, 주유롭고 거룩ᄒᆫ 나라를 일희켜 세계샹 다른 나라와 ᄀᆺ치 되고 다른 민족과 ᄀᆺ치 되여 국제회의에 말 내ᄂᆫ 권리를 엇으며, 한 걸음 더 내켜셔는 우리 민족으로 ᄒ여곰 세계 민족을 잇글고 먹이는 목자가 되게 ᄒ리라, ᄒ는 큰 리상을 품고 위선 새로 조직된 리베리아 공화국으로 가는 배표를 사니라.[38]

위의 두 인용문은 각각 원작의 11장과 43장에 해당하는 내용으로 이광수가 매우 공들여 번역한 대목에 속하는데, 모모시마본에서는 모두 생략되어 있다〈표 1〉 참조). 특히 저자가 인용문에서 강조한 대목은 원작 및 사카이본을 초과하여 서술된 내용으로, 나라를 잃어 자신들을 보호해줄 법률도 갖지 못한 채 종주국의 억압에 예속되어 있는 식민지인의 울분과 조선 민족 또한 하루빨리 문명화를 이루어 독립을 되찾고 나

---

38 『초기 문장집』 I, 246면. 사카이본의 해당 대목은 다음과 같다. "조지는 기계 제작소 직공으로 일하여 그 급료로 생활하고 있었지만 학문이 부족함을 한탄하여 틈만 있으면 어느 때고 자기 방으로 들어가 서적을 읽는 것이었다. 이후 도츠 부인이 돈을 대서 조지는 프랑스의 대학에 유학을 하게 되어 일가족을 데리고 프랑스로 건너갔다. (…중략…) 조지는 4년간 프랑스의 대학에 다녔는데, 프랑스에 정치상 소동이 일어 일단 아메리카로 돌아왔으나, 조지는 아버지의 나라인 아메리카에는 원한만 있고 동정이 없으며, 어머니 나라인 아프리카의 인민을 어떻게든 구하여 문명으로 이끌고 한 나라를 일으켜 국제간에 발언권을 얻지 않으면 안 된다고 하여, 이 무렵 새롭게 조직된 아프리카의 리베리아 공화국으로 가서 자기가 유럽 대학에서 배운 학문으로 나랏일에 진력을 다하겠다고 깊이 결심하는 바 있어, 1, 2주 후 가족을 이끌고 아프리카 행 기선에 올랐다." 위의 책, 197면.

아가 세계 민족의 모범이 되는 민족으로 만들겠다는 민족 지식인으로 서의 이상이 그대로 투영되어 있다. 그러고 보면, 『검둥의 설움』의 대단원을 장식하는 조지의 이상과 『무정』의 대단원을 장식하는 형식의 이상이 '문명화'라는 키워드로 고스란히 겹쳐지는 것은 어쩌면 당연한 일이라고도 할 수 있을 것이다. 1910년대 이광수의 사고에서 문명은 독립과 자존의 능력, 곧 한 나라를 세우고 지킬 만한 능력과 동의어로 간주되었던 까닭이다.[39]

그러나 『검둥의 설움』에 각인된 민족주의가 일본의 번역문학을 매개로 한 것이나마 평등·박애사상에 기초한 사회주의와 기독교의 보편주의를 통과했다는 점 또한 간과되어서는 안 된다. 일찍이 권보드래가 『소년』의 톨스토이 번역에 주목하여 당대를 휩쓸었던 사회진화론적 문명론과는 다소 이질적인 진리, 정의, 사랑 등 보편적 가치에 대한 감각을 읽어냈던 것처럼,[40] 그것은 이광수의 민족주의가 그 근본에 있어서 평등과 박애라는 인류의 보편주의적 감각을 토대로 하여 형성된 것임을 보여주는 까닭이다. 이광수에게 '검둥이'란 비단 유럽과 미국의 역사 속에 존재했던 검은 피부의 특정한 인종만을 일컫는 말이 아니었다.[41] 그것은 당대 제국주의 국가들의 쟁탈전 속에서 나라를 빼앗긴 채 인간 이하의 비참한 취급을 받고 있던 식민지 민족을 대변하는 말이기

---

39 최주한, 앞의 글, 58~63면.
40 권보드래, 「『소년』과 톨스토이 번역」, 『한국근대문학연구』 6, 한국근대문학연구회, 2005, 82~87면.
41 '검둥이'라는 표상에 담긴 인종주의적 시각을 문제삼아 『검둥의 설움』을 근대 제국주의의 인종주의적 인식을 내면화한 텍스트로 간주한 평가로는 권두연, 「'검둥'이로 인식된 흑인 표상―『엉클 톰즈 캐빈』의 번역 양상을 중심으로」, (『피라텐』 창간호, 2007, 116~120면) 참조.

도 했다. 『검둥의 설움』은 조지와 엘리자, 톰, 톱시 등 '검둥이'라는 이름하에 물건처럼 취급받던 흑인 노예들이 당당하게 자유와 해방을 얻어가는 과정을 감동적으로 번역해냄으로써, 자유와 해방을 추구하는 식민지 민족주의가 평등과 박애라는 보편주의와 맞닿아 있음을 또렷이 보여주었다. 제국주의의 팽창과 더불어 지구 곳곳에 전파된 서구의 근대문학은 제국주의와 식민주의뿐만 아니라, 그 자체를 위협하는 강력한 사상적 무기도 함께 전파하고 있었던 것이다.


## 5. 번역상의 다시-쓰기와 작가-주체의 탄생


보아온 대로, 『검둥의 설움』은 원작이나 번역 저본의 단순한 되받아쓰기에 그치지 않았다. 그것은 제한된 지면의 한계 내에서나마 서사를 압축하거나 재배열하여 극적 구성을 꾀했고, 대화와 지문의 분리 및 한국어의 통사구조를 갖춘 자연스러운 입말체 문장의 구사와 생생한 묘사에 힘써 생동감있는 장면을 연출했으며,[42] 더러는 원작이나 저본의 내용을 초과하는 문장을 삽입함으로써 자유와 해방, 문명화과 독립을 향한 식민지인의 염원을 설득력 있게 담아냈다. 그러고 보면 이광수에

---

[42] 『검둥의 설움』을 비롯한 신문관 번역소설의 번역 문체가 갖는 새로움에 관해서는 권두연, 「신문관 단행본 번역소설 연구」(『사이間SAI』, 국제한국문학문화학회, 2008, 126면) 참조.

게 원작이나 번역 저본의 원문을 충실히 옮기는 일이란 애초에 그다지 중요하지 않았던 것인지도 모른다. 루쉰을 비롯한 근대 중국의 작가들이 대개 번역에 손을 대본 다음 창작활동에 착수했던 것처럼,[43] 이광수에게도 번역은 장편『무정』과 같은 본격적인 근대 한국문학을 창출하기 위한 준비 단계로서의 의미가 짙었던 것이다.

이런 의미에서, 이광수가 조선문학이란 "朝鮮人이 朝鮮文으로 作흔 文學"[44]임을 천명하며 장편『무정』의 창작에 당당히 나설 수 있었던 것, 그것은『검둥의 설움』번역을 통해 자유와 해방, 문명화와 독립이라는 근대사상을 적극 선취하는 한편, 이를 적절하게 담아낼 수 있는 근대적인 문학언어를 갖추게 되었다는 자신감이 뒷받침된 덕분이었다고 해도 좋을 것이다. 실제로 문명화와 독립의 사상은 이후 대륙방랑과 제2차 유학 시절의 경험을 통해 현실에 기반한 구체적인 사유로 이어져 '문명 조선의 구상'이라는『무정』의 대주제를 주조하게 되며,[45] 한글의 통사구조를 갖춘 새로운 문체는 뒤이어 단편「허생전」(1914)과 우화「물나라의 배판」(1914), 그리고 기행문「상해에서」(1914)와「해삼위로서」(1915)에서 시도된 '-ㅂ니다'의 경어체 및 '-나이다', '-더이다'의 서간체 등의 다양한 문체 실험으로 이어져『무정』의 완전한 언문일치 문장의 정착을 준비하게 된다. 요컨대 이광수에게『검둥의 설움』번역은 근대의 사상과 이를 적절하게 담아낼 수 있는 최적의 근대적인 문학언어로써 제국주의와 식

---

43 루쉰도 러시아와 일본의 작품을 다수 중국어로 번역했는데, 일본 유학 시절 아우 저우 쭈어런(周作人)과 함께 번역한『역외소설집(域外小説集)』(1909)도 그의 초기 저작 가운데 하나이다. 리디아 리우, 민정기 역, 앞의 책, 59~60면.
44 春園生,「文學이란 何오」(『매일신보』, 1916.11.10~23),『초기 문장집』I, 121면.
45 이광수의 대륙방랑 시절과 2차 유학 시절의 경험과 사유에 대해서는 최주한,「제2차 유학 시절의 이광수」·「중학 시절과 오산 시절 전후의 이광수」, 앞의 책 참조.

민주의에 응전하고자 한 윤리적이자 정치적인 위상을 갖는 문학적 실천의 일환이었다고 할 수 있다. 한국 최초의 근대장편 『무정』을 낳은 작가-주체의 탄생은 『검둥의 설움』의 번역에 수반된 적극적이고 능동적인 윤리-정치적 다시-쓰기 과정을 통해서 단계적으로 예비되고 있었던 것이다.

# 제3장

# 『무정』의 근대 문체와 서간

## 1. '언한교용諺漢交用 서한문체書翰文體'라는 단서

1916년 12월『매일신보』의 지면에는 26일에서 29일까지 네 번에 걸쳐 다음과 같은『무정』의 연재 예고 기사가 실리고 있다.

> 無情 春園 李光洙
>
> 新年브터 一面에 連載
>
> 從來의 小說과 如히 純諺文을 用치 안이ᄒ고 諺漢交用 書翰文體를 用ᄒ야 讀者를 教育 잇ᄂ 靑年界에 求ᄒᄂ 小說이라. 실로 朝鮮文壇의 新試驗이오 豐富ᄒ 內容은 新年을 第俟ᄒ라.[1] (강조는 인용자, 이하 동일)

---

1 『매일신보』, 1916. 12. 26~29, 3면.

인용문은 『무정』이 애초에 '언한교용諺漢交用 서한문체書翰文體', 다시 말해 한글과 한자를 섞어 쓴 서간문체로 쓰여질 예정이었던 것을 알 수 있게 해준다. 여기서 말하는 한글과 한자를 섞은 문체란 일찍이 『소년』과 『청춘』으로 대변되는 최남선의 잡지 매체를 통해 선도적으로 실험되었던, 한글의 통사구조를 갖춘 문장에 "漢字 약간 섞은 時文體"[2]를 일컫는 말이다. '시문체'란 애초에 소년 혹은 청년 독자층의 계몽과도 연계되어 있었던 만큼,[3] 이광수가 『무정』의 독자층을 "敎育 잇는 靑年界"로 상정했을 때 한글에 한자를 섞은 시문체를 사용하고자 한 것은 자연스러운 일이었다고 할 수 있다. 그러면 이광수가 청년 독자층을 상정하면서 『무정』의 문체로서 서간문체를 염두에 둔 사실은 어떻게 이해해야 할까.

물론 애초에 한글과 한자를 섞은 서간문체로 『무정』을 집필하려던 이광수의 기획은 곧바로 철회되고 만다. 『무정』의 연재가 시작된 당일 『매

---

2  『청춘』 7호(1917.5)부터 매호 실리는 현상문예응모 공고의 단편소설 부문에는 "漢字 약간 섞은 時文體"로 쓸 것을 주문하는 문구가 있다. '시문체(時文體)'이라는 용어는 1916년 1월 최남선이 편집 간행한 『시문독본(時文讀本)』이 널리 읽히면서 청년 독자층에게는 어느 정도 공유되고 있었던 것으로 보인다. 『청춘』의 현상문예 제도와 더불어 '一二合編'으로 편성된 『시문독본』 초판본이 1918년 4월 3·4권을 증면 보완한 정정합편으로 재간행되면서, '시문체'라는 용어는 더욱 일반화되었을 것이라 생각된다. 『시문독본』의 초판과 정정합편에 대해서는 박진영, 「최남선의 『시문독본』 초판과 정정합편」(『민족문학사연구』 40, 민족문학사학회, 2009) 참조. 참고로 박진영은 『시문독본』의 초판본 판권장에 '시문독본 제일책'이라고 명기된 것으로 보아 3·4권으로 편성된 제2책이 출간되었을 가능성도 언급했지만(위의 글, 399면), 『시문독본』 제3권에 실린 「해운대에서」는 「오도답파여행」(『매일신보』, 1917.6.29~9.12) 가운데 1917년 8월 10일 자 연재분이고, 「서울의 겨울달」은 『개척자』(『매일신보』, 1917.11.10~1918.3.15) 가운데 1918년 1월 20·21일 연재분의 일부를 수록한 것이므로, 제2책이 간행되었을 가능성은 없다.
3  정선태, 「번역과 근대소설 문체의 발견-잡지 『소년』을 중심으로」, 『대동문화연구』 48, 성균관대 대동문화연구원, 2004; 한기형, 「근대어의 형성과 매체의 언어전략」, 『역사비평』 71, 역사문제연구소, 2005; 권두연, 「『소년』, 문체 실험의 장」, 『민족문학사연구』 36, 민족문학사학회, 2008; 임상석, 『20세기 국한문체의 형성 과정』, 지식산업사, 2008 참조.

일신보』의 3면에 실린 사고社告「소설 문체 변경에 대하여」에 의하면, "漢文混用의 書翰文體는 新聞에 適치 못홀 줄로思ᄒ야 變更흔 터이오며 私見으로는 朝鮮現今의 生活에 觸흔 줄로思ᄒᄂ 바 或 一部 有敎育흔 靑 年間에 新土臺를 開拓홀 수 잇스면 無上의 幸으로 思ᄒ옵"[4]이라는 것이 그 이유였다. 이와 관련하여『무정』의 문체 변경에 관해서는 이광수가 "신문이라는 매체에 적응하기 위한 방편"으로서 "『무정』의 독자층을 순 한글 위주의 대중적 독자층으로 생각했기 때문"[5]이라는 해석에서부터, 문체의 변경은 신문사 측이 마지막 순간에 판단을 바꾸었고 "시간적으 로 보아 원고를 한글 표기로 바꿔쓴 것은 현장의 담당자일 것"[6]이라고 하 여 적어도『무정』의 전반부 문체는 이광수의 것이 아니라는 의견까지 제기되어 있다. 그러나 사고가 전하는 이광수의 전언을 찬찬히 뜯어보 면『무정』의 문체 변경의 이유와 경위는 또 달리 해석될 여지가 있다.

먼저 "漢文混用의 書翰文體는 新聞에 適치 못한 줄로 思하여 變更"한 다는 구절은 급작스런 문체 변경의 사유를 신문사에서 납득할 만한 방 식으로 제시하기 위한 방편이었을 가능성이 있다. 이광수는『무정』의 연재 도중 '언한교용 서한문체'로 중편 분량의 서간체 소설「어린 벗에 게」를 써냈다.「어린 벗에게」를 서간체로 쓸 수 있었던 것은 서사 자체 가 화자 자신의 이야기에 집중되어 있고 이야기 구조 역시 일인칭 시점 으로 장악할 수 있을 만큼 복잡하지 않았기 때문에 가능했다. 하지만

---

4  「소설 문체 변경에 대하야」,『매일신보』, 1917.1.1, 3면.
5  김영민,『한국 근대소설의 형성 과정』, 소명출판, 2005, 184면.
6  波田野節子, 「李光洙와 '飜譯' ―『검둥의 설움』(1913)을 中心에」,『韓國朝鮮文化硏究』 13, 東京大學 韓國朝鮮文化硏究會, 2014, 14면; 波田野節子,「『無情』의 表記와 文體에 대하여」,『朝鮮學報』236, 朝鮮學會, 2015, 14〜16면.

형식-영채, 형식-선형, 영채-병욱 등 다양한 인물들 간의 스토리 라인을 교차해가다 이를 대단원에서 결합시키는 극적인 서사구조를 갖고 있는 장편 『무정』은 서간체의 일인칭으로 감당하기 어렵다. 『무정』의 서사구조상 문체 변경이 불가피했던 셈이지만, 이광수는 이 문제를 신문사의 입장을 고려한 판단인 것처럼 에둘러 언급했던 것이다.

다음으로 "私見으로는 朝鮮 現今의 生活에 觸한 줄로 思하는 바 或 일부 有敎育한 靑年間에 新土臺를 開拓할 수 있으면 無上의 幸으로 思"한다는 구절은 이광수가 지식 있는 청년 독자층을 대상으로 한 근대적인 순한글 문체의 개척에 걸었던 기대를 잘 보여준다. 사고는 이광수가 보낸 서신의 일부를 전하고 있는 까닭에 문장 전체의 주어가 생략되어 있기는 하지만, 문체 변경의 이유를 전하고 있는 글 전체의 맥락으로 보아 '언문' 즉 순한글을 문장의 주어로 보아도 무리가 없다. 더욱이 이광수는 『무정』의 집필 직전에 쓴 「문학이란 何오」에서 "近來 朝鮮 小說이 純諺文, 純(現)代語를 使用홈은 余의 欣喜不已ᄒᄂ 바"이며 "如此흔 生命 잇ᄂ 文體가 더욱 旺盛ᄒ기를 望"[7]한다는 바람을 언급한 바 있거니와, 『무정』의 연재 직후에 쓴 「부활의 서광」에서도 "現代人의 思想과 感情을 生命잇ᄂ, 누구나 다 아ᄂ 現代語로 쓰자' 하는 것이 新文學 發生에 必然한 要求"[8]임을 누차 강조하기도 했다.

미루어 짐작건대 이광수는 『무정』의 본격적인 집필을 앞두고 일인칭 시점에 구속되어 있는 서간 형식으로는 다양한 인물과 복잡한 이야

---

7   이광수, 「문학이란 何오」,(『매일신보』, 1916.11.10~23), 최주한 · 하타노 세츠코 편, 『이광수 초기 문장집』II, 소나무, 2015, 118면. 이하 『초기 문장집』II로 적는다.
8   이광수, 「부활의 서광」,(『청춘』, 1918.3), 『초기 문장집』II, 626면.

기 구조를 가진 『무정』의 서사구조를 감당하기 어렵다는 사실을 깨닫고 일차적으로 문체 변경을 고려했고, 이어서 "당대 조선 청년의 이상과 고민을 그리고 아울러 조선 청년의 진로에 한 암시를 주"[9]는 데는 역시 "朝鮮 現今의 生活에 觸"한 '순국문', '순현대어'가 적합하다는 판단하에 순한글 문체를 채택함으로써 근대적인 순한글 문체의 신토대를 개척하고자 했던 것으로 보인다. 이광수가 교육받지 않는 대중적 독자층까지 염두에 둔 순한글 소설을 시도한 것은 상하이에서 귀국한 이후에 쓴 단편 「가실」이 처음이다.[10] 사정이 이러하다면, 애초에 『무정』이 한글과 한자를 섞어 쓴 서간문체로 기획되었다는 것은 그리 중요한 사실이 아닐는지도 모른다. 그러나 한국 근대문학의 신문체를 개척하는 도정에서 이광수만큼 여러 장르의 글에 서간이라는 형식을 두루 활용한 작가도 드물다는 사실을 고려할 때, 이광수가 자신의 첫 장편 『무정』의 문체로서 서간문체를 염두에 두었다는 것은 주목할 만하다.

서간체의 기능과 관련하여 이 글에서 각별히 주목하는 것은 다음의 두 가지이다. 하나는 『무정』에서 영채가 남긴 유서의 서간체가 단적으

---

9  이광수는 「다난한 반생의 도정」에서 자신이 『무정』을 쓸 때 의도한 것은 "당대 조선 청년의 이상과 고민을 그리고 아울러 조선 청년의 진로에 한 암시를 주자는 것"(이광수, 「다난한 반생의 도정」, 『조광』, 1936.4~6)이었다고 밝힌 바 있다. 이 언급에서도 『무정』에서 시도한 순한글 문체 또한 교육받은 지식 청년들을 대상으로 한 것이었다는 사실을 또렷이 알 수 있다.

10  이광수는 1923년에 간행된 단편소설집의 서문에서 자신이 의식적으로 교육받지 않은 대중적 독자층까지 염두에 둔 순한글 소설을 시도한 것은 단편 「가실」이 처음이라고 밝히고 있다. "「가실」은 내간에 무슨 새로운 시험을 해보느라고 쓴 것이고 「거룩한 이의 죽음」, 「순교자」, 「혼인」, 「할멈」도 「가실」을 쓰던 태도를 변치 아니한 것이다. 그 태도란 무엇이냐. '아무쪼록 쉽게, 언문만 아는 이면 볼 수 있게, 읽는 소리만 들으면 알 수 있게, 그리하고 교육을 받지 아니한 사람도 이해할 수 있게, 그러고도 독자에게 도덕적으로 해를 받지 않게 쓰자'하는 것이다. 나는 만일 소설이나 시를 더 쓸 기회가 있다 하면 이 태도를 변치 아니하란다." 이광수, 「몇 마디」, 『춘원 단편소설집』, 홍문당, 1923.

로 보여주듯 이광수가 주로 활용했던 서간체의 경우 한글서간의 전통에 기반하고 있어 구어적인 일상어체를 자유롭게 구사하는 데 적합했다는 점이고, 다른 하나는 서간체 어말어미 '-나이다'의 일관성이 근대 문체의 통일성과 균질성을 정착시키는 데 기여했을 가능성이다. 이와 관련하여 이광수가 1939년 삼중당서점에서 출간한 『춘원서간문범』에서 서간문체의 종류에 대해 일별하면서 다음과 같이 언급한 내용은 주목할 만하다.

> 문체의 종류는 시대의 변천을 따라서 생긴 것이다.
> 첫째로 '하노라'체라고 할 것이 있다. 이것은 시대적으로 아마 最古한 것이라 할 수 있고, 또 항용 문어체라고 하는 것이 이것이다. 이것은 현대에는 편지로는 手上이 手下에게 쓰는 경우이거나 그렇지 아니하면 일반 대중을 향하는 문서 이외에는 쓰이지 아니하는 것이다. (…중략…) 여기서 주의할 것은 '한다'체와의 구별이다. '하노라'는 고문체요 '한다'는 현대문체다. 혹시 '하노라'와 '한다'를 혼용하는 것을 보거니와, 이것은 문체의 불통일이어서 피할 것이다.[11]

비록 근대 문체가 확립된 이후의 언급이긴 해도, '하노라'체와 '한다'체가 엄연히 별개의 문체로 간주되고 있는 것은 근대 문체의 창출 과정에서 문장의 어말어미가 문체의 통일성을 구별하는 지표로서 인식되었을 가능성을 시사한다.[12] 물론 신소설 이래 한국 최초의 근대소설로 간주되

---

11  이광수, 『춘원서간문범』(1939), 『이광수전집』 9, 삼중당, 1979, 209면. 이하 『전집』 권수와 면수만 표기.

는『무정』에 이르기까지도 이른바 '하노라'체와 '한다'체는 여전히 병존한 것이 사실이다. 그럼에도 불구하고 위의 언급은 어말어미에 관한 한 문체의 엄격한 규범을 갖추고 있는 고서간문체가 통상 '하노라'체의 전통적인 구어체 문장에서 '한다'체의 근대적인 일상어체 문장으로의 이행에 어떤 식으로든 영향을 끼쳤을 가능성을 말해주고 있는 것이다.

이에 이 글에서는 이광수의 초기 단편에서 장편『무정』에 이르는 텍스트들을 대상으로 다양한 문체 실험의 도정을 따라가면서 그중에서도 특히 서간문체가『무정』의 근대 문체의 창출에 미친 영향을 추적하고, 이를 통해 한국 근대문학의 성립기 신문학의 문체로서 추구되었던 객관적인 근대 문체의 정착 과정을 밝혀보고자 한다.

---

12 일찍이 이효덕은 고전 이야기문학에서 'けり(더라, 도다)', 'き' 등의 어말어미야말로 '말하기'의 틀을 가상적으로 구성하고 화자의 존재를 의식시키는 강력한 지표였고, 따라서 이러한 어말어미가 'た'로 통일되었을 때 벌어진 것은 화자의 존재와 가상으로 구축된 이야기 세계의 소실임을 적확하게 지적한 바 있다(李孝德, 박성관 역,『표상공간의 근대』, 소명출판, 2002, 113~114면). 다시 말해 '하노라'체에서 '한다'체로의 변화는 단지 문체상의 변모에 그치는 것이 아니라, 더 중요하게는 화자/서술자와 허구 세계의 관계, 그리고 허구 세계를 대하는 화자/서술자의 태도 변화의 문제이기도 한 셈이다.

## 2. 서간체 기행문 「상해서」, 「해삼위에서」
## 전후의 소설 문체

이광수의 텍스트 가운데 '하나이다'체로 일관하는 서간문체가 처음 발견되는 것은 번안소설 『검둥의 설움』(1913)이다. 15장에 나오는 옛 주인의 아들 조지가 톰에게 보내온 편지가 그러한데, 서술자에 의한 간접 제시의 방식으로 서술되어 있는 번역 저본들과 달리 직접 제시의 방식으로 재현되어 있어서 관심을 끈다.[13] 비교적 짧은 길이라서 번역 문체에 의미 있는 영향을 주었다고 보기는 어렵지만, 『검둥의 설움』이 어말어미 '-이라', '-더라'의 유려한 순한글 고문체로 번역된 텍스트인 만큼 마찬가지로 유려한 고서간문체로 번역된 조지의 편지는 썩 잘 어울리는 것이 사실이다. 전통적으로 고전소설에도 삽입 서간이 곧잘 활용되어 온 터라 고전소설의 영향도 무시할 수는 없겠지만,[14] '하나이다'체로 일관한 조지의 편지는 바로 전해 번역 간행되어 인기를 끌었던 조중환의 『불여귀』(1912)에 나오는 비련의 여주인공 나미코의 유려한 서간체 편지들을 떠올리게 한다.[15]

---

13  이광수 역, 『검둥의 설움』(신문관, 1913), 『이광수 초기 문장집』 I, 소나무, 2015, 206~207 면(이하 『초기 문장집』 I로 적는다); 百島冷泉 抄譯, 『奴隷トム』, 內外出版協會, 1907, 48면; 堺枯川 編輯, 『仁慈博愛の話』, 內外出版協會, 1903, 127면.

14  경일남, 「고전소설의 삽입 서간 연구」, 『어문연구』 28, 충남대 어문연구회, 1996 참조.

15  이광수가 조중환이 번역한 『불여귀』를 읽었는지는 알기 어렵지만, 적어도 조중환의 번역소설에 지대한 관심을 갖고 있었던 것은 분명하다. "一齋・何夢 諸氏의 飜譯文學은 朝鮮文學의 機運을 促ᄒᆞ기에 意味가 深ᄒᆞᆯ 줄로思ᄒᆞ노라. 但 以上 諸氏가 果然 朝鮮文學을 爲ᄒᆞ야라는 意識의 有無ᄂᆞᆫ 余의 不知ᄒᆞᄂᆞᆫ 바로디, 諸氏가 充實ᄒᆞ게 飜譯文學에 從事ᄒᆞ며 一邊 文學의 普及을 企ᄒᆞᄂᆞᆫ 硏究와 運動을 不怠ᄒᆞ면 諸氏의 功은 決코 不少ᄒᆞᆯ 줄 信ᄒᆞ노라."(이광수, 「문학이란何오」, 『초기 문장집』 II, 123면) 또 중학 시절 토교에서

그러나 이광수가 근대 문체 개척의 도정에서 서간문체를 의식적으로 활용했고, 또 그 과정에서 의미 있는 문체의 변모를 가져온 것은 서간체 기행문「상해서」와「해삼위로서」를 쓰면서부터였던 듯하다. 이들 기행문은 이광수가 1918년 8월 하순 대륙방랑을 끝내고 오산에 돌아와 있으면서 쓴 것으로,[16] 1914년 12월과 이듬해 1월과 3월에 걸쳐『청춘』3·4·6호에 잇달아 발표되었다. 앞서 언급한『춘원서간문범』에서 '정통의 서간문체'[17]로 간주된 '하나이다'체를 활용하되 적절히 한자를 섞어 유려하고도 모범적인 시문체를 구사했는데,「상해서」는 최남선이 모범적인 시문체 문장을 추려 간행한『시문독본』(1916, 1918) 제2권에 실리기도 했다.

전통적인 언간諺簡뿐만 아니라 당대에도 아랫사람이 윗사람에게, 혹은 동등한 지위 간에 주고받는 서간에는 '하나이다'체가 두루 쓰인 까닭에, 기행문을 쓰면서 어말어미 '-나이다'를 채용한 것은 그저 관습적인 것이었을 가능성도 있다. 그러나 이광수가 오산에 돌아오기 직전 치타에서 쓴 번안단편「먹적골 가난방이로 한세상을 들먹들먹흔 허싱원」의

---

『불여귀』공연을 관람했다는 일기의 기록도 남아 있는 만큼 조중환이 번안한『불여귀』에도 관심을 가졌을 가능성도 무시할 수는 없다. "午後에 演伎座에서「不如歸」를 보앗다. 新舊道德의 衝突, 軍人의 義氣, 小兒의 天眞. 서로 소기고 속는 것이 사람의 길인가."(1909.11.8) 이광수,「일기」(『조선문단』, 1925.3),『초기 문장집』I, 32면.

16 최주한,「중학 시절과 오산 시절 전후의 이광수」,『이광수와 식민지 문학의 윤리』, 소명출판, 2014, 65면. 이광수가 상해와 해삼위에 머무른 것은 1914년 정월을 전후한 무렵의 일이지만, 이 글을 집필한 것은 1914년 8월 하순 대륙방랑을 끝내고 오산으로 돌아와서이다. 미리 쓰여진 원고가 있었다면『청춘』창간호(1914.10)부터 연재되었을 것이 분명하다. 그러나「상해서」외에도「새아이」,「동정」,「중학 방문기」등이 무렵 오산에서 쓴 글들은 모두『청춘』3호에서부터 실리고 있다.

17 "이 '하나이다'체야말로 정통의 서간문체라고 할 만큼 그만큼 많이 쓰이는 체다. 이 체의 특색은 경어를 쓰기 편한 것과 또 문체가 심히 優美한 것이다." 이광수,『춘원서간문범』,『전집』9, 209면.

문체 실험을 함께 놓고 볼 때 어말어미 '−나이다'의 채용은 결코 가볍지 않은 의미를 갖는다. 연암의 「허생전」을 토대로 이광수가 창작을 가미한 번안단편 「허생원」은 최남선이 주재하고 있던 『아이들보이』 10호(1914.6)에 발표되었는데, 당시 『아이들보이』는 1911년 12월 『소년』의 폐간 이후 신문관에서 새로이 기획했던 아동 대상 잡지 『붉은 저고리』에 이어 아동에게 적합한 문체로서 근대적인 경어체에 해당하는 어말어미 '−습니다'를 전면적으로 도입하고 있었다. 『아이들보이』의 지면을 염두에 둔 번안단편 「허생원」이 마찬가지로 '습니다'체로 쓰여진 것은 말할 것도 없다.[18] 주목할 것은 「허생원」 문장 전체가 시종일관 한글의 통사구조에 기반한 '습니다'체로 일관하고 있으며, 이 점에 있어서는 비록 한자 섞인 문장이되 한글의 통사구조를 기반으로 유려한 '하나이다'체를 구사하고 있는 「상해서」와 「해삼위로서」 또한 마찬가지라는 점이다.

남산 밋 먹적골에 허싱원이란 이가 **살앗슴니다**. 구차흐기 짝이 업서 오막살이 초가 몃간이 비바람을 가리지 못흐고 먹는 것은 끼니를 찾지 못흐나 싱원은 들어안져 글만 닑고 달니 벌이를 **아니흐얏슴니다**. 이리흔 지 여러 해 되매 살님이 한껏 억척이 되어 오래두고 바ᄂ질 쌜닉질 짜위 품을 팔아 정셩으로 남편의 뒤를 거두던 안악도 차차 원망흐는 빗이 생기고 각금 남으라는 일조차 **잇서갓슴니다**.

— 「먹적골 가난방이로 한셰상을 들먹들먹흔 허싱원」[19]

---

18 『아이들보이』의 문체와 번안단편 「허생원」의 문체 실험에 관해서는 최주한, 「근대소설 문체 확립을 향한 또 하나의 도정」(앞의 책, 396~398면)을 참조할 것.
19 「먹적골 가난방이로 한셰상을 들먹들먹흔 허싱원」(『아이들보이』, 1914.6), 『초기 문장집』 I, 292면.

저편 안개 속으로 엇던 크다란 뭉치가 八稜鏡 모양으로 번적번적 日光을 反射하면서 漸漸 갓갑이 **오나이다**. 들은즉 長江에 客실이하는 배라는데 크다란 木板 우에 三層樓를 지어노혼 듯하오며, 欄干에 오누인 듯한 西洋 아희 三四人이 雪白色 곱고도 단출한 옷에 帽子를 비스듬이 부치고 우리 배를 向하야 무슨 嘲弄을 하는 모양. 우리 배에 탄 쇠리 달닌 船客들도 무어라고 辱說로 댓구를 **하나이다**. 돌아본즉 우리 배 뒤에도 서너隻 輪船이 우리 배 모양으로 슬근슬근 뒤싸라 **오나이다**. 좁은 江이라 밤에는 入港을 禁함으로 吳淞口에서 지나고 아츰에야 上海 埠頭로 올녀 다니는 **모양이로소이다**.

—「上海서」[20]

위의 두 텍스트는 일관되게 어말어미 '-습니다' 혹은 '-나이다'를 활용한 경어체를 사용하고 있어 독자에게 직접 말을 건네는 듯한 강력한 구어성을 환기하고 있다. 그러나 구어성을 수반하고는 있지만 이들 경어체는 일상적인 공간의 입말을 그대로 반영한 것이라기보다 잡지의 독자를 상대로 한 공적인 서술 행위를 전제로 하는 가운데 의식적으로 창출된 것이라는 점에 유의하지 않으면 안 된다. 이광수를 비롯하여 당대 주로 논설의 문장에 많이 쓰인 어말어미 '-하외다'를 활용한 연설 문체가 그러했듯이,[21] 그것은 입말을 그대로 서술하는 것을 상정하여 문장화하는 가운데 구성적으로 창출된 새로운 문어체였던 것이다. 특

---

20 滬上夢人,「上海서」,(『청춘』, 1914.12),『초기 문장집』I, 301~302면.
21 잡지라는 문자 미디어와 연설이라는 구두 미디어가 결합하여 창출된 연설문체의 특성에 관해서는 다음을 참조. 고모리 요이치, 정선태 역,『일본어의 근대─근대 국민국가와 '국어'의 발견』, 소명출판, 2003, 48~49면; 권용선,『근대적 글쓰기의 탄생과 문학의 외부』, 한국학술정보, 2007, 29~31면 참조.

히 「상해서」에 쓰인 어말어미 '-나이다'는 전통적인 언간에서 주로 사용되던 고서간문체를 근대 기행문의 장르에 도입한 것으로, 상하이의 근대적인 풍물과 전통적인 고서간체 문장의 특색인 '우미優美'함이 잘 어우러진 유려하고도 모범적인 '시문체' 문장의 창출에 성공한 사례로 손꼽아도 손색이 없다.

근대 문체의 창출이 근대적인 일상어에의 접근성과 더불어 '문장 언어의 공통된 규범'을 만들어야 한다는 요구와 맞닿아 있었던 점을 고려할 때,[22] 어말어미 '-습니다'와 더불어 '-나이다'로 일관하는 서간체 문장의 활용은 문체의 일관성과 균질성의 정착이라는 면에서 적지 않은 의미를 갖는다. 실제로 번안단편 「허생원」과 기행문 「상해서」 이후 이광수는 방문기에서 우화, 수필, 소설에 이르기까지 다양한 장르의 작품 — 「중학방문기」(『청춘』, 1914.12), 「물나라의 배판」(『새별』, 1914.12), 「내 소와 개」(『새별』, 1915.1), 「김경」(『청춘』, 1915.3) — 을 잇달아 발표하는데, 이들 작품은 문말어미의 일관성과 균질성을 갖춘 문장어 문체의 경향성이 또렷하다는 점에서 이전까지의 작품들과 확연히 구분된다.

火曜日에 磚洞 普成學校를 **차잣다**. 맑은 날이라 나는 길다란 집이 策가지 모양으로 버려 잇고 좁은 마당에 學徒들이 복작복작하는 光景을 **그리엇다** (나는 三年前에 한번 오아 본 적이 잇슬 뿐이라). 六先生과 學校에 가서 質問할 順序를 의논하면서 普校門에 **다알앗다**. 나는 **놀낫다**. 놉다라턴 소슬大門(軺軒 나들던)은 간 곳이 업고 門牌 만히 달닌 벽돌 洋式門 두 기둥 우에 乳白色 球形 電燈이 곤두서고, 아직도 흙빗 새로운 運動場에서 東으로 두

---

22  권보드래, 『한국 근대소설의 기원』(증보판), 소명출판, 2012, 271면.

어 서호레 石階를 올나 灰色 木造洋館이 드놉히 웃둑 솟앗다.

— 「중학 방문기」[23]


한 녜적 한검(大神)계오서 왼 누리를 만들으신 뒤에 물에 살는 모든 動物을 만들으시고 물검(水神)임으로 그 무리를 다슬이시는 임검을 **삼으시엇**다. 물검임계서 한검임의 命令을 받아 첨 물나라 임검으로 卽位하시는 날 모든 百姓을 모호아 큰 잔치를 베플으시고 終日 즐기신 뒤에 입을 열으시어 '한검임의 크신 은혜로 너의 무리가 다 생기어 이 아름답은 물나라에서 즐겁게 살게 되고, 내가 쏘 너희들 다슬이는 임검이 되어 한검임의 命令으로 오늘 卽位式을 하게 되니, 그 깃븜을 무엇에나 비기리오. 特別히 오늘을 慶祝하기 爲하야 너희게 恩典을 베플 것이니 누구든지 무슨 不足함이 잇든지 더 所願이 잇거든 나서서 말하라' 하시엇다.

— 「물나라의 배판」[24]


발서 十數年前 일이라. 내 낳이 아직 어리고 父母께서 生存하야 게실 때에 내 집은 시골 조그마한 가람가에 **있엇다**. 어떤 장마날 나는 내 情들인 소 — 난 지 四五日된 새끼 가진 — 를 가람가에 내어다 매다 글방에 **가앗엇다**. 아츰에는 좀 개이는 것 같더니 믿지 못할 것은 장마날이라 어느덧 캄캄하게 흐리어지며, 첨에 굵은 비방울이 뚝뚝 떨어지기 비롯더니 점점 天地가 어두워가며 소내기가 두어 번 지나가고 連하야 박으로 푸어 붓는 듯 비발이 나리어 **쏟는다**. 나는 처마 끝에서 좌좍좍 드리우는 낙수발과 안개 속에

---

23  배, 「중학 방문기」(『청춘』, 1914. 12), 『초기 문장집』 I, 321면.
24  외배, 「물나라의 배판」(『새별』, 1914. 12), 『초기 문장집』 I, 327면.

잠긴 듯한 뭇 山의 얼골을 치어다보며 맘이 愉快하게 글을 외오앗다.

— 「내 소와 개」<sup>25</sup>

金鏡은 어제밤에 大邱를 써나 九月一日 夕陽에 古邑驛에 나리엇다. 그는 서
울도 들러지 아니하고 하루라도 사랑하는 學徒들의 學業을 休하지 아닐 양
으로 쌔른 火車도 더대다 하게 장다름을 하엿다. 驛에 나리어 조고마한 冊보
퉁이를 씨고 鐵道線路를 지나 좁고 풀 깁흔 논틀길에 들어서며 西北 대하야
포풀라숩 사이로 보이는 灰壁한 여러 채 집을 보고 반갑은 듯 빙긋 우섯다.

— 「金鏡」<sup>26</sup>

위의 인용문에서 제시한 문장들은 일인칭 서술과 삼인칭 서술을 두
루 활용하고 있으며, 안정적인 과거시제와 더불어 문체의 일관성과 균
질성을 유지한 단정한 중립적 문체로 쓰여 있다는 점에서 놀라울 정도
로 이미 규범적인 근대 문체에 근접해 있다. 물론 이들 작품에도 여전
히 어말어미 '-노라/더라/이라'가 관습적으로 섞여 쓰이고 있는 까닭
에, 이들 문장에서 일관성과 균질성을 갖춘 객관적인 문장어의 규범이
완전히 정착되었다고 하기는 어려운 것이 사실이다. 특히 「중학 방문
기」에서 서술자의 논평에 해당하는 서론 부분과 단편 「김경」에서 김경
의 과거가 서술되는 대목 등은 어말어미 '-노라/더라/이라'에 여전히
구속되어 있는 것을 볼 수 있다. 그러나 장편 『무정』의 전반부에 이르
기까지도 이러한 문체의 분할이 지속되었던 사실을 염두에 둘 때, 주목

---

25  李光洙, 「내 소와 개」(『새별』, 1914.12), 『초기 문장집』 I, 342면.
26  孤舟, 「金鏡」(『청춘』, 1915.3), 『초기 문장집』 I, 360면.

해야 할 것은 그럼에도 불구하고의 영역이라 할 수 있다. 다시 말해 화자의 존재성이 부각될 때마다 완고하게 힘을 발휘하는 관습적인 구문체의 영향력에도 불구하고, 이들 문장에서는 객관적인 '-다/ㅆ다'체의 일관성이 구문체와는 경계를 분명히 가르는 문체로서 두드러진 존재성을 과시하고 있는 것이다. 이는 번안단편 「허생전」과 기행문 「상해서」, 「해삼위로서」 이전의 문장에서 구사된 다양한 문체들의 양상을 되짚어볼 때 더욱 또렷하다.

잘 알려져 있다시피, 이광수는 일본어 단편 「사랑인가愛か」(『白金學報』, 1909.12)에서 근대 일본의 언문일치 문장의 지표로 일컬어지는 '彼・た'체를 완벽하게 구사했음에도 불구하고 바로 직후에 조선어로 쓴 단편 「무정」(『대한흥학보』, 1910.3,4)에서는 여전히 초월적 화자가 힘을 발휘하는 관습적인 '-노라/더라/이라'의 고문체를 구사했다. 일본의 근대적인 언문일치 문장이 당대 여전히 전통적인 서사체의 관습이 지배적이었던 소설 문체의 변혁을 보장해 주지는 못했던 것이다.[27] 이는 스토의 『엉클 톰스 캐빈』을 초역抄譯한 『검둥의 설움』(1913)의 문체에서도 발견되는데, 번역 저본인 『인자박애의 이야기仁慈博愛の話』(1903)와 『노예 톰奴隷トム』(1907)의 경우 안정적인 어말어미 '-た'로 번역되어 있음에도 불구하고 『검둥의 설움』은 여전히 관습적인 '-노라/더라/이라'의 고문체로 일관하고 있는 것이 확인되는 까닭이다.

---

27 김효진은 일본어 단편 「사랑인가」에서 발견되는 일본어 언문일치체가 단편 「무정」과 「헌신자」의 문체 구성에 즉자적으로 이어지지 않는 이유를 단순한 '문체적 퇴보'라기보다 일본어 언문일치체가 표상하는 균질한 언어의 영역을 낯선 것으로 맞닥뜨린 이광수가 "조선의 '과도적' 언어상황을 현재적이고 유효한 실체로 의미화"하고자 한 시도의 일환이라는 흥미로운 관점을 제시한 바 있다. 김효진, 「근대소설의 형성 과정과 언문일치체의 문제(1)」, 『동방학지』 165, 연세대 국학연구원, 2014, 182~188면.

한편 단편 「무정」과 거의 비슷한 시기에 쓰여진 번안단편 「어린 희생」(『소년』, 1910.2~5)은 도입부의 묘사 장면에 국한하여 현재형 어말어미 '-다'를 도입했던 신소설이나 번안소설의 관례를 깨고 도입에서 결말에 이르기까지 이를 전면화하고 있다는 점에서 주목할 만하다. 「어린 희생」은 한 편의 영화를 각색·번안한 단편으로서 번역과 창작의 사이에 걸쳐져 있는 작품이라 할 만한데,[28] 텍스트 전체에 걸쳐 전면화되고 있는 이 현재형 '한다'체는 현재 장면에 붙박여 있는 영화의 시각적 장면을 언어적 서술과 묘사로 바꾸는 과정에서 얻어진 부산물일 가능성이 높다.[29] 물론 「어린 희생」 역시 지문에 해당하는 서술자의 언어에 여전히 어말어미 '-노라/더라/이라'가 혼재되어 있는 것은 사실이다. 그러나 이러한 현재형 '한다'체의 전면화가 신소설에서 번안소설에 이르기까지 당대 서사체의 완강한 관습으로 굳어져 있던 '-노라/더라/이라'의 고문체에 가한 균열은 기억해둘 만하다.

「어린 희생」에 이어 쓰여진 창작단편 「헌신자」(『소년』 3-8, 1910.8)는 관습적인 고문체의 균열에서 더 나아가 근대 문체의 지표로 일컬어지는 삼인칭 대명사 및 과거시제의 도입을 향한 불안정하나마 의미 있는 시도를 보여준다. 화자가 청자에게 집적 말을 건넬 때 쓰이는 어말어미

---

28 「어린 희생」과 동일한 내용의 영화를 소개한 김낙영의 「丹心一片」은 1910년 1월에 간행된 『대한흥학보』 9호에 실렸다. 이에 관한 자세한 논의는 하타노 세츠코, 최주한 역, 「이광수의 자아-작품을 통해 본 이광수의 제1차 유학 시절의 세계관」(『『무정』을 읽는다』, 소명출판, 2008, 109~110면)을 참조.

29 단적인 예로, 신지연은 세 명의 기병이 등장하는 「어린 희생」의 한 장면에서 작자가 개별자로서의 의미를 부여받지 못한 이들 인물에 대해 '칼 뽑던 자', '수염 많은 자', '이것은 가만히 앉았던 자' 등으로 특이하게 대사의 주체를 밝히고 있는 점에 주목한 바 있는데(신지연, 『글쓰기라는 거울』, 소명출판, 2007, 75면), 이러한 희곡적 장면 제시야말로 영화의 한 장면을 재현한 사실을 또렷이 보여준다.

'-오/소'를 구사하고 있는「헌신자」는 화자의 존재성이 두드러진다는 점에서 일면 '-노라/더라/이라'체의 연속선상에 있는 듯이 보인다. 그러나 화자가 허구 세계 바깥에 존재하여 초월적인 시점에서 허구 세계를 장악하고 있는 고소설이나 신소설과 달리,「헌신자」의 화자는 사실 세계 내의 관찰자로서의 역할을 자임하고 있다는 점에서 성격상 전혀 다른 위상을 갖는다. "여긔는 平安道 어늬 地方, 私立學校事務室이라"[30]로 시작하는「헌신자」의 첫 문장이 대변하고 있듯이, 사실 세계 내의 관찰자로서 자임하는 화자는 자신이 자리하고 있는 '지금 여기'의 위치를 떠날 수 없다. 또 사실 세계 내의 관찰자를 자임하고 있는 만큼 화자가 자리한 이 '지금 여기'의 위치는 독자와 동일한 지평에 놓인 것이기도 하다.

근대 문체의 창출을 향한 도정이라는 문제를 염두에 둘 때 이러한 화자의 위상 변화의 중요성을 단적으로 보여주는 것이「헌신자」에서 처음 부각되고 있는 삼인칭 대명사 '이'와 '그'의 경합 및 과거시제의 부상이다. 자신이 자리한 '지금 여기'의 위치를 기준으로 독자에게 말을 건넬 수밖에 없는 관찰자적 화자에게는 자연스레 과거와 현재, 가까운 곳과 먼 곳의 시공간적 거리 감각이 작동할 수밖에 없는 까닭이다.

나는 이 사람의 歷史를 말하기를 大端히 조와하난 者오. 내가 이러케 말하니까 讀者 諸氏는 내가 그의 親戚이라든지, 은혜를 입은 者라든지, 쏘 그러치 아니면 마음과 主義가 갓혼 者라든지도 생각하시겟지오, 마는 나는 그를 안 것이 昨年이오, 싸로혀 그의게 진 恩惠도 업고 쏘 나와 그와는 한가

---

30  孤舟,「헌신자」(『소년』, 1910.8), 『초기 문장집』 I, 126면.

로히 안자서 心肝을 吐露하야 본 적도 업스니, 仔細히 **그의 마음**이나 主義를 直接으로 알 수는 업서. 그러나 나는 그의 드러난 마음과 事蹟으로 能히 그의 마음과 主義의 大部分을 아난 者로 自認하오. [31]

이의게 萬一 將次 말하랴난 事蹟이 업다 하면 이것만 하여도 크고 아름다운 일이라고 할 수 잇고, 또 模範할 만하다고 할 수 잇겟소. 마는 이의게 이보다 멧 倍나 더 큰, 놀날 만한 아름다운, 썩지 아닐 事蹟이 잇슴으로 前에 말한 그 事蹟은 이의게 빗홀 아인 것이오. 또 내가 말하기를 즐겨한다던 이의 歷史도 大部는 이것이오. 한번은 **이**가 무슨 일노 平壤을 **갓다가** 平生 발ㅅ길도 아니하고 말만 하여도 씩하고 코우슴하던 學校에를 들어가 **보앗소** 그날은 그 學校의 紀念式인가 하야 엇던 紳士의 一場 大演說이 잇섯난데, 그때에 忽然히 그 原來가 銳敏한 **이**의 마음에 크게 刺激되고 感動된 것이 잇서서 當場에서 머리를 싹고 볼 일도 못 보고 집에 **돌아왓소** [32]

위의 인용문에서 화자가 '그'와 '이'라는 삼인칭 대명사로 두루 지칭하고 있는 것은 '김광호'라는 동일 인물이다. 화자가 인물에게 다소 거리를 두고 있을 때는 '그'가 쓰이고, 인물에게 비교적 우호적인 감정을 표하며 거리를 좁히고 있을 때는 '이'가 쓰인 것을 볼 수 있다. 서구어에서 삼인칭 대명사가 화자와의 거리와 상관없이 객관적으로 이미 언급된 인물을 대신 가리키는 인칭 대명사였다면, 전통적으로 화자와의 거리에 따라 사물을 다르게 가리키는 데 쓰였던 지시대명사 '彼'와 '此'의

---

31  위의 글, 137면.
32  위의 글, 139면.

구분에 익숙했던 화자는 동일한 인물을 지칭하면서도 이 구분을 그대로 적용하고 있었던 것이다.[33] 여기에 단편 「무정」에 등장하는 삼인칭 대명사 '뎌(졔)'까지 고려하면, 훗날 근대문학에서 삼인칭 대명사로 확고하게 자리를 잡은 '그'가 단순히 근대 일본어의 삼인칭 대명사 '彼'의 손쉬운 번역어가 아니라 독자적인 언어적 관습 내에서 여러 가능성과의 경합을 거치며 안착되었음을 보여주는 중요한 장면이다.

삼인칭 대명사 '그'와 '이'의 경합이 '지금 여기'의 위치에 자리한 화자와의 공간적 거리에서 빚어진 현상이라면, 과거시제의 부상은 화자와의 시간적 거리에서 연원한다. 두 번째 인용문에서 "한번은"으로 시작하는 김광호의 일화는 현재 어느 사립학교의 교무실에 앉아서 독자에게 말을 건네고 있는 화자가 놓인 위치에서 보자면 시간적으로 과거의 일에 속한다. 과거시제가 자연스레 부상할 수밖에 없는 조건인 데다, 어말어미 '-오/소'의 경우 앞 음절이 자음으로 끝나거나 시제 선어말어미와 결합하는 경우 반드시 '-소'가 수반되는 까닭에[34] 화자가 과거에 대한 서술을 지속하는 동안은 문체적 일관성을 유지하기 쉽다. 「헌신자」에서 과거시제가 부상할 수 있었던 것은 어말어미의 형태소적 특성도 한몫하고 있었던 셈이다.

이처럼 객관적인 관찰자를 자임하는 화자를 도입한 덕분에 서사체에서 삼인칭 대명사가 부각되고 과거시제가 부상한 것은 특기할 만하

---

33  야나부 아키라에 의하면, 서구어의 번역에 의해서 일본 근대문학에 도입된 삼인칭 대명사 '彼' 또한 본래 원거리에 놓인 사물을 가리키는 지시대명사였던 까닭에 도입 당시에는 주로 "깔보듯이 대상을 가리키는 것 같은 어감"을 갖고 있었다고 한다. 야나부 아키라, 김옥희 역, 『번역어의 성립』, 마음산책, 2011, 194~199면.

34  허재녕, 「종결어미 '-소'와 '-오'의 통시적 연구」, 『어문연구』 41-1, 한국어문교육연구회, 2013, 76면.

다. 그러나 '오/소'체는 다소 투박한 말건넴의 어투라서 문장의 규범성은 물론 문체로서의 품격을 갖추기 어려웠던 것도 사실이다. 보아온 대로 규범성을 갖춘 문체의 일관성과 균질성이 의식될 수 있었던 것은 어말어미 '-습니다'와 '-나이다'를 엄격하게 구사한 번안단편 「허생원」과 서간체 기행문 「상해서」, 「해삼위로서」에 이르러서였다. 그 가운데서도 후자의 서간문체는 통일성과 균질성을 갖춘 중립적인 근대 문체의 정착 과정에 또 한번의 비약을 예비하고 있었으니, 이번에는 『무정』의 1차 집필과 2차 집필의 사이에 쓰여진 중편 분량의 서간체 소설 「어린 벗에게」가 그 주인공이다.


## 3. 서간체 소설 「어린 벗에게」와
### 『무정』 전·후반부의 문체


잘 알려져 있다시피, 『무정』의 전반부에 해당하는 연재 70회분의 원고와 후반부에 해당하는 원고는 시간적 격차를 두고 쓰여졌다. 매일신보사에서 신년소설을 하나 쓰되 우선 제목을 통지하라는 전보를 받은 이광수가 "동기 방학 동안에 불면불휴로 약 70회분을 써"[35] 보낸 것은 『무정』의 연재 직전인 12월 말의 일이다. 70회분이면 전체 126회분의 절반 이상에 해당하는 만큼 상당한 분량의 원고를 단숨에 쓴 것을 알 수 있

---

35  이광수, 「다난한 반생의 도정」(『조광』, 1936.4~6), 『전집』 8, 452면.

다.[36] 1차 집필을 마친 이광수는 잠시 한숨을 돌리면서 단편 「소년의 비애」, 「윤광호」, 「방황」(집필 날짜는 각각 1917년 1월 10·11·17일)을 잇달아 써낸 후 잠시 재충전의 시간을 갖는데, 이 재충전의 시기에 쓴 주목해야 할 중요한 작품이 바로 중편 분량의 서간체 소설 「어린 벗에게」이다.

「어린 벗에게」의 집필 시기에 대해서 이광수는 1926년 박문서관에서 단편집 『젊은꿈』을 간행하며 "1914년에 써서 『청춘』이라는 잡지에 발표하였던 것"[37]이라고 명시적으로 언급한 바 있지만, 이는 사실과 다르다.[38] 우선 1914년 8월 대륙방랑을 마치고 오산에 돌아와 있으면서 인생의 재도약을 모색하고 있던 이 무렵의 이광수에게 청춘에 대한 번민은 부차적인 일이었다. 당시 이광수의 내면풍경은 1915년 3월 『청춘』 6호에 발표된 자전적 단편 「김경」에 또렷이 각인되어 있는데, 그간 마음에 들지 않는 아내와 소원했던 자신의 태도를 반성하는 내용도 담겨 있어[39] 조혼 제도의 인위성을 비판하며 사랑의 정당성을 주장하고

---

36  이광수가 「다난한 반생의 도정」에서 언급한 『무정』의 연재 70회분이 정확히 몇 장까지에 해당하는지에 관해서는 논란의 여지가 있다. 하타노 세츠코는 72장까지의 형식이 작자 자신의 과거에 해당한다는 점에서 72장까지를 1차 집필분으로 간주한 바 있으나(하타노 세츠코, 최주한 역, 『『무정』을 읽는다』, 소명출판, 2008, 315~316면), 72장은 과거에 대한 총정리이자 이후의 방향성을 가늠하고 있는 장이라는 점에서 2차 집필을 시작하며 쓰여진 것일 가능성도 배제할 수 없다. 후술하겠지만, 무엇보다도 문체상으로 『무정』의 전반부와 확연히 구분되는 만큼 72장부터 2차 집필분에 속한다는 것이 저자의 판단이다.

37  이광수, 「自序」, 『젊은 꿈』(박문서관, 1926), 『한국현대소설총서』 16, 태영사, 1987.

38  「어린 벗에게」의 집필 시기에 대해서는 기존 논의 간에 약간의 견해차가 있지만, 2차 유학 시절의 경험이 반영되어 있다는 데 대해서는 이견이 없이 일치한다. 사에구사 도시카쓰, 심원섭 역, 『한국문학 연구』, 베틀북, 2000, 102면; 김영민, 「이광수 초기 문학의 변모 과정」, 문학과사상연구회 편, 『이광수 문학의 재인식』, 소명출판, 2009, 47면; 하타노 세츠코, 최주한 역, 「체험과 창작 사이—『무정』 다시 읽기(하)」, 『일본유학생 작가 연구』, 소명출판, 2012, 131면; 최주한, 「제2차 유학 시절의 이광수」, 『이광수와 식민지 문학의 윤리』, 소명출판, 2014, 89~91면.

39  "안해를 사랑하리라 (…중략…) 金鏡은 家庭 맛을 모르어 안해를 平生 親庭에 두고 저

있는 「어린 벗에게」의 세계와는 상충한다. 이러한 「어린 벗에게」의 세계는 오히려 『무정』의 1차 집필 직후에 쓰여진 단편 「소년의 비애」, 「윤광호」, 「방황」과 연속적이다. 이들 단편은 모두 한 번도 충족되어 본 일이 없는 청춘에 대한 탄식 혹은 갈망을 주제로 하고 있고, 이 점에서는 「어린 벗에게」 역시 다르지 않다. 더욱이 「어린 벗에게」가 발표되기 직전에 『학지광』 12호에 발표된 논설 「혼인에 대한 관견」(1917.4)은 '천성天性'에 근거한 연애 및 그러한 연애에 기초한 혼인의 중요성을 역설하고 있다는 점에서, 법률이나 도덕 등의 '인위'적인 제도가 아닌 '자연'에 기반한 사랑의 정당성을 호소하고 있는 「어린 벗에게」의 논설판이라 할 만하다.

형식적인 측면에서 보더라도 1914년의 이광수에게서 「어린 벗에게」처럼 짜임새 있는 구성을 갖춘 긴 호흡을 가진 작품을 일관되고 균질적인 문체로 쓸 수 있는 역량을 기대하는 것은 무리이다. 특히 「어린 벗에게」는 작자가 보고 듣고 경험한 것을 객관적으로 서술하고 있는 기행문 「상해서」, 「해삼위로서」와 달리 일인칭 화자의 주장과 논평이 대거 개입되어 있어 문체적인 일관성을 갖기 어려운 조건인데, 실제로 객관적 서술보다 설명과 주장, 논평이 주를 이루는 기행문 「대구에서」(1916)의 경우 어말어미 '-나이다'를 구사하는 같은 서간체로 쓰여졌음에도 불구하고 여전히 '-노라/더라/이라'의 고문체가 지배적인 것을 볼 수 있다.

---

혼자 寄宿舍 한 房에 잇서 오얏다. 그러나 이번 길에 夫婦各居함이 서로 作罪함이 크럿다, 저는 무슨 자미가 잇서 獨居를 取호대 안해야 무엇을 바라고 살리오 함과, 또 天下事를 가르치리라는 뜻은 품는 者는 몬저 그 안해를 가르치어야 할지니 어듸 한번 試驗하야 少不下 나만한 知識 程度에까지는 올리어 보리라 하는 두 가지 뜻으로 나가는 것이오" 이광수, 「김경」(『청춘』, 1915.3), 『초기 문장집』 I, 367면.

足下의 炯眼은 임의 此事件의 眞因을 洞觀ᄒᆞ얏슬지오 足下의 深謀는 임의 此에 對ᄒᆞᆫ 明確ᄒᆞᆫ 成算이 잇슬이니 듯기를 願ᄒᆞ거니와 爲先 小生의 淺短ᄒᆞᆫ 見解를 陳述ᄒᆞ야써 高評을 엇고져 ᄒᆞ노이다. 이에 그 原因을 列擧ᄒᆞ고 槪略히 說明ᄒᆞ건딕 一, 名譽心의 不滿足이니, 그네는 大槪 倂合前에 敎育을 바닷고[40] 倂合前에 임의 靑年이 되엿던 者들이라. 小生도 記憶ᄒᆞ거니와 當時는 朝鮮에셔 젹이 覺醒된 社會에는 政治熱이 沸騰ᄒᆞ얏셧고 ᄯᅩ 그 中心은 靑年이 잇셧는지라. 짜라셔 所謂 雄心이 勃勃ᄒᆞ야 擧皆 治國平天下의 大功을 夢想ᄒᆞ얏나니 前途에는 大臣이 잇고 國會議員이 잇고 大經世家가 잇셔 모다 英雄이오 모다 豪傑이라. (…중략…) 그네가 만일 賢明ᄒᆞ얏던들 翻然히 ᄯᅳᆺ을 도리켜 新社會에서 活躍홀 만ᄒᆞᆫ 實力을 길너 今日은 眞實로 社會의 中樞가 될 만ᄒᆞᆫ 資格과 能力을 엇어스련만은 그네의 無謀ᄒᆞᆫ 血氣와 無識의 暗昧ᄒᆞᆷ이 이를 ᄭᅢ닷지 못ᄒᆞ게 ᄒᆞ야 맛춥닉 今日의 悲劇을 釀成함인가 ᄒᆞ나이다.

— 「대구에서」[41]

인용문에서 보듯 「대구에서」의 경우 어말어미 '-나이다'의 일관성은 한 단락의 도입이나 마무리 문장에 국한되어 있을 뿐 설명이나 주장, 논평 대목에서는 여전히 어말어미 '-노라/더라/이라'가 구사되어 있는 것을 확인할 수 있다. 한편 「어린 벗에게」는 마찬가지로 화자의 주장과 논평이 개입되고 있는 대목에서도 문체적 일관성이 지켜지고 있는 것이 또렷하다.

---

40  원문에는 '다닷고'로 되어 있다.
41  春園生, 「대구에서」(『매일신보』, 1916.9.22~23), 『초기 문장집』 II, 51~52면.

이러한 婚姻은 오직 두 가지 意義가 잇다 **하나이다.** 하나는 父母가 그 아들과 며느리를 노리갯감으로 압헤 노코 구경하는 것과 하나는 도야지 장사가 하는 모양으로 색기를 바드려 **함이로소이다.** 이에 우리 朝鮮男女는 그 父母의 完具과 生殖하는 機械가 되고 마는 **것이로소이다.** 이럼으로 지아비가 그 지어미를 생각할 재에는 곳 肉慾의 滿足과 子女의 生産만 聯想하고, 男子가 女子를 對할 재에도 곳 劣等한 獸慾의 滿足만 생각하게 되는 **것이로소이다.** 男女關係의 究竟은 毋論 肉的 交接과 **生殖이로소이다.** 그러나 오직 이쓴이오리잇가. 다른 즘생과 조곰도 다름업시 오직 이쓴이오리잇가. 肉的 交接과 生殖 以外에 ― 쏘는 以上에는 아모것도 업슬 것이리잇가. 엇지 그러리오. 人生은 禽獸와 달라 精神이라는 것이 **잇나이다.**

― 「어린 벗에게」[42]

물론 「어린 벗에게」의 경우도 텍스트 전체에 걸쳐 '―노라/더라/이라'의 고문체가 완전히 모습을 감춘 것은 아니다. 그러나 인용문에서도 보듯이 화자가 객관적 서술과 주관적 논평을 오갈 때마다 모습을 드러내던 이원적 문체의 경계는 허물어져 이미 상당 정도 일관되고 균질적인 문체에 도달했다고 해도 좋을 것이다. 주목할 만하게도 이러한 양상은 『무정』의 전반부와 후반부의 문체적 차이에서도 발견되는바, 서간체 소설 「어린 벗에게」의 문체가 『무정』 후반부 문체의 통일성과 균질성을 정착시키는 데 영향을 미쳤을 가능성을 시사한다.[43]

---

42  외배, 「어린 벗에게」(『청춘』, 1917.7), 『초기 문장집』 II, 339면.
43  최근 「어린 벗에게」의 집필 시기와 관련하여 『무정』에 이어 쓴 것이라는 이광수의 또 다른 회고를 접하게 되었다. "二十二三歲 때라 하면 내가 東京 早稻田大學을 다니면서 처음 작품인 『무정』을 쓰던 때다. 또 계속하여 「어린 벗에게」를 쓰던 때다."(이

형식은 저 스스로 씌인 '사람'으로 주쳐하거니와 그 역시 아직 인싱의 불셰례를 밧지 못한 사람이라. 지금 이 방에 모혀안즌 셰 사람 쳥년 남녀가 장ᄎᆞ 엇더한 길을 지니어 '사람'이 될는고 이 셰 사람의 가슴은 맛치 쟝ᄎᆞ 오랴는 폭풍을 기다리는 바다와 갓다. 지금은 물결도 업고 거픔도 업고 흐름도 업는 편편한 **바다라.** 이제 하늘로셔 큰 바람이 나려와 이 바다의 물을 왼통 흔들어 거긔 물결을 만들고 흐름을 만들지니 그ᄯᅥ야말로 비로쇼 참 바다가 **되리로다. 모르괘라.** 그 바람이 무엇이며 그 바람을 보니는 자가 **누구뇨.**

—『무정』 27장[44]

무릇 사회뎍 싱활(社會的 生活)을 완성(完成)하랴면 그 사회(社會)의 각원(各員)이 그 사회(社會)의 도덕법률(道德法律)을 권권복응(拳拳服膺)홈이 맛당하되 그러나 결코 이는 싱명(生命)의 전톄(全體)는 아니니 싱명(生命)은 하여(何如)한 도덕법률(道德法律)보다도 위뒤(偉大)한 **것이라.** 그럼으로 싱명(生命)은 절뒤(絶對)요 도덕법률(道德法律)은 샹뒤(相對)니 싱명(生命)은 무슈히 현시(現時)의 그것과 샹이(相異)한 도덕(道德)과 법률(法律)을 조츌(造出)홀 슈 있는 **것이라.** 이것이 형식이가 비화 어든 인싱관(人生觀)**이라.**

—『무정』 53장[45]

---

광수, 「『유정』을 새로 쓰면서」, 『삼천리』, 1933. 12, 48면) 그러나 『무정』의 전반부와 후반부가 시간적 격차를 두고 쓰여진 만큼 『무정』을 쓰고 또 계속하여 「어린 벗에게」를 썼다는 언급은 양의적으로 해석될 여지가 있다고 생각한다. 앞서 언급한 대로 「어린 벗에게」의 세계가 『무정』의 1차 집필 직후에 쓰여진 단편 「소년의 비애」, 「윤광호」, 「방황」 및 논설 「혼인에 대한 관견」과 연속적이라는 점, 그리고 뒤에서 논한 대로 『무정』의 전반부와 후반부 간의 급작스런 문체적 단절을 고려할 때 그 가능성에 생각이 미치지 않을 수 없다.

44  김철 교주, 『바로잡은 『무정』』, 문학동네, 2004, 184~185면.
45  위의 책, 332~333면.

아마도 인싱의 모든 슯흠 중에 '스랑의 실망'에셔 더흔 슯흠은 업슬 것이다. 형식은 졍히 이러흔 상틱에 잇다. 지금 형식에게는 남은 것이 한아도 업다. 이번 평양 갓던 일은 변명도 홀 수 잇스려니와 그것을 변명흐는 것은 형식에게는 그다지 필요흔 일이 안이다. 그것을 변명흔다슷 스년급 학싱들이 주긔를 스랑흐지 안이흔다는 진리로 변홀 슈 업는 것이다. 형식은 주긔의 명예를 위흐야 슯허흐는 것이 안이다. 명예는 샤름에게 셋지나 넷지로 귀중흔 것이다. 형식은 지금은 목슘의 쑤리를 일허바린 것이다. 인싱에 발 드릴 데를 일코 공중에 둥둥 쓴 모양이다. 형식이가 아조 말라죽고 말는지 다시 어디다가 쑤리를 박고 살는지 이것은 쟝릭를 보와야 알 것이다.

—『무정』72장[46]


올타. 로파의 말과 ㄵ치 영칙를 죽인 것은 내다. 영칙가 닉집에 온 것은 '나도 너를 기다리고 잇셧다 이제야 만낫고나' 흐는 닉 말을 들으려 흠이다. 그러고 '이졔브터 너는 닉 안히다' 흐는 말을 들으려 흠이다. 그런데 나는 그쩌에 무삼 싱각을 흐얏나. 영칙가 기싱이나 안이 되엇스면 조켓다. 엇던 샬류가뎡에 거듭이 되어 녀학교에나 다녓스면 조켓다…… 이러흔 싱각을 흐얏다. 그러고 마음속으로는 션형이가 잇는디 웨 영칙가 쒸어나왓나. 영칙가 기싱이거나 뉘 쳡이 되엇스면 조켓다 흐기도 흐얏다.

—『무정』75장[47]


인용문에서 볼 수 있듯이, 『무정』의 전반부와 후반부는 같은 서술자

---

46  위의 책, 436~437면.
47  위의 책, 450면.

에 의해 쓰였다고 보기 어려울 만큼 문체적 차이가 확연하다. 서술자
는 동일하게 사건의 추이를 서술하거나 인물의 사고를 재현하고 있지
만, 여전히 관습적인 초월적 화자의 영향력에 구속되어 있어 문체의 통
일성을 찾아보기 어려운 전반부와 달리, 후반부의 문체는 서술자의 지
문은 물론이고 인물의 사고마저도 중립적인 문어체에 가까워져 있어
어말어미 '-다/ㅆ다'의 일관성이 두드러진다. 후반부의 문장이 전반부
의 문장에 비해 중립적이고 객관적인 재현의 효과가 또렷한 것 또한 이
러한 어말어미의 일관성 덕분인 것은 물론이다.

『무정』의 전반부와 후반부를 가르는 이러한 문체적 격차는 점진적
인 관점에서 해명될 수 있는 사안이 아니다. 특히 후반부의 첫 장에 해
당하는 72장의 경우 시종일관 어말어미 '-다/ㅆ다'의 일관성이 엄격하
게 지켜지고 있어 전반부에서 이어지는 문체적 흐름에서 보면 오히려
부자연스럽고 경직되어 있다는 느낌을 줄 정도이다.[48] 79장에 이르러
어말어미 '-노라/더라/이라'가 다시금 거침없이 등장하는 것 역시 관
습적인 문체의 영향력에서 완전히 벗어나지 못한 무의식의 발로일 수
도 있지만, 당대의 감각으로 보면 문체가 통일성과 균질성을 획득한 대
신 문장의 리듬이 거세된 데 대한 의식적인 반발일 수도 있다. 이광수

---

[48] 이러한 문체적 일관성의 엄격함을 보여주는 단적인 예로 72장의 경우 서술자의 논평
대목에서 '-이라'체가 완전히 사라진 것을 들 수 있다. "형식은 자기의 명예를 위하야
슬퍼하는 것이 아니다. 명예는 사람에게 셋째나 넷째로 귀중한 것이다. 형식은 지금 목숨
의 뿌리를 잃어버린 것이다. 인생에 발 디딜 데를 잃고 공중에 둥둥 뜬 모양이다. 형식이
가 아조 말라죽고 마는지 다시 어디다가 뿌리를 박고 사는지 이것은 장래를 보아야 알
것이다."(위의 책, 437면) 전반부 가운데 거의 마지막 연재분에 속하는 68장까지만 해도
이러한 서술자의 논평 대목에는 으레 '-이라'체가 등장하고 있는 것이 확인된다. "이러
한 비방도 아조 까닭이 없음은 아니라."(위의 책, 414면) "그럼으로 배학감이 이번 학생
의 소동도 형식의 충돌이라 함이 아조 근거가 없는 말은 아니라.(위의 책, 415면)

는 서간체 소설 「어린 벗에게」를 집필하면서 통일성과 균질성을 갖춘 문체의 안정성에 눈떴지만, 『무정』의 후반부 집필 과정에서 중립적인 어말어미 '-다/ㅆ다'의 정착을 시도하면서 이런저런 시행착오를 거치고 있었던 것이 아닐까. 어찌 되었든 이러한 어말어미 '-다/ㅆ다'의 전면화 시도는 이전까지의 이원적인 문체의 경계를 돌이킬 수 없는 것으로 만들었다. 그리고 이 과정에서 수반된 문체적 혼란이 일소되어 중립적인 '-다/ㅆ다'체의 안정적인 정착을 보게 되는 것은 후속장편 『개척자』에서이며, 이러한 중립적 문체는 논설 「부활의 서광」(1918)으로까지 이어지게 된다.

## 4. 『무정』의 근대 문체가 성취한 것

보아온 대로 중립적이고 균질적인 근대 문체에 기반하여 당대 조선인의 사상과 감정을 자유롭게 표현할 수 있는 문체적 기반을 마련한 『무정』의 근대 문체는 이미 제도적으로 확립되어 있던 근대적인 일본어 문체의 손쉬운 번역이 아니었다. 이광수만 해도 그것은 단편 「무정」 이래 영화, 연설, 서간, 번안·번역 등 다양한 매체를 횡단하며 다방면의 문체 실험의 도정을 거쳐 얻어낸 소중한 결실이었고, 이 점에서 "지금까지의 조선의 문사들은 신문체의 초석을 놓았다는 의미로 그 공로를 칭양할 것"[49]이라고 마음껏 자랑해도 좋을 만한 것이었다. 무엇보다도 『무정』의 후반부에 이르러 안착되기 시작한 근대적인 '그·-ㅆ다' 체는 어말어미 '-노라/더라/이라'의 관습적인 고문체와 완전히 결별할 수 있는 확고한 토대가 되어 주었다.[50] '그·-ㅆ다'로 대변되는 중립성 과 균질성을 갖춘 근대 문체의 정착에 영향을 미친 중요한 계기의 하나 가 고서간문체였다는 사실은 확실히 아이러니라 할 만하다. 그러나 의 식적이든 무의식적이든 어말어미 '-나이다'로 일관하는 서간체의 통일 성과 일관성이 신소설과 번안소설 이래 지속되어 왔던 이원화된 문체 의 경계를 허물어뜨리고 당대 조선인의 사상과 감정을 자유롭게 구사 할 수 있는 중립적이고도 균질적인 근대 문체를 창출해내는 데 일정하 게 기여한 것 또한 틀림없는 사실이다.

　균질적인 근대 문체의 창출이라는 과제와 관련하여 『무정』이 여전 히 해결하지 못한 문제는 정작 다른 데 있었다. 애초에 『무정』의 문체 를 순한글체로 변경하면서 당대 지식 청년 독자층을 아우를 수 있는 근 대적인 순한글체의 신토대를 개척하고자 했던 이광수의 야심은 당대 조선 청년의 이상과 고민을 그리는 대목에서 번번이 한계에 맞닥뜨려 야 했기 때문이다. 장 전체에 걸쳐 빼곡하게 괄호 안에 한자어를 병기 하고 있는 『무정』의 53장이 단적으로 보여주듯이, 전근대적인 사유를 비판하며 근대적인 사유로 나아가는 당대 지식 청년의 사유를 깊이 있 게 전개하기 위해서는 개념적인 한자어에 의존하는 것이 불가피한 것

---

49　이광수, 「조선문단의 현상과 장래」(『동아일보』, 1915.1), 『이광수 전집』 10, 우신사, 1979, 399면.
50　이 점에서 보면 김동인이 '-노라/더라/이라'의 관습적인 고문체와 철저히 결별할 수 있었던 것은 당대에 이미 그와 또렷이 구분되는 근대 문체가 어느 정도 안착되어 있 었기 때문이라고 할 수 있다.

이 당대의 언어상황이었다. 이 무렵『학지광』에 발표한 국한문체 논설
「혼인에 대한 관견管見」(1917.4)을 한글로 풀어 쓴 논설 「혼인에 되한 나
의 되통만 한 소견」(1917.6.28~8.29)은 이러한 정황을 잘 보여준다.

男女 兩性의 結合은 生物界에 最大한 必然的 約束이지오, 그러고 此結合의 究竟
的 原始的 目的은 毋論 生殖일 것이외다. 그러나 生殖을 目的으로 함은 造物主
의 일이오 生物의 일은 아니지오, 造物主는 自己의 目的을 達하기 爲하야 生物
에게 幸福이라는 代償을 주는 것이닛가 生物에게는 이 幸福이 自己네의 目的일
것이외다. 그럼으로 男女 兩性의 結合도 造物主側으로서 보면 生殖이 目的이
로되, 生物側으로서 보면 幸福이 目的일 것이외다. 鳥獸魚鼈의 兩性이 結合함
이 엇지 生殖이라는 義務를 다하기 爲하야 한다는 意識이 잇겟서요. 그네는
오직 自己의 幸福을 求하여서 그러함이오, 이에 싸라서 造物主의 目的인 生殖
도 自然히 達하게 되는 것이지오. 이것이 神秘한 宇宙의 調和가 아닐가요.[51]

남녀 량성의 결합은 싱물계에 **가장 큰 다시 그러할** 약속이지오, 그러고 **이 결합
의 첫머리나 끗판**의 목뎍은 무론 싱식일 것이외다. 싱식을 목뎍으로 함은 조물쥬
의 일이오 싱물이 일은 안이지오, 죠물쥬는 자긔의 목뎍을 당하기 위하야 싱
물에게 힝복이라는 **디신 갑품**을 쥬난 것이닛가 싱물에게는 이 힝복이 자긔네
의 목뎍일 것이외다. 그럼으로 남녀 량성의 결합도 조물쥬 편으로셔 보면 싱
식이 목뎍이로되 싱물 편으로셔 보면 힝복이 목뎍일 것이외다. **시, 즘싱, 고기,
자라 동물들**의 량성의 결합함이 엇지 싱식이라는 의무를 다하기 위하야 한다는
의식이 잇겟세요. 그네는 오직 자긔의 힝복을 구하여서 그러함이오 이에 싸

---

51  이광수, 「婚姻에 對한 管見」(『學之光』, 1917.4), 『초기 문장집』Ⅱ, 317면.

라셔 조물쥬의 목뎍인 싱식도 자연히 달하게 되난 것이지오. 이것이 **신긔롭고 비밀한** 우듀의 됴화가 안일가요.[52]

　『무정』의 전반부를 쓰면서 청년 형식의 비판적 사유를 전개하는 대목에서 불가피하게 한자에 의존해야 했던 이광수는 「혼인에 대한 관견」을 한글로 풀어쓰는 경험을 통해 다시금 개념적 한자의 필요성을 통감했을 것이다. 게다가 한글문체와 한자가 병기된 국한문체 간의 이러한 문체적 비균질성은 『무정』의 후반부에서도 여전히 해결되지 않은 문제였다.[53] 이광수가 『무정』과 마찬가지로 지식 청년 독자층을 염두에 둔 후속장편 『개척자』를 '시문체時文體'로 집필하기로 결정한 이유도 여기에서 찾을 수 있다. 요컨대 그것은 "近代的인 文章의 民族用語의 뜻을 크게 信念하고 大膽하게 순한글 文章을 밀고 나"[54]가지 못한 혹은 "민족어와 독자 통합의 중요성에 대한 근본적 인식이 부재했"[55]던 작가적 한계 탓이라기보다 한글이 개념적 사유를 담을 수 있을 정도로 충분하게 성숙하지 못했던 당대 언어적 상황의 한계 때문이었던 것이다.

　이 점에서 보면, 『개척자』의 시문체를 『무정』의 순한글문체로부터

---

52　리광슈, 「혼인에 듸한 나의 듸통만 한 소견(一)」, 『신한민보』, 1917.6.28.

53　형식의 사유가 전개되는 대목에는 여전히 한자어가 병기되어 있다. "나는 아직도 약혼 흔 지금까지도 션형의 셩격「性格」을 알지 못흔다. (…중략…) 셔로 리히「理解」흠 업시 참 스랑이 셩립될 수 잇슬가. (…중략…) 그러나 그 듸답이 과연 즉각「自覺」 잇게 나온 듸답일가. (…중략…) 즉긔의 스랑은 과연 문명의 셰례를 바든 견인격덕「全人格的」 사랑이라고 홀 슈가 잇슬가."(김철 교주, 앞의 책, 『무정』 114장, 655~656면)

54　백철, 「작품해설」, 『전집』 1, 590면.

55　김영민 또한 『무정』의 문체 변경이 "순간적 판단에 의해 우연히 일어난 것일 뿐 민족어와 독자 통합의 중요성에 대한 근본적 인식을 바탕으로 이루어진 것이라고 보기는 어렵다"고 언급하면서, 그 가장 큰 이유로 "『개척자』를 발표하면서 다시 국한문혼용체를 사용하게 된다는 점"을 들고 있다. 김영민, 『한국 근대소설의 형성 과정』, 소명출판, 2005, 170면.

의 '퇴각' 혹은 문체 실험의 '실패'로 규정짓는 것은 독자계층의 문제와 당대의 언어적 환경을 고려하지 않은 단선적인 평가라 할 수 있다. 더욱이 '퇴각' 혹은 '실패'라는 관점은 『무정』에서 총집결되어 『개척자』에서 안착되기에 이른 중립적이고 균질적인 문체의 성취를 간과하게 만든다는 점에서 문제가 있다. 실제로 안정적인 '그・-쓰다'체와 더불어 "단지 표기 문자만 한자를 선택했을 뿐 순한글 표기로 바꾸어 놓더라도 의미나 문맥상의 차이는 전혀 발생될 여지가 없다"[56]고 평가받고 있을 정도로 한국어 통사구조에 충실한 『개척자』의 문체는 당대 지식 청년들에게 요구되었던 '시문체'의 모범에 가까웠고,[57] 이후 『청춘』의 현상문예 제도와 더불어 당대의 지식 청년들에게 모범적인 근대 문체의 규범이 되어 주었던 것이다.

1910년대 이광수를 비롯한 신문학운동의 주체들에게 근대 문체의 창출이라는 과제는 "新ᄒᆞ야진 朝鮮人의 思想感情을 發表ᄒᆞ야써 後代에 傳ᄒᆞᆯ 第一次의 遺産을 作"[58]할 수 있는 독자적인 조선의 근대어를 갖는다는 것을 의미했다. 그것은 일차적으로 중화주의에 기반한 한문으로부터의 독립을 꾀한 것이었지만, 더욱 중요하게는 식민지 체제의 시작과 더불어 일본어를 '국어'로 강제했던 제국주의적 언어 편제에 대한 대항으로서의 성격을 띤 것이기도 했다. 1911년 8월 식민지 조선에 공포된 총독부의 제1차 교육령은 일본어의 보급에 "國語는 國民精神이 깃드는 바"라는 의미를 부여하면서 조선어로 이루어지는 교육과 문화

---

56  박진영, 『번역과 번안의 시대』, 소명출판, 2011, 190면.
57  실제로 『개척자』 가운데 13장의 일부(1918. 1. 20~21 연재분)는 「서울의 겨울달」이라는 제목으로 『시문독본』에 제4권에 수록된다.
58  春園生, 「文學이란 何오」, 『초기 문장집』Ⅱ, 114면.

창조의 계기를 엄격히 배제했다.[59] 1910년대 신문학운동을 주도했던 지식 청년들이 조선어 신문의 금지를 비롯하여 출판의 자유가 부재한 가운데 '과외독물課外讀物'과 잡지 출판 등에 경주했던 중요한 이유의 하나도 물론 이를 우려한 까닭이었다.[60]

요컨대 장편 『무정』에서 총집결되어 『개척자』에서 안착된 근대 문체의 역량은 3·1운동 이후 본격화된 조선어 운동의 전개와 더불어 화려하게 꽃을 피운 문화운동의 초석이 되어 주었으니, 장편 『무정』이 거둔 문체적 성취는 당대 '국어國語'로서 제도화되어 조선어의 영역을 잠식하고 있던 일본어와의 길항관계 속에서 조선의 독자적인 근대어를 갖기 위해 고군분투했던 신문학운동의 성과였다고 해도 좋을 것이다.

---

59 고마고메 다케시, 오성철 외역, 『식민지 제국 일본의 문화통합』, 역사비평사, 2008, 136면.
60 "이렇게 철두철미 조선어를 박멸하고 日語의 보급에만 급급하므로 보통학교의 교육을 受한 者는 물론이오 고등보통학교를 畢한 자라도 日語와 日文은 능하면서도 母國文은 書束 一張도 書하기 불능하다. 我等은 此를 개탄하여 課外讀物을 간행하려 하나, 첫째 출판의 자유가 無할뿐더러 간신히 1, 2종을 간행한다 하더라도 정부와 日人 교직원은 此種讀物의 구독을 생도에게 禁하다. 최남선의 월간으로 발행하던 잡지 『소년』은 발행정지를 당하였고 其後에 小兒를 對手로 하는 『아이들보이』, 『새별』 등의 월간과 고등보통학교 생도 이상 정도의 청년을 對手로 하는 『청춘』과 『학지광』 등은 혹은 발매 금지 혹은 독자에게 대한 관청의 압박으로 폐간하기에 至하여 韓語의 讀物의 보급을 厭忌하다."(상하이 임시정부 임시사료편찬위원회, 『한일관계사료집』(1919), 국사편찬위원회, 2005, 141~142면) 참고로 당시 임시정부의 사료집 편찬 작업에는 이광수가 주임으로 관여했고, 주시경의 제자로서 광문회에서 『신자전』, 『말모이』 등을 편찬하고 『조선말본』(1916)을 저술했던 김두봉이 위원으로 참여했다.

# 제4장

# 이중어 글쓰기로서의 「오도답파여행」

## 1. 두 가지 판본의 「오도답파여행」

이광수가 당시 『매일신보』의 감사였던 나카무라 켄타로中村健太郎에게서 여름방학을 이용하여 '시정施政 5년의 민정民情 시찰'을 위한 오도답파 여행을 해주지 않겠느냐는 청탁의 편지를 받은 것은 이제 막 독자들의 뜨거운 호응 속에서 『무정』의 연재를 마친 직후, 아니면 적어도 연재가 끝나가던 무렵의 일이었다.[1] 『무정』의 연재가 끝난 것이 6월 14

---

1   이광수, 「무부츠 옹의 추억」(『경성일보』, 1939.3.11~17), 최주한·하타노 세츠코 편, 『이광수 후기 문장집』Ⅲ, 소나무, 2019, 178면(이하『후기 문장집』Ⅲ로 적는다). 『무정』에 대한 독자들의 뜨거운 호응은 119회(6.3)부터 시작되는 삼랑진의 대단원에서 극에 달한 것으로 보이는 만큼―『무정』의 연재가 끝난 바로 다음날『매일신보』지면에 게재된 김기전의 감상문 「무정 122회를 독하다」(6.15~16)가 이틀에 걸쳐 게재되었다 ―, 『무정』의 인기를 실감한 매일신보사가 이광수에게 오도답파 여행을 제안한 것은 일러도 『무정』의 연재가 대단원을 향해 가던 6월 초순 무렵의 일이 아니었을까 싶다.

일의 일이고 이광수가 경성을 출발하여 오도답파 길에 오른 것이 6월 26일의 일이니, 이광수로서는 물론이고 매일신보사 측으로서도 이 기획은 다소 급작스럽게 추진된 일이었던 셈이다.

실제로 이광수를 특파원으로 하는 오도답파의 기획은 『매일신보』 6월 16일 자의 「오도답파 보도기행」에서 '출발의 기일과 여정'은 조만간 다시 알리겠다는 언급과 더불어 예고된 후, 특파원의 출발을 알리고 여정에 오르는 이광수의 각오가 게재되었던 26일 출발 당일까지도 구체적인 여정이 잡히지 않은 상태였다.[2] 구체적인 여정은 출발 후 이틀이 지난 28일이 되어서야 지면에 소개되는데, 그것도 애초 계획했던 도보기행이 기차와 기선을 이용하여 중요지를 방문하는 것으로 변경되었다는 보도를 수반한 것이었다.[3]

오도답파를 통하여 '신정新政 보급의 정세'를 살피고 사회 각 방면의 발달상을 일반 사회에 널리 소개한다는 기획은 매일신보사의 오랜 숙원 사업이었다. 일찍이 총독부는 1915년 9월 조선통치 5주년을 기념하여 시정 5년간의 조선 산업의 진보를 전시하고 식민통치의 성과를 선전하는 조선물산공진회를 개최한 바 있는데, 매일신보사의 오도답파 기획은 조선 산업의 진보를 전시함으로써 '신정의 효과'를 알게 한다는 조선물산공진회의 취지와도 맞물려 있었던 것이다.[4] 6월 16일 자 「오

---

2    오도답파 출발 당일인 1916년 2월 26일 자 『매일신보』에는 이광수의 「여정에 오르면 서」(1면), 특파원의 출발을 알리는 「오도답파여행 특파원 출발」(2면), 오도답파의 취지를 설명하고 관헌 및 지방의 유지의 협조를 당부하는 매일신보사와 경성일보사 공동명의의 「謹告」(2면) 등의 기사가 실려 있다. 春園生, 「五道踏破旅行道程」(『매일 신보』, 1917.6.29~9.12), 최주한·하타노 세츠코 편, 『이광수 초기 문장집』 II, 소나 무, 2015, 423~424면. 이하 『초기 문장집』 II으로 적는다.
3    春園生, 「五道踏破旅行道程」, 『초기 문장집』 II, 426면.
4    매일신보사의 오도답파 기획과 총독부의 조선물산공진회의 연관성에 대해서는 정혜

도답파 도보여행」에 보이는 "今回에 好機를 得하여 此를 決行"하게 되었다는 언급에서 볼 수 있듯, 독자들의 뜨거운 호응 속에서 『무정』의 연재를 마친 혹은 연재의 끝을 향해 가던 매일신보사는 지금이야말로 그 오랜 기획을 추진할 수 있는 절호의 기회라고 여겼던 듯하다. 오도답파 기획과 관련하여 특파원이 이광수라는 것 말고는 구체적으로 정해진 것이 아무것도 없는 상태에서 부랴부랴 오도답파 여행을 알리는 기사를 내보내고 오도답파 여정을 시작한 것은 이광수에게 거는 매일신보사의 기대가 어떠한 것이었음을 충분히 짐작케 한다.

한편 이광수에게도 오도답파 여행은 굳이 마다할 이유가 없는 제안이었다. 일찍이 1915년 11월 "신학문의 빛으로 조선사정을 연구"한다는 목적하에 조직된 조선학회의 발기인의 한 사람이기도 했던 이광수는 조선의 현실에 기반하여 조선사정을 연구하는 일의 필요성을 자각하고 있었고,[5] 1914년의 대륙방랑 시기에도 국민회 시베리아 지방총회의 기관지 『대한인정교보』의 편집 및 집필에 관여하며 해외 한인사회에 식민통치하의 본국의 비참한 현실을 소개하는 데 주력한 바 있다.[6]

영, 「「오도답파여행」과 1910년대 조선의 풍경」(『현대소설연구』40, 한국현대소설학회, 2009, 317~318면) 참고.

5    1915년 11월 이광수, 신익희, 장덕수 등의 발기로 조직된 조선연구회는 1916년 1월 29일 일본 조선기독교청년회관에서 제1회 총회를 개최한 후 1918년 후반 중심인물들이 대거 상하이로 망명하기 직전까지 꾸준한 모임을 가졌다. 이광수는 1916년 1월 29일 제1회 모임과 11월 3일의 모임에서 농촌 문제와 조선 민족성에 관해 두 차례 연구 보고를 한 바 있다. 당시 경무국은 조선학회에 대해 "표면상 목적은 한국에 관한 일반 학술의 연구였으나 독립운동을 위한 비밀결사"로 간주하고 있었는데, 단정하기는 어렵지만 조선학회는 1910년대 재조 일본인들에 의해 설립된 이래 총독부의 지원하에 식민통치를 뒷받침하기 위해 왕성하게 활동하고 있던 조선연구회를 의식하여 조선인의 입장에서 조선사정을 연구하는 것이 필요하다는 자각에서 조직된 것으로 보인다. 최주한, 「이광수의 민족개조론 재고」, 『이광수와 식민지 문학의 윤리』, 소명출판, 2014, 322~323면 참조.

더욱이 그는 신문이라는 매체가 언어적 동질성과 더불어 물리적으로 떨어져 있는 지역사회를 하나의 민족공동체로 엮는 데 중요한 역할을 한다는 사실을 잘 알고 있었던 만큼[7] —『무정』 또한 그러한 작업의 일환이었던 것은 물론이다 —, 조선의 각 지방을 돌아다니며 보고 들은 것을 신문에 생생하게 중계한다는 것 그 자체가 조선사회에 미칠 영향력을 충분히 인지하고 있었을 것이다. 실제로 그가 오도답파 길에 오르기 위해 토쿄를 떠나 경성으로 오는 길에 쓴 기행문「동경에서 경성까지」(『청춘』, 1917.7)에는 활동하고 생장·번창하는 자연의 생명력에 대한 예찬과 더불어 개인과 민족의 활동 또한 마땅히 그러해야 할 것이라는 굳센 각오, 그리고 "웅장하고 영원한" "새누리의 圖案"에 거는 기대 등이 한껏 표출되어 있는 것이 눈에 띈다.[8]

물론 명민했던 이광수가 오도답파 여행을 기획한 매일신보사 측의 의도를 알아차리지 못했을 리 없다. 20여 년이나 지난 일인데도 나카무라 켄타로에게서 '시정 5년의 민정을 시찰'해 달라는 요청을 받았던 일을 또렷하게 기억하고 있다는 것은 스물여섯의 그 또한 오도답파기가 어떤 조건을 만족시켜야 하는지 잘 알고 있었다는 뜻이기도 하다.

---

6   「이광수와 『대한인정교보』 9·10·11호에 대하여」, 위의 책, 401~431면 참조.
7   이광수, 「농촌계발」, 『초기 문장집』 II, 205~212면, '제10장—新聞會' 참조.
8   "東京 속에 잇서서는 봄이 가는지 녀름이 오는지 몰랏더니 밧게 나와 보니 벌서 녀름이 무르녹앗다. (…중략…) 모다 살앗고나, 모다 生長하는고나, 모다 繁昌하는고나, 모다 活動하는고나, 個人도 이러할 것이오 一民族도 맛당히 이러해야 할 것이란 생각이 굿세게 닐어난다. (…중략…) "이제 비가 올 테지. 싀언하고 기름 갓혼 비가 올 테지, 져 쌀가버젓던 山이 기름이 흐르는 森林으로 컴컴하게 되고 져 밧작 마른 개천도 맑은 물이 남을남을 넘칠 째가 오겟지. 그래서 고운 쏫이 피고 쳥아한 새소리가 들릴 째도 오겟지. 웅 確實히 오지. 네가 只今 이러한 새누리의 圖案을 그리는 中이 아니냐. 그러타. 그러나 밧바할 것 업다. 천천히 천천히 宏壯하고 永遠한 것을 그려다오." 이광수, 「동경에서 경성까지」, 『초기 문장집』 II, 414~422면.

그러니까 이광수가 매일신보사의 제안에 선뜻 응한 것은 매일신보사 측의 의도를 충족시키면서도 자신의 의도를 관철하겠다는 신념이 전제되어 있었다고 볼 수 있다.

매일신보사의 오도답파 기획과 관련하여 한 가지 더 주목해야 할 사실은 이광수가 오도답파 길에 오르기 바로 전날인 25일, 오도답파 기행의 소개가 『매일신보』의 독자들을 대상으로 한다는 계획이 다시 한번 변경된다는 점이다. 실제로 6월 26일 자 『매일신보』와 『경성일보』 지면에는 각각 신문사의 오도답파 기획과 관련하여 관헌과 지방 유지에게 협조를 당부하는 '근고謹告'와 '사고社告'가 매일신보사와 경성일보사의 공동 명의로 게재되어 있고,[9] 6월 29일 『매일신보』에 제1신이 게재된 바로 다음날인 30일부터 당장 『경성일보』에도 일본어 기사가 나가고 있는 것을 볼 수 있다. 이렇게 변경된 방침은 조선어로 쓰느냐 일본어로 쓰느냐 하는 언어상의 문제 그 이상의 문제를 내포한다는 점에서 각별히 주목되어야 한다.[10] 넓게 보아 번역을 포함하여 모든 글쓰기는 동일한 문제를 다루더라도 당연히 어떤 매체와 어떤 독자층을 상정하느냐에 따라 그 입장과 수위를 달리할 수밖에 없는 까닭이다. 실제로 『경성일보』판 오도답파 여행기는 『매일신보』와 동일한 내용을 다루는 경우에도 일정한 취사선택의 과정을 거치고 있고, 또 『매일신보』에

---

9  春園生, 「오도답파여행」(『매일신보』, 1917.6.29~9.12), 『초기 문장집』 II, 424면.

10  『경성일보』판 오도답파 기행문의 중요성에 대해서는 일찍이 호테이 토시히로에 의해 거듭 제기된 바 있지만(布袋敏博, 「李光洙「五道踏破旅行記」小考─朝鮮語版と日本語版の比較研究」, 第54回 朝鮮學會 發表要旨, 2003; 호테이 토시히로, 「이중언어의 이광수─「오도답파여행기」론, 『한국 현대문학과 일본』, 한국현대문학회 제3차 전국학술대회 발표자료집, 2008), 자료에 접근하기 어려운 탓인지 아직까지도 이렇다 할 연구 성과가 나오지 않고 있는 실정이다.

는 없는 일본인 독자들만 대상으로 하여 쓴 내용도 상당하다.

　다만 『경성일보』의 일본어 기사에 관해서는 "전주에서부터 나는 『경성일보』에도 기행문을 쓰라는 청탁을 받아서 거기서 목포까지 가는 동안에는 양 신문에 다 썼다"[11]는 이광수의 회고가 남아 있어 전주 이전의 기사는 누가 썼는지에 대한 검토가 필요하다. 일찍이 『경성일보』 판본에 주목했던 호테이 토시히로布袋敏博는 전주 이전 5편의 기사와 이후의 일본어 문장 사이에 문체상의 차이가 없다는 점을 들어 이광수의 기억이 잘못이고, 이광수는 처음부터 『경성일보』에 일본어로 글을 썼다는 견해를 제시한 바 있다.[12] 한편 하타노 세츠코는 1회분에서 시마무라 호게츠 일행을 서술하는 태도의 차이, 4회분과 5회분의 부여 관련 기사가 유려한 미문으로 쓰여진 데다 당시 『경성일보』에서 선호하는 형식으로 쓰여진 점을 들어 첫 5회분의 기사는 이광수의 조선어 기사를 바탕으로 나카무라 켄타로가 썼을 것이라고 추정하고 있다.[13]

　그러나 무엇보다 우선 『경성일보』 기사에는 첫회부터 『매일신보』 기사에 없는, 그것도 현장에 없었다면 결코 쓸 수 없는 내용이 들어 있고,[14] 제5회분은 『매일신보』의 기사와 전혀 무관하게 새로 쓰여진 것이

---

11　이광수, 「서문」, 『반도강산 기행문집』(영창서관, 1939), 『전집』 10, 529면.
12　호테이 토시히로, 앞의 글, 9면.
13　하타노 세츠코, 최주한 역, 「이언어 기행문 「오도답파여행」 일본어판은 누가 썼는가」, 『일본어라는 이향―이광수의 이언어창작』, 소명출판, 2019, 62~67면.
14　예컨대 1회분에서 시마무라 호게츠 일행의 짐 안에 들어 있는 카츄샤의 가발과 의상을 상상하는 대목이라든가, 2회분에서 권련에 불을 붙여가며 계발주의의 시정(施政) 방침을 언급하는 공주 도장관의 모습, 3회분에서 공주에서 방문한 유지인사들이 자녀를 모두 심상소학교에 보내고 있으며, 투숙한 숙소는 모두가 유카타와 게다 차림이어서 말을 건네고서야 비로소 조선인인 줄 알 정도였다고 언급하는 대목, 6회분에서 백마강 위에 뜬 명월을 보지 못한 것이 유감이며, 잠옷을 입은 채로 이슬 맺힌 우거진 풀을 밟으며 정처없이 거닐었다고 언급하고 있는 대목들이 그러하다.

라는 점에서 이광수 이외의 집필자를 상정하기 어렵다. 다음으로 이광수는 또 다른 회고에서 당시 『경성일보』 편집장이었던 마츠오 시게요시松尾茂吉가 조선인의 손으로 쓰여졌다는 진기함 때문이었는지 "나의 소로분체로 된 기행문"을 초호初號 3단의 커다란 표제를 붙여 2면 상단 머리기사로 다루어 주었다고 언급한 바 있는데,[15] 2면이 아니라 3면이긴 하지만 『경성일보』에 실린 오도답파 여행기 가운데 상단 머리기사로 커다란 표제를 붙인 기사가 등장하기 시작한 것은 부여에서 쓴 '아름다운 경치, 그 감개'라는 제목의 제4 · 5회분이 처음이다.[16] 마지막으로 『경성일보』 첫 5회분의 기사는 신문사에 보내는 일정 보고서와 같은 성격을 띠고 있는 점도 간과할 수 없다. "이로부터 도청과 기타 여러 관공서를 방문하고 이어서 부근의 뛰어난 경치를 찾을 예정입니다"(1회),[17] "내일 다시 찾아뵐 것을 기약하고 장관실을 나온 것은 막 세 시가 지나서. 저녁 식사 후 몇 사람을 방문하고 각각 의견을 배청할 예정입니다"(2회),[18] "유지인사 방문의 전말은 별로 각별히 말씀드릴 만한 것도 없습니다만, 김갑순 군의 활동성은 크게 추천하여 장려할 만하다고 생각됩니다."(3회)[19] "이제부터 쪽배를 저어 백마강을 내려가 강경으로 떠날 여장을 꾸리고 나서 이 글을 쓰겠습니다."(5회)[20] 이러한 정황을 고려

---

15  이광수, 「무부츠 옹의 추억」, 『후기 문장집』 III, 178면.

16  기사 1 · 2 · 3회분은 1면이긴 하지만 5, 6단에 작은 표제로 게재되어 있다. 그런데 3면에 실린 4회분은 눈에 띄게 큰 표제와 더불어 1, 2단에 게재되어 있고, 5회분도 3, 4단에 배치되어 있다. 이 커다란 표제는 이후 4편의 다도해 기사와 13편의 경주 기사에서 다시 등장한다.

17  「호서로부터(1)」, 『초기 문장집』 II, 530면.

18  「호서로부터(2)」, 『초기 문장집』 II, 531면.

19  「호서로부터(3)」, 『초기 문장집』 II, 532면.

20  「아름다운 경치, 그 감개(2)」, 『초기 문장집』 II, 536~537면.

할 때, 전주 이전까지의 첫 5회분은 이광수가 조선어 기사와 함께 신문사에 보낸 보고서 성격의 서간일 가능성이 높으며, 부여에서 쓴 4·5회분의 유려한 문장을 받아보고 나서는 신문사에서 이광수의 일본어 능력을 신뢰하여 『경성일보』에도 고정 지면을 마련하기로 하고 전주부터는 일본어 원고도 정식으로 청탁했던 것이 아닐까 짐작된다.[21]

이처럼 이광수의 오도답파 여행기가 겨냥하고 있던 독자층은 애초에 조선인으로 한정되어 있지 않았다. 그것은 처음부터 서로 다른 독자층을 상정하며 조선어와 일본어 두 개의 언어로 동시에 쓰여졌다.[22] 서로 다른 언어로 집필하면서 이광수는 스스로의 자리를 어디에 두었을까. 바로 전해에 쓴 「문학이란 하何오」(1916)에서만 해도 그는 한 민족의 귀중한 정신적 문명을 전하는 데 가장 유력한 것은 '문학'이며, 고래로 '한문'을 중시하여 '국문'을 경시한 것이 문학의 발달을 저해한 대장애였으니 조선문학이란 어디까지나 "朝鮮人이 朝鮮文으로 作흔 文學"[23]이어야 함을 명토박아둔 바 있다. 그랬던 그가 조선어 글쓰기와 함께 일본어 글쓰기까지 시도한 이유는 무엇이었을까.

한 가지 분명한 사실은 오도답파기 집필 무렵의 이광수에게서 일본

---

21 『매일신보』 6월 16일 자 「社告」는 오도답파 여행 연재에 관한 예고와 더불어 독자들의 관심을 촉구하고 있으나, 『경성일보』 6월 26일 자 「社告」는 여행의 편의를 위한 관헌과 지방 유지들의 원조를 구하는 내용이 담겨 있을 뿐이다. 애초에 『경성일보』는 고정 지면을 생각하지 않았던 것으로 보인다.

22 게다가 이광수가 목포에서 뜻하지 않게 이질에 걸려 입원하게 된 이후 『매일신보』 기사 가운데 네 편의 「다도해」 기사와 열세 편의 「서라벌에서」 기사는 친우 심우섭의 번역을 거쳐 게재되어야 했는데, 심우섭의 번역은 문체의 차이뿐만 아니라 종종 오역과 의역을 수반하고 있는 까닭에 번역된 언어의 문제까지 포함하여 좀더 복잡한 사정을 내포하고 있다. 『매일신보』 판본과 『경성일보』 판본의 대략적인 성격에 대해서는 최주한, 「두 가지 판본의 오도답파 여행기」, 앞의 책, 452~465면.

23 春園生, 「문학이란 何오」(『매일신보』, 1916.11.10~23), 『초기 문장집』 II, 121면.

어로 글을 쓴다는 것에 대한 반감 같은 것은 찾아보기 어렵다는 점이다. 더욱이 목포에서 이질을 앓고 난 뒤 다도해와 경주에서 쓴 기사는 일본어로만 쓰여졌다. 이광수는 어째서 이들 기사에 대해서 자신이 그토록 강조해 마지않았던 조선어 글쓰기를 포기하고 일본어 글쓰기를 선택했던 것일까. 오도답파 여정에 오른 첫날 기차 안에서 이루어진 시마무라 호게츠島村抱月와의 우연한 만남은 그 단서가 되어 준다.

## 2. 시마무라 호게츠와의 우연한 만남

『매일신보』와 『경성일보』 오도답파 여행기의 제1신은 6월 26일 오도답파 여정에 오르기 위해 기차에 탄 이광수가 조선에서의 지방 순회공연차 인천에서 목포로 향하고 있던 게이주츠좌座藝術座 일행과 우연히 만나는 장면으로 시작된다. 일본의 자연주의 문학자이자 평론가로서 한때 와세다대학 문학부 교수로 재직하기도 했던 시마무라 호게츠는 이미 1915년 5월 게이주츠좌의 간판 배우이자 그의 연인이기도 했던 마츠이 스마코松井須磨子와 더불어 토쿄에서 시작된 일본 국내의 순회공연에 이어 10월과 11월에는 대만과 만주, 조선에 이르는 '만선순업滿鮮巡業'에 나선 바 있었으니,[24] 이번이 두 번째 조선 방문이었다. 당시 시마무

---

24  1915년 게이주츠좌(藝術座)의 '만선순업(滿鮮巡業)'의 전모와 의미에 관해서는 홍선영, 「예술좌의 만선순업과 그 문화적 파장」(『한림일본학』 15, 한림대 일본학연구소, 2009) 참조.

라는 경성에서 『경성일보』 사장 아베 미츠이에阿部充家의 주관으로 최남선, 진학문, 심우섭 등의 조선의 문학 청년들과 모임을 가지기도 했는데, 그는 기차 안에서 명함을 건네며 조선 순유巡遊에 대한 소감을 묻는 이광수에게 바로 그 모임에 관한 이야기를 하며 일본의 권위 있는 문학자로서 조선문학에 거는 기대에 대해 장황하게 이야기했던 것이다.

실제로 『매일신보』의 제1신은 지면의 절반 이상이 시마무라가 조선문학에 대해 언급한 내용에 대한 소개로 채워져 있다. 비록 시마무라와의 우연한 만남이 계기가 되어 주었다고는 해도, 이광수가 오도답파 여정의 첫날 첫 번째 기사의 중심 내용으로 선택한 것이 조선문학에 관한 것이었다는 사실은 주목할 만하다. 이광수는 조선문학에 대한 시마무라의 언급을 다음의 세 가지 논점으로 정리하고 있다. 첫째, 조선은 역사가 오래니까 특별한 사상과 감정이 있었을 텐데 오랫동안 중국문명의 압박을 받아서 충분히 발육되지 못하고 쇠잔해지고 말았다. 둘째, 지금은 신문명을 받아 새로운 생기가 나는 때이고 정신생활을 표현하는 것은 문학밖에 없으니 신문학 건설에 힘쓸 필요가 있다. 셋째, 문학을 표현하는 도구로서의 조선어는 아직 문법이나 문체가 완성되지 않았을 것이니 우선 어문을 정돈해야 하고, 소설이나 시와 극과 같은 문학상의 제 형식을 조선어문에 합하도록 이식하여야 한다. 그런데 이상의 논점은 왠지 낯설지 않다. 그것은 이미 "精神的 文明을 傳ᄒᄂᆞᆫ 디 最히 有力ᄒᆞᆫ 者ᄂᆞᆫ 卽 其民族의 文學이니" 중국사상의 침입으로 고사하였던 조선사상의 부활을 위해서는 "新文明中에 全身을 沐浴ᄒᆞ고 自由롭게 된 精神으로 新精神的 文明의 創作에 着手"해야 하며, 이를 위해 한문에 국문으로 토를 단 듯한 구문체의 악습을 벗어버리고 현대적이고 평이한 일용어를 기반으로 한 생명력 있는 문체를 채용하는 한편, 번역문학에도 충실하여 조선문학의 기운을 북돋을 필요가 있음을 주장했던 「문학이란 하오」(1916)의 견해와 조금도 다르지 않기 때문이다.[25] 그렇다면 조선문학에 거는 기대에 관한 한 시마무라는 당시 이광수와 동일한 견해를 갖고 있었던 것일까.

조선 순유를 마치고 토쿄에 돌아간 시마무라 호게츠가 그해 10월 『와세다문학早稻田文學』에 발표한 「조선 소식朝鮮だより」은 사정이 전혀 달랐음을 보여준다. 「조선 소식」은 조선 순유 길에 올랐던 시마무라가 경성에서 아베 미츠이에의 주관으로 진학문, 최남선, 심우섭 등 조선의 문학청년들과 만났던 이야기로 시작하는데, 그 소감을 이야기하는 첫머리에서부터 대뜸 그들의 일본어와 일본문의 구사 능력에 대해 집요하게 언급하고 있어 주목을 끈다.

진군은 오래 일본에 있었으니 신문학사(? 이 결사의 이름은 잊어버렸다)의 동인 중에서는 가장 일본어와 일본문에 뛰어난 사람이다. 그가 쓰는 문장으로 보나 사상으로 보나 화제로 보나 이미 순연한 일본의 청년 문인과 다르지 않다. 긴 글을 보지 않아서 알 수 없지만, 긴 글을 저런 가락으로 쓴다면 조선의 피를 받은 사람으로서 일본문 소설 등을 쓰는 데 가장 적합한 인물일 것이다. 또 그들 가운데 맏이로 보이는 것은 최군이라는 자인데, 그는 사상 감정으로도 확실히 학자다운 조선의 젊은 학자로서 이미 제1류의 지위를 점하고 있다고 한다. 이 사람 또한 내지인과 조금도 다르지 않은 일본어를 말한다. 그런 식으로 일본문을 쓴다면 평론가로서 훌륭할 텐데, 일본문은 볼 기회가

25  春園生, 「문학이란 何오」(『매일신보』, 1916.11.10~23), 『초기 문장집』II, 114면.

없었다. 일본 및 지나의 역사적 학문에 대해서는 일본의 젊은 문학자 등이 결코 미칠 수 없는 조예를 갖고 있을 듯하다. 그밖에 심군은 **조선 시문(時文)의 기량 등이 뛰어나다고 들었으나, 나로서는 알 수 없다.**[26]

시마무라가 조선문학 청년계의 맏형이라 할 수 있는 최남선보다 진학문을 먼저 언급한 것은 그가 일본어는 물론이고 일본문에 있어서도 일본의 문학 청년들 못지않게 능숙하다는 점 때문이었던 듯하다. 조선인이지만 '일본어 소설'도 충분히 써낼 수 있을 것이라는 언급은 시마무라로서는 대단한 칭찬의 말이었을 것이다. 뒤이어 최남선에 대해서는 조선의 뛰어난 학자로서 내지인과 조금도 다르지 않은 일본어를 말하는 만큼 '일본문 평론'을 쓴다면 훌륭할 것이라고 언급하고 있는데, 이 또한 학문 분야에서 인정받으려면 일본문으로 쓰는 것이 좋다는 견해를 완곡하게 피력한 것이라 해도 좋을 것이다. 그리고 보면 조선 시문의 기량이 뛰어나다는 심우섭이 시마무라에게 아무런 주목을 받지 못하고 있는 것은 일면 당연한 일이었다.

실제로 시마무라에게 조선어는 자칫 정치운동과 연계될 우려가 있는 위험한 언어이자 일본어에 비해 현저하게 문학적 가치가 떨어지는 언어였다. 「조선 소식」에서도 그는 조선의 문학 청년들이 '조선어의 부흥'이라는 문제에 관하여 '아일랜드어 부흥운동'과 같은 사고방식을 보이는 것에 대해 우려를 표현하면서 조선의 젊은 식자들은 얼마든지 "일본어를 사용하여 조선의 국민성을 발휘"할 수 있다고 주장하는가 하면, "문학적 가치가 있는 일본어"로 "참된 조선 민족의 영혼을 불러일으키

---

26  島村抱月, 「朝鮮だより」, 『早稲田文學』, 1917.10, 224면.

는" "참된 문예"의 출현을 보고 싶다는 기대를 피력하기도 했다.[27] 당시 조선어에 대하여 이렇게 확고한 정치적 입장을 가지고 있던 시마무라가 이광수 앞에서 돌연 입장을 바꾸어 '조선어의 부흥'에 의한 조선문학의 건설이라는 입장을 지지했을 것이라고는 믿기 어렵다. 이광수가 시마무라의 언급으로 제시한 세 번째 논점, 즉 조선어문을 정돈하여 근대적인 문법과 문체를 완성하고 소설과 시, 극 등의 문학 형식을 조선어문에 맞게 이식해야 한다는 주장은 시마무라의 견해에 대한 의도적인 무시였을 가능성이 높다.

그러나 조선 신문학의 건설은 일차적으로 근대적인 조선어문을 정비하는 과제와 떼놓을 수 없다는 확고한 신념을 갖고 있던 이광수로서도 당대 정치 및 문화의 영역에서 일본어와 일본문이 차지하고 있던 영향력을 전적으로 무시하기는 어려웠을 것이다. 어쩌면 시마무라는 오도답파 여행기자라고 명함을 내밀며 유창한 일본어로 조선 순유의 소감을 묻고 있던 이광수에게도 기왕이면 조선문이 아니라 일본문으로 기사를 써보는 것이 어떻겠느냐고 권유했을지도 모른다. 또 그런 권유가 없었다 해도 「조선 소식」에서도 강조한 바와 같이 "조선의 과거에는 문예라고 할 만한 것이 없"고 "정신문명의 상징은 거의 전무"[28]하다고 단정했을 시마무라의 이야기를 들으면서, 이광수는 그런 오해를 바로잡기 위해서도 이번 기회에 일본인 독자들을 대상으로 한 일본문 기사를 직접 써보고 싶다고 진지하게 생각했을 수도 있다. 사정이야 어찌되었든, 백제의 옛 도시 부여에서 쓴 일본어 기사 4·5회분 이래 『경

---

27  위의 글, 226면.
28  위의 글, 226면.

성일보』쪽에도 정식으로 기행문을 써달라는 청탁을 받게 된 이광수가 조선어와 일본어 양쪽으로 서로 이질적인 두 집단의 독자를 동시에 고려해야 하는 글쓰기 상황에 놓이게 된 것 만큼은 틀림이 없다.

이광수가 오도답파 여정에 오른 첫날 기차 안에서 시마무라 호게츠와 만난 것은 실로 우연하고 돌발적인 사건이었지만, 결코 가볍지 않은 무게를 지닌 것이었다. 그것은 이광수에게 하루빨리 근대적인 조선어문의 문법과 문체를 확립함으로써 문학적 가치가 있는 조선어로 당대 조선인의 사상과 감정을 표현하여 후대에 전할 민족 고유의 정신적 유산을 창출하는 것이 긴요하다는 신념을 굳혀주는 한편, 당대 정치 및 문화의 중심을 향해 발언하기 위해서는 일본어와 일본문도 무시할 수 없는 언어적 매체라는 사실 또한 또렷이 자각할 수 있게 해 주었기 때문이다. 이광수가 오도답파 여정에 오르면서 조선어 글쓰기와 함께 일본어 글쓰기를 나란히 시도한 이유, 더 나아가 다도해와 경주에 관한 기사의 경우 조선어 글쓰기를 포기하면서까지 일본어 글쓰기를 고집한 이유 또한 일차적으로는 여기에서 찾을 수 있을 것이다. 그렇다면 이광수가 조선인 독자를 대상으로 하여 쓴 『매일신보』의 기사와 일본인 독자를 대상으로 하여 쓴 『경성일보』의 기사는 그 글쓰기 양상에서 어떤 실질적인 차이를 보이고 있었을까. 이어지는 3절과 4절에서는 이에 대해 자세히 검토하기로 한다.

## 3. 조선어 글쓰기의 임계점에서

『매일신보』판 「오도답파여행」이 조선인 독자들을 대상으로 한 것이었다고 해서 이광수와 조선인 독자들 간에 즉각적이고 상호적인 이해가 보장되었던 것은 아니다. 조선인 독자들에게 『매일신보』는 총독부의 기관지로서 당국의 행정과 제반시설에 대하여 그 취지를 부연하고 익찬하는 '반관보적半官報的' 태도로 악명이 높았고,[29] 이광수 또한 나카무라 켄타로가 제안한 오도답파의 기획이 애초에 '시정 5년의 민정 시찰'을 위한 관변 기행의 성격을 띠고 있다는 것을 모르지 않았던 까닭이다. 이광수는 조선인 독자와의 잡음없는 공감을 전제로 한 글쓰기가 가능하다고 생각할 만큼 어리석지 않았고, 또 매일신보사가 오도답파 기획을 통해 자신에게 부여한 임무를 알아차리지 못할 만큼 순진하지도 않았다. 그런 만큼 『매일신보』 지면을 통해 이광수가 시도할 수 있었던 글쓰기의 최대치는 매일신보사의 의도를 충분히 고려하면서 동시에 자신의 의도를 관철하는 방식이었다고 해도 좋을 것이다.

기존 논의에서 『매일신보』판 「오도답파여행」과 관련하여 '국토의 관념'을 통해 '민족의 자기구성'에 기여했다는 해석[30]과 '일본의 문화적 우위성과 식민통치의 성과'를 선전하는 관제 기행문의 성격에 가깝다

---

29  1923년 개벽사에서는 조선 경내에서 발행되는 신문잡지에 대한 비판문 · 투고문을 모집한 바 있다. 『매일신보』에 대한 독자의 비판에 관해서는 □堂學人, 「매일신보는 어떠한 것인가」(『개벽』, 1923.7, 53면) 참조.

30  김현주, 「근대 초기 기행문의 전개 양상과 기행문의 기원─국토기행문을 중심으로」, 『현대문학의 연구』 16, 한국문학연구학회, 2001; 구인모, 「국토순례와 민족의 자기 구성─근대 국토 기행문의 문학사적 의의」, 『한국문학연구』 27, 동국대 한국문학연구소, 2004.

는 해석[31]이 공존하고 있는 것은 근본적으로 이광수의 조선어 글쓰기가 갖고 있는 이러한 양면성과 관련이 있다. 그러나 조선어 글쓰기의 임계점에서 시도된 이러한 글쓰기가 이들 두 관점 간의 절충이나 평형 상태를 의미했는가 하면 그렇지 않다. 이들 두 관점 간의 미묘한 긴장과 길항관계는 오도답파 여행을 앞두고 이광수가 독자들에게 여행에 임하는 마음가짐을 밝힌 글 「여정에 오르면서」(6.26)에서부터 또렷하게 드러난다.

豫告에는 經濟, 人情, 風俗 等 旅行의 目的이 揭載되엿스나 元來 아모 炯眼도 업는 나로는 무엇을 엇더케 보아야 흘는지 向方을 알 슈 업소. 그러닛가 旅行記도 自然 統一도 업고 脈絡도 업슬 것이오. 다만 눈에 씌우는 듸로 귀에 들리는 듸로 제게 興味잇는 것을 써보려 ᄒ오 (…중략…) 幼稚흔 眼光으로 精誠껏 視察흔 바를 여러분의 압헤 開陳흘 터이니 賢明ᄒ신 여러분끠셔 그 속에셔 무슨 意味를 發見ᄒ시면 萬幸이외다.[32]

6월 16일과 26일 두 차례에 걸쳐 소개된 매일신보사의 예고 기사가 "各地方을 遍歷ᄒ며, 有志를 尋訪ᄒ야, 新政普及의 情勢를 察ᄒ며, 經濟, 産業, 敎育, 交通의 發達, 人情風俗의 變遷을 觀察ᄒ고, 並ᄒ야 隱沒흔 名所 舊蹟을 探ᄒ며, 名賢逸士의 蹟을 尋ᄒ야, 廣히 此를 天下에 紹

---

31  정혜영, 「「오도답파여행」과 1910년대 조선의 풍경」, 『현대소설연구』 40, 한국현대소설학회, 2009; 김재관, 「「오도답파여행」에 나타난 일제 식민지 교통체계 연구」, 『어문논집』 46, 중앙어문학회, 2011; 심원섭, 「'일본제 조선기행문'과 이광수의 「오도답파여행」」, 『현대문학의 연구』 52, 한국문학연구학회, 2014.
32  春園生, 「오도답파여행」, 『초기 문장집』 II, 425~426면.

介코져"[33] 한다는 오도답파 기획의 목적을 일목요연하게 밝히고 있는 데 반해, 위의 인용문에서는 식견이 유치하다는 구실하에 관제 시찰이 라는 본래의 목적에 구속되기를 거부하고자 하는 이광수의 은밀한 의 도가 느껴진다. 물론 이광수 또한 뒤이어 조선의 현상, 최근 조선의 변 천과 진보, 조선의 중추인물, 조선의 생활경제 상태, 그리고 제도, 인 정, 풍속의 현황 조사 및 명승고적 탐방과 각 지방의 전설, 민요의 수집 등 나름의 여행의 목적에 대하여 자세히 거론하고 있는 것은 사실이다. 하지만 이광수가 언급한 여행의 목적은 매일신보사의 기획과 일면 비 슷해 보이면서도 또 다른 성격의 것이었다. 일찍이 조선학회의 회원으 로서 조선의 현실에 기반하여 조선사정을 연구하는 일에 관심을 가졌 던 이광수에게 그것은 조선인의 입장에서 조선의 현실을 살피고 그 실 정에 기반하여 '새누리의 도안'을 기획하는 일의 일환이었던 까닭이다. 결국 "賢明ᄒ신 여러분끠셔 그 속에셔 무슨 意味를 發見ᄒ시면 萬幸"이 라는 마지막 언급은 이러한 자신의 의도를 잘 헤아려 달라는 조심스런 당부였다고 해도 좋을 것이다.

실제로 이광수가 자신에게 '흥미있는 것'의 입장에서 경중을 가려 기 사를 취사선택한 사실은 제1신에서부터 또렷하다. 제1신은 이광수가 오도답파 여정에 오른 첫날 기차 안에서 우연히 만난 두 무리의 일행에 대해 기록하고 있는데, 앞 절에서 언급한 시마무라 일행과 일본 방문을 마치고 조선으로 돌아오는 순종을 맞으러 부산으로 내려가던 귀족 일 행에 관한 것이 그것이다.[34] 그러나 시마무라 일행에 관한 언급이 제1

---

33  「오도답파도보여행」(『매일신보』, 1917.6.16), 『초기 문장집』 II, 423면.
34  오도답파 여행의 출발일이 한일병합 이래 처음 천황을 접견하기 위해 일본을 방문했

신 내용의 대부분을 차지하고 있는 반면, 이들 귀족 일행에 관해서는 "쉬일 틈 없이 食堂車로 出入하는 貴公子들은 李王 殿下를 奉迎할 次로 釜山으로 가는 무슨 侯爵 무슨 伯爵이다"라고 하여 무심히 지나가는 듯이 단 한 문장으로 언급되어 있을 뿐이며, 『경성일보』 판본에서는 언급조차 되지 않는다.

매일신보사 측으로서는 한일병합 후 7년 만에 처음 천황을 접견하기 위해 일본을 방문하게 된 순종에 관한 일은 식민통치의 합법성을 선전할 수 있는 단연 최고의 기사거리였다. 순종의 토쿄행을 알리는 예고 기사가 나간 6월 3일 자 신문은 순종의 사진까지 크게 내보내어 그에 관한 기사로 2, 3면의 지면을 가득 채웠고, 출발일인 8일의 지면은 1면 기사 전체가 순종의 토쿄행 봉송奉送에 관한 기사로 뒤덮여 있다. 이후 16박 17일의 일정을 마치고 26일 부산에 도착할 때까지 '내지전보'란까지 동원하여 순종의 일거수일투족을 보도한 것은 물론,[35] 귀국 후에도 순종의 일본 방문이 갖는 의미를 결산한 「이왕李王 전하殿下의 어동상御東上과 기효과其效果」(6.28~30)라는 제목의 사설을 내리 연재했을 정도이다. 그런 만큼 이광수가 일본 방문을 마치고 조선으로 돌아오는 순종을 맞으러 가는 귀족 일행에게 굳이 주목하지 않은 것은 그저 관심이 없었기 때문이라기보다 연일 순종에 관한 기사로 떠들썩했던 매일신보사의 입장과는 거리를 두려한 의도로 읽힌다. 대신 이광수는 시마무

---

던 순종이 조선으로 돌아오는 날이기도 했다는 사실에 대해서는 정혜영, 앞의 글, 320~321면 참조.
35 오도답과 출발일인 26일 자 지면에는 '내지전보'란을 통해 순종이 쿄토를 떠나 오사카를 통과했다는 기사가 실렸고, 27일 자 지면에도 28일 남대문역에 도착하는 순종의 봉영 준비에 대한 기사가 실렸다.

라 호게츠 일행에 관한 기사로 제1신의 대부분을 할애했는데, 이 또한 자신의 관점에서 재구성된 것임은 앞 절에서 자세히 언급한 대로이다.

물론 매일신보사의 오도답파 여행기자 신분으로 『매일신보』에 글을 써야 하는 입장이었던 이광수가 이렇게 미묘한 입장의 차이를 대놓고 드러내기란 쉬운 일이 아니었다. 여러 논자들이 지적해 온 대로 이광수는 오도답파 여행 내내 '신정보급의 정세'를 시찰한다는 명목하에 주로 도청 소재지의 관공서 및 관에 협조적인 지방 유지 방문 위주의 주어진 일정을 소화하여 그것을 기사화해야 했고, 적어도 이들 내용에 관한 한 공식적인 보도를 전제로 하는 만큼 자신의 관점대로 다루기 곤란했을 것이기 때문이다. 그럼에도 불구하고 이광수는 기사 곳곳에서 총독부 주도하의 조선의 근대화가 일본인과 조선인 간의 불균형적인 발전을 초래하고 있는 사실에 대해 직설적으로 비판하는가 하면, 조선인의 독자적인 정체성을 강조하고, 또 과거 오랫동안 숭고하고 세련된 문화를 향유했던 민족으로서 조선 민족 또한 여건만 제대로 갖추어진다면 근대문명을 꽃 피울 능력이 충분함을 피력하고자 애썼다. 다만 이런 대목은 1939년 8월 영창서관에서 간행된 『반도강산 기행문집』에 실리면서 모두 삭제되어 그동안의 논의에서 그다지 주목되지 못했는데, 삭제된 대목을 몇 군데 제시하면 다음과 같다.

席上에 第一 놀라운 것은 모힌 여러분의 人事言語凡節이 全혀 日本化ㅎ얏슴이다. 衣服만 和服을 닙엇더면 누구나 그네가 朝鮮人인 줄을 모를 것이다. 毋論 外形만으로 內心ᄭᆞ지 判斷홀 수는 업스나 적어도 外形으로는 完全히 日本化ㅎ얏다고 홀 만ㅎ다. 나는 席上에셔 裡里의 朝鮮人도 日本人과

平行ㅎ게 發展ㅎ도록 努力ㅎ기를 빌엇고 一同은 그러ㅎ도록 盡力ㅎ시노라고 對ㅎ얏다. 平行치 안이ㅎ는 發展은 아모리 ㅎ야도 一種 病的 發展이다.[36]

木浦府의 市街가 論達山 및 礁堧ㅎ 地에 둘러붓혼 것은 地圖를 보아 알앗고 그中에 朝鮮人의 茅屋 市街는 바로 病室窓으로서 쌘히 늬다보인다. 露積岩 모통이를 돌아셔셔 高樓巨閣이 櫛比ㅎ고 入艦出舶의 如織혼 데가 舘이라 일컷는 內地人側의 市街다. 朝鮮人이라고 살지 말라는 法은 업건마는 朝鮮人은 繁華흔 그 市街에셔 商工業을 經營흘 만흔 實力이 업다고, 來訪ㅎ얏던 木浦人이 말흔다.[37]

市區는 改正되얏고 新聞 잇고 銀行 잇고 電話 잇고 電燈 잇고 水道도 不遠에 完成되리라 ㅎ니, 이에 都會의 形態는 完成되얏다. 다만 져 無職業흔 人民을 엇지ㅎ며 飢餓ㅎ는 人民을 엇지ㅎ며 敎育을 밧지 못ㅎ는 兒童들을 엇지ㅎ며 金櫃 속에셔 썩기만 ㅎ는 金錢을 엇지ㅎ료.[38]

歷史의 모든 記錄이 다 湮滅ㅎ고 말더라도 平濟塔이 儼然히 百濟의 舊都에 셧는 동안 吾族의 精神의 崇高ㅎ고 浩鍊됨은 닛치지 못흘 것이다. 只今에 血管中에도 이 祖先의 血液의 數滴이 흐를지니, 이것이 新沃土를 만나고 新日光을 바드면 반다시 燦然히 곳을 피울 날이 잇슬 줄을 밋는다.[39]

위의 대목들은 적어도 1917년의 「오도답파여행」의 경우 '시정 5년의

---

36 「裡里에서(2)」(『매일신보』, 1919.7.14), 『초기 문장집』II, 454면.
37 「木浦에서」(『매일신보』, 1917.7.27), 『초기 문장집』II, 466~467면.
38 「光州에서(1)」(『매일신보』, 1917.7.24), 『초기 문장집』II, 460면.
39 「白馬江上에서」(『매일신보』, 1917.7.5), 『초기 문장집』II, 438면.

민정 시찰담'이라는 관제 기행문의 기본 성격 위에서도 조선인의 민족적 정체성을 강조하거나 일본인 중심의 총독부의 시정施政에 대한 비판적인 시선이 어느 정도 허용되고 있었음을 말해준다. 하지만 1939년의 영창서관본은 이런 대목이 모두 삭제되어 있어 그야말로 관제 기행문의 성격에 가까워지고 말았다. 애초에 총독부의 시정이 정작 조선인들에게는 별다른 영향을 주고 있지 못한 현실에 대한 비판이 총독부의 시정을 찬양하는 글로 바뀌어 있는 것이다.

뿐만 아니라 이광수는 각 지방 관공서의 문턱을 드나들면서도 관리들의 공식적인 브리핑 자료를 받아쓰기에 급급하지 않았고, 당국의 시정 방침에 적당한 지지를 표하면서 민족의 소생에 필요한 제도적 차원의 공간을 확보하기 위한 노력을 기사 곳곳에 담으려고 애썼다. 이러한 태도를 압축적으로 보여주는 대목이 바로 오도답파의 여정이 한 달 가까이 지난 무렵인 7월 말 진주의 미즈마水間 경무부장과의 만남을 기사화하고 있는 「진주에서(4)」이다.

茶를 勸ᄒ고 卷煙 한 個를 붓치더니 '엇더시오. 京城을 써날 쩍에 朝鮮觀과 只今의 朝鮮觀과에 差異가 업소' 異常ᄒ게 뭇는다. 質問ᄒ러 간 ᄂㅣ가 逆으로 質問을 밧게 되얏다. 나ᄂᆞᆫ 그 質問의 精銳홈에 놀ᄂㅣ엿다. 未嘗不 差異가 잇셔요. 前에도 朝鮮을 안 줄로 自信ᄒ엿더니 그것은 根據 업ᄂᆞᆫ 한 想像에 지ᄂㅣ지 못ᄒ엿셔요, 實地로 處處에 단이며 보니 想像턴 바와ᄂᆞᆫ 퍽 다릅데다 ᄒ엿다. 그것 보시오. 東京 잇ᄂᆞᆫ 朝鮮靑年들은 朝鮮의 實狀도 모르고셔 空然히 四疊半의 空論만 ᄒ지오. 四疊半에셔 혼자 쩌드ᄂᆞᆫ 것이야 相關이 잇겟소만은 朝鮮에 도라(와)셔 全般社會에 害毒을 끼치ᄂᆞᆫ 것은 容恕홀

수가 업소. 我輩의 職務가 잇스닛가 相當ᄒ 處分이 잇셔야지오, ᄒ고 東京 留
學生의 近況을 뭇ᄂ다. 나도 留學生의 一人이미 留學生을 爲ᄒ야 誣를 辯ᄒ를 機會를 어
듬을 多幸히 녀겨 滔滔히 數千言을 辯ᄒ엿다.[40]

이광수를 대하자마자 경성을 떠날 때의 조선관과 지금의 조선관의
차이를 묻는 경무부장의 단도직입적인 질문은 사실 이광수를 포함한
유학생 전체를 겨냥하여 치밀하게 준비된 것이었다. 실제로 이광수에
게서 실제로 다녀보니 상상하던 바와는 퍽 다르다는 대답을 얻어낸 경
무부장은, 그럴 줄 알았다는 듯이 대뜸 토쿄의 조선 청년들은 조선의
실상도 모르고 공론에 골몰하지만 조선에 돌아와서까지 말썽을 부리
는 경우 "相當한 處分"이 기다리고 있을 것이라고 엄포를 놓고 있는 것
이다. 이 대목에 관해서는 미즈마 경무부장이 연출한 위압적인 상황에
대해 이광수가 심리적으로 완전히 압도되어 일본의 식민지 통치의 성
과를 굴욕적으로 인정한 장면이라는 해석도 있지만,[41] 동일한 장면을
다루고 있는 『경성일보』 판본을 견주어 상황을 재구성해 보면 사정이
조금 다르다는 사실을 알 수 있다.

부장실에 들어가니 붙임성 있는 미소를 연발하며 상대를 황홀케 하던 부
장은 "당신의 글은 재미있게 읽었다"고 잠깐 칭찬하고는 여행 중의 감상은
어떠하냐, 경성 출발 당시의 조선관과 지금의 조선관에 달라진 게 없느냐고
묻습니다. 과연 기자의 임무만큼이나 절박한 역질문을 받고 놀란 것도 잠시, 소생도 잡담

---

40 「晋州에서(4)」(『매일신보』, 1917.8.16), 『초기 문장집』 II, 481~482면.
41 심원섭, 앞의 글, 151~157면.

이라면 상당하여 잠자코 있을 리 없어 도도하게 수십 분간 연해 지껄였습니다.

　토쿄의 유학생은 조선을 이해하지 못한다. 조선인 청년의 급무는 조선을 이해하는 것이다. 사정도 모르고 사첩반(四疊半)의 방 안에서 공론에만 골몰한다. 사첩반반의 공론은 서생(書生)의 특권이다. 그 순진함은 오히려 아낄 만한 것이라 해도, 조선에 돌아와 실사회에 들어서까지 이러한 공론을 지껄이는 것은 몹시 성가시다. 이런 무리는 인정사정 볼 것 없이 줄줄 처분시키지 않으면 안 된다. 반면에 온건하게 사회를 위해 노력하는 자는 보호하고 상주어 칭찬하기를 아끼지 않을 것이다. 군은 선각자로서 이런 뜻을 유학생 제군에게 전해달라고 말씀하셨습니다. **소생은 연기에 둘러싸인 듯 막막한 기분이 되어 어떻게 대답해야 할지 잠시 어찌할 바를 몰랐습니다.**[42]

　위의 인용문은 미즈마 경무부장이 연출한 위압적인 장면을 대한 이광수의 대응이 심리적인 위축과는 다소 거리가 있는 것이었음을 보여준다. 이광수는 미즈마 경무부장의 예상치 못한 역질문에 놀란 것도 잠시, 질문에 압도되기는커녕 도도하게 수십 분간 연해 변론을 늘어놓은 것으로 되어 있다. 또 조선에 돌아와 말썽을 부리는 유학생들은 인정사정 볼 것 없이 줄줄 처분시키겠다는 엄포를 대하고는 막막한 기분에 휩싸였다고 고백하고 있지만, 이 막막함 또한 말썽을 피우지 말라는 경고에 압도되었기 때문이라기보다 유학생이라면 으레 위험사상을 품은 자로 간주해버리는 당국의 예의 완강한 태도를 눈앞에서 맞닥뜨리게 된 상황에서 온 것에 가깝다. 실제로 이광수가 오도답파 여정에 오르기 직전에 쓴 「졸업생 제군에 드리는 간고懇告」(『학지광』, 1917.6)에는 유학생들이 고향

---

42　「영남으로부터(3)」(『경성일보』, 1917.8.13), 『초기 문장집』II, 563면.

에 돌아가서 교육운동에라도 힘쓸라치면 당국이 기뻐하지 않는다는 이 야기가 들리는데, "이는 當局이 아직 吾人의 意思의 所在를 充分히 理解하지 못하야 吾人은 一種 危險思想을 품은 者로 생각하는 까닭"[43]이라는 언급이 보인다.

유학생들이 당국에 의해 위험사상을 품은 자로 간주되어 학업을 마치고 조선에 돌아가도 변변한 활동의 공간을 확보하기 어렵다는 사실을 익히 알고 있었던 이광수는 우선 당국의 오해를 풀어 조선으로 돌아간 졸업생들이 조선에서 활동의 기초를 마련하는 것이 중요하다고 생각했을 것이다. 그래서 졸업생들에게 "當局이나 吾人이나 朝鮮人에 敎育을 주고 産業을 주고 모든 文明을 주는 데는 意思가 一致할 줄 미듬"이니 "아모조록 爲先 當局의 誤解를 풀어 全力으로 活動하실 基礎를 세우"는 데 힘써달라고 당부하는 한편,[44] 미즈마 경무부장이 토쿄 유학생들의 위험사상을 운운하자 그들이 힘쓰는 것은 오직 '산업의 발달, 교육의 보급, 사회의 개량' 등 '극히 온건한 방면'의 활동임을 애써 강조했던 것이다.

東京 留學生들이 所謂 危險思想을 抱흔 드시 致疑밧는 것은 眞이 안이다. 그네中에 一流로 自任ㅎᄂ 者들은 決코 時勢에 逆行ㅎᄂ 愚를 擧ㅎ지 안이흔다. 그네가 筆로 舌로 絶叫ㅎ며 ᄯᅩ 畢生의 精力을 다ㅎ야 努力ㅎ려 ㅎᄂ 바ᄂ 産業의 發達, 敎育의 普及, 社會의 改良 等이라. 엇더케 ㅎ면 朝鮮을 知케 ㅎ고 富케 흘고 ㅎᄂ 것이 그네의 理想ㅎᄂ 바오, 政治 갓흔 데 對ㅎ야셔ᄂ 찰하

**43** 이광수, 「졸업생 제군에게 드리는 懇告」(『학지광』, 1917.6), 『초기 문장집』 II, 410면.
**44** 위의 글, 410~411면.

리 冷然히 不關ㅎㄴ 態度를 取혼다. 七八年前에 보던 바 激烈혼 思想은 只
今에ㄴ 거의 蹤跡을 收ㅎ얏다 ㅎ여도 맛당ㅎ다. 그네ㄴ 朝鮮에 도라와 極
히 穩健혼 方面으로 活動ㅎ려 혼다. 도로혀 當局에셔 그네의 意思를 誤解ㅎ
기를 두려워 혼다ㄴ 쯧을 말ㅎ얏다.[45]

토쿄의 조선 유학생 가운데 인류 인물로 자임하는 자는 **결코 당국에서 의**
**심할 만한 사상을 품지 않는다. 그들이 입으로 붓으로 산업의 발달, 교육의 보급, 사회**
**의 개량을 자기의 진로로 삼는 것을 보아도 알 것이다.** 그들은 함부로 당국에
영합하는 언사를 지껄이지 않고, 오로지 조선 민족의 향상 발전에 긴급한
것을 본다. 그러므로 혹은 위험사상이 있음을 의심하는 것은 지나치게 세
심하고 과도한 우려로서, 이러한 청년이야말로 장차 진정한 애국심 있는
기력과 담력이 넘치는 국민이 될 것이다.[46]

그러나 이처럼 이광수가 당국의 정책에 대해 적당한 지지를 표명하
며 유학생의 사상 또한 당국의 뜻에 부합하는 것임을 애써 강조하고 있
다고 해서 그것을 일본의 식민통치의 성과를 인정한 결과라거나 독립
을 포기한 타협적 개량주의의 산물로 간주해서는 곤란하다. 이광수는
총독부 주도하의 근대화가 일본인과 조선인의 불균등한 발전을 초래
하고 있다는 사실을 직시하고 있었고, 일본에 비해 경쟁력이 현저하게
떨어지는 당국의 교육 제도 및 교육받은 조선 청년이 국내에서 활동할
수 있는 제도적 공간을 원천적으로 봉쇄하는 당국의 방침이 이에 한몫

---

45 「晉州에서(4)」(『매일신보』, 1917.8.16), 『초기 문장집』 II, 482면.
46 「영남으로부터(3)」(『경성일보』, 1917.8.13), 『초기 문장집』 II, 563~564면.

하고 있다는 사실 또한 잘 알고 있었다. 일찍이 이광수가 「조선인 교육에 대한 요구朝鮮人教育に對する要求」(1916)에서 당국의 동화정책에 대한 적극적인 지지를 표명하면서까지 조선에 일본과 동등한 교육을 개방할 것을 요구한 것, 「대구에서」(1916)에서 교육받은 조선 청년들의 사회적 범죄 및 위험사상의 방지라는 명분을 내걸면서까지 조선의 청년들에게 학교교육과 사교기관과 강연, 신문, 잡지와 종교, 독서를 통해 현대를 이해케 하고 신사업을 넓혀 청년들의 활동할 문호를 개방할 것을 제안한 것 또한 모두 이 때문이었던 것은 물론이다.[47]

'교육'과 '산업'이 총독부 식민체제 구축의 주요한 기반이었다면, 일찍이 대륙방랑 시절 독립 준비론에 대한 신념을 굳혔던 이광수에게 그것은 반대로 '한 나라를 세우고 지킬 만한 능력' 곧 동포에게 민족의식을 일깨우고 독립의 실력을 갖추게 하는 데 필요한 기초 지반이었다.[48] 오도답파 여행기사의 대부분에서 이광수는 매일신보사의 오도답파 여행기자로서의 직무에 충실히 따랐지만, 민족의 구성원으로서의 자신의 위치 또한 한시도 망각하지 않았다. 당국의 시선을 고려해야만 하는 조선어 글쓰기의 한계 내에서나마 곳곳에서 그것을 넘어서는 은밀한 긴장과 길항관계를 드러내고자 애쓴 것이 이를 증거한다. 그런 의미에서, 매일신보사의 오도답파 기획이 '식민통치 성과'의 선전을 목적으로 한 것이었고 「오도답파여행」 또한 이 목적에 충실히 따르고 있는

---

47 「조선인 교육에 대한 요구」와 「대구에서」를 둘러싼 정치적 배경 맥락에 관해서는 최주한, 「제2차 유학 시절의 이광수」(『이광수와 식민지 문학의 윤리』, 소명출판, 2014, 66~75면) 참조.
48 대륙방랑 시절 이광수의 독립 준비론에 대한 신념에 대해서는 최주한, 「중학 시절과 오산 시절 전후의 이광수」 및 「이광수와 『대한인정교보』 9, 10, 11호에 대하여」, 위의 책 참조.

것처럼 보임에도 불구하고 동시에 우리가 거기서 '민족의 자기 구성'을 향한 노력을 읽어내게 되는 것은, 조선어 글쓰기의 임계점에서나마 이광수가 스스로를 민족 구성원의 위치에 단단히 자리매김했던 또렷한 자의식 덕분이었다고 해도 좋을 것이다.

## 4. 제국의 언어와 자기입증의 글쓰기

그렇다면 일본인 독자들을 대상으로 하는 『경성일보』 지면에 일본 어로 쓰는 오도답파 여행기는 이광수에게 어떤 의미와 위상을 갖는 것 이었을까. 논의의 단서를 찾기 위해 이광수가 오도답파 여정에 오른 첫날 시마무라 호게츠에게서 일본어로 기사를 써보면 어떻겠느냐는 권유를 받았을 가능성에 대해서 언급한 대목으로 다시 돌아가 보자. 그것은 물론 가능성에 불과하지만, 조선 순유를 마치고 일본으로 돌아 간 시마무라가 『와세다문학』에 게재한 「조선 소식」에서 조선의 문학 청년들을 향해 "문학적 가치가 있는 일본어"로 문학을 하라고 훈계한 것은 분명한 사실이다. 오도답파 여행을 마치고 토쿄로 돌아간 이광수 는 이 글을 읽고 시마무라의 견해에 조목조목 반박하는 「부활의 서광」 (1917.10.16 집필)이라는 장문의 논설을 썼는데,[49] 그 첫 번째 반박이 일본

---

**49** 「부활의 서광」이 『청춘』에 발표된 것은 1918년 3월이지만, 글의 말미에 '1917.10.16' 이라는 집필날짜가 붙어 있다. 시마무라의 「조선소식」이 『와세다문학』에 발표된 것

어로 문학을 하라는 훈계에 관한 것이었다는 사실은 주목할 만하다. 물론 이광수는 일본어로 문학을 하라는 시마무라의 견해에 대해 직접 반박한 일은 없다. 다만 한문으로 쓰여진 문학은 조선문학이 아니며, 조선문학은 어디까지나 조선어로 쓰여져야 한다는 평소의 지론을 다시금 강력하게 환기하고 있을 뿐이다.[50] 그러나 한문으로 쓰여진 문학은 조선문학이 아니라는 주장은 그 강력한 언어 민족주의적 관점으로 인해 일본어로 쓰여진 문학 또한 조선문학이 아니라는 주장을 자동적으로 함축하게 되는 것이다.

그럼에도 불구하고 『경성일보』에 일본어로 오도답파기를 연재하던 이광수에게서 일본어로 글을 쓴다는 것에 대한 반감 같은 것은 찾아보기 어렵다. 반감은커녕 『매일신보』 기사의 평서문과는 달리 자신을 낮춰 일컫는 '소생小生'이라는 일인칭 대명사와 더불어 경어체 소로분을 사용하여 매우 공들여 썼다. 부여에서 쓴 4·5회분이 『경성일보』의 편집장 마츠오 시게요시의 눈에 띄어 커다란 표제어와 함께 3면의 상단 기사

---

이 같은 10월의 일이므로, 「부활이 서광」은 이 글을 읽자마자 그에 호응하여 쓴 글이라는 것을 알 수 있다.

50  "漢詩人과 漢文士의 汗牛充棟할 著述이 잇다 하더라도 果然 朝鮮人의 思想感情을 發露하며 朝鮮民族의 根本精神에 接觸한 者가 얼마나 될가. 그네가 漢字를 使用함과 가티 그것으로 發表하는 思想感情도 漢人의 그것을 模倣한 것이 아니엇슬가. 吾人이 漢文으로 된 朝鮮文學 全部를 蒐集한다 하더라도 거긔서 果然 朝鮮人의 思想, 朝鮮人의 感情이라는 것을 어더볼 수가 잇슬가. 一言以蔽之하면 果然 朝鮮人의 文學이라 할 만한 朝鮮文學이 잇슬가. (…중략…) 小說에는 九雲夢이라든지 彰善感義錄, 謝氏南征記, 玉樓夢 等의 朝鮮人의 創作이 잇스나, 이것도 詩와 가티 朝鮮人이 暫間 支那人이 되어서 지은 것이오 내가 朝鮮人이라 하는 自覺으로 지은 것은 아니다. 文字부터 漢字를 使用하엿거니와 그 材料도 全部 支那 것이다. 材料는 外國것을 取함도 無妨하다 하더라도 그 속에 들어난 思想感情은 決코 朝鮮人의 것은 아니엇다. 그네는 自己의 屬한 朝鮮人의 生活은 無視하고 白色 朝鮮服을 닙고 朝鮮의 國土에 잇스면서도 精神的으로 支那의 古代에 들어가 살앗다. 그러함으로 吾人은 이러한 小說을 朝鮮文學이라고 許할 수는 업다." 春園, 「부활의 서광」(『청춘』, 1918.3), 『초기 문장집』 II, 615~617면.

로 다루어진 것은 앞서 언급한 대로이고, 다도해에서 쓴 네 편의 문장은 오도답파 여행 중 부산에서 만난 토쿠토미 소호德富蘇峰에게 "『고쿠민신문國民新聞』으로 와주지 않겠느냐"[51]는 이야기를 들을 정도로 칭찬을 받기까지 했다. 일본어로 문학을 하라는 시마무라의 훈계를 무시하다시피했던 이광수는 어째서 일본어로 오도답파기를 쓰는 일에는 적극 나섰던 것일까.[52]

그 일차적인 이유는 일단 일본어가 지닌 제국의 언어로서의 위상과 관련이 있다. 일본어로 오도답파 여행기사를 써보면 어떻겠느냐는 시마무라의 권유가 아니었더라도, 이광수는 당대 정치 및 문화의 중심을 향해 발언하려면 제국의 언어인 일본어가 아니면 안 된다는 사실을 잘알고 있었다. 그는 일본의 민권론 계열의 잡지에 「조선인 교육에 대한 요구朝鮮人敎育に對する要求」(1916) 및 「조선인의 눈에 비친 일본인의 결함朝鮮人の眼に映りたる日本人の缺陷」(1916) 등을 투고한 경험도 있었다.[53] 그런 만큼 최남선이 아무리 조선의 첫째가는 학자라 해도, 심우섭이 아무리 조

---

51  이광수, 「무부츠 옹의 추억」, 『후기 문장집』 III, 179면.
52  정혜영은 그 이유의 하나로 '근대문학에 대한 열망'이라는 요소를 언급한 바 있다. 일본어는 제국의 언어이기도 했지만 근대국어의 성립 과정을 거친 근대적 언어였고, 근대문학 성립의 선결과제로서 근대국어 성립이라는 문제를 이광수 역시 깊게 감지하고 있었던 까닭에 조선어 대신 일본어 글쓰기를 선택했다는 것이다(정혜영, 「「오도답파여행」과 1910년대 조선의 풍경」, 『현대소설연구』 40, 한국현대소설학회, 2009, 331면). 그러나 『무정』의 연재를 성공적으로 마친 이 무렵의 이광수는 이미 근대적인 조선어 문장에 대한 자신감을 갖고 있었고, 조선의 문학 청년들에게 '문학적 가치가 있는 일본어'로 문학을 하라는 시마무라의 견해에 크게 반발하고 있다는 점을 고려할 때 재고의 여지가 있는 견해라고 생각한다.
53  이 두 글은 카야하라 카잔이 주재하던 『홍수이후(洪水以後)』에 잇달아 투고되었으나, 전자는 게재되고 후자는 게재되지 않았다. 이 두 글에 대한 자세한 내용에 관해서는 하타노 세츠코, 「이광수의 제2차 유학 시절」(『일본 유학생 작가 연구』, 소명출판, 2012, 88~89면) 참조.

선 시문의 기량이 뛰어나다 해도, 또 이광수 당신이 아무리 뛰어난 문필가라 해도 일본어로 쓰지 않는 한 읽을 수 없다고 난색을 표했을 시마무라의 불평은 이광수에게 다시금 일본어 글쓰기의 필요성에 대해 진지하게 생각해보게끔 했을 것이다. 그러나 보다 근본적으로 이광수의 일본어 글쓰기를 자극한 것은 조선에 문예가 없는 것은 정신문명이 발달하지 않은 탓이라 하여 조선인을 열등민족으로 취급하는 시마무라의 오만한 태도였다.

> 조선의 과거에는 문예라고 할 만한 문예가 없다. 공예에 가까운 것은 다소 있겠지만, 시도 없고 소설도 없으며 극도 없다. **정신문명의 상징은 거의 전무하다.** 여기에는 여러 원인이 있겠지만, 어쨌든 기이한 일이다. (…중략…) 조선에 문예가 생기고 생기지 않는 것으로 조선에 정신문명이 일어나고 아니 일어날 것을 판단하지 않으면 안 된다.[54]

조선의 과거에는 정신문명의 상징은 거의 전무하다는 시마무라의 언급에 이광수가 얼마나 민감하게 반응했는가 하는 것은 '정신생활의 가치', '조선인은 정신생활의 능력이 있는가', '각성의 제1파' 등의 소제목을 통해서도 짐작할 수 있듯이 「부활의 서광」이 전적으로 이를 반박하는 내용으로 채워져 있다는 사실에서도 또렷이 드러난다.

사실 조선인을 문명 정도가 낮은 열등민족으로 취급하는 일본인들의 태도는 이광수에게 새삼스러운 것이 아니었다. '사상의 고착'과 '사상의 종속'을 조선인의 가장 근본적인 특성이라 하여 조선인에게는 "독

---

54  島村抱月, 「朝鮮だより」, 『早稻田文學』, 1917.10, 226면.

창적인 능력이 없으므로" "선정善政과 우수한 일본 민족의 감화로 씻어내 일본인에게 동화시키는 동시에 민족적으로 향상시키는 것"이 필요하다는 주장은 이미 타카하시 토루高橋亨와 같은 관변학자들을 통해 널리 유포되고 있었고,[55] 이에 대해 이광수는 50년 전만 해도 일본인은 지금의 조선인보다 결코 문화적으로 우월하지 않았으며, 일본이 조선을 병탄하지 않았다면 일본의 근대를 주도한 인물들이 그랬듯이 조선에도 유수한 인물들이 쏟아져 나왔을 것이라고 직접 대응한 바도 있다.[56] 이러한 대응이 일본의 소수 민권론자들을 향한 항변에 불과했다면, 『경성일보』에 오도답파기를 연재한다는 것은 총독부를 비롯하여 보다 광범위한 계층의 일본인들을 향해 지속적인 발언권을 얻는다는 것을 의미했다. 이광수는 이번에야말로 조선과 조선인에 대한 일본인들의 민족적 편견을 바로잡을 수 있는 기회라고 판단했던 것 같다.

실제로 이광수가 일본인 독자를 대상으로 하여 쓴 『경성일보』판 오도답파 여행기는 조선인이 어떻게 자율적 공헌을 기초로 하여 근대문명의 세계로 나아갈 수 있으며, 또 그럴 수 있는 민족적 자질을 충분히 갖추고 있는지 보여주기 위해 애쓴 흔적이 역력하다. 물론 조선인은 열등민족이라는 낙인이 터무니없는 것이라 해도 근대화에 제대로 대

---

55 타카하시 토루의 조선인 민족성론과 이에 대한 이광수의 대응에 대해서는 최주한, 「이광수의 민족개조론 재고」(『이광수와 식민지 문학의 윤리』, 소명출판, 2014, 339~341면) 참조.

56 "50년 전의 일본인은 과연 지금의 조선인보다 문화적으로 우월했다고 할 수 있을까. 지금 조선이 일본의 지배를 받게 되었기 때문에 조선인은 남에게 지배받아야 할 민족이고 그 가운데는 위인도 대정치가도 없는 것처럼 보인다. 그러나 메이지 유신 당시 구미제국이 식민지 전쟁으로 바쁜 탓에 일본을 병탄할 여유가 없었던 것처럼, 만약 일본이 아니었다면 조선에도 혹은 요시다 쇼인, 이와쿠라 토모미, 사이고 다카모리, 오쿠마 시게노부가 무수히 나왔을 것이다. 어쨌든 만일 조선인을 문명 이해력이 없는 열등민족이라고 한다면 이는 일본인 자신을 열등민족으로 취급하는 것과 마찬가지가 아닐까." 孤舟生, 「朝鮮人敎育に對する要求」(『洪水以後』, 1916.3), 『초기 문장집』 II, 45면.

응하지 못해 교육은 물론이고 농업과 상업을 비롯한 모든 산업 분야에서 일본에 비해 한참 뒤처져 있는 현실까지 부정할 수는 없는 노릇이었다. 그러나 이광수는 여러모로 일본인에 비해 경쟁력이 현저하게 떨어지는 조선인의 현실을 직시하면서도, 그것을 조선인의 열등함 탓으로 돌리는 것을 경계했다. 새로 일으킬 만한 사업이 많음에도 불구하고 조선인은 이러한 사업에 출자出資하기를 좋아하지 않는다는 일본인들의 비난에 대해서는 신지식이 보급되고 사업의 의의에 대한 이해가 생겨나면 조선인 사이에도 조만간 사업열이 일어날 것이라고 적극 변호하는가 하면, 조선인의 사업이 부진한 데에는 조선인에 대한 배제와 차별이라는 구조적 문제 또한 간과할 수 없다고 역설했다. 또 부산 및 마산과 같은 상업적 대도회를 중심으로 한 조선인 상업계의 활발한 활동에 대해서는 특별한 관심을 표하고, 소작인의 궁핍상에 대해서도 그들이 게으른 탓이 아니라 지주 중심의 전근대적인 사회적 제도의 탓이라 하여 부의 분배가 적절함을 얻을 수 있는 제도적 장치를 마련하는 것이 긴급하다는 제안을 내놓기도 했다.

새로 일으킬 만한 사업이 많음에도 불구하고 조선인은 아직 이러한 사업에 출자하기를 좋아하지 않고, 특히 전주인이 그렇다는 등 개탄하는 자도 있다고 합니다만, 그렇게 하루 아침에 머리가 깨이는 사람은 없다고 생각합니다. (…중략…) 신지식이 보급됨에 따라 조선인 사이에도 사업열이 일어날 것은 분명합니다. 그러면 오늘날 조선인에게 사업열 없음을 꾸짖을 것이 아니라, 그들에게 자극이 될 만한 일본의 자본가가 조선에서 사업을 일으키는 일이 적은 것을 꾸짖어야 하지 않겠습니까.[57]

교육의 보급, 경제적 자각이 일어나 활발하게 자본을 운용할 만한 시절을 기다릴 수밖에 없다고는 해도, 당장 조선인의 상업이 이렇게까지 부진한 것은 그 일부 책임이 내지인에게 있다고 믿습니다. 아무래도 내지인은 내지인끼리라는 식으로 조선인을 배제하고 혹은 경쟁자로 여기는 경향이 없지 않다고 들었습니다만, 이래서는 도저히 평행한 발달을 바랄 수 없습니다. **내지인부터 기꺼이 조선인에 대한 차별적 장애를 없애고, 이익이 있으면 함께 누리고 손해가 있으면 함께 돕는 마음가짐이 있고서야 비로소 완전히 평행한 발달을 실현할 수 있을 것이고**, 비로소 완전한 조선의 발달을 바랄 수 있을 것이라고 생각합니다.[58]

이러한 참상을 초래하는 이유는 토지가 메마른 까닭이 아닙니다. 전북평야는 조선 제일의 옥토입니다. 인민은 게으르지 않습니다. 끝없이 펼쳐진 평야는 그들의 손으로 경작됩니다. 비옥한 토지에 거주하는 근면한 인민이 이렇게나 비참한 지경에 빠진 것은 대체 어떤 이유이겠습니까. (…중략…) 작년은 수해로 유례없는 흉작이었습니다. 그것도 한 원인인 것은 틀림없겠지만, 소작인의 궁핍은 오로지 지주의 횡포, 바꿔 말하면 **사회 제도의 불완전에 의한 것도** 역시 한 원인이라고 생각합니다. (…중략…) 교육도 의식(衣食)이 있고 난 후의 일이고, 저축을 하는 것도 저축할 만한 것이 없으면 어떻게도 할 수 없습니다. 한 사람의 지주에 수백, 수천 명의 소작인이 딸려 있습니다. 쌀 생산량만으로, 혹은 수출 금액의 통계만으로 곧 인민의 부를 점칠 수 없을 것입니다. 부의 증가와 더불어 분배가 그 적절함을 얻는 것은 경제의 원칙이라고 들

---

57 「湖南으로부터(4)」(『경성일보』, 1917.7.9), 『초기 문장집』 II, 542∼543면.
58 「湖南으로부터(7)」(『경성일보』, 1917.7.25), 『초기 문장집』 II, 549면.

어 알고 있습니다. 특히 오늘날 조선의 이러한 상태에서는 분배의 적절함은 가장 긴급하고 중요한 일이라고 생각합니다.[59]

이처럼 이광수는 조선인이 일본인에 비해 경쟁력이 떨어지는 것은 조선 민족이 열등해서가 아니라 다만 일본인에 비해 뒤늦게 근대화의 도정에 올랐기 때문일 뿐이라는 사실을 거듭 강조하는 한편, 동시에 조선인은 이미 고대에 고도의 문명을 천하에 떨친 역사를 지닌 독자적인 정치 문화적 역량을 가진 민족이라는 점을 피력함으로써 근대문명의 세계에도 자율적으로 공헌할 수 있는 뛰어난 민족적 자질을 갖추고 있다는 점을 입증하고자 애썼다.

오늘날의 조선인은 결코 진짜 조선인이 아닙니다. 지나화(支那化)해 버리려다가 실패한 일종의 변형된 조선인입니다. 삼국시대 이전의 조선인은 결코 이런 요보상(ヨボさん)은 아니었습니다. 그들에게는 무(武)가 있고, 문(文)이 있고, 힘이 있고, 부(富)가 있었습니다. 수당(隋唐)의 대군(大軍)을 멋지게 격파한 것도 그들이고, 일본 및 지나에 음악 미술상 커다란 영향을 준 것도 그들입니다. 지금은 옛 모습을 찾아볼 수 없을 정도로 초라하지만, 반도(半島) 각지의 견고한 성벽, 도회, 도로, 사원, 박물관의 가치 있는 물건 대부분이 그들의 손으로 이루어졌습니다. 불교를 소화한 것도, 당(唐)의 문명을 완전히 받아들여 소화한 것도 그들입니다. (…중략…) 한(漢)·당(唐)·수(隋)의 서적 및 일본에 남아있는 모든 기록 및 유물을 종합하건대, 당시의 음악 미술의 발달은 실로 놀랄 만합니다. 천하의 중심이라고 자칭한 지나조차도 조선의 악곡(樂曲), 조선의 미술품을 귀중히 여겼을 정

---

59 「湖南으로부터(6)」(『경성일보』, 1917.7.14), 『초기 문장집』II, 546면.

도이고, 나라(奈良)·헤이안(平安) 시대의 음악 미술은 태반 삼국인의 손으로 이루어졌다고 할 정도니, 이것만으로도 소생의 이야기가 거짓이 아님을 증명할 수 있을 것입니다. (…중략…) 이제부터 그들이 천부의 재능을 자각하고 분투 노력하면 (…중략…) 1천여 년간 잠든 백제인의 땅은 이에 찬연히 빛을 발할 것이고, 혹은 희랍 원류인 서양미술에 대하여 백제 원류인 새로운 미술을 낳고 세계에 공헌하지 못할 것도 없다고 생각합니다.[60]

인용문에서도 볼 수 있듯이, 이광수는 조선 고대문명의 역사를 한갓 지나가버린 과거의 유물로서 상찬하는 데 그치지 않았다. 그보다는 민족의 현재와 미래의 가능성을 열어갈 민족적 역량을 보증하는 민족적 보고寶庫로서 개념화하고자 했다. 민족의 과거를 민족의 현재와 미래를 향한 가능성으로 전유함으로써, 조선의 과거에는 문명이 존재하지 않았다거나 존재했더라도 이미 화석화된 과거의 유물로 간주하여 "소멸할 운명을 지니고 있는 조선"[61]의 현실을 정당화하는 제국의 시선을 근저부터 뒤흔들고 있었던 것이다.

이 점에서 보면 이광수가 목포에서 이질을 앓고 난 후 네 편의 다도해 기사에 이어 열세 편에 달하는 경주 기사에 대해 조선어 글쓰기를 포기하면서까지 굳이 일본어 글쓰기를 선택한 이유도 좀더 또렷해진다. 물론 이광수의 경주 기행은 『매일신보』와 『경성일보』에 매 회마다 나란히 게재되고 있는 경주 관련 유적 사진이 웅변하고 있는 것처럼 애

---

60  「湖南으로부터(5)」(『경성일보』, 1917.7.10), 『초기 문장집』 II, 543~544면.
61  황종연, 「신라의 발견-근대 한국의 민족적 상상물의 식민지적 기원」, 황종연 편, 『신라의 발견』, 동국대 출판부, 2008, 28면.

초에 총독부의 조선 고적 조사사업의 성과를 선전하려는 매일신보사
의 주도면밀한 기획의 하나였고,[62] 실제로 이광수의 여정은 경주 경찰
서의 일본인 순사부장의 안내와 경주 군청이 간행한 경주 안내서 1장
에 의지한 유람도로권 내의 유적 답사로 국한되어 있기도 하다.[63] 아마
도 매일신보사로서는 이광수의 경주 기행문이 가치 있는 과거의 유적
을 알아보고 이를 보호할 줄 아는 문명국 일본의 위상을 널리 선전함으
로써 식민통치의 정당성을 얻는 데도 도움이 될 것이라고 판단했을 것
이다.[64] 그러나 정작 이광수의 기행문에서 두드러지는 것은 고대에 찬
란을 문명을 일군 민족적 저력에 대한 자긍심과 더불어 이들 유적에 구
현되어 있는 웅대하고도 장엄한 신라인의 정신을 복원하여 이를 현재
화하고자 하는 시선이다.

　이광수는 신라의 옛 도읍 경주를 찬란했으나 이미 화석화된 과거가

---

62　열세 편에 걸친 경주 관련 기사와 관련하여 『매일신보』와 『경성일보』에 동시에 게
　　재된 유적 사진들은 조선총독부에서 간행한 『조선고적도보(朝鮮古蹟圖譜)』 4·5권
　　에 수록된 자료들이다. 1910년 조선총독부의 위촉으로 토리이 류조(鳥居龍藏), 쿠로
　　이타 카츠미(黑板勝美) 등과 함께 조선의 고적 조사에 나선 세키노 타다시(關野貞)
　　는 1916년부터 1935년까지 『조선고적도보』 15권을 펴냈는데, 그 가운데 4·5권은
　　각각 1916년과 1917년에 간행된 것으로 통일신라시대의 유적을 담고 있다.

63　"점심을 먹고, 우선 유람도로권 내의 옛 유적을 찾을 것입니다."(「신라의 옛 도읍에 노닐
　　다(2)」, 『경성일보』, 1917.8.23) "점심을 먹고 드디어 구경하러 나섰습니다. 경주 경찰서
　　의 후루카와(古川) 순사부장이 안내의 수고를 맡아주셨습니다."(「신라의 옛 도읍에 노
　　닐다(3)」, 『경성일보』, 1917.8.24) "이 지방은 신라의 옛 도읍인 만큼 총독부의 높은 관리
　　들이며 안팎의 유명 인사의 내유가 잦아서, 이들 귀빈을 보내고 맞는 일이 군수郡守의
　　사무 가운데 절반을 차지한다고 합니다. 그런데 소생 같은 풋내기까지 폐를 끼치는 것은
　　미안하기도 해서 경주 안내서 1장을 받고는 빨리 나왔습니다." 「신라의 옛 도읍에 노닐
　　다(8)」(『경성일보』, 1917.8.31) 『초기 문장집』 II, 573면, 583면.

64　총독부의 조선 고적조사, 특히 경주 석굴암으로 대변되는 식민지 조선의 표상에 대
　　한 총독부의 공론화 및 재맥락화 작업에 대해서는 다음을 참조. 강희정, 「식민지 조
　　선의 표상 — 석굴암의 공론화」, 『동악미술사학회』 10, 동악미술사학회, 2009, 116~
　　122면; 강희정, 「일제강점기 한국미술사의 구축과 석굴암이 '재맥락화'」, 『선사와 고
　　대』 33, 한국고대학회, 2010, 67~73면.

아니라, 고대 조선인의 정신이 생동하는 역사적 시공간으로서 생생하게 형상화해냈다. 처음 국가의 형태를 만들고 찬란한 신라 천년의 문화와 부강의 주춧돌을 놓았던 신라의 시조 박혁거세의 건국에서부터 나라의 세력과 문명을 천하에 떨쳤던 문무·무열왕 시대의 찬란한 문화, 그리고 점차 패기가 쇠하고 외래 문화에 젖어 멸망의 길에 접어든 경애·경순왕 양대의 비극에 이르기까지, 옛 모습은 사라지고 거의 흔적만 남다시피한 유적으로부터 손에 잡힐 듯이 생생하게 신라의 역사를 되살려내는 이광수의 붓은 유려하고도 거침이 없다. 불국사와 석굴암이 웅변하고 있는 신라인들의 웅대한 기상과 원숙한 예술적 재능, 그리고 궁극을 추구한 종교적 경지를 문학적 상상력에 기대어 풀어나가는 솜씨 또한 나무랄 데 없는 것은 물론이다. 역설적이게도『경성일보』의 독자들을 향한 이광수의 일본어 글쓰기에는 조선어 글쓰기에 못지않은, 아니 어쩌면 더욱 예리하게 벼려진 민족적 자의식이 작동하고 있었던 것이다.

그런 의미에서, 이광수가 오도답파 여행의 연재를 마치며 "소생은 아직 역사적 및 미술적 안목과 식견이 없으니 경주 구경의 자격이 없는 자입니다만, 수년 후에는 혹시 자격을 갖출 수도 있을 것이라고 슬그머니 자신 있는 미소가 새어나"[65]온다고 썼던 것은 과거 천년의 고도 경주에서 민족의 현재와 미래를 이끌어갈 민족적 저력을 새삼 확인할 수 있었던 자신감의 표현이었다고 해도 좋을 것이다. 실제로 오도답파 여행을 마치고 토쿄로 돌아간 이광수는 시마무라의「조선 소식」에 대응하여 쓴「부활의 서광」에서 "朝鮮民族은 精神文明을 産出할 天資가 잇는 줄로

---

65 「신라의 옛 도읍에 노닐다(13)」(『경성일보』, 1917.9.7), 『초기 문장집』II, 594~595면.

確信한다"[66]고 썼다. 그리고 일본어로 문학을 하라는 시마무라의 훈계에 대해서는 일언반구도 없이, 조선의 신문단은 여러 선구자의 노력에 힘입어 상당한 문체의 준비가 되어 있고 신사상의 세례를 받아 청년들의 정신 속에 신사상이 발효하게 되었으니 "비로소 朝鮮 新文學의 幕이 열릴 것"[67]이라고 당당하게 선언하고 있다.

---

66  이광수, 「부활의 서광」(1918), 『초기 문장집』 II, 623면.
67  위의 글, 626면.

# 제5장

# 『경성일보』라는 매체와
# 이광수의 일본어 글쓰기

## 「차중잡감」(1918) 연작 기행문을 중심으로

최근(2017) 하타노 세츠코波田野節子 선생님과 함께 1908년에서 1919년 까지 이광수의 초기 문장을 수록한 자료집을 간행하기 위한 기초 작업을 진행하고 있다. 자료집에는 새로 발굴되어 전집에는 수록되어 있지 않은 자료는 물론 일본어로 쓰여진 문장까지 모두 포함된다. 장편『무정』,『개 척자』를 제외한 모든 장르의 문장들이 수록되는 셈이다. 그런데 본격적 으로 자료를 정리하다가 뜻밖에도 이전에 복사만 해두고 들여다보지 않 았던 중요한 자료를 발견하게 되었다. 1918년 4월『경성일보』에 12일과 19일, 21일 모두 세 번에 걸쳐 게재된 연작 기행문「차중잡감車中雜感」,「경 부선 열차 안에서京釜線車中より」,「산요센 열차 안에서山陽線車中より」가 그 것이다. 이들 자료는 이미 오무라 마스오・호테이 토시히로 편,『근대 조

선 일본어 작품집(1901~1938)』에 영인되어 수록되었는데,[1] 중요한 자료적 가치에도 불구하고 그동안 연구자들에게 그다지 주목받지 못했던 것 같다. 이번 계제에 이들 연작 기행문에 대해 간단히 소개해두고자 한다.

「차중잡감」 이하 세 편의 연작 기행문은 1918년 4월 초 이광수가 오른쪽 폐에 결핵의 조짐이 있다는 진단을 받고 진료차 잠시 경성을 다녀갔던 길에 쓴 것이다.[2] 이광수가 각혈을 한 끝에 오른쪽 폐에 결핵의 조짐이 있다는 진단을 받은 것은 이해 3월의 일이다.[3] 전해 장편『무정』을 집필하며 쇠약해진 몸으로 여름방학마저 오도답파 여행을 하며『매일신보』와『경성일보』양쪽 지면에 연재를 하느라 무리를 한 데다, 방학이 끝나자마자 또 다시『개척자』의 집필에 몰두하면서 지나치게 과로했던 탓이었다. 당시 이 소식을 전해들은 최남선은『청춘』의 지면에 「병우病友 생각」이라는 글을 써서 걱정과 안타까운 마음을 각별하게 표할 정도였으니,[4] 2년 전 바로 그맘때 결핵으로 죽은 시인 최승구를 떠올

---

1　大村益夫・布袋敏博 編,『近代朝鮮文學日本語作品集(1901~1938)-評論・隨筆篇』 2, 綠蔭書房, 2004.

2　이에 관해서는 최남선의 「病友 생각」이라는 글의 말미에 자세한 경위가 언급되어 있다. "右肺의 所祟으로 熱海에 轉地하였던 春園이 診療上 必要로 今月初(4月初-인용자)에 暫時 京城에 歸留하였다가 十七일에 다시 東渡하니" 최남선,「病友 생각」,『청춘』13, 1918.4, 8면.

3　"그럼요-그래 그(오도답파 여행-인용자) 후 2년인가 지나서 언젠가 우리 하숙으로 와서 놀다가 갑자기 피를 뱉는데 대야에 물이 빨갛게 되겠지요. 어떻게 놀랐는지 몰랐어요. 그래 高田氏에게 진찰을 하니 쉬는 게 좋다고 해서 학교(早稻田大學)도 그만두고 熱海로 가서 정양을 했지요. 그후부터는 해마다 봄철이 되면 꼭 앓고 피를 뱉었습니다."(春海,「춘원병상방문기」,『문예공론』창간호, 1929.5, 63면) '2년인가 지나서'는 허영숙의 착오이다. 이광수가 오도답파 여행에 나선 것은 1917년 6월의 일이고,「病友 생각」의 말미에도 이광수가 오른쪽 폐가 부어올라 아타미에서 정양한 이야기가 언급되어 있는 것으로 보아, 바로 다음해 3월의 일이었다는 것을 알 수 있다.

4　"뜻밖에 걱정되는 기별을 보낸 그가 이미 병원에 들어갔나 아니갔나 마음이 연방 끌리는 도다. (…중략…) 春園은 右肺에 結核 兆朕이 보였다 하는도다! (…중략…) 그와 한가지 하던 冊床을 對하며 그와 한가지 하던 벼루를 쓰매 병난 그를 생각하고 걱

렸는지도 모를 일이다.[5]

그러나 이 무렵 이광수의 곁에는 토쿄여자의학전문학교에 다니던 허영숙이 있었고, 얼마간 의학 지식을 지니고 있던 그녀 덕분에 다소 차분하게 병세에 대응할 수 있었던 것 같다. 푹 쉬는 게 좋다는 의사의 권유에 따라 아타미熱海(시즈오카현 동부에 위치한 유명한 온천 도시)에서 요양을 하고, 또 내친 김에 귀국하여 제대로 진료를 받기로 마음먹은 것도 모두 그녀의 도움 덕분이었을 것이다. 사정이야 어찌되었든 당시 이광수가 진료차 일본과 경성을 오가며 중요한 세 편의 연작 기행문을 남길 수 있었던 데는 결핵의 발병이 한 원인이 되었던 것만큼은 틀림없는 사실이다.

앞서도 잠깐 언급했듯이, 당시 이광수가 남긴 세 편의 기행문 연작은 1918년 4월 12일, 19일, 21일 모두 세 번에 걸쳐 『경성일보』에 게재되었다. 「차중잡감」은 귀국하는 길 경부선 열차 안에서 쓴 것이고, 나머지 두 편인 「경부선 열차 안에서」, 「산요센 열차 안에서」는 다시 일본으로 돌아가는 길의 열차 안에서 쓴 것이다. 이 가운데 저자의 주목을 끈 것은 단연 「차중잡감」이다. 일본으로 돌아가는 길의 열차 안에

---

정하는 情이 봄빗방울보다 더 많도다. 春園의 누운 窓에도 이 비가 소리를 하는지 않은지!?(三月十九日 稿)" 최남선, 앞의 글, 5~8면.

5  실제로 1920년대까지만 하더라도 결핵은 사망률이 높은 치명적인 병으로 인식되는 것이 보통이었다. "서울이나 평양 대구 같은 큰 도회의 길거리를 걸어 다니는 조선 사람을 보면 그중에 十에 6, 7은 분명히 폐병환자들이다. (…중략…) 실로 이 폐병 때문에 피를 토하며 또는 다른 병을 併發하여서 죽어가는 동포 수가 어떻게나 많은지 모르겠다. 더군다나 그 환자는 밤을 자고 나면 자고 날수록 많아간다. 만일 도끼를 든 강도가 街頭를 횡행하며 다수한 인명을 찍어 죽인다 하여도 또 맹렬한 호열자 같은 전염병이 가가호호를 범한다 할지라도 폐병의 참화보다는 크지 못하리라. 폐병은 지금 온전히 민족적 보건의 뿌리를 짓씹고 있다. 민족의 수만 수십만이란 헤일 수 없는 생명을 위협하고 있다는 것이다." 정석태, 「민족보건의 공포시대, 폐병치료소의 설치 제의」, 『삼천리』 2, 1929.9, 40면.

서 쓴 두 편의 기행문이 열차 바깥으로 지나가는 봄의 풍경을 다소 가볍게 소묘하는 데 그치고 있다면, 「차중잡감」은 다소 과격한 어조로 시종일관 재조선 일본인들의 편견 어린 조선인론에 대해 강력한 항의를 표출하고 있어 내심 깜짝 놀랐던 까닭이다. 이를테면 다음과 같은 대목이 그러하다.

나는 객차 안에서 자신에 대한 혹평을 들을 때, 부끄러움을 느끼면서도 내지인을 원망하는 마음이 불끈불끈 솟는 것을 느낀다. 나는 반항적으로 "자기도 서양인에게서 잽(Jap), 잽이라 조롱당하지 않는가"라고 말하고 싶어진다. 이는 나만 그런 것이 아니다. 매일 수십 량의 열차 안에서 수천 수백의 조선인이 똑같이 느끼는 바임을 생각하면, 그 악영향이 작지 않음을 미루어 헤아릴 것이다.[6]

요보는 조선인의 대명사이다, 매우 듣기 괴로운 호칭이다. 경칭(敬称)인 '상(さん)'을 붙여 '요보상'이라 불린다고 해도 고맙지도 않고, 부르는 쪽은 반은 재미 삼아서라 해도 불리우는 쪽은 속이 부글부글 끓어오른다.[7]

사실 식민지 조선에 오만한 지배자로 군림하고자 하는 일본인들을 향해 직설적인 돌직구를 날리는 어법은 이광수에게 낯선 것이 아니다. 그는 일찍이 일본 민권론 계열의 한 잡지에 투고한 글에서도 "재선在鮮 일본인이 조선인에게 취하는 잔혹하고 방만한 태도는 조선인으로 하여금 원한이 골수에 사무치게 만들기도 한다. (…중략…) 조선인도 일본인과 모든

---

6 李光洙, 「車中雜感」(『경성일보』, 1918. 4. 12), 최주한 · 하타노 세츠코 편, 『이광수 초기 문장집』 II, 소나무, 690면. 이하 『초기 문장집』 II로 적는다.
7 위의 글, 690~691면.

면에서 평등하게 된다는 희망이 없으면, 조선인은 영원히 일본인을 원망할 수밖에 없는 것"[8]이라고 거침없이 쓴 바 있다. 또 같은 잡지에 익명으로 투고한 글에서는 "일본인은 조선인 또는 지나인에게 오만하기 짝이 없는 데 반해, 백인종 특히 영국인에 대한 비굴한 태도는 정말이지 실소를 금할 수 없다. (…중략…) 일본인은 조선인을 냉대할 뿐 아니라 나아가 직업을 빼앗고 재산을 빼앗아 아시餓死시키려 하고 있다. 일본인은 우리 조선인에게는 어디까지나 기생충과 같다"[9]고 쓰기도 했다. 물론 본명을 밝힌 투고 글의 경우 '동화정책'을 지지한다는 명분하에 조선인에 대한 식민정책상의 제도적 차원의 차별을 문제삼고 있기는 하지만, 익명의 투고 글에 비추어볼 때 동화정책의 지지는 다만 식민 지배자의 입장에서 그들이 받아들일 만한 어법을 구사한 수사적 전략의 일환일 뿐이었다는 사실이 또렷한 것이다.

이러한 글쓰기 전략은 일면 과격하다 싶을 정도로 재조선 일본인들의 조선인에 대한 편견과 멸시의 태도를 문제삼고 있는 「차중잡감」의 경우도 예외는 아니다. 이광수는 바로 전해에도 '신정新政 보급의 정세'를 살피고 사회 각 방면의 발달상을 일반 사회에 널리 소개한다는 신문사 측의 기획에 전략적으로 대응하여 『매일신보』와 『경성일보』 양쪽 지면에 오도답파 여행기의 연재를 성공리에 마친 바 있거니와,[10] 이번

---

8   李光洙, 「朝鮮人敎育に對する要求」(『洪水以後』 8, 1916.3), 『초기 문장집』 II, 43면.

9   李光洙, 「朝鮮人の眼に映りたる日本人の缺陷」(『洪水以後』 9, 1916.4), 『초기 문장집』 II, 779~780면. 익명으로 투고된 글이라서 게재되지 못했으나 관헌 자료에 요약 내용이 남아 있다.

10  『매일신보』와 『경성일보』에 각각 조선어와 일본어로 연재된 「오도답파여행」의 글쓰기에 관해서는 최주한, 「이광수의 이중어 글쓰기와 「오도답파여행」」(『민족문학사연구』 55, 민족문학사학회, 2014) 참조.

에는 총독부의 '내선융화' 정책이라는 카드를 꺼내들고 『경성일보』의 재조선 일본인 독자들을 역공략하고 있다.

귀향길 경부선 이등 열차에 오른 이광수는 일본인 승객이 대부분인 객실에서 조선인에 대한 선입견과 편견이 만들어지고 확산되어 고정되는 장면을 목도한다. 이런 일은 특히 일찍이 조선에 건너와 조선에 대한 경험이 많다고 자부하는 고참과 이제 막 조선에 건너온 신참 간의 대화를 통해 이루어지는데, 고참은 신참의 흥미를 끌고자 한껏 이국적인 색채를 가미하여 잘못된 지식을 전달하고 이 과정에서 상상력이 더해져 끝없이 새로운 판단이 만들어져서 조선인은 완전히 오해받게 되는 지경에 이르게 된다는 것이다. 여기서 이광수는 재조선 일본인들의 조선인에 대한 편견과 멸시의 태도를 그 자체로 문제삼는 대신, 이를 '내선융화'와 '대국민大國民의 도량'이라는 맥락 속에서 문제삼는 예의 그 전형적인 글쓰기 전략을 취하고 있다. 재조선 일본인들 간에 유통되어 확산되는 조선과 조선인에 잘못된 정보는 "조선인과 일본인의 융화를 손상시킴이 극심"하며, '동포'의 단점을 폭로하여 이를 웃음거리로 삼는 것은 "대국민의 도량은 아닐 것"[11]이라는 식의 비판이 그것이다. 그리고 보면 이광수가 『경성일보』의 지면에 대고 객실 안에서 조선인에 대한 혹평을 들을 때면 내지인을 원망하는 마음이 불끈불끈 솟구쳐 반항적으로 일본인도 서양인에게 '잽'이라고 조롱당하지 않느냐고 말하고 싶어지며, 이는 매일 수십 량의 열차 안에서 수천 수백의 조선인이 똑같이 느끼는 바라고 다소 과격한 언급을 할 수 있었던 것은 '내선융화'와 '대국민의 도량'이라는 수사적 전략을 전면에 내세운 덕분이었다고 할 수 있을 것이다.

---

11 李光洙, 「車中雜感」, 『초기 문장집』 II, 690면.

실제로 이러한 비판 앞에서 『경성일보』의 재조선 일본인 독자들은 속수무책일 수밖에 없지 않았을까.

조금 다른 맥락이긴 하지만 「차중잡감」 이하 세 편의 연작 기행문 자료가 갖는 중요성에 대해 한 가지만 더 언급해 두고자 한다. 처음 이 자료를 소개하려 했을 때 떠오른 제목은 '이광수의 민족성론에 대한 단상'이었다. 일찍이 저자는 이광수의 민족성론이 일면 재조선 일본인들의 조선인 민족성론에 대한 대응으로서의 의미를 갖고 있다는 취지의 논문을 쓴 일이 있다.[12] 그런데 「차중잡감」을 읽으면서 그토록 찾아 헤맸던 단서를 찾게 되어 무척 기뻤던 것이다. 단서라고 해야 "대체로 내지인이 조선인을 이해하는 정도는 극히 낮은 듯하다. 나는 이에 관한 많은 책을 읽고 이야기를 들었는데"[13]라고 쓴 대목 가운데 '이에 관한 많은 책을 읽고'라는 구절이 전부이긴 하다. 그러나 이 구절은 당시 이광수가 재조선 일본인들의 조선인론에 대해 주시하고 있었다는 점을 직접 증언한 것이라 적지 않은 중요성을 가진다. 이와 관련하여 「우리의 이상」(1917)에 보이는 다음의 언급도 주목할 만하다.

近來에 日本學者中에 朝鮮史를 硏究하는 이가 업지 아니하나, 첫재는 牢乎不拔할 一種 偏見이 잇슴과 둘재는 朝鮮史를 獨立한 硏究題目으로 잡아 一生을 바칠 만한 價値를 認定치 아니하고 東洋史의 一部分으로, 日本史의 一考證으로, 坐 學者의 一好奇心으로 硏究하는 것이매 그 所說에 相當한 尊

---

12 최주한, 「이광수의 민족개조론 재고」, 『이광수와 식민지 문학의 윤리』, 소명출판, 2014 참조.
13 李光洙, 「車中雜感」, 『초기 문장집』 II, 690면.

敬을 表한다 하더라도 據然히 信憑할 수 업스며[14]

식민지 시기 조선인 민족성론을 주도했던 재조선 일본인 가운데 이광수가 주시했던 인물로는 타카하시 토루高橋亨와 호소이 하지메細井肇가 있다. 1926년 경성제대 법문학부에 부임하여 조선문학 강좌를 담당하기도 했던 타카하시 토루에 대해서는 조선문학의 개념을 둘러싸고 격렬한 논전을 벌인 일이 있고, 조선연구회와 조선관계 서적 출판사인 자유토구사를 설립하여 조선의 문화사에 관한 저술과 조선 고서의 일본어 번역 출판에 주력했던 호소이 하지메의 조선인 민족성론에 대해서는 조선인 민족성에 대한 "무지 아니면 참무讒誣"라고 직접 비판한 일이 있기도 하다.

> 年前 경성제대 조선문학과에서는 조선문학 연습용 교과서로『격몽요결』을 사용하였다고 한다. 이는 그 대학 조선문학과의 주임되는 조선문학대가 某敎授의 선택이니 가장 권위 있는 선택이라야 할 것이다. 그러나 불행히 淺見寡聞한 나로는『격몽요결』이 조선문학이란 말은 기상천외로밖에 아니 들린다. (…중략…) 위에 말한 某敎授는 年前보다는 장족의 진보를 하여 조선문학 연습으로『구운몽』을 쓴다고 한다.『격몽요결』보다 그 목적에 접근한 것은 물론이니, 대개『구운몽』은 분명히 소설이요, 따라서 제1의적인 문학이다. 그러나 이 교수가 아직도 어떤 국민문학의 기초 요건이 그 국문이라는 원리를 깨닫기에는 전도요원한 모양이다.[15]

---

14 이광수,「우리의 이상」(『학지광』 14, 1917.12),『초기 문장집』 II, 660면.
15 이광수,「조선문학의 개념」(『신생』, 1929.1),『이광수 전집』 10, 우신사, 1979, 449~450면.

호소이 하지메(細井肇) 씨는 조선 민족의 잔인성이란 것을 대원군의 복수의 예를 들어 실증하려고 했다. 과연 대원군 같은 이에게는 잔인성도 있었을 것이다. 어떤 개인에게나 잔인성의 맹아가 있는 것처럼 어떤 민족에게도 잔인성은 있을 것이다. 그러나 호소이 하지메 씨가 대원군의 생애에서 잔인했던 부분을 취하여 그것이 조선 민족성의 주목할 만한 중요한 특색의 하나라고 단정한 것은 조선 민족성에 대한 무지가 아니면 참무(讒誣)라고 하지 않으면 안 된다.[16]

이광수가 재조선 일본인들의 조선인 민족성론에 지속적인 관심을 갖고 있었다는 증거가 하나씩 발견되고 있는 이상, 이광수의 민족성론의 계보에 관한 연구 또한 결실을 맺게 될 날이 그리 멀지 않았다는 생각을 해본다.

---

16 李光洙, 「民謠に現はれば朝鮮民族性の一端」(『眞人』, 1927.1), 『이광수와 식민지 문학의 윤리』, 소명출판, 2014, 817면.

# 제6장

# 『독립신문』 소재 논설의 재검토

## 1. 『독립신문』 소재 논설 재검토의 필요성

이광수의 상하이 시절은 이광수 연구에서 가장 취약한 시기에 속한다. 「2・8독립선언서」를 집필한 후 선전 활동의 임무를 띠고 상하이에 망명하여 임시정부에 관여하며 다방면의 눈부신 활동을 펼친 시기였음에도 불구하고 그의 문필활동 및 사상은 제대로 알려지지 않은 편이다. 이광수의 상하이 시절을 조명한 연구는 대개 『나의 고백』(1948)의 회고에 의지한 개괄적인 논의에 그치고 있어 실질적인 활동상을 파악하기 어렵고,[1] 그나마 『독립신문』을 중심으로 한 실증 연구 또한 지나

---

[1] 김윤식, 『이광수와 그의 시대』(1986), 솔, 1999; 이동하, 『이광수—'무정'의 빛, 친일의 어둠』, 동아일보사, 1992; 김원모, 『영마루의 구름— 춘원 이광수의 항일과 민족 보존론』, 단국대 출판부, 2009; 이유진, 「『독립신문』의 논설과 서한집을 통해서 본 이광수의 상해 시절」, 『일제강점기의 독립운동과 춘원』(제10회 춘원연구학회 학술대회 발표 자

치게 단편적인 데다 충분한 텍스트 비평을 거치지 않은 자료들을 대상으로 하고 있어 오히려 연구에 혼선을 빚고 있다.[2] 이 시기 이광수의 문필활동의 윤곽이 구체적으로 규명되지 않은 데다 대상 작품이 아직껏 정전화되어 있지 않아 접근이 어렵다는 점이야말로 초기의 개괄적 연구 이래 상하이 시절의 이광수 연구가 진척을 보지 못하고 있는 주된 이유인 셈이다.

이 점에서 최근 상하이 시절 이광수의 텍스트에 대한 본격적인 발굴·확인에 나선 김주현의 작업은 상하이 시절 이광수 연구에 또렷한 활로를 열었다고 할 만하다. 그는 이광수가 주필로 관여했던 『독립신문』 외에도 『신한청년』, 『혁신공보』 등 그동안 잘 알려지지 않았던 지면에 실린 작품을 다수 발굴하는 한편, 텍스트 비평을 통해 『독립신문』에 실린 이광수의 논설을 확정하는 작업을 시도함으로써 연구의 기반을 마련하는 데 주목할 만한 기여를 했다.[3] 그러나 이 시기 이광수 문필활동의 핵심이라고 할 수 있는 『독립신문』 소재 논설의 경우 텍스트 확정의 기준 및 해석이 여전히 논쟁의 여지를 남기고 있는 만큼 좀더 충분한 검토가 필요하다.

첫째, 이광수의 주필 활동 기간을 기준으로 『독립신문』 소재 논설을 확정지음으로써 마지막 논설 「국민개업」을 제외했는데,[4] 이광수가 신

---

료집), 2015.9.

2　김종욱, 「상해 임정기관지 『독립』에 무기명으로 쓴 이광수의 글―변절 이전에 쓴 춘원의 항일 논설들」, 『광장』 160, 세계평화교수 아카데미, 1986.12; 김사엽 편, 『춘원 이광수 애국의 글―독립신문, 상해 임시정부 기관지 『독립』에 무기명으로 쓴 항일논설 모음집』, 문학생활사, 1988; 김원모 편역, 『춘원의 광복론 독립신문』, 단국대 출판부, 2009. 이상의 논설 발굴의 문제점에 대해서는 김주현, 「상해 『독립신문』에 실린 이광수의 논설 발굴과 그 의미」(『국어국문학』 176, 국어국문학회, 2016, 580~593면) 참조.

3　김주현, 「상해 시절 이광수의 작품 발굴과 그 의미」, 『어문학』 132, 한국어문학회, 2016; 김주현, 「상해 『독립신문』에 실린 이광수의 논설 발굴과 그 의미」, 『국어국문학』 176, 국어국문학회, 2016.

문사에서 손을 떼고 귀국하기까지의 사정이 간단치 않았던 사실을 고려할 때 마지막 논설의 특정은 좀더 조심스러울 필요가 있다. 이광수의 귀국은 3월 20일경의 일이지만 이광수는 주위에 알리지 않고 귀국했기 때문에 국내에서는 물론 상하이 내에서도 한동안 그 사실을 알 수 없었다.[5] 이광수가 귀국한 사실이 기사화된 것은 4월 3일의 일이다.[6] 후술하겠지만 '천재天才'라는 필명으로 발표된 「국민개업」(1921.4.2)은 명백히 이광수가 집필한 논설로서, 「간도사변과 독립운동 장래의 방침」(1920.12.18~1921.2.5)의 연속선상에서 장기적인 독립 준비론을 천명한 글이자 『창조』 8호에 발표된 「문사와 수양」(1921.1)과 더불어 귀국 이후의 일관된 경어체 글쓰기의 기점에 해당하는 논설이라는 점에서,[7] 귀국을 앞둔 무렵 이광수 사상의 변모를 살피는 데 매우 중요한 텍스트에 해당한다.

둘째, 기고이거나 이름 또는 필명이 제시된 사설란의 글은 제외했는데, 이 기준 또한 다른 필명으로 발표된 이광수의 논설을 배제하고 있어서 문제가 된다. 우선 '천재'라는 필명과 관련하여 주필은 무서명으

---

4    위의 글, 593~594면.
5    이광수는 귀국 직후 「감사와 사죄」라는 수필을 쓴다. 「감사와 사죄」는 1922년 5월 『백조』에 발표되었으나 "나는 지금 서른 살이외다. 스물아홉 번째 생일을 이별의 눈물로 지낸 지가 보름이 되었으니"라는 언급으로 시작하고 있는 덕분에 집필 시기를 확정할 수 있다. 이광수의 생일은 음력 2월 1일이고, 1921년 달력으로 양력 3월 10일에 해당한다. 이로부터 보름 뒤이면 정확히 3월 25일이며, 따라서 적어도 3월 20일경에는 상하이를 떠났던 사실을 알 수 있다. 한편 상하이에서도 이광수의 잠적에 대해서는 도산은 물론 함께 살던 박현환도 몰랐다는 김여제의 회고가 남아 있다. 박계주·곽학송, 『춘원 이광수』, 삼중당, 1962, 299면.
6    「歸順證을 携帶하고 義州에 着한 李光洙」, 『조선일보』, 1921.4.3.
7    귀국 직후에 쓴 「감사와 사죄」(1921.3)를 비롯하여 「중추계급과 사회」(1921.7), 「팔자설을 기초로 한 조선인의 인생관」(1921.8), 「소년에게」(1921.11), 「민족개조론」(1921.11), 심지어는 번역의 일부인 「국민생활에 대한 사상의 세력」(1922.4)에 이르기까지 모두 경어체로 쓰여졌다.

로 논설을 쓴다는 점, 그리고 앞서 언급했듯 이광수가 주필을 그만 둔 후에 발표된 「국민개업」이 '천재'라는 필명으로 되어 있다는 점을 주된 근거로 삼았으나,[8] 이광수가 주필을 그만둔 후에 '호상일인濠上一人'이라는 필명으로 발표된 논설 「우리 청년의 갈어둔 리한 칼을 어대서부터 시험하여 볼가」(1921.3.19)가 확인된다. 어쩌면 주필에서 손을 뗐기 때문에 '천재'나 '호상일인'이라는 필명이 필요해졌다는 역해석도 가능하다. '천재'라는 필명을 쓴 것으로는 「독립군 승첩」(1920.2.17)과 역술譯述 「아라사 혁명기」(1920.1.10~2.26) 등 두 편의 글이 더 있다. 모두 전형적인 이광수의 문체를 확인할 수 있는 텍스트로, 특히 「아라사 혁명기」는 이광수의 사상적 계보에서는 보기 드물게도 이 무렵 이광수가 사회주의에 걸었던 희망을 엿볼 수 있게 해 주는 귀한 자료이다.

셋째, 주필이 와병 등의 신상 문제로 사설 집필이 어려운 경우 다른 기자가 사설을 집필했을 가능성을 고려하여 주요한을 특정했으나,[9] 이 경우 대개 집필자가 언급되어 있어 논란의 여지가 있다. 주요한의 경우만 해도 이광수의 공식적인 휴무 기간에는 '송아지'라는 필명으로, 그리고 이광수가 귀국한 후에는 '송아頌兒', '송頌'이라는 필명으로 사설을 발표했다. 게다가 주요한을 특정한 근거로서 제시한 문체의 차이 또한 각각 대표적인 두 편의 글에 한정된 검토 결과로서 충분한 표본을 확보하지 못한 탓에 신빙성이 떨어진다. 1892년에 출생한 이광수는 중학 시절부터 대륙방랑 시절을 거쳐 2차 유학 시절에 이르기까지 현토체에서

---

8  김주현, 「상해『독립신문』에 실린 이광수의 논설 발굴과 그 의미」, 『국어국문학』 176, 국어국문학회, 2016, 595면.
9  위의 글, 597~603면.

시문체, 순한글체에 이르는 다양한 문체 실험을 거쳐 자신만의 문체를 확립해갔던 만큼 상하이 시절의 문장에도 구사한 문체의 스펙트럼이 넓은 것이 확인된다. 반면 1900년생으로 이제 갓 메이지학원 중학을 졸업하고 제1고에 적을 두었던 주요한은 문단의 대선배였던 이광수의 문체를 익히며 자신의 문체를 만들어간 흔적이 엿보이는 만큼 문체의 검토에 있어서 충분한 표본의 확보가 관건이 된다고 할 수 있다.

넷째, 『독립신문』 소재 논설을 1면 사설란에 실린 논설로 국한하고 있어 그 외의 지면에 실린 비중 있는 글들이 배제되어 있다. '장백산인長白山人'이라는 필명으로 발표된 「개조」는 이미 잘 알려져 있거니와, 그 외에도 '춘공春公'이라는 필명으로 발표된 「왜노倭奴와 우리」(1919.10.28)는 주목된 바 없다. 특히 1920년 7월에 간행 예정이었던 『독립신문 논설집』에 포함된 무기명 집필의 「일본의 현세現勢」(1920.3.11~4.1)는 1920년 1월 '독립전쟁의 해'를 선포한 임시정부의 방침에 따라 당대 급변하는 대내외적 정세에 촉각을 세우고 이를 당면의 독립전쟁을 위한 기회와 수단을 모색하고 있던 시기의 치열한 인식을 보여준다는 점에서 「미일전쟁」(1920.3.20), 「세계대전이 오리라」(3.23), 「한중제휴의 요要」(4.17), 「해삼위 사건」(4.20) 등과 더불어 외교와 선전에서 시작된 이광수의 독립운동론에서 또 하나의 분기점을 보여주는 중요한 글에 해당한다.

이에 이 글에서는 이상에서 비판적으로 논한 기준에 따라 '天才'라는 필명, 이광수의 휴무 기간 사설란의 성격, 기존 연구에서 집필자가 주요한으로 특정되어 배제된 사설을 재검토하고, 나아가 사설란 외의 기명·무기명 논설을 확인함으로써 『독립신문』 소재 이광수 논설의 목록을 확정하는 한편, 이를 토대로 이광수 연구에서 『독립신문』 소재 이광수 논설이 차지하는 위상에 대해 논하기로 한다. 이상의 작업이 기왕에 간행된『이광수 초기 문장집(1908~1919)』I・II(소나무, 2015) 및『이광수 후기 문장집(1938~1945)』I・II(소나무, 2017・2018)을 잇는 성과로서 이광수 연구의 공백을 메우고 후속 연구를 활성화하는 데 기여할 수 있기를 기대한다.

## 2. '천재天才' 집필의 논설 및 역술 3편

『독립신문』에 '천재'라는 필명으로 발표된 글로는 역술 「아라사 혁명기」(1920.1.10~2.26)와 논설 「독립군 승첩」(1920.2.17), 「국민개업」(1921.4.2) 등 모두 세 편이 있다. 세 편 모두 문체가 판이하게 다르지만, 고문체에서 근대적인 평서체, 경어체에 이르는 다양한 문체가 자유자재로 구사되어 있는 점이 우선 눈에 띈다. 하나같이 2차 유학 시절 이광수가 즐겨 사용한 문체들을 그대로 연상시키는데,[10] 특히 문체 형성 과도기의 광범위한 글쓰기에 익숙한 필자가 아니고는 이토록 다양한 문체를 구사하기 쉽지 않다는 점을 고려할 때 더욱 그러하다. 일찍이 중학 시절 현토체 문장으로 집필을 시작한 이광수는 이후 시문체를 거쳐 순한글체에 이르기까지 다

---

10 대표적인 몇몇의 예를 들자면, 「문학이란 何오」(1916), 「조선 가정의 개혁」(1916), 「조혼의 악습」(1916) 등은 종결어미 '-이라'를 사용한 고문체 문장이고, 「오도답파기행」(1917), 「부활의 서광」(1917), 「자녀중심론」(1918) 등은 종결어미 '-다'를 사용한 근대적 평서체 문장이며, 「우리의 이상」(1917), 「신생활론」(1918) 등은 종결어미 '-합니다'를 사용한 경어체 문장이다. 텍스트의 원문은 최주한・하타노 세츠코 편,『이광수 초기 문장집』II(1916~1919), 소나무, 2015 참조. 이하『초기 문장집』II로 적는다.

양한 문체 실험을 거쳐 근대 문체를 확립한 선구자였다. 이들 세 편의 글에 보이는 유연한 문체 구사력이야말로 '천재'라는 필명의 집필자를 이광수로 특정하는 첫 번째 근거이다.

歐洲大戰의 唯一의 所得이 俄羅斯革命이라 하면 今後의 世界의 모든 潮流를 支配하는 者도 또한 그것이다. 一九一九年間에 各國을 風靡하는 勞働運動은 모두 勞農政府를 同情하고 또는 그 影響을 닙지 아는 자 업다. 英國의 炭工 及 鐵道 大罷工, 法國의 新聞罷工, 伊太利의 社會黨勝利, 奧太利의 赤化, 美國의 鐵道罷工, 甚至於 日本의 革命熱에 至하기까지 俄羅斯革命이 그 導火線 됨이 안이라 하지 못하겟다. 勞農政府의 「世界的 大革命」의 兆는 日一日로 激烈하여 감이 分明하다.

—「아라사 혁명기(十一)」, 1920.2.26

我獨立軍 二千이 吉林으로 道를 假하야 敵陣을 깨트리고 敵을 誅하기 三百, 敵의 敗走하기 四百이라. 그리하고 그 獲得品은 多數에 達하엿스리라고. 아지 못게라 機가 임의 熟하엿나뇨, 力이 임의 備하엿나뇨. 다시 아지 못게라 우리는 機의 熟함을 坐待하겟나뇨, 進하야 機의 熟하기를 促하겟나뇨. 機 임의 熟함으로 出함이라 하면 余는 그 機의 早함을 賀하노라. 進하야 機의 熟함을 促함이라 하면 余는 또한 그 勇氣를 嘆하고 그 前途를 祝하노라.

—「독립군 승첩」, 1920.2.17

今日 우리가 恨嘆하고 可惜히 넉이는 모든 우리의 不平과 自暴自棄와 陰謀가 다 業업는 대서 生하는 것이 안임닛까. 저마다 저 할 일이 잇고 제各긔

거긔 힘을 다하면 不平이나 悲觀이 生길 까닭도 업고 生길 사이도 **업겟슴니다.** (…중략…) 國民 全體로 獨立運動을 進行하자면 唯一한 方法이 個人이 스사로 自己業에 忠實하는 **것이올시다.** (…중략…) 그대가 그대 業에 忠誠하는 것이 國民된 資格을 다하는 **것입니다.** 獨立軍된 義務를 다하는 **것입니다.**

— 「국민개업」, 1921.4.2

두 번째 근거로는 이 세 편의 글에 공통적으로 ① 즐겨 사용한 수사법, ② 개성적인 어투, ③ 독창적인 인칭 대명사 등이 확인된다는 점을 들 수 있다. 이광수는 반복이나 도치법, 미완의 문장을 활용하여 의미를 강조하는 구문을 즐겨 썼고, 고문체에서 근대 문체, 경어체에 이르기까지 유연한 문체를 구사한 만큼 인칭 대명사에 있어서도 구문에 맞는 어휘를 사용하되 독창적인 어휘를 도입한 사례도 눈에 띈다. 단적인 예로 일인칭 대명사로는 여余, 나, 오인吾人, 여등余等, 아등我等, 오등吾等, 오제吾儕, 오배吾輩, 우리 등의 어휘를, 이인칭 대명사로는 이등爾等, 제군諸君, 제언諸彦, 너희, 그대, 그대네 등의 어휘를, 삼인칭 대명사로는 피등彼等, 그네, 그들 등의 어휘를 두루 사용했다. 이 가운데 그대, 그네, 그대네 등은 이광수가 2차 유학 시절부터 사용한 독창적 어휘에 속한다.

① 즐겨 사용한 수사법
只今은 우리의 弱點을 暴露하기가 가쟝 아픈 때요. 敵은 **나를 忽視할지오 나는 落心하기 쉬운 까닭에.**

— 「개조(八)」, 1919.9.23

그럼으로 나는 斷言하고 絶叫하오. 大韓의 獨立運動이 成功이 될 것일진대 大韓의 모든 人材는 臨時政府의 人材名簿에 登錄되여야 하고 모든 財力은 臨時政府財務部의 金庫에 들어야 한다고 (…중략…) 安昌浩氏의 聲言한 바와 갓치 이것이야말로 우리 財政의 根本策일 것이오. 이 國民皆納主義야말로.

―「독립운동과 財政」, 1920.2.7

그러나 뉘라서 알니오. 三月에 入하자마자 空前의 大革命이 勃發하야 僅僅 二週日後에 同一한 하바로브將軍은 囚監中의 人物이 되고 미류코브 自身은 勞働者와 兵丁에게 떠들니여 革命의 渦中에 入하게 될 줄이야.

―「아라사 혁명기(二)」, 1920.1.17

我獨立軍 二千이 吉林으로 道를 假하야 敵陣을 깨트리고 敵을 誅하기 三百, 敵의 敗走하기 四百이라. 그리하고 그 獲得品은 多數에 達하엿스리라고.

―「독립군 승첩」, 1920.2.17

學生은 學校에서 農夫는 田野에서, 工人은 工場에서 商人은 商埠에서 쉬지 말고 게으르지 말고 나아가자 ― 언제던지 獨立運動을 背景삼아, 中心삼아.

―「國民皆業」, 1921.4.2

② 개성적인 어투

山東問題와 前後하야 蜂起한 排日熱은 太平洋問題, 中國問題, 移民問題, 西比利問題, 韓國問題 등에 因하야 그 勢를 도도아 마참내 美日戰爭說이 다시 니러나게 되엿다.

―「美日戰爭」, 1920.3.20

然이나 革命의 洪水는 漸次로 **勢를 도도아 마참내** 彼等의 身邊을 侵하게 되엿나니

—「俄羅斯 革命記(五)」, 1920.1.31

**알지 못케라.** 우리가 가장 멀게 생각하는 亞弗利加의 內地나 南米의 南端에 쉬파람 하는 靑年이 나의 親舊가 아닐는지. 쏭 짜고 나물 캐는 아릿다온 處女가 나의 愛人이 아닐는지. **나는 모르나이다. 모르나이다.**

—「어린 벗에게」, 1917[11]

**아지 못게라** 機가 임의 熟하엿나뇨, 力이 임의 備하엿나뇨. **다시 아지 못게라** 우리는 機의 熟함을 坐待하겟나뇨, 進하야 機의 熟하기를 促하겟나뇨.

—「獨立軍 勝捷」, 1920.2.17

③ 독창적인 인칭 대명사

나도 只今 病席에서 닐어나 사랑하는 **그대에게** 이 便紙를 쓰려할 제 더욱이 感想이 깁허지나이다.

—「어린 벗에게」, 1917[12]

舊朝鮮의 子女는 오직 父祖를 爲하여서만 살앗고 일하엿고 죽엇다. 父祖의 쯧이 곳 그네의 쯧이요 父祖의 目的이 곳 **그네의** 目的이엿섯다.

—「子女中心論」, 1918[13]

---

11  외배, 「어린 벗에게」(『靑春』 9·10·11, 1918.7·9·11), 『초기 문장집』 II, 375면.
12  위의 글, 328면.
13  春園, 「子女中心論」(『靑春』 15, 1918.9), 『초기 문장집』 II, 700면.

只今 獨立을 運動하고 新國家建設의 事業에 干參하는 兄弟여 姊妹여, 그
대네는 當代에 萬年의 大計를 成就하고, 當代에 이 大福을 맛보려 하나뇨

—「三氣論」, 1920.3.13


中國同胞여, 내 血을 내노니, 그대 鐵을 내소서. 韓國은 決코 諸君의 金錢
을 그져 달나함이 아니오 獨立後에 本利幷하야 還報할 作定으로 暫間 借與
하라 함이외다.

—「韓中 提携의 要」, 1920.4.17


그대가 그대 業에 忠誠하는 것이 國民된 資格을 다하는 것입니다.

—「國民皆業」, 1921.4.2


마지막으로 내용의 측면에서도 위 세 편의 글의 집필자를 이광수로
특정할 수 있는 근거가 확인된다. 먼저 역술 「아라사 혁명기」는 토쿄 유
학생들이 조직한 학우구락부에서 개최한 제1회 공개강연회(1920.3.6)에
서 이광수가 '볼세비즘'이라는 제목으로 행한 강연과 관련이 있다. "볼세
비즘이란 경제혁명"이라 하여 문예부흥, 종교개혁 등의 사상혁명과 더
불어 프랑스대혁명 이래의 정치혁명에 이은 제3혁명으로서 "現代思想
의 當然한 歸結"이자 "將次 世界 全部에 올 革命"[14]임을 주장한 이 강연은
"俄羅斯革命"을 "今後의 世界의 모든 潮流를 支配하는 者"이자 "世界的
大革命"의 도화선으로 간주하여 사회주의에 거는 기대를 표명한 「아라

---

14  강연의 내용에 대해서는 「留日 學友俱樂部의 第一回 講演」(『독립신문』 55, 1920.3.18)
    참조.

사 혁명기」의 논조와 그대로 상통한다. 이 무렵 사회주의는 민주주의와 함께 세계 개조의 흐름을 대변하는 2대 사상의 하나로서 망명 지식인들 사이에서 다대한 주목을 끌었는데,[15] 이광수 역시 당대 사회주의 혁명의 동향에 지대한 관심을 가지고 있었던 것을 엿볼 수 있게 한다.

다음으로 「독립군 승첩」은 길림에서 일본군을 격파한 독립군의 첫 승전을 러시아혁명에서 시작된 세계적 대혁명의 기운에 기반한 "東亞大革命"의 개시를 알리는 사건으로 자리매김하고 있다는 점에서 역술 「아라사 혁명기」 및 연설 '볼세비즘'의 연장선상에서 놓이며, "東亞에도 이 大革命의 思想이 時時刻刻으로 浸潤"됨에 따라 "오는 世界大戰의 初幕은 東亞에서 開"할 것이라고 예언한 「세계대전이 오리라」(1920.3.23)의 논조를 예비하고 있는 글이다. 특히 독립군의 첫 승전을 두고 비록 "성량갑이에 붓는 불", "길가에 던지어 풀득이는 담뱃불"보다 못해 보이지만 그것이 동아 대혁명의 도화선이 될 것임을 예견하는 문장은 일찍이 「우리의 이상」에서 이상의 씨를 대삼림을 태워버리는 "성냥개비의 불"에 비유했던 표현을 환기시킨다.[16]

한편 자기 직업에 충실하는 것이야말로 국민된 의무를 다하여 독립운동을 지속할 수 있는 기초가 됨을 역설한 「국민개업國民皆業」은 일찍이 대륙방랑 시절의 논설 「독립준비ㅎ시오」(1914)에서부터 상하이 시절의 초기 논설 「개조」(1919)에 이르기까지 이광수의 일관된 논지의 하

---

15  1919년 12월 "우리의 민족성을 천명하고 발휘함으로 혹 세계의 대세와 신사상의 소개함으로 일반 국민의 문화적 향상에 萬一의 助"(창간사)가 될 것을 표방하며 창간된 『신한청년』의 경우도 제2호부터는 "신사상 소개에 用力하야 민주주의, 사회주의 등의 신사상을 소개"하겠다는 기획을 밝히고 있는 것이 눈에 띈다. 『신한청년』의 주필 역시 이광수였다. 「편집여언」, 『신한청년』 2, 1920.2.
16  이광수, 「우리의 이상」, 『초기 문장집』II, 669면.

나이다. "제발 각기 착실한 직업을 가져 제 의식을 제가 벌고 나아가서
는 나라를 위ᄒᆞ여셔까지 쓰도록 ᄒᆞ시옵쇼셔."[17] "富國의 第一要道는 國
無遊民임에 在할지오 現下 우리 處地에셔 絶叫할 것도 一人一業으로 遊
民이 업게 함외다."[18] 특히 "今日 우리가 恨嘆하고 可惜히 녁이는 모든
우리의 不平과 自暴自棄와 陰謀가 다 業업는 대셔 生하는 것이 안임닛
까. 저마다 저 할 일이 잇고 제各그 거긔 힘을 다하면 不平이나 悲觀이
生길 까닭도 업고 生길 사이도 업겠습니다"와 같은 구절은, 약간 다른
맥락이긴 하지만 조선의 교육받은 청년들이 위험사상이나 죄악에 빠
지는 것은 "홀 일이 업슴"에 기인한다 하여 그들에게 활동의 무대를 넓
힐 수 있는 여건을 마련해 줄 것을 영리하게 제언하고 있는 「대구에서」
(1916)의 논조를 그대로 닮아 있다.[19]

이광수가 『독립신문』에 실린 마지막 글로 언급한 논설의 제목이 '國民
皆業, 國民皆學, 國民皆兵'인 것도 주목할 만하다. 이광수는 "독립운동의
正路"는 "민족 자체의 힘을 기르는 것"에 있다고 판단하여 이 논설을 쓰
고 귀국을 결심했다고 회고하고 있는데,[20] 「국민개업」은 독립운동의 방

---

17 외빈, 「독립쥰비ᄒᆞ시오」,(『권업신문』, 1914.3.1~22), 최주한·하타노 세츠코 편, 『이
　광수 초기 문장집』 I(1908~1915), 소나무, 2015, 255면. 이하 『초기 문장집』 I로 적는다.
18 長白山人, 「改造」(一〇), 『독립신문』, 1919.9.27.
19 "사람이란 順境에 處ᄒᆞ야 '홀 일이 업스'면 조혼 일을 ᄒᆞ기 쉽고 逆境에 處ᄒᆞ야 '홀 일이
　업스'면 惡혼 일을 ᄒᆞ기 쉬운 것이라. 甚히 무슨 일에 奔忙ᄒᆞ면 그 일 이외엣 思慮를 홀
　餘裕가 업나니 만일 져 犯人들로 ᄒᆞ야곰 奔忙혼 무슨 事業에 從事케 ᄒᆞ얏던들 如斯혼
　사건은 出來치 안이ᄒᆞ얏슬 것이라. 그러ᄒᆞ거늘 朝鮮人 靑年은 自古로 無爲遊惰혼 자
　가 만턴 데다가 近來 所謂 新敎育을 바든 자도 '홀 일이 업'셔 優遊度日 ᄒᆞ니, 이 엇지 危
　險思想과 罪惡의 根源이 안이리오." 春園生, 「大邱에서」,(『매일신보』, 1916.9.22~23),
　『초기 문장집』 II, 52면.
20 "그러면 민족독립운동의 正路는 무엇인가. 그것은 민족 자체의 힘을 기르는 것이었
　다. 이리하여셔 나는 「國民皆業, 國民皆學, 國民皆兵」이라는 긴 글 한 편을 지어 독립
　신문에 실리고는 그 신문사에서 손을 떼고 국내로 뛰어 들어오기로 결심하였다." 이

침으로 '국민개납國民皆納'과 '국민개병國民皆兵'에 기초한 '독립당獨立黨'의 건설을 제안한 「간도사변과 독립운동 장래의 방침」(1920.12.18~1921.2.5)의 연장선상에서 각 개인이 자기 직업에 충실하는 것이야말로 독립운동의 기초임을 역설하고 있는 글이다. 둘 다 독립전쟁 준비론에서 장기적인 독립 준비론으로의 전환을 표명한 것으로, 회고에서 이들 내용이 나란히 언급되고 있는 것은 귀국의 결심을 앞두고 집필한 두 글이 그만큼 각별한 의미를 지닌 것이었음을 말해준다.

## 3. 이광수 휴무 기간 사설란의 성격

일반적으로 신문의 사설란은 주필이 담당하며 대개 무서명으로 실리는 것이 관례이다. 『독립신문』 1면 사설란에 실린 사설 역시 주필이었던 이광수가 썼다. 기고이거나 다른 필자의 원고인 경우 집필자의 필명이, 그리고 필요에 따라 임시정부 인사들의 연설이나 포고문 등으로 사설란을 대체한 경우는 출처가 밝혀져 있다. 집필자가 밝혀져 있는 사설로는 난파蘭坡, 「의뢰심을 타파하라」(18호) / 연연생然然生, 「삼보三寶」(50호) / 연연생, 「독립공채公債모집」(71호) / 송아지, 「적수공권赤手空拳」(82~86호) / 백암白巖, 「나의 사랑하는 청년 제군에게」(84호) / 우정산인憂亭山人, 「독립신문의 속간續刊을 영迎하야」(94호) / 호상일인滬上一人, 「우리 청년의 갈어둔 리한 칼을 어

광수, 『나의 고백』(1948), 『이광수 전집』 7, 우신사, 1979, 264면.

대서부터 시험하여 볼가」(99호) 등이 있다. 한편 임시정부 인사들의 연설과 포고문으로 대신한 경우로는 안창호, 「물勿방황」(33호), 「우리 국민이 단정코 실행할 육대사六大事」(35~36호), 「대한민국 이년 신원新元의 나의 비름」(37호) / 손정도, 「한족의 독립국민될 자격」(54호) / 「대통령의 교서敎書」(97호) / 「대통령 포고」(98호) 등이 있다.

그러나 기왕에 주필이 신병 등 신상의 문제로 논설 집필이 어려운 경우 다른 기자가 논설을 집필했을 가능성을 상정하고 몇몇 사설을 주요한의 글로 특정한 논의가 있으므로 좀더 면밀한 검토가 필요하다. 주요한의 글로 특정된 사설로는 「미일전쟁」(1920.3.20), 「공포시대현출호恐怖時代現出乎」(4.10), 「아아 안태국 선생」(4.13), 「해삼위사건」(4.20), 「독립운동의 문화적 가치」(4.22), 「정치적 파공罷工」(4.24), 「안동현사건」(5.29) 등 모두 7편이다. '송아지'라는 필명으로 연재된 논설 「적수공권」(1920.6.5~24)은 집필자가 주요한이 분명하므로 논외로 한다.

이광수가 신병으로 휴무를 공언한 것은 대략 1920년 4월 3일부터 5월 29일까지의 기간이다. 1920년 5월 6일 자 『독립신문』의 지면에는 "過去 約 一個月間 身病으로 하야 事務를 休하고 治療中임으로 여러 親知 同志의 惠信에 趁卽 奉答치 못한 것을 謝하오며 今後도 快復 하기까지 不得已 그러할 터이온則 恕諒하시옵소서"[21]라는 내용의 공지가 보인다. 이 무렵 허영숙에게 보낸 사적인 편지에도 "목이 쉬어서 3주일간 사무를 전폐합니다"(4.3), "나는 금후 약 1주일간 정양하려고 합니다"(4.7), "아직도 사무는 일절 아니 보고"(5.1), "목 쉰 것은 거의 회복하였습니다. 이런 정도라면 내주쯤부터는 사무를 보게 되리라고 생각합니다"(5.21) 등 신병으

---

21  「親知同志에게」, 『독립신문』, 1920.5.6.

로 인한 휴무 기간을 확인할 수 있는 언급이 등장한다. 그러나 동시에 "날마다 독서와 정좌와 기도는 궐하지 아니합니다"(4.3), "어디 아픈 데는 없건마는 아무 일 할 수 없으니 답답하오"(4.10), "한 一年 정양하고 싶지마는 四圍의 정세가 이를 허치 아니하니 걱정이오"(4.20)[22] 등의 언급과 더불어 몇몇 사설은 직접 집필하고, 부득이한 경우 다른 필자나 다른 지면의 글로 대체하는 방식으로 사설란을 운용한 점이 확인된다.

우선 「초산통신楚山通信」(4.8), 「시평일속時評一束」(70호, 4.27), 「오월일일약사五月一日略史」(72호, 5.1)는 논설이 아니고, 「의병전義兵傳」(73~79호, 5.6~27)는 '뒤바보'라는 필명으로 1면 하단에 연재하던 것을 4회부터 사설란으로 옮겨 연재한 것이다. 또한 「독립공채모집」(71호, 4.20)은 '연연생然然生', 「적수공권」(6.5~24)은 '송아지'라는 필명을 확인할 수 있다. 「초산통신」의 경우 6일과 7일 "龍華寺"에 머무느라 휴무한 시기에 내보낸 글이다.[23] 「시평일속」이 실린 70호부터는 73호까지 4회에 걸쳐 다른 필자와 다른 지면의 글이 사설을 대신했는데, 이 시기가 전면적인 휴무 기간이었던 것으로 생각된다. 이후 86호(6.24)로 신문이 정간停刊될 때까지 이광수가 쓴 사설은 「최후最後의 정죄定罪」(74호, 5.8)와 「최재형 선생 이하 사의 사를 곡함」(76호, 5.15) 두 편뿐이다.

사설란이 잇달아 4회째 다른 글로 대체되자 신병으로 휴무 중이라는 사실을 알리고 양해를 구하는 글을 내보낸 것은 사설마저 집필할 수 없을 정도로 병세가 악화되었기 때문일 것이다. 게다가 허영숙에게 보낸

---

22 이광수, 「上海에서 보낸 서간」, 『이광수 전집』 9, 우신사, 1979, 301~306면.
23 "昨日과 今日은 상해 남방 약 10리 되는 龍華寺에 복사꽃을 보러 갔었소. 1년이라는 망명 중에도 이만한 쾌락이 있으니 고맙습니다." 위의 책, 301면, 4월 7일 자 편지.

5월 6일 자 편지에 보이는 "사업의 실패가 오고 동지들에 대한 실망이 올 때에 나는 분명히 일어나 본국으로 들어가서 몇 3년 징역을 치르고라도 본국에 있는 동포들 앞에 나서고 싶습니다"[24]라는 고백은 이 무렵 이광수가 신문사 일에 대한 열정도 잃어가고 있었음을 말해준다. 동년 8월 하순경의 편지에는 "신문 하던 것은 사정도 못할 듯하거니와 할 수 있게 되더라도 남에게 맡기고 말랍니다"라는 언급도 보인다. 이 점에서 이광수가 실질적으로 전면적인 휴무에 나선 기간은 병세의 악화와 더불어 상하이에서의 활동에 대한 번민으로 사설 집필마저 여의지 않았던 4월 27일부터의 일에 국한되며, 그 이전까지는 가급적 논설을 직접 집필했을 가능성을 생각하지 않을 수 없다.

사설은 이광수가 직접 집필할 수밖에 없었던 이유는 무엇보다 당시 신문사 내에 사설을 대신할 기자가 부재했기 때문이라고 생각된다. 김주현은 이광수의 휴무 기간 동안 사설을 대신 집필한 기자로 주요한을 특정했지만, 사설의 집필은 일반 기사의 작성과는 역량을 달리하는 작업이다. 주요한은 『독립신문』 시절에 대해 회고하면서 "편집국장, 공무국장 겸 기자로 내가 책임을 맡아 '독립'이란 제호로 창간준비에 나섰"으며, "논설은 주로 임시사료 편찬회 주임을 겸임한 춘원과 내가 쓰고" "내가 쓴 것으로는 독립과 번영을 위해 국민이 모두 반드시 해야 할 일 6가지를 國民皆兵, 國民皆學, 國民皆兵······ 등으로 나눠 논했는데 島山이 칭찬하던 일이 지금도 새롭다"[25]고 언급한 바 있다. 그러나 편집국장 운운하며 『독립신문』의 책임자를 자처한 언급도 놀랍거니와, 1900년생

---

24 위의 책, 304면, 5월 6일 자 편지.
25 주요한, 「상해판 독립신문과 나」, 『아세아』, 아세아사, 1969.7·8, 152면.

으로 이제 갓 메이지학원 중학을 졸업하고 대학 예과에 해당하는 제1고에 적을 두었던 스무 살 남짓의 문학 청년 주요한이 대선배 격인 이광수와 대등한 위치에서 논설을 집필했을지는 의문의 여지가 있다. 훗날 주요한이 이광수가 지어주었다고 자랑스레 회고한 '송아지', '송아頌兒'라는 아호 또한 그 현격한 거리를 증거하고도 남음이 있다.[26]

이광수가 주임을 맡았던 임시사료편찬회의 공식적인 활동은 7월 7일 정부령으로 사료조사 편찬부를 설치한 이래 9월 23일 편찬을 마친 때까지의 일이지만, 실질적인 자료 정리 작업을 마친 것은 8월 20일경의 일이다.[27]『독립신문』의 창간일은 다음날인 8월 21일이었으므로 굳이 주요한이 사설을 대신할 이유가 없었다. 한편 주요한 자신이 썼다고 언급한 논설의 내용으로 "독립과 번영을 위해 국민이 모두 반드시 해야 할 일 6가지" 운운한 것도 전혀 신빙성이 없다. '국민 모두가 반드시 해야 할 일 6가지'란 안창호가 연설 '우리 국민이 단정斷定코 실행할 육대사六大事'(1920.1.8~10)에서 독립운동의 방략으로 공표한 바 있으며, 이에 관해서는 이광수 또한 사설「육대사六大事」(1920.1.22)에서 재차 다룬 바 있다. 현재 확인되는 주요한의 비중 있는 논설로는 '송아지'라는 필명으로 집필한「적수공권」(1920.6.5~24)이 유일한데, 독립운동의 방

---

26  "頌兒라는 것은 언문으로 '송아지'에서 나온 것인데, '송아지'라는 것은 海外放浪時에 春園先生이 지어준 雅號이엿습니다." 주요한,「나의 雅號, 나의 異名」,『동아일보』, 1934.3.19.

27  "7월 7일에 政府令으로 史料調査編纂部를 置ᄒ고".「史料集 제4편」,『한일관계사료집』(대한민국 임시정부 자료집 7), 국사편찬위원회, 2005, 176면; "安昌浩氏를 總裁로 하고 李光洙氏를 主任으로 한 臨時史料編纂會는 八名의 委員 二十三명의 助役의 連日 活動으로 本年 七月 二日에 始하여 九月 二十三日에 韓日關係史料集의 編纂 及 印刷를 終了하다."「史料編纂 終了」,『독립신문』, 1919.9.29; "史料는 近日에 거진 完了되야時間의 問題로 活版印刷에 附치 못하고 十數 筆家 諸氏를 聘하야 複寫를 行하는데 略 今月末에는 終決云."「史料編纂의 複寫」,『독립신문』, 1919.8.21.

편으로 납세의 거절과 관리의 퇴직운동을 제안한 글이다. 게다가 논설에 대한 칭찬에 으쓱했던 기억은 역으로 그가 논설 쓰기에 익숙하지 않았던 사실을 말해 줄 뿐이다.

　마지막으로 이광수의 휴무 기간 중 주요한이 무기명으로 사설을 집필했다면, 이광수의 귀국 후 잇달아 발표한 사설에 굳이 필명을 밝힌 이유도 납득하기 어렵다. 주요한은 이광수의 마지막 사설로 추정되는 101호 「국민개업」(1921.4.2)에 이어 102호에서 106호까지 「뉘 독립운동?」(4.9), 「비분강개」(4.21), 「자유自由와 사死」(5.7), 「민족적 자각」(5.14) 등 네 편의 사설을 잇달아 발표했는데,[28] 모두 '송松' 혹은 '송아松兒'라는 필명이 붙어 있다. 흥미롭게도 「국민개업」과 마찬가지로 모두 경어체로 집필되어 있어 이광수의 문체를 모방했을 가능성도 생각해 볼 수 있다.

## 4. 사설 7편의 내용 및 문체 검토

　문제의 사설 7편에 대한 본격적인 검토에 앞서 우선 이광수와 주요한의 가장 두드러지는 문체적 차이로 지적되고 있는 '오인吾人'과 '우리'라는 인칭 대명사의 문제에 주목할 필요가 있다. 김주현은 '오인'과 '우리'가 쓰인 빈도수에 근거하여 '오인'의 빈번한 사용을 주요한의 문체적

---

28　참고로 1921년 4월 30일에 발행된 104호에는 사설 대신 어전철기념식(御天節紀念式) 석상에서 낭독한 이승만의 찬송사가 실렸다.

특징으로 간주하고 문제의 사설 7편을 주요한의 논설로 특정했지만,[29] 무엇보다 '오인'과 '우리'는 지칭의 범위가 다르다는 점을 고려하지 않으면 안 된다. 이광수의 글에서 대개 '오인'은 '아등', '여등', '오제', '오배' 등과 더불어 신문사 혹은 임시정부와 같이 한정된 범위를, 그리고 '우리'는 보다 넓은 범위의 민족 전체를 가리키는 경우에 쓰인다. 그런데 김주현이 문체 비교의 표본으로 삼은 「개조」 및 「간도사변과 독립운동 장래의 방침」은 임시정부 기관지 주필로서의 공적 입장이 아니라 다소 사적인 개인의 입장에서 집필한 글인 까닭에 굳이 '오인'이라는 인칭 대명사가 쓰일 이유가 없다. 반면 정반대로 「아아 안태국安泰國 선생先生」(1920.4.13)이나 「해삼위사건海參威事件」(1920.4.20)과 같은 사설은 전적으로 임시정부 기관지 주필의 입장에서 집필된 터라 '오인'이라는 인칭 대명사가 압도적으로 많이 쓰인 사실이 확인된다. 단적인 예로 "吾人은 再昨夜 八時에 吾人의 가장 敬愛하는 引導者의 一人인 安泰國 先生의 訃告를 不幸히 接하엿도다. 이 報道를 接한 吾人은"(「아아 안태국 선생」) "이와 갓흔 形勢는 吾人이 임의 豫期하던 것으로" "도리켜 生각건대 極東의 形勢가 紛糾함은 吾人의 가장 기다리는 바로" "吾人의 運動에 絶好한 機會는 漸漸 각가와진다 할 수 잇슬지라"(「해삼위사건」)와 같은 문장이 그러하다. 이 점에서 '오인'과 '우리'의 빈도수는 이광수의 문체적 특징을 가늠하는 준거가 되기 어렵다고 판단되므로, 이 글에서는 내용 및 특징적인 문체 분석에 근거하여 7편의 사설을 검토하기로 한다.

먼저 ① 「미일전쟁」(3.20)은 1920년을 '전쟁의 해'로 선포한 임시정부

---

29  김주현, 「상해 『독립신문』에 실린 이광수의 논설 발굴과 그 의미」, 『국어국문학』 176, 국어국문학회, 2016, 603~605면.

의 입장에 보조를 맞춰 세계의 형세에 대한 분석과 더불어 독립전쟁에 유리한 시기와 기회를 모색하고 있는 「세계대전이 오리라」(2.23), 「일본의 현세」(3.11~4.1), 「독립전쟁의 시기」(4.1), 「한중제휴의 要」(4.17), 「해삼위사건」(4.20) 등 일련의 사설과 연속선상에 놓인 글이다. 일찍이 앞서 언급한 볼셰비즘에 관한 강연에서 "現代에 世界의 民衆을 음즈기는 모든 思想을 잘 硏究하야써 國基를 완전한 基礎 우에 奠하도록 努力할 것"이라 하여 "思想問題의 硏究는 獨立運動의 一部"[30]임을 주장하며 독립운동에서 세계정세 및 사상 연구의 중요성을 강조했던 이광수는 바로 전호에 집필한 사설 「의정원 의원에게」(3.18)에서도 독립전쟁의 진행 방침에 대해 형식적 절차의 문제로 시간을 허비하고 있는 의원들을 질타하며 "엇지하면 獨立戰爭의 準備를 잘하고, 엇지하면 內外에 對한 宣傳을 잘 行할가, 只今 世界의 大勢는 엇더하닛가 엇더한 政策으로 此에 應하며, 內外의 民心은 엇더하닛가 엇더한 計策으로 此에 對할가, 하는 것을 窮理하고 討議하고 成案하야 政府로 하여곰 實施케 할 것"을 제안한 바 있다. 「미일전쟁」은 독립전쟁을 뒷받침할 '세계의 대세' 가운데 특히 미국과 일본의 충돌 가능성에 주목한 사설이다. 미일전쟁의 가능성에 대해서는 일찍이 「독립완성의 시기」(1919.11.1)에서도 상세히 언급한 바 있고, 「미일전쟁」 바로 직전에 집필한 「일본의 현세」에서도 상당히 자세히 언급하고 있다. 세 글 모두 태평양 문제, 중국 문제, 이민 문제, 시베리아 문제, 한국 문제 등 거론하고 있는 내용도 거의 유사하다.[31]

---

30 「留日學友俱樂部의 第一回 講演」, 『독립신문』, 1920.3.18.
31 「미일전쟁」에 "大戰 終結과 同時에 排日熱 이 前보다 더 猛烈하게 니러날 것은 吾人이 想像하던 바이다". "美日間의 感情上 衝突은 吾人이 너머 여러 번 說한 것"이라는 서술이 등장하는 것은 이러한 사정에서 연유한다. 주요한 또한 '俄日戰 美日戰'이라는 제목

한편 문체면에서는 사설란에서 대개 일반 대중을 향한 지도와 호소에 적합한 권위적인 '하노라'체를 사용한 것과 달리 객관적인 어말어미 '-다'에 기반한 평서체로 집필되어 있어 뚜렷한 차이가 보인다. 이러한 문체적 차이는 「미일전쟁」이 대중을 향한 지도나 호소라기보다 객관적인 분석에 목적을 둔 글에서 기인한 것으로 해석된다. 앞서도 언급했듯 이광수는 고문체에서 근대적인 평서체, 경어체에 이르기까지 구사할 수 있는 문체 스펙트럼의 반경이 넓었다. 『독립신문』의 사설란은 주로 권위적인 고어체로 집필했지만, 『신한청년』 창간호에 실린 「한족韓族의 장래」(1919.12)나 역술 「아라사 혁명기」와 같은 글은 「미일전쟁」과 동일한 평서체로 썼다. 김주현이 「미일전쟁」에서 주요한의 문체적 특징으로 간주한 '바이다', '되다', '되엿다', '잇겟다' 등의 평서체 종결어미[32]가 『독립신문』 소재 이광수의 사설에서 잘 발견되지 않는 이유 또한 여기에 있다. 그러나 논설의 마지막 문장은 독립전쟁의 기회 모색의 차원에서 세계정세의 연구 및 준비의 중요성을 강조해 온 이광수의 입장을 재확인케 할 뿐 아니라, 문체면에서도 그의 만연체 문장에서 흔히 발견되는 '-하거니와', '-잇나니' 등 종속관계로 이어진 문장구조와 더불어 『독립신문』 사설에서 즐겨 구사했던 어말어미 '-하리로다'가 동시에 확인된다.

---

의 「시사단평」(1920.3.16)을 집필한 바 있지만, 그가 거론한 직접적인 전쟁 조짐의 증거 예컨대 미국 정부의 각종 특파원 증가, 새로 임명된 주중 미국공사 크레인의 排日 성향 등은 「미일전쟁」에서 언급된 바 없고, 그밖에 "以上보다 一層 重要한, 確實한 證左"를 가졌음을 호언했으나 그에 관한 언급 또한 전혀 찾아볼 수 없다.

32 김주현, 「상해 『독립신문』에 실린 이광수의 논설 발굴과 그 의미」, 『국어국문학』 176, 국어국문학회, 2016, 600면, 각주 48.

現今의 形勢대로 進步한다 하면 美日의 開戰은 길어도 數年內에 짜르면 數朔內에 잇스리라 斷定할 수 잇나니, 此危急한 形勢에 대한 綿密한 硏究와 充分한 準備를 쉬지 안음이 이 時代에 處한 吾族의 任務라 하리로다

—「미일전쟁」, 1920.3.20

基礎의 一線을 得한 後에는 다시 一點을 得하면 面을 作할 수 잇고 다시 一點을 得하면 體를 作할 수 잇나니, 無窮한 宇宙도 實로 四點으로 決定되는 것이외다.

—「개조(一七)」, 1919.10.25

우리가 獨立戰爭을 起하매 世界에 對하야 援助를 請할 權利도 잇고 또 世界는 우리의 請求에 應하야 援助를 供할 義務도 잇나니, 美國과 中國과 俄國이 我에게 援助을 約함은 當然한 일이라

—「세계적 사명을 受한 우리 민족의 전도는 광명이니라」, 1920.2.12

나는 前回에 民籍案에 關한 大綱을 述하엿거니와 此에 對하야 아직 贊否에 兩端間 아모 意見의 表示가 업지마는 幾種의 非難과 밋 實施上의 困難을 想像할 수 잇나니, 이러한 預想的 非難과 困難에 對하야 미리 一言의 辯明이 잇슴이 必要하리라

—「간도사변과 장래 독립운동의 방침(五)」, 1921.1.27

다음으로 ②「공포시대현출호恐怖時代現出乎」(1920.4.10)는 3·1운동 이래의 평화적 수단에 의한 독립운동이 그 인내를 다하여 국내 각지에 적

에 대한 참살이 횡행하는 현실을 환기하며 그 정당성을 호소하고 있는 사설이다. 이 무렵 영국 하원에서 아일랜드 자치법안이 통과(1920.3.31)된 것을 계기로 점차 격화하고 있는 아일랜드의 독립운동에 자극을 받아 집필한 것으로 보이는데,[33] 일찍이 적과 매국노 이하 탐정, 친일 부호, 적의 관리, 불량배, 모반자 등 독립운동을 방해하는 일곱 부류의 인사에게는 단총과 비수와 폭탄이 있을 뿐임을 선언했던 「칠가살七可殺」(1920.2.5)의 연속선상에 놓인 글이기도 하다. 문체면에서도 한문 문장을 그대로 내건 제목을 비롯하여 감격조의 의고투를 한껏 살려 독자에게 호소하고자 하는 바를 강조하는 논조 등은 그대로 「내창생하奈蒼生何」(1919.10.16)와 상통한다. 특히 이 사설에 반복적으로 보이는 "受하엿더니라", "넉엿더니라", "促하엿더니라", "아니엿더니라" 등 '-더니라'로 끝나는 종결어미는 '-니라', '-이니라' 등과 더불어 이광수가 중학 시절부터 즐겨 썼던 의고투 문체의 하나이기도 하다.

> 나의 나아가난 데 그것들이 다 무엇이란 말이냐 — 이러케 우리는 쎄다랏더니라, 그러고 確實히 밋엇더니라.
>
> ─「余의 자각한 인생」, 1910[34]

> 勇壯하던 祖先의 피와 事業을 바든 第三 朝鮮國의 朝鮮ㅅ 사람은 참 말씀이 아니엿더니라.
>
> ─「조선ㅅ사람인 청년들에게」, 1910[35]

---

33  같은 호에 실린 기사 「愛蘭 獨立運動 激烈의 度를 加함」에 "恐怖時代現出 警察署 被燬 百五十三"과 같이 동일한 문구가 눈에 뛴다.
34  孤舟, 「余의 自覺한 人生」(『소년』, 1910.8), 『초기 문장집』 I, 121면.

사랑을 너머 밋다가 害됨이 잇나니 古來로 仁人 君子 中에 或 그러한 일
이 잇더니라.

오직 我族은 彼兇獰한 日本과 갓치 不義의 師와 侵略의 戰을 아니하엿을
뿐이오 國家와 自由를 爲하야는 國民이다 强兵勇卒이더니라.

—「國民皆兵」, 1920.2.14


③「아아 안태국 선생」은 병으로 타계한 전 임시정부 내무총장 비서
관 안태국에 대한 짧은 추모의 글로서 내용면에서 「안태국 선생을 哭
함」(1920.4.15)의 초벌 원고의 성격을 지닌다. 전자가 부고訃告를 접하고
업무로 바쁜 와중에 초草한 원고여서 떠오르는 대로 안태국의 이력을
요약적으로 제시한 것이라면, 얼마간 시간적 여유를 두고 집필한 후자
는 상세한 이력의 제시와 더불어 충분한 기림과 애도를 표명하고 있다
는 점 외에 두 사설이 내용상 거의 동일하다는 점에서 그러하다. 두 글
에서 안태국의 이력은 동일하게 신민회, 청년학우회, 105인사건의 중
심인물로서, 그리고 주의主義와 맹약盟約을 변치 않는 신념, 중아령中俄領
의 통일을 위해 임시정부의 특사로 파견될 예정이었을 정도로 중망衆望
이 높았던 인격을 중심으로 서술되어 있다. 신민회와 청년학우회, 105
인사건은 중학 시절 전후 청년 이광수의 피를 끓게 했던 사건들이어서
이광수에게는 쉽게 조망할 수 있는 경험의 영역이지만 1900년생인 주
요한에게는 그렇지 않다. 특히 105인사건과 관련하여 "明晳한 頭腦와

---

35  孤舟, 「朝鮮人사람인 靑年들에게」(『소년』, 1910.8), 『초기 문장집』 I, 129면.

歆然한 意氣로 敵의 法庭에 立하야 强硬 銳敏한 答辯으로 敵의 心膽을 寒케 하던 先生"과 같은 회고적 서술은 주요한이 다룰 수 있는 범위를 넘어선다.

요컨대 전자의 원고 끝에 굳이 "悤忙中에 이 短篇을 草하야 선생의 靈前에 묻함"이라는 설명을 붙여둔 것은 추후 좀더 충분한 애도의 글을 기약한 것으로 이해해도 무방하다. 문체적으로도 "뭇노니 天아, 先生을 吾人에게서 奪함이 뜻이 잇서 그러함이뇨 업서 그러함이뇨."와 같은 문장은 "嗚呼 蒼天아, 네 韓族을 禍하랴나뇨 또는 將次 大任을 降하려 하시매 難堪한 苦難을 下하심이뇨"(「내창생하」)와 같은 의고투 문장구조를 그대로 반복하고 있는 것이 확인된다.

④ 「해삼위사건」(1920.4.20)은 니콜라옙스크에서 러시아 적군의 공격으로 일본 군대가 전멸당하고 일본인 거류민까지 학살당한 이른바 니항泥港사건(3.12)에 대한 보복으로 1920년 4월 5일 일본군이 한인의 거류지인 신한촌을 습격하여 마을을 파괴하고 민간인을 학살한 사건을 다룬 사설이다. "近者의 電報는" "또 다른 報道에 依하면"과 같이 객관적인 정보에 의지하여 시베리아 및 만주에서 충돌이 격화되고 있는 러시아와 일본의 형세를 예리하게 조망하는 한편 이로부터 독립전쟁의 기회를 예견하며 충분한 각오와 준비를 다지고 있는 글로서, 「독립전쟁의 시기」(1920.4.1)와 더불어 앞서 언급한 「미일전쟁」의 러일판 기사에 해당한다고 할 만하다.

객관적인 정보에 의지하여 기사의 신빙성을 확보하면서 해당 사건의 윤곽을 균형감 있게 조망하는 서술 방식은 다른 사설들에서도 자주 확인되는데, "時事新報를 據하건대"(「폭발탄 사건에 대하야」, 1919.9.16), "李總理의

談話를 據하건대"(「국민개병」, 1920.2.14), "本月 二十四日着 華盛頓 電報는"
"日本新聞紙의 報道를 據하건대"(「미국 상원의 독립신문 승인안」, 1920.3.30),
"近着의 本社 特別通信을 據하건대(「공포시대현출호」, 1920.4.10)", "風說과 敵
紙의 所報를 據하건대"(「간도사변과 독립운동 장래의 방침(二)」, 1920.12.25) 등이
그러하다. 문체면에서는 사태에 대한 객관적 분석이 주를 이루는 전반부
의 평서체와 험악해지는 극동의 형세가 독립전쟁에 미칠 전망에 대한 예견
과 그 준비를 촉구하는 후반부의 고어체가 나란히 쓰이고 있고, "同胞의
苦難 밧는 慘狀은 차마 生각만 하여도 니가 시리거니와" 같은 개성적 표현이
"吾族의 밧은 困辱과 痛苦만 하여도 니가 식도다"(「공포시대현출호」, 1920.4.10)
에서도 동일하게 발견되는 것도 두 사설이 같은 집필자에 의해 쓰여졌음을
말해준다.

⑤ 「독립운동의 문화적 가치」(1920.4.22)는 독립운동과 문화운동의
긴밀한 관계를 강조하면서 문화운동을 통한 '민중생활의 향상'과 '민족
의 실력의 충실'이야말로 독립운동의 근본 책임을 주장하고 있는 글이
다. 얼른 보기에도 임시정부가 1920년을 '전쟁의 해'로 선포 이래 전쟁
준비론을 역설해 온 그간의 사설과는 다소 다른 입장을 피력하고 있는
것이 눈에 띈다. 이와 관련하여 문화운동의 성격을 "政治的 色彩를 띠
지 안는 思想運動 啓蒙運動"으로 규정하고 있는 대목은 각별히 주목되
는데, 여기서 귀국 직후에 집필한 「민족개조론」(1921.11) 역시 민족개조
를 목적으로 한 문화운동은 '정치적 색채'와 무관함을 거듭 강조하고
있는 사실을 떠올리지 않을 수 없기 때문이다.[36] 다만 후자가 문화운동

---

36  "진실로 民族改造를 目的으로 한다면 政治的 色彩를 띠어서는 아니 됩니다. 왜 그런가
    하면 政治的 權力이란 十年이 멀다 하고 推移하는 것이요, 民族改造의 事業은 적어도

과 정치적 운동을 별개의 것으로 간주하고 있는 데 비해 사설은 문화운동을 정치적 운동의 전제로 간주하고 있다는 점에서 논조에 차이가 있다. 그러나 사설이 한일병합 이전까지 각종 결사단체의 정치적 성격을 논하면서 굳이 "표면은 不然하다 稱하고 또는 그러케 意識도 하엿겟지마는"이라는 토를 달아둔 것을 고려하건대, 이러한 논조의 차이는 국내 검열의 조건과도 무관하지 않다고 생각된다.

한편 이러한 입장의 변모에 관해서는 당시 이광수가 신문, 잡지를 중심으로 한 국내의 문화운동에 주목하고 있었던 사실에서 그 근거를 찾을 수 있다. 실제로 이광수가 동인지『창조』에 관심을 가지고 꾸준히 원고를 보내기 시작한 것은 바로 이 무렵을 전후한 시기의 일이다. 우선『창조』7호에 발표된「H군에게」(1920.7)는『창조』5호에 실린「K선생을 생각하며」(1920.3)를 읽고 오산 시절의 제자 이희경을 추억하며 쓴 글인데, "一九二O, 四月 十六日"이라는 집필 날짜가 확인된다.[37] 이외에도『창조』6호에는「밋븜」(1920.5)이,『창조』7호에는「H군에게」와 함께 시「강남의 봄」이 실렸다. 특히『창조』8호에 실린「문사와 수양」(1921.1)은 국내의 청년 문사들에게 '민중의 인도자인 성도聖徒'라는 자각을 가지고 건전한 인격의 수양에 힘쓸 것을 당부하고 있는 논설로, "신문예운동에 참여하게 된 나와 여러분"[38]과 같은 표현에서는 이 무렵을 전후하여 국내에서의 본격적인 활동도 염두에 두고 있던 정황을 엿볼

---

五十年이나 百年을 小記하여야 할 事業인즉 "改造의 性質이 오직 民族性과 民族生活에만 限하였고, 또 目的하는 事業이 上述한 바와 같이 德體知 三育의 敎育的 事業의 範圍에 限한 것인즉 아무 政治的 色彩가 있을 리가 萬無하고 또 있어서는 안 될 것이외다." 春園, 「民族改造論」(『開闢』, 1922.5),『이광수 전집』10, 우신사, 122・147면.

37  春園,「H군에게」,『창조』7, 1920.7, 57면.
38  春園,「문사와 수양」,『창조』8, 1921.1, 10면.

수 있다. 이밖에 근대 한·중·일 삼국의 정치, 문화, 사상적 흐름을 압축적으로 조망하고 있는 시야라든가 신문, 잡지의 족출簇出에 이은 기업 회사의 창립열을 1905년을 전후한 시기의 사립학교 설립열에 견주어 "마치 十五六年前에 私立學校 旺盛하듯 하는 感이 잇다"고 회고조로 표현한 대목 등도 이 사설의 집필자를 1900년생인 주요한으로 특정할 수 없는 근거가 된다.

⑥「정치적政治的 파공罷工」(1920.4.24)은 ②「공포시대현출호」와 마찬가지로 당시 자치법안 문제로 격화되고 있던 아일랜드 독립운동의 형세에 기대어 정치 문제의 해결에 있어서 동맹파업이라는 평화적 수단에 의한 투쟁의 의의를 논하며 그 실행에 나설 것을 촉구한 논설이다. 사설이 평화적 투쟁의 주요 수단으로 제안한 것은 크게 3·1운동 이래 간헐적으로 실행되었던 '동맹철시同盟撤市'와 '관리퇴직官吏退職' 두 가지로, 비록 혈전血戰을 선포했다 해도 적의 세력이 절대적인 국내에서는 이 두 가지 수단이 여전히 유효한 투쟁임을 강조하고 있다. "吾族의 取할 바 最後手段은 임의 屢述한 바와 갓치 獨立戰爭의 一途가 有할 뿐"이라는 언급에서도 분명히 드러나듯 최후수단으로서의 독립전쟁을 "임의 屢述한" 주체는 주필 이광수로 보는 것이 타당하다.[39] 실제로 최후

---

39  김주현은 주요한이 '송아지'라는 필명으로 집필한 「赤手空拳」의 도입부가 "吾人은 먼저 「政治的 罷工」이란 短篇을 草하야"로 시작하고 있는 것에 주목하고 '吾人'을 주요한 개인으로 간주하여 이 사설의 집필자를 주요한으로 특정했으나(김주현, 앞의 글, 597면), 주요한의 글에서 '吾人'의 지칭 범위는 매우 모호한 까닭에 이 경우 '吾人'이 주필을 포함한 신문사의 입장을 대변하는 일인칭 복수 대명사로 쓰였을 가능성도 배제할 수 없다. 예컨대 "如何히 하면 獨立을 完成할가. 이것이 現在 吾人의 머리를 썩이며 生命을 犧牲하는 最後의 目標니 (…중략…) 今日 吾人의 形勢로는 吾人의 時間과 吾人의 金力과 吾人의 人材로는 實로 望洋의 嘆을 禁치 못하겠다." "吾人一般이 今日에 잇서서 大策戰의 獨立戰爭을 夢想함도 이것을 觀察한 結果가 아닌가" 등의 언급에서 '吾人'은 명백히 주요한 개인이 아니다. 더욱이 「적수공권」이 「정치적 파공」의 후속글

수단으로서의 독립전쟁에 관한 언급은 임시정부가 「전쟁의 연年」(1.17), 「독립전쟁과 재정」(2.7), 「국민개병」(2.14), 「독립전쟁의 시기」(4.1) 등 '전쟁의 해'가 선포된 1920년 1월 이래의 숱한 사설에서 찾아볼 수 있다. 한편 문체면에서도 "數旬間의 同盟撤市를 斷行하야 敵의 心膽을 寒케 하엿스며"와 같은 구절은 "明晳한 頭腦와 歆然한 意氣로 敵의 法庭에 立하야 强硬銳敏한 答辯으로 敵의 心膽을 寒케 하던 先生"(「아아 안태국 선생」)에서도 그대로 발견되며, 반복 구문과 더불어 의미 강조의 차원에서 즐겨 썼던 전형적인 도치법 구문의 사례도 확인된다.

生각하라, 半島內의 一個의 韓人警官, 偵探通譯이 업고 一個의 郡守書記가 업스면 敵의 行政과 警察은 엇더케 되겟느뇨

— 「정치적 파공」, 1920.4.24

生각하라, 世界의 大戰이 目睫에 迫하지 아니하엿나뇨,

— 「세계대전이 오리라」, 1920.3.23

記憶하라, 血戰이 우리의 유일한 진로임을.

— 「다시 國民皆兵」에 대하야」, 1920.3.23

---

이라면 굳이 "이를 '獨立運動 進行方針 私見'이라 命題한 까닭은 좀人의 意見이 반드시 臨時政府의 意見을 代表한 것이 못된다는 뜻이다. 그러나 그 大部分은 政府의 所見과 그리 틀림이 업스리라는 自身이 업는 바는 안이다"와 같은 해명성 발언을 덧붙일 이유가 없다. 「적수공권」이 '송아지'라는 필명과 더불어 사적인 견해임을 밝혀두었다는 사실 자체가 역으로 「정치적 파공」은 주필의 공적인 견해라는 사실을 말해준다. 게다가 평화적 투쟁의 주요 수단으로 제시한 방법과 관련하여 「정치적 파공」은 '동맹철시'와 '관리퇴직'의 문제를, 「적수공권」은 '납세거절'과 '관리퇴직'의 문제를 거론하고 있어 논점에 차이가 있다.

回想하라, 白耳義가 强德의 占領下에 入하고 白耳義의 君主와 그 政府가 法國으로 避難하엿슬 때에 그 記事를 讀하던 同胞諸位는 白耳義의 今日이 잇스리라고 생각하엿나뇨.

― 「임시정부와 국민」, 1919.10.25

마지막으로 ⑦「안동현사건安東縣事件」(1920.5.29)은 일본군이 안동현 일대의 독립군을 습격한 사건을 배경으로 압록강 주변의 경계를 강화하고 있는 일본군의 형세와 더불어 국경 방면에서 분투하고 있는 독립군의 정황을 전하고 있는 사설이다.[40] 그런데 사건 전달의 요령이라든가 서술 역량의 미숙함으로 보아 이광수가 집필한 글은 아니라고 판단된다. 객관적 정보와 더불어 주요 논점의 배경이 되는 사건의 윤곽을 일목요연하게 제시하여 글의 완결성을 담보하고 있는 이전의 사설들과 달리, 이 글은 사건의 윤곽을 제대로 포착해내지 못하고 있을 뿐만 아니라 사건의 의미를 조망하는 데 있어서도 다소 지리멸렬한 점이 보인다. 특히 "이 事件에 關하야는 別項 記事欄에 詳細히 記載되엿슴으로 다시 喋喋하지 아니하거니와 記者는 여기 大綱, 今回 事件이 如何한 意味를 가진 것과 얼마나 重大한 것인가를 考察코져 한다"와 같은 언급은 집필자가 사설 집필 요령에 서투른 사실을 드러내준다. 이 사설이 실린 제80호의 1면은 안동현사건에 관한 기사로 채워져 있는데, 사설은 이 기사를 담당한 기자가 집필했을 가능성이 크다.

---

40 안동현사건의 전말에 대해서는 두 편의 기사 「咸錫殷氏敵火에 死하고 安靑年團總裁 以下 五名이 被捕」(1920.5.27)와 「敵軍艦 四隻이 鴨綠江을 직히고 戰場과 哈似한 敵警來襲의 光景」(5.29) 참조.

## 5. 사설란 외의 기명 · 무기명 논설

사설란 외의 논설로는 「개조改造」(1919.8.21~10.28), 「왜노倭奴와 우리」(1919.10.28), 「일본의 현세現勢」(1920.3.11~4.1) 세 편이 발견된다. 사설란에 발표되었지만 '기고寄稿'의 형식을 빌린 「우리 청년의 갈어둔 리利한 칼을 어대서부터 시험試驗하여 볼가」(1921.3.19) 역시 이광수의 글이다.

우선 「개조」는 '선전란'에 '장백산인長白山人'이라는 필명으로 연재되어 있어서 집필자가 이광수인 것이 쉽게 확인된다. 이광수의 회고에 의하면, '장백長白'은 도산 안창호가 지어준 것으로 상하이 시절부터 사용하기 시작한 이름이다.[41] 1919년 12월에 창간된 『신한청년』 창간호에 실린 논설 「한족韓族의 장래」와 시 「경성京城 급及 의주義州 공동묘지에서 밤에 원혼怨魂 만세와 곡소리가 들니다」에도 각각 '춘공春公 이장백李長白', '장백長白'이라는 이름이 보인다. 「개조」는 일찍이 2차 유학 시절 「신생활론」(1918)의 유교 비판을 앞세운 민족성 비판의 연장선상에서 무실역행 및 인재의 양성과 금전의 집적, 단합된 조직으로서 독립의 실력을 갖출 것을 강조한 도산의 홍사단 이념을 수용하고 있는 논설이자 귀국 직후의 「민족개조론」(1921 집필)을 예비하고 있는 논설이라는 점에서,[42] 상하이 시절을 전후한 무렵 이광수의 사상적 연속과 단절을

---

41 "長白山人이라 하는 뜻은 내가 상하이에 있을 때 도산 안창호 씨가 날더러 '長白'이라 하였다. 그 이유는 그때 그분이 제 가지 조목을 들어주셨는데, 첫째 장백이라 함은 장백산 아래에 났으니 즉 조선에 났으니 장백이 可하고, 둘째 장백은 결백을 표함이니 可하고, 셋째 돈이 없으니 건달이란 뜻으로 可하다 함이었다. 이광수, 「雅號의 유래-'春園'과 '長白山人'」, 『삼천리』, 1930.5, 76면.
42 2차 유학 시절 이광수의 민족성 연구에 대한 관심 및 「신생활론」(1918)에서 「개조」

살피는 데 빠뜨릴 수 없는 중요한 자료의 하나이다.

다음으로 '춘공'이라는 필명으로 발표된 「왜노와 우리」 역시 이광수의 논설로 특정 가능하다. 앞서 언급한 『신한청년』 창간호의 「한족의 장래」에 '춘공'과 나란히 병기되어 있는 '이장백'이라는 이름이 그 증거가 된다. 삼국시대 이래 당대에 이르기까지 왜노에게 유린되어 온 역사를 환기하며 동포를 향해서는 혈전의 기백을 촉구하고 일본을 향해서는 폭발탄의 火繩을 경고하고 있는 글로서, '告大韓國民(來稿)-目下의 義務와 決心'이라는 표제하에 실린 것으로 보아 독자들의 기고를 유도하기 위해 마련한 지면에 모범삼아 집필한 것으로 판단된다.

한편 무기명으로 발표된 논설 「일본의 현세」는 1920년 7월 간행 예정이었던 『독립신문 논설집』에도 포함되어 있는 또 하나의 중요한 자료이다. 독립신문 총서 2권으로 기획된 논설집은 『독립신문』이 6월 24일 제86호를 마지막으로 정간停刊되어 동년 12월 18일 속간續刊되기까지 신문사가 폐쇄되면서 결국 간행되지 못했지만, 논설집과 관련하여 자세한 광고가 남아 있어서 구체적인 내용을 가늠할 수 있다. 논설집은 제1편 '건국의 심성', 제2편 '독립완성의 시기', 제3편 '한국과 일본', 제4편 '잡찬雜纂'으로 구성되어 있는데, 「일본의 현세」는 「한일 양족의 합하지 못할 이유」(1919.9.4 ~6), 「일본 국민에게 고하노라」(9.18~20), 「일본인에게」(11.15~20), 「일본의 오우상五偶像」(11.11), 「동포여 적의 허언虛言에 속지 말라」(1920.2.3)와 더불어 제3편 '한국과 일본'에 포함되어 있다.[43] 제3편에 포함된 논설들이

---

(1919), 「민족개조론」(1921)에 이르는 사상적 연속성에 관해서는 최주한, 「이광수의 민족개조론 재고」(『이광수와 식민지 문학의 윤리』, 2014, 소명출판, 322~341면) 참조.
43 「廣告 獨立新聞 論說集(獨立新聞 叢書 第二)」, 『독립신문』, 1920.6.10.

주로 한일관계에 주목한 것이라면, 「일본의 현세」는 보다 거시적인 시각에서 조선과 중국의 저항 및 러시아 및 미국과의 이해관계의 충돌로 인한 일본의 국제적 고립, 그리고 민주주의와 사회주의 양대 사상의 침투로 인한 내부적인 민심의 이반 등을 자세히 논하고 있는 점이 눈에 띈다. 내용상으로 역술「러시아 혁명기」 이하 「미일전쟁」, 「세계대전이 오리라」, 「독립전쟁의 시기」, 「한중제휴의 요要」, 「해삼위사건」 등 세계의 형세에 주목하여 독립전쟁에 유리한 시기와 기회를 모색하고 있는 일련의 논설과 연속선상에 놓인 글이자, 문체상으로도 "沛然을 孰能禦之리요"와 같은 한문 구문 및 "알괘라, 四面楚歌中의 日本의 運命이 風前의 燈과 갓흠을", "보라, 憲法은 伊藤博文이 制定하고 貴族輩가 贊成한 것이며 自來의 모든 內閣은 山縣副皇의 意思로 破壞되고 組織되지 아니하엿나뇨"와 같은 전형적인 도치 구문이 발견된다.

마지막으로 「우리 청년의 갈어둔 리한 칼을 어대서부터 시험하여 볼가」는 기고 형식을 빌려 '호상일인滬上一人'이라는 필명으로 발표된 글이다. 주필을 그만둔 시점이었으니 필명을 사용하는 것이 불가피했을 것이다. 이광수는 대륙방랑 시절 잠시 상하이에서 머물 때도 '호상몽인滬上夢人'이라는 유사한 필명을 사용한 적이 있다. 1914년 12월 『청춘』 3호에 「상해上海서」를 발표하면서였다. 이 논설은 내용상으로 일찍이 적들을 향해 칼을 빼들었던 청년의 의기를 상찬하면서도 조선을 망하게 한 것은 우리 자신이며 조선을 망하게 한 온갖 악습을 단칼에 소멸하는 것이야말로 새 사업의 기초가 됨을 주장하고 있다는 점에서 논설 「개조」 및 「민족개조론」의 논조와 상통한다. 뿐만 아니라 문체상으로도 "大業을 不顧하는 者에게" "愛族心이 無한 者에게" "우리 全道에 害物되는 者"

에게 등의 반복 구문, "回想하라" "그러므로 生覺하라" 등의 도치 구문, "삷혀보자. 네 손의 칼을 힘잇게 빼여 쥐고서" 등의 미완결 문장, "그날을 잇게 한 者는 우리나라", "이러하던 우리로서 우리는 임의 亡하엿더니라" 등 어말어미 '-나니라', '-더니라'의 구사 등 논설 전체에 걸쳐 이광수의 전형적인 문체적 특징이 확인된다.[44]

## 6. 『독립신문』 소재 이광수 논설 자료의 의의

이상 이광수가 집필한 것으로 특정할 수 있는 논설은 다음과 같다. 「아라사 혁명기」의 경우 논설은 아니지만 세계대전의 전망과 더불어 독립전쟁 기회론을 논한 일련의 논설을 이해하는 데 주요한 단서가 되는 글이므로 함께 언급해 둔다.

### 사설란의 사설

「창간사」(1호), 「소위 조선총독의 임명」(2호), 「國恥 제9회를 哭함」(3회), 「정부 개조안에 대하야」(4호), 「한일 兩族의 합하지 못할 이유」(5~8

---

**44** 참고로 논설의 마지막 단락에 보이는 "네 칼에 뭇은 피를 씻처버리는 그날에는 自由의 꼿이 우리 동산에 필 거시오"라는 구절은 『독립신문』에 무기명으로 발표되어 있는 「독립군가」(1920.2.17)의 한 소절 "네 그리던 祖上나라 다시 살리라 / 네 그리던 自由 꼿이 다시 피리라"를 환기시킨다. 동일한 맥락에서 동일한 구절이 쓰인 것으로 보아 「독립군가」 역시 이광수가 집필한 것일 가능성이 크다.

호), 「安總長의 대리 대통령 사퇴」(7호), 「폭발탄 사건에 대하야」(9호), 「일본국민에게 고하노라」(10~11호), 「李國務總理를 환영함」(12호), 「승인·개조辨」(13호), 「애국자여」(14호), 「전쟁의 시기」(15호), 「중추원의 각성」(16호), 「건국의 심성」(17호), 「외교와 군사」(19호), 「쌍십절 소감」(20호), 「奈蒼生何」(21호), 「임시정부와 국민」(22호), 「六頭領의 聚合」(23호), 「독립완성 시기」(24호), 「적의 허위」(25호), 「재산가에게」(26호), 「일본의 五偶像」(27호), 「일본인에게」(28~29호), 「군자와 소인」(30호), 「절대독립」(31호), 「신뢰하라 용서하라」(32호), 「전쟁의 年」(38호), 「六大事」(39호), 「본국 동포여」(41호), 「동포여 적의 虛言에 속지 말라」(42호), 「七可殺」(43호), 「독립전쟁과 財政」(44호), 「세계적 사명을 受한 我族의 前途는 광명이니라」(45호), 「국민개병」(46호), 「독립군 승첩」(47호), 「신생」(48호), 「삼일절」(49호), 「李總理의 시정 방침 연설」(51호), 「此際를 당하여 在外 동포에게 고하노라」(52호), 「三氣論」(53호), 「議政院 議員에게」(55호), 「미일전쟁」(56호), 「다시 國民皆兵에 대하야」(57호), 「세계대전이 오리라」(57호), 「대한인아 대한의 독립은 전민족의 일심단결과 필사적 노력을 요구한다」(58호), 「미국 상원의 한국독립 승인안」(59호), 「독립전쟁의 시기」(60호), 「俄領 동포에게」(61호), 「恐怖時代現出乎」(62호), 「아아 안태국 선생」(64호), 「안태국 선생을 哭함」(65호), 「한중 제휴의 要」(66호), 「해삼위 사건」(67호), 「독립운동의 문화적 가치」(68호), 「정치적 罷工」(69호), 「최후의 定罪」(74호), 「최재형 선생 이하 四義士를 哭함」(76호), 「간도사변과 독립운동 장래의 방침」(87호~93호), 「우리 청년의 갈어둔 利한 칼을 어대서부터 試驗하여 볼가」(99호), 「國民皆業」(101호) 이상 61편.

### 제2사설

「開天慶節의 感言」(30호), 「부인과 독립운동」(47호) 이상 2편.

### 사설란 외 논설

「改造」(1~23호), 「倭奴와 우리」(23호), 「일본의 現勢」(52~60호) 이상 3편.

### 역술

「아라사 혁명기」(36~48호) 이상 1편

상하이 시절 이광수의 사상은 흔히 도산 안창호 및 흥사단과의 관계
속에서 주전론에 대비되는 외교론 혹은 준비론을 대변하는 것으로 간
주되는 경향이 있다. 일찍이 이광수 자신이 준비론자였고, 상하이에
망명한 후에도 변함없이 도산의 영향하에 준비론의 신봉자였으며, 귀
국 후 동우회를 조직·지도한 사실 등이 그 주요 근거들이다.[45] 그러나
이 시기 이광수의 사상을 일방적인 도산의 영향하에 종속시키는 것은
「2·8독립선언서」를 집필하고 상하이에 망명하여 임시정부의 활동에
뛰어든 이래 도산의 만류에도 불구하고 결국 귀국을 결단하기에 이르
기까지 이광수의 독자적인 면모를 전체적으로 조명하는 데 한계가 있
으며, 나아가 이 무렵 이광수의 문필활동 및 사상이 지닌 역동성을 도

---

**45** 김윤식, 『이광수와 그의 시대』1, 솔, 1999, 682면. 이러한 이분법적인 시각은 『독립신
문』을 중심으로 하는 이광수의 독립운동론을 "실력양성을 통한 독립운동론"으로 규
정하고 이를 외교를 통한 즉각적인 독립운동론 및 급진적인 독립전쟁론과 대비시켜
논하고 있는 김재용의 논의에서도 그대로 발견된다. 김재용, 「국민주의자로서의 이
광수」, 『이광수 문학의 재인식』, 소명출판, 2009, 203~207면.

외시하기 쉽다는 점에서도 재고의 여지가 있다.

실제로『독립신문』소재 이광수의 논설과 관련해서는 이미 혈전론 지지 및 전쟁 준비론의 입장이 확인된 바 있거니와,[46] 앞서 검토한 열두 편 남짓의 논설 역시 단순한 외교론과 준비론을 넘어선다. 러시아 혁명의 여파, 중국 민중의 저항, 일본의 국제적 고립 및 내부적 위기 등 급변하는 동아시아의 형세에 주목하여 독립전쟁에 유리한 시기와 기회를 엿본 기회론에서 적에 대한 암살과 혈전을 지지하는 투쟁론, 동아시아 혁명 및 독립전쟁에의 연대를 호소하는 연대론, 그리고 독립운동의 전제로서의 문화운동론에 이르는 광범위한 논조는 이 무렵 이광수의 사유가 세계정세 및 주어진 여건의 변화에 적극 대응한 다각도의 치열한 모색의 연속이었음을 보여준다. 뿐만 아니라 대외적으로는 독립의 자격을 갖춘 민족으로서의 자질을 국제사회에 호소하기 위해, 또 대내적으로는 독립의 자격을 갖춘 새로운 국민으로서 거듭나기 위해 갖추어야 할 덕목들을 계몽하기 위해 민족성 탐구에 매달렸던 사실도 엿볼 수 있다. 외교론과 준비론, 기회론, 투쟁론, 연대론, 문화운동론에 이르는 일련의 독립운동론이 당면 과제로서의 독립의 달성을 위한 방략과 연계된 전술적인 성격의 것이라면, 논설「개조」로 대변되는 민족개조의 기획은 한 나라를 유지·경영해 갈 만한 실력과 자격을 갖춘 민족의 형성이라는 보다 근본적이고 장기적인 운동의 일환으로서 이 시기 이광수 사유의 또 다른 한 축을 이룬다. 더욱이 그것은 한편으로 대륙방랑 시절의 독립 준비론과 더불어 2차 유학 시절「신생활론」(1918)으로 대변되는 민족성 비판의 연장선상에 놓인 것이자 귀국 후「민족

---

46  김주현, 앞의 글, 611~614면.

개조론」(1921)의 이념에 기반한 동우회 활동을 예비하고 있다는 점에서
이광수 사상의 보다 근본적인 기층에 속한다고 할 수 있다. 요컨대『독
립신문』소재 이광수의 논설은 상하이 시절의 이광수, 나아가 이광수
연구 전반의 토대가 되는 기반이자 보고寶庫인 셈이다.

　이하 상하이 시절 이광수의 문필활동 및 사상에 대한 온전한 규명 및
대륙방랑 시절의 독립준비론 이래 2차 유학 시절과 귀국 후의 활동을
잇는 사상적 연속과 단절에 관해서는 후속 연구를 기약하기로 한다.

# 제7장

# 『독립신문』소재 단편 「피눈물」에 대하여

## 집요한 자료

올해(2019) 4월 중순 항저우抗州에서 독립운동 100주년 기념 춘원연구학회 학술대회가 열렸다. 오전 주제 발표 섹션에서 사회를 맡은 저자는 내심 긴장하고 있었다. 마지막 발표가 『독립신문』소재 단편 「피눈물」의 저자가 이광수일 가능성을 제기한 것이었기 때문이다. 바로 얼마 전까지 『독립신문』소재 논설을 검토하느라 영인본을 뒤적이면서 여러 번 마주쳤던 작품이지만, 이광수가 썼을 가능성에 대해서는 한 번도 생각해 본 일이 없었다. 무엇보다 '기월其月'이라는 필명이 낯설었고, '피눈물'이라는 제목에서도 이광수다운 어떤 것을 떠올리기란 불가능했다. 더욱이 단편 「피눈물」은 창간호(1919.8.21)부터 제14호(1919.9.27)까지 11회에 걸쳐 연재되었는데, 바로 직전까지 『한일관계사료집』의 편찬 작업과 『독립신문』 창간 준비로 분주했을 이광수가 어느 겨를에 소설까지 썼을까 싶어서 눈 돌릴 생각조차 하지 않았던 것이다.

이광수가 단편 「피눈물」의 저자일 가능성에 생각이 미친 것은 발표자가 이 무렵을 전후하여 이광수가 쓴 두 편의 시 「팔 찍힌 소녀」와 「경성京城 급及 의주義州 공동묘지에서 밤에 원혼怨魂 만세와 곡소리가 들니다」와의 관련성을 언급하는 대목에서였다. 둘 다 『신한청년』 창간호 (1919.12)에 실린 작품으로, 내용상 단편 「피눈물」과의 연관성이 분명했다. 특히 후자는 일찍이 저자가 발표자에게 『신한청년』에 이런 작품도 실렸는데 놓친 모양이라고 일러준 작품이었던 터라 더더욱 눈이 동그래지지 않을 수 없었다. 단편 「피눈물」의 마지막 문장은 이렇게 끝나고 있었던 것이다. "이날 밤에 共同墓地에서 萬歲 소리가 나다." 귀신에게라도 홀린 기분이었다고 할까.

토론 시간에는 단편 「피눈물」의 저자가 주요한일 가능성에 대한 반론도 팽팽했던 터라 저자 규명의 문제가 간단치 않은 작업이겠구나 싶어 잠시 마음이 동요했다. 그런 저자에게 자료는 다시 한번 말을 걸어왔다. 발표자가 이광수 연구자의 의견을 듣고 싶다면서 「피눈물」의 원고를 손수 입력한 자료를 보내주었던 것이다. 「피눈물」의 첫 문장을 읽는 순간 『무정』의 첫 문장이 그대로 떠올랐다. 그리고 몇 줄 아래 만세시위 통에 보성학교의 대문 양쪽에 달린 구등이 꺼진 것을 묘사한 대목에 이르러서는 재차 눈이 동그래지지 않을 수 없었는데, 그 구등에 관해서라면 이광수가 일찍이 보성중학을 방문하고 남긴 「중학 방문기」(1914.12)에서 인상적인 감상을 남긴 바 있었던 까닭이다. 작품을 다 읽고 나서는 이광수가 쓴 작품이라는 근거가 될 만한 대목을 몇 군데

메모해서 답신을 보냈다. 메모 가운데 쓸 만한 곳이 있다면 논문의 각주에 저자의 견해를 소개해 주십사는 부탁 말씀과 함께. 대강 훑어본 것만으로도 이광수가 쓴 작품이 분명하니, 단편 「피눈물」에 대해서는 일찌감치 손을 뗄 심산이었던 것이다.

그런데 피할 수 없는 또 하나의 복병이 기다리고 있었다. 일전에 『근대서지』 상반기의 원고를 부탁해 오신 오영식 선생님께 노력해 보겠다고 약속드린 일이 있는데, 마감일이 코앞으로 다가오고 있었던 것이다. 한 번도 제대로 주시하고자 하지 않았건만 결국 단편 「피눈물」에 관한 글을 써야 하는 처지가 되고 보니, 자료가 집요하게 말을 걸어오는구나 싶은 생각이 들어 왠지 가슴이 먹먹해진다. 단편 「피눈물」의 저자가 이광수일 가능성을 제기한 발표자는 경북대의 김주현 선생이다.[1] 김주현 선생이 주로 문체의 문제에 주목하여 그 가능성을 살폈다면, 저자는 내용의 문제를 중심으로 선행 논자의 견해를 뒷받침해 볼까 한다.

---

[1] 김주현, 「상해 독립신문 소재 「피눈물」의 저자 규명」, 『기미년 독립운동과 민족운동』(춘원연구학회 · 저장대학 한국연구소 주최, 기미년 독립운동 100주년 기념 국제학술대회 자료집), 2019.4.

## '기월其月'이라는 필명의 상징성

본격적인 분석에 앞서 우선 필명 '기월其月'에 관한 견해를 간략히 밝혀두고 싶다. 이광수의 필명으로 간주할 수 있는 결정적인 단서는 발견하지 못했지만, 이광수가 이 필명을 사용한 이유를 추론할 수 있는 단서가 전혀 없는 것은 아니다.

중학 시절 이래 2차 유학 시절에 이르기까지 보경寶鏡이라는 아명 외에도 외배, 고주孤舟, 올보리, 닷메, 호상몽인滬上夢人, 춘원春園 등의 필명을 써왔던 이광수는 상하이 망명 시절 장백長白, 춘공春公, 천재天才, 호상일인滬上一人 등의 새로운 필명으로 시에서 논설, 역술에 이르기까지 왕성한 집필활동을 이어갔다.[2] 대개 자신의 처지나 신념이 반영된 필명들이지만, 호상몽인, 호상일인과 같이 한시적이나마 자신이 몸담고 있던 공간의 특성이 반영된 필명들도 눈에 띈다. '호상몽인'이라는 필명은 대륙방랑 시절 한 달여간 상하이에 머물렀을 때의 경험을 기록한 기행문 「상해上海서」(『청춘』, 1914.12)를 발표하면서, 그리고 '호상일인'이라는 필명 또한 『독립신문』 주필을 그만 둔 이후에 기고 형식을 빌려 쓴 논설 「우리 청년의 갈어둔 리利한 칼을 어대서부터 시험하여 볼가」(『독립신문』, 1921.3.19)를 발표하면서 꼭 한 번씩 사용했다.[3] 상하이에서 귀국한 이후 한동안 장백산인長白山人, 노아魯啞와 더불어 사용했던 경서학

---

2   이들 새로운 필명으로 집필한 글에 관해서는 최주한, 「『독립신문』 소재 이광수 논설의 재검토」(『민족문학사연구』 69, 민족문학사학회, 2019, 234~240 · 254~256면) 참조.
3   위의 글, 255~256면.

인京西學人이라는 필명 또한 그런 사례에 속한다고 할 것이다.

그런데 '기월'이라는 필명은 특정한 공간은 아니지만 특정한 시간을 한시적으로 지칭하고 있는 필명이라는 점에서 호상몽인, 호상일인 등과 유사한 특성을 갖는다. 단편 「피눈물」이 1919년 3월의 만세운동을 배경으로 하고 있는 데서도 짐작할 수 있듯이, '기월'이 3·1운동이라는 역사적 사건을 지칭하는 상징적 필명이라는 것은 말할 것도 없다. 더욱이 단편 「피눈물」의 주요 모티프가 되어 있는 3월의 만세운동 당시 일병에게 '팔 찍힌 소녀'의 형상은 시 「팔 찍힌 소녀」 외에도 『독립신문』 소재 이광수의 논설 「왜노倭奴와 우리」(1919.10.28), 「국민개병國民皆兵」(1920.2.14), 「삼일절」(1920.3.1) 등에서도 무고하고 연약한 민족을 짓밟은 제국의 만행에 대한 고발이자 민족적 각성과 정화의 상징으로서 반복적으로 등장하고 있기도 하다.

'萬歲! 萬歲!'
어엿분 韓山의 少女가 웨칠 째
日兵의 칼이 하얀 그의 두 팔을 찍엇다
'萬歲! 萬歲!'
어엿분 韓山의 少女가 웨칠 째
쓸난 피줄기가 山과 들을 向하야 벗엇다
'萬歲! 萬歲!'
日兵의 槍에 찔닌 蓮꼿 갓혼 少女의 입셜은
永遠히 끈치지 안난 '萬歲'로 써럿다

— 「팔 찍힌 소녀」, 『신한청년』, 1919.12

同胞여, 三月一日 以來의 倭奴의 蠻行을 記憶하나뇨? 팔 끈힌 少女를 記憶하며 强姦과 羞辱을 當한 妻女를 記憶하며 孟山 龜城 水原 等地의 虐殺을 記憶하며 消防隊의 鐵鉤와 警察署의 刑具에 鮮血을 流하고 痛哭하는 兄弟와 姉妹를 記憶하나뇨?

—「倭奴와 우리」, 1919.10.28

너는 맛당히 죽어야 할 때에 죽지 못한 者들이 아니냐. 乙巳條約 때에 閔忠正으로 더불어 죽엇서야 올핫고 庚戌國恥 때에 여러 殉國志士로 더불어 죽엇서야 올핫고, 三月一日에 可憐한 너의 누이가 敵에게 두 팔을 찍힐 때에, 너의 先導者요 統率者인 首領과 愛國志士가 敵에게 侮辱을 當할 때에 죽엇서야 올핫고, 너의 可憐한 어린 弟妹가 惡魔 갓흔 敵曹에게 怨入骨髓하는 惡刑과 羞辱을 當하고 切齒痛哭할 때에 죽엇서야 올핫나니, 大韓人아 죽을 데 죽지 못한 그 목슴을 爲하야 父老와 兄弟와 妹姉의 져 慘狀을 보면서, 밥이 너머가나뇨, 물이 넘어가나뇨.

—「國民皆兵」, 1920.2.14

三月一日에 左手에 太極旗, 右手에 獨立宣言書로 示威行列의 前頭에 셔서 突進하던 一處女는 敵의 칼에 兩手를 끈키엿다. 이것이 이번 獨立運動의 첫 피다. 大韓獨立을 爲한 첫 피는 大韓女子에게서 흘럿다.

—「婦人과 獨立運動」, 1920.2.17

虛僞, 空論, 巧詐, 反覆, 㤉懦, 猜忌, 利己, 紛爭, 懶惰 等 大韓人의 個人的, 種族的 모든 罪惡을 이날에 흘린 팔 찍힌 處女의 淨潔한 熱血로 씨서바리고 태여바리고,

實과 行과 忠과 義와 信과 勇과 愛와 相助相勸하며 相和相合함으로, 新國民,
新自由民 되기에 合當한 重生한 國民이 될지어다! (…중략…) 그리하고 昨年
에 아니 죽은 生命은 今年에 犧牲하기 爲함인 줄을 自覺하야 家財를 傾하야
獨立軍備를 장만하며 一身을 獻하야 獨立軍人이 되여써 明年 今日에는 新生한 大韓江
山 三千里 坊坊曲曲에 凱旋과 獨立을 祝하는 萬歲聲이 天地를 震動케 할지어다!

—「三一節」, 『독립신문』, 1920.3.1

몇몇 논자들이 지적했듯, '팔 찍힌 소녀'로 대변되는 순결한 소녀의
희생이라는 형상이 당대 민족주의적 서사를 추동하는 선동적인 기제
가 되었던 것은 부인할 수 없는 사실이다.[4] 1919년 9월 23일 자 『독립신
문』 12호에는 1면의 중앙에 "同胞여 닛지 맙시다"라는 커다란 표제어
아래 "怨讐의 칼에 마자 悲壯히 殉死한 우리 女學生"이라는 설명을 붙
인 관련 사진이 아무런 맥락 없이 덩그러니 실려 있을 정도이다. 그러
나 단편 「피눈물」에 그려진 '팔 찍힌 소녀'의 형상은 다만 무고하고 연
약한 민족을 짓밟은 제국의 만행에 대한 고발이자 민족적 각성과 정화
의 상징에 머무르지 않고, 정의와 인도의 이름으로 제국의 폭력에 대항
하는 평화적 저항으로서의 의미를 동시에 각인하고 있다는 점 또한 간
과되어서는 안 된다. 단편 「피눈물」에는 주인공 청년남녀가 당일의 시
위를 조직하는 과정에서 "마즐지언뎡 따리지 말고 죽을지언뎡 죽이지
말나 하는 쯧"[5]을 담은 경고문을 인쇄하여 준비하는 모습이라든가, 시

---

4   이상경, 「상해판 『독립신문』의 여성관련 서사연구-「여학생 일기」를 중심으로 본
    1910년대 여학생의 교육 경험과 3·1운동」, 『페미니즘연구』 10-2, 한국여성연구소,
    2010, 95면; 권보드래, 『3월 1일의 밤-폭력의 세기에 꾸는 평화의 꿈』, 돌베개, 2019,
    416~418면.

위 도중 일본 헌병에게 두 팔을 잘린 채 만세를 외치다 거꾸러지는 소녀의 모습에 분개하면서도 "公約 三章의 精神"을 내걸고 폭력으로 맞서기를 거부한 끝에 결국 일본 순사의 칼에 난자당하여 목숨을 잃는 청년의 모습이 각별히 부각되어 있다.[6] 또한 제중원으로 옮겨진 시위 부상자들 사이를 부지런히 돌아다니며 사진과 기사로 참상을 기록하는 서양인 기자들의 모습은 "平和를 즐기는 世界사람들에게 韓土의 女子의 슬픔을 傳하기 爲"[7]한 것이라는 서술자의 논평과 함께 제시된다.

주목할 만하게도 이는 이광수가 『신한청년』 창간호에 발표한 「한족의 장래」(1919.12)에서 3·1운동을 폭력이 아닌 "叫號와 世界의 良心"에 호소하는 "人類의 人道文化의 新紀元"을 그은 운동으로 자리매김하고 있는 입장과도 그대로 상통한다.

우리 獨立運動은 그 精神으로 보든지 方法으로 보던지 世界史上에 일즉 類例를 보지 못한 獨創的 運動이다. 이는 實로 世界에 가장 進步된 思想과 方法을 體現한 運動이니 正義와 人道가 우리의 標語요 徒手로 오직 우리의 意思를 發表함이 그 手段이다. 武力, 暗殺, 放火, 虐殺, 敵愾心 等 過去의 革命이나 獨立運動에 반다시 附隨하야 此以外에 方法이 업는 줄로 알던 모든 非人道的 方法을 全혀 바리고 '萬歲'의 叫號와 世界의 良心에 訴함으로써 唯一한 方法을 삼은 우리 運動

---

5    其月, 「피눈물(五)」, 『독립신문』, 1919.9.4.
6    其月, 「피눈물(六)」, 『독립신문』, 1919.9.18. 참고로 독립선언서 공약3장의 내용은 다음과 같다. "一, 今日 吾人의 此擧는 正義人道 生存尊榮을 爲하는 民族的 要求ㅣ니 오즉 自由의 精神을 發揮할 것이오 決코 排他的 感情으로 逸走하지 말라. 一, 最後의 一人까지 最後의 一刻까지 民族의 正當한 意思를 快히 發表하라. 一, 一切의 行動은 가장 秩序를 尊重하야 吾人의 主張과 態度로 하야금 어대까지던지 光明正大하게 하라."
7    其月, 「피눈물(一○)」, 『독립신문』, 1919.9.23.

은 人類의 人道文化에 一新紀元을 劃함이니 實로 國際聯盟과 社會共産主義로 더불어 人類史上의 最大事實의 一일 것이다.[8]

요컨대 단편 「피눈물」에서 '팔 찍힌 소녀'의 형상은 다만 순결한 여성의 희생을 매개로 한 민족주의적 서사의 선동적 기제를 넘어서 제국의 폭력에 맞선 식민지 민중의 평화적 저항의 숭고함을 상징하는 세계사적으로 윤리적인 모범으로서의 의미를 갖고 있다. 그렇다면 '기월'이야말로 단편 「피눈물」이 강조하고 있는 비폭력 저항이라는 3·1운동의 민족적이면서 동시에 세계사적 획기성을 부각시키는 데 더할 나위 없이 적합한 필명이 아니었을까. 어쩌면 이광수는 이렇게 생각했는지도 모른다. 「피눈물」을 쓴 것은 고주孤舟나 춘원春園, 장백長白과 같은 개인이 아니라 그해 3월의 만세운동이라는 역사적 사건 그 자체이고, 그저 자신은 대신하여 붓을 들었을 뿐이라고. 그 상징성에 대해 곱씹을수록 '기월'은 오직 이 한 작품에 바쳐진, 이광수의 천재적인 감각이 창조해낸 탁월한 필명이었다는 생각이 머릿속을 떠나지 않는다.

---

8   春公 李長白, 「韓族의 將來」(1919.10.27), 『신한청년』 창간호, 1919.12, 117~118면.

# 단편 「피눈물」의 집필 배경

3월 5일 경성의 만세시위운동을 배경으로 하고 있는 단편 「피눈물」
은 '팔 찍힌 소녀'의 사건을 주요 모티프로 하여 당시 시위운동을 주도
한 청년남녀 학생들의 이야기를 다루고 있다. 준비 과정에서 여학교
학생회가 태극기를 제작하고 평화적 시위를 독려하는 경고문 및 독립
선언서의 인쇄를 도맡았다든가, 한곳에서 다수가 집회하기 불가능하
므로 몇몇의 주동자가 중심이 되어 분산적인 시위를 계획했다는 등 시
위운동을 조직한 학생들의 동향이 구체적으로 그려져 있어 당시 시위
운동의 현장을 직접 경험한 작가가 쓴 소설처럼 생각되기도 한다. 일
찍이 「2·8독립선언서」를 집필하고 상하이로 망명하여 국내에서 예정
되어 있던 3·1운동의 소식에 귀 기울이고 있던 이광수는 이렇게 자세
한 동향을 어떻게 알 수 있었던 것일까.

당시 상하이에는 국내 여학생 출신으로 3·1운동에 관여하다가 옥
고를 치르고 망명해온 여성들이 다수 임시정부 산하 애국부인회를 중
심으로 활동하고 있었다. 이광수는 이들 여성으로부터 당시 각지에서
일어난 시위운동의 소식을 자세히 전해들을 수 있었던 것으로 보인다.
실제로 이광수가 상하이 지역 민단民團에서 강연한 내용을 요약·정리
한 사설 「부인과 독립운동」에는 3·1운동에 관여했던 이들 여성의 활
동이 다음과 같이 소개되어 있다.[9]

---

9  이상경은 「부인과 독립운동」의 집필자를 주요한으로 간주했으나(앞의 글, 98면), 김
   주현은 『독립신문』 소재 「바른소리」(1920.1.17)라는 소식란 기사를 근거로 하여 이

三月一日에 左手에 太極旗, 右手에 獨立宣言書로 示威行列의 前頭에 셔서 突進하던 一處女는 敵의 칼에 兩手를 끈키엿다. 이것이 이번 獨立運動의 첫피다. 大韓獨立을 爲한 첫피는 大韓女子에게서 흘럿다. 그로부터 大韓의 女子는 獨立運動의 모든 部門에 빠짐이 업섯다. 祕密文書의 印刷, 謄寫, 配布와 通信의 大部分은 女子의 손으로 되엇다. 昨年 二月 東京과 上海로서부터 飄然히 졸던 故國에 돌아온 幾個 女愛國者는 釜山에서 義州까지 木浦에서 咸興까지 날아다니며 四千年間 沈默하엿던 大韓의 一千萬 女性에게 祖國울 爲하야 니러날 때가 當到하엿슴을 告하엿고 一旦 大韓獨立萬歲聲이 니러나매 그네는 奮然히 深閨의 門을 차고 太極旗를 두루고 나섯다. 그네는 獄에 가고 惡刑을 當하고 重罪의 宣告를 受하엿다. **그네의 피와 눈물로 大韓獨立을 부르지지는 소리는** 千萬의 大韓男子를 奮起케 하고 世界에 對하야 大韓民族의 義氣를 高聲으로 자랑하기에 足하엿다.

시위행렬 당시 당당히 선두에 서서 시위를 주도했고, 비밀문서의 인쇄, 복사, 배포, 통신에 이르기까지 신변의 위험을 각오한 활동에 전념했으며, 결국 온갖 악형을 당하며 옥고를 치르면서도 신념을 변치 않았던 여학생들의 모습에 이광수가 얼마나 강렬한 인상을 받았는지 짐작케 한다.[10] 특히 "그네의 피와 눈물로 大韓獨立을 부르지지는 소리는 千萬의

---

사설의 집필자가 이광수임을 밝혔다. 기사에 의하면, 이광수는 민단의 강연에서 동일한 제목의 강연을 행한 바 있다. 김주현, 「상해 『독립신문』에 실린 이광수의 논설 발굴과 그 의미」, 『국어국문학』 176, 국어국문학회, 2016, 591면, 각주 31 참조.

10 그런데 정작 당시 이광수의 연설을 들은 여성들의 반응은 그다지 호의적이지 않았다는 기록도 남아 있어 소개해 둔다. "民團에셔 한 李光洙氏의 「婦人과 獨立運動」이란 演說은 男子側에셔는 女子들을 너머 추어준 것이라 하고 女子側에셔는 自己네를 侮辱한 것이라 하야 大端히 慣慨하신다나 果然 男女有別인가바 李氏는 하도 意外여서 氣가 막혀 한다고." 「바른소리」, 『독립신문』, 1919.1.17.

大韓男子를 奮起케 하고 世界에 對하야 大韓民族의 義氣를 高聲으로 자랑하기에 足하엿다"는 마지막 문장은 「피눈물」의 주제의식을 그대로 함축하고 있는바, 이광수가 '피눈물'이라는 소설의 제목을 어디에서 착안한 것인지 분명히 보여준다.

기왕에 단편 「피눈물」의 저자가 주요한일 가능성을 제기한 견해가 있으나,[11] 「부인과 독립운동」의 연장선상에서 쓰여진 작품의 주제의식과 분위기를 고려하건대 단편 「피눈물」의 저자가 주요한일 가능성은 희박하다. 단편 「피눈물」의 연재가 끝나고 얼마 안 있어 주요한은 '송아지'라는 필명으로 수필 「추회追懷」(1919.10.4)를 발표한다. 학기를 마치고 잠시 고향에 돌아왔던 길에 접한 만세 후의 정경을 어둡고도 차분한 필치로 회고하고 있는, 원고지 8매 분량의 짧은 글이다. 단편 「피눈물」의 선명한 주제의식, 치밀한 구성, 고양된 분위기와는 매우 이질적이며, 어둡고도 차분한 필치는 단편 「피눈물」의 고양된 분위기에 거리를 두고 있는 것처럼 보이기까지 한다. 동일한 작가가 같은 시기에 이토록 상반된 경향의 작품을 쓰기는 쉽지 않다.

---

11  이상경, 앞의 글, 116면, 각주 14; 波田野節子, 「李光洙のハングル創作と三・一運動」, 『歷史評論』, 歷史科學協議會, 2019, 66면, 각주 22 참조.

# 1910년대 전후 이광수 작품과의 연속성

단편 「피눈물」은 주인공 윤섭이 철구鐵鉤에 찔린 머리를 운동모로 감추고 수진동 순사파출소를 숨어 지나 전동 골목으로 들어서는 장면으로 시작한다. 음력 2월 초승달도 벌써 기울어 컴컴한 사위가 어름가루 같은 냉기를 뿜는 밤. 며칠째 이어진 불면의 피로와 출혈, 상처의 고통으로 쓰러질 듯 걷고 있는 윤섭의 머릿속은 온통 시위운동에 대한 생각으로 가득하다. 어떻게 하면 또 한번 대대적으로 시위운동을 조직할지, 오늘 집회에서 30여 명이 죽거나 다치고 수천 명이 체포되었으니 앞으로의 사업은 어떻게 될지. 윤섭은 백여 명의 동지 가운데 이미 80여 명을 잃은 지금 자기의 책임이 더욱 무거워진 것을 자각하며 밤길을 걷고 있는 것이다.

이 첫 장면을 대하면서 『무정』의 그 유명한 첫 장면, 경성학교 영어교사 형식이 내려쬐는 유월 볕에 땀을 흘리며 선형을 가르치기 위해 안동 김장로의 집으로 가면서 이런저런 상념에 젖는 대목을 연상하지 않기란 어렵다. 윤섭의 머릿속이 온통 시위운동에 대한 생각으로 차 있는 것처럼, 형식의 머릿속 역시 여학생과의 만남을 앞둔 청년다운 공상으로 가득했던 것을 독자들은 기억할 것이다. 인물을 초점화하면서 인물의 내면으로 자연스레 미끄러져 들어가 인물이 처한 상황이나 사고에 공감하게 만드는 이광수의 전형적인 서술 방식이 단편 「피눈물」의 첫 장면에서도 그대로 재연되어 있는 것이다.

또한 내면에 빠져든 인물의 의식을 일깨우는 급작스런 장면 전환을 통해 서술자가 사건을 진행해 가는 방식 역시 『무정』과 그대로 닮아 있다. 『무정』의 서술자가 선형과의 만남에 대한 공상에 빠져 있던 형식에게 어디로 가느냐며 말을 걸어오는 친구 우선을 등장시켜 형식의 의식을 현실로 끌어냈듯, 단편 「피눈물」의 서술자 역시 시위운동에 대한 생각에 빠져 있던 윤섭에게 심문하는 순사와 어느 여학생(나중에서야 시위의 선두에서 만세를 외치다 두 팔이 잘려나간 여학생 정희로 밝혀진다)이 실랑이를 벌이는 장면과 맞닥뜨리게 함으로써 윤섭의 의식을 깨우고 있는 것이다. 흥미롭게도 심문하는 순사와 여학생의 실랑이가 벌어지는 장소는 보성학교 교문 앞이다. "普成學校의 大門에 큰 兩 球燈은 쩌줏다"[12]고 묘사되어 있는데, 어두운 배경을 강조한 이 세부묘사는 허구적 상상력에 의한 것이 아니라 사실에 기반한 묘사이다. 이광수는 1914년 늦여름 보성중학을 방문하고 「중학 방문기」(『청춘』, 1914.12)를 남긴 일이 있다. 이 방문기에는 그해 2월에 완공된 보성중학의 서양식 교사의 이채로운 전경과 더불어 교문 양쪽에 설치된 이 커다란 구등에 대해서도 인상적으로 언급되어 있는데,[13] 날카로운 관찰력 덕분에 세부묘사에 능했던 이광수의 사실주의적 감각을 여실히 보여주는 대목이다.

한편 ① 낮 동안의 시위 과정에서 동료들과 함께 겪었던 고초를 떠올리며 분노와 슬픔에 복받쳐 쓰러져 우는 여주인공 정희의 내면묘사 대목은 부친과 오라비를 구하기 위해 기생이 되었고 끝내 배학감 일행에게 겁탈당하는 고초를 겪어야 했던 자신의 처지에 대한 슬픔과 원망,

---

12　其月, 「피눈물(一)」, 『독립신문』, 1919.8.21.
13　1914년 2월 새로 완공된 보성중학의 전경 사진은 최주한, 「이광수와 보성중학」(『근대서지』 11, 근대서지학회, 2015, 163면)에서 확인할 수 있다.

분노에 잠긴 영채의 내면묘사 대목과 그대로 겹치며, ② 두려움과 같은 내면심리를 눈에 보일 듯 구체적으로 묘사하는 방식 또한 전형적이다.

'먹기 실허요' 하면서도 생각해보니 아침 七時半에 早飯을 먹고 나간 後로는 終日 물 한잔도 먹은 일이 업다. 그것을 生각하면 시장도 한 듯하면서도 ① 오늘 終日 自己의 동무들과 男子學生들과 全同胞가 日兵의 鎗끗헤 찔니고 消防隊와 私服 입은 日人들의게 몽동이로 엇어맛고 **구두로 채오던 양**과 只今 礴洞 굴목에서 日本帝國 天皇의 巡查에게 侮辱을 當하던 일과 只今 獄中에 苦楚를 當하는 同胞들의 情境을 生覺하매 純潔한 處女의 가슴은 터지는 듯하야 **눈물만 북밧처 올나온다.** 貞姬는 母親의 무릅에 쓸어져 운다. 母親은 家長과 一男一女를 온통 獄中에 느흐노코 世上이 갓지 아니하다가 貞姬가 도라오매 얼마콤 慰勞가 되엿스나 貞姬의 눈물에 그 慰勞도 다 스러지고 마치 침침한 밤에 虎狼의 들끌는 深山中에 어린兒와 단둘이 잇는 듯하야 不知不覺에 戰慄함을 禁하지 못하엿다. ② 壁에 그 毒蛇 갓흔 세목난 눈이 間隔 업시 둘너 붓터서 母女의 腹臟꺼지 들여다보고 그 韓人의 피로 녹쓴 槍과 韓人의 살덤이 데덕데덕 붓흔 縛繩으로 母女를 한꺼번에 結縛하야 뿔난 倭憲兵 잇는 警務總監部로 끌어갈 것 갓다.

　　　　　　　　　　　　　　　　　　　　　　　— 「피눈물(三)」[14]

①-1
　오늘 아참 형식을 차즈려고 결심홀 재에는 형식에게 그동안 지나온 말을 다 ᄒ려 ᄒ얏더니 **이러흔 싱각이 나미 그만 그러흔 결심도 다 풀어지고 슬**

---

14　其月, 「피눈물(三)」, 『독립신문』, 1919. 8. 29.

푼 싱각과 원망스러온 싱각만 가삼에 북바쳐 오를 쑨이라.

—『무정』, 15장[15]


①-2

영치의 눈 압헤는 앗가 청량리에셔 맛나던 광경이 더욱 분명ᄒ게 보인다. 김현슈의 그 즘싱 ᄀᆺᄒᆫ 눈 그 겻헤 셔서 쌈ᄂᆡ 나는 손슈건으로 영치의 입을 트러막던 비명식의 모양, 비명식이가 영치의 두 팔을 꽉 붓들 쌕에 밋친 듯ᄒᆫ 김현슈가 두 손으로 ᄌᆡ긔의 두 귀를 꽉 붓들고 슐 넘ᄉᆡ와 구린ᄂᆡ 나는 입을 ᄌᆡ긔의 입에 디던 모양 (…중략…) 쌜쌜 웃던 모양이 더욱 분명ᄒ게 보인다. (…중략…) 영치의 몸은 치워ᄒᆞᄂᆞᆫ 슴 모양으로 쎨린다. 영치ᄂᆞᆫ 쏘 알이 입슐을 쏙 무렀다.

—『무정』, 42장[16]


②

선형은 흑ᄒ고 진져리를 치며 챠실ᄂᆡ에 여긔져긔 안져 조ᄂᆞᆫ 사ᄅᆞᆷ들을 도라본다. 그 사ᄅᆞᆷ들도 모도다 무셔운 마귀가 된 것 갓다. 그 사ᄅᆞᆷ의 얼골들이 금시에 눈을 쑥 부르ᄯᅳ고 ᄌᆡ긔를 향ᄒ고 달녀들 것 갓다.

—『무정』, 118장[17]


두 번째 장편『개척자』와의 연관성이 또렷한 대목도 발견된다. 이광수는『개척자』에서 서울의 겨울달을 소재로 하여 당장은 사해死骸와 갈

---

15  김철 교주, 『바로잡은『무정』』, 문학동네, 2003, 114면.
16  위의 책, 272~273면.
17  위의 책, 672~673면.

이 침잠에 잠겨 있으나 소생할 생명력을 품고 있는 서울의 모습을 공들여 묘사한 일이 있다. 이 대목은 최남선이 편찬한 『시문독본』 정정합본(1918.4)에 「서울의 겨울달」이라는 제목으로 재수록되었을 만큼 탄탄한 문장력이 돋보이는데, 다음의 묘사 장면은 마치 3월 5일의 시위 당일 아침 태극기로 나부끼는 서울 곳곳의 모습을 묘사한 「피눈물」의 다음 장면을 예견이라도 한 것처럼 느껴지기도 한다. 특히 「서울의 겨울달」에서 과거 몇천 년 간에 몇천 만의 "生靈"이 남산을 보고 울고 웃었다는 표현은 「피눈물」에서 일찍이 대한나라의 영광을 찬양했고 이완용 등의 매국노를 보며 침묵의 통곡을 감추었던 북악과 남산, 인왕산 "老松들"의 모습과 그대로 겹쳐진다.

서울은 北岳을 등에 지고 南山과 나츨 對하야 울고 웃고 한다. 아마도 우슬 째에 南山을 對하면 가튼 微笑를 엇고 울 째에 南山을 對하면 부드러운 慰安을 엇는 모양이다. 過去 몃 千年間에, 갓갑게 잡고 五百餘年間에 몃千萬의 生靈이 南山을 보고 울고 웃고 하엿는고. 그러나 恨하건대 過去의 南山은 아직도 큰 우슴과 울음을 當하여 보지 못하엿다. (…중략…) 서울에는 確實히 生命이 잇다. 北岳의 바람이 아모리 차게 내려쏜다 하더라도 길과 지붕과 마당이 아모리 얼음 가튼 눈으로 내려눌렷다 하더라도 그 밋헤는 봄철에 엄 돗고 닙새 필 生命이 잇는 것과 가티 서울에는 確實히 生命이 잇다. (…중략…) 서울을 보고 우는 者는 自己의 잘못임을 깨달아야 한다. 서울! 낡은 죽엄 우에 새로 설 새 서울! 諸君은 北岳의 烈風 속에, 南山의 月光 속에 誕生 祝賀의 깃븐 曲調를 알아들어야 한다.

　　　　　　　　　　　　　　　　　　　　　　　—「서울의 겨울달」[18]

해가 떠자 北嶽과 南山과 仁王山에 無數한 太極旗가 아침 바람에 날니인다. 마치 十年間 日人에게 押收되여 火葬을 當하엿던 數百萬의 太極旗의 悲魂이 一夜間에 陰府로써 뛰여나와 悲恨 만흔 서울을 에워싼 것 갓다. 머리에 太極旗를 인 老松들은 모다 일즉 大韓나라의 榮光을 讚揚하던 者들이다. 無情한 國民中에는 敢히 입을 열어 日皇의 萬歲을 唱하고 李完用 宋秉畯 閔元植 가 턴 小犬大犬을 出하엿다 하더라도 韓土의 雨露에 生長한 老松들은 沈黙의 憧哭을 藏하고 잇섯다. 韓土의 에업뿐 아이들이 夜半에 그 조고마한 손으로 품속에서 太極旗를 내어 自己의 頭上에 달 때에 老松들은 바람이 업더라도 반더시 悲壯한 叫號를 發하여슬 것이다. (…중략…) 이윽고 北村 近傍으로 民家에도 여긔져긔 國旗가 날닌다. 이 구석 져 구석에서 萬歲 소리가 들니며 街上으로 힘업시 往來하는 白衣人은 무슨 크고 무서운 일을 豫期하는 모양으로 눈을 나려 감고 입을 다무런다.

—「피눈물(六)」[19]

바야흐로 서사는 절정을 향해 치닫는다. 서울 곳곳에 내걸린 태극기를 내리느라 돌격해오는 일병들에게 우레와 같은 만세 소리로 맞서는 수천의 군중의 물결 한가운데서 태극기를 높이 들며 다음과 같이 외치는 청년이 있다. "大韓同胞여, 목숨이 그러케 앗가우닛가. 奴隷로라도 그다지 살아야 하겟슴닛가. 同胞여, 살아서 奴隷가 될야거든 차라리 죽어 自由의 鬼神이 됩시다."[20] 시위를 주도하고 나선 청년은 바로 주인

---

18  李光洙, 「서울의 겨을달」,(『時文讀本』訂正合編, 1918), 최주한 · 하타노 세츠코 편, 『이광수 초기 문장집』 II, 소나무, 2015, 676~678면. 이하 『초기 문장집』 II으로 적는다.
19  其月, 「피눈물(六)」, 『독립신문』, 1919.9.6.
20  其月, 「피눈물(七)」, 『독립신문』, 1919.9.13.

공 윤섭으로, 윤섭의 외침은 이광수가 중학 시절에 발표한 동일한 한자 제목의 번역 작품 「혈루血淚」(1908.11)의 주인공인 노예 검투사 스파르타쿠스의 연설을 그대로 환기시킨다. "同胞여! 諸君이 萬一 禽獸와 如ᄒ면 宜여니와 萬一, 人의 性을 具ᄒ엿거든 우리의 生命을 爲ᄒ야 우리의 權利를 위ᄒ야 우리의 自由를 爲ᄒ야 起치, 아니ᄒᄂ다!"[21]

일찍이 트리키아 발칸반도 출신으로 동료 노예들을 이끌고 자유를 위해 로마에 맞서 싸운 전설적인 영웅 스파르타쿠스에게 깊은 인상을 받았던 이광수는 산문시 「옥중호걸」(1910.1)에서도 우리에 갇혀 인간이 던져주는 먹이에 만족하는 호랑이를 향해 "山中의, 豪傑노셔, 奴隷에 自安ᄒᄂ, ᄀᆡ와 닭"[22]이 되기보다 이빨과 발톱으로 쇠사슬을 끊고 우리를 부수고, 심장의 피를 뿌리고 죽으라고 부르짖은 일이 있다. 또 오산 시절에 번역 간행한 『검둥의 설움』(1913)에서는 자유를 위해 목숨을 걸고 자유주로 도망하는 노예 조지의 다음과 같은 항변을 공들여 번역하기도 했다. "나는 ᄌᆞ유를 위ᄒᆞ야셔는 죽기도 무서워 아니ᄒᆞ니다. 내 목슴이 잇는 날ᄭᆞ지는 내 ᄌᆞ유를 위ᄒᆞ야 싸흘 터이올시다. ᄌᆞ유를 엇으랴는 싸홈이 당신네 조상의게 거륵ᄒᆞᆫ 싸홈이던 모양으로 이 싸홈도 내게는 가장 거륵ᄒᆞᆫ 싸홈이올시다."[23] 중학 시절 조국이 일본의 식민지로 전락해가는 과정을 뼈아프게 지켜보았던 이광수에게 '노예'와 '자유'는 각별한 무게를 지닌 단어였다.

시위 과정에서 주인공 청년남녀가 비장하게 목숨을 잃는다. 만세를

---

21 李寶鏡, 「血淚—希臘人 스팔타쿠스의 演說」(『太極學報』, 1908.11), 『초기 문장집』 I, 소나무, 2015, 30면. 이하 『초기 문장집』 I로 적는다.
22 孤舟生, 「獄中豪傑」(『大韓興學報』, 1910.1), 『초기 문장집』 I, 59면.
23 리광슈 초역, 『검둥의 셜음』(新文館, 1913), 『초기 문장집』 I, 186면.

부르다 일본 헌병에게 두 팔이 잘려나간 정희와 폭력에 저항하다 일본 순사의 칼에 난자당한 윤섭이 그들이다. 서사는 두 청년남녀의 장례식으로 마무리되는데, 장례식에서는 다음과 같은 기도가 흘러나온다. "하나님, 언제까지나 저희 貴해 하는 동생들을 怨讐의 劍 밋혜 두시랴 나잇가. 다음번 봄바람에는 불상한 두 동생의 무덤 곳으로 꾸미고 그들이 爲해 죽은 獨立을 엇엇슴을 告하게 하소서."[24] 이 장면은 삼랑진의 수해를 목도한 것을 계기로 민족에 눈뜬 청년남녀 주인공들이 조선의 문명화에 대한 사명감을 다지며 유학의 길에 오르는 『무정』의 대단원을 그대로 닮아 있다. 다만 독립을 위해 스러져간 두 청년남녀의 숭고한 죽음을 계기로 살아남은 자들이 독립의 각오를 다진다는 내용만 다를 뿐이다. 또한 독립을 위해 죽어간 두 사람의 무덤을 꽃으로 꾸미겠다는 발상은 대륙방랑 시절 이광수가 『권업신문』에 발표한 시 「꽃을 꺽거 관을 겻자」(1914.8)의 다음의 대목을 환기시키기도 한다. "이꽃으로 결은 관은 / 뉘머리에 씨여주랴 / 둥그럿흔 독립문에 / 즈유종을 울닌영웅 (…중략…) 나라위히 원혼되신 / 이국지스 무덤압헤."[25]

마지막으로 작자를 슬쩍 암시해둔 것처럼 보이는 두 가지 흥미로운 지표를 언급해 두고자 한다. 하나는 작품의 첫 장면에서부터 언급되고 있는 "독립신문"이라는 제호이다. 여주인공 정희와 순사가 실랑이를 벌이는 장면에서 순사는 정희의 책보퉁이를 가리키며 다짜고짜 '독립신문'을 돌리는 게 아니냐며 추궁하고 나선다. 여기서 순사가 추궁하는 '독립신문'이란 일차적으로 3 · 1운동의 와중에 발행된 대표적 지하신문의 하

---

24  其月, 「피눈물(一)」, 『독립신문』, 1919.9.27.
25  외빅, 「꽃을 꺽거 관을 겻자」(『권업신문』, 1914.8.16), 『초기 문장집』 I, 301면.

나였던 『(조선)독립신문』을 가리키지만,[26] 이광수가 사장이자 주필로서 창간에 나섰던 임시정부 기관지 『독립』(나중에 『독립신문』으로 개칭)을 동시에 환기시킨다.[27] 또 하나의 지표는 작품의 마지막 장례식 장면에서 언급되고 있는 '독립청년단'이라는 단체명이다. 시위 과정에서 목숨을 잃은 두 주인공 청년남녀의 장례식은 국장國葬을 대신하여 독립청년단의 단장團葬으로 치러지는 것으로 되어 있다. 「2·8독립선언서」는 이광수를 포함한 11명의 '조선청년독립단'의 이름으로 발표되었다.[28]

## 『독립신문』 소재 논설과의 문체적 동질성

장편 『무정』의 한글문체에 익숙한 독자에게 단편 「피눈물」의 국한문체는 당혹감을 준다. 『무정』의 첫 장면에서 처음 만나는 여학생과의 만남을 앞둔 청년 형식의 설레임을 생생하게 기억하고 있는 독자라면 더욱 그러할 것이다. 단편 「피눈물」의 첫 장면에서 시위운동에 대한 생각으로 가득한 윤식에 대한 심리묘사에서는 이러한 생동감이 다소

---

26  애초에 이종일에 의해 기획된 이 신문은 보성사에서 1만 부 인쇄되어 3월 1일 시중에 배포되었고, 독립선언서와 유사한 역할을 해냈다고 한다. 권보드래, 앞의 책, 46~47면 참조.

27  김주현 역시 순사가 추궁하는 "독립신문"이라는 제호에서 작가가 『독립신문』의 창간에 관여한 인물이라는 암시를 읽어내고 있다. 김주현, 「상해 독립신문 소재 「피눈물」의 저자 규명」, 『기미년 독립운동과 민족운동』(춘원연구학회·저장대학 한국연구소 주최, 기미년 독립운동 100주년 기념 국제학술대회 자료집), 2019.4, 82면.

28  「宣言書」(1919.2.8), 『초기 문장집』 II, 772면.

떨어진다. 이를테면 이런 묘사 대목이 그러하다. "允燮은 連日의 不眠의 疲勞와 多量의 出血과 傷處의 苦痛으로 時時로 眩氣가 生하며 四肢가 痲痺하야 道路上에라도 쓸어지고 십다."²⁹ 국한문체로는 『무정』의 한글문체가 확보할 수 있었던 구체적이고 생생한 묘사를 감당하기 어려웠을 것이다. 『무정』에서 새롭게 시도된 근대적 한글문체의 힘을 역으로 입증하는 대목이 아닐 수 없다.

그러나 『무정』을 집필하면서 순한글만으로는 신청년의 사유를 충분히 전개하기 어렵다는 사실을 깨달은 이광수는 『개척자』를 집필하면서는 다시금 국한문체로 썼다.³⁰ 단편 「피눈물」이 국한문체로 쓰여진 이유 역시 일차적으로는 이 단편 또한 독립운동을 주도하는 청년남녀가 주인공이고 지식계층을 주된 독자로 상정했기 때문일 것이다. 한편 『독립신문』 지면의 집필에 국한문체를 쓸 수밖에 없었던 여건이 영향을 주었을 가능성도 염두에 두어야 하는데, 『독립신문』은 창간 당시부터 국문활자를 자체 제작하여 사용해야 했던 여건으로 인해 국문활자가 부족했기 때문이다.³¹ 단편 「피눈물」이 장편 『개척자』에 비해 한자

---

29  其月, 「피눈물(一)」, 『독립신문』, 1919.8.21.
30  최주한, 「『무정』의 근대 문체와 서간」, 『서강인문논총』 42, 서강대 인문과학연구소, 2015, 179~180면. 『무정』과 달리 국한문체로 쓰인 『개척자』의 경우 인물묘사나 배경묘사에서 생동감보다는 정제된 표현을 지향하고 있는 것이 눈에 띈다. "化學者 金性哉는 疲困흔 드시 椅子에서 일어나셔 그리 넓지 않이흔 實驗室內로 왔다갓다 혼다. 西向 琉璃窓으로 들여쏘는 十月 夕陽 빗이 낡은 洋장판에 强흐게 反射되여 좀 疲瘠흐고 上氣흔 成哉의 얼골을 비쵠다."(一의 一, 『매일신보』, 1917.11.10) "셔울의 겨울달은 南山의 東端에서 올라 南山 마루를 지나 南山의 셔쪽으로 써러진다. 白雪과 靑松으로 墨畵와 又흔 班紋을 成흔 南山을 졔어노코는 셔울의 冬月을 말흘 슈가 업다."(十三의 一, 『매일신보』, 1918.1.20)
31  『독립신문』의 국문활자 부족의 문제에 대해서는 "朝鮮文 聖經에서 活字를 골라서 商務印書館에 주어서 字母를 만들어 사용"했다는 주요한의 회고와 더불어 "今日 國文活字 缺乏에 대한 苦痛은 海內外 有志의 同感하는 배"로 "各號 호 鉛字를 實費로 提供"한다는

의 비중이 높은 국한문체로 쓰여진 데는 국문활자의 부족이라는 매체적 여건이 한몫하고 있었던 셈이다.

한편 단편 「피눈물」은 장편 『무정』의 계몽적 어투를 그대로 이어받고 있는데 다 주제의식에 걸맞게 좀더 고양된 어조를 구사하고 있는 까닭에 『독립신문』 소재 이광수의 논설과도 문체적인 동질성이 발견된다. 주로 대중을 향한 지도와 호소에 적합한 권위적인 '하노라'체로 쓰여진 그의 논설은 만연체 문장을 즐겨 구사하고 있는 만큼 의미의 전달과 강조에 긴요한 문장의 호흡을 중시했다. 이런 이유로 논설의 문장에는 반복어구와 열거, 도치, 설의, 점강법 등의 수사법이 자주 쓰였는데,[32] 이러한 특징들은 단편 「피눈물」에서도 그대로 찾아볼 수 있다. 이들 사례가 골고루 쓰이고 또 내용적으로도 유사한 논설과 두어 대목 비교 제시하면 다음과 같다.

보지 못하나뇨, 져 굴목굴목이 또는 房 안에 숨어서 엿보는 韓族의 少年少女의 가슴에 자조 치는 鼓動 눈에 흐르는 피석기인 눈물 불끈 주인 조고마나마 단단한 주먹을. 그네의 悲憤으로 끌는 피를 무엇으로 식히랴. 한번 血管이 터져 내어뿜는 날 져 太極旗를 내리는 무리를 아니 태우고는 말지 아니하리라. 그 피가 끌허 구름이 되리라. 비가 되어 져들의 서음 나라를 씨서내리라. 그 피가 끌허 불근 불길이 되리라. 불길이 되어 太極旗를 侮辱하는 져들의 서음 나

『독립신문』 창간호의 광고를 참고할 수 있다. 김주현, 「상해 독립신문 소재 「피눈물」의 저자 규명」, 『기미년 독립운동과 민족운동』(춘원연구학회 · 저장대학 한국연구소 주최, 기미년 독립운동 100주년 기념 국제학술대회 자료집), 2019.4, 84면, 각주 243 참조.
32 『독립신문』 소재 이광수 논설의 문체적 특징에 대해서는 최주한, 「『독립신문』 소재 이광수 논설의 재검토」, (『민족문학사연구』 69, 민족문학사학회, 2019) 참조.

라를 태우리라. 태우되 一草一木도 남김이 업고 九州의 끗헤서 千島의 끗까지 식은
재를 만들고 말리라.

—「피눈물(七)」, 1919.9.13


아지 못게라, 機가 임의 熱하엿나뇨. 力이 임의 備하엿나뇨. (…중략…) 불은 임
의 당기엿도다. (…중략…) 이 불은 半島江山을 愛國의 熱血로 태우고 東陲의 小島國
을 復讐의 猛焰으로 태울 불이다. 그뿐이랴. 이 불은 亞細亞의 老大國을 覺醒의 烈
火로 태울 불이며, 이 불은 '세-ㄴ' 江邊에서, 英法海狹에서 부어내리던 火藥
불을 黑龍江畔, 朝鮮海狹에 쏫아지게 할 그 불이다. 아아, 엇지 이 불이 半島
江山에서 倭賊만 태울 불이랴. 이 불이 당기는 곳에 모든 醜惡과 모든 害毒,
모든 腐肉이 남지 못하리라. 이 불이 가는 곳에 새로운 나라가 잇슬지오, 새
로운 社會가 잇슬지오, 새로운 生活이 잇고 새로운 政治가 잇스리라. 이 불이
가는 곳에 새로운 大韓民族이 잇고, 새로운 中華民族이 잇고, 새로운 日本族,
새로운 亞細亞가 잇스리라.

—「獨立軍勝捷」, 1920.2.17


門을 열고 本館에 들어서면 피비린내와 요도포릅 내암새가 코를 바친
다. 頭骨이 破碎된 者, 銃槍에 눈을 찔린 者, 넙구리가 갈라져서 창자가 露
出된 者, 한편 손이 업는 者, 한편 귀가 없는 者, 손가락이 떨어진 者, 한편
밤(뺨)에 구녕이 뚤닌 者, 老人 어린아이, 女學生, 勞動者. 二百名 갓가운 患
者는 다 萬歲 부른 罪로 本人에게 이러케 至毒히 傷한 者라.

—「피눈물(一〇)」, 1919.9.23

今年 三月一日에 大韓의 兄弟와 姉妹로 하여곰 己未三月一日을 默想케 하고, 過去 一年間에 매 마즌 者, 죽은 者, 피 흘린 者, 獄中에서 惡刑을 當하는 者, 國家를 爲하야 夫를 失한 寡婦, 子女를 失한 父老, 父母를 失한 孤兒를 生각케 할지어다.

— 「三一節」, 1920.3.1

## 단편 「피눈물」의 의의

이상 '기월其月'이라는 필명의 상징성, 단편 「피눈물」의 집필 배경, 1910년대 이광수 작품과의 연속성, 『독립신문』 소재 사설과의 문체적 동질성 등을 고려하건대, 단편 「피눈물」의 저자는 이광수가 분명하다. 『독립신문』의 창간을 준비하면서 각별히 '문예란'을 기획한 데는 일찍이 『무정』과 『개척자』로 청년독자 사이에 널리 이름을 얻었던 작가로서의 자신감 혹은 소명의식이 작용했던 것이 아닐까 싶다. 작품 곳곳에서 발견되듯 '조선청년독립단'의 이름으로 함께 「2·8독립선언서」를 준비했다가 구속된 동료들에 대한 부채감도 아울러 작용했을 것이다.

청년남녀 학생들을 주인공으로 하여 3월 만세운동의 긴박한 현장을 사실적으로 그려내고 있는 단편 「피눈물」은 이광수의 문학적 이력 가운데 매우 특이한 국면을 차지한다. 무엇보다도 국내의 가혹한 검열이 부재한 자유로운 조건에서의 창작이었고, 조국이 식민지로 전락해 가는 과정을 뼈아프게 지켜보아야 했던 중학 시절 이래 은밀히 키워왔던 자유, 독립에 대한 열망이 조만간 실현될 수도 있으리라는 희망이 충만했던 시기의 창작이었다는 점에서 그러하다. 더욱이 당시 국내에서 발표된 소설에서 3·1운동은 전면적으로 다룰 수 없기에 간접적이거나 우회적으로 흔적을 남겨야 했던 사건이었고 보면,[33] 단편 「피눈물」은 문학사적으로도 결코 작지 않은 의미를 갖는다. 단편 「피눈물」과 더불어 한국 근대문학은 3·1운동의 현장을 전면적으로 다룬 작품을 또 하나의 문학적 자산으로 갖게 되었다고 해도 과언이 아닌 까닭이다.

---

[33] 이행미, 「3·1운동과 영어(囹圄)의 시간」, 『기미년 독립운동과 민족운동』(춘원연구학회·저장대학 한국연구소 주최, 기미년 독립운동 100주년 기념 국제학술대회 자료집), 2019.4, 46~47면.

## 제2부

# 조선문단의 구축과 문화횡단적 글쓰기

**제1장** 『어둠의 힘』(1923), 일본어 중역을 넘어서

**제2장** 민중예술로서의 『허생전』

**제3장** 호소이 하지메와 이광수—춘향전의 번역과 개작을 둘러싼 문화횡단적 경합

**제4장** 『단종애사』와 영월—부재하는 민족국가의 역사지리적 상상력

**제5장** 『동광총서』(1933)의 민족주의적 기획과 파시즘

|제1장|

# 『어둠의 힘』(1923), 일본어 중역을 넘어서

## 1. '영문역 톨스토이 전집'을 단서 삼아서

1923년 9월 톨스토이의 첫 희곡 〈어둠의 힘〉(1886)의 완역본이 중앙 서림에서 간행되었다. 무언가 고민에 잠긴 듯한 한 젊은 남성이 탁자에 오른 팔을 기댄 채 고개를 숙이고 의자에 앉아있는 표지 그림을 배경으로 '톨스토이 原著·春園 李光洙 譯'이라고 저자와 역자의 이름이 나란히 인쇄되어 있는 산뜻한 장정을 갖춘 작은 책자였다. 표지를 넘기면 홍명희가 쓴 서언序言이 실려 있는 것이 눈에 들어온다. 톨스토이라는 대문호의 작품을 『무정』(1917)의 작가 이광수가 번역했다는 사실과 나란히 "有益한 作品의 조흔 번역이 우리 손에 온 줄로 밋는다"[1]는 홍명희

---

1  톨스토이·春園 李光洙 역, 『어둠의 힘』, 중앙서림, 1923, 2면.

의 고평까지 곁들여졌으니, 충분히 당대의 독자들의 주목을 끌고도 남았을 것이다. 실제로『어둠의 힘』은 초판이 발행된 지 4개월여 만에 다시 재판을 찍고, 재판 당시에는『동아일보』에 하단 3단에 해당하는 커다란 지면을 할애하여 다음과 같이 대대적인 광고까지 내보낸다.

眞個赤裸裸 人生을 알랴거든 곳 이 冊을 읽으라!!

好評嘖嘖! 注文殺到! 忽再版!!

레오・톨스토이 原著・春園・李光洙 飜譯

本戲曲은 露國文豪 톨스토이의 名作이다. 그의 作品이 我文壇에 츰으로 紹介되야 發行 當日부터 天馬奔空의 勢로 初版이 好評中에 賣盡되고 再版이 出來함은 實로 出版界의 驚異다. 그는 그의 描寫한 材料는 純朴한 農村生活을 取하야 善・美・愛・惡・醜・憎이 混沌된 사람의 矛盾을 解剖하랴는 苦痛의 狀態를 如實히 表現한 것이 現在 朝鮮人의 心琴을 울리게 한 싸닭이다.[2]

그런데 광고를 자세히 들여다보면,『어둠의 힘』에 대한 당대 독자들의 폭발적인 호응이 단순히 대문호 톨스토이라든가 명문장가 이광수의 이름값 때문만은 아니었던 것을 알 수 있다. 짤막한 해설이나마 그것은 러시아 민중의 소박한 삶을 그들의 사고방식과 언어를 통해 생생하게 표현하고 있는 원작에 대한 비교적 충실한 이해를 보여준다. 적어도 당대의 독자들에게『어둠의 힘』은 원작의 작품성을 충실하게 살리는 데도 성공을 거둔 명실상부한 번역문학으로서 받아들여졌던 것이다.

그럼에도 불구하고 그동안 한국문학 연구에서 이광수의『어둠의

---

2  『동아일보』, 1924.1.20. 3면 광고.

힘』은 번역문학사나 톨스토이와 이광수 문학의 관련성을 논하는 가운데 극히 단편적으로 다루어 지고 있을 뿐,[3] 본격적인 연구의 대상으로서는 그 다지 주목되지 못했다. 번역 작품인 데다 희곡 장르여서 이광수의 소설에 비해 주목받지 못한 탓도 있겠지만, 이광수의 톨스토이 이해의 수준에 대한 저평가 또한 다소 영향을 주지 않았을까 싶다.[4] 최근에는 번역 저본과의 관련성을 염두에 둔 번역 양상이라든가 번역 의도에 관한 의미 있는 고찰이 시도되기도 했지만,[5] 아직껏 번역 저본이 밝혀지지 않은데다 1920년대 전반기 이광수의 문학활동

〈그림 1〉 『어둠의 힘』, 중앙서림, 1923, (국립중앙도서관 소장)

에 관한 연구가 충분히 축적되지 못한 탓에 내실 있는 연구 성과는 찾아보기 어려운 실정이다.

다행스럽게도 최근 저자는 오산 시절 이광수가 소장하고 있던 톨스토이의 전집에 관한 행방을 추적하는 과정에서 『어둠의 힘』의 번역 저본을 찾을 수 있었다. 이광수는 자전적 소설 『나』(1947)에서 이렇게 쓰고 있다.

---

3  김병철, 『한국 근대번역 문학사 연구』, 을유문화사, 1975; 김윤식, 『이광수와 그의 시대』(1986), 솔, 1999; 신정옥, 「러시아 극의 한국 수용에 관한 연구」, 『인문과학연구논총』 8, 명지대 인문과학연구소, 1991; 박진영, 「한국에 온 톨스토이」, 『한국 근대문학연구』 23, 한국근대문학회, 2011.

4  예컨대 김윤식은 "춘원의 톨스토이 이해의 수준은 식민통치 기간 내내 카츄샤의 눈물을 뛰어넘지 못했다. (…중략…) 톨스토이의 〈어둠의 힘〉에서 춘원은 인과법칙만 보았고, 그 속에 담긴 러시아적 삶의 방식이나 소박한 농민의 혼 속에 담긴 러시아적 소박성이랄까 종교적 기질은 보지 못하였다. 그에게는 톨스토이의 모순과 고민을 살필 능력이 없었던 것"이라고 단언했다. 김윤식, 앞의 책, 344~346면.

5  김미연, 「이광수와 톨스토이 수용과 번역 양상 고찰」, 고려대 석사논문, 2012; 우수영, 「『어둠의 힘』에 나타난 이광수의 번역 의도」, 『어문논총』 58, 한국문학언어학회 58, 2013.

원래 몇 권 안 되는 책일뿐더러 그것도 계통 없이 주워모은 문학서적이었으나 그중에 이채라고 할 만하게 눈에 띠는 것은 **톨스토이의 전집의 영문역 열네 권 한 질이었다. 키는 작으나 남빛 껍데기에 금자로 제호를 박은 것이었다. (⋯중략⋯) 이런 책들은 내가 그때의 영어 지식으로는 잘 읽지도 못하는 것이지마는 그래**도 아는 체하는 것과 알려는 욕심으로 끌고 다니는 것이요.[6]

공공연하게 드러내놓고 언급하지는 않았지만, "그때의 영어 지식으로는 잘 읽지도 못하는 것"이라는 언급은 이후에는 사정이 달라졌을 가능성을 내포한다. 사실 1923년의 이광수라면 이미 대학교육을 거쳤고, 상하이 망명 당시에는 "서양인 친구에게 교정을 받으면서" "영문으로 백 페이지가량의 저술"을 쓴 일이 있으며, 한동안 미션스쿨에 재직하고 있던 서양인 목사와 함께 성경 공부를 하기도 했다.[7] 당연히 영어 성경이었을 것이다. 또한 귀국하고 나서 이듬해인 1922년부터는 경신학교와 경성학교에 영어 강사로 출강한 경력도 있다. 중편 분량의 희곡 정도라면 완역도 충분히 가능성이 있는 셈이다.

더욱이 그동안 『어둠의 힘』 저본의 가능성으로서 언급되어 온 번역본들이 저본으로서는 재고의 여지가 있는 데다[8] 최근 이광수 연구자인

---

6　이광수, 『나』(1946), 『이광수 전집』 6, 우신사, 1979, 544면.

7　"요즈음은 英語만을 읽거나 말하거나 쓰거나 하고 있소이다. 상당히 進步하고 있는 것 같군요. 英文으로 百페이지 假量의 著述을 하고 있습니다. 어떤 西洋人 친구에게 校正을 받으면서 하고 있습니다."(1919.2.12) / "아직도 事務는 一切 아니 보고 聖經이나 보고 놀고 있아오며 M. G. Conger라는 The Seventh Day Adventist Mission위 牧師를 만나 때때로 聖經 工夫하옵니다."(1920.5.1) 이광수, 「사랑하는 영숙에게」, 『이광수전집』 9, 297면.

8　김병철은 "어투・낱말・고유명사의 발음, 부연어 등의 유사"를 들어 우노 키요스케(宇野喜代之介) 역, 『톨스토이 전집(トルストイ全集) 14 어둠의 힘(闇の力)』(春秋社, 1919)이 번역 저본의 가능성이 있다고 보았고(김병철, 앞의 책, 579면), 김미연은 일본어 번역

하타노 세츠코 또한 『어둠의 힘』의 저본으로서 일본어 역서는 발견되지 않는다는 견해를 제시한 바 있다.[9] 일본에서는 주로 미국에서 1904년에 번역 간행된 머드 자매의 톨스토이 희곡집[10]을 저본으로 한 역서가 1905년부터 잇달아 간행되기 시작하지만, 이광수의 『어둠의 힘』은 장의 구성, 고유명부터가 이들 판본과는 전혀 달랐다. 다른 판본이 있는 것이 분명하고, 저본은 아마도 이광수가 소장하고 있던 영문역 14권짜리 톨스토이 전집과 관련이 있을 것이라는 판단에 힘이 실렸다.

결과적으로 이광수가 소장했다는 영문역 14권짜리 톨스토이 전집은 찾지 못했다. 그러나 이 과정에서 이광수가 소장했을 것으로 보이는 톨스토이 전집의 16권에서 『어둠의 힘』의 번역 저본을 찾을 수 있었다. 1899년 23권으로 간행된 톨스토이 전집(The Novels and Other Works of Lyof N. Tolstoï : Master&Man, The Kreutzer Sonata, Dramas, New York : C. Scribner's Sons, 1899)이 그것인데, 이광수가 회고하고 있는 것처럼 남빛 표지에 금빛 제호가 박혀 있는 전집이다.[11] 헌책방에서 완질이 아닌 전집을 싼값에 구입했던 것은

---

본과 영어 번역본을 동시에 참고했을 가능성을 고려하여 Louise and Aylmer Maude Tr., *PLAYS : The Power of Darkness, The First Distiller, Fruits of Culture*(New York : Funk&Wagnalls Company, 1904)와 히야시 히사오(林久男) 역, 『어둠의 힘(闇の力)』(文會堂書店, 1912) 두 개의 저본을 상정한 바 있다. 김미연, 앞의 글, 58면 각주 145 참조.

9  波田野節子, 「李光洙と'飜譯'—『검둥의 설움』(1913)を中心に」, 『東京大學 韓國朝鮮文化研究』 13, 2014, 12면, 각주 45 참조. 하타노 세츠코가 조사한 일본어 역서는 다음의 네 판본이다. 落合昌太郎 譯, 『暗の力』, 興文館書店, 1905; 秋庭俊彦 譯, 『闇の力』, 植竹書院, 1915; 中村吉藏 譯, 『トルストイ叢書』 5, 新潮社, 1917; 宇野喜代之介 譯, 『トルストイ全集』 4, 春秋社, 1920.

10  Louise and Aylmer Maude Tr., *PLAYS : The Power of Darkness, The First Distiller, Fruits of Culture*, New York : Funk & Wagnalls Company, 1904.

11  참고로 같은 해에 발간된 12권짜리 톨스토이 전집은 초록 표지에 금빛 제호가 박혀 있다. *The Complete Works of Lyof N. Tolstoï*, by Tolstoy, Leo, graf, 1828~1910, Dole, Nathan Haskell ed., Thomas Y. Crowel &Co., 1899.(https://archive.org/details/completeworksofl01tols)

아닐까 조심스럽게 추정해 본다. 흥미롭게도 1922년 같은 출판사에서 14권짜리 톨스토이 선집이 간행되었는데, 이 선집에 희곡이 포함되어 있다면 이 판본을 저본으로 삼았을 가능성도 있다.[12]

구성은 물론이고 인명과 지명을 포함한 고유명에 이르기까지 저본을 충실하게 완역한 『어둠의 힘』(1923)은 소박한 조선의 언어와 표현을 통하여 러시아 민중들의 삶과 정서를 생생하게 살려내는 데도 성공을 거두고 있다. 초판이 간행되자마자 4개월여 만에 재판을 간행할 정도로 독자들의 폭발적인 호응을 얻은 것도 이 때문이었을 것이다. 그렇다면 작가의 측면에서, 더 나아가 당대 문단의 측면에서 이 현상이 의미하는 것은 무엇이었을까.

1920년대 전반기라면 이광수 개인적으로는 상하이에서 귀국한 이래 문학적 지향성에 현격한 변화가 보이기 시작하는 시점이다. 이러한 변화가 문화정치로의 전환 이후 본격화되기 시작했던 당대 신문화운동의 흐름과도 맞물려 있는 것은 말할 것도 없다. 이에 이 글에서는 우선 1920년대 이광수를 둘러싸고 있던 개인사적이고 문단사적인 맥락을 염두에 두고 〈어둠의 힘〉 번역의 배경과 경위를 재구성하고, 다음으로 번역 저본 및 일본어 번역본과의 비교 검토를 통해 『어둠의 힘』에 보이는 특징적인 번역 양상을 밝힐 것이다. 이를 토대로 이광수의 문학활동에서 『어둠의 힘』 번역 간행이 갖는 의미, 더 나아가 그것이 1920년대 신문화운동의 일환이었던 조선문학 구축에 기여한 몫을 가늠해 보고자 한다.

---

12 1922년에 간행된 14권짜리 톨스토이 선집의 존재에 대해서는 다음의 자료를 참고했으나 실물은 확인하지 못했다(http://www.icollector.com/Books-LYOF-TOLSTOI-Tolstoy-14-Vol-Set_i1176388).

## 2. 〈어둠의 힘〉 번역의 배경과 경위

1920년대 전반기는 언론·출판에 대한 통제의 완화와 더불어 문학 번역과 단행본 출판시장이 활기를 띠기 시작한 시기이다. 톨스토이의 번역만 해도 1921년 김억의 『나의 참회』(한성도서)가 단행본으로 번역 간행된 것을 비롯하여 1922년에서 그 이듬해에 걸쳐 춘계생의 『부활』이 『매일신보』에 완역되어 연재되었고, 1924년 조명희의 『산송장』(평문관), 1925년 나도향의 『사람은 무엇으로 사느냐』(박문서관)가 잇달아 단행본으로 번역 간행되었다.[13] 1923년 중앙서림에서 간행된 『어둠의 힘』 또한 이러한 톨스토이 번역 간행의 흐름 한 가운데 놓여 있는 것은 물론이다. 이광수 자신 일찍이 중학 시절부터 톨스토이주의자를 자처했고, 이 무렵은 제1차 세계대전의 참상을 낳은 상호쟁투에 기반한 국가주의와 제국주의의 세계관을 비판하면서 톨스토이의 예술관에 기반한 '생을 위한 예술', 종교와 예술의 일치를 주창하기도 했던 만큼,[14] 〈어둠의 힘〉 번역 간행은 작가적 관심사의 연장선상에서 놓인 것이기도 하다.

그런데 왜 하필 희곡이었을까. 이와 관련하여 앞서 언급한 톨스토이 번역 목록에서 주목을 끄는 것은 22년에서 24년에 걸쳐 집중적으로 번역된 작품이 모두 희곡이거나 이미 1910년대 연극으로 공연되어 대중적

---

13  박진영, 앞의 글, 211면, 〈표3〉 1920년대의 톨스토이 번역(단행본 및 신문 연재소설) 참고.
14  「예술과 인생—신세계와 조선 민족의 사명」(『개벽』, 1922.1)과 「쟁투의 세계로부터 부조의 세계에」(『개벽』, 1923.2) 두 편의 글이 대표적이다. 이광수와 톨스토이 예술론의 관련성에 관해서는 이재선, 제6장, 『이광수 문학의 지적 편력—문학론의 원천과 형성』, 서강대 출판부, 2010; 김진영, 「삶의 텍스트, 소설의 텍스트—이광수와 톨스토이」, 『비교한국학』 22-3, 국제비교한국학회, 2014, 16~17면 참고.

인 인기를 끌었던 작품이라는 점이다. 우선 『부활』은 1915년 시마무라 호게츠島村抱月가 이끌던 게이주츠좌藝術座의 만선滿鮮 순회공연과 더불어 1916년 당시 신파극계를 주도하던 예성좌藝星座에서 〈카츄샤〉라는 이름으로 공연되어 인기를 끌었고,[15] 이러한 인기에 힘입어 1917년에는 게이주츠좌가 재차 조선 순회공연에 나서기도 했던 작품이다.[16] "1910년대 톨스토이 번역의 총결산"[17]으로 평가되고 있는 박현환의 『해당화』가 신문관에서 간행된 것이 1918년의 일이니, 조선의 독자들에게 『부활』은 공연으로서 먼저 익숙해진 작품이기도 한 셈이다.[18] 『산송장』 또한 1920년 토쿄 유학생들을 중심으로 결성되어 근대극 전파의 산파 역할을 했던 극예술협회의 일원이었던 조명희의 번역이라는 점을 고려하건대, 공연을 염두에 둔 번역이었을 가능성이 높다. 실제로 「산송장」은 1925년 5월 토월회 14회 공연으로 단성사의 무대에 올려졌다.[19]

그렇다면 이광수의 경우는 사정이 어떠했을까.

흥미롭게도 이 무렵 이광수 역시 희곡에 관심을 갖고 있었던 사실이

---

15  1915년 게이주츠좌의 만선(滿鮮) 공연과 1916년 예성좌의 〈카츄샤〉 공연에 관해서는 다음을 참조. 홍선영, 「예술좌의 만선순업과 그 문화적 파장」, 『한림일본학』 15, 한림대 일본학연구소, 2009; 우수진, 「무대에 선 카츄샤와 번역극의 등장—〈부활〉 연극의 수용 경로와 그 문화계보학」, 『한국근대문학연구』 28, 한국근대문학회, 2013.

16  1917년 예술좌의 두 번째 조선 공연 당시에 관해서는 이광수의 「오도답파여행」(1917)에도 언급되어 있다. 오도답파 여행기의 제1신은 오도답파 여정에 오르기 위해 기차에 탄 이광수가 지방 순회공연차 인천에서 목포로 향하고 있던 예술좌 일행과 우연히 만나는 장면으로 시작된다. 최주한, 「이광수의 이중어 글쓰기와 「오도답파여행」」, 『민족문학사연구』 55, 민족문학사학회, 2014, 40면 참고.

17  박진영, 앞의 글, 206면.

18  1920년대에는 1923년 9월 토월회가 제2회 공연으로 조선극장의 무대에 올린 것이 대성황을 이뤘다고 한다. 신정옥, 앞의 글, 35~36면 참고.

19  『산송장』 번역과 공연에 관해서는 다음을 참조. 김미연, 「조명희의 『산송장』 번역」, 『민족문학사연구』 52, 민족문학사학회, 2013; 신정옥, 앞의 글, 38~39면.

발견된다. 아래 인용문은 이광수가 당시 의학 공부를 위해 일본에 건너가 있던 아내 허영숙에게 보낸 1922년 4월 21일 자 편지의 일절이다. 〈개척자〉 극이 이틀간 공연되었는데, 만족스럽지는 못하나마 연일 만원으로 굉장한 호응을 얻었다는 소식을 전하고 있다.

〈開拓者〉劇은 二日間 인데 連日 滿員이었고, 第三幕과 第五幕인 最終幕은 꽤 잘 되었습니다. 最終幕에는 여러 사람이 울던 모양이외다. 그러나 첫째 脚色이 잘못되고, 둘째 俳優가 서투르고, 셋째 設備가 不足하여 母論 滿足치는 못하지마는, 그만하면 다행이외다.

連日 藝術座 代表者는 〈開拓者〉를 이렇게 輕率히 上場하려 아니한 것, 二個月이나 苦心 練習한 것, 作者의 許諾을 感謝하는 것 等을 많이 말하였으며, 내 칭찬을 굉장히 하였는데 한 사람도 야지하는 이는 없는 모양입니다. 나올 때에 '아, 저 春園의 開拓 말이야' 하는 路上人의 말을 들었습니다.[20]

당시 〈개척자〉를 공연한 예술좌藝術座는 1922년 4월 예술협회 연예부에서 새로 조직한 단체이다. 1921년 가을 이기세를 중심으로 윤백남, 박승빈, 민대식 등이 조직한 신극 단체인 예술협회藝術協會는 '사회극연구'를 표방하며 서구의 번안극과 창작극을 10월과 11월 두 차례 시연하여 연극계의 이목을 모은 바 있다.[21] 이기세(1889~1945)는 일찍이 토쿄에서 신파극을 배우고 1912년 귀국하여 '유일단'을 조직하고 〈불여귀〉,

20  이광수, 「아내에게」(1922.4.21), 『전집』 9, 317면.
21  예술협회의 결성과 1922년 10월과 12월의 제1·2회 시연의 성격에 대해서는 현철, 「藝術協會劇團의 第一回試演을 보고」, 『개벽』, 1921.0.11; 「藝術劇團再試演」, 『매일신보』, 1921.11.19; 나경석, 「예술협회의 극을 보고」, 『동아일보』, 1921.12.18 참고.

〈자기의 죄〉, 〈장한몽〉 등의 신파극을 번안 공연하여 신파극을 주도했고 좀더 진보된 운영 방식으로 신파를 개량하기 위해 1916년 유일단을 해산하고 윤백남과 함께 '예성좌'를 조직했던 인물이다.[22] 그러나 1년도 못가 예성좌가 해산하면서 연극계를 떠났다가 1921년 가을 예술협회를 조직하여 연극계로 돌아왔고, 이듬해 1922년 4월 다시금 윤혁과 함께 '예술좌'를 조직하여 공연에 나섰던 것이다. 『매일신보』는 예술좌의 결성과 당시의 공연의 성격에 대해 다음과 같이 전하고 있다.

　　일전 밤 단성사에셔 예술협회 연예부에셔는 이번에 다시 예술좌(藝術座)라고 하는 새로온 단톄를 조직하야 리긔셰(李基世) 씨를 작자 겸 무대감독으로 좌쟝을 신극계의 명셩인 윤혁(尹赫) 군으로 하야 항상 만장의 인긔를 쓸든 박승호(朴承浩) 리일션(李日宣) 량군을 비롯하야 녀비우로는 긔연이 다 관긔의 눈물을 쓸지 안으면 마지안튼 리치뎐(李彩田) 양도 출연하는대 특별히 독창까지 나와셔 한다 하며 예뎨는 **전부 현대극이나 사회극 혹은 문뎨극 중에서 취홀 터**이라 하여 긔연은 거 팔일 밤부터 시니 단성사에셔 흔다는대 새로은 안면으로는 이번에 새로히 입좌한 녀비우 박월뎡(朴月庭) 양이 특색이라더라.[23]

"예뎨는 전부 현대극이나 사회극 혹은 문뎨극 중에서 취홀 터"라는 언급으로 보아 당시 예술좌의 공연은 일찍이 사회극연구를 표방하며 신극운동에 뛰어들었던 예술협회의 지향성과 연속선상에 놓여 있었던 것을 짐작케 한다. 그러나 당시 일간지나 잡지에서 공연의 반향이라든가 이

22　한국 근현대 연극 100년사 편찬위원회, 『한국 근현대 연극 100년사』, 집문당, 2009, 215면 참고.
23　「藝術座의 興行」, 『매일신보』, 1922. 4. 11.

후의 행적에 관한 기록을 찾을 수 없는 것으로 보아 예술좌 또한 예성좌처럼 곧바로 해산되었을 가능성이 높다. 실제로 한 달 후, 〈개척자〉 공연을 했던 예술좌의 배우들이 이광수를 찾아와 새로 극단을 조직할 예정이라며 각본을 대달라고 부탁했다는 기록이 있다. 다음은 이광수가 아내 허영숙에게 보낸 5월 21일 자 편지의 일절이다.

> 오늘 불의에 어떤 朝鮮 俳優 셋(내 開拓者 하던 사람)이 와서 자기네 八, 九人이 劇團을 組織하니 脚本을 대어 달라기에 六月 末日內로 하나 九月 以後에도 하나, 이 모양으로 힘껏 해주마 하였습니다.[24]

이광수가 자신을 찾아온 배우들의 부탁을 기꺼이 수락한 것은 일차적으로 〈개척자〉 공연이 호응을 얻은 데 대한 자신감도 작용했겠지만, 민중극이야말로 "가장 短時間에 가장 多數人이 가장 普遍的으로 가장 速成的으로 貴族이나 平民이나 識者나 文盲이나 老人이나 少年이나 서로 모여서 民衆的으로 文化"[25]화시킬 수 있는 문화사업이라는 당대 신극운동의 주장에 깊이 공감하고 있던 까닭이었을 것이다. 실제로 이 무렵 이광수는 "무식하고 빈궁한 조선 민중이 골고루 향락할 예술이야말로 오늘날 조선이 갈망하는 예술"이라 하여 민중 예술론을 주창하는 한편, "아모ㅅ조록 쉽게, 언문만 아는 이면 볼 수 잇게, 닑는 소리만 들으면 알 수 잇게, 그리하고 교육을 밧지 아니한 사람도 理解할 수 잇게, 그리고도 讀者에게 道德的으로 害를 밧지 안케 쓰자"[26]는 방침하에 의

---

24　위의 글, 319면.
25　현철, 「文化事業의 急先務로 民衆劇을 提唱하노라」, 『개벽』, 1921.4, 112면.

식적으로 문체를 바꾸기도 했다.

이광수가 6월까지 집필하기로 한 각본은 「순교자」로 추정된다. 1923년 10월 홍문당서점에서 간행된 『춘원 단편소설집』의 서문 가운데 "「가실」, 「거룩한 이의 죽음」, 「순교쟈」, 「혼인」, 「할멈」의 五篇은 昨年 以來로 쓴 것"[27]이라는 언급으로 미루어 짐작할 수 있다. 하지만 「순교자」는 공연으로까지 이어지지는 못했을 가능성이 높다. 「순교자」는 천주교 신앙을 받아들여 세례를 받고 신부가 되고자 했으나 자신을 겁탈하려던 남성을 죽인 누이를 대신하여 죄를 뒤집어쓰고 붙들려가는 오라비의 이야기를 다룬 1막 2장의 단편 희곡이다. 그러나 막상 써놓은 원고에 대해 이광수는 만족스럽게 여기지 않았던 듯하다. 「가실」과 「거룩한 이의 죽음」은 『동아일보』와 『개벽』의 지면을 통해 공식적으로 발표한 데 비해, 「순교자」의 경우는 그대로 묵혀두었다가 단편집을 간행하면서 함께 수록하고 있다. 나중에 「순교자」의 모티프를 확대하여 이번에는 장편 「금십자가」(『동아일보』, 1924)의 연재를 시도하지만 역시 미완에 그치고 만다.

희곡 집필이 생각처럼 쉽지 않다는 것을 깨닫게 된 이광수는 희곡의 번역에 눈을 돌리게 된다. 오산 시절 『검둥의 설움』(1913)을 번역하면서 구성이라든가 묘사, 성격화 등의 기법을 익힌 것이 나중에 장편 『무정』을 쓰는 데 도움이 되었던 경험을 떠올렸을 것이다.[28] 『어둠의 힘』이

---

26 "「가실」은 내ㅅ간에 무슨 새로운 試驗을 해보느라고 쓴 것이오 「거룩한 이의 죽음」, 「순교자」, 「혼인」, 「할멈」도 「가실」을 쓰던 態度를 變치 아니한 것이다. 그 態度란 무엇이냐. '아모ㅅ조록 쉽게, 언문만 아는 이면 볼 수 잇게, 낡는 소리만 들으면 알 수 잇게, 그리고 교육은 밧지 아니한 사람도 理解할 수 잇게, 그리고도 讀者에게 道德的으로 害를 밧지 안케 쓰쟈'라는 것이다. 나는 만일 小說이나 詩를 더 쓸 機會가 잇다 하면 이 態度를 變치 아니하란다." 이광수, 「멧마듸」, 『춘원 단편소설집』, 홍문당서점, 1923.10.
27 위의 글.
28 『검둥의 설움』 번역이 『무정』의 집필에 미친 영향에 대해서는 다음을 참조. 최주한,

중앙서림에서 간행된 것이 이듬해 9월이니, 번역에 걸린 시간과 당시 원고에 대한 사전 검열 제도를 고려하면 시기적으로도 아귀가 들어맞는다.[29] (참고로 1922년 12월 홍문당에서 간행된 이광수의 『개척자』의 경우 출간에 이르기까지 대략 7개월 정도의 시간이 걸렸다.)[30] 이광수는 9월 이후에 또 하나의 각본을 대주기로 한 약속을 지키기 위해 〈어둠의 힘〉 번역에 착수했던 것이다. 일찍이 로맹 롤랑이 민중 지향적인 톨스토이의 후기사상이 집약된 작품이자 묘사에 생기와 힘이 넘치는 걸작으로 상찬하기도 했던 〈어둠의 힘〉은[31] 이 무렵 톨스토이의 민중예술론에 주목하고 있던 이광수에게 단연 최적의 번역 대상이었다.

「『검둥의 설움』과 번역의 윤리-정치학」, 『이광수와 식민지 문학의 윤리』, 소명출판, 2014; 波田野節子, 「李光洙と'飜譯' -『검둥의 설움』(1913)を中心に」, 『東京大學 韓國朝鮮文化研究』 13, 東京大學 韓國朝鮮文化研究會, 2014.

29 문화통치로의 전환 이후 출판법이 다소 완화되었으나 1920년대는 여전히 원고의 사전 검열 제도로 인해 완성된 원고가 출판되는 데는 오랜 시일이 걸렸고, 이 때문에 시의성과 영업상의 손실을 들어 신문지법과 출판법 개정을 위한 출판업자들의 목소리가 높았다. 장신, 「1920년대 조선의 언론출판관계법 개정 논의와 '조선출판물령'」, 『한국문화』 47, 서울대 규장각 한국학연구원, 2009 참고.

30 이광수가 『개척자』 간행 준비에 들어간 것은 1922년 5월의 일이다. 이광수가 아내 허영숙에게 보낸 5월 16일 자 편지에 『개척자』 간행 준비에 대한 언급이 보인다. "『開拓者』는 곧 發行하도록 準備하겠소." 이광수, 「아내에게」(1922.5.21), 『전집』 9, 322면.

31 "톨스토이의 극은 대개의 경우 매우 서투르게 마련인데, 이 작품에서는 산뜻한 기량을 나타내고 있다. 성격도, 줄거리도 여유를 가지고 처리되고 있다. 이 극에 또 특별한 예술적 맛을 더해주고 있는 것은 그 농민들의 말이다. 러시아 민중의 서정적이고도 야유를 즐기는 그 정신에서 태어난 뜻밖의 인간상들에 대한 문학적 묘사는 생기와 힘으로 넘쳐 있다." 로맹 롤랑, 이정림 역, 『톨스토이의 생애』(1911), 범우사, 2008, 75면.

## 3. 번역 저본 및 번역 양상 검토

일본에서 톨스토이의 〈어둠의 힘〉이 번역 간행되기 시작한 것은 1904
년 미국에서 머드Maude 자매에 의해 톨스토이 희곡집이 번역 간행된 이
듬해인 1905년부터의 일이다. 1905년 오치아이 쇼타로落合昌太郎의『어둠
의 힘暗の力』(興文館書店)을 비롯하여 1907년에는 극작가로서 시마무라 호
게츠의 게이주츠좌藝術座에 참여하기도 했던 나카무라 키치조中村吉藏의
번역이『톨스토이 총서トルストイ叢書』5(新潮社)에 수록 간행되었다. 이후
1912년에는 독문학자인 하야시 히사오林久男의『어둠의 힘闇の力』(文會堂
書店)이, 1915년에는 러시아문학자인 아키바 토시히코秋庭俊彦의『어둠의
힘』(植竹書院)이 간행되었고, 1920년에는 우노 키요스케宇野喜代之介의 번
역이『톨스토이 전집トルストイ全集』4(春秋社)에 수록 간행되었다. 대개 머
드 자매의 번역을 저본으로 삼은 것으로, 특히 하야시의 번역은 독일어
번역을 함께 참고한 것이 눈에 띈다.

『어둠의 힘』번역 저본 및 이본을 검토하는 과정에서 우선 하타노
세츠코가 저본이 아니라고 판정한 판본들은 일단 제외했다.[32] 예외적
으로 나카무라 키치조의 번역은 검토의 대상으로 삼았는데, 1907년 초
판이 간행된 이래 1922년 13판을 간행할 정도로 대중적으로 널리 읽힌
판본인 데다 머드 자매의 번역을 충실하게 따르고 있어『어둠의 힘』번
역 저본과의 비교 검토 대상으로 적합하다고 판단했기 때문이다. 한편
1912년에 간행된 하야시 히사오의 번역은 하타노 세츠코의 검토 대상

---

[32] 각주 9 참고.

에서 누락되어 있고, 머드 자매의 번역과 더불어 독일어 번역을 함께 참고하여 다소 번역의 양상을 달리하고 있어 검토 대상에 포함시켰다.[33] 이하 번역 저본과 일본어 번역 이본들을 비교 검토하기 위해 이 글에서 사용한 것은 다음의 다섯 가지 판본이다.

① *The Novels and Other Works of Lyof N. Tolstoï : Master&Man, The Kreutzer Sonata, Dramas*, Vol.16(1899), New York : C. Scribner's Sons, 1902.[34]

② 이광수 역, 『어둠의 힘』, 중앙서림, 1923.[35]

③ Translated by Louise and Aylmer Maude, *PLAYS : The Power of Darkness, The First Distiller, Fruits of Culture*, New York : Funk&Wagnalls Company, 1904.[36]

④ 中村吉藏 譯, 『トルストイ叢書』 5, 新潮社, 1922(13판, 1907년 초판)

⑤ 林久男 譯, 『闇の力』, 文會堂書店, 1912.[37]

우선 번역 저본과 이본들의 장 구성을 비교하여 도표로 나타내면 〈표 3〉과 같다. 표에서 확인할 수 있듯이, 『어둠의 힘』과 일본어 번역서들은 구

---

33 "본서는 원서에서 직접 번역한 것은 아니다. 따라서 원작의 어조를 그대로 전하고 있지 못한 점이 있을지도 모른다. 머드(モード)의 영역은 꽤 공들인 것인 반면에 슈뮤케(シュミユツケ) 등 그밖의 독일어 번역은 너무 평범한 듯하다. 이 번역도 러시아의 토속어를 표현하는 점에서는 스스로 부족한 점이 많다." 林久男, 「附言」, 『闇の力』, 文會堂書店, 1912, 1면.

34 원문은 다음의 아카이브 사이트의 전자책을 참고할 수 있다(https://archive.org/stream/novelsotherworks16tolsuoft#page/234/mode/2up/search/234).

35 원문은 국립중앙도서관의 전자책을 참고할 수 있다(http://viewer.nl.go.kr:8080/viewer/viewer.jsp).

36 원문은 다음의 아카이브 사이트의 전자책을 참고할 수 있다(https://archive.org/details/cu31924027448921).

37 일본국회도서관에 소장되어 있다. 자료를 찾아 보내주신 하타노 세츠코 선생님께 진심으로 감사드린다.

〈표 3〉 번역 저본 및 이본의 장 구성

| ① Scribner's | ② 이광수 | ③ L&A Maude | ④ 中村吉藏 | ⑤ 林久男 |
|---|---|---|---|---|
| ACT I<br>21 SCENE | 第一幕<br>21場 | ACT I | 第一幕 | 第一幕 |
| ACT II<br>24 SCENE | 第二幕<br>24場 | ACT II | 第二幕 | 第二幕 |
| ACT III<br>18 SCENE | 第三幕<br>17場<br>(SCENE 16 누락) | ACT III | 第三幕 | 第三幕 |
| ACT IV<br>16 SCENE | 第四幕<br>16場 | ACT IV | 第四幕<br>第一場 | 第四幕 |
| VARIANT<br>7 SCENE | — | VARIATION | 變更の場<br>第二場 | 改修 |
| ACT V<br>11 SCENE<br>TABLEAU II<br>3 SCENE | 第五幕<br>11場<br>第二齣<br>3場 | ACT V<br>2 SCENE | 第五幕<br>2場 | 第五幕<br>ダークチェーンヂ |

성에서부터 또렷이 구분된다. 『어둠의 힘』이 스크리브너 출판사의 번역에 따라 모두 5막 2척 92장으로 이루어져 있는 반면, 일본어 판본들은 머드 자매의 번역에 따라 5막 2척의 구성을 보여준다. 『어둠의 힘』에서 누락된 제3막의 16장의 내용은 주인공 니키타의 독백 한 마디(It's too bad of you!)가 전부이다. 실수에 의한 누락이었을 가능성이 크다. 그러나 원작의 변주에 해당하는 7개의 장을 번역하지 않은 것은 의식적인 판단에 의한 것이었다고 생각된다. 4막의 변주장은 주인공 니키타가 의붓딸 아쿨리나와 정을 통하여 낳은 아이를 살해하면서 갈등하는 원작의 충격적인 대목을 간접화하고 있다. 이광수는 변주장을 번역하는 것이 원작의 극적 효과를 상쇄한다고 생각하지 않았을까. 흥미로운 것은 『어둠의 힘』에는 원작의 이 문제적인 대목이 그대로 번역되어 있는 반면 나카무라와 하야시 판본의 경우 검열로 인해 원작의 상당 분량이 삭제되어 있다는 점이다.

②

**니키다**　　이년들 무슨 즛을 햇니. 날더러 무엇을 식혓니? 엇더케 고
　　　　　　것이 우는지…… 엇더케 고것이 꼼지락거리는지! 이년들
　　　　　　날더러 무엇을 하랫서? 아직도 살앗서! 정말 살앗서! (가
　　　　　　만히 듯는다.) 어린애가 우네 저것 바 우네 ― (움으로 쒸
　　　　　　어들어간다.)

**마트료나**　(아니샤더러). 보아라, 재가 들어간다, 아마 무드러 가나
　　　　　　보다. 애야, 등 갓다 주랴?

**니키다**　　(대답은 업시 움 갓가하서 가만히 듯고 잇다.) 아모 소리
　　　　　　도 안 나네. 내 귀가 그랫나. (맷 거름 가서 또 선다.) 고
　　　　　　조고만 쌕다귀가 씩 눌렷더니 쌧작쌧작 하겟지! 흙, 흙,
　　　　　　져희들이 날더러 그런 일을 식혓고나. (다시 듯는다.) 또
　　　　　　우는 소리가 나네, 씩 그 소리어! 이게 웬 일인가, 어머니,
　　　　　　아니고, 어머니,(마트료나게로 간다.) (146~147면)

④

ニキタ　　何をさせようてんだい？　何をさせようてんだい？　あれ，
　　　　　……＿＿＿＿＿！一體どうしようてんだい？……本當にる
　　　　　んだ，まだ，＿＿＿＿んだ！(耳を傾けて聞き澄ます) ほら，
　　　　　＿＿＿＿＿(窖に駈け寄る)

マトリオナ　(アニツシヤに) 又行くだね！＿＿＿といんだらう．ニキタ．
　　　　　提灯を持つて行くがええぞ！

ニキタ　　(その言葉を氣に留めす，窖の側に立つて聞き澄す) 何に

も聞こえやしねえ, 氣の所爲かな! (その場を去つて, 又,
立ち止る) ＿＿＿……＿＿＿……＿＿＿た! 一體どうし
ようてんだ? (再び聞き澄す) 又＿＿＿. 本當に＿＿＿る!
何うしたんだらう? お母! おい, お母!(マトリオナの方へ
行く) (121～122면)

    삭제된 분량은 4막 가운데 1/3가량이나 된다. 극의 흐름상 절정에 해
당하는 대목이 내용을 알아보기 어려울 정도로 삭제되어 있는 셈인데,
이 점에서 『어둠의 힘』이 작품성을 훼손함 없이 원작의 극적 효과를 고
스란히 전달할 수 있었던 것은 아이러니하게도 일본 국내와는 검열의
기준이 달랐던 덕분이었다고 할 수 있다.

    이 밖에도 번역에서 누락된 대목으로 이광수의 유년 시절의 트라우
마를 떠올리게 만드는 장면이 있다. 제4막 제1장에는 지참금을 노리고
반귀머거리인 니키타의 의붓딸 아쿨리나를 며느리로 맞기 위해 사돈
집을 찾는 성냥장수라는 인물이 등장한다. 곧이어 제3장에는 성냥장
수에게 중매를 선 마트료나가 이번 혼담에 대한 좋지 않은 소문을 미심
쩍어하는 성냥장수를 설득하는 대목이 이어지는데, 다음의 대화 장면
이 잇달아 누락되어 있는 것이 눈에 띈다.


① 

| | |
|---|---|
| MATCHMAKER | It seems all right; but as regards the money, we must look out. |
| MATRIONA | Don't speak about the money. what she received |

from her parents is all safe. In these days a hundred
and fifty rubles is no small sum. (p. 299)

MATCHMAKER          People say more money than that was promised
                    with her; your son is also pretty sharp.

MATRIONA            Oh, the white doves! In other's hands the slice is
                    great. They give all they got. I tell you, don't you
                    worry about the money. You'd better have it
                    securely settled. What a girls she is, good as ripe
                    seed!(p. 300)

누락된 대목은 둘 다 성냥장수 아들의 혼담에 수반된 돈 거래를 명시
하고 있는 내용이다. 일찍이 이광수의 부친은 열한 살 난 아들을 데리
고 가문은 보잘것없지만 부자로 이름이 있던 친구를 찾아가 볏 백 섬과
함께 딸을 며느리로 달라는 비굴한 청혼을 하여 어린 아들에게 지독한
수치심을 안겨준 적이 있다.[38] 그래서 이 대목만큼은 이광수도 번역을
피하고 싶었던 것이 아닐까. 번역 저본에는 그저 '침울한 농부a morse
muzhik'로 소개되어 있는 성냥장수를 굳이 '음침한 농부'로 번역한 것도
매매혼賣買婚에 대한 반감이 작용한 탓이었을 것이다.
　　한편 『어둠의 힘』은 인명이나 고유명에 있어서도 번역 저본을 그대

---

[38] 당시의 심경을 이광수는 훗날 이렇게 회고했다. "이 순간에 내 가슴 속에 일어난 수
치와 분함과 비통함은 영원히 잊을 수 없을 것이다." 이광수, 『그의 자서전』(1937),
『전집』 6, 321면.

〈표 4〉 번역 저본 및 이본의 인명

| ① Scribner's | ② 이광수 | ③ L&A Maude | ④ 中村吉藏 | ⑤ 林久男 |
|---|---|---|---|---|
| PIOTR | 표틀 | PETER | ピーター | ピートル |
| ANISYA | 아니샤 | ANÍSYA | アニツシヤ | アニツシヤ |
| AKULINA | 아쿨리나 | AKOULÍNA | アクーリナ | アクーリナ |
| ANYUTKA | 아늇가 | NAN | ナン | アニユートカ |
| NIKITA | 니키다 | NIKÍTA | ニキタ | ニキタ |
| AKIM | 아킴 | AKÍM | アキム | アキム |
| MATRIONA | 마트료나 | MATRYÓNA | マトリオナ | マトリヨーナ |
| MARINA/Marinka | 마리나/마링까 | MARÍNA | マリーナ | マリンカ |
| MITRITCH | 미트리치 | MÍTRICH | ミトリツチ | デミトリツチ |
| NEIGHBOUR | 이웃 | FIRST NEIGHBOUR | 第一女 | 第一の女 |
| KUMA (ANISYA's godmother) | 쿠마 (아니사의 수양모) | SECOND NEIGHBOUR | 第二女 | 第二の女 |
| THE MATCHMAKER (svat, 사돈) | 성냥장수 | THE (Suitor's) FATHER | 聟の父 | 舅 |
| | | THE MATCHMAKER | 媒妁人 | 媒妁人 |
| St. Mitri's Saturday | 싼 미트리 토요일 | St. Dimítry's day | ディミトリ様の日 | ディミトリュースの日 |

로 따르고 있어 번역 저본의 확인이 용이하다. 번역 저본과 이본의 인명 표기를 도표로 나타내면 〈표 4〉와 같다.

〈표 4〉는 인명 표기 또한 『어둠의 힘』이 스크리브너 출판사의 번역에 따르고 있는 반면 일본어 번역들은 머드 자매의 번역을 따르고 있는 것을 확연히 보여준다. 하야시의 판본에 보이는 변형된 인명 표기는 독일어 번역을 참고한 것으로 보인다. '마리나'는 주인공 니키타의 버림받은 애인 역을 맡은 인물로, 『어둠의 힘』에서는 번역 저본과 마찬가지로 본문의 대화 속에서 '마링까'라는 애칭으로 등장하기도 한다. '쿠마'는 러시아로 아주머니куmа를 뜻하는 일반명사이다. 대륙방랑 시절 7개월 남짓

러시아에 체류한 경험이 있는 이광수는 그 뜻을 익히 알고 있었을 테지만, 일본어 판본과는 달리 그대로 번역 저본의 인명 표기를 따른 것이 눈에 띈다. 『어둠의 힘』에서 가장 흥미로운 인명 표기는 단연 성냥장수이다. 번역 저본인 스크리브너 판본에는 'MATCHMAKER'로 번역되어 있고, 각주에 'Svat'을 가리키며 신랑의 아버지를 뜻한다는 상세한 설명이 덧붙어 있다.[39] 러시아어 'сват'은 사돈과 중매인 두 가지 뜻을 갖고 있기 때문에 혼란을 피하기 위해서였을 것이다. 머드 자매의 번역은 맥락에 따라 두 가지 방식으로 번역했고, 일본어 번역 역시 이러한 두 가지 인명 표기에 충실하게 따랐다. 하지만 영어 'MATCHMAKER'에는 성냥제조자와 중매인 두 가지 뜻뿐이다. 이광수는 사돈이라는 번역어 대신에 성냥장수라는 번역어를 택했다. '쿠마'와 마찬가지로 일본어 판본을 참고했다면 절대로 가능하지 않았을 번역이다.

이 밖에도 번역 저본의 확실성을 뒷받침하는 대목을 두 군데만 더 제시해두고자 한다. 애초에는 이광수의 오역이거나 의역이라고 생각했으나 나중에 번역 저본을 찾고 나서 번역 저본에 충실한 완역이었다는 것을 알게 되어 저자 자신도 놀랐던 대목이다.

**제1막 2장**

① PIOTR      I don't get much out of you, **for you aren't at home more than once a year.** Oh, what people!(235면)

② 표틀      자네도 내게는 다 쓸데업서, **일 년에 한 번이나 집에 들어오**

---

[39] The novels and other works of Lyof N. Tolstoï: Master&Man, *The Kreutzer Sonata*, Dramas, Vol. 16(1899), New York : C. Scribner's sons, 1902, p. 299.

고, 엑 이 망할 것 가트니.(4면)

③ PETER　　　If one weren't to goad you a bit, one'd have no roof left over

one's head before the year's out. Oh what people!(3~4면)

④ ピ—タ—　　だつてお前達に小言を云ふものがなかつた日にや, 一年も經

たね中に, 此家は片無しだ. ちえ, 一體何て奴等だらう!(4면)

(네 녀석들에게 잔소리를 늘어놓지 않는 날엔 일 년도 지나지 않아 이
집은 아무것도 남아나지 않을 거야. 쳇, 대체 뭐하는 놈들이람!)


### 제1막 11장

① AKIM　　　Well, of course, at the first, you know, she······ she threw

up, ······the smell, **but you get used to it, it's a trifle, it's**

**nothing**······ of course, it''s a little rough, but it's fair pa

y······ but the smell, of course. It isn't worth while to be

offended about. You can always change your clothes, of

course. I should like······ **to have MiKitka at home.** ······**to**

**have him wipe out his own fault, of course. Let him wipe**

**out his own fault at home,** and then I'll take the job in the

city······(246면)

② 아킴　　　그야, 암. 첨에야, 그러치, 할멈도······ 할멈도 곳 집어 내던

것지마는······ 그 냄새가, **그러나 해나면 괜찬아, 엇더타고**······

암 좀 힘이야 들지, 그러기에 삭전이 만치······ 그래 냄새는

심해. 그러니 져 자식더러 잘못한다고 말만 하면 엇지합닛

가. 사람이 옷도 갈아입는데, **저것을 다려다가 집에 두고 전에**

지은 罪를 씻겨쥬어야지오. 제 손으로 제 罪를 씻게 하고 그런 뒤에는

읍내에 가서 무슨 일을 하지오……(24면)

③ AKIM　　It's true, at first it does seem what d'you call it…… knocks

one clean over, you know, — the smell, I mean. But one gets

used to it, and then it's nothing, no worse than malt grain

and then it's, what d'you call it, …… payin', payin', I mean.

And as to the smell being, what d'you call it, it's not for the

likes of us to complain. And one changes one's clothes. So

we'd like to take what's name…… Nikíta I mean, home. Let

him manage things at home while I, what d'you call it, —

earn something in town.(13면)

④ アキム　　そりや, 初めの中は, そのう, …… むかむかさせるが—

そりや, なに, 臭氣だけのことで, 慣れてさえ來りや, 酒

滓の匂いも同樣になりますだ. それに, そのう…… 幾

らか金にはなりますしな. なアに, 臭氣にしたところが,

そのう, 私等のやうな者にや, 八釜しく云ふ程のことも

ありましねえだ.　着物を着かえりや何んでもかえから

ね. それで, そのう…… ニキタを連れて行きてえんで.

あれに家の事をやらせて置きア, 私ア, ぢつと, そのう

—町で稼げますでなア.(22면)

(그거야, 처음에는, 에, …… 메슥거리지만—그거야, 뭐, 냄새뿐이라, 익

숙해지면, 술지게미 냄새나 마찬가지인 걸요. 게다가, 에……, 얼마간 돈

은 되니까요. 뭐, 악취야 나지만, 에, 우리 같은 사람들이야 불평할 만한

일도 아닙죠. 옷을 갈아입는 일이야 얼마든 할 수 있으니까요. 그러니까, 에…… 니키타를 데려가서. 저기 집안일을 맡게 하고, 나는, 가만히, 에ー 도시에서 돈을 벌고요.)

첫 번째 인용문은 제1막 2장 주인공 니키다의 주인 표트르(니키타의 내연녀인 아니샤의 남편이기도 하다)가 니키타를 비롯한 아내 아니샤에게 잔소리를 늘어놓는 대목이고, 두 번째 인용문은 제1막 11장 니키타가 고아 소녀 마리나를 버려준 사실을 알게 된 니키타의 아버지가 아들을 집으로 데려가기 위해 주인 표트르를 찾아와 사정을 이야기하고 있는 대목이다. 다소 불완전한 번역이 눈에 띄기도 하지만, 인물들의 어투는 물론이고 쉼표 하나까지 충실하게 번역함으로써 농부들의 소박한 언어와 표현을 생생하게 전달하려 한 흔적이 역력하다.

특기할 만한 것은 이처럼 인명과 지명을 포함한 고유명의 표기를 비롯하여 인물들의 어투에 이르기까지 번역 저본을 충실하게 따르면서도 『어둠의 힘』은 소박한 조선의 언어와 표현을 통해 이를 조선적 정조와도 잘 어울리는 방식으로 번역해냈다는 점이다. 사랑, 질투, 증오 등 러시아 민중들의 원초적인 감정이 직설적으로 표현되어 있는 원작에는 유난히 욕설이 자주 등장한다. 그런가 하면 의식적이든 무의식적이든 그들의 삶에 뿌리깊이 자리하고 있는 특유의 종교적 신앙심을 드러내는 표현 또한 적지 않다. 『어둠의 힘』은 이러한 표현들에 대해서도 '엑기 망할 년(Shame on you!)', '하나님 맙시사(Lord save us!)', '관세음보살, 한 관음, 두 관음, 세 관음……(O Lord, O Holy Virgine, Mother of God! O Saint Mikola!)' 등 원뜻을 훼손시키지 않는 범위 내에서 전혀 낯설지 않게 표현해내는 기량을 보여준다. 그러나 의역 가운데서 압권을 꼽으라면 단연 제3막 12장에서 니키타가 부르는 노래를 들 수 있다. 주인공 니키타는 쾌활하고 낙천적인 데다 여자를 '사탕'처럼 좋아하는 바람둥이인데, 이러한 인물의 성격을 적확하게 포착해냈다는 점에서 번역 저본을 뛰어넘는 번역이라 할 만하다.

①

The cakes are on the stove,

The kasha[40] on the stair,

And we will try to live

And have an easy time,

But death will surely come,

And we shall be at peace.

The cakes are on the stove,

The kasha on the stair.(293면)

②

솟헤는 밥이 쓸코,

큰아기 방에 잇다.

어화야 살아보쟈,

실커덩 놀아보쟈,

이러다 죽어지면,

극락세게 왕생하쟈 ―

솟헤는 밥이 쓸코,

큰아기 방에 잇다.(218면)

---

40  카샤는 러시아어로 귀리죽(káшa)을 가리킨다.

## 4. 번역 희곡 〈어둠의 힘〉의 문학사적 의의

원작 〈어둠의 힘〉(1886)은 톨스토이가 58세 때 집필한 첫 희곡이다. 발표되자마자 굉장한 반향을 일으켰으나 도덕을 실추시킨다는 이유로 공연이 금지되었다가 1895년에야 검열을 거쳐 심하게 삭제된 채 무대에 올려졌다. 당시 공연 금지 명령서에는 "작품의 줄거리가 너무 사실적이고 끔찍하다"는 이유가 적혀 있었다고 한다.[41] 늙고 병든 남편을 독살하여 재산을 가로채고 젊고 잘 생긴 머슴과 재혼하는 여주인이라든가 주인집 안주인을 차지하고서도 의붓딸과 정을 통하는 바람둥이 머슴의 이야기를 다룬 이야기 설정도 그렇지만, 아내의 질투와 증오에 못이겨 결국 의붓딸이 낳은 아이를 자신이 직접 살해하는 장면이 담긴 제4막이 집중적인 논란의 대상이 되었다. 인간이 저지를 수 있는 죄악의 끝을 적나라하게 파헤친 이 장면은 오늘날의 시각에서 보아도 사뭇 충격적인데, 문화적 수준이 한껏 성숙했던 타이쇼 시기의 일본에서조차 검열로 인해 제대로 된 번역 출판이 어려웠던 사정은 앞서 보아온 대로이다.

일본어에 능숙했던 이광수가 영어 번역서를 저본으로 하여 번역을 시도한 것은 일차적으로 검열로 인해 작품의 내용조차 불분명해진 일본어 번역서를 의지하는 것이 별 의미가 없었기 때문일 것이다. 극의

---

41 〈어둠의 힘〉 공연을 둘러싼 당대적 분위기에 대해서는 스타니슬라프스키의 회고가 자세하다. 스타니슬라프스키(1863~1938)는 1898년 모스크바 예술극장을 창설하여 톨스토이, 체홉, 고리키 등의 대문호들의 작품을 연출하는 한편 배우로서 연기했고, 〈어둠의 힘〉 공연을 위해 4막의 수정에 대해 톨스토이와 직접 상의하기도 했다. 콘스딴띤 세르게예비치 스타니슬라프스키, 강량원 역, 『나의 예술인생』, 이론과실천, 2000, 163~168·493면, 각주 86 참고.

흐름상 절정에 해당하는 4막 가운데 1/3이 내용도 알아보기 어려울 정도로 삭제되어 있는 일본어 번역서는 번역이 가능하지도 않을 뿐더러 설사 번역하더라도 뜻이 통할 리 없다. 가급적 원작의 내용을 충실하게 살려 번역하고자 했던 이광수는 오산 시절부터 애지중지 소장해 온 영역판 톨스토이 전집에 눈을 돌렸고, 덕분에 당대 조선의 독자들은 원작의 작품성이 훼손되지 않은 톨스토이의 〈어둠의 힘〉을 대할 수 있었던 것이다. 더욱이 러시아 민중들의 소박한 삶을 배경으로 선과 악을 둘러싼 인간 본성의 문제를 치열하게 탐구한 원작을 소박한 조선의 언어와 표현을 통해 유려하게 번역해내는 데 성공한 『어둠의 힘』은 "위대한 예술작품은 그것이 만인에게 받아들여지고 이해되기 때문에 비로소 위대한 것"[42]이라는 문학적 보편성에 대한 톨스토이의 믿음을 증거한 번역 작품으로서도 손색이 없다.

이광수가 일본어 번역서의 중역이라는 수월한 매개통로 대신 다른 번역의 통로를 선택한 데에는 문학어로서의 일본어의 위상 및 일본문학과의 은밀한 경합의식 또한 중요하게 작용하지 않았을까 싶다. 일찍이 제2차 유학 시절 장편 『무정』의 연재를 마쳤던 조선의 청년작가 이광수는 조선에는 문학의 전통이 없으니 '문학어로서의 가치가 있는 일본어'로 조선문학을 하라는 일본문학자의 충고와 대면한 일이 있다.[43] 일본인들의 조선어와 조선문학에 대한 경시는 이 무렵에도 여전해서 조선의 사정에 비교적 밝았던 타카하시 토루高橋亨와 같은 조선학 연구

---

42  레프 톨스토이, 이철 역, 『예술이란 무엇인가』(1897), 범우사, 2015, 131면.
43  "나는 순수한 조선의 전통을 향유한 젊은이들 가운데 문학적 가치가 있는 일본어로 참된 조선 민족의 영혼을 불러일으키게 하여 그것에 대면하고 싶다. 조선인의 손으로 이루어진 참된 문예를 보고 싶다." 島村抱月, 「朝鮮だより」, 『早稲田文學』, 1917.10, 226면.

자조차 "새 세대의 조선인 가운데 천분天分이 풍부한 천재라고 해도 볼만한 것이 아니므로, 실제 새로운 조선 문장의 작품이 읽히는 부수는 많지 않다. 더군다나 교육사업의 진행 속도가 빠르므로 앞으로 일본어 작품을 읽는 조선인보다 조선어 작품을 읽을 조선인의 수가 많이 늘 것이라고는 보기 어렵다"[44]고 단언한 바 있다.

이광수의 생각은 당연히 달랐다. 일본의 경우 메이지 초년 이래 신문체의 확립에 도달하기까지 30년이 넘어 걸렸지만 조선의 경우 불과 10여 년 만에 "문체뿐 아니라 묘사의 수완이며 재료 선택의 適否며 구상과 기예의 모든 방면에 있어서 적더라도 소설 하나만은 일본문학에 지지 아니하리라고 믿을 만한 진보를 하였다"는 것이 이광수의 판단이었고,[45] 더욱이 이 무렵은 이러한 자신감을 바탕으로 조선어를 아는 모든 조선 민중을 대상으로 하는 광범위한 신문화운동을 꾀하고 있던 시기였다. 이 점에서 〈어둠의 힘〉은 근대번역 문학사에서 일본어 번역 작품의 그늘을 벗어난 첫 번역 작품으로서는 물론, 문학어로서의 조선어가 일본어와 동등한 위상을 갖게 된 사건으로 자리매김되어도 좋을 것이다.

〈어둠의 힘〉은 애초에 1920년대 신문화운동의 일환이었던 신극운동에 관여하면서 번역되었지만, 이 작품이 정작 공연의 무대에 오를 수 있었던 것은 1930년대에 들어서이다. 최초의 공연은 1931년 11월 연희전문 연극부에 의해 경성 공회당에서 상연되었고, 두 번째 공연은 1936년 2월 극예술연구회에 의해 동양극장에서 상연되었다. 그러나 연희전문의 공연

---

44  高橋亨, 구인모 역, 「朝鮮의 文化政治와 思想問題」(『太陽』, 1923.5), 『식민지 조선인을 논하다』, 동국대 출판부, 2010, 217면.
45  이광수, 「조선문단의 현상과 장래」(『동아일보』, 1925.1.1), 『전집』 10, 399면.

은 검열로 삭제된 각본에 의한 불완전한 것이었고, 극예술연구회의 공연도 검열로 인해 3막까지밖에 공연되지 못했다.[46] 1924년에 번역 간행된 조명희의 『산송장』의 경우 바로 이듬해인 1925년 토월회에 의해 단성사에서 공연되어 신극운동에 적극적인 관여를 했던 것에 비하면 공연 시기로 보나 공연 양상으로 보아 신극운동에 자극을 주었을지언정 정작 도움을 주었다고 보기는 어렵다. 역시 제4막의 충격적인 내용이 검열에서 문제되었기 때문일 텐데, 당대 검열의 경우 서적보다 공연에 더 엄격한 잣대가 작용했던 것을 짐작케 한다. 역설적이게도 원작의 작품성을 훼손하지 않은 번역 탓에 실제 공연까지는 좀더 험난한 길을 걸어야 했던 것이다.[47]

작가 이광수에게도 희곡의 창작과 번역에 관여했던 경험은 오히려 극작의 어려움을 깨닫는 계기가 되어 주었던 듯하다. 1925년 1월 1일 『동아일보』에 실린 「조선문단의 현상과 장래」에서는 조선문단에서 극 분야가 떨치지 못하고 있는 이유에 대해 다음과 같이 언급하고 있다.

극은 시보다도 보잘 것이 없다. 현철·김정진·김영포 제군이 다년 극작에 노력하시는 모양이나 아직 이렇다 할 만한 수확을 보지 못하였다. 새로 나오는 문사 중에도 극작가는 심히 드물다. 극이 이렇게 떨치지 못하는 데는 두 가지 중요한 이유가 있다고 본다. 첫째로, 우리 조선에 재래로 극예 등이 없었던 것(이것이 심히 이상한 일이다), 둘째는 **극은 소설보다도 인생관과 기교가 노숙하기를 要하는** 까닭이다.[48]

---

46  1930년대 〈어둠의 힘〉 공연을 둘러싼 당대 평가에 관해서는 신정옥, 「러시아 극의 한국 수용에 관한 연구」(『인문과학연구논총』 8, 명지대 인문과학연구소, 1991, 28~29면) 참고.
47  톨스토이의 〈어둠의 힘〉은 러시아 국내에서는 물론 미국, 일본에서도 제4막은 원작의 내용을 간접화한 'VARIATION'을 토대로 공연되었다. 〈표 1〉 참고.

톨스토이가 첫 희곡 〈어둠의 힘〉을 쓴 것이 58세의 나이였으니 꽤 통찰력 있는 진단이었다고 할 만하다. 실제로 당대 신문화운동의 주체 라고 해야 겨우 20대 청년들의 고작이었고, 극운동 주체들 내부에서도 당대는 '문화수입시대文化輸入時代'로서 "서투른 創作을 上演하여 技術進 步에도 障害를 시키고 理解力에도 妨害가 되게 하지 말고 東西를 勿論 하고 著名한 脚本을 그 중에도 우리 朝鮮사람에게 各方으로 될 수 잇는 대로 適當한 것을 譯出하야 上演하면 그 가운데에 차차로 우리 손에서 참된 創作品이 나올 것"[49]이라는 전망이 우세한 시기였다.

물론 〈어둠의 힘〉의 번역 이후에도 이광수는 간헐적으로 희곡에 관심 을 보였다. 1923년 4월에는 카렐 차페크Karel Čapek의 희곡 〈로숨의 유니버 설 로봇Rossum's Universal Robots〉(1920)의 내용을 「인조인人造人」이라는 제목 으로 소개했고,[50] 1926년 1월에는 『동아일보』에 시극詩劇 〈줄리어스 시이 저〉의 제2막을 번역 소개하기도 했다. 또 1934년 11월 『삼천리』에서 개 최한 한 좌담회에서는 극작에 대한 관심을 적극 피력하기도 했다.[51] 그러 나 결국 뜻을 펼 기회를 얻지 못했던 듯 이후로도 희곡에 대한 관심이 창 작으로까지 이어지지는 못했다.

---

48  이광수, 「조선문단의 현상과 장래」(『동아일보』 1925.1.1), 『전집』 10, 400면.
49  현철, 「예술협회극단의 제1회 공연을 보고」, 『개벽』, 1921.11, 131면.
50  1920년대 『로숨의 유니버설 로봇』의 소개 및 번역 현황에 관해서는 황정현, 「1920년 대 『로숨의 유니버설 로봇』의 수용 연구」(『현대문학이론연구』 61, 현대문학이론학 회, 2015) 참고.
51  "극작에 노력해 보려고도 합니다. 소설보다도 시가보다도 희곡에 예술 형식으로서는 더 한층 진보한 것으로 느껴져요. 그래서 나는 그동안 옛날 후머 이러앗트로부터 최근 은 셰익스피어 것을 거진 다 보고 있습니다. 금후 조선문단에 극운동과 극작열이 전성 할 날이 올 줄 믿습니다. 나는 미력하나마 그 방면에 힘써 보고자 합니다." 「춘원 문단 생활 이십 년을 기회로 한 문단회고 좌담회」, 『삼천리』, 1934.11, 243~244면.

# 제2장

# 민중예술로서의 『허생전』

## 1. 한국 근대문학 최초의 민중소설

『허생전』은 1923년 12월부터 이듬해 3월까지 '장백산인長白山人'이라는 필명으로『동아일보』에 연재된 이광수의 장편소설이다. 1921년 3월 상하이에서 귀국한 이후 집필한 것으로는 중단된 첫 장편『선도자』에 이은 두 번째 장편으로, 연재가 끝난 직후인 8월 시문사時文社에서 단행본으로 간행되었을 때는 "萬人이 苦待하던 奇書", "出版界의 驚異인 珍書" 등의 떠들썩한 광고와 더불어 상당한 이채異彩를 띤 작품으로 당대 독자와 출판계의 주목을 끌었다. 그런데 도대체 무엇이,『허생전』의 어떤 면모가 당대 독자와 출판계에 이채로움으로서 받아들여졌던 것일까.

長白山人 李光洙作 許生傳

**민중 본위의 사회소설 / 만인 필독의 신문자**

보라, 萬人이 苦待하던 奇書는 나왓다/出版界의 驚異인 珍書를 보라

지난 겨울에, 東亞日報에 連載되매 京鄉 各處에서, 미친 듯 歡迎하고 취한 듯 耽讀하던, 此書는 아담한 裝冊으로 출간되엿다.

此書는 作者—깊이 깨달은 바 잇서서, 새 試驗으로 붓을 든 것이니, 실로 有史 以來로 처음 생긴 바, 朝鮮사람의 理想을 朝鮮사람의 손으로 表現하야, 朝鮮의 香氣가 濃厚한 朝鮮文學이다.[1]


광고는 『허생전』을 "민중 본위의 사회소설"이자 "만인 필독의 신문자"로서 소개했다. 또 작자가 "새 시험으로 붓을 든 것"으로서 "조선 사람의 이상을 조선 사람의 손으로 표현하야 조선의 향기가 농후한 조선 문학"이라는 점을 강조했다. 지식 청년층을 독자로 상정했던 1910년대의 『무정』과 『개척자』를 떠올릴 때, 이러한 진단은 정확히 핵심을 짚은 것이라 할 수 있다. 지식 청년에게 읽힐 것을 목적으로 했던 터라 『무정』과 『개척자』는 주로 지식 청년의 생활상과 이상을 그리는 데 주력했고,[2] 문체에 있어서도 국한혼용의 시문체時文體를 완전히 탈피하지는 못했다.[3] 이 점에서 일반 민중의 생활상과 이상에 주목하고 있는데

---

1 『허생전』 광고, 『동아일보』, 1924.8.29.
2 이와 관련하여 이광수는 「문학이란 하오」(1916)에서 "文學的 傑作은 마치 人生의 某方面, 假令 戀愛라 ᄒ고, 戀愛中에도 上流社會, 上流社會中에도 有敎育者, 有敎育者中에도 才貌 有ᄒ 者, 才貌 有ᄒ 者中에도 父母의 許諾을 得키 不能ᄒ 者의 戀愛를 果然 如實ᄒ게 眞인 듯ᄒ게 描寫"하는 것이 필요하다고 주장하기도 했다(春園生, 「文學이란 何오」(1916), 최주한・하타노 세츠코 편, 『이광수 초기 문장집』II, 소나무, 2015, 110면). 『무정』과 『개척자』는 이러한 문학관의 반영으로서, 굳이 분류하자면 청년문학의 범주에 든다고 해도 좋을 것이다.

다 구어에 기반한 순한글의 언문일치체로 쓰여진 『허생전』은 단연 이 채로운 문학적 시도로서 여겨졌던 것이다.

그럼에도 불구하고 『허생전』이 갖는 이러한 '민중 본위의 사회소설' 로서의 실험적인 면모는 문학사적으로 제대로 주목되지 못했다. 김동 인이 「춘원연구」(1935)에서 『허생전』과 『일설춘향전』 등을 싸잡아 소설 로서의 조건을 갖추지 못한 한갓 "재미있는 이야기", 따라서 『무정』에 서도 한참 "뒷걸음질"한 퇴보라 평가한 이래[4] 1920년대 문학사에서 이 광수의 존재감은 찾아보기 어려운 형편이고, 그나마 작가론의 관점에 서 『허생전』에 주목하고 있는 논의는 작가적 이념의 문학적 실천이라 는 관점에서 주로 허생의 이념적 면모에 집중되어 있을 뿐이다.[5] 최근 다양한 시각의 장르 형성의 관점에서 『허생전』의 서사적 양상에 주목 하고 있는 연구들이 시도되고 있긴 하지만,[6] 이 역시 통시적인 관점에 근간하고 있어서 1920년대 전반기 당대 지평 내에서 『허생전』의 새로

---

3   『무정』에 내포된 순한글과 한자 병기의 문체적 비균질성 및 『개척자』의 '時文體'에 대해서는 최주한, 「『무정』의 근대 문체와 서간」(『서강인문논총』 42, 서강대 인문과 학연구소, 179~180면) 참조.

4   김동인, 「춘원연구」(『삼천리』, 1935.4), 김치홍 편저, 『김동인 평론전집』, 삼영사, 1984, 119·122면. 김윤식 또한 『허생전』을 「가실」, 『일설춘향전』과 더불어 '야담 계열'의 이야기로 간주하고 있다는 점에서 김동인의 평가에서 크게 벗어나지 않는다. 김윤식, 『이광수와 그의 시대』 2, 솔, 1999, 116면.

5   위의 책; 한명환, 「『허생전』 개작 및 변형의 비교 고찰」, 『우리어문연구』 15, 우리어문 학회, 2000; 최주한, 「민족개조론과 상애의 윤리학」, 『이광수와 식민지 문학의 윤리』, 소명출판, 2014; 이경림, 「아나키즘의 시대와 이광수 ─ 『허생전』에 나타난 아나키즘 적 요소에 관한 연구」, 『춘원연구학보』 7, 춘원연구학회, 2014.

6   서은혜, 「이광수 역사소설의 장르의식 형성 과정 ─ 『허생전』, 『이순신』을 대상으로」, 『춘원연구학보』 6, 춘원연구학회, 2013; 이선경, 「이광수의 고전 활용법 ─ '허생 이야 기'의 장르 개작 양상을 중심으로」, 『한국문학과 예술』 24, 숭실대 한국문학과예술연 구소, 2017; 이선경, 「1920년대 이광수의 신문연재 장편소설 연구」, 『현대소설연구』 69, 한국현대소설학회, 2018.

운 문학적 시도가 갖는 의의를 자리매김하기에는 역부족이다.

1921년 3월 상하이에서 귀국한 이광수는 국내 활동과 관련하여 크게 두 가지 기획을 마음에 품었다. 「민족개조론」(1921.11 집필)으로 대변되는 도덕적 개조에 바탕한 중추계급 조성 운동의 실천이 그 하나이고, 「예술과 인생」(1921.12 집필)으로 대변되는 당대 민족주의 문화운동에 호응하는 민중에 기반한 새로운 문학운동의 전개가 다른 하나이다. 『허생전』이 정확히 이 두 가지 기획이 만나는 지점에서 시도된 문학적 실험의 산물인 것은 말할 것도 없지만, 특히 민중 본위의, 민중에게 읽히는 작품을 표방했다는 점에서 1920년대 이광수 문학의 전환점에 해당할 뿐만 아니라 당대 동인지 중심의 문단에 끼친 영향의 측면에서도 문학사적으로 적극 재평가될 필요가 있다.

이 글에서는 『허생전』의 집필 배경으로서 우선 1920년대 초반 신문예운동의 맥락에서 제기된 이광수의 민중예술론 및 이 무렵의 새로운 문학적 실천이 갖는 의미를 고찰하고, 다음으로 이러한 민중예술론의 실천이라는 맥락에서 『허생전』을 재조명할 것이다. 『허생전』의 새로운 문학적 시도에 대한 고찰은 크게 형식과 내용의 두 층위에서 이루어진다. 우선 형식의 층위에서는 이야기꾼 화자의 도입을 통한 구어에 기반한 언문일치 문체의 실험과 그 의미를 고찰하고, 다음으로 내용의 층위에서는 『정감록』에 기반한 '남조선사상'의 재해석을 통한 민족적 이상의 구축 과정을 살필 것이다. 이를 토대로 결론에서는 민중예술로서의 『허생전』이 갖는 의미, 더 나아가 그것이 1920년대 문학의 대중화에 기여한 몫을 가늠해 보고자 한다.

## 2. 1920년대 초반의 신문예운동과 민중예술론

1920년대 초반은 3·1운동 이후 문화통치 체제로의 전환과 더불어 문화운동이 본격화될 수 있는 기반이 마련된 시기였다. 민간신문『동아일보』(1920.4)와『조선일보』(1920.3)를 뒤이어 종합지『개벽』(1920.6)이 창간되고, 문예 부문에서도『창조』(1919.12 국내 속간),『폐허』(1920.7),『백조』(1922.1) 등의 문학 동인지가 잇달아 간행되었다. 언론 출판의 자유가 얼마간 허용되어 조선어 신문, 잡지의 간행이 비교적 자유로워지면서 가능해진 일이었다. 일찍이「문학의 가치」(1910)를 필두로「문학이란 하오」(1916),「부활의 서광」(1917),「우리의 이상」(1917)에 이르기까지 일관되게 조선인의 사상과 감정을 자유로이 발로하여 민족의 정신적 부활을 도모할 수 있는 '신문학' 혹은 '신문화'의 건설을 주창하고 그 초석을 마련해 왔던 이광수는 특히 이들 동인지의 신문예운동에 거는 기대가 컸다. 그 자신이 바로 바야흐로 꽃을 피우기 시작한 신문예운동의 선구이기도 하거니와, "文化의 꽃"인 문예야말로 "새로운 文化를 建設홀 만흔 活氣 잇는 精神力"[7]을 계발하는 가장 큰 힘이라는 여전한 믿음에서였다.

그러나 이들 동인지의 신문예운동은 이광수가 기대한 것과는 전혀 다른 방향으로 전개되었다. '미적 자율성'을 표방하며 당대 신문예운동의 구심점으로 떠오른 이들 동인지 문학은 과거의 정치적이고 계몽적인 일체의 현실적인 권위를 거부하고 '예술'과 '미'에 근간한 문학의 순수성과 전문성을 내세워 이전 세대의 문학과 구별되는 자기정체성을

---

7    春園,「文士와 修養」,『창조』8, 9면.

구축하는 한편, 현실로부터 분리된 완결된 예술의 세계 속에서 개인 주체의 내면을 정립하는 데 몰두했다.[8] 이광수의 입장에서 보면 그간 애써 축적해 온 문학적 자산이 송두리째 부정되고 있을 뿐만 아니라, 이들의 문학적 경향 또한 민족의 정신적 부활을 도모할 만한 원대한 이상을 향하여 향상·분투하기보다 "데카단쓰의 亡國 情調"에 젖은 이른바 "最少抵抗"[9]에 근근한 형국이었던 것이다.

이 점에서 이광수가 「문사와 수양」(1921)에서 '예술을 위한 예술Arts for art's sake'에 대한 안티테제로서 '인생을 위한 예술Arts for life's sake'의 당위성을 강조하며 문사의 수양을 강조한 것이나, 「예술과 인생」(1921)에서 '예술'과 '도덕'의 일치를 주장하며 '생을 위한 예술'을 거듭 강조한 것은 동인지 문학의 자기-충족적인 미학주의에 대한 견제이자 당대 신문예운동이 나아가야 할 올바른 방향성에 대한 나름의 입장 표명이었다고 할 수 있다. 실제로 문사가 수양할 덕성은 "民族的 生存 厚榮을 助長ᄒᆞᄂᆞᆫ 性質의 것"[10]이라야 한다는 「문사와 수양」의 선언적 명제는 물론이거니와, 「예술과 인생」은 '신세계와 조선 민족의 사명'이라는 부제가 명시하고 있듯 '생을 위한 예술'이라는 명제를 조선 민중과 예술의

---

8  1920년대 초반 동인지 문학의 자기 정당화 전략과 미 이데올로기에 관해서는 차혜영, 「1920년대 동인지 문학운동과 미 이데올로기」(『한국문학이론과비평』 24, 한국문학이론과비평학회, 2004, 205~212면) 참조.

9  "諸子의 작품을 通ᄒᆞ야 諸子의 성격을 窺ᄒᆞ건댄, 大槪는 所謂 刹那主義요 遠大ᄒᆞᆫ 理想을 向하ᄒᆞ야強固ᄒᆞᆫ 意志力을 가지고 勤勤孜孜히 ᄯᅩᄂᆞᆫ 戰戰兢兢히 向上ᄒᆞ랴고 奮鬪ᄒᆞᄂᆞᆫ 樣은 도무지 보이지를 아니ᄒᆞᆷ니다. 所謂 最少抵抗을 골라 나가는 生活이오, 내 意志力으로 開拓ᄒᆞ랴는 氣槪가 보이지를 아니ᄒᆞᆷ니다. (…중략…) 아아, 아직 發芽期에 잇ᄂᆞᆫ 우리 文壇에ᄂᆞᆫ 「데카단쓰」의 亡國 情調가 風靡ᄒᆞ야 마치 鴉片 모양으로, 毒酒 모양으로 靑年 文士 自身과 밋 純潔ᄒᆞᆫ 그네의 讀者인 靑年 男女의 精神을 迷惑ᄒᆞᆷ니다. 이것은 眞實로 不健全ᄒᆞᆫ 日本文壇의 傳染을 밧은 結果외다." 春園, 「문사와 수양」, 『창조』 8, 1921.1, 15면.

10  위의 글, 17면.

관계로까지 확장하고 있다는 점에서 동인지 문학의 폐쇄적 미학주의를 훌쩍 넘어서 있다. 특히 「예술과 인생」에서 조선 민중과 예술의 관계를 논하면서 제창한 민중예술론은 예술지상주의에 대한 비판에서 더 나아가 세계사적 보편성의 지평에서 조선문화의 위치를 재정위하고자 하는 거시적인 문화적 기획과 더불어 신문예운동의 새로운 방향성을 제시하고 있다는 점에서도 주목할 만하다.

잘 알려져 있다시피, 「예술과 인생」에서 이광수가 제창한 민중예술론은 1910년대 중반에서 1920년대 초에 걸쳐 광범위하게 전개되었던 타이쇼기 일본의 민중예술론에 그 원천을 두고 있다.[11] 와세다대학 출신의 문예 비평가 혼마 히사오本間久雄의 「민중예술의 의의 및 가치」(1916)를 기점으로 한 타이쇼기 일본의 민중예술론은 이후 당대의 대표적 아나키스트 오스기 사카에大杉榮의 「새로운 세계를 위한 새로운 예술」(1917)을 거치면서 '교화운동의 기관'으로서의 민중예술론에서 '신흥계급의 전투기관'으로서의 민중예술론으로 의미가 전화되어 일본 프롤레타리아 문학의 길을 열었다.[12] 요컨대 타이쇼기 일본의 민중예술론은 데모크라시를 배경으로 대두한 민중의 교화 혹은 정치적 조직화라는 문제를 제기하고 있었던 것인데, 당시 동인지 문학의 폐쇄적 미학주의에 맞서 예술의 잠재력으로부터 민중의 문화적 결속의 원천을 끌어내고자 했던 이광수의 주목을 끈 것도 바로 이 점에 있었다.

---

11 타이쇼기 일본 민중예술론의 수용에 관해서는 다음을 참조. 구인모, 「1920년대 번역어 '문화'의 등장과 '조선'의 발견」, 『한국 근대시의 이상과 허상』, 소명출판, 2008; 이재선, 「생활의 예술화와 민중예술론 및 예술교육론」, 『이광수 문학의 지적 편력』, 서강대 출판부, 2010; 박양신, 「다이쇼 시기 일본, 식민지 조선의 민중예술론—로맹 롤랑의 '제국' 횡단」, 『한림일본학』 22, 한림대 일본학연구소, 2013.
12 타이쇼기 일본 민중예술론의 전개에 관해서는 위의 글, 35~42면.

오늘날과 같이 新興의 氣像을 가져야 할 우리에게는 軍樂的, 宗敎樂的인 情緖를 일으키는 藝術을 가지고 싶습니다. 델리케트한 것보다도 순박한 것, 優美한 것보다도, 莊嚴한 것, 悲調를 띤 것보다도 爽快한 것이 願입니다. (…중략…) 願컨대 朝鮮人에게 快活한 웃음과 潑剌한 活氣와 自由로운 創造力을 주는 藝術을 주고 싶습니다. 그리고 이 藝術은 兩班的, 紳士的이어서는 못씁니다. 資本主義的이어서도 못쓰고, 都會的이어서도 못씁니다. 그것은 우리 民衆 全體의 享樂할 만한 性質의 것이라야 합니다. 眞正한 民衆 藝術은 天下 모든 民衆의 要求하는 것이겠마는 特히 우리 朝鮮 民衆의 要求하는 것이외다. '無識하고, 貧窮한 朝鮮 民衆'의 골고루 享樂할 藝術이야말로, 오늘날 朝鮮이 渴望하는 藝術이외다. (…중략…) 우리는 이러한 藝術을 우리 民衆에게 줌으로 우리 民衆의 精神的 生活을 復活시키고 아울러 그네에게 限업는 기쁨과 創造力을 줄 것이외다.[13]

이광수는 '신흥의 기상'이 요구되는 당대 조선인에게 요구되는 예술은 "快活한 웃음과 潑剌한 活氣와 自由로운 創造力을 주는 藝術"이어야 한다고 주장했다. 군악적·종교악적인 정서를 일으키는 것, 순박하고 장엄하며 상쾌한 것이야말로 신흥의 기상과 잘 어울리는 것이었다. 양반적·신사적이거나 자본주의적·도회적인 예술은 이러한 신흥의 기상과 어긋나는 것일 뿐만 아니라 대다수의 민중을 소외시키는 것이라는 점에서도 적절하지 않았다. 대다수 조선 민중의 정신적 부활을 도모할 수 있는 예술, 그것은 "'無識하고 貧窮한 朝鮮民衆'이 골고루 享樂

---

13 京西學人, 「藝術과 人生─新世界와 朝鮮民族의 使命」(1921.12 집필), 『개벽』, 1922.1, 18~20면.

할 만한 藝術"이 아니면 안 되었다. 이광수는 민중예술의 광범한 영향력이야말로 민족의 정신적 부활을 꾀하는 신문예운동의 강력한 대중적 기반이 되어줄 수 있을 것으로 기대했던 것이다.

민중에게 예술을 개방한다는 기획은 애초에 동인지 문학의 폐쇄적인 미학주의에 대한 비판에서 출발했지만 1910년대 이광수 자신의 문학관에 대한 과감한 갱신을 의미하기도 했다. 일찍이 『소년』이나 『청춘』과 같은 잡지에 발표한 단편은 물론 『무정』, 『개척자』 등의 신문 연재소설에 이르기까지 1910년대 이광수의 창작은 주로 지식 청년 계층을 독자로 상정했던 까닭이다. 실제로 이러한 민중예술론의 도입은 독자계층의 확대와 더불어 이광수의 문학적 지향성에도 중대한 전환을 가져왔다. 대다수의 조선 민중을 독자층으로 상정하는 만큼 조선 민중의 예술은 "朝鮮 民衆의 生活을 그리는 것"이 필요조건이 되었고, 나아가 민중에게 아첨하거나 예술적 이상을 돌아보지 않는 '통속'에 빠지지 않기 위해 "民衆의 傳統的 理想에 接觸"하고 "民衆의 心鉉에 響鳴"[14]하는 것이 예술의 새로운 척도로서 제시되기에 이르렀다.

> 무릇 藝術은 自己의 生活을 그려냄이 아니면 感興을 일으키지 못하는 것이니 朝鮮 民衆의 藝術은 朝鮮 民衆의 生活을 그리는 것이 必要한 條件입니다. 詩歌나 劇과 가티 生活을 說明하는 意味를 包含한 藝術은 勿論이어니와, 音樂이나 舞蹈와 가티 純全한 音樂과 動作으로 된 藝術도 그 民衆의 傳統的 理想에 接觸치 아니하고는 그 民衆의 嗜好에 合하기 어려울 것이외다. (…중략…) 그렇다고 民衆에 阿諂하거나 降伏하야 自己의 藝術的 理想을 不顧하고 '通俗'이

---

14 위의 글, 19면.

란 語의 좋지 못한 半面의 意味로 代表하는 藝術을 지으라 함이 아니니, 여기 藝術家의 어려운 點이 잇습니다. 이 어려운 點을 이기는 法은 첫째 藝術家가 高遠하고 健全한 藝術的 理想을 確立하고, 둘째 그의 藝術의 鑑賞者인 朝鮮 民衆의 生活을 徹底하게 理解함이외다. **理想 업는 藝術은 藝術이 아니오, 民衆의 心絃에 響鳴하지 안는 藝術도 藝術이 아니외다.**[15]

물론 '조선 민중의 생활'을 그리고 '민중의 전통적 이상'에 접촉하며 '민중의 심현에 향명'하는 예술이라는 척도는 그 선명한 지향성에 비해 내용성이 다소 막연한 것이 사실이다. 그러나 적어도 이러한 지향성은 이광수로 하여금 '민중'과 '전통'에 기반한 유무형의 문화적 자산을 탐구케 하는 동력이 되어 주었고, 나아가 「민요 소고小考」(1924)를 통하여 "朝鮮사람의 情調와 思考方法"의 원천으로서 민요와 전설(이야기)에 주목하는 조선국민문학론으로 구체화되기도 했다. 이러한 지속적 관심이 「가실」(1923), 『허생전』(1924), 『일설춘향전』(1925) 등의 고전 다시쓰기에서 『마의태자』(1926), 『단종애사』(1929) 등의 역사소설 창작에 이르기까지 1920년대 이광수의 민족문학 구축에 든든한 버팀목이 되어 주었던 것은 말할 것도 없다.

한편 이 무렵 이광수의 민중예술론은 조선 민중의 '전통적 이상'에 기초하고 있다는 점에서 조선의 문화적 특수성을 대변하고 있을 뿐만 아니라, 나아가 이를 매개로 세계 인류에 대한 민족 고유의 독자적인 문화적 기여의 가능성을 주장하고 있다는 점에서 세계사적 보편성을 지향한 것이기도 했다. 이광수는 당대 세계를 현대문명의 위기로 진단했다. 제1차 세계대전이 '생존경쟁'에 기반한 종래의 제국주의적 세계

---

15  위의 글, 19~20면.

질서가 초래한 문명의 결함을 폭로한 이래 세계는 아직껏 새로운 '메시아'를 부르며 헤매고 있을 뿐이었다. 그는 이러한 인류문명의 혼돈을 딛고 도래할 대안적 신세계를 '애愛와 미美의 세계' 곧 '종교와 예술의 세계'에서 찾았다. 그리고 '예술적藝術的 천분天分'이 넉넉한 조선 민중이야말로 이 세계를 건설하는 데 적임자라고 보았다. 조선 민중이 이제부터 자신의 예술적 천분을 다하여 '신생활의 모범'을 보인다면 인류를 당대의 혼돈으로부터 구제하여 이상적인 신세계로 이끄는 데 기여할수 있으리라고 자신했던 것이다.[16]

그렇다면 조선 민중으로 하여금 이러한 예술적 천분을 발휘하여 정신적 부활을 도모하고 나아가 세계 인류의 문화에 기여할 수 있도록 고무하는 예술, 곧 민중예술의 창작은 어떻게 가능할 것인가. 다시 말해 조선 민중의 '전통적 이상'에 접촉하고 그들의 '심현'에 공명하여 '신생활의 모범'을 보일 수 있는 예술은 어떻게 가능할 것인가. 『백조』에 발표한 「악부樂府」(1922)에서 『춘원 단편소설집』(1923)에 실린 단편들, 그리고 번역 『어둠의 힘』(1923)에 이르기까지 1920년대 초반 이광수가 시도한 다양한 문학적 실천은 이러한 민중예술 창작방법에 대한 나름의 모색이었다고할 수 있다. 「악부」는 『삼국사기』 고구려 본기에 실린 동명성왕에 관한 기사를 토대로 한 것이고, 역시 『삼국사기』 열전에 실린 설씨녀 설화를 제재로 한 「가실」을 비롯하여 「거룩한 이의 죽음」, 「순교자」, 「혼인」, 「할멈」 등 『춘원 단편소설집』에 실린 5편의 작품은 '새로운 시험'의 일환으로서 순한글 언문일치체를 사용하여 일반 민중들의 생활을 그린 것이 대부분이다.[17] 특히 『허생전』 집필 직전에 번역 간행한 『어둠의 힘』은

---

16 위의 글, 21면.

후기 톨스토이의 민중예술론이 집약된 작품이기도 하다.[18] 『어둠의 힘』 번역에서 자신감을 얻은 이광수는 본격적인 민중예술 작품으로서 『허생전』의 구상과 집필에 착수했다. 『허생전』이 연재되기 시작한 것은 1923년 9월 『어둠의 힘』이 간행된 지 불과 3개월여 만의 일이었다.

## 3. 구술적 전통의 활용과 공동체적 결속감의 창출

1920년대 초반 신문예운동의 일환으로 민중예술론을 제창한 이광수가 창작에 앞서 가장 먼저 염두에 둔 것은 문체의 문제였다. 조선 민중에게 예술을 개방한다는 것, 더욱이 '빈궁하고 무식한 조선 민중'이 골고루 향유할 만한 문학을 창작한다는 것은 무엇보다도 우선 쉽게 읽힐 수 있을 것을 요구하기 때문이었다. 물론 이미 장편 『무정』(1917)에서도 순한글 문체가 시도되었던 것은 사실이다. 그러나 그것은 당시 주로 국한문체를 사용하던 청년계층에게 한글 문체의 신토대를 개척한다는 의미가 컸고, 그나마도 당대 지식 청년의 사유를 전개하는 대목에서는 불가피하게 개념적인 한자에 의존하지 않을 수 없었다.[19] 『개척자』에서 다시금

---

17  이 밖에도 『춘원 단편소설집』에는 평론 「예술과 인생」(1921) 및 「소년의 비애」, 「방황」, 「실연(윤광호)」 등 1910년대의 단편이 3편 더 수록되어 있다. 『춘원 단편소설집』, 홍문당서점, 1923.

18  『어둠의 힘』 번역의 배경과 그 의의에 관해서는 최주한, 「이광수와 번역 — 『어둠의 힘』(1923)을 중심으로」(『대동문화연구』 94, 성균관대 대동문화연구원, 2016) 참조.

19  최주한, 「『무정』의 근대 문체와 서간」, 『서강인문논총』 42, 서강대 인문과학연구소,

'시문체時文體'로 써야 했던 일을 또렷이 기억하고 있었을 이광수는 이번에야말로 조선인이라면 누구나 쉽게 읽고 이해할 수 있는 근대적인 순한글 문체 개척의 호기회라고 여겼을 것이다. 실제로 이광수는 『춘원 단편소설집』의 서문에서 다음과 같이 분명히 밝혀두고 있기도 하다.

> 「가실」은 내ㅅ간에 무슨 새로운 試驗을 해보느라고 쓴 것이오 「거룩한 이의 죽음」, 「순교자」, 「혼인」, 「할멈」도 「가실」을 쓰던 態度를 變치 아니한 것이다. 그 態度란 무엇이냐. '아모ㅅ조록 쉽게, 언문만 아는 이면 볼 수 잇게, 낡는 소리만 들으면 알 수 잇게, 그리하고 교육은 밧지 아니한 사람도 理解할 수 잇게, 그리고도 讀者에게 道德的으로 害를 밧지 안케 쓰자'라는 것이다.[20]

『허생전』에서 도입된 경어체는 "아모ㅅ조록 쉽게, 언문만 아는 이면 볼 수 잇게, 낡는 소리만 들으면 알 수 잇게, 그리하고 교육은 밧지 아니한 사람도 理解할 수 잇게"라는 원칙을 좀더 과감하게 밀고나간 문체 실험에 해당한다. 이광수 자신 이야기꾼을 자처하며 독자·청중을 향해 친근하면서도 맛깔스러운 어조의 경어체를 구사하고 있는 것인데, 근대소설의 문체적 규범이 객관적이고 중립적인 '-다'체를 지향한 것이었음을 고려할 때 일종의 파격처럼 느껴지기도 한다. 사실 이광수는 일찍이 단편 「먹적골 가난방이로 한 세상을 들먹들먹한 허생원」(1914)을 쓰면서도 경어체를 사용한 바 있다. 그러나 그것은 이 단편이 발표된 아동잡지 『아이들보이』에 일괄적으로 경어체 문장을 도입한 최남

---

2015, 158·179~180면.
20  이광수, 「멧마듸」, 『춘원 단편소설집』, 홍문당서점, 1923.10.

선의 문체 실험 덕분이었다는 점에서 딱히 의식적인 것이었다고 하기는 어렵다.[21] 반면 『허생전』에 도입된 경어체는 '만인필독의 신문자', '남녀노소가 다 같이 즐겨 할 기서奇書'[22]라는 광고 문구에서도 또렷하듯이 남녀노소, 교육의 유무를 떠나 누구에게나 읽힐 수 있는 순한글 문체의 개척을 염두에 둔 것이라는 점에서 명백히 독자층의 확대를 겨냥한 시도였다고 할 수 있다. 더욱이 『허생전』에 도입된 경어체는 단순한 존대어법을 넘어서 구술적 전통의 의식적 활용이라는 측면이 강하다는 점에서 각별히 주목을 끈다.

"내가 허생의 이야기를 처음 듣기는 5년 전 어떤 겨울 추운 밤이었다. 그 이야기를 해주신 이는 이 『허생전』의 저자 춘원군이었다. 그때 처음 들은 때 참 재미있다 하였다"[23]고 주요한은 회고한 바 있다. 1919년 상하이 시절의 일이다. 십여 년을 더 거슬러 올라가 중학 시절에는 "남들이 문예에 취미 붙여주기 위하여 나는 일주일에 한 번씩 모이는 이 회합(소년회─인용자)에서 혼자 연극도 하여 가며 소설 이야기를 아무쪼록 재미있게 하여드렸지요"[24]라는 이광수 자신의 회고와도 만날 수 있다. 이광수는 문장도 유려했지만 이야기꾼으로서의 자질도 제법 있었던 것을 엿볼 수 있게 하는 일화들이다. 사실 이광수에게 이야기하는 즐거움 혹은 이야기를 들려주는 즐거움은 그의 유년 시절에 기원을 두고 있다. 이에 관해서는 일찍이 5, 6세에 한글을 깨쳐 이야기책을 좋

---

21 『아이들보이』에 경어체를 도입한 최남선의 문체 실험에 관해서는 최주한, 「근대 설문체 확립을 향한 또 하나의 도정」(『이광수와 식민지 문학의 윤리』, 소명출판, 2014, 396~398면) 참고.
22 『허생전』 광고, 『동아일보』, 1924.8.29.
23 『허생전』 광고, 『영대』 2, 1924.9.
24 「춘원 문단생활 20년을 기회로 한 '문단회고' 좌담회」, 『삼천리』, 1934.11, 240면.

아하던 외조모에게 책을 읽어드리고 상급을 받은 일도 있고, 9, 10세 무렵에는 신병이 있던 삼종 누이의 영향으로 인근에서 구할 수 있는 이야기책은 모두 구해다가 읽거나 읽는 것을 듣곤 했다는 회고가 남아 있기도 하다.[25] 요컨대 이광수는 근대적 인쇄문화가 보편화되기 이전의 구술적 전통에 익숙한 세대이기도 했던 셈이다.

월터 J. 옹에 의하면, '발화된 말the spoken word' 혹은 '구술된 말the oral word'은 소리라는 물리적 상태를 통해 내면적 인격을 인간 상호간에 표명하며, 따라서 사람들을 굳게 결속시키는 힘이 있다.[26] 유년 시절의 인상적인 경험 덕분에 이광수는 이러한 구술적 전통이 형성하는 친밀한 결속감에 대해 경험적으로 잘 알고 있었을 것이다. 그가 민중예술의 전범이 될 만한 작품으로 『허생전』을 구상하면서 각별히 구어적 환기력을 지닌 경어체의 도입을 고안한 것도 바로 그래서였을 것이다. 더욱이 어말어미 '-ㅂ니다'를 수반한 근대적 경어체는 일찍이 학교나 강연회 같은 공공장소에서 불특정 다수의 청중을 대상으로 한 친숙한 공식어로 자리 잡은 지 오래였고, 따라서 경어체 문장이야말로 불특정 다수의 독자를 보다 확산적인 '2차적인 구술성'[27]의 세계로 초대하는 데 적합한 문체일 수 있었다. 요컨대 『허생전』에 도입된 근대적 경어체는 남녀노소 누구에게나 쉽게 읽힐 수 있는 대중적인 소설 문체의 개

---

25 이광수, 「다난한 반생의 도정」(『조광』 1936.4~6), 『전집』 8, 445면.
26 월터 J. 옹, 이기우·임명진 역, 『구술문화와 문자문화』, 문예출판사, 1995, 117면.
27 월터 J. 옹은 전자기술의 발달에 따른 전화, 라디오, 텔레비전 등의 대중매체가 형성하는 구술성을 '2차적인 구술성'으로 명명한 바 있다. 2차적인 구술성은 그 본질에 있어서는 한층 의도적이고 스스로를 의식하는 구술성이며, 쓰기와 인쇄에 기초를 두고 있는 구술성이라는 점에서 1차적인 구술성과는 구분된다(위의 책, 205~206면). 『허생전』에 도입된 경어체 역시 신문이라는 대중매체의 독자들을 대상으로 한 것이라는 점에서 '2차적 구술성'의 효과를 겨냥했다고 해도 좋을 것이다.

척과 더불어 쓰기와 인쇄 매체가 상정하는 한정된 공동체를 넘어서는 보다 광범위하고도 강력한 공동체적 결속감을 창출하는 데도 기여할 수 있었던 것이다.

한편 『허생전』에 도입된 근대적 경어체는 공인으로서의 인격화된 화자를 전제하고 있다는 점에서 공동체적 가치를 명시적으로 다루는 데도 효과적일 수 있었는데, 이는 '예술'과 '도덕'의 일치에 기반한 '단순하고 소박한 예술'이야말로 '건전한 민중예술'[28]이 생장할 수 있는 토대가 된다는 이광수 자신의 민중예술론과 부합하는 것이기도 했다. 사실 『허생전』의 화자가 강조하는 공동체적 가치는 국가는 밖으로 이웃 나라와 평화롭게 공존하고 안으로 민생을 편안히 도모하는 데 힘써야 한다든가, 개인은 밖으로 이웃을 형제로 여겨 서로 돕고 안으로 자기 직분에 충실해야 한다는 윤리적 근본 도리에 관한 것이 전부이다. 그러나 자칫 교과서적일 수도 있을 이러한 근본 윤리는 『허생전』의 화자가 건네는 유쾌하고 신랄하며 또 때로는 비감 어린 어조의 맛깔스러운 입담에 힘입어 공동체적 정서 속에 자연스럽게 녹아들어간다.

대체 도적들 중에 수십 년 도적으로 달하저서 상판과 눈ㅅ갈에 도적 가튼 도적스러운 험상과 우락부락과 독살이 백힌 놈도 잇고 텬생 얼골이 시껌어 코 눈이 움쑥 들어가서 어린애들이 보기만 하면 달아날 만한 녀석들도 잇지마는, 대개는 순량해 보이는 사람들입니다. 어듸 이 세상에 나올 때에 니마ㅅ백이에 도적 도ㅅ자 새겨 부치고 나온 사람이 잇슴닛가. 모도 처음 나올

28  京西學人, 「藝術과 人生─新世界와 朝鮮民族의 使命」(1921.12 집필), 『개벽』, 1922.1, 20면.

때에야 금자동이 옥자동이 수부귀다남자 하구 (…중략…) 될 수만 잇스면 삼정승 육판서까지는 바랏슬 것입니다. 그러나 세상이 이상야릇하게 생겨서 그만 도적의 루명을 써가면서야 겨우 어더먹게 된 것입니다.[29]

로인의 말을 듯건댄 제주 목사는 제주 온 지 삼년에 날마다 하는 일이 남의 딸자식 뺴앗기와 돈 뺴앗기라 합니다. 처음에는 그다지 심하지도 아니하더니 고 판관놈이 온 뒤로부터는 리방놈 하고 셋이 꼭 짜고 들어안저서 돈과 계집 홀터들이기로 일을 삼읍니다. (…중략…) 어찌하엿스나 제주 목사놈을 크게 한번 골려야 하겟다 하는 생각이 허생의 맘에 들어갓슴니다.[30]

이러케 남으로 남으로 향한 지 사흘만에 녯나라 강산이 아주 안 보이게 되엿슴니다. 사람들은 모도 배에 나서서 감을감을 슬어저가는 고국 강산을 바라보며 모두 말업시 길게 한숨을 쉬고 질겁게나 괴롭게나 고국서 살던 때ㅅ 일을 생각하엿슴니다. 그러케 조흔 일이라고는 구경도 못하고, 나면서부터 뼈가휘도록 고생만 하고 사람답게 대접 한 번도 못 바다보던 원수에ㅅ 고국도 이러케 떠나고 보니 그리운 생각이 남니다그려. (…중략…) 무엇인지는 알 수 업스면서도 그래도 고국강산이 감을감을할 때에는 천 명 사람의 눈에는 고국 그리운 눈물이 흘럿슴니다.[31]

얼마 잇더니 또 종로 네 거리와 사대문 열두 병문 어구에 '장안 안의 대장

29  長伯山人, 「허생전(47)」, 『동아일보』, 1924.1.17.
30  長伯山人, 「허생전(24)」, 『동아일보』, 1923.12.25.
31  長伯山人, 「허생전(50)」, 『동아일보』, 1924.1.20.

장이들은 다 병조 압호로 모히라'하는 글이 나부텃습니다. 이 글을 보고 얼굴에 검은칠 한 대장장이들이 각각 마치를 메고 집게를 들고 꾸역꾸역 호조 압호로 모혀드는데 거긔는 총, 대완구, 창, 검 할 것 업시 보기만 하여도 몸ㅅ서리가 쪽쪽 끼치는 무긔가 산ㅅ덤이같이 싸혓는데, 이것을 모도 부스고 녹여서 호미와 보습과 낫과 식칼과 문ㅅ고리와 문ㅅ돌저귀를 만들라 함니다. 대장장이는 이게 웬 떡이야 하는 드시 니마ㅅ백이와 장등이에서 구슬땀을 뚝뚝 떨어떠리면서 큰 마치 잔 마치로 와지끈 뚝딱, 왕그렁 뎅그렁 하고 장안이 떠나가는 듯하게 큰소리를 내면서 모도 바사버립니다.[32]

두서없이 몇 대목 제시한 데 불과하지만, 화자가 이야기꾼 특유의 입담을 통해 독자·청중에게 건네는 위의 이야기들은 상당한 울림을 준다. 수십 년을 닳아진 도적이라 해도 태생은 모두 순량하니 세상의 죄가 크고, 사리사욕에 눈이 어두워 민생을 돌보지 않는 관리는 죄받아 마땅하며, 아무리 괴롭고 힘든 원수의 삶뿐이라 해도 고국을 떠나는 정은 구슬프고, 대장장이는 같은 쇠를 다루어도 총과 대포 같은 무기보다는 호미와 보습을 만드는 일이 즐겁다고. 하나같이 보편적 윤리에 기반한 공동체적 정서를 환기하고 있는 까닭에 이야기에 귀를 기울이는 독자·청중으로 하여금 절로 고개를 끄덕이게 만드는 대목들이다.

살펴본 바와 같이, 『허생전』에 도입된 근대적 경어체는 구술적 전통을 의식적으로 활용함으로써 남녀노소 누구에게나 쉽게 읽힐 수 있는 대중적인 근대소설 문체의 개척에 기여했을 뿐만 아니라, 동시에 공동체적 가치를 명시적으로 다루는 인격화된 화자의 소박하면서도 맛깔스러운 목

---

32  長伯山人, 「허생전(111)」, 『동아일보』, 1924.3.21.

소리를 통해 '건전한 민중예술'의 소임을 다할 수 있었다. 당대 신문예운 동을 주도했던 동인지 문학이 '예술을 위한 예술'이라는 폐쇄적 미학주의에 갇혀 대다수의 대중과 단절되어 있었던 점을 고려할 때, 『허생전』의 문체 실험이 갖는 의미는 결코 작지 않다. 그것은 일찍이 「문학이란 하오」(1916)에서 명시되었던바 '조선인의 사상과 감정'을 자유롭게 표현하고 향유하며 후대에 전할 유산으로 남길 수 있는 근대적 문학언어의 성취를 향한 또 하나의 시도이자, 고급언어에 기반한 고급 문예로부터 소외되어 있던 대다수의 대중에게 동등한 민족공동체의 구성원으로서 민족의 재생에 참여할 수 있는 언어를 부여하는 일이기도 했기 때문이다. 지금은 지극히 당연한 일이 되어버려 의식하기도 어렵지만, 『무정』(1917) 이래 대중적인 독자를 염두에 둔 근대소설 문체가 확립되기까지는 3·1운동 이래 급부상한 민중의 시대, 그리고 대다수의 민중이 향유할 수 있는 민중의 언어에 대한 자각을 거치지 않으면 안 되었던 것이다.


## 4. '남조선사상'의 재해석과 민족적 이상의 구축


근대적 경어체에 기반한 구술적 전통의 활용이 형식적 층위에서 독자층의 확대 및 공동체적 결속감의 창출을 겨냥한 것이었다면, 내용적 층위에서는 당대 민중의 보편적 정서에 호소할 수 있는 '전통적 이상理 想'의 원천을 어디서 가져올 것인가 하는 과제가 남아 있었다. 이광수는 그 원천을 조선 민중의 오랜 구원신앙이자 당대까지도 여전한 영향력을 미치고 있던 정감록 신앙에서 찾았다. 일찍이 대륙방랑 시절 단편 「먹적골 가난방이로 한 세상을 들먹들먹한 허생원」을 통해 허생의 상업적 경륜에 주목했던 이광수는 이번에는 허생을 '제세애민濟世愛民'에 뜻을 둔 경세가이자 『정감록』에 기반한 '남조선사상'의 구현자로서 불러세웠다.[33]

주지하다시피, 『정감록』은 음양도참사상陰陽圖讖思想에 기반하여 조선왕조의 멸망과 진인眞人의 출현에 의한 이상사회의 도래를 예언한 말세 예언서의 하나이다. 조선 중기 이래 임진·병자란의 와중에 널리 민간에 영향을 끼친 『정감록』은 조선 후기 대내외적인 사회적 혼란을 배경으로 대두한 민중운동 및 신흥종교의 성립에도 지대한 영향을 주었는데,[34] 이는 1920년대 초반에도 예외가 아니었다. 나중에 다시 언급하겠지만, 이 무렵을 전후하여 왕성한 세력을 형성했던 청림교, 훔치교, 태을교, 선교도 등의 각종 신흥종교가 모두 "迷信, 邪教로서 『鄭鑑錄』의 字句를 牽強附會하고 또 架空의 妄說을 流布"[35]하고 있다는 사실이 각별한 주시의 대상이 될 정도로 『정감록』은 당대에도 여전히 커다란 영향력을 발휘하고 있었던 것이다. 물론 "鄭鑑錄을 利用하여 迷信者

---

33  일찍이 허생의 새나라 '남조선'에 관해서는 증산교 사상 혹은 동학 사상과의 관련성 속에서 다루어진 바 있다. 와다 토모미, 「이광수 소설과 증산교의 관련 양상-증산교 사상 발현 장치로서의 『허생전』」, 『한국현대문학회 학술발표회 자료집』, 한국현대문학회, 2006; 최주한, 「민족개조론과 상애의 윤리학」·「이광수의 민족개조론 재고」, 『이광수와 식민지 문학의 윤리』, 소명출판, 2014 참조.
34  양태진 번역 주해, 『『정감록』이란 어떤 책인가」, 『민족 종교의 모태 정감록』, 예나루, 2013; 김철수, 「19세기 민족종교의 형성과 '남조선 사상'」, 『사회사상과 문학』 22, 동양사회사상, 2010 참조.
35  細井肇, 「鄭鑑錄の檢討」, 『鄭鑑錄』, 自由討究社, 1923, 11면.

를 모아서 自稱 天子노릇을 하는 車京石"[36] 혹은 "日本이 維新하고 中國이 革命하는 그간에 있어 유독 朝鮮의 大衆이 그 따위 虛荒한 傳說의 拘囚者가 되어 自進自立하지 못한 그것을 생각하면 꿈에 생각하여도 기가 막히는 일"[37]과 같이 개탄 섞인 세태 비평이 대변하듯 당대 지식인 사회에서 『정감록』에 대한 시선은 결코 호의적이지 않았다. 과학적 태도에 의해 근절해야 할 허황된 미신쯤으로 간주하는 것이 일반적이었던 것이다.

이광수도 예외는 아니었다. 그는 일찍이 「팔자설 기초로 한 조선인의 인생관」(1921.8)에서 조선 민중에게 가장 영향을 많이 주는 경전으로 『정감록』을 꼽으면서 이를 조선 민족의 혈액 속에 흐르는 '숙명론적 인생관'의 발로라고 일갈한 바 있다. '진인종해도중출래眞人從海島中出來(도탄에 빠진 세상을 구하러 올 진인이 바다 한가운데 섬에서 출현한다는 뜻)'와 같은 예언에 매달리는 것은 의뢰심과 요행심만 키울 뿐 정작 실력과 정직한 노력을 경시하여 민족을 쇠퇴의 나락으로 이끌 뿐이며, 따라서 조선 민족을 쇠퇴에서 끌어내는 근본 방침은 무엇보다도 숙명론적 인생관을 타파하는 데 있다고 역설할 정도로 비판적이었다.[38] 그랬던 그가 갑자기 『정감록』에 대한 부정적인 견해를 재고하게 된 것은 어떤 연유에서였을까.

이와 관련하여 이 무렵 자유토구사의 호소이 하지메細井肇가 번역 간행한 『정감록』의 영향을 고려하지 않을 수 없다. 자유토구사는 일찍이

---

36  양명, 「우리의 사상혁명과 과학적 태도」, 『개벽』, 1924.1, 29면.
37  「惑世誣民의 鄭鑑錄 發行에 대하야」, 『개벽』, 1923.4, 43면.
38  魯啞, 「八字說을 基礎로 한 朝鮮民族의 人生觀」, 『개벽』, 1921.8, 37~38면.

한일병합 직후인 1910년 조선연구회를 설립하여 활동했던 호소이가
3·1운동을 계기로 식민정책의 실패가 조선인의 역사와 심성을 제대
로 이해하지 못한 데 있다고 보고 조선문화 연구의 필요성을 제기하며
1920년에 설립한 조선관계 서적 출판사이다.[39] 주로 조선의 고서 번역
간행에 주력했던 자유토구사는 1923년 2월 「정감록의 검토」라는 50여
페이지에 달하는 호소이의 묵직한 해설을 담은『정감록』을 간행하는
데, 2월 10일 초판을 간행하고 불과 열흘 뒤인 22일 재판을, 그리고 또
열흘 뒤인 3월 2일 3판을 찍을 정도로 인기가 쇄도했다.[40] 또한 3월 31
일『매일신보』의 1면 사설을 통해 '미신타파의 절호지침서'로서 비중
있게 소개되어 세간의 주목을 끌기도 했다.[41]

그러나 호소이가『정감록』에 주목한 것은 단순히 조선인의 미신타
파를 계도하려는 목적에서가 아니었다. 명분은 항간에 유포되고 있는
'유언비어浮說'의 논리와 본체를 천명하여 "조선인의 心眼을 계몽하고
叡智에 기초한 생활을 창건케 하기 위해서"[42]라고 밝혔지만, 사실 보다
근본적인 의도는 정감록 신앙에 근간한 조선 민중의 정치적 동요를 차
단하는 데 있었다. 이는 일찍이 호소이가 각별히 주목한 '유언비어'의

---

39  호소이 하지메의 조선에서의 활동에 관해서는 다음을 참조. 윤소영, 「호소이 하지메
   (細井肇)의 조선 인식과 '제국의 꿈'」,『한국근현대사연구』45, 한국근현대사학회,
   2008; 박상현, 「번역으로 발견된 '조선(인)' ─ 자유토구사의 조선 고서 번역을 중심으
   로」,『일본문화학보』46, 한국일본문화학회, 2010.
40  細井肇,『鄭鑑錄』, 自由討究社, 1923.2. 판권지 참조.
41  사설은 "황당무계한 秘書의 妄을 십분 지적하고 종래 조선사회가 미신에 의하여 생
   활함으로 조선의 민심은 여명이 無한 황혼에 방황하야 정신적으로 하등 哲發이 없
   고 인문발달상에 가히 悲할 만한 병폐를 釀한 것을 痛論"했다고 하여 호소이의『정
   감록』을 '미신타파의 절호지침서'라는 관점에서 소개하고 있다. 「미신타파의 절호
   지침, 정감록을 讀한 후의 감상」,『매일신보』, 1923.3.31.
42  細井肇, 「鄭鑑錄の檢討」, 앞의 책, 13면.

정치적 내용에서도 분명히 드러난다.

충청남도 예산군 고덕면 부근 조선인 간의 巷說에 의하면, 고래의 秘訣에
倭王 3년을 거치고 假鄭 3년에 이르면 실제 鄭王이 출현하여 계룡산 新都邑
에 나라를 세운다는 말이 있고, 그 뜻은 왜왕 3년은 총독 3대(寺內, 長谷川, 齋
藤을 가리킨다)를 가리키고, 假都邑은 假政府 3년을 가리키며 1920년(大正
10)은 반드시 독립할 것이다 운운.[43]

호소이가 예리하게 간파하고 있듯, 1920년대 초반 『정감록』에 대한
민간신앙은 단순히 허황한 미신에 그치기보다 일본으로부터의 독립이
라는 정치적 지향까지를 내포한 것이었다.[44] 일찍이 3 · 1운동의 충격
을 경험했던 호소이는 이러한 민간 신앙을 통제하지 않을 경우 또 다시
식민통치의 근간을 위협하는 위험한 저류가 될 수 있다고 판단했을 것
이다. 그가 「정감록의 검토」라는 상당한 분량의 글을 통해 『정감록』의
비합리성을 논파하고 "조선인의 인격을 향상하고 그 민족의 품격을 높
이기 위해서는 우선 미신부터 파탈하고 叡智의 生活에 나아가는 것이
긴요"[45]함을 적극 강조한 것도 이와 무관하지 않다.

흥미로운 것은 당대 조선인의 정감록 신앙에 내포된 체제 위협적인

---

[43] 위의 글, 7면.
[44] 호소이 하지메가 언급한 신흥종교 가운데 흠치교, 태을교는 증산 강일순의 사후 조
직된 이른바 증산교 교파들로서, 1922년 1월 보천교라는 교명으로 공개적인 활동을
시작하면서 보천교라는 이름으로 세간에 널리 알려지게 된다. 당대 언론에서는 주
로 신흥 유사종교로 비판되었지만 보천교 역시 천도교와 마찬가지로 민족주의적 성
격을 띠고 있었다는 연구가 있다. 이에 관해서는 김철수, 「일제 식민권력의 기록으
로 본 보천교의 민족주의적 성격」(『신종교연구』 35, 한국신종교학회, 2016) 참조.
[45] 細井肇, 앞의 글, 28면.

위험을 의식했던 서두와 달리 논의의 후반에서는『정감록』을 소극적이고 비굴한 '보신保身'의 논리로서 비판하는 자가당착의 면모를 보이고 있다는 점이다.『정감록』에 언급된 이른바 '십승지十勝地'에 대한 비판으로, 천하요란天下擾亂・사직존망社稷存亡의 위기에 처하여 몸을 던져 기울어진 형세를 만회하기보다 오직 일신을 지키면 그만이라는 "놀랄 만한 屈辱의 指針이고 亡國의 吊鐘"[46]이라고 일갈하고 있는 것이다. 정감록 신앙의 부정성을 논파하려는 눈앞의 목적이 앞선 탓에 이러한 논리적 모순 따위는 크게 중요하지 않았을지도 모른다.

호소이 하지메의『정감록』에 대한 비판적 견해의 정반대 지점에 선 주목할 만한 논자가 바로 최남선이다. 일찍이 1910년에 조선광문회를 설립하여 조선 고서 간행 사업에 주력했고 1920년대에는 조선학을 천명하여 조선학 연구에 뛰어든 최남선에게 자유토구사의 호소이 하지메는 조선학 연구가 반드시 넘어서야 할 적대적 경쟁자이기도 했는데, 이는『정감록』에 대한 해석에서도 그러했다. 1922년 9월부터『동명』에「조선역사통속강화 개제開題」를 연재하며 조선사 연구를 시작했던 최남선이「조선역사강화」원고를 탈고한 것은 1928년 10월의 일이었다. 이 원고는 1931년 6월『조선역사』로 출간되기 전에 1931년 1월부터 3월까지 총51회에 걸쳐『동아일보』의 지면에 연재되었는데,[47] 최남선은 근세사의 마지막 장인 제36장 '민중의 각성'을 다룬 장에서 조선 민중의 정감록 신앙에 대해 다음과 같이 설명하고 있다.

---

46 위의 글, 37면.
47 오영섭,「조선역사강화 해제」,『조선역사강화』, 경인문화사, 2013, 220~221면 참조.

조선에는 고신도의 餘流로 예언 비슷한 것을 적은 秘記가 심히 민중의 尊信을 받았는데 壬辰, 丙子의 兩亂에 의정자의 무능책을 본 민중이 스스로 활로를 찾을 때에 현실의 절망이 본래의 이상으로 전화하야 이씨 조선은 불원에 끝나고 南朝鮮이라는 이상세계가 우리를 완전한 행복으로 導入하리라는 신앙이 성립되고 이것을 담은 『정감록』이란 것이 거의 경전의 권위로써 신비 深厚한 시사점을 민중의 사이에 가지게 되었다. 남방 海上으로 들어온 異人의 敎說을 南人中 聰明有識한 이가 중심이 되어 펴매 이것이 남조선의 開端이 아닌가 하야 천주학이 비상한 형세로써 민간에 유포되드니, 얼마 아니하야 민중 중의 총명한 자가 그 오해임을 알고 내켜서 西敎의 滋蔓에는 무서운 禍機가 들었을 것을 感念하기 시작하였다. 그리하야 **특권계급에 대한 반항정신과 남조선에 대한 전통적 신념과 외래사상에 유발된 민족적 반발력이 합하야 일대 국민운동을 빚어낸** 공기가 순조 이후 헌종, 철종의 대에 걸쳐서 자못 농후하였는데, 이 기운을 붙잡아 쓰려 한 이가 신라의 고향인 경주에서 왔다.[48]

최남선은 정감록 신앙을 소극적인 현실 도피라기보다 현실의 절망을 딛고 "민중이 스스로 활로를 찾"는 과정에서 성립된 현실 변혁적인 신앙이라고 보았다. 임진·병자란 이래 자생적으로 성립하여 19세기 내우외란內憂外亂의 시기를 맞아 특권계급에 대한 반항, 남조선에 대한 전통적 신앙, 외래사상에 대한 민족적 반발력이 합하여 빚어낸 일대 국민운동인 최제우의 동학에까지 영향을 주었다는 설명은 그가 『정감록』에 기반한 민중신앙에 능동적이고 적극적인 성격을 부여하고 있음

---

48  최남선, 「조선역사강화(29)」, 『동아일보』, 1930. 2. 16. 제36장 – 민중의 각성. 107. 남조선.

을 말해준다. 특히 '남조선이라는 이상 세계'에 대한 희구를 정감록 신앙의 핵심으로 제시한 것은 당대 세간에서 황탄무계한 미신쯤으로 간주되던 정감록 신앙을 현실 변혁 지향적인 민중신앙으로서 재조명하는 데 크게 기여했다고 할 만하다.

　이광수가 『허생전』에 도입한 '남조선사상'은 정감록 신앙에 대한 최남선의 견해에 깊이 공감한 결과였던 것으로 보인다. 좀더 나중의 일이기는 하지만 「문예쇄담─신문예의 가치」(1925)에서는 '남조선사상'을 언급하면서 최남선의 이름을 직접 거론하고 있기도 한데,[49] 나아가 "무릇 종교적, 이상적 동경을 가진 개인이나 민족에게는 항상 현실로써 만족하지 아니하고 올 것을 기다리는 간절한 정이 있는 것이다. 그것은 유태의 메시아도 되고 조선의 정도령도 되는 것이다. 기다리는 것은 개인으로나 민족으로나 희망을 가진 이의 일"[50]이라는 언급에서 더 이상 '숙명론적 인생관' 운운했던 이전의 입장을 찾아보기는 어렵다. 게다가 무엇보다도 이광수가 『허생전』에서 공들여 그린 허생의 새 나라 '남조선'은 최남선의 '남조선사상'에 기반하여 정감록 신앙을 적극 재해석하여 창출해낸 또 하나의 공동체적 이상 세계에 가깝다.

　주지하다시피, 허생이 변산의 도적들을 데리고 고국인 옛 나라를 떠

---

49　"우리 조선 민족은 지금 퍽 절망과 비애 중에 있다. (…중략…) 말하자면 조선 민족이 庚戌 이래로 세기말적 절망, 비애, 저주의 정조 중에 있었던 것이다. 그러다가 기미년에 한번 그 정도를 깨뜨리고 희망과 힘의 자각을 얻으려 하였으나 그것도 일시였었고, 그 후로는 도리어 전보다도 더한 민족적 세기말의 사상에 빠지게 되었다. (…중략…) 그러나 이 중에도 일부 젊은 조선인의 흉중에는 항상 희망의 광휘가 있었다. 최육당의 말을 빌면 絶處에서도 조선인의 희망이 되는 남조선사상일지도 모르거니와, 어찌하였으나 一條의 生脈은 조선의 혈관의 어느 한 구석에 흘러왔다." 長白山人, 「문예쇄담─신문예의 가치」(『동아일보』, 1925.11.2~12.5), 『이광수 전집』 10, 우신사, 1979, 413면.
50　위의 글, 413면.

나 새나라로 향하는 뱃길에서 불린 뱃노래에는 '남조선'이라는 이름이 등장한다. 뿐만 아니라 허생을 따라 온 수천 명의 사람들은 오랜 항해 끝에 발견된 섬을 스스럼없이 '남조선'이라고 부르고 있기도 하다. "야— 남조선이로구나. 오기는 왔구나."[51] 때는 바야흐로 북벌에 뜻을 둔 효종이 나랏돈과 인재를 구하는 데 골몰하여 민생이 피폐할 대로 피폐해진 무렵. 허생이 새나라 '남조선'에서 자신의 천하 경륜을 시험하는 길을 택했다면, 허생을 따라 나선 변산의 도적들은 원수의 고국을 뒤로 하고 새나라 '남조선'에 새로운 삶의 희망을 걸었던 것이다. 이 점에서 이광수가 『허생전』에서 공들여 그린 새나라 '남조선'은 경세애민濟世愛民의 뜻을 지닌 허생의 경륜과 조선 민중의 오랜 구원신앙이 만나는 지점에서 구축된 공동체적 이상 세계로서의 의미를 갖는다고 할 수 있다.

이광수는 허생의 새나라 '남조선'에 누구든 땀 흘려 몸소 일하고, 내 것 네것을 가리지 않아 시기하거나 서로 다툴 일이 없으며, 다스리거나 다스림받지 않고 모두가 형제요 자매가 되는 평등한 공동체적 이상을 부여했다. 그리고 허생의 새나라와 달리 빈부, 귀천, 강약의 차별로 인해 피폐할 대로 피폐해진 조곰보의 섬과의 대비를 통해 이러한 새나라가 어디까지나 덕망 있는 지도자와 더불어 새로운 도덕으로 개조된 공동체의 몫이라는 점을 보여줌으로써, 조선 민중이 그토록 갈망하는 '남조선'이라는 이상 세계는 그저 운수를 기다려 주어지는 것이 아니라 공동체 구성원이 함께 구축해가야 할 세계임을 분명히 해두었다. 이광수는 조선 민중의 오랜 구원 신앙이던 '남조선사상'에서 새로운 윤리적 민족공동체의 가능성을 보았고, 여기에 '무실과 역행과 사회봉사심'으

---

51: 長伯山人, 「허생전(52)」, 『동아일보』, 1924.1.22.

로 요약되는 도산의 근대적 이념을 투영함으로써 덕망 있는 지도자 아래 평등한 형제애로 하나 되는 새로운 민족공동체의 상을 창안해냈던 것이다.

한편 이광수는 허생의 새나라 '남조선'의 공동체적 이상을 민족공동체 내부의 경계를 넘어 국가 간의 평화로운 공존을 도모하는 윤리로서 확장하는 데도 공을 들였다. 그 단적인 예가 일본 나가사키長崎와의 교역 대목이다. 허생은 새나라 '남조선'에서 가져간 삼천 석의 곡식을 이웃 다이묘大名와의 전쟁에 쓸 군량미로 팔 것을 요구하는 다이묘의 요구를 거부한다. "가튼 갑시면 사람의 생명을 끈는 군량으로 파는 것보다 굼주리는 백성들의 량식으로 팔기를 원"[52]한다는 도의적인 이유에서이다. 자국 중심적인 리利보다는 민의民意에 기반한 도의道義를 중시하는 대외관의 표명이다. 허생이 다시 옛나라로 돌아와 효종으로 하여금 북벌책을 거두고 화평을 선언케 하는 결말 역시 이러한 대외관의 연속선상에 놓인 것은 물론이다. 특히 효종이 장안의 대장장이들을 모두 불러모아 총과 창, 검과 같은 무기를 녹여 호미와 보습과 낫을 만들게 하고, 오랫동안 군영에 붙들려 있던 군사들에게 먹을 것을 주어 집으로 돌려보내는 장면은 모든 인류가 무기를 버리고 서로 형제가 되어 온갖 복락을 함께 향유하는 톨스토이적 청사진을 그대로 환기시키기도 한다. 요컨대 덕망 있는 지도자 아래 평등한 형제애로 하나 되는 새나라 '남조선'의 공동체적 이상은 대내외적으로 확장됨으로써 안으로 민생을 도모하고 밖으로 이웃 나라와 평화롭게 공존하는 것이야말로 국가의 도의적인 직분임을 일깨우고 있는 것이다.[53]

---

52  長伯山人, 「허생전(62)」, 『동아일보』, 1924. 2. 1.

이리하여 이광수의 『허생전』은 연암의 「허생전」은 물론 단편 「허생원」과도 전혀 결이 다른 작품으로 다시 태어났다. 이광수는 민족공동체의 집단적 문화적 근원으로 조선 민중의 오랜 구원신앙이던 정감록 신앙에 주목했고, 거기에 근대적 재해석을 가함으로써 대내외적으로 '신생활의 모범'될 만한 민족적 이상의 구축에도 성공을 거둘 수 있었던 것이다. 더욱이 보아온 대로 당대 『정감록』을 둘러싼 재조 일본인과 조선 지식인 간의 해석의 경합은 곧 조선인 민족성의 규정을 둘러싼 치열한 다툼이기도 했던 바, 이광수가 새나라 '남조선'을 통해 구축한 대내외적으로 평등한 형제애에 기반한 윤리적 공동체상은 자민족 중심주의를 넘어서는 조선 민중의 심성과 저력에 대한 그의 신뢰를 증거하고도 남음이 있다고 할 것이다.[53]

## 5. 민중예술로서의 『허생전』의 문학사적 의의

이광수가 처음 허생의 이야기에 관심을 가진 것은 이미 1910년대의 일이다. 1911년 최남선의 조선광문회에서 간행된 『열하일기』를 통해서였다. 일찍이 조선광문회를 설립하여 조선 고서 간행 사업에 주력했

---

53  이상 『허생전』의 새나라 '남조선'에 구현된 공동체적 이상의 성격에 관해서는 최주한, 「민족개조론과 상애의 윤리학」・「이광수의 민족개조론 재고」(『이광수와 식민지 문학의 윤리』, 소명출판, 2014, 308~314・346~347면) 참조.

던 최남선은 광문회의 학문적 관심을 대중화하는 차원에서 『소년』의 폐간(1911.5) 이후 신문관에서 간행한 아동잡지 『붉은저고리』, 『아이들보이』에 다수의 옛이야기들을 수록했다. 1914년 6월 『아이들보이』에 발표된 단편 「먹적골 가난방이로 한 세상을 들먹들먹한 허생원」은 이러한 최남선의 기획에 호응하여 쓰여진 것으로, 이광수는 이 단편에서 상업의 이치에 밝았던 허생을 세계를 무대로 한 상업의 중요성을 통찰한 인물로서 재창안한 바 있다. 당대를 상업 경쟁의 시대로 보았던 그는 상업이야말로 한 나라를 세우고 지키는 데 필요한 독립의 능력과 직결된다는 당시의 신념을 허생의 이야기에 담아냈던 것이다.[54]

1920년대 초반 이광수는 연암의 「허생전」을 민중예술의 전범으로서 다시 불러냈다. 이번에는 문화통치로의 전환 이후 본격화된 신문예운동의 방향성을 모색하는 과정에서 민중예술론에 주목한 보다 의식적인 문학적 실천의 일환이었다. 당시 신문예운동의 주류를 형성하고 있던 동인지 문학의 폐쇄적 미학주의에 맞서 예술의 잠재력으로부터 조선 민중의 문화적 결속의 원천을 끌어내고자 했던 그는 민중예술이 가질 수 있는 광범한 영향력에 주목했다. 그리고 민중이 골고루 향유할 수 있는 민중예술의 요건을 쉬운 접근성과 '전통적 이상'에의 접촉에서 찾았다. 실제로 『허생전』은 근대적 경어체에 기반한 구술적 전통을 활용함으로써 독자층의 확대와 공동체적 결속감의 창출을 꾀하는 한편, 조선 민중의 오랜 구원신앙이던 '남조선사상'을 도입 · 재해석함으로써 '신생활의 모범'이 될 만한 민족공동체상을 재창안하는 데 주력하고 있다. 신문예운동의 새로운 방향으로서 민중예술의 전범을 보이고자 고심한 흔적이

---

54  최주한, 「근대소설 문체 확립을 향한 또 하나의 도정」, 위의 책, 385~390면 참조.

역력하다. 이러한 문학적 방향전환이 이후 『일설춘향전』(1925)에서 역사소설 『마의 태자』(1926), 『단종애사』(1928)에 이르기까지 근대적인 문학어로서의 조선어와 고전과 전통에 기반한 조선문학의 창출로 이어져 조선문학의 대중적 기반을 마련하는 데 기여한 것은 말할 것도 없다.

한편 민중예술로서의 『허생전』은 동인지 문학의 폐쇄적 미학주의에 대한 대응에서 더 나아가 세계사적 보편성의 지평에서 조선문화의 위치를 재정위하고자 한 문화적 기획의 일환이기도 했다. 살펴본 대로 이광수가 『허생전』에서 공들여 그린 새나라 '남조선'은 경세애민의 뜻을 지닌 허생의 경륜과 조선 민중의 오랜 구원신앙이 만나는 지점에서 구축된 것이라는 점에서 조선 민중의 공동체적 이상 세계로서의 의미를 갖는다. 그러나 그것은 동시에 빈부, 귀천, 강약의 차별이 존재하지 않는 형제애에 기반한 평등한 공동체적 이상을 지향한다는 점에서 종래의 제국주의적 세계질서를 비판하며 정의·인도, 자유·평등의 새로운 세계질서를 지향한 세계개조론의 이상과도 정확히 호응한다. 일찍이 당대 인류문명의 혼돈을 딛고 도래할 대안적 신세계를 '종교와 예술의 세계'에서 찾았던 이광수는 조선 민중의 오랜 구원 신앙인 '남조선사상'에서 당대 세계개조론에 호응하는 윤리적 민족공동체의 가능성을 보았고, 이를 '무실과 역행과 사회봉사심'으로 요약되는 도산의 근대적 이념을 통해 재해석함으로써 민족, 나아가 인류 '신생활의 모범'을 창안해냈던 것이다. 이 점에서 민중예술론으로서의 『허생전』은 식민지 민족주의가 자민족 중심주의를 넘어서 인류의 보편적인 윤리로까지 확장될 수 있는 가능성을 보여준 한국 근대문학사에서 보기 드문 작품의 하나로서 함께 기억되어도 좋을 것이다.

# 제3장

# 호소이 하지메와 이광수
## 춘향전의 번역과 개작을 둘러싼 문화횡단적 경합

## 1. '문화횡단적 경합'이라는 문제의식

1920년대의 조선은 어느 때보다도 '조선적인 것'에 대한 관심이 높았던 시기이다. 3·1운동 이후 개인과 사회·민족의 유기체적 발전을 지향하며 대두한 문화운동은 근대적 교양을 갖춘 문화인의 덕목으로서 민족적 자각과 그 기반으로서의 과거의 전통에 대한 각성을 중시했다. 또한 문명을 대신한 이른바 문화의 시대에 전통의 복원과 선양이야말로 오랜 문화적 전통과의 연속성 속에서 민족의 문화가치를 세계에 떨치는 길이라는 인식이 대두하기 시작했다.[1] 이와 궤를 같이 하여 1920

---

1  이지원, 『한국 근대문화사상사 연구』, 혜안, 2007, 188~203면 참조.

년대 중반에 접어들면 조선문단에서도 1910년대와는 다소 이질적인 문학적 전통을 구축하려는 움직임이 두드러진다. 특히 1924년 10월 창간된 『조선문단』을 중심으로 하는 국민문학파는 조선의 문학적 전통에 기반한 조선문학을 구축함으로써 세계문학과 어깨를 나란히 한다는 기획을 천명하며 새로운 문학 이론과 실천의 모색에 힘썼다.[2] 전통과의 단절의식이 선명했던 1910년대와 달리, 1920년대 조선의 문화운동계에서 전통은 근대적 민족의식의 형성과 더불어 민족의 문화가치 실현의 매개로서 급부상했던 것이다.

1925년 9월에서 이듬해 1월까지 『동아일보』에 연재되었던 이광수의 『일설춘향전』(연재 당시의 제목은 『춘향』)은 이러한 1920년대 문화운동의 자장 안에서 기획·탄생했다. 무엇보다도 우선 그것은 춘향전 개작을 통하여 "조선 사람의 가슴을 울리고 조선 사람의 전통적 정신"을 전할 '참된 국민문학'의 탄생을 요망한 『동아일보』의 기획에 응하여 쓰여졌고,[3] 이 기획에 응하여 이광수가 춘향전의 개작에 나선 것은 일찍이 『조선문단』을 주재하며 주도했던 국민문학론의 실천적 의미를 가진 것이었다. 이 점에서 『일설춘향전』을 주로 근대적인 연애소설로의 개작이라는 구도 속에서 다룬 기존의 논의들과 달리,[4] '근대적인 '조선 국

---

2  차혜영, 「『조선문단』 연구-'조선문학의 창안과 문학 장 생산의 기제에 대하여」, 『한국문학이론과 비평』 32, 한국문학이론과비평학회, 2006; 구인모, 「1920년대 한국문학과 전통의 재발견」, 『한국 근대시의 이상과 허상-1920년대 '국민문학의 논리』, 소명출판, 2008 참고.

3  「소설예고, 춘향전 개작-춘향, 춘원 작」, 『동아일보』, 1925.9.24.

4  "『고본 춘향전』을 20년대 감각에 맞게 연애소설로 개작한 것은 새롭게 읽혔을 수도 있다. (…중략…) 개작의 방법은 간단하였다. 내용은 '연애'로 문체는 '-이다'로 바꾸면 새로운 소설로 거듭난다는 식이다."(강진모, 「『고본 춘향전』의 성립과 그에 따른 고소설의 위상 변화」, 연세대 석사논문, 2003, 55면) "당대는 '연애'와 낭만적 사랑의 담론이 대유행하던 시기이다. (…중략…) 이러한 담론과 상호교섭하면서 춘향과 몽룡의 사랑은 자유연애와 낭만적 사랑의 문맥으로 옮겨간다."(홍혜원, 「'춘향' 이야기 겹쳐 읽기-이광수

민문학'의 이념태'[5]의 생산이라는 관점에서 이광수의 춘향전 개작의 의미를 포착하고자 한 유승환의 논의는 당대적 맥락에 좀더 근접한 논의라 할 수 있다. 그러나 『일설춘향전』이 '근대적인 조선 국민문학의 이념태'를 지향한 것이라고 했을 때, 그 이념태가 구비전승에 근간한 '조선의 서사적 전통'과의 길항[6]이라는 단선적인 관계 속에서 이루어졌을 것이라는 가설은 재고의 여지가 있다.

1920년대 조선의 전통에 대한 관심은 비단 근대적 민족의식의 형성과 민족의 문화가치 실현의 실천을 지향했던 식민지 문화운동 주체들만의 것이 아니었다. 이 무렵 무단통치를 대신하여 새로 도입한 문화통치를 안착시켜야 하는 과제를 안고 있던 조선총독부의 입장에서도 조선의 전통은 본격적으로 연구 · 조사되어야 할 중요한 관심 영역의 하나였다. 3 · 1운동의 여파는 조선의 고유한 민족적 특성에 대한 고려 없는 일방적인 억압정책이 조선인의 민족적 저항과 불만을 야기했다는 반성을 불러일으켰고, 그 대안으로서 조선의 민족적 특성에 대한 이해와 그것에 기초한 정책 수립의 필요성이 제기되었던 것이다.[7] 이에 총독부는 중추원 관제를 개편하여 과거의 구관조사사업과 조선사 편찬사업을 재편 · 강화하여 본격적인 민족지ethnography 구축 작업에 나서는 한편, 일찍이 1911년 6월 『조선총독부월보』로 창간된 뒤 1915년 3월 『조선휘보』로 개칭되었

---

의 『일설춘향전』 연구」, 『비교한국학』 21-3, 국제비교한국학회, 2013, 446~447면)

5    "이광수의 춘향전 개작은 근대적인 '조선 국민문학'의 이념태를 생산하는 데 주안점이 있다." 유승환, 「이광수의 『춘향』과 조선 국민문학의 기획」, 『민족문학사연구』 56, 민족문학사학회, 2014, 312면.

6    "말하자면 이광수의 패러디 소설 작업은 『동아일보』라는 '민족지'를 통하여 새롭게 유산을 참조하는 과정인 동시에 이들 전통적인 서사문학의 장을 포괄하는 단일한 국민문학의 장을 구성하며 역으로 이를 배제하는 과정인 것이다." 위의 글, 297~298면.

7    이지원, 앞의 책, 149~163면 참고.

던 총독부의 관보를 『조선』이라는 대중교양 잡지적 성격의 월간종합지 체제로 바꾸어 조선의 역사, 유적, 문화, 언어, 풍습, 오락 전반에 관한 식민 담론을 생산·유포하는 데 주력했다.[8] 이러한 총독부의 정책에 부응하여 민간 차원에서도 조선의 전통에 대한 관심이 급증했는데, 1923년에는 조선극장 사장이자 동아문화협회의 주관인 하야가와 고슈早川孤舟가 조선 최초의 상업영화 〈춘향전〉을 제작하여 흥행에 성공을 거두었다.[9] 또 일찍이 1908년 조선연구회를 조직하여 조선 고전의 번역 간행에 힘썼던 하지메 호소이細井肇가 "국가 민족의 심성을 이해하기 위해서는 그 국가 민족의 문학을 아는 것 이상의 첩경이 없다"[10]고 하여 『통속조선문고』(1921), 『선만총서』(1922~1923), 『조선문학걸작집』(1924)에 이르는 방대한 분량의 조선의 고소설을 집중적으로 번역 간행한 것도 바로 이 무렵의 일이다.

이와 같은 사정은 『동아일보』와 이광수의 조선 국민문학의 기획을 고찰하는 데 있어서 당시 총독부 측의 민족지 구축 현황을 고려해야 할 필요성을 제기한다. 총독부 측의 작업을 시야에 넣고 보면 사실 춘향전 개작을 통한 '조선 국민문학'의 구축이라는 『동아일보』와 이광수의 기획은 오히려 뒤늦은 감마저 있다. 1920년대 조선의 문학적 전통으로서의 춘향전을 근대적으로 재현하는 데 선편을 쥔 것은 일본인들이었다.

---

8 잡지 『조선』에 관해서는 조형근·박명규, 「식민 권력의 식민지 재현 전략－조선총독부 기관지 『조선』의 사진 이미지를 중심으로」(『사회와 역사』 90, 한국사회사학회, 2011, 179~191면) 참고.

9 하야가와의 영화 〈춘향전〉은 제작 당시부터 세간의 관심이 되었고 일본에서는 물론 조선에서도 흥행에 크게 성공했다. 이에 관해서는 다음의 기사를 참고. 「영화극으로 표현된 춘향전」, 『매일신보』, 1923.8.23; 「영화극으로 화한 춘향전」, 『매일신보』, 1923.8.24; 「최초 영화는 춘향전－조선영화계의 과거와 현재(2)」, 『동아일보』, 1925.11.19.

10 細井肇, 『朝鮮文學傑作集』, 奉公會, 1924, 5면.

우선 호소이 하지메가 자유토구사를 설립하여 번역 간행한『통속조선
문고』4권의『광한루기』(1921)가 있고, 총독부 기관지『조선』에도 타카
하시 토루高橋亨가 줄거리를 간추려 번역한「춘향전」(1921),[11] 아소 이소
지麻生磯次가 3막 4장으로 희곡화한〈춘향전〉(1922) 등이 잇달아 발표되
었으며, 앞서 언급한 대로 이듬해인 1923년에는 하야가와 고슈가 춘향
전을 영화로 제작하여 흥행에 성공하기도 했다.[12] 1924년『조선문학결
작집』에 실린 춘향전은『광한루기』를 이름만 바꾸어 재수록한 것이다.
한편『동아일보』의 춘향전 개작 공모가 발표된 것은 1924년 12월 18일
의 일이다.[13] 그런데 흥미롭게도 이 무렵『동아일보』가 춘향전의 개작
공모에 나서게 된 사정과 관련하여 1925년 1월 1일『매일신보』에 다음
과 같은 영화 비평 기사가 실려 있어 관심을 끈다.

　　우리의 영화계도 차차로이 새 길의 건설의 첫 발자국을 떼어 놓게 된 甲
　子年은 장(차) 우리네의 기뻐할 잊지 못할 해였었다. (…중략…) 좌우간 본
　영화는 실패였다. 인기를 끈 것이 영화보다도 춘향전이란 위대한 소설의 힘이었던
　것이다. (…중략…) 장화홍련전이 성공이었느냐 하면 꽤 성공이랄 수는

---

11　타카하시의「춘향전」은『朝鮮の物語集附俚諺』(日韓書房, 1910)에 실린 번역을 재수
　　록한 것이다.
12　일본인들의「춘향전」생산과 유통 현황에 관해서는 이응수·윤석임·박태규,「일본에
　　서의「춘향전」수용 연구」(『일본언어문화』19, 한국일본언어문화학회, 2011, 553~554
　　면)의 도표 참고.
13　"二千圓 大顯賞 / 本報 內容擴張 前提, 朝鮮新聞界 初有의 大顯賞 論文 內容은 新年號에,
　　小說은 春香傳 改作 / 各題 千圓 大顯賞"(『동아일보』, 1924.12.18, 2면). 원고 마감은 이
　　듬해 3월 말, 선고(選考) 작업은 7월 하순에 마쳤으나 "국민문학으로 추천할 만한 작품이
　　없"었던 탓에 결국 이광수에게 춘향적 개작을 의뢰하게 된다. "지난간 3월 말일까지
　　모집한 '경세논문'과 '춘향전 개작'은 지금껏 選考中으로 금월 하순에는 발표되겠사오
　　니, 江湖諸君은 이리 알아주시기를 바랍니다."「社告」,『동아일보』, 1925.7.3;「소설예
　　고, 춘향전 개작—춘향, 춘원 작」,『동아일보』, 1925.9.24. 참고.

없어도 **우리 첫 작품으로는** 幾分間의 성공이라 할 수 있다.[14]

인용문은 1924년 조선의 영화계를 결산하며 하세가와가 제작한 영화 〈춘향전〉과 조선인에 의해 제작된 〈장화홍련전〉을 비교하고 있는 대목이다. 하세가와의 영화가 인기를 끈 것이 영화보다도 '춘향전이란 위대한 소설의 힘' 때문이었다거나 〈장화홍련전〉이 성공이랄 수는 없어도 '우리의 첫 작품으로는' 얼마간 성공이라 할 수 있다는 평가에서 조선의 고전을 영화화하여 성공을 거둔 일본인 영화 제작자에 대한 은밀한 경계심이 묻어난다. 『동아일보』가 이광수의 춘향전 개작 연재를 예고하며 "언제나 한번 춘향전, 심청전은 우리 시인의 손을 거치어 일리고 씻기고 정리되어서 참된 국민문학이 되어야 할 운명을 가진 것"[15]이라고 언급한 대목에서도 마찬가지의 민족적 경합의식이 감지되는 것은 물론이다.

일찍이 레이 초우는 현대의 중국영화를 자기민족지autoethnography의 관점에서 고찰하면서 비서양문화의 자기민족지가 어떻게 과거 서양문화에 의해 '보여지는 대상'이 되었던 관점을 재정의하고 이를 불가역적으로 대리보충하는지 명료하게 보여준 바 있다.[16] 언제나 선행하는 제국의 민족지를 의식하면서 자기민족지를 구축해야 했던 식민지 조선의 경우도 이와 다르지 않았을 것이다. 춘향전의 개작을 준비하면서 이광수는 적어도 자유토구사의 『광한루기/춘향전』 정도는 관심 있게 들

---

14 이구영, 「조선영화의 인상」, 『매일신보』, 1925.1.1.
15 「소설예고, 춘향전 개작—춘향, 춘원 작」, 『동아일보』, 1925.9.24.
16 레이 초우, 정재서 역, 『원시적 열정』, 이산, 2004. 특히 민족지로서의 영화에 대한 이론적 고찰에 대해서는 3부 '민족지로서의 영화 혹은 포스토콜로니얼 세계에서의 문화간 번역'을 참고할 것.

여다보았을 것이 틀림없다. 재조 일본인들의 조선인 민족성론에 관해서는 2차 유학 시절 이래 그의 꾸준한 관심사의 하나였던 까닭이다.[17]

이에 이 글에서는 이광수의 『일설춘향전』을 서사적 전통과의 관련성뿐만 아니라, 이들 총독부를 비롯한 재조 일본인들의 민족지 구축 작업과의 문화횡단적 경합의 측면에서 고찰하고자 한다.[18] 이를 위해 우선 2절에서는 1920년대 제국 일본과 식민지 조선에서 조선의 문학적 전통이 어떤 맥락에서 전유되었는지 짚어보고, 이어지는 3절과 4절에서는 자유토구사의 『광한루기/춘향전』과 『일설춘향전』을 중심으로 조선의 문학적 전통을 둘러싼 문화적 경합의 양상을 분석할 것이다. 이로써 『일설춘향전』이 '조선 국민문학'의 맥락에서 새롭게 구축하고자 한 '전통'의 면모와 의의는 물론, 그간 고전의 명성에 기댄 통속소설쯤으로 간주되어 온 문학사적 위상도 재조명될 수 있을 것으로 기대한다.

---

17 2차 유학 시절 이래 재조 일본인들의 조선인 민족성론에 대한 이광수의 대응에 관해서는 최주한, 「이광수의 민족개조론 재고」(『이광수와 식민지 문학의 윤리』, 소명출판, 2014, 317~352면) 참고.

18 이와 관련하여 근대시기 〈춘향전〉의 번역/개작의 계보를 광범위하게 논하면서 이러한 번역과 개작의 실천이 고전 〈춘향전〉의 형상을 탄생시키는 과정에 주목한 논의로 이상현의 「〈춘향전〉의 번역과 민족성이 재현방식─이광수의 『春香』(1925~1926)과 게일·호소이 하지메의 고소설 번역 담론」(『개념과 소통』 16, 한림과학원, 2015)을 참고할 만하다. 다만 이상현의 논의가 이광수의 국민문학 기획 속에서 춘향전을 근대적으로 '개조되어야 할 민족성' 그 자체로 간주하면서 호소이 하지메의 기획과의 공유지점을 강조하고 있다면, 이 글은 근대적으로 '계승해야 할 문학적 자산'이라는 관점에서 경합의 국면을 강조하고 있다는 점에서 논점을 달리한다.

## 2. 식민지 민족지의 구축 vs. 조선 국민문학의 구축

1920년대 조선의 고서 간행 사업에 선편을 쥔 것은 재조 일본인들이다. 그 중심에는 일찍이 1910년 한일병합과 더불어 조선연구회를 조직하여 조선의 고서를 번역 간행하는 데 앞장섰던 호소이 하지메가 있다. 1920년 자유토구사를 설립하여 『통속조선문고』(1921), 『선만총서』(1922~1923)를 잇달아 번역 출간했던 그는 그 가운데 고소설 10종을 골라 『조선문학걸작집』(1924)이라는 이름으로 재간행할 정도로 조선의 고서, 특히 문학을 번역 간행하는 데 적극적이었다.[19] 호소이는 조선에 3·1운동이 일어난 원인을 조선인의 민족 심성을 제대로 이해하지 못한 식민정책의 실패에서 찾고, 조선 문제 해결의 한 방편으로서 조선 고서의 번역 간행에 뛰어들었다.[20] 이러한 호소이의 활동은 총독부의 전폭적인 지원에 힘입은 것으로,[21] 당시 문화통치의 안착을 목표로 조선의 전통에 대한 본격적인 조사·연구에

---

19  조선연구회와 자유토구사의 설립과 운영에 관해서는 최혜주, 「한말 일제하 재조일본인의 조선고서 간행사업」(『대동문화연구』 66, 성균관대 대동문화연구원, 2009, 425~429면) 참고. 호소이 하지메의 조선 고소설 번역 간행 작업에 관해서는 박상현, 「제국 일본과 번역-호소이 하지메의 조선 고소설 번역을 중심으로」(『일어일문학연구』 71, 한국일어일문학회, 2009; 박상현, 「번역으로 발견된 '조선(인)'-자유토구사의 조선고서 번역을 중심으로」, 『일본문화학보』 46, 한국일본문화학회, 2010) 참고.

20  "저 3월 소요의 원인은 여러 가지가 있습니다만, 그 가운에 하나는 內鮮人의 의사가 충분히 소통되지 않았기 때문입니다. 의사가 소통되지 않은 것은 서로를 이해하지 못하기 때문입니다. 서로를 이해하기 위해서는 풍속, 습관, 문물, 역사를 대충이라고 알고 있지 않으면 안 됩니다. 조선인은 우리들의 형제는 아닙니다만, 우리들 내지인은 이 사랑스러운 동생을 선도하고 교화해야 할 형으로서의 당연한 책무가 있습니다. 본사(자유토구사-인용자)가 일 년을 기약하고 조선 上古 이래의 正史, 稗史小說, 詩歌류를 『통속조선문고』라는 이름으로 간행하는 것은 이 결함을 보충하고 싶기 때문입니다." 細井肇, 「通俗朝鮮文庫の刊行」(社告), 『朝鮮通俗文庫』 4, 自由討究社, 1921, 1면.

21  최혜주, 앞의 글, 426~429면 참고.

나섰던 총독부의 방침과 궤를 같이하는 것이었다. 이와 관련하여 호소이는 자신이 조선의 고서, 그 가운데서도 특히 문학 번역 간행에 관심을 갖고 나서게 된 경위에 대해 다음과 같이 밝힌 바 있다.

> 대개 국가 민족의 심성을 이해하기 위해서는 그 국가 민족의 문학을 아는 것보다 첩경이 없다. 문학은 인정(人情)의 극치를 증류하여 수정옥처럼 결정한 것이니, 단지 당시의 시대정신을 아는 편의가 있을 뿐 아니라 고금을 종단하여 그 국민 성격의 유래를 관찰할 수 있다. 그런데 조선의 고사(古史) 고서(古書)가 간행된 것은 조선고서간행회의 언문 그대로의 것과 앞서 언급한 조선연구회의 두 종류가 있을 뿐. 전자는 값비싸서 일반 국민이 강독하는 데 편리하지 않고, 후자도 직역으로는 뜻이 통하는 구절이 적다. 내지인에게 조선을 이해시키기 위해서는 난해하고 광범한 조선의 고사(古史), 고서(古書)를 요령을 제시하여 통속적인 언문일치로 번역해설하는 것만 한 것이 없다고 믿는다. 따라서 그런 믿음을 향해 전력을 기울인 것이 통속조선문고이고 선만총서이다.[22]

한 국가 민족의 심성을 이해하려면 그 국가 민족의 문학을 알아야 한다는 주장은 호소이에게 딱히 새로운 것이 아니다. 그는 이미 조선연구회 시절에 간행한 『조선문화사론』(1911)에서도 "만약 그 國情 民俗을 이해하고자 하면 그 나라 고유의 문학을 관찰하는 것보다 긴요한 것은 없다"[23]는 주장을 피력하고, '반도半島의 연문학軟文學'이라는 장을 따로 두어 「춘향전」을 비롯하여 9편에 이르는 조선문학의 경개梗概를 수록한 바

---

22  細井肇, 「『朝鮮文學傑作集』の卷頭に題す」, 『朝鮮文學傑作集』, 奉公會, 1924, 5~6면.
23  細井肇, 「叙說」, 『朝鮮文化史論』, 朝鮮研究會, 1911, 1면.

있다. 새로운 것이 있다면 이번에는 조선의 문학을 '통속적인 언문일치' 문장으로 '번역 해설'해야 할 필요성을 제기하고 있다는 점이다. 호소이는 이미 『조선문화사론』에서 자신이 수십 종에 이르는 조선문학의 내용을 제대로 소개할 능력이 없고, 이 책에서 소개하고 있는 작품도 "솔직히 말하면 아직 공표하지 못할 미완성품에 속한다"[24]고 하여 독자들의 양해를 구해둔 바 있다. 이 점에서 『통속조선문고』에서 『선만총서』, 『조선문학걸작집』에 이르는 문고총서의 간행은 『조선문화사론』에서 후일을 기약했던 본격적인 조선문학 소개 작업에 해당한다고 할 수 있는데, 이는 각 문고총서의 목록이 『조선문화사론』의 목록을 토대로 하고 있는 데서도 잘 드러난다.

〈표 5〉의 목록을 보면 알 수 있듯이, 『통속조선문고』의 목록은 거의 『조선문화사론』의 목록을 토대로 구성되어 있다. 『조선문화사론』에서 소개하고 있는 작품은 일본인 동료들의 도움을 받아 선정한 것으로 보인다. 일러두기에 문우文友 야마지 하쿠山地白雨와 동료 이네다 슌스이稻田春水에게서 일부 번역 및 자료를 제공받았다는 언급이 있다.[25] 이 외에도 일반 조선인 간에 애독되는 작품으로 『금강몽유록』, 『사씨남정기』, 『임경업전』, 『어우야담』 등의 작품을 더 거론하고 있지만,[26] 아직 그 내용을 독자들에게 소개할 수 없는 것이 유감이라고 하여 제외했다. 이 가운데 『사씨남정기』는 『선만총서』의 1권으로 번역 간행된다. 『통속조선문고』에 이어 기획된 『선만총서』의 경우 애초에 총독부의 고서

---

24  細井肇, 「半島の軟文學」, 위의 책, 551~552면.
25  細井肇, 위의 책, 20면.
26  細井肇, 「半島の軟文學」, 위의 책, 551면.

〈표 5〉 저서/문고총서의 목록

| 저서/문고총서 | 목록 |
|---|---|
| 조선문화사론<br>(1910) | 추풍감별곡, 남훈태평가, 심청전, 구운몽, 조웅전, 홍길동전, 춘향전, 장화<br>홍련전, 재생연 |
| 통속조선문고<br>전 12권(1921) | 사씨남정기, 구운몽, 광한루기, 남훈태평가, 홍길동전, 추풍감별곡, 심청<br>전, 장화홍련전 |
| 선만총서<br>전 11권(1922~1923) | 제비다리, 숙향전, 운영전 |
| 조선문학걸작집<br>전 10권(1924) | 춘향전, 심청전, 제비다리, 사씨남정기, 추풍감별곡, 장화홍련전, 구운몽,<br>남훈태평가, 숙향전, 운영전 |

해제 자료를 기초로 고사와 고서 및 시가·소설에 관한 20종의 목록을 구성했다가 실제 서적을 검토하면서 기대에 못 미친다고 판단, 종로의 서점을 다니며 41권의 서적을 사들인 뒤 총독부 참사관參事官 분실分室의 한병준에게 추천을 받는 과정을 거쳤다.[27] 이 과정에서 『제비다리』, 『숙향전』, 『운영전』이 새롭게 번역 간행되었다. 마지막으로 『조선문학걸작집』은 "현재 조선에서 행해지는 소설 시가 가운데 가장 걸작으로 간주되는 것"[28] 10종을 수록한 것이다. 그간의 문고총서 가운데 문학작품만을 편집·수록한 것으로, 이들 작품을 확고한 조선문학 정전의 반열에 올려놓은 작업이라 할 수 있다.

호소이의 문학총서 간행이 식민지의 민족지 구축 작업의 일환으로서 조선의 전통을 제국 일본의 영역 내에 포섭하기 위한 것이었다면, 반대로 조선의 문인들은 민족적 정체성에 기반한 근대적 '조선 국민문학'을 구축하기 위한 방편으로 조선의 문학적 전통을 전유하고자 했다. 특히 이 무렵 『조선문단』을 중심으로 주요한, 김억 등과 함께 조선 국민문학

---

27  細井肇, 「序言」, 『鮮滿叢書』 1, 自由討究社, 1922, 1~3면. 『선만총서』의 고서 목록 선정 과정에 관여한 총독부의 고서 해제 자료에 관해서는 이상현, 앞의 글, 74~75면 참고.
28  細井肇, 「『朝鮮文學傑作集』の卷頭に題す」, 앞의 책, 1면.

의 구축을 주도했던 이광수는 '민중의 전통적 이상'을 구현한 예술로서의 '전설·이야기'라는 서사적 전통에 주목했는데, 이는 구비전승에 의거한 '전설적 문학'이라 하여 이를 본격적인 문학에 못 미치는 문학 미달의 형태로 간주했던 1910년대와는 사뭇 다른 인식의 결을 보여준다.[29]

1920년대 조선의 문단에서는 조선문학을 '국민문학'의 범주에서 사고하려는 경향이 두드러졌다. 세계문학을 각 국가와 지역을 경계로 한 국민문학의 단위로 분할하고 그 가운데 조선문학의 자리를 상상하고 정당화하는 이러한 움직임은 부재하는 국가를 대신하는 조선문학의 상을 상상하면서 서구적 보편성의 질서하에 자기상을 구축하는 방식의 일환이었다.[30] 한편 부재하는 국가를 대신하는 조선문학의 상을 상상한다는 것은 제국 일본의 국체國體와 구별되는, 나아가 그것에 편입되기를 거부하는 독자적인 조선문학 구축에 대한 열망을 내포한 것이기도 했다. 오늘날 조선의 신문예는 "쫓겨나는 우리 말과 글의 유일한 유지자", "해일과 같이 밀려들어오고 천금의 무게로 내려 누르는 이질정신에 대한 유일한 조선정신의 自主"[31]라는 인식이 보여주듯이, 어쩌면 오히려 이쪽이 당장의 실천적 요구에 가까웠다. 1922년 2월 '일선공학日鮮共學'의 명분하에 실시된 제2차 조선교육령은 조선어 교육의 축소와 더불어 민족적 교육의 가능성을 완전히 배제하는 것이었고,[32] 여기에 당

---

29 "文學이란 特定흔 形式下에 人의 思想과 感情을 發表흔 者를 謂흠이니라. 此에 特定흔 形式이라 흠은 二가 有ᄒ니, 一은 文字로 記錄흠을 云흠이니, 口碑傳說은 文學이라고 稱키 不能ᄒ고 文字로 記錄된 後에야 비로소 文學이라 홀 슈 有ᄒ다 흠이 其一이요." 최주한·하타노 세츠코 편, 『이광수 초기 문장집』II, 소나무, 2015, 108면.
30 차혜영, 앞의 글, 207~212면 참고.
31 이광수, 「문예쇄담-신문예의 가치」(『동아일보』, 1925.11.2~5), 『전집』 10, 407~408면.
32 제2차 교육령에서는 '日鮮共學'의 방침에 따라 조선어 시수를 대폭 줄이고 일본어 시수를 늘렸으며, 조선의 역사와 지리도 교과목에서 제외하고 일본 관련 내용만 교과

대 민족주의 문화운동의 차원에서 부상한 민족개조론과 민중예술론의 요구까지 가세하여[33] '조선어문의 발달'과 '국민(민족)정신의 고취'에 기여할 조선 국민문학의 구축은 문단의 긴요한 과제로 떠올랐던 것이다.

이러한 조선 국민문학의 기획이 그 출발선상에서 주목한 것은 조선의 문학적 전통, 특히 민요나 전설과 같이 민간에 전승된 구비문학이었다. "우리는 우리 민요 속에서 우리 민족에게 특별히 맞는 리듬을 발견하는 동시에 우리 민족의 감정의 흐르는 모양과 생각이 움직이는 방법을 볼 수가 있다. 새로운 문학을 지으려 하는 우리는 우리의 민요와 전설(이야기)에서 이것을 찾는 것이 절대로 필요하다. 대개 우리 조선 사람의 情調와 사고 방법에 합치하지 아니하는 시가는, 즉 문학은 우리들에게 맞을 수 없는 때문"[34]이라는 주장에서 단적으로 볼 수 있듯이, 구비전승에 의거한 민족의 공동적 작품이라는 사실이 이번에는 '조선의 정조와 사고 방법'을 담고 있는 민족적으로 승화된 조선 고유의 예술이라는 시각에서 새롭게 주목되었던 것이다. 요컨대 이들 구비문학은 오랜 문화적 전통과의 연속성 속에서 민족적 정체성에 기반한 조선문학을 구축하는 데 유력한 기반으로 간주되었던 것인데, 이 점에서 이광수가 '참된 국민문학'을 표방한 『동아일보』의 기획에 응하여 춘향전 개작에 나선 것은 조선 국민문학론의 문학적 실천의 의미를 띠는 것이었다고 할 수 있다.

---

목에 포함시켰다. 곽진오, 「일제와 조선교육정책－조선교육령을 중심으로」, 『일본문화학보』 50, 한국일본문화학회, 2011, 260~261면 참고.

33  1920년대 국민문학론의 배경으로서의 민족개조론과 민중예술론에 관해서는 다음을 참조. 구인모, 「1920년대 번역어 '문화'의 등장과 '조선'의 발견」, 『한국 근대시의 이상과 허상－1920년대 '국민문학'의 논리』, 소명출판, 2008, 98~103면; 이재선, 「생활의 예술화와 민중예술론 및 예술교육론」, 『이광수 문학의 지적 편력－문학론의 원천과 형성』, 서강대 출판부, 2010, 217~266면 참조.

34  이광수, 「민요 小考」, 『조선문단』 3, 1924.12, 31면.

## 3. '수절守節/열烈'의 봉건규범으로
### 대상화된 춘향=조선

 1920년대 재조 일본인들 사이에서 다양한 형식으로 생산되어 읽혀지고 있던 춘향전은 주로 이해조의 『옥중화』(1912)를 애정담의 맥락에서 축약 번역한 자유토구사의 『광한루기/춘향전』[35]을 근간으로 하고 있다. 『옥중화』는 이전의 수많은 춘향전 이본들과 달리 작자성이 존재하는 최초의 '인쇄'된 단행본으로서의 위상 덕분에 근대 초기 춘향전의 번역사에 또렷한 족적을 남겼다.[36] 자유토구사의 『광한루기/춘향전』이 번역 저본으로 삼은 것 역시 이해조의 『옥중화』였는데, 이는 『선만총서』 서문에 보이는 "옥중화는 이미 통속조선문고 중에 역술한 『춘향전』(광한루기)가 있어"[37] 간행 목록에서 제외했다는 언급에서도 확인된다.

 자유토구사의 조선 고서 번역 작업에는 일본인뿐만 아니라 조선인 번역자가 함께 관여하는 경우가 많았다.[38] 『광한루기/춘향전』만 해도 당시 조선총독부 내무국의 직원으로 근무했던 조경하趙鏡夏[39]의 초역과

---

35 『통속조선문고』(1921) 간행 당시 『광한루기』(1921)라는 제목으로 번역 간행되었다가 나중에 『조선문학걸작집』에 재수록되면서 『춘향전』(1924)으로 제목이 바뀌었다. 〈표1〉 참고.
36 근대 초기 춘향전의 번역사에서 이해조의 『옥중화』가 차지한 번역 저본으로서의 위상에 대해서는 이상현, 「고소설 담론의 통국가적 문맥」(『한국 고전번역가의 초상, 게일의 고전학 담론과 고소설 번역의 지평』, 소명출판, 2013, 371~387면) 참고.
37 細井肇, 「序言」, 『鮮滿叢書』 1, 自由討究社, 1922, 3면.
38 자유토구사의 번역자들에 관해서는 박상현, 「번역으로 발견된 '조선(인)'─자유토구사의 조선 고서 번역을 중심으로」(『일본문화학보』 46, 한국일본문화학회, 2010, 392~395면) 참고.
39 조경하(趙鏡夏, 1888~1941). 1908년 보성전문학교 법과를 졸업하고 1911년 9월 문관보통시험에 합격했다. 경기도 양주군 서기, 경성부 서기, 고양군 서기를 거쳐 1920년 조선총독부 내무국 제1과 및 지방과 속(屬)으로 임명되었다. 친일반민족행위진상규명위원

시마나카 유조島中雄三의 교열·윤색을 거쳤다.[40] 따라서 초역과 최종 번역의 영역을 구분하는 것은 쉽지 않지만, 마찬가지로 조경하의 초역을 거친『장화홍련전』의 경우 교열 과정에 관한 기록이 좀더 자세히 남아 있어서 참고가 된다.

　　장화홍련전은 십수 년 전 졸저『조선문화사론』에 줄거리가 소개된 적이 있지만, 이번에는 **조경하 군의 달필로 전부 언문으로 씌어져 있는 원서가 유창한 일본어(邦語)로 번역되었다.** 나는 다만 이것을 약간 수정 윤색했을 뿐이다. (…중략…) **교열의 즈음에 서두를 생략했는데,** 원래는 본서의 권두에 天ノ際ニ一點ノ黑イ雲ガ曚タト起レバ誰レデモ其ノ雲ガ將ニ月ノ明イ光ヲナクスヤウニ思ハレルガ畢竟其ノ雲ハ强イ風ノ爲メニ散ツテ了ヒ又深山窮谷ノ凋殘ナル草木ハ嚴冬ノ雪寒ニ當レバ誰レデモ其ノ寒キニ堪ヘ難クツテ皆枯レテ了フ樣ニ思ハレルモ陽春ノ和氣ヲ受クレバ葉モ出デ花モ咲クノデアル (…중략…) **그 밖에 이것도 교열 과정에서 생략했지만,** 본문 이곳저곳에 이러한 저자 자신의 감개를 누설하여 독자를 넌지시 훈계하고 있다.[41]

위의 인용문은 조경하의 초역이 원문을 근대 일본어 문장으로 바꾸기 쉽게끔 되도록 언문일치체에 가깝게 직역한 것이었던 반면, 호소이 하지메의 교열 작업은 단지 초역 문장을 읽기 쉬운 근대 일본어로 윤색

　　회,『친일반민족행위진상규명보고서』 IV-16, 2009, 607~619면 참고.
40　『광한루기』의 번역 과정에 대해서는 호소이 하지메가 "광한루기(춘향전)은 조경하 씨가 구어체로 역술한 것을 다시금 친구 나카지마(島中) 씨가 보다 알기 쉬운 구어체로 윤색했다"고 밝혀둔 기록이 있다. 細井肇, 「廣寒樓記の卷末に」, 『通俗朝鮮文庫』 4, 自由討究社, 1921, 77면.
41　細井肇, 「薔花紅蓮傳を閱了して」, 『通俗朝鮮文庫』 10, 自由討究社, 1922, 61~81면.

한 데서 그치지 않고 필요에 따라 수정이나 삭제와 같은 내용의 변경에
도 적극 개입한 것이었음을 보여준다. 미루어 짐작건대『광한루기/춘
향전』의 경우도 조경하의 초역은『옥중화』의 원문을 언문일치체 문장
에 가깝게 직역한 것이었고, 문장과 내용의 변경은 전적으로 시마나카
유조에 의한 것이 아니었을까 싶다. 더욱이『광한루기/춘향전』은『옥
중화』원문의 상당 부분이 과감하게 축약 번역되어 있는데, 서사의 구
성과 주제에 중요한 영향을 미치는 이러한 선택과 배제의 판단을 초역
자의 손에 맡겼을 것으로 생각하기는 어렵다.

실제로『옥중화』와『광한루기/춘향전』은 서사 구성에서부터 두드
러진 차이를 보인다.『옥중화』가 서두에서 대단원에 이르기까지 하나
의 이야기 덩어리로 제시되어 있다면,『광한루기/춘향전』은 장을 나누
고 이야기 화소 단위별로 소제목을 달아 서사의 흐름을 한눈에 일별할
수 있도록 구성되어 있다. 이해를 돕기 위해『광한루기/춘향전』의 목
차를 제시하면 다음과 같다.


(一) 광한루의 반나절

남원군의 춘향…… 어미 월매…… 천성이 영리…… 이몽룡…… 군내
(郡內) 제일의 경승(景勝)…… 남문(南門)에 광한루…… 선녀와 같은 미
인…… 저것은 무엇인가? 금인가 옥인가…… 귀신인가…… 삼남(三南)의
명물…… 당대의 여군자(女君子)…… 시집갈 생각이라면…… 기러기는
바다를 쫓고 나비는 꽃을 쫓는다…… 이몽룡의 낙담…… 욕지거리뿐……
오늘 저녁 빨리 가자……

## (二) 미남, 아름다운 여인과 부부의 인연을 맺다

보고지고 보고지고…… 장래 유망한 녀석…… 이런 경우를 당하여……
지금 이상한 꿈을…… 선동(仙童)인가 인동(人童)인가…… 젊은이의 방으
로…… 아침에 피는 가을 해당화…… 처음인 몽룡…… 당신의 따님과……
한때의 기분 전환…… 나도 양반의 자제…… 혼서예장(禮狀)…… 부끄러
워하지 말고 술을…… 더할 나위 없는 경사…… 큰일을 무사히…… 눈치
빠르게…… 거문고 현에 옷깃 스치는 소리……


## (三) 상사(相思)의 이별

부친 한림(翰林)의 영전(榮轉)…… 태도가 이상하다…… 아버님 먼저……
약속을 허사로…… 혹시 부친에게…… 무엇보다 좋은 기회…… 여자는 지
아비를 따른다…… 첩은 어찌합니까…… 오늘 밤 오경(五更)에 반드시 죽
어…… 도련님이 돌아가게 되어…… 도련님은 혼자서…… 일찍 죽어버려
라…… 무릎을 물어뜯다…… 춘향을 데리고 가겠습니다…… 재회할 날을
기다려…… 맑은 마음은 거울과 같고…… 기념의 가락지…… 새로운 이별
의 눈물…… 두 사람은 헤어졌다


## (四) 신임부사의 욕심

신임부사 변씨…… 주색(酒色)의 두 길…… 모두 기생이냐…… 기생 점
고(點考)…… 몽룡과 약속한 여인…… 그것은 도리에 맞지 않다…… 춘향
을 부르라…… 그것만은…… 몽룡에게서의 편지…… 제 모친이라도……
과연 미인이로고…… 이제부터 내 첩으로…… 정녀(貞女)는 두 지아비를
섬기지 않는다…… 부인의 정조를 더럽힘은…… 죄가 죽어 마땅하다……

죄의 태형(笞刑)…… 대전통편(大典通編)…… 피가 흐르고 살갗은 짓물러…… 있는 듯 없는 듯한 숨…… 이몽룡에게 알리는 편지……

### (五) 몽룡 암행어사가 되다.

몽룡의 취관(就官)…… 암행어사…… 거지꼴로 변장하고…… 잠깐 기다리라니…… 경성의 이한림에게…… 하나부터 열까지 세세한 이야기…… 괘씸한 놈…… 이런 아뿔싸…… 이놈을 감옥에…… 참으로 길몽…… 바위 위의 어떤 미인…… 3년 전의 광한루…… 월매의 기도…… 너무 미안함…… 기쁨과 슬픔…… 천한 모습…… 부끄러움을 참고…… 결코 옥중에서는…… 몽룡님은 박정(薄情)…… 왔단다…… 목소리만이라도…… 설령 거지라도 나의 지아비…… 수절원사(守節寃死) 춘향의 무덤……

### (六) 악인(奸人)은 쫓겨나고 정녀(貞女)는 구원되다

광한루에 모이다…… 의기양양…… 연회석에 참가…… 몽룡의 시 한 편…… 89세에 유산(流産)…… 암행어사 출도…… 터벅터벅 관아(官衙)로…… 눈물이 주르륵…… 이 어사(御使)의 첩으로…… 광기와 같이…… 몽룡과 춘향의 재회……[42]

위의 장제목과 절제목만 일별해도 분명하듯이,『광한루기/춘향전』은 춘향과 몽룡의 만남에서 결연, 이별, 수난, 재회로 이어지는 연인간의 사랑이야기로서의 면모가 또렷하다. 이는 일차적으로 번역 저본인 이해조의『옥중화』가 근대적인 애정관을 반영하여 기존의 판소리 춘향가를 개

---

**42** 『朝鮮文學傑作集』1, 奉公會, 1924, 1~3면.

작한 판본인 데서 기인하지만,[43]『옥중화』에 구현된 애정담과는 또 다른 양상을 보여주고 있어 주목을 끈다. 가장 먼저 눈에 띄는 것은『광한루기/춘향전』의 번역이 철저히 몽룡을 중심으로 두 사람의 사랑이야기를 재구성하고 있다는 점이다. ①장에서 ⑥장에 이르는 장제목에서 춘향은 한번도 주어로 등장하지 않는다. 그녀는 사랑의 대상이거나 탐심의 대상, 혹은 구원의 대상으로서 수동적으로 위치지어지고 있을 뿐이다. ④장에서 춘향이 신임부사의 위협에 맞서 정조권을 주장하고 있는 대목은 예외적 주체성을 보여주지만, 이 역시 '여자의 본분'으로서의 수절의 당위성을 강조한 축역 탓에 오히려 '열烈'이라는 유교적 윤리규범에의 종속성이 두드러진다. "여자의 본분으로 두 사람의 지아비를 섬길 수는 없습니다. 나는 언제까지고 이몽룡과 함께 살 날을 기다릴 작정입니다. 설령 몽룡이 박정한 남자라서 나를 이대로 버리더라도 나는 반첩여班婕妤의 마음을 배워 결코 정조를 깨뜨리지 않을 것입니다."[44]

1922년『조선朝鮮』에 발표된 아소 이소지麻生磯次[45]의 희곡〈춘향전〉에서 춘향의 수동성은 더욱 두드러진다. 제1막 '광한루'에서 제2막 '춘향의 집', 제3막 1장 '부사관저府使官邸 향연의 장', 제3막 2장 '관아 사무소의 장'에 이르기까지 3막 4장으로 이루어져 있는 이 희곡에서 춘향은 단 두 번 등장한다. 제2장에서 몽룡과 이별하는 대목과 제3막의 2장에서 어사가

---

43 『옥중화』에 반영된 근대적 애정관의 양상에 관해서는 권순긍, 「판소리 개작소설『옥중화』의 근대성」(『반교어문연구』 2, 반교어문학회, 1990, 249~225면) 참조.
44 『朝鮮文學傑作集』 1, 44면.
45 1896년생으로 1920년 토쿄제국대학 국어과를 졸업하고 제6고등학교와 경성제국대학 일본근세문학 교수를 지냈다. 경성제대 재직시에는 조선총독부의 시학의원으로 중등학교 국어과를 시찰하고 국어교육(일본어)에 대한 보고서를『文敎の朝鮮』에 수차례 싣기도 했다. 김영, 「경성제대 국문학과 교수 아소 이소지에 관한 소고」, 『한국일본어문학회 학술대회 발표논문집』, 2013.4, 1면 참고.

된 몽룡과 재회하는 대목이 그것이다. 이별과 재회 대목을 제외한 나머지 사건은 주로 주변 인물들의 대사를 통해 간접적으로 전달되고 있는데, 간접적인 정보의 대부분은 춘향이 온갖 고초를 무릅쓰고 정조를 지킨 열녀라는 데 초점이 맞춰져 있다. 특히 극의 절정에 해당하는 제3장 1막의 어사 출도 대목은 하인이 어사의 도착을 알리고 변부사가 침착하게 동헌으로 나가 맞는 장면으로 개작되어 있어 춘향과의 재회를 위한 계기적 단위 정도로 그 의미가 축소되어 있다. 아소 이소지의 〈춘향전〉 역시 춘향의 열녀됨을 공증公證하는 이야기 그 이상은 아닌 셈이다.

이처럼 춘향을 특징짓는 수동성과 윤리적 규범성은 특정한 관점에서 춘향을 바라보고 있는 제국의 시선을 여실히 보여준다. 춘향은 어디까지나 '수절守節=열烈'이라는 봉건적 윤리규범을 체화한 전근대 조선 여성의 전형으로 대상화되어 있는 것인데, 이는 춘향에게서 '연애신성과 인권평등'[46]의 근대적 정신을 읽어냈던 조선 지식인들의 시선과는 명백히 대조적이다. 당대 조선의 지식인들에게 춘향전은 문벌과 귀천이 다른 두 남녀가 서로 신의를 지켜 사랑을 성취해낸 근대적 사랑 이야기였고, 춘향은 봉건 윤리를 체화한 수동적 여성이 아니라 자신의 사랑을 지키기 위해 당대의 관습과 당당히 맞선 주체적 여성으로 받아들여졌다. 단적인 예로 『고본춘향전』(1913)의 편역자 최남선은 춘향의 주체성에 대해 이렇게 언급한 바 있다.

어린 산아희와 어린 계집아희가 **문벌은 귀천이 틀니고 거쥬는 경향**(京鄕)이

---

46  안자산, 『조선문학사』(한일서점, 1922), 『자산안확국학논저집』 2, 여강출판사, 1994, 115면.

다른디 온갖 어려움을 격그면서도 서로 흔(恨)ᄒ고 의심ᄒᄂᆫ 일 업시 쌔끗으로 비롯ᄒᆫ 관계를 쌔끗으로 결국ᄒᄂᆫ 일편졍ᄉ(一篇情史)에 뉘 능히 감흥차탄(感興嗟歎)흠을 금ᄒ리오. (…중략…) 왼 셰샹이 밋븜이 업고 고듬이 업서 **직힐 것을 직힐 줄 모르고 벗셜對抗 것을 벗서지 못ᄒᄂᆫ 이째에 가만히 춘향의 마음과 일을 생각**ᄒ니 왼 텬하 슈염 잇ᄂᆫ 주층(自稱) 대장부를 위ᄒ야 쓰거운 눈물이 왕연(汪然)히 쏘다짐을 억졔치 못홀지라.[47]

그렇다면 이들 제국의 번역 텍스트에서 춘향은 왜 '수절=열'이라는 봉건적 윤리규범을 체화한 전근대 조선 여성의 전형으로서 대상화되었던 것일까. 그것은 일찍이 조선인의 민족 심성을 강대에 아부하는 '사대사상'으로 규정하여 조선의 독립 능력을 부정했던 제국적 통념의 모순에 대한 서사적 해결책으로서의 의미를 갖는 것이었다고 해석해 볼 수 있다. 사실 다소 소극적으로 축역되어 있기는 해도 변부사의 절대 권력에 맞서 당당하게 자신의 정조권을 주장하고 있는 춘향의 모습에서 '강대에 아부하는' 사대사상을 읽어내기는 어렵다. 3·1운동 당시 일제히 제국의 권력에 맞섰던 조선 민중의 모습이 낯설었던 것처럼, 번역의 주체들에게 이러한 춘향의 모습은 이질적인 성격의 것으로 받아들여졌을 것이 틀림없다. 3·1운동 직후 호소이 하지메는 조선인의 사대사상을 재규정해야 할 필요성을 느끼고 이를 '문교文教와 도덕道德에 공순히 따르는' 심리와 태도로 재해석한 바 있다. 그리고 '문교와 도덕'에 온순하게 따르는 조선인을 주먹과 총검으로 통치한 것은 명백히 제국의 실책이며, 마땅히 그에 온당한 방식의 통치 방침을 강구해야 한다

47 최남선, 「序」(『고본춘향전』), 김진영 외편, 『춘향전전집』, 박이정, 1997, 339~340면.

고 주장했다.[48] 그것이 조선인의 저항성을 수동성과 전근대적 규범성이라는 통제가능한 영역으로 재분할하려는 시도의 일환이었다면, 이러한 시도가 제국의 번역 텍스트에서는 춘향의 '수절=열'을 봉건적 윤리규범 내에 봉쇄하는 방식으로 이루어졌던 것이다.

## 4. '경국제민經國濟民'의 이념과 공동체적 유대의 재발견

『광한루기/춘향전』과 희곡 〈춘향전〉의 번역이 이해조의 『옥중화』(1912)를 '수절=열'이라는 조선의 전근대적 윤리규범에 기반한 애정담의 맥락에서 축역하고 있다면, 이광수의 『일설춘향전』은 『옥중화』와 더불어 최남선의 『고본춘향전』(1913)을 또 하나의 저본으로 참고함으로써 전혀 다른 방식의 개작을 보여준다.[49] 『일설춘향전』의 개작에서 특히 흥미로운

---

48 "조선인의 소위 '사대사상'을 강대에 아부하는 비굴한 민족 심성으로만 속단하는 무지와 망령의 대가가 값비싼 3월 소동이 된 것은 타민족을 동화 포용할 만한 아무런 준비도 기초도 가지지 못한 채 합병을 단행한 당연의 응보라 할 밖에 없다. 조선이 과거 1천년간 元, 明, 淸에 대하여 일찍이 한번도 독립을 제의한 일이 없고, 능히 사대복속의 예를 잃지 않은 것은 中華의 커다란 문명에 심취하여 그것을 섬기는 데 공순했기 때문이다. 文敎와 도덕에 대해서는 조선인은 극히 온순히 따르는 민족이다. 문교와 도덕에 공순한 이 조선 민족의 禮讓을 갖춘 심리와 태도를 '강대에 아부'하는 것으로만 해석하여, 문교와 도덕과는 정반대인 주먹과 총검으로써 임한 일본 관민의 총명은 3월 소요의 계산서를 받을 만한 자격이 충분하다." 細井肇, 「廣寒樓記の卷頭に題す」, 앞의 책, 8~9면.
49 화소 분석을 중심으로 『옥중화』, 『고본춘향전』과의 관련성을 밝히고 있는 연구로는 최재우, 「이광수 『일설춘향전』의 특성 연구」(설성경 편, 『춘향전 연구의 과제와 전망』, 국학자료원, 2004) 참고.

것은 절정과 대단원에 해당하는 서사의 후반부를 전적으로 『고본춘향전』에 의지하고 있다는 점인데, 이 후반부야말로 서사적 성격상 『옥중화』와는 다른 『고본춘향전』의 특성이 또렷한 대목이기도 하다는 점에서 『일설춘향전』의 개작 지향성을 고찰하는 데 중요한 지표가 된다.

『고본춘향전』의 후반부는 몽룡을 중심으로 하는 암행어사 설화가 큰 비중을 차지하고 있다. 『옥중화』의 경우 암행어사가 된 몽룡의 행적이 주로 위험에 처한 춘향의 구원이라는 범위에 국한되어 있다면,[50] 『고본춘향전』에는 지방관을 감찰하고 백성의 형편을 조사하여 지방관의 횡포로부터 민중을 구원하는 존재로서의 어사 몽룡의 활약이 두드러지는 것이다. 『일설춘향전』의 후반부 '어사' '출도'의 장 또한 춘향과 몽룡의 재회라는 대단원을 향한 계기적 단위에 그치지 않고 지배자에 저항하는 민중의 잠재적 에너지를 포착하고 이를 서사화하는 무대로서 기능하고 있다는 점에서 『고본춘향전』의 민중 지향성을 충실히 계승하고 있다고 할 만하다.

우선 '어사'의 장에서는 암행어사가 된 몽룡의 감찰관으로서의 면모가 충실하게 그려진다. 지방 감찰의 임무를 띤 어사답게 몽룡은 기회가 닿는 대로 백성들에게 본관의 정치에 대해 묻고 그들의 목소리에 귀를 기울인다. 그런데 몽룡의 귀에 들어오는 것은 하나같이 탐재호색貪財好色한 본관에 대한 백성들의 분노와 원망의 목소리뿐이다. 들판에서

---

50 『옥중화』에는 암행어사가 된 몽룡이 남원에 내려오는 길에 불속에 갇혀 살려달라고 애원하는 어떤 미인을 꿈에 보는 대목과 옥중에서 몽룡을 그리워하다 잠든 춘향이 사모관대를 갖춘 몽룡이 곁에 와 앉는 꿈을 꾸는 대목이 삽입되어 있다. 암행어사가 된 몽룡의 행적이 춘향과의 재회 및 춘향의 구원이라는 애정담의 결말을 향해 수렴되고 있음을 보여준다. 『옥중화』를 축역한 『광한루기/춘향전』는 이 점이 더욱 두드러지는데, 이는 3장에서 제시한 (五)장의 소제목만으로도 또렷이 일별할 수 있다.

는 농부들이 송사야 옳건 그르건 돈만 밝히고 반반한 계집이면 물불을 가리지 않고 덤비는 본관의 행태를 성토하고, 마을에서는 가가호호 본관 생일을 빙자한 민간 수렴이 한창이라 민원이 하늘을 찌르고 집집이 울음이다. 몽룡은 도탄에 든 백성들의 처지를 비감하며 탄식에 젖는다. "백성이 도탄에 들었으니 백일이 무광하고 산천도 무색하다. 몽룡이 비감하여 눈물을 머금고 '이 백성 어이하리 / 이 백성 어이하리 / 도탄에 든 이 백성을 / 내 어이하리'라고 한탄하며 석양을 띠고 박석틔를 올라섰다."[51] 몽룡은 어디까지나 가혹한 정치의 종식을 바라는 민중들의 정치적 원망願望의 충실한 대변자로 그려지고 있는 것인데, 불속에서 살려달라고 외치는 미인의 꿈을 꾸고는 서둘러 남원으로 향하는 『옥중화』나 『광한루기/춘향전』의 몽룡의 모습과는 천양지차다.

대단원인 '출도'의 장에서 본관의 죄를 엄히 물어 봉고파직封庫罷職하는 장면이 강조되어 있는 것도 『일설춘향전』이 학정을 일삼은 지배자에 대한 징치라는 민중의 정치적 원망願望을 대변하는 데 중점을 두고 있음을 말해준다. 얼굴이 사색이 되어 전전긍긍 처분을 기다리고 있는 본관에게 어사는 이렇게 따져 묻는다. "국운이 망극하여 국록지신이 되었거든, 聖旨를 받자와서 治民善政이 당연하거든, 曲法虐民하고 浚民膏血하여 남원 일경 변시 도탄에 嗷嗷하니 그래 於心에 無愧하오?"[52] 다만 주색을 좋아한다는 윤리적 결함이 문제시되고 있을 뿐이어서 본관에게 관대한 처분이 내려지고 있는 『옥중화』와 달리, 『일설춘향전』에서

---

51  이광수, 『일설춘향전』(『동아일보』, 1925.9~1926.1), 『이광수 전집』1, 우신사, 1979, 502면.
52  이광수, 『일설춘향전』, 『전집』1, 520면.

봉고파직이라는 엄격한 처분이 본관에게 내려지고 있는 것은 어디까지나 목민관으로서의 정치적 본분을 다하지 못한 때문인 것이다.

이러한 정치적 대립 구도는 춘향의 서사에도 중대한 변화를 가져온다. 가장 중요하게는 본관의 수청 요구에 맞선 춘향의 수절이 단순히 유부녀로서의 도리를 다하겠다는 소극적인 윤리 차원의 문제가 아니라 지배자의 횡포에 맞선 민중의 저항이라는 정치적 의미를 띠게 된다는 점을 꼽을 수 있다. 춘향의 수절이 비천한 신분이라는 이유로 수청을 요구하고 이를 거부하자 온갖 위협을 가하는 본관의 전횡에 맞선 저항이라는 점에서는『옥중화』나『광한루기/춘향전』과 다를 것이 없다. 그러나 이러한 저항이 이번에는 탐재호색한 본관에 대한 백성들의 분노와 원망의 목소리에 의해 매개됨으로써 지배자의 전횡에 분노하는 민중의 열망을 대변하게 되는 것이다. 이 점에서 본관의 봉고파직과 더불어 춘향과 몽룡의 행복한 재회로 끝나는 대단원은 지배자의 횡포로부터 해방되고자 하는 민중의 정치적 열망이 적극 반영된 것이라 할 수 있다.

지배자의 전횡에 맞선 춘향의 저항 정신을 기리고 이에 대한 보상을 축하하는 대단원은『일설춘향전』이 기존의 춘향전을 단순한 애정담이 아니라 민중의 정치적 열망을 반영한 공동체적 질서 회복의 서사로서 재구축하고 있음을 보여준다.『고본춘향전』이 애초에 계승할 가치가 있는 조선적 전통의 복원이라는 기획 속에서 탄생한 것이고 보면,[53] 조선 국민문학의 대표격을 자임했던『일설춘향전』이『고본춘향전』의 민중 지향성을 계승한 것은 일면 자연스러운 일이었을 것이다. 그러나

---

53  류시현,『최남선연구－제국의 근대와 식민지의 문화』, 역사비평사, 2009, 59~64면.

『일설춘향전』의 민중 지향성은 1920년대 민족주의 문화운동의 일환이었던 조선 국민문학 기획에 의해 의식적인 재구축의 과정을 거친 것이었다는 점에서 위상을 약간 달리한다. 단적인 예로 다음의 춘향의 편지가 환기하고 있는 대장부의 이상은 단순한 과거 전통의 재현이 아니라 부재하는 근대적 국민국가의 이념이 투영된 미래적 요청에 가깝다.

> 도련님 전 상사리. 세상에 슬픈 일이 많다 하온들 사랑하는 님 이별하기보다 더 슬픈 일이 있사오며, 못할 일이 많다 하온들 천리에 계신 님을 기다리기보다 더 못할 일이 있사오리까. 그러나오나 소첩도 다행히 옛 글을 배운지라 어찌 한갓 정만 생각하옵고 대의를 헤아릴 줄 모르이까. 도련님은 대장부라 반드시 뜻을 크게 하시와 위로 성상을 도와 아래로 만민을 다스릴 직책을 가지시니, 해가에 홍규의 정을 생각하시리까. 원컨댄 도련님은 **일시의 정애**를 잊으시고 **경국제민의 큰 의리**를 생각하시옵소서.[54]

인용문은 춘향과 이별한 후 상사相思의 편지를 보내온 몽룡에게 춘향이 보낸 답신의 일절이다. 『옥중화』는 물론 『고본춘향전』에서도 찾아볼 수 없는 대목으로, 이광수가 공들여 쓴 것이 분명한 이 편지는 『일설춘향전』의 민중 지향성을 지탱하는 이념적 근간을 명시하고 있다는 점에서 각별히 주목할 필요가 있다. 모름지기 대장부라면 일시의 정애情愛를 잊고 위로 임금을 도와 아래로 만민을 다스리는 '경국제민經國濟民'에 뜻을 두어야 한다는 주장은 기본적으로 유교적 이념에 기반한 것이지만, 이광수에게 그것은 동시에 부재하는 국가를 대신하여 강력한 구

---

54  이광수, 『일설춘향전』, 『전집』 1, 467면.

심점을 지닌 근대적 민족공동체의 형성에 기여할 것으로 기대되는 이념적 자산이기도 했다. 본관의 봉고파직과 더불어 고을 공동체가 다시금 질서를 회복하고 있는 대단원은 지배자의 횡포로부터 해방되고자 하는 민중의 정치적 열망의 반영일 뿐만 아니라 '경국제민' 이념의 서사적 구현이기도 하다. 지배자의 횡포로부터 해방되고자 하는 민중의 정치적 열망이 아래로부터의 민중의 정치적 에너지를 내포한 것이라면, '경국제민'의 이념은 이러한 민중의 정치적 에너지가 민의를 대변하는 지도자에 의해 수렴된 국가 공동체의 상을 함축한다. 『일설춘향전』은 부재하는 국가의 결여를 대리보충하는 기제이자 새로운 민족공동체 형성에 기여할 수 있는 전통적 자산을 '경국제민'의 이념에 근간한 공동체적 유대의 전통에서 찾았던 것이다.

좀더 주목해야 할 것은 『일설춘향전』이 재발견한 공동체적 유대의 전통에는 부재하는 근대 국민국가의 이상뿐만 아니라 제국의 민족지에 대한 오랜 경합의 시선이 각인되어 있다는 점이다. 그것은 『광한루기/춘향전』을 비롯하여 당대 애정담 중심의 『옥중화』 계열 춘향전의 범람 속에서 망각되었던 전통의 재발견이자,[55] 보다 중요하게는 『광한루기/춘향전』에서 '수절=열'이라는 조선의 봉건적 윤리규범과 더불어 '수동성', '규범성', '사대성' 등으로 규정된 춘향=조선의 민족적 정체성에 대한 경

---

55 1920~1930년대에 대중적으로 널리 읽혔던 춘향전은 주로 『옥중화』(1912)와 그 이본 계열에 속하는 『절대가인』, 『옥중가인』 등이었고(천정환, 『근대의 책읽기』, 푸른역사, 2003, 75면), 최남선의 『고본춘향전』(1913)은 재미를 추구하는 당대 소설 독자들의 기대지평에 맞지 않아 독자들의 호응을 얻지 못하고 상업적으로 실패했다는 연구 결과가 있다(이윤석, 「『고본춘향전』 개작의 몇 가지 문제」, 『고전문학연구』 38, 한국고전문학회, 397면 참고). 사실 어려운 국한문체에 한글 첨자를 덧붙인 판본 형태로 출판된 『고본춘향전』은 애초에 일반 대중보다는 지식계층 독자를 염두에 둔 출판 기획이었을 가능성이 높다.

합적 재정의의 양상을 띤다는 점에서 그러하다.

『광한루기/춘향전』에 보이는 조선='수동성', '규범성', '사대성'이라는 도식이 일찍이 조선인의 민족 심성을 '사대사상'(호소이 하지메)에서 찾고 혹은 '사상의 고착'과 '사상의 종속'(타카하시 토루)으로 규정하면서 동화정책의 정당성을 뒷받침했던 재조 일본인 관변학자들의 조선인 민족성론의 계보를 잇고 있다면,[56] 본관의 전횡에 맞서는 춘향, 지배자의 전횡에 분노하는 민중, 그리고 민의를 대변하는 지도자 몽룡을 중심으로 공동체적 유대를 서사화하고 있는 『일설춘향전』은 '능동성', '저항성', '연대성' 등 부재하는 근대 국민국가의 이상을 대리보충하는, 계승할 가치가 있는 전통이라는 관점에서 민족성을 재구축하고 있다는 점에서 명백히 대척점에 놓인다. 조선인의 민족성을 수동적이고 사대적인 것으로 규정하며 동화주의를 정당화하는 제국의 민족지적 시각에 대한 반발이 보다 의식적으로 재구획된 민족 정체성에 대한 이해와 감각의 산출로 이어진 셈이다.

더욱이 중요한 것은 『일설춘향전』이 근대적인 조선어와 더불어 이 일을 해냈다는 점이다. 1920년대는 제도적으로 조선어 교육이 대폭 축소되고 일본문단과 조선문단 사이에서도 일본어와 조선어를 둘러싸고 문학어로서의 지위를 다투는 은밀한 언어적 경합의식이 작동하고 있던 시점이었다. 이 점에서 보면 조선인이라면 누구나 읽고 이해할 수 있는 근대적인 조선어로 문학적 전통을 정전화할 수 있는 문화적 저력

---

56  타카하시 토루의 조선인 민족성론에 대해서는 다음을 참조. 타카하시 토루, 구인모 역, 『식민지 조선인을 논하다』, 동국대 출판부, 2010; 구인모, 「조선연구의 발산과 수렴의 교차점으로서 민족성 연구」, 『한국문학연구』 38, 동국대 한국문학연구소, 2010.

을 갖출 수 있게 되었다는 사실이야말로『일설춘향전』이 거둔 최대의 문학적 성취가 아니었을까. 민족어를 매개로 한 그러한 문화적 저력야말로 무엇보다 강력한 공동체적 유대의 기반이 되어 주었을 것이기 때문이다.

## 5.『일설춘향전』의 문학사적 위상 재고

『허생전』과『일설춘향전』은 '物語'라고밖에는 말할 수가 없는 종류이다. 그것은 소설로서의 조건을 갖지 못하였으니 소설이랄 수도 없는 자요, 史話의 部에 들 수도 없는 것이요 한 개 이야기로밖에는 분류할 수 없다. (…중략…) 이전에『매일신보』에 연재되고 그 뒤에 단행본으로 출판되어 지금까지도 연년 수만 부씩 인쇄하는『옥중화』는 본시 이해조가 광대(창극배우)들을 불러다가 구술케 하고 그것을 필기한 것이다. 춘원은 이것을 재차 필기한 데 지나지 못한다. (…중략…) 춘원은 이『옥중화』는 가감을 허락지 않는 신성한 글로 보았든지, 한 장면 한 행동까지도 모두 원서에 구속되어 一寸 一分도 자유로 그 탈을 벗지 못하였다. (…중략…) 춘원이 상해로 망명하기 이전과 다시 귀국한 뒤의 사이는 문학적으로 조선의 사회가 너무도 변하였으므로, 여기 질겁한 춘원은 자기의 인제 밟을 길로서 '문화적 의미를 가진 문학운동'을 개척하려고 이렇듯『허생전』이며『일설춘향전』의 레벨까지 뒷걸음질 친 것이다.[57]

춘원이 문학사에서 맡은 바 몫은 사실상 『무정』으로 끝난 것이다. 『개척자』는 『무정』의 이삭줍기에도 미치지 못하는 것이었으며, 상하이 임시정부에서 귀국한 1921년 이후의 춘원은 작가로서의 문학사적 소임을 가지기 어려웠다. 『가실』이라든가 『허생전』 등을 쓴다는 것, 『재생』이라든가 『흙』을 쓴다는 것은 김동인의 지적대로 한갓 통속작가임을 천하에 드러내는 것에 지나지 못한다. (…중략…) 김동인은 '대중에 흥미 없는 문학' 즉 순수문학을 위해 애쓰던 조선문단에 춘원이 상하이에서 귀국하여 『허생전』, 『일설춘향전』, 『재생』 등 대중소설을 쓰자 "이 사실 때문에 바야흐로 싹트려던 조선 신문학이 받은 타격은 막대하다"라고 비판하였거니와, 춘원 역시 자기의 이런 소설이 대중적 흥미에 치우쳤음을 알아차리고 있었다. 상하이에서 돌아온 춘원에겐 그가 해야 할 중요한 일이 따로 있었기 때문이다. 그것이 곧 홍사단(동우회) 운동이었다. (…중략…) 문학을 여기라고 주장한 것도 이 때문이다. 대중에게 보다 소박하게 인기를 얻는 일이 동우회운동에 도움이 된다는 점에서만 그 의의가 인정된다고 그는 파악했는지도 모른다.[58]

인용문은 1920년대 이광수 문학의 문학사적 위상에 관한 논의에 결정적인 영향을 미친 두 논자의 언급이다. 전자의 김동인은 『일설춘향전』을 소설로서의 조건을 갖지 못한 '한 개 이야기'로 규정하고, 그 근거로 『일설춘향전』이 창극을 구술 필기한 이해조의 『옥중화』를 '재차 필기'한 데 지나지 않는다는 점을 들었다. 『일설춘향전』은 『옥중화』의 인

---

57  김동인, 「춘원연구」(『삼천리』, 1935.4), 김치홍 편, 『김동인평론전집』, 삼영사, 1984, 117~122면.
58  김윤식, 『이광수와 그의 시대』 1, 솔, 1999, 618면.

기를 의식하여 그것을 재탕한 통속물에 불과하다는 평가이다. 후자의 김윤식 또한 이러한 김동인의 평가를 승인하며 『일설춘향전』을 비롯한 1920년대 이광수의 문학을 '대중적 흥미'를 겨냥한 통속 대중소설로 규정했다. 김동인의 평가가 당대의 문학을 순수문학과 대중문학으로 가르고 순수문학을 문학사의 중심에 위치시키려는 의도에 의한 것이었다면,[59] 김윤식의 평가는 여기에 더하여 1921년 상하이에서의 귀국 이후 이광수의 활동의 중심을 동우회운동에 두는 작가론의 관점에서 이광수의 문학을 종속적인 것으로 파악한 데 따른 것이었다고 할 수 있다. 그럼에도 불구하고 "춘원이 문학사에서 맡은 바 몫은 사실상 『무정』으로 끝난 것"이라는 문학사적 선고는 엄청난 무게를 지닌 것이어서 이후 『일설춘향전』은 오래도록 연구의 대상으로 주목받지 못했다.

그러나 1920년대 조선의 '전통'을 둘러싼 제국과 식민지 간의 문화적 경합의 구도를 시야에 넣을 때 『일설춘향전』의 문학사적 위상은 사뭇 달리 자리매김될 수밖에 없다. 보아온 대로 1920년대 조선 국민문학의 기획은 조선의 전통을 제국 일본의 영역 내에 포섭하려는 제국의 민족지 구축 작업과 정확히 대척점에 놓인 것이고, 그 가운데서도 특히 춘향전은 조선의 전통 및 민족성의 해석과 전유를 둘러싼 제국과 식민지 간의 치열한 경합의 장이었다. 또한 제도적으로도 조선어가 위축되고 문학어로서의 지위 또한 일본어가 선점하고 있던 당대에 독자적인 조

---

59 이러한 의도는 해방 이후의 회고에서 좀더 또렷하다. "그때의 우리는 소설의 기초, 소설의 근간을 '리알'에 두고, 아직껏 『춘향전』, 『심청전』 혹은 『구운몽』, 『옥루몽』 등이나 읽던 이 대중에게 생경하고 건조무미한 '리알'을 맛있게 먹으라고 강요하였던 것이다. (…중략…) 이런 때에 춘원이 재활약을 시작하여 리알에 소화불량된 이 대중에게 다시 통속, 흥미 중심의 소설을 제공하는 것은 우리 문학 발달에 큰 지장이 아닐 수 없다." 김동인, 「문단 30년의 자취」(『신천지』, 1948.3~1949.9), 앞의 책, 467면.

선어 문학의 구축은 민족어를 매개로 한 강력한 공동체적 유대의 거점으로서의 위상을 갖는 것이기도 했다. 이 점에서 조선어로 전승되어 온 구비문학의 서사적 전통을 의식하며 기존의 춘향전에서 능동적이고 저항적인 공동체적 유대의 전통을 재발견하고 이를 문학적으로 정전화하는 데 성공을 거둔 『일설춘향전』은 1920년대 제국의 민족지 구축 작업에 맞선 조선 국민문학의 실천으로서 당대의 문학사적 소임을 다한 것이었다고 평가되어도 좋을 것이다.

# 제4장

# 『단종애사』와 영월

## 부재하는 민족국가의 역사지리적 상상력

### 1. 『단종애사』와 '영월'이라는 공간

이광수의 『단종애사』와 영월이라고 하면 자연스레 슬픔과 비애의
정조가 떠오른다. 일단 영월이라는 장소 자체가 첩첩산중에 자리한 쓸
쓸하고 적막한 유배지로서의 성격을 띠고 있는 데다 결국 그곳에서 비
극적인 죽음을 맞은 단종의 한 맺힌 비감의 정조까지 투영되어 있으니,
"단종께서와 같이 슬프게 기가 막히게 끝은 마친 이가 드물 줄 압니다"[1]
라는 작가의 말이 아니더라도 거기서 슬픔과 비애의 정조를 떠올리지
않기란 더욱 어려운 일인지도 모른다.

---

1  이광수, 「三大新聞의 小說─동아일보『단종애사』에 대하여」, 『삼천리』, 1929.6, 43면.

후대의 해석에서 이러한 슬픔과 비애의 정조는 "비관적인 패배의식과 조선왕조사에 대한 부정의식"[2]을 드러낸 식민사관, 혹은 "국권을 상실한 무력함을 시사"[3]하고 "단종(조국)의 슬픈 운명을 숙명적으로 인정"[4]하는 논리이자 "제왕의 탄생과 무력한 민중을 자인"[5]하는 논리로서 간주되었다. 한 마디로 『단종애사』를 지배하는 슬픔과 비애의 정조는 결과적으로 나라 잃은 민족의 무능과 일제의 권력에 대한 암묵적인 승인에 불과하다는 비판이다. 이와는 조금 다른 각도에서 이러한 슬픔과 비애의 정조를 당대 대중가요의 지배적 코드였던 '상실감'과 연결지어 당대 시대정신의 공유와 나눔이라는 문학적 순기능의 관점에서 해석한 논의가 최근 제기되기도 했지만,[6] 일찍이 은둔적, 도취적, 염세적 예술을 데카당 문학이라 하여 비판하며 진취적, 인생 및 현실 긍정의 사상과 정조에 바탕을 둔 '신이상주의적 예술', '인생에게 '살 힘'을 주는 예술', '상적常的문학', '정적正的문학' 등을 지향했던 1920년대 이광수의 문학관과는 거리가 있는 해석이라는 점에서 여전히 재고의 여지가 있다.[7]

---

2    전흥남, 「춘원의 『단종애사』 연구」, 『한국문학이론과 비평』 26, 2005, 한국문학이론과 비평학회, 2005, 75면.
3    송백헌, 『한국근대역사소설연구』, 삼지원, 1985, 10면.
4    정두희, 「단종과 세조에 대한 역사소설의 검토」, 『역사비평』, 1992, 역사문제연구소, 101면.
5    박숙자, 「이광수의 『단종애사』 연구―'어린 임금'의 인물화와 춘원의 전회를 중심으로」, 『한국문예비평연구』 20, 한국현대문예비평학회, 2006, 271면.
6    유요문, 「이광수의 『단종애사』에 나타난 비애의 정조와 식민지 시대정신」, 『한국융합인문학』 5-1, 한국융합인문학회, 2017, 69~81면.
7    "다만 조선은 지금 은둔적, 도취적, 염세적인 것보다 사상으로나 정조로나 진취적, 노력적, 군가적인 인생 긍정, 현실 긍정의 사상과 정조가 인심을 지배하기를 요구하는 시기에 있단 말이다. 이 의미로 나는 세기말적 예술을 저주하고 조선인의 희망과 자신과 함께 용기를 노래하는, 말하자면 신이상주의적 예술을 요구한다."(이광수, 「문예쇄담―신문예의 가치」(『동아일보』, 1925.11.2~12.5), 『이광수 전집』 10, 우신사, 1979, 417면. 이하 『전집』으로 표기) "예술도 인생생활의 일부문, 인생 활동의 일 방면이라 하면, 인생 자신의 생활 제약에 모순되기를 許하지 않는다. 인생의 모든 활동

사실 『단종애사』와 영월을 슬픔과 비애의 정조로만 채색하는 것은 작가 이광수의 의도는 물론 당대 독자들의 반응과도 어긋난다. 무엇보다도 우선 비관적 패배의식이나 국권을 상실한 무력함, 현실 권력의 승인과 같은 자포자기의 태도는 역사와 전통, 민족의식과 조선어에 기반한 건전한 민족주의문학의 건설을 염두에 두고 있던 1920년대 이광수의 작가적 의식과는 어울리지 않는다. 뿐만 아니라 매일같이 연재되던 『단종애사』를 앞다퉈 읽으며 민족적 자아에 눈뜨고 민족국가가 회복될 날을 고대했던 당대 독자들의 열망을 간과한 것이기도 하다. 한편 단종이 현실 권력에 의해 희생당하는 어리고 유약한 이미지로만 고정되어 온 것 또한 이러한 슬픔과 비애의 정조라는 통념적 이미지에 가려진 탓이라는 점도 기억할 필요가 있다.

이 글에서는 작가 이광수의 의도와 당대 독자들의 반응을 중심으로 1920년대 독자들 사이에 유통되었던 『단종애사』의 의미망을 재구성하는 한편, 『단종애사』의 대단원 「혈루편」에 그려진 단종의 유배지 영월을 민족국가의 회복을 상상하는 공간이라는 관점에서 적극 재조명함으로써 기존의 연구에서 간과되어 왔던 단종과 영월의 이미지를 재구해 보고자 한다.

---

은 살기 위한 활동인즉, 예술도 살기 위한 예술, 즉 인생에게 '살 힘'을 주는 예술이라야 할 것이다. 더 자세히 말하면, 인생을 지금 있는 인생보다 더 굳세고 더 아름답고 더 착하게 하는 예술, 사람과 사람이 더욱 서로 사랑하고 더욱 이기를 떠나 동포를 위하여 몸을 바치도록 人性을 높이고 깊이고 혼들어 놓는 예술이라야 할 것이다. 이러한 생각에서 예술상의 인도주의가 나오고, 이른바 신이상주의가 나온 것이다."(이광수, 「우리 문예의 방향」, 『조선문단』, 1925.11), 『전집』 10, 429면) "지금 우리 조선인은 중병을 앓고 난 사람과 같다. 그는 육체적으로 허약하거니와 정신적으로도 허약하다. 그에게 강렬한 자극제만 주는 것은 마치 不寐症 환자에게 강렬한 咖啡茶를 자꾸 먹이는 것과 같다. (…중략…) 十年生聚 十年教訓이라 하였거니와, 문학적으로 民氣를 보양함이 극히 필요하리라고 믿고, 그 문학은 常的 문학, 正的 문학, 평범한 문학, 영문학적 문학이 되리라고 믿는다." 이광수, 「중용과 철저-조선이 가지고 싶은 문학」(『동아일보』, 1926.1.2~3), 『전집』 10, 435면.

## 2. 누계 수천 통의 투서

이광수의 『단종애사』는 1928년 11월부터 이듬해인 1929년 12월까지 『동아일보』에 연재되었다. 역사소설로는 『마의태자』(1926.5~1927.1)에 이은 두 번째 작품으로, "누계 수천 통의 투서"가 들어올 만큼 독자들에게 굉장한 인기를 끌었다는 김동인의 증언도 남아 있듯이,[8] 당대 독자들의 비상한 관심을 끌었던 작품이기도 하다. 흥미롭게도 연재가 끝나갈 무렵부터 『동아일보』는 신문에 투고된 독후감을 선별하여 지면에 싣고 있는데, 『단종애사』에 대한 당대 독자들의 관심과 열기가 어떠했는지 생생하게 전하고 있어 일독할 만하다.

> 신문배달 시간이 되면 東亞報 왔소? 하지 아니하고 모다 端宗史 났소, 端宗史? 하고 매일 4, 5인씩 爭先 낭독한다. 이처럼 젊은 우리들 마음을 醉하고 狂하게 하는 이유는 다름이 아니다. 3·1운동 이래 너무도 잠잠하야 우리의 공통적 정의 관념이 점차 침약하는 추세가 보이고 또 일편으로는 인형교육을 强施받아 자기의 혼을 망실할 뻔하던 우리에게 우리의 살림은 우리가 할 뿐이다, 누구에게든지 그를 허치 못한다 하는 우리 혼, 우리 정신을 회복하며, 이 살림을 바로잡아 갈 만한 힘과 정신을 直射하야 꼭 적중한 所以이다.[9]

---

8  "이 작품이 『동아일보』에 연재되는 당시 누계 수천 통의 투서가 들어오느니만치 독자군의 인기가 굉장하였던 작품이다." 김동인, 「춘원연구」, 김치홍 편저, 『김동인평론전집』, 삼영사, 1984, 143면.
9  함흥 烏山生, 「독후감」, 『동아일보』, 1929.11.13.

나는 어려서 십이세 時부터 청춘, 학지광 등 잡지를 통하야 춘원 선생의 글을 애독하기 시작하야 오늘까지 세상에 발표된 선생의 글은 대개 다 읽었습니다. 그 중에도 근일 종결된 단종애사는 나에게 가장 많은 감동을 주었습니다. 뿐만 아니라 **신문소설이라면 난잡하다 하야 절대 배척하든 노인들까지 신문이 오면 단종애사를 먼저 읽고 서로 토의하는** 것을 보면 이 소설의 가치를 다시 생각게 됩니다.[10]

인용문은 『단종애사』가 연재되던 무렵 청년층은 물론이고 노인들까지 신문이 오기를 기다려 『단종애사』부터 함께 읽고 갑론을박하는 모습을 전하고 있다. 1910년대 이광수의 독자층이 주로 청년층에 국한되어 있었던 것을 고려할 때 사뭇 다른 풍경이라 하지 않을 수 없다. 실제로 투고된 독후감에는 이밖에도 시조 형식을 빌리거나 한문 문장으로 쓴 독후감까지 두루 실려 있어 독자층의 다양성이 한눈에 확인된다. 당대 독자들은 어째서 단종의 이야기에 그토록 열광했던 것일까.

그 이유는 일차적으로 당대 조선인이라면 누구나 공감할 만한 역사적 제재를 다루었다는 데서 찾을 수 있다.

---

10  논산 半月山人, 「독후감」, 『동아일보』, 1929. 12. 22.

## 3. 「육신전」과 『연려실기술』, 그리고 『단종애사』

『단종애사』는 단종을 중심으로 하여 세종에서 문종, 단종, 세조로 이어지는 조선 초기의 왕조사를 제재로 한 역사소설이다. 일찍이 김동인은 "이 『단종애사』는 남 모씨의 「육신전六臣傳」의 현대어화에 지나지 못한 것"[11] 이라 하여 소설이 아니라 '사화史話'의 범주로 분류했으나 정확한 지적은 아니다. 여기서 '남 모씨'라 함은 생육신의 한 사람이었던 추강秋江 남효온南孝溫(1454~1492)을 가리키는데, 남효온의 「육신전」은 병자사화丙子士禍, 곧 단종복위운동 당시 죽은 인물 가운데 박팽년·성삼문·이개·하위지·유성원·유응부 등 여섯 신하를 선별하여 그들의 충절을 증언한 짧은 약전 형식의 글이다.[12] 『단종애사』 전체 구성으로 보면 「고명편顧命篇」·「실국편失國篇」·「충의편忠義篇」·「혈루편血淚篇」 가운데 「충의편」에 해당하는 이야기일 뿐이다.

이미 잘 알려진 대로 나머지 이야기들은 이긍익李肯翊(1736~1806)의 『연려실기술燃藜室記述』에 근거하여 집필되었다. 이긍익은 영·정조 시대의 학자로, 종래의 야사류가 산만하고 체계를 잃은 데 불만을 품고 조선 각 왕대의 중요한 사건을 기사본말체紀事本末體 방식에 의하여 편찬하되 여러 사서에서 취한 관계 기사를 기입하고 출처를 밝히는 방식으로 『연려실기술』을 편집하였다.[13] 실록은 물론이고 각 야사, 개인 문집에

---

11 김동인, 앞의 글, 165면.
12 남효온, 정출헌 역, 『추강집』, 한국고전번역원, 2014.
13 이병도, 「해제」, 완산 이긍익 편, 『국역 연려실기술』 I, 민족문화추진회, 1977, 3~4면.

이르기까지 다양한 기사를 수록하고 있는데, 단종조 고사본말에는 남효온의 「육신전」도 포함되어 있다. 이광수가 「육신전」을 참고했다면, 개인 문집『추강집秋江集』에 수록된 것이 아니라『연려실기술』에 편집·수록된 「육신전」을 참고했을 가능성이 높다.『연려실기술』은 1929년부터 1932년까지 4년간 경성제국대학에서 영인한 사진판『조선왕조실록』이 간행되기 이전까지 식자계층에게 가장 널리 읽혔던 역사서로, 식민지 시기의 권위 있는 전사본으로는 재조 일본인 학자들이 주관한 조선고서간행회 판본(1913)과 최남선의 광문회 판본(1914)이 꼽힌다. 이광수가 참고한 것은 광문회 판본이었을 것이다.

1920년대 이광수의 관심사가 역사와 전통에 기울어진 것을 두고 1910년대의 근대 지향성으로부터의 전회를 지적하는 경우가 종종 있는데, 이광수가 역사소설에 관심을 가진 것은 이미 훨씬 이전의 일이다.

역사소설에 유의하기는 퍽 오래 전이었었다. 明治 43년에 육당 최남선 군이랑 한 자리에 모여 앉아서 조선 역사소설 5부작을 앞으로 완성하기로 의논했었는데, 5부작이라 하면 제1부가 단군을 주인공으로 하여 그 시대를 그리려 한 것이오 제2부는 동명왕과 그의 시대, 제3부는 고려 말과 이조 초, 제4부가 이조 중엽, 제5부가 이조 말엽인데, 이러구 보면 단군으로부터 시작해서 이조 말까지 역사의 대부분을 소설화시키게 되는 것이다.[14]

'明治 43년(1910)'이라면 이광수가 메이지학원 중학 졸업을 전후하여 최남선의『소년』을 무대로 본격적인 문필활동을 시작했던 무렵의 일이

---

14  이광수, 「東亞, 朝鮮 兩新聞에 小說 連載하든 回想」, 『삼천리』, 1940. 10, 183면.

다. 당시 이광수와 최남선은 조선의 역사라는 공통의 관심사 앞에서 의기투합했던 것인데, 역사와 더불어 조선의 전통과 문화를 바로 세우는 것이야말로 위축되어 가는 민족적 자아를 확고히 하는 방편이 된다는 자각에서였을 것이다. 이윽고 최남선은 1911년 조선광문회를 조직하여 고전을 발간하고 자전을 편찬하는 등 전통의 발굴 및 보존에 힘쓰는 한편 1920년대에 들어서부터는 본격적으로 조선학 연구를 천명하며,[15] 상하이 시절『한일관계사료집』편찬 주임으로 관여하며 '국사와 국민성' 고취의 필요성을 절감했던 이광수는 귀국 후「가실」,『허생전』,『일설춘향전』등 역사와 고전을 제재로 한 소설을 비롯하여『마의태자』,『단종애사』등 본격적인 역사소설 집필에 접어든다.[16]

  이광수가『연려실기술』에서 참고한 것은 세종조에서 문종조, 단종조, 세조조에 이르는 폭넓은 자료들이다.『조선왕조실록』에서 보듯 일반적인 왕조사가 연대순에 따라 편년체編年體로 기술되어 있는 데 반해,『연려실기술』은 각 왕대의 주요 사건을 중심으로 한 기사본말체 양식

---

[15] 최남선의 조선광문회 활동에 대해서는 류시현,『최남선 평전』(한겨레출판, 2011, 61~69면) 참고.

[16] 『한일관계사료집』편찬 주임으로서의 활동 당시 이광수의 역사 인식에 대해서는 최주한,「이광수의 민족개조론 재고」(『이광수와 식민지 문학의 윤리』, 소명출판, 2014, 326~329면) 참고. 참고로 귀국 후 이광수가 본격적인 역사를 소재로 한 소설의 집필을 염두에 둔 것은『동광』주필로서의 활동을 시작하면서부터가 아닌가 싶다. 1926년 5월 "주인이로란 자각과 주인될 만한 자격"을 갖춘 조선 청년의 육성이라는 사명을 내걸고 창간된『동광』은 창간 예고 기사에서 '정(政), 경(經), 법(法), 의(醫), 리(理), 공(工), 문(文), 교(敎), 사(史), 각 방면(各方面)을 망라'한다는 방침하에 '사상 학설(思想學說)의 연구 선전(研究宣傳)' 및 '문예(文藝)의 창작 번역(創作飜譯) 소개(紹介)'와 더불어 '역사지리(歷史地理)와 전기전설(傳記傳說)'을 주요한 기사 내용으로 다룬다는 기획을 천명하고 있다(『동아일보』, 1926.4.21). 이광수가『마의태자』를『동아일보』에 연재하기 시작한 것은 바로 1926년 5월의 일이며,『동광』2호(1926.6)에서는『삼국사기』고구려 본기에 수록된「동명성왕건국기」를 번역 소개하기도 했다.

으로 다양한 사료들이 편집되어 있어 사건 관련 인물들은 물론 사건의 흐름을 한눈에 살피는 데 용이하다. 이해를 돕기 위해 단종조 고사본말의 목차를 제시하면 다음과 같다.

### 단종조 고사본말

단종 / 세조의 정난 / 이징옥의 난 / 단종 왕비의 책봉 / 육신의 상왕 복위 모의 / 금성의 옥과 단종의 별세 / 복위하고 봉릉하다 / 단종조의 상신 / 정난에 죽은 여러 신하

단순화하자면 '단종'은 「고명편」에 해당하고,[17] '세조의 정난'과 '단종 왕비의 책봉'은 「실국편」에 해당하며, '육신의 상황 복위 모의'는 「충의편」, '금성의 옥과 단종의 별세'는 「혈루편」에 해당한다. 『단종애사』의 주된 서사는 『연려실기술』의 단종조 고사본말에 따르면서 곳곳에 세종조, 문종조, 세조조 고사본말에 수록된 다양한 삽화들을 적절하게 삽입하는 방식의 구성을 취한 셈이다. 또한 "아무쪼록 작가의 환상을 빼고 역사상에 나오는 사실 그대로 또 실재 인물 그대로 문학상에 재현시키기에 애"[18]썼다는 작자의 말마따나 기본적으로는 『연려실기술』에 수록된 관련 사료들을 근거로 하여 인물과 사건을 비교적 충실하게 재현한 것이 특징이다. 요컨대 『단종애사』는 조선의 역사에 관심을 가진

---

17 '고명(顧命)'이란 임금이 유언으로 세자나 종친, 신하 등에게 나라의 뒷일을 부탁하는 것을 말한다. 조선왕조에서는 '섭정(攝政)'이라 하여 임금이 아직 어려서 정무를 수행할 능력이 없거나 병으로 정사를 돌보지 못할 때 임금을 대신해서 정사를 돌보는 제도가 있었는데, 열두 살에 왕위에 오른 단종의 경우 대리청정 혹은 수렴청정에 나설 직계가 존재하지 않아 김종서 이하 고명대신들이 섭정에 나섰다.
18 이광수, 「三大新聞의 小說 – 동아일보 『단종애사』에 대하여」, 『삼천리』, 1929.6, 43면.

식자계층이라면 누구나 알고 있었을 역사적 제재를 사실적으로 다뤘다는 점에서 당대 청년 독자층을 넘어서 보다 광범위한 독자층의 관심을 호소할 수 있는 잠재력을 지니고 있었던 셈이다.

그렇다면 이러한 역사적 자료들에 대한 접근성이 떨어지는 당대 청년과 일반 독자들의 열광은 어떻게 해석해야 할까.


## 4. 역사소설과 근대적 공론장의 형성


『단종애사』에 대한 당대 독자들의 열광에 대해 김동인은 "未知事— 옛날의 궁정과 양반 계급을 등장인물로 하여 역사적 사실을 대중화하여 널리 알려준 데 대한 환호"이거나 "古史를 보고 늘 단종의 박명한 일생을 서러워하든 사람이든가 혹은 그 사건의 단종측 인물의 후손이 되든가"[19]하기 때문이라고 해석한 바 있다. 과거 궁정과 양반 계급의 생활에 대한 호사가의 호기심이거나 족보에 얽힌 사적인 이해관계의 산물로 치부한 것인데, 지나치게 사적인 관심사에 국한된 편협한 평가라고 하지 않을 수 없다. 이에 비하여 동시대의 박종화는 당대 독자들의 열광을 나라를 빼앗긴 식민 지배하의 민족적 울분과 결부짓고 있어 주목을 끈다.

---

19  김동인, 앞의 글, 151면.

이때 이 당시, 일본 사람한테 강제로 나라를 뺏긴, 조선 사람 3천만의 마음은 마치 사백여 년 전에 동족은 동족이면서 강포한 수양대군한테 강제로 신민 노릇을 당하고 있는 그때 그 심경이었다. 어린 단종왕의 폐위와 학살은 마치 현실의 고종(광무제)이며 순종(융희제) 같이 생각되고 세조는 일본의 明治나 大正과 같은 생각을 갖게 하는 것이다. (…중략…) 성삼문 · 박팽년 · 하위지 · 이개 · 유성원 · 유응부 · 성승 · 김시습 등은 한말의 민충정공 · 조병세 · 황매천 · 최면암 같이 생각되고, 신숙주 · 정인지 · 한명회 · 권람 같은 이는 이완용이나 송병준 같이 생각되었다.[20]

박종화가 이 글을 쓴 것은 1950년대 중반 이후 근대문학의 시작점으로서 이광수가 복권되기 시작한 이래 1963년 이광수 전집 간행과 더불어 이광수의 민족문학적 성격이 적극 재조명되던 무렵의 일이다. 따라서 단종=조선, 세조=일제라는 등식은 '민족문학'의 관점에서 행해진 사후적 재해석의 결과인 만큼 과도한 단순화의 위험이 없지 않다. 그러나 동서양에 걸쳐 근대의 역사소설들이 당대를 비추는 거울로서 동시대의 정치적 · 사회적 관심사와 유사성이 있는 과거를 소환해 온 역사를 고려할 때,[21] 정통성이 부재한 식민 권력에 대한 비판이자 작가의 민족의식의 산물이라는 독해는 상당한 설득력을 갖는 것도 사실이다. 이후 『단종애사』에 관한 논의에서 으레 이러한 방식의 독해가 빠지지 않는 논점으로 자리 잡은 것은 이 때문일 것이다.

한편 『단종애사』를 두고 근대적 민족의식의 고취이기보다 봉건적

---

20  박종화, 「해설」, 『단종애사』, 『이광수 전집』 5, 삼중당, 1963, 549면.
21  테사 모리스스즈키, 김경원 역, 『우리 안의 과거』, 휴머니스트, 2006, 70면.

충의 관념의 재생산이라는 관점에서 비판한 논의 또한 적지 않다. "왕조와 몇몇 충신들의 파쟁 싸움을 두고 조선인의 성격이니 축도니 하는 것 자체가 벌써 작가의 반근대적 성격을 드러내는 것"[22]이라거나 "봉건적인 충군사상이 근대적인 민족주의 이념의 대치물이 될 수는 없"[23]으며, 작품 전반에 흐르는 소박한 우국충정과 상실에 대한 비애감의 정서 탓에 결과적으로 "충신의 절개를 숭상하는 수구적 봉건 윤리의 선양"[24]에 불과하다는 논의가 잇달았다. 각도는 다소 다르지만 『단종애사』를 '기록적 역사소설'의 유형으로 구분하면서 '충의 관념'에 기반한 공적 역사에 기대어 "공적 역사의 이데올로기를 재생산"[25]한 텍스트라는 점에 강조점을 둔 논의도 여기에 속한다.

　그러나 역사와 전통에 대한 관심 자체가 반드시 반근대적이거나 복고적인 경향과 관련되는 것은 아니다. 오히려 역사에 대한 대중적 관심이야말로 근대의 산물이라는 점을 기억할 필요가 있다. 더욱이 근대의 역사소설은 근대인들이 '국가' 혹은 '민족'이라는 조건 속에서 과거를 상상하도록 부추기는 주요한 매체의 하나였다는 점을 고려할 때 그러하다.[26] 실제로 당대 독자들의 반응은 단종의 이야기를 과거 사백여 년 전 지배계층의 왕권 다툼에 관한 이야기라기보다 오히려 당대에야말로 절실한 의미를 갖는 민족 윤리의 관점에서 받아들이고 있었음을 보여주고 있어 주목을 끈다.

---

22　김윤식, 『이광수와 그의 시대』 2, 솔, 1999, 172면.
23　강영주, 『한국 역사소설의 재인식』, 창작과비평사, 1991, 54면.
24　최유찬, 「『단종애사』 연구」, 『연세어문학』 17, 연세대, 1984, 21면.
25　공임순, 「한국 근대 역사소설의 장르론적 연구」, 서강대 박사논문, 2000, 68면.
26　테사 모리스-스즈키, 김경원 역, 앞의 책, 74면.

단종애사를 보고 누가 눈물을 흘리지 않은 자 있으랴? 조선의 억만 년 보배라 할 만한 많은 충신과 천재를 무참이 죽이고 악형을 할 때 누가 가슴에 더운 피를 끓키지 않으며 의분을 품지 않으랴? 우리는 이곳에서 강한 민족애를 발견했다.[27]

(단종애사가―인용자) 이처럼 젊은 우리들 마음을 醉하고 狂하게 하는 이유는 다름이 아니다. 3·1운동 이래 너무도 잠잠하야 우리의 공통적 정의 관념이 점차 침약하는 추세가 보이고 또 일편으로는 인형교육을 强施받아 자기의 혼을 망실할 뻔하던 우리에게 우리의 살림은 우리가 할 뿐이다, 누구에게든지 그를 허치 못한다 하는 우리 혼, 우리 정신을 회복하며, 이 살림을 바로잡아 갈 만한 힘과 정신을 直射하야 꼭 적중한 所以이다.[28]

단종의 짧은 일생은 금일에 있어서 오히려 千行의 혈루를 금치 못하는 동시에 일면 수백 년 동안 숭경해 오던 사육신의 千古의 드문 충의를 한 번 더 소개하야 까딱하면 부패하기 쉬운 우리 형제들의 의분을 자아낸 것은 현하 혼동한 사상계에 잇어서 그 무형적 효과가 실로 著大한 것이 있을 것[29]

혹자는 충신의 이야기에서 "강한 민족애"를 느끼고, 혹자는 3·1운동 이래 침잠해가는 청년들의 정신을 일깨워 "우리의 살림은 우리가 할 뿐" "우리 혼, 우리 정신의 회복"이 필요함을 주장하며, 혹자는 단종

---

27  진남포 노성은, 「독후감」, 『동아일보』, 1929.11.16.
28  함흥 烏山生, 「독후감」, 『동아일보』, 1929.11.13.
29  경성 鷄山, 「독후감」, 『동아일보』, 1929.12.5.

의 이야기가 자아내는 의분이야말로 "까딱하면 부패하기 쉬운" "현하 혼동한 사상계에" 지대한 효과를 미칠 것을 확신하고 있기도 하다.

이러한 당대적 반응은 조선 후기 『연려실기술』의 독자와 1920년대 『단종애사』의 독자가 엄연히 다른 조건에 놓여 있다는 점에서 비롯된다. 무엇보다도 우선 『단종애사』의 독자들에게는 1910년의 한일병합에서 3·1운동을 거쳐 사상적으로 침잠해 가던 당대에 이르기까지 '국가 상실'이라는 공통의 역사적 경험이 존재한다. 계유정난과 더불어 세조가 등극하고 단종이 상왕으로 물러나기까지의 이야기를 다룬 장의 제목을 작가가 굳이 「실국편」이라 명명한 것도 이를 의식했기 때문일 것이다. 엄밀히 말해 세조의 등극은 조선왕조 내에서 왕의 교체를 의미할 뿐 '국가 상실'과는 거리가 있는 사건인 까닭이다. 요컨대 당대 독자들은 「실국편」을 정점으로 하여 당대의 정치적·사회적 조건을 환기시키는 단종의 이야기를 통해 나라 잃은 백성으로서의 민족적 귀속감을 뼈저리게 느끼고 있었던 것이다. 당연한 이야기이지만, 『연려실기술』의 독자에게서 이러한 근대적 성격의 민족적 귀속감은 기대하기 어렵다.

뿐만 아니라 『단종애사』와 『연려실기술』이 소비·유통되던 매체 환경 또한 전혀 다르다. 『단종애사』는 근대적인 대중 인쇄 매체 『동아일보』에 1년여 간 한글로 연재되어 한글을 아는 모든 계층의 대중 독자들을 사로잡았다. 앞서 언급한 바대로 당대 독자들은 청년층과 노인층을 막론하고 『동아일보』가 배달되면 『단종애사』부터 읽고 갑론을박을 벌였고, 전국 각지 독자들의 독후감까지 꼼꼼히 읽고 반론을 제기하기도 하는 등 『동아일보』가 마련한 독자 지면에도 활발하게 참여했다.[30] 일

---

30  대표적인 사례가 일독자, 「KCM氏의 단종애사 독후감을 읽고 상·하」, 『동아일보』,

찍이 베네딕트 앤더슨이 지적한 대로 근대 인쇄물의 발달은 '동시성' 관념과 더불어 민족공동체의 의식을 재현하는 데 효과적인 기술적 수단이 되어 주었거니와,[31] 이를 분명하게 의식했던 『동아일보』와 이광수는 신문 연재라는 형식, 독자들의 독후감 투고 시스템의 전면 도입, 당대적 관심사와 유사성이 있는 과거 역사적 제재의 활용, 쉬운 한글 글쓰기의 사용 등을 통해 대중적으로 폭넓은 성과를 거두었던 것이다. 적어도 당대 『단종애사』의 독자들에게 『동아일보』에 연재된 단종 이야기를 읽는 일은 민족 구성원의 한 사람으로 근대적인 공론장에 참여한다는 것을 의미했다. 한자교육을 받은 소수의 독자들 사이에 개별적으로 읽힌 『연려실기술』의 매체 환경에서는 기대할 수 없는 효과였던 것은 말할 것도 없다.


## 5. 민족성 논쟁, '충의忠義'냐 '문약文弱'이냐


『단종애사』를 둘러싼 당대 독자들의 뜨거운 반응의 하나로 민족성에 관한 논쟁도 빼놓을 수 없다. 이광수는 『단종애사』의 연재를 시작하면서 이 이야기가 "조선 역사의 축도요, 조선인 성격의 산 그림"이며, "조선인의 마음, 조선인의 장처와 단처가 이 사건에서와 같이 분명한

---

1930. 1. 11~12.
31  베네딕트 앤더슨, 윤형숙 역, 『민족주의의 기원과 전파』, 나남, 1991, 43~44면.

선과 색채와 극단한 대조를 가지고 드러난 것은 역사 전폭을 떨어도 다시 없을 것"³²이라고 단호하게 규정한 바 있다. 당대 독자들로 하여금 세조의 권력욕에 의해 희생된 단종의 이야기를 통해 조선인 자신의 장처와 단처를 직시하는 한편, 이로부터 어떤 민족적 정체성을 회복 또는 발휘해야 할 것인가에 대해 숙고케 하려는 의도를 밝힌 것이었다고 해도 좋을 것이다. 물론 그 방향에 관해서는 이어지는 작가의 말에 다음과 같이 암시되어 있다.

> 이 사실에 드러난 인정과 의리 — 그렇다, 인정과 의리는 이 사실의 중심이다 — 는 세월이 지나고 시대가 변한다고 낡아질 것이 아니라고 믿는다. 사람이 슬픈 것을 보고 울기를 잊지 아니하는 동안, 불의를 보고 분 내는 것이 변치 아니하는 동안 이 사건, 이 이야기는 사람의 흥미를 끌리라고 믿는다.³³

인용문에서도 분명하게 드러나 있듯이, 이광수는 『단종애사』가 당대 독자들에게도 여전히 의미가 있다면 바로 '인정과 의리'에 관한 이야기이기 때문이라고 보았다. 슬픈 것을 보고 울고 불의를 보고 분노하는 것, 곧 슬픔과 분노에 대한 공감이야말로 어쩌면 정통성이 부재한 권력의 지배하에 놓인 당대 조선인에게 요구되는 민족적 윤리 감각이라고 생각했을 것이다.

후대의 연구자들이 『단종애사』를 두고 민족성을 운운하는 이러한

---

32　「소설 예고─단종애사 작자의 말」, 『동아일보』, 1928.11.20.
33　위의 글.

작가의 태도에 대해 "왕조와 몇몇 충신들의 파쟁 싸움을 두고 조선인의 성격이니 축도니 하는 것 자체가 벌써 작가의 반근대적 성격을 드러내는 것"[34]이라거나 "한국사의 발전을 부정하는 식민주의 사관의 정체성론과 하나의 실체로서 존재하는 민족성이 역사를 움직인다는 관념사관을 전제한 발언"[35]이라 하여 비판적으로 일축한 것과 달리, 당대 독자들의 반응은 사뭇 진지했다.

이 작품 중에 나타난 일편 忠義는 우리 민족이 있을 때까지 그 피 속에 영원히 흐를 것[36]

부녀자까지라도 死에 당하야 비겁함이 없이 一死로서 臣子의 의무를 다한 김종서, 황보인 등도 있었고, 와신상담으로 은인자중하야 기회를 대하야 거사코저 하다가 人道에 어기난 혹형에도 추호도 좌절함이 없이 그 節義가 더욱 열렬한 것이 박제상과 竹竹과 같은 성삼문, 박팽년 등 문신도 있었고, 형벌이 중할수록 기개가 霜雪 같고 용기가 열화 같은 유응부 등 무신도 있었고, 내시나 궁녀나 군사가 城外城內 인민이나 멀리 강원도 山谷에 부녀자까지라도 이에 대한 충의는 일치이다. 이것이 우리 민족성을 史上에 표현한 것이로다.[37]

오인에게 통절히 한탄을 느끼게 하는 것은 당시 충신열사들의 의기가 좀더 투사답지 못하였다는 것이다. (⋯중략⋯) 온순선량을 숭상하고 평온무사

---

34  김윤식, 앞의 책, 172면.
35  강영주, 앞의 책, 54면.
36  대구 일독자, 「독후감」, 『동아일보』, 1929.11.15.
37  인천 양인환, 「독후감」, 『동아일보』, 1929.11.29.

를 일삼는 것은 그네들뿐 아니라 우리 국민성이 일반적으로 그러한 감이 不無하니, 이것이 우리에게 절대로 불필요함은 아니나 자아의 보전 又는 향상을 위하야 타자와 항쟁하는 마당에 무슨 효력이 있으며, 이로 인하야 國史를 그르친 것이 어찌 단종애사를 연출케 한 것뿐이랴.[38]

그중 통절히 느낀 바 있으니 이는 곧 우리가 유교로부터 얻은 '민족성의 결함'이 그것이다. 즉 '文弱'이란 말로 표시할 수 있는 결함이 그것이다. 이조 건국 이래 맹목적으로 숭배하던 중화의 문물 특히 '권모술수와 賄賂로 결합된 지나사'를 그대로 삼켜버린 결과가 삼천리 조그마한 소지나를 만들고 만든 것이다. (…중략…) 天道가 下在오. 오직 힘일진저.[39]

우리 민족 文弱으로 수양의 脫位를 거부치 못했다는 꾸지람은 千萬不可當之責이외다. 말하자면 그 시대의 국가는 萬姓의 국가로 하지 아니하고 군주 일인의 국가로 하였기 때문이외다. (…중략…) 우리 민족은 그렇게 열등민족이 아닙니다. 총칼 밑에서도 능히 그 정신을 발휘하는 민족입니다.[40]

『단종애사』에 그려진 민족성의 장저와 단처는 독자마다 보는 각도에 따라 달랐고, 심지어 대립되기도 했다. 동일한 충신열사들의 태도를 두고도 '충의忠義'를 숭상하는 민족적 기개를 보는가 하면, 온순선량과 평온무사를 일삼는 '문약文弱'의 민족적 결함을 지적하기도 했다. 또

---

38  이승춘, 「독후감」, 『동아일보』, 1929.12.27.
39  KSM, 「독후감」, 『동아일보』, 1929.12.28.
40  일독자, 「KCM氏의 단종애사 독후감을 읽고 상·하」, 『동아일보』, 1930.1.11~12.

혹자는 수양의 폭위를 제어하지 못한 것은 '문약한 민족성 탓이기보다 당대 군주제의 부산물이며, "우리 민족"은 "총칼 밑에서도 능히 그 정신을 발휘하는 민족"이라 하여 거센 반론을 제기하고 있어 주목을 끈다. 그러나 어떠한 견해든 민족적 단처는 극복하고 장처를 발휘하는 방향으로 나아가야 한다는 점에서는 모종의 공분모랄까, 공통된 분위기를 느끼게 하는 반응들이다. 아마도 정통성이 부재한 권력의 지배하에 놓여 있던 당대적 절박함이 빚어낸 분위기였을 것이다. 적어도 당대의 독자들은 『단종애사』를 통해 민족의 장처와 단처에 대해 바로 자기 일처럼 논쟁하며 민족 구성원의 한 사람으로서 단일한 소속감을 형성해가고 있었던 것이다.

## 6. 김동인도 인정한 「혈루편」의 비장미

『단종애사』의 대단원인 「혈루편」에 대해서는 「춘원연구」에서 시종일관 비판에 골몰했던 김동인조차도 '혈루편의 빗남이여'라는 소제목을 사용하고 있을 정도로 극찬한 바 있다. 「혈루편」을 대단원이 아닌 본편으로 삼았더라면 운운한 언급을 고려하면 그가 「혈루편」을 극찬한 것은 결국 구성상의 결함을 지적할 요량이었는지도 모른다. 그러나 「혈루편」의 비장미에 관한 김동인의 해석은 후대의 연구자들이 간과한 중요한 지점을 짚고 있어 주목할 만한 가치가 있다.

김동인과 마찬가지로 후대의 연구자들 또한 「혈루편」의 비장미에 주목해왔다. 노산군으로 강등된 단종이 영월로 쫓겨가는 대목에서부터 죽음을 맞기까지의 비극적인 경위를 다루고 있는 「혈루편」은 전편에 걸쳐 "단종이 유배간 영월의 적막하고 쓸쓸한 분위기와 단종의 한 맺힌 비감의 정조가 서로 맞닿아"[41] 슬픔과 비애의 정조를 자아내고 있다는 이유에서이다. 그러나 앞서 언급했듯이 후대의 해석에서 이러한 슬픔과 비애의 정조가 대개 나라 잃은 민족의 무능과 일제의 권력에 대한 암묵적인 승인이라는 비판과 맞물려 있다면, 김동인이 「혈루편」의 비장미로서 주목한 것은 왕위를 빼앗기고 산골로 쫓겨 가 마침내 비극적인 죽음을 맞는 단종의 운명에 대한 질척한 슬픔과 비애의 정서가 아니다. 그것은 오히려 불행한 운명과 마주하면서도 어질고 자애로운 성품과 더불어 끝내 왕자다운 존엄을 잃지 않았던 단종의 위엄에 있다.

혈루편 80頁은 아름다운 시다. (…중략…) 일찍이는 한 나라의 임군으로, 그 뒤는 上王으로, 떨어져서는 노산군으로 山村에 구양살이하는 이 소년 귀인은 그래도 오직 마음이 착하고 어질기 때문에 역경을 역경으로 보지 않고 당시의 불행을 슬허하지 않고 오로지 왕자다운 자애심으로 좌우를 대하여 적까지도 감복시키고 감화시킨다. 이 아름답고 순정적인 시는 대단원으로 향하야 나려간다. 이 혈루편을 본편으로 삼고 그 전의 복잡하고 불순하던 경과를 삽화로 끼워넣었더라면 도리어 작품 전체를 한 개의 아름다운 비극으로 만들 수도 있었을 것을! 가석한 일이다.[42]

---

41 유요문, 「이광수의 『단종애사』에 나타난 비애의 정조와 식민지 시대정신」, 『한국융합인문학』 5-1, 한국융합인문학회, 2017, 75면.

"아름다운 시", "아름답고 순정적인 시"라는 찬사는 질척한 슬픔과 비애의 정서에 어울리지 않는다. 단종이 자신의 불행한 운명을 마냥 슬퍼하는 것이 아니라 어질고 자애로우며 왕자다운 위엄으로 그것과 마주하는 모습으로 그려졌기 때문에, 김동인은 「혈루편」이 "아름답고 순정적인" 비극이 되었다고 생각했던 것이다. 이러한 김동인의 해석은 영월에 유폐되었던 단종이 금부도사 이하 종복들과 산골 백성들의 공감을 얻을 수 있었던 이유 역시 단순히 어린 임금의 불행한 운명에 대한 동정 때문만은 아니었을 해석의 가능성에 무게를 실어준다. 말하자면 「혈루편」의 비장미는 단종(조국)의 슬픈 운명을 숙명적인 것으로 받아들인 결과라기보다 오히려 불행한 운명과 마주하여 끝내 왕자다운 위엄을 잃지 않았던 단종에게 여전히 권력의 정통성을 부여함으로써 숙명을 거부하는 몸짓을 내포한 것이었다는 해석이 가능해지는 것이다.

## 7. 부재하는 민족국가의
### 역사지리적 표상으로서의 영월

이와 관련하여 「혈루편」에 그려진 영월이 부재하는 민족국가의 은유적 공간일 뿐만 아니라, 민족국가의 회복을 기약하는 공간으로 적극 상상되고 있다는 점에 주목할 필요가 있다. 일차적으로 노산군으로 강

---

42  김동인, 「춘원연구」, 앞의 책, 165면.

등된 단종의 유배 처소인 영월의 청령포는 지리적으로 변방 중에서도 변방, 곧 남, 서, 북 삼면이 모두 산으로 에워싸이고 동으로는 서강이 흐르는 유폐 장소로서 단종이 처한 고립무원의 처지를 극적으로 표상하는 것은 사실이다. 게다가 왕위를 빼앗기고 첩첩산중의 변방에 홀로 유폐된 것으로도 모자라 결국 새로 등극한 왕의 사약을 받고 시중들던 종복에게 비운의 죽음을 맞아야 했던 장소이기도 했으니, 영월은 그야 말로 나라 잃은 식민지인의 비애가 투영되기에 안성맞춤인 공간이었다고 해도 좋을 것이다. 기존 논의가 대개 영월을 배경으로 한 「혈루편」에서 슬픔과 비애의 정조에 주목한 것 또한 이와 무관하지 않다.

그러나 일반적인 통념과 달리 「혈루편」에 그려진 영월은 단지 슬픔과 비애의 공간에 그치지 않는다. 일찍이 이광수는 「충의편」과 「혈루편」의 연재를 앞두고 단종의 말로가 "一萬 사람의 애틋한 눈물을 자아내고야 말 것"이라고 자신하면서도 『단종애사』에 대해서 다른 소설을 쓸 때보다 "더 많은 정성과 경건한 마음"[43]을 가지고 써가는 터라고 고백의 말을 덧붙인 바 있다. 말하자면 독자들도 그렇게 읽어주기를 바라는 기대의 표명인 셈인데, 1929년 2월 신장결핵이 발병하여 요양하다가 결국 동년 5월 좌측 신장을 절개하는 대수술을 하고 3개월간 연재를 쉬며 삶의 한고비를 넘기던 무렵의 고백이니, 결코 가벼이 볼 수 있

---

43  "비참한 장면이야 김종서 등 고명받은 충신들이 참살을 당하는 곳이나 육신이 죽는 데도 그러하겠지마는 이제 앞으로 그보다 몇 갑절 더하다 할, 실로 기가 막힌 장면이 나타납니다. 결국 단종께서는 강원도 영월이란 산골에 쫓기어가서 목을 매이어 돌아가시지요. 그때 어느 충신이 幼帝를 업어다가 모셔두고 돌아앉아서 시냇물을 바라보며 지은 시조가 있는데, 그 한 수만은 실로 즉감을 잘 노래한 것으로 一萬 사람의 애틋한 눈물을 자아내고야 말 것인 줄 압니다. 나는 이 단종애사를 다른 때 소설에서보다도 더 많은 정성과 경건한 마음을 가지고 써가는 터이외다." 이광수, 「三大新聞의 小說─동아일보『단종애사』에 대하여」, 『삼천리』, 1929.6, 43면.

는 발언은 아니다.

실제로 이광수는 「혈루편」에서 슬픔과 비애의 정조를 최대한 절제하여 극대화하는 한편, 유배지의 단종에게 왕자다운 권위와 정통성을 부여함으로써 복위의 정당성을 다지는 데도 공을 들였다. 서울을 떠나 영월 유배길에 오른 도입에서부터 단종은 아무리 어려운 처지에 처해서도 "제왕의 위덕"을 조금도 잃지 않은 어질고 인자한 모습으로 따르는 종복을 감동시키는 위엄 있는 인물로 그려진다. 또한 청령포 처소에서 맞은 칠월의 백중절 제사에 임해서는 계유정란 이래 목숨을 잃은 사람들의 이름을 일일이 적은 지방紙榜을 써붙여 충혼과 원혼을 달래는 덕을 갖춘 제사장으로서의 면모를 보여주며, 청명했던 하늘도 큰비를 내려 이 같은 단종의 권위에 힘을 실어주고 있는 것으로 그려지고 있다. 두 대목 모두 『연려실기술』에는 없는 이광수의 상상력이 구성해낸 장면들이다. 특히 후자의 일화는 여름에 큰비가 내려 영월부 동헌 객사로 처소를 옮겼다는 짧은 기사를 바탕으로 한 것인 만큼 작가의 의도가 또렷한 대목이다.

영월에 유폐되어 있는 단종의 복위를 꾀하다 결국 옥에서 교살당한 금성대군의 일화에도 약간의 변형이 가해진다. 『연려실기술』에는 일이 발각되자 금성대군이 다만 "여러 사람이 죽는 것보다는 한 사람이 죽는 것이 편하다"는 말을 남기고 북을 향해 통곡사배하고 죽음에 나아가 여러 사람들이 불쌍하게 여기지 않은 이가 없었다고 기록되어 있다.[44] 반면 『단종애사』에서는 금성대군이 사생을 같이 하기를 원하는 동료들에게 "그대들은 살아남아 상왕을 복위하시게 하라"는 말을 남기

---

44  이긍익 편, 앞의 책, 405~406면.

고 의연히 옥에 갇혔다가 교살당한 것으로 그려지고 있다.[45] 무력하게 끝을 맺었던 금성대군의 사건이 단종 복위의 정당성과 사후의 기약을 담은 장면으로 바뀐 셈이다.

이윽고 금성대군 사건의 여파로 단종에게 사약이 내려지고 단종은 결국 가까이서 시중들던 종복에게 비운의 죽음을 맞는 것으로 「혈루편」은 끝이 난다. 슬픔과 비애의 정조로 충만할 것 같은 장면이지만 단종의 죽음을 그리는 이광수의 붓끝은 오히려 냉정하리만큼 차분하다. 이 무렵 독자들 사이에 널리 유통되었던 딱지본소설 『단종애사실기』와 비교하면 더욱 그러하다.

금부도사 왕방연이 울고만 엎드리어 언제 일이 끝날지 모를 때에 평소 노산군을 따라와 모시던 貢生 한 놈이 활시위를 뒤에 감추어 들고 노산군의 등 뒤로 달려와서 노산군의 목을 졸라매고 북창 밖으로 잡아당기었다. 노산군은 뒤로 넘어지시어 줄을 따라 끌려가시다가 북창 문턱에 걸리어 절명하시었다.[46]

너 검부도사가 엇재 왓느냐 무르시니 도사가 목이 메여 대답지 못 하는 중에 천참만륙할 통인놈이 활시위(弓弦)에 긴 놋슨을 매여 상왕 목에 이 글을 쓰는 사람도 황송하고 참아 말할 슈 업셔 이만하고 다시 더 못 씁니다. 슬푸고 원통하다. 착하신 인군의 영혼이 십칠 년의 괴로우신 이 세상을 바리시고 텬상으로 올라가시니 째는 상황 손위 후 삼년 동 십월 이십사 일이라. 자고로 뎨왕이 나라를 이러바려도 참혹하게 죽는 법이 업는 것은

45  이광수, 『단종애사』, 앞의 책, 359면.
46  위의 책, 361면.

력사(歷史)가 증명(證明)하나 상왕게서 슈하(手下)의 부리시든 신하의게 천고에 업는 변을 당하신 것도 지한이 되는대 쓰기도 황공하고 놀납지만 그러타고 실사(實事)를 아니 쓰면 후셰(後世)에서 누가 그 일을 알 슈 업기로 사실대로 씀니다.[47]

이어서 이광수의 붓끝은 공명을 이루려고 단종의 목을 매어 죽인 종복이 대문을 나서지 못하여 피를 토하고 즉사했다는 사실을 명기해 두었고, 당일 밤 영월 호장 엄홍도가 강에 떠다니던 시신을 몰래 수습하여 평토장을 하고 돌을 얹어 표하여 두었다는 사실을 덧붙이는 것도 빠뜨리지 않았다. 천도天道와 인심人心이 모두 단종에게 향하고 있었음을 보여주는 일화들이다.

단종이 복위되고 장릉에 복릉된 것은 이로부터 140여 년 후인 숙종 24년(1698)의 일이다. 『연려실기술』은 단종조 고사본말에서 '복위복릉' 장을 따로 두어 그 경위를 상세히 기록하고 있다. 『단종애사』를 단종의 죽음에서 끝맺은 이광수는 물론『단종애사』에 열광했던 당대 독자들도 이 사실을 모르지 않았을 것이다. 이광수와 당대 독자들 사이에는 역사가 증거하고 있듯 단종의 복위가 언젠가 성취될 미래이며, 자신들의 과제인 민족국가의 회복 역시 그러하다는 암묵적인 동의가 존재하지 않았을까. 이 암묵적인 동의야말로 이광수로 하여금 단종의 유배지 영월을 부재하는 국민국가의 비애를 환기시키는 은유적 공간이자 나아가 민족국가의 회복을 기약하는 공간으로 상상케 하는 데 결정적인 조건이 되어 주었다면 지나친 이야기가 될까.

---

47  이인성 편,『단종대왕실기』, 발행처 미상, 1929, 263면.

# 제5장

# 『동광총서』(1933)의
# 민족주의적 기획과 파시즘

## 1. 동우회와『동광』·『동광총서』

  잘 알려져 있다시피, 1930년대 전반기는 1929년의 세계공황으로 인
한 자본주의 체제의 위기를 배경으로 하여 세계사적으로 국민주의, 국
가주의가 강력하게 대두한 시기였다. 이태리의 파시스트당을 비롯하
여 영국 제2차 맥도널드 내각 이후의 연합내각, 독일의 나치당, 만주사
변 이후 일본의 거국일치내각의 등장은 물론이고, 이러한 대내외적 위
기에 대한 대응으로 국민주의의 기치를 내걸고 국민통합에 나선 중국
의 국민정부, 나아가 스탈린 체제하의 노농러시아의 약진에 이르기까
지, 당대『동아일보』의 한 사설은 이러한 세계 동향을 두고 '국민주의
의 범람'[1]이라 진단하기도 했다. 제1차 세계대전 후 국제연맹을 중심으

로 국제질서를 주도했던 이른바 베르사유 체제가 그 시효를 다하고 세계는 다시금 민족/국가 경쟁의 시대로 접어들고 있다는 것이 『동아일보』를 비롯한 당대 민족주의자들의 일반적인 정세 감각이었던 것이다.

당시 『동아일보』의 편집 고문이자 동우회의 기관지 『동광』(1931.1 속간)에 주필로서 관여하며 왕성한 집필활동을 펼치고 있던 이광수의 정세 감각도 다르지 않았다. 이광수 역시 공공연히 당대를 "민족주의 결성시대"[2] 혹은 "민족단결 운동시대"[3]로 간주했다. 그러나 이광수와 『동광』은 이들 강력국가의 동향 못지않게 필리핀의 독립운동이나 인도 국민회의의 활동은 물론 체코, 아일랜드와 같은 신흥 독립국가들의 역사와 현황에 이르기까지 약소민족의 동향에도 두루 주목했고, 동광대학 강좌란을 통해 손문의 삼민주의에서 파시즘, 민족과 민족주의 이론 일반에 이르기까지 단편적이나마 다양한 민족주의의 이론과 동향을 소개하는 데도 주력했다.

이 무렵 『동광』이 이들 다양한 민족주의의 이론과 동향에 주목한 것은 1929년 흥사단의 개혁과 연동하여 '독립'의 역량 증진을 목적으로 동우회 조직의 개혁·강화를 꾀하고 있었던 사정과 관련이 있다.[4] 그러나 동우회와 이광수의 입지는 그 출발부터 순탄치 않았는데, 무엇보다도 당대를 세계공황의 여파에 따른 혁명적 시기로 간주하고 대중을

---

1   사설 「국민주의의 범람」, 『동아일보』, 1932.2.7.
2   이광수, 「余의 작가적 태도」(『동광』, 1931.4), 『이광수 전집』 10, 우신사, 1979, 462면.
3   長白山人, 「民族色」(『조선일보』, 1933.9.18), 『전집』 9, 348면.
4   1929년 수양동우회에서 동우회로의 조직 개편의 경위와 1931년 1월 속간된 『동광』의 성격에 관해서는 최주한, 「1930년대 전반기 이광수의 지도자론—동우회(수양동우회) 기관지 『동광』을 중심으로」(『이광수와 식민지 문학의 윤리』, 소명출판, 2014, 151~157면) 참조.

사회주의의 기치 아래 직접 동원하고자 했던 사회주의 세력의 공세가 막강했다. 이광수와 동우회가 내세우는 민족과 지도단체란 이를테면 파시즘의 조류에 자극을 받은 부르주아 우익의 파시스트 지배동맹이자 단결의 명목으로 계급 대립의 현실을 도외시하는 파시스트 강권주의-영웅주의의 반동사상에 불과하다는 비판에서부터, 식민지 파시스트는 애초에 정권 획득의 가능성이 없으므로 결국 타협적이고 투항적으로 종주국의 파시스트 정권에 편입될 수밖에 없다는 단호한 일갈에 이르기까지 집중적인 포화가 쏟아졌다고 과언이 아니다.[5] 1931년 5월 신간회의 해소를 전후하여 민족통일전선 구도가 와해되면서 민족주의와 사회주의 간의 주도권 경쟁이 격화된 것도 한몫 한 것은 물론이다.

속간 당시 『동광』이 '민족적 번영의 도모'라는 주의하에 민족적 본성의 구명, 민족적 이상의 확립, 민족의 공민적 훈련의 고조, 민족애와 단결의 정신 등을 두드러지게 내세운 것은 사실이다.[6] 그러나 민족을 역사와 운명의 공동체로 간주하며 민족의 자율성, 통합, 정체성을 확보·유지하려는 움직임이 민족주의의 기본 속성인 것을 감안할 때,[7] 이를 파시즘의 대중정치학과 동일시하는 것은 성급하다. 그것은 일차적으로 당대 부르주아 향락문화의 확산에 따른 개인주의 및 사회운동의 폭발이 가속화하는 계급 대립이 민족적 통합을 해친다는 판단에 따

---

5    김명식, 「지도 관념과 원동 세력―이광수 씨의 '지도자론' 비판」, 『삼천리』, 1931.9; 김명
     식, 「영웅주의와 파시즘―이광수 씨의 夢을 啓함」, 『동광』, 1932.3; 박일형, 「민족과 민
     족운동―수양동우회는 어디로 가나?」, 『비판』, 1932.4; 정철성, 「인넬리겐챠와 민족운
     동―이광수의 민족운동의 이론을 분쇄함」, 『비판』, 1932.6; 황영, 「민족주의 지도원리
     의 비판」, 『신계단』, 1933.3; 한설야, 「민족개량주의 비판」, 『비판』, 1933.1; 박철이, 「조
     선 팟쇼화의 검토」, 『비판』, 1933.3.
6    이광수, 「속간사」, 『동광』, 1931.1, 1면.
7    앤서니 D. 스미스, 강철구 역, 『민족주의란 무엇인가』, 용의숲, 2012, 23~25면.

른 것이었고, 다른 한편으로는 만주사변 이래 전시체제의 구축과 더불어 조선 민중에 대한 이데올로기적 지배와 포섭의 차원에서 내선동조론를 뒷받침하는 관제 학문에 대한 대응으로서의 의미를 띤 것이기도 했다. 이 점에서 1930년대 전반기 이광수의 민족주의 담론에서 민족적 단결과 통합의 강조는 당대 만연했던 개인주의와 계급 분열에 대한 대응뿐 아니라, 관제 학문에 기반한 국가 이데올로기와의 경합의 관점에서도 재해석될 필요가 있다.

그럼에도 불구하고 1930년대 전반기 이광수의 민족주의에 관한 기존의 논의는 대개 민족 파시즘의 관점에서 당대 사회주의자들의 비판을 그대로 반향하고 있는 실정이다. 이른바 파시즘의 시대 '힘의 논리'에 의한 민족 경쟁을 지지하며 민족의 단결과 지도자에 대한 복종을 강조한 이광수의 민족주의는 대중을 정치적으로 동원하면서 부르주아 계급의 이익을 대변하는 파시즘의 대중정치학을 선취한 것이며, 따라서 만주사변 이래 중일전쟁, 태평양전쟁에 이르기까지 점점 커져가는 일본 국가 권력의 힘을 선망하며 자발적으로 일본 국가 파시즘에 추종해간 것도 그 당연한 귀결이었다는 일련의 논의들이 그러하다.[8] 그러나 민족의 힘과 단결을 강조하는 논리가 모두 파시즘의 대중정치학 일반으로 환원되지 않으며, 민족의 힘에 대한 추구와 강력한 국가 권력에

---

8  이준식, 「일제강점기 친일 지식인의 현실인식 ─ 이광수의 경우」, 『역사와 현실』 37, 한국역사연구회, 2000; 조관자, 「'민족의 힘'을 욕망한 '친일 내셔널리스트' 이광수」, 박지향 외편, 『해방전후사의 재인식』, 책세상, 2006; 박찬승, 「이광수와 파시즘」, 김경일 외, 『한국사회사상사연구』, 나남출판, 2003; 정선태, 「'하일 히틀러'에 중독된 조선」, 『한겨레 21』, 2004.3; 이지원, 『한국 근대문화사상사 연구』, 혜안, 2007; 이태훈, 「1930년대 전반 민족주의 세력의 국제인식과 파시즘 논의」, 『역사문제연구』 19, 역사문제연구소, 2008.

대한 추종을 동일한 논리로 간주하는 것 또한 '힘의 논리'라는 유사성에 기댄 과도한 동일시에 가깝다.

이와 관련하여 이 시기 이광수가 파시즘에 주목한 것은 파시즘 자체에 대한 지지나 편승이라기보다 신간회 해소(1931.5)를 전후하여 조직의 확대 · 강화를 꾀하고 있던 동우회의 이론적 입지 강화를 위한 反사회주의 전략의 차원이었다는 문제제기도 꾸준히 있어 왔거니와,[9] 이 글에서는 이러한 관점의 연속선상에서 1933년 2월 『동광』의 종간 이후 간행된 『동광총서』에 주목하고자 한다.

이광수의 기획 · 편찬 아래 간행된 『동광총서』(1933.6 · 7)는 『동광』의 주의와 연속선상에 놓인 것일 뿐만 아니라, '민족문제연구'라는 부제에도 명시되어 있듯 민족 및 민족운동에 대한 전문적인 연구의 실질을 도모한 것이라는 점에서 이 시기 이광수의 민족주의적 성격과 지향성을 보다 면밀히 고찰하는 데 적절한 연구 대상이 된다. 이하 본론에서는 『동광총서』의 간행 배경을 간략히 살핀 다음, 총서의 구성과 내용을 중심으로 이광수가 당대 민족 문제의 이론과 실제를 모색하는 과정에서 주목한 파시즘 및 그밖의 다양한 민족주의 사상을 검토할 것이다. 또한 총서의 기획에서 파시즘이 참조된 맥락과 강조점에 각별히 주목하여 여타 민족주의 사상과의 공통점을 밝히는 한편, 이를 토대로 『동광』 주필로서의 활동의 연속선상에서 1930년대 전반기 이광수의 민족주의적 기획이 갖는 성격과 지향성을 가늠해 보고자 한다.

---

9  최주한, 「1930년대 전반기 이광수의 지도자론」, 『이광수와 식민지 문학의 윤리』, 소명출판, 2014; 정주아, 「공공의 적과 불편한 동반자―「군상」 연작을 통해 본 1930년대 춘원의 민족운동과 사회주의의 길항관계」, 『한국현대문학연구』 40, 한국현대문학회, 2013.

## 2. 『동광총서』의 간행 배경

『동광총서』는 1931년 1월 동우회의 조직 개편과 더불어 속간된 『동광』이 1933년 1·2호 합병호를 마지막으로 종간된 직후 동년 6월과 7월 두 차례에 걸쳐 간행되었다. 『동광』의 종간을 유감으로 여겼던 이광수가 사유금 1천 원을 내는 한편 회원들의 출자를 얻어 기획 간행에 나섰는데,[10] 1호는 평안도 의주 출신으로 일찍이 신민회와 상하이 임시정부에서 활동했던 회원 도봉島峰 고일청高一淸의 재정적 지원을 받은 것으로 되어 있다.[11] 고일청은 1920년대 독일과 미국의 대학에서 법학을 공부하고 귀국한 후 지주이자 금광주로서 상당한 자본을 축적하여 지역 유지로서 상당한 영향력을 행사했고, 1933년 방응모가 조선일보사를 인수할 때는 상당한 주식을 사들여 이사로 재직하기도 했던 인물이다. 1호를 간행하면서 사고社告에 굳이 후원자의 이름을 밝힌 것은 출판사업의 경영에 회원들의 관심과 후원을 촉구하기 위한 방편이었을 것이다.

애초에는 『동광』을 속간하여 월간으로 간행할 예정이었으나 『동광』은 시기를 보아 추후 따로 간행하기로 되어 『동광』과는 별도로 『동광총서』라는 제호題號를 갖게 되었다.[12] 총서라는 제호가 말해주듯 딱히 정기적인 간행을 염두에 두었다기보다 특별 기획의 성격을 띤 간행

---

10 『도산안창호자료집(조선총독부 경무국소장 비밀문서)』 I, 국회도서관, 1997, 354면.
11 "이번 호는 島峰 高一淸 씨의 출자로 발행되었습니다." 「謹告」, 『동광총서』 1, 1933.6.
12 위의 글.

물이었다고 할 만하다. 실제로『동광총서』는 '민족문제연구'라는 부제와 더불어 민족 및 민족운동에 대한 전문적인 연구의 실질을 도모한다는 목적하에 기획되었는데, 그 자세한 사정에 관해서는『동광총서』의 간행 당시 별지에 인쇄된 안내글에서 그 자세한 내용을 엿볼 수 있다.

> 지난 번 말씀드린 것 같이 **민족 내지 민족운동에 관한 과학적 연구와 그것에 관한 이론적 체계와 실제적 방침**이 우리 조선에는 아직 서지 못하였삽기 이에 弊社는 여러 선배 동지의 후원하에 민족문제연구를 목적으로『동광』잡지를 계속 간행하기로 하였었사오나 동인들의 의사로『동광총서』라는 新題號를 갖게 되었습니다.『동광총서』는 **안으로는 내 민족의 문화, 이상, 전통 등을 연구 천명**하는 데 항상 힘쓸 것이오며 **밖으로는 다른 민족의 운동과 사상에 관한 것을 연구 소개**코자 합니다.[13]

인용문에 명시되어 있듯,『동광총서』는 "민족 내지 민족운동에 관한 과학적 연구"를 통해 그 이론과 실제적 방침을 수립한다는 목적하에서 기획되었다. 이를 위해 안으로 "민족의 문화, 이상, 전통 등을 연구 천명"하고 밖으로 "다른 민족의 운동과 사상에 관한 것을 연구 소개"한다는 것이 구체적인 편집 지침이었다. 실제로『동광총서』의 구성 및 내용을 살펴보면 밖으로 근대 민족주의 운동에서 또렷한 족적을 남긴 반제 민족주의를 비롯하여 당대 민족운동의 중심으로 급부상했던 파시즘, 나아가 사회주의에 입각한 국가 파시즘 비판에 이르기까지 다양한

---

13 「先生賜鑑」,『동광총서』1, 1933.6. 별지에 인쇄되어 총서에 삽입되어 있는 안내글이다. 별지의 안내글은 연세대 도서관 고문헌자료실 소장본에서 확인할 수 있다.

민족주의 사상 동향에 골고루 관심을 기울이는 한편, 안으로 민족 고유의 문화와 정체성에 대한 탐구를 통해 민족의 역사-문화적 기초를 다지는 데도 주력한 것을 확인할 수 있다. 단순히 『동광』을 대신한 것이라기보다 또렷한 기획 의도를 지닌 간행물의 성격이 짙은 것이다.

그러면 조직의 확대·강화와 더불어 속간되어 민중교양을 목표로 국내외의 정치·경제적 시사 동향에 대한 소개에서 각종 연구, 강좌, 문예, 좌담에 이르기까지 의욕적인 활동을 벌였던 『동광』은 왜 돌연 2년만에 중단되었을까. 게다가 곧바로 민족 문제에 대한 전문적인 연구를 표방한 『동광총서』가 기획 간행된 것은 또 무슨 이유에서였을까. 총독부 경무국의 동우회 관련 보고문서에 따르면, 『동광』의 종간은 자금난 때문이었다는 기록이 보인다.[14] 1930년대 상업성과 대중성에 기반하여 대중매체로서 상당한 영향력을 행사했던 『삼천리』와 같은 종합잡지에 비하여 동우회의 주의를 선명히 내걸었던 『동광』의 경우 그 영향력이 상대적으로 제한적이었을 것을 고려하면 충분히 그럴 법한 일이다. 『동광총서』를 간행하면서 이광수가 직접 나서서 자금을 보태고 자금 출자자를 섭외해야 했던 사실 또한 이를 말해준다. 그러나 『동광』은 애초에 회원들의 힘으로 간행된 기관지였고, 또 고일청의 사례에서 보듯 회원 가운데는 상당한 자산가들도 제법 있었던 것을 고려할 때 『동광』의 종간을 자금탓으로만 돌리는 것은 애매하다.

사실 보다 근본적인 이유는 1932년 6월 도산의 체포와 국내 수감 이

---

14 "매호 5,000부 정도를 발행하여 흥사단 및 동우회를 중심으로 배부하고 주의의 선전에 힘썼음에도 자금난 때문에 폐간." 「흥사단(동우회)사건 검거에 관한 건」,(1937.10.28), 『도산안창호자료집(조선총독부 경무국소장 비밀문서)』 I, 국회도서관, 1997, 354면.

래 동우회의 동력이 급속히 악화된 정황에서 찾아야 한다. 1931년 2월 동우회는 조직의 확대·강화를 위한 여건 마련을 위해 중앙위원회를 열고 약법의 개정, 규정의 개정, 회의 세력 진흥 4개년 계획 등을 결의하여 회원들에게 그 사실을 고지한 바 있다. 그러나 이 계획은 1932년 6월 도산이 체포·압송되면서 대부분 유보되었고,[15] 종국에 동년 12월 치안유지법 위반의 죄목으로 재판에 회부되었던 도산이 징역 4년의 실형을 언도받게 되면서 실행이 불투명해졌다.[16] 『동광』이 종간된 것은 바로 이듬해 2월의 일로, 그것도 1·2월 통합호로 겨우 간행되었다. 1931년 9월 만주사변 이래 사상 통제를 강화하고 있던 총독부 당국의 압력이 작용했을 가능성이 농후하다.

『동광총서』가 별도의 전문적인 연구를 표방한 이유도 일차적으로는 당국의 통제를 우회하기 위한 방편이었을 가능성이 높다. 때마침 1930년대 전반은 대중적·언론적 차원에서 조선학운동이 발흥하고 고전의 재발견이 이뤄지면서 각 분과별 학회가 조직되기 시작하던 때였다. 조선어문학회, 조선사회사정연구소(1931), 조선민속학회(1932), 조선경제학회, 철학연구회(1933)가 잇달아 조직되었고, 그 연장선상에서 역사학·언어학·민속학 분야가 결합하여 당대 조선의 학술계를 대변했던 진단학회가 결성된 것은 1934년 5월이다.[17] 전문적인 아카데미즘에 기반한 학술 영역에 관한 한 비교적 당국의 통제가 덜했던 사실을 엿볼

---

15 "본 계획(동우회의 확대강화의 건-인용자)은 1932년(昭和 7) 봄 안창호가 검거되었기 때문에 대부분은 실시를 유보하고 있음." 위의 글, 357면.
16 도산의 체포 압송에서 재판, 수감에 이르기까지의 경위에 대해서는 주요한 편저, 『안도산전서』(증보판, 흥사단 출판부, 1999, 455~461면) 참조.
17 정병준, 「식민지 관제 역사학과 근대 학문으로서의 한국역사학의 태동-진단학회를 중심으로」, 『사회와 역사』 110, 한국사회사학회, 2016, 124~127면 참조.

수 있게 하는데,『동광총서』의 기획 당시 이광수는 이 점을 염두에 두었을 것이다. 이광수는 민족문제연구의 간판을 내걸고 총서를 간행하여 당국의 통제를 우회하는 한편, 도산의 체포와 수감으로 불투명해진 동우회의 사업을 대신해 민족운동의 이론과 실제의 내실을 다지고 후일을 기약하고자 했던 것이다.


## 3.『동광총서』의 구성 및 내용


　민족문제연구를 통해 민족운동의 이론과 실제의 내실을 다진다는 기획하에 간행된『동광총서』는 1933년 6월과 7월 두 차례 발간에 그치고 말았다. 앞서 언급했듯 당시 동우회가 처해 있던 여건상 지속적인 간행에 어려움을 겪었음을 짐작케 한다. 그러나 비록 두 차례의 간행에 그쳤다고는 해도 1・2권에 걸쳐 예고란을 통해 집필・번역 중인 논저 목록을 상세히 밝히고 있어서 기획 단계의 구성 및 내용을 살피는 데는 큰 어려움이 없다. 이하의 논의는 안으로 "민족의 문화, 이상, 전통 등을 연구 천명"하고 밖으로 "다른 민족의 운동과 사상에 관한 것을 연구 소개"하고자 한다는『동광총서』의 편찬 방침에 따라 두 갈래로 나누어 전개하기로 한다.

## 1) 反제국주의 · 파시즘 · 反파시즘 사상 동향의 망라

〈표6〉은 총서의 기획 가운데 "다른 민족의 운동과 사상에 관한 것을 연구 소개"한다는 방침하에 마련된 수록 논저와 예고 목록을 정리한 것이다. 전체적으로 민족주의 이론에 대한 단편적인 소개가 아니라 원저와 연구 동향 자체에 대한 번역 소개를 지향하고 있는 점이 눈에 띈다. 국민국가의 발흥과 더불어 시작된 근대야말로 국민국가주의를 상호 참조하기 위해 분투한 번역의 시대였고 보면,[18] 다시금 국민국가주의가 발흥하고 있던 당대에 민족운동의 이론과 실제의 내실을 다진다는 기획에 부합하는 실천의 일환이었다고 할 만하다. 그러나 기획 의도야 그렇다 해도 쑨원의 삼민주의를 비롯하여 나이두의 민족주의, 피

〈표 6〉『동광총서』 민족 운동사상 관련 수록 논저 및 예고 목록

|  | 1권(1933.6) | 2권(1933.7) |
|---|---|---|
| 수록 논저 | 아돌프 히틀러, 전원배 역, 『나의 투쟁』<br>나이두 여사, 모악산인 역, 「인도에게」(시)<br>제 · 에스 · 바네스, 김종상 역, 「파시즘연구」 | 孫文, 김권제 역, 『삼민주의』<br>H. W. 하우와드, 백허 역, 「이태리 신교육론」<br>아돌프 히틀러, 전원배 역, 『나의 투쟁』<br>전역배 抄, 「히틀러 내각 성립의 배경」<br>제 · 에스 · 바네스, 김종상 역, 「윤리국가론」 |
| 예고 목록 | Giovani Gentile, 「교육개조론(Reform of Education)」<br>Bruno Bauch, 「민족론(Begriff der Nation)」<br>M.W. Howard, 「파시즘의 정신(The Soul of Fascism)」<br>Bruno Bauch, 「민족과 문화(Nation und Kultur)」<br>Fichte, 『독일국민에게 고하노라(Rede an dem Deutsche Nation)』<br>孫文, 『삼민주의』 | M.W. Howard, 「파시즘과 그 철학(Fascism und its Philosophy)」<br>Laski, 『민족주의와 문명의 장래(Nationalism and the Future of Civilization)』<br>Bergman, 「피흐테와 민족적 사회주의(Fichte une der National Sozialismus)」<br>米田庄太郎, 『民族心理講話』(1권 예고 목록 제외) |

---

18 단적인 예로 번역이 일본의 근대화 과정에 끼친 광범한 영향력에 관해서는 마루야마 마사오 · 가토 슈이치, 임성모 역, 『번역과 일본의 근대』(이산, 2000)를 참고할 수 있다.

히테의 국민교육론에서 히틀러와 뭇솔리니의 파시즘, 나아가 라스키의 국가 파시즘 비판에 이르기까지 오늘날의 시각에서 보면 전혀 상이한 사상 동향이 망라되어 있는 모양새는 일견 당황스러운 것이 사실이다. 이들 사상을 가로지르고 있는 모종의 공통된 맥락을 살펴야 하는 이유도 여기에 있다.

잘 알려져 있다시피, 쑨원孫文(1866~1925)의 삼민주의는 민족주의·민권주의·민생주의의 3대 강령과 더불어 중국의 공화혁명을 이끌었을 뿐만 아니라 이후 반제·반군벌의 국민혁명을 주도하여 근대 중국의 재건에 토대가 되었던 사상이다.[19] 신해혁명을 주도한 중국혁명동맹회 시절인 1904년에 처음 제기된 이래 1924년 제1차 국공합작의 배경이 된 국민당 개조 시기의 강연에 이르기까지 수정을 거듭했는데, 『삼민주의』는 당시의 강연을 정리하여 이듬해에 단행본으로 간행한 것이다. 1910년대 조선의 지식인들에게 쑨원의 『삼민주의』는 중국혁명과의 연대 속에서 이루어질 조국 독립의 가능성이었고, 1920년대에는 5·4운동에서 제1차 국공합작에 이르기까지 혁명통일전선을 형성한 반제 민족운동의 상징이었으며, 1930년대에는 만주사변 이래 국민주의의 기치를 내걸고 대내외적 위기에 대응하고 있는 중국 국민당의 저력을 환기했다.[20]

조선에서 쑨원의 『삼민주의』에 대한 본격적인 번역이 처음 시도된 것은 1932년 11월 『동광』의 지면을 통해서였다. 그보다 앞서 1931년 6

---

19  쑨원의 삼민주의가 근대 중국에 미친 영향에 관해서는 전동현, 『두 중국의 기원 – 현대 중국의 토대가 된 삼민주의와 국민혁명』(서해문집, 2005) 참조.
20  배경한, 「1910~40년대 한국인들의 쑨원, 삼민주의의 이해」, 『역사학보』 232, 역사학회, 2016 참조.

월 동지면에 사회개조사상의 하나로 간략히 소개된 바 있지만, 이번에는 각별히 중국 국민당의 '성경'으로 소개하며 전역을 시도하고 나선 것이 눈에 띈다.[21] 아쉽게도 번역은 이듬해 2월 『동광』이 종간되면서 미완의 기획으로 남았고, 『동광』의 기획을 잇고자 했던 『동광총서』 역시 2호로 중단되어 완성을 보지는 못했다. 완역의 간행을 본 것은 이듬해인 1933년 12월의 일이다. 흥사단 단원으로 상하이 임시정부에서 활동하며 혁신사를 창립하여 문화사업을 전개하고 있던 소벽 양우조의 번역에 의한 것이다. 주목할 만하게도 그의 역자 서문은 쑨원의 삼민주의가 '구국주의', '구세주의'를 담은 중국 국민교육의 필수교과라는 점을 강조하고 있는데,[22] 당대 흥사단 계열 민족주의 지식인들에게 쑨원의 삼민주의가 국민통합사상의 견지에서 받아들여지고 있었던 사실을 엿볼 수 있게 한다.

모윤숙에 의해 번역 소개된 나이두의 시 「인도에게」 또한 반제 민족주의 사상을 또렷이 각인하고 있다. 인도인으로서 일찍이 제국 영국의 문단에서 인정받으며 타고르와 나란히 주목받았던 사로지니 나이두 Sarojini Naidu(1879~1949)는 여성해방 운동가이자 간디와 함께 인도 국민회의의 중요 지도자로서 인도의 독립을 위해 헌신한 활동가이기도 했다. 특히 1930년 3월 영국의 식민지배에 맞선 간디의 소금행진 당시 체

---

21  "이것은 중국 국민당 총리 손중산 선생의 저술인 『삼민주의』를 全譯한 것이다. (…중략…) 이 강연이 현재 국민당이 주장하는 삼민주의의 '성경'인 것은 두말할 필요도 없다." 孫文 原著, 「완역 삼민주의(一) 민족주의 제1강」, 『동광』, 1932.11, 50면.
22  "이 주의는 이백여 년간 무도부패한 만청 정부를 전복하고 신중국을 건설하는 지침이 되고 있을 뿐만 아니라 실로 구국주의인 동시에 구세주의라고 칭하게 되어 중국에서는 대중소학의 필수과로 주의교육을 시키게 되고 외국어로는 영, 불, 일문 등의 역본이 되었다." 孫中山, 楊少碧 譯, 「弁言 譯者序」, 『三民主義』, 革新社, 1933.12.

포된 간디를 대신하여 투쟁을 이끌었던 그녀의 활동은 당시 조선의 문단에서도 반제 민족주의의 관점에서 집중 조명되었고, 이때 인도 민족운동 지도자로서의 그녀의 면모와 함께 자주 소개되었던 시가 바로「인도에게」이다.[23] 주로 이하윤의 번역으로 소개되었던 이 시는 총서에 수록되면서 모윤숙의 간결하면서도 함축적인 언어를 거쳐 보다 강력한 정서를 환기하는 시로 재탄생했는데,[24] 조국을 잃은 인도를 슬픔에 잠든 어머니에 비유하며 자손들의 영예와 승리를 위해 잠에서 깨어나기를 촉구하고 있는 이 시는 당대 저항적 민족주의의 신념을 대변하는 것이었다고 해도 좋을 것이다.

피히테Johann Gottlieb Fichte(1762~1814)의『독일국민에게 고함』(1907)은 19세기 초반 나폴레옹의 유럽정복전쟁 당시 프랑스 점령하의 프로이센의 수도 베를린에서 행해진 피히테의 유명한 강연집이다. 나폴레옹 전쟁은 신성로마제국 이래 여러 왕국 및 공국들의 느슨한 연합체로 존립했던 독일 연방 지역에 강력한 하나의 독일 민족국가를 지향하는 민족주의 운동을 불러일으켰는데, 피히테 역시 이 강연에서 짓밟힌 독일 국민의 민족적 의지를 일깨우고 투쟁의 필요성을 호소하기 위한 취지에서 독일정신과 조국애를 고취하는 내용의 강연을 행했던 것이다.

피히테의 민족주의에 대해서는 뒷날 나치즘의 전조라는 평가와 나치즘과는 구분되는 저항적 성격을 강조하는 평가가 엇갈리지만, 이후

---

23  나이두의 활동에 대한 개괄적인 소개 및 식민지 조선에서 나이두가 민족주의 시인으로서 수용된 맥락에 대해서는 이상경,「'식민지 조선'의 맥락에서 읽은 인도 시인 사로지니 나이두」(『어문학』 140, 한국어문학회, 2018, 192~198・203~206면) 참조.
24  이하윤,「인도 여시인 나이두의 시」,『신생』, 1930.7・8. 이하윤의 번역은 1931년 11월『삼천리』의 '약소민족문예특집' 인도편에 재수록되어 재차 소개된 바 있다.

프로이센을 중심으로 한 독일 통일국가의 형성에서 제국주의, 나아가 민족파시즘 체제로 이행하는 과정에서 강력한 사상적 참조의 대상이 되었던 사실에 관해서는 이견이 없다.[25] 1930년대에 피히테가 쇼펜하우어, 니체와 더불어 '민족사회주의 철학자 3인방'으로 꼽히며 히틀러의 철학자로 간주되었던 사실은 잘 알려져 있거니와,[26] 총서 2호의 예고 목록에 올라 있는 「피히테와 민족적 사회주의」 역시 피히테의 사상을 파시즘과 결부지은 논의라는 점에서 이러한 당대 맥락에 충실한 논저라 할 만하다. 그러나 총서의 편찬자였던 이광수가 피히테의 민족주의를 그대로 나치즘과 동일시했을 것이라는 가정은 성급하다.

『독일국민에게 고함』은 이미 1917년 일본에서 번역 간행되자마자 곧바로 조선인 유학생들 사이에서도 널리 읽힌 텍스트였다. 당시 와세다대학에 적을 두었던 이광수는 피히테를 "독일 국민정신의 산파"로 소개하며 이 강연에 대해 직접 언급한 바 있고,[27] 현상윤 또한 당시 이광수가 쓴 글을 피히테의 강연에 견주며 그 태도와 성의를 탄복하는 평을 남기고 있다.[28] 일본 문부성에 의해 '시속時俗에 관한 특별교육자료집 제3권'으로 번역 간행된 『독일국민에게 고함』이 타이쇼 데모크라시하의

---

25  피히테의 민족주의에 대한 상이한 견해에 관해서는 다음을 참조. 이본 셰라트, 김민수 역,『히틀러의 철학자들』, 여름언덕, 2014; 제바스티안 하프너, 안인희 역,『비스마르크에서 히틀러까지』, 돌베개, 2016; 클로드 다비드, 정성진 역,『히틀러와 나치즘』, 탐구당, 1983 참조.
26  이본 셰라트, 김민수 역, 앞의 책, 2014, 51면.
27  이광수,「우리의 이상」(『학지광』, 1917.12), 최주한·하타노 세츠코 편,『이광수 초기 문장집』II, 소나무, 2015, 667면. 이하『초기 문장집』II로 적는다.
28  "나는 그 논문에 대한 군의 태도를 일천팔백팔년 저 유명한 피히테가 '독일국민의게 고하노라' 한 강연에 대한 태도에 비할 수 있다고 보았다. 다시 말하거니와 그 논지의 備與不備는 별문제로 하고라도, 그 태도ㅡ즉 성의는 우리가 탄복치 않을 수 없는가 한다." 현상윤,「이광수군의 「우리의 이상」을 讀함」,『학지광』, 1918.3, 58면.

개인주의에 대응하는 "국민교육정신의 고취"[29]를 염두에 둔 것이었다
면, 나폴레옹 점령하의 독일에서 식민치하 조선의 모습을 보았을 당대
유학생들에게 그것은 민족정신 각성의 중요성을 일깨우는 사상적 나
침반이 되어 주었던 것이다. 이 점에서 총서의 기획에 피히테가 수용된
맥락에 관해서는 당대에 급부상한 호전적 파시즘과의 관련성뿐만 아
니라, 나폴레옹 프랑스 점령하의 독일과 일제 식민치하의 조선을 가로
지르는 저항적 민족주의의 관점에서도 함께 고려될 필요가 있다.

총서의 기획과 관련하여 파시즘 관련 논저의 소개가 상당한 비중을
차지하고 있는 것은 사실이다. 그러나 파시즘 관련 논저에 대한 관심을
곧바로 파시즘에 대한 지지나 승인으로 간주해서는 곤란하다. 우선 전
원배의 번역으로 소개된 히틀러Adolf Hitler(1889~1945)의 『나의 투쟁』(1925)
만 해도 1930년 독일 총선거에서 일약 제2정당의 당수로 올라선 이래
1933년 1월 독일 국민들의 압도적인 지지 속에서 제국총리의 자리에 오
른 히틀러에 대한 관심에서 비롯되었을 가능성이 크다. 당시 독일 국민
들이 히틀러에게서 경제공황 속의 빈곤, 1918년 이후의 민족주의적 원
한, 바이마르 공화국체제의 정치적 불확실성으로부터 단숨에 벗어날 수
있는 기회라는 기대를 품었던 것처럼,[30] 적어도 이 무렵의 이광수에게
히틀러는 인종주의와 민족 우월주의에 기반한 극단의 국가주의자라기
보다 패전국으로서의 굴욕을 씻고 독일의 새로운 역사를 써나갈 "젊은
독일의 기백"[31]을 상징하는 인물이었다. 이 점에서 총서의 기획이 당대

---

29 「凡例」, フィヒテ, 『獨逸國民に告ぐ』, 文部省, 1917, 2면.
30 1930년 독일 나치당의 약진에서 1933년 히틀러 내각에 대한 독일 국민들의 지지에 대해서는
제바스티안 하프너, 안인희 역, 『비스마르크에서 히틀러까지』, 앞의 책, 202~230면 참조.
31 장백산인, 「독일의 기백」(『조선일보』, 13933.10.19), 『이광수 전집』 9, 360면.

나치즘의 교과로 간주되던『나의 투쟁』에서 쑨원의『삼민주의』나 피히테의『독일국민에게 고함』에 버금가는 민족운동의 강력한 참조점을 기대했을 것을 짐작하기는 어렵지 않다.

한편 총서에서 주목한 파시즘 관련 논저가 대부분 폭력과 독재에 기반한 파시즘의 현실 정치보다는 교육, 철학, 종교 등 이념의 영역과 관련이 있는 점도 눈에 띈다. 총서에 번역 소개되어 있는「파시즘연구」,「이태리 신교육론」,「윤리국가론」등의 논저만 해도 이탈리아 파시즘의 세계관 및 교육철학에 대한 내용이 주를 이루고 있는데, 대개 인간은 개체이자 사회적 동물이라는 전제에서 출발하여 민족국가를 하나의 집단적 유기체로 간주하는 한편, 자유로운 집단 의지를 구가하기 위해서는 국가주의에 기반한 개인의 희생, 애국심의 배양이 긴요하다는 논지로 일관하고 있어서 민족을 역사와 운명의 공동체로 간주하는 민족주의 일반의 논리와 크게 변별되는 점을 찾기 어렵다. 실제로 이 무렵 도산과 이광수의 사고는 '건전한 인격'과 '공고한 단결'이야말로 힘 있는 민족운동의 기반임을 주장하는 한편 의지와 실천의 힘에서 민족운동의 동력을 끌어내고자 한 '유심론'의 견지에 입각하고 있다는 점에서,[32] 일면 민족적 의지와 결속의 중요성을 강조하는 파시즘의 이념과 상통하는 면모를 지닌 것이기도 했다. 총서의 기획은 적어도 이념의

---

32  "세상의 모든 일은 힘의 산물이다. 힘이 적으면 일을 적게 이루고 힘이 크면 일을 크게 이루며 만일 힘이 도모지 없으면 일을 하나도 이룰 수 없다. 힘은 건전한 인격과 공고한 단결에서 난다는 것을 나는 확실히 믿는다."(山翁,「청년에게 호소함—인격완성, 단결훈련에 대하야」,『동광』, 1931. 2, 12면) "우리는 유심론자다. 적어도 유심론자가 아니 되면 아니 될 것이다. 우리는 조물주가 천지를 창조하던 의도와 기개를 본받지 아니하면 아니 된다. '생각이 있으면 힘이 있고 힘이 있으면 되는 것이 있다' 하는 것이 조물주의 신조다. 원리다. 그것이 오늘날 조선인이 특히 조선의 젊은 남자와 젊은 여자가 배우지 아니하면 아니 될 제일 신조가 아닌가 한다." 이광수,「유심사관」,『동광』, 1932. 8, 16면.

측면에서는 파시즘을 낯익은 것으로 받아들였을 가능성이 크다.

요네다 쇼타로米田庄太郎(1873~1945)의 『민족심리강화』(1916)가 총서의 기획 목록에 올라 있는 것도 이러한 유심론의 입장과 무관하지 않다. 민족의 흥망성쇠는 민족성이 결정한다는 신념이야말로 유심론에 기반한 것인 까닭이다. 이광수가 민족성에 주목하기 시작한 것은 1916년 2차 유학 시절의 일로 거슬러 올라가거니와,[33] 이 무렵은 대일본문명협회가 번역 간행한 르봉의 『민족심리 및 군중심리』(1915)과 더불어 일본에서 민족심리학에 대한 관심이 한창이던 때였다. 요네다의 『민족심리강화』 역시 토쿄제국대학 특별강연 필기록으로, 민족심리학 일반에 관한 논의를 비롯하여 영국, 독일, 러시아, 프랑스 등 근대 서구 민족의 민족정신 및 민족문화와 세계문화의 관계를 논하고 있다.[34] 당대를 바야흐로 '민족주의 물결의 시대'[35]로 간주했고 민족 흥망성쇠의 열쇠는 여전히 민족성에 있다고 본 유심론자 이광수에게 요네다의 강의록은 민족성 연구의 자료로서 재삼 주목할 만한 가치가 있는 저서였을 것이다.

마지막으로 헤롤드 래스키Harold J. Laski(1893~1950)의 『국가주의와 문명의 장래』(1932)는 독재와 폭력에 기반한 파시즘의 현실 정치 자체를 문제삼은 본격적인 파시즘 비판서에 해당한다는 점에서 총서 기획 가운데서 단연 이질적인 성격의 논저라 할 만하다. 애초에 철저한 개인

---

33  1915년 11월 와세다대학에 적을 두고 있던 이광수는 "신학문의 빛으로 조선사정을 연구"한다는 목적하에 동료들과 조선학회를 조직했고, 1916년 1월 농촌 문제 연구에 관한 보고에 이어 동년 11월 「우리 민족성 연구」라는 제목의 연구 보고를 행한 바 있다. 최주한, 「이광수의 민족개조론 재고」, 『이광수와 식민지 문학의 윤리』, 소명출판, 2014, 322면, 각주 14 참조.
34  米田庄太郎, 『民族心理講話』, 弘道館, 1916. 강연록의 내용에 관해서는 '緖言' 및 목차 참조.
35  장백산인, 「醞釀 二十年」, (『조선일보』, 1933.10.16), 『이광수 전집』 9, 360면.

주의적 자유주의자로서 국가를 개인의 이상 실현의 수단으로 간주하는 이상적 국가론자였던 래스키는 제1차 세계대전이 강력한 국가를 표방한 프로이센에 의해 시작되었다는 판단하에 국가절대 주권론을 이론적으로 논파하는 가운데 정치적 다원주의의 입장에서 사회적 조합주의를 지향하는 진화적 사회주의를 옹호한 바 있다. 그러나 유럽에서의 파시즘의 약진, 그리고 대공황의 여파를 타개하기 위해 영국의 제2차 맥도날드 내각마저 보수당 및 자유당과의 연합내각 체제로 이행해가는 과정을 지켜보면서 서구민주주의와 서구문명에 대해 위기의식을 가지게 된 그는 파시즘과 전쟁의 위기가 확대되고 있는 상황에서 진화적 사회주의의 미래는 없다는 판단하에 마르크시즘을 선택하여 계급이론에 입각한 국가론으로 전환하게 된다.[36] 『국가주의와 문명의 장래』는 바로 이 같은 계급국가론으로의 이행기에 쓰여진 논저로, 파시즘 국가의 본질을 노동계급에 대한 소수 자본가계급의 폭력적이고 억압적인 통치라는 쇠퇴기 자본주의의 특성에서 찾고 있다는 점에서 당대 마르크시즘적 비판과 궤를 같이 한다.[37]

급진적인 파시즘 비판과 같은 이질적인 논저를 총서의 기획에 포함한 이유는 분명치 않다. 우선 생각해 볼 수 있는 것은 앞서 파시즘에 대한 비판적 논의에도 두루 주목했던 『동광』의 지면이 그러했듯 파시즘 연구에서 최소한의 균형감각을 취하고자 했을 가능성이다.[38] 나아가

---

36 김학준, 「생애와 정치 이론」, 『래스키-현대국가에 있어서의 자유』, 서울대 출판부, 2007; 김원홍, 『Harold J. Laski의 국가론』, 한국학술정보, 2006 참조.
37 Harold J. Laski, *Nationalism And The Future Of Civilization*, London : Watts&Co., 1932. 라스키의 파시즘 비판에 관해서는 김원홍, 앞의 책, 제4장 제1절 '라스키의 파시즘 비판' 참조.
38 『동광』에 실린 파시즘 관련 기사는 비판적인 논조를 띤 것이 대부분이다. 「독일의 뭇솔리니 아돌프·히틀러」(1931.6); 「동광대학 제1강 사회개조의 제사상-파시즘」(1931.6);

당시 동우회를 부르주아 우익의 파시스트 지배동맹으로 맹렬히 비판하고 나섰던 사회주의자들의 공세에 합리적으로 대응하기 위한 연구기획의 일환이었을 가능성도 배제할 수는 없다.


## 2) 문화와 전통에 기반한 민족적 기원의 탐구


〈표 7〉은 총서의 기획 가운데 "민족의 문화, 이상, 전통 등을 연구 천명"한다는 방침하에 마련된 수록 논저와 예고 목록을 정리한 것이다. 대강 제목만 일별해도 민족적 정체성, 민족의 고유종교와 문화, 민족적 고토에 대한 관심을 환기하는 주제가 대부분이다. 특히 예고 목록의 『삼국사기』와 『삼국유사』는 당대 조선 상고사上古史의 쌍벽을 이루는 조선학의 기초 문헌으로 간주되었던 사료라는 점에서 민족적 기원의 탐구를 전제한 기획 의도를 선명히 보여준다.

이광수의 「조선민족론」과 「조선 민족의 고유종교(조선민족론의 二)」은 민족의 본질적 요소 및 조선 민족의 종교적 기원에 대한 고찰을 통하여 조선 민족 고유의 문화와 정체성의 구명을 시도하고 있는 글이다. 본격적인 연구논문이라기보다 시론에 가깝지만 문화적 민족주의가 민족공동체의 집단적 문화적 근원을 만들어내는 논리에 충실하다는 점에서 주목을 끈다. 이광수에게 민족은 "엄연한 실재"이자 "운명"으로

---

「영웅주의와 파시즘―이광수 씨의 蒙을 啓함」(1932.3); 「독일의 위기와 국수사회노동당」, 『동광』(1932.5); 「파쑈 조류를 비판함」(1932.7); 「춤추는 '파씨즘'의 고민, 국수사회주의독일노동당」(1932.9). 이탈리아 파시즘 내각을 비교적 호의적인 관점에서 소개한 「동광대학 제8강 사회문제론―파씨즘」(1931.9)은 차라리 예외적이다.

<표 7> 『동광총서』 민족 문화전통 관련 수록 논저 및 예고 목록

| | 1권(1933.6) | 2권(1933.7) |
|---|---|---|
| 수록 논저 | 이광수, 「조선」(시조)<br>이광수, 「조선민족론」<br>춘원, 「누이야」(시조)<br>박노철, 「朝鮮土道淵源」<br>모윤숙, 「이 땅의 아들에게」(시) | 이광수, 「조선 민족의 고유종교」<br>박노철, 「朝鮮土道淵源(二)」<br>춘원, 「태백산」(시조)<br>모윤숙, 「우리의 제단」(시)<br>춘원, 「압록강에서」(시조)<br>김상용, 「기원, 맹서」(시) |
| 예고 목록 | 『삼국사기』<br>『삼국유사』 | 『삼국사기』<br>『삼국유사』 |

간주된다.[39] 누구도 민족의 범위에서 벗어날 수 없고, 민족적 자아란 부정한다고 부정될 수 있는 성질의 것이 아니라는 이유에서다. 혈통과 성격(민족성), 문화는 민족의 고유한 본질을 규정하며, 대체불가능하다. 그리고 이 점에서 민족의 본래성은 문화의 근간인 언어가 대변하듯 민족의 독자성 및 자결성을 가늠하는 척도가 된다.

이광수가 민족의 고유종교로서 서낭숭배에 주목한 이유도 여기에 있다. 서낭숭배의 기원을 '선인왕검仙人王儉' 곧 단군에게서 찾는 이광수에게 서낭숭배는 단순한 신앙이 아니라 민족의 시조 단군을 정점으로 하는 조선의 문화적·정치적 독자성의 증거였다. 무엇보다도 민족의 고유종교에 관한 본격적인 논의에 앞서 이족異族을 끌어들여 민족적 통일을 방해한 '신라주의', 단군 이래의 민족문화를 말살한 이조의 '숭명사상崇明思想'에 대한 비판에 지면을 대거 할애한 사실이 이를 방증하거니와, "조선 민족은 山岳을 祭壇으로 하는 仙王敎徒"[40]라는 자기규정에

---

39  이광수, 「조선민족론」, 『동광총서』 1, 1933.6, 2면.
40  이광수, 「조선 민족의 고유종교(조선민족론의 二)」, 『동광총서』 2, 1933.7, 5면.

서도 단군의 태백산 神市를 기원으로 하는 민족 고유의 독자적인 문화와 정체성의 주장이 분명히 읽힌다.

단군 이래 반만년의 역사와 문화를 지닌 고유의 독자적인 민족이라는 형상은 이광수의 시조 「조선」, 「태백산」, 「압록강에서」 등에서도 공통적으로 발견된다. 「조선」에서 그것은 "상하 오천년"의 시간과 "남북 만여리" 고토의 경계로서 결속지어져 있으며, 「태백산」과 「압록강에서」에서는 민족의 시조 단군과 개국의 땅인 신성한 고토에 대한 예찬 속에서 단일 혈통의 정체성을 부여받고 있다. "神人降于太白山檀木下 三千衆으로 神市를 세우시니 나라의 처음"이라든가 "檀君王儉誕降地로는 古記가 다 平安의 太白을 가리킨다"[41]는 등 고문헌 자료에 근거한 각주 또한 민족적 정통성을 뒷받침하기 위해 고안된 형식이다. 민족이 추상적인 관념에 그치지 않고 고유의 독자적인 역사-문화적 공동체라는 구체적 형상을 얻고 있는 것은 전적으로 단군이라는 표상을 둘러싼 이들 문화적·상징적 자산 덕분이었다 해도 과언이 아닌 셈이다.

단군을 조선 민족 고유의 문화와 정체성의 근간으로 상정하는 태도는 박노철의 「조선사도연원朝鮮士道淵源(一)·(二)」도 예외가 아니다. 조선 사도士道의 연원에 대한 탐구를 통해 조선 민족 고유의 숭무사상을 고찰하고 있는 이 글 역시 그 기원을 단군왕검의 선도仙道 곧 고선도古仙道에까지 거슬러 올라가 찾고 있다는 점에서 그러하다. 그 내용은 고구려의 선배도와 신라의 화랑도 둘다 그 연원을 왕검선도에 둔 것으로 숭무정신에 그 본질이 있다는 것으로 요약되는데, 이 점에서 고찰의 의도는 이광수에게 서낭숭배가 그러했듯 단군을 정점으로 하는 조선의 문화적·정

---

41 춘원, 「태백산」, 위의 책, 1면.

치적 독자성의 증거에 방점이 찍혀 있었다고 해도 무방할 것이다. 화랑의 연원을 단군 이래의 선배도가 아니라 유불선 삼도三道의 습합에서 찾은 최치원을 두고 "古來의 國風"을 능멸한 "편견된 慕華主義"[42]로 비판한 대목 또한 이광수의 '숭명사상' 비판과 동궤에 놓인 것은 물론이다.

앤서니 D. 스미스에 의하면, 민족적 정체성을 확인하는 작업이 흔히 기원과 혈통의 신화로 나아가는 것은 그 시초성이야말로 진정한 본래의 것을 담보하고 있다고 가정되기 때문이다.[43] "민족의 문화와 이상, 전통 등을 연구 천명할 것"을 표방한 총서의 기획 논의들이 끊임없이 단군이라는 민족적 기원에 의지하고 있는 것도 일차적으로는 같은 이유에서였을 것이다. 그러나 보다 근본적으로 그것은 민족적 경합의식의 산물이기도 했다는 점 또한 간과되어서는 안 된다.

민족적 기원으로서의 단군은 1900년대의 민족사 서술에서부터 1920년대 이래 동화주의에 기반한 관제 조선사에 대응한 국학계열 학자들의 고대사 연구를 관통하는 국수國粹 인식의 중심이었다.[44] 이미 반만년 전 한반도에 '조선'이라는 국호와 더불어 나라를 열고 독자적인 정치와 문화를 개척한 민족의 시조 단군은 과거의 기원이면서 동시에 과거에서 미래로 영속될 민족의 정치적·문화적 독자성의 표상이기도 했다. 관제 사학의 단군 부정론에 정면으로 맞섰던 최남선 또한 "단군은 조선 及 조선심의 구극적 표식"[45]임을 표나게 내세운 바 있다. 단군

42  박노철, 「朝鮮士道淵源 – 조의선생과 국선화랑」, 『동광총서』 1, 1933.6, 16면.
43  앤서니 D. 스미스, 강철구 역, 『민족주의란 무엇인가』, 용의숲, 2012, 56~57면.
44  이지원, 『한국 근대 문화사상사 연구』, 혜안, 2007, 제2장 '한말 일제초기의 국수적 민족문화 인식'·제3장 '1920년대 사상계의 동향과 민족주의 민족문화론' 참조.
45  「단군계의 표상(上) – 조선심을 구현하라」, 『동아일보』, 1926.12.9. 사설.

이 민족적 기원의 강력한 표상이 되어주는 한, 그것은 민족의 독자성을 부정하는 관제 사학에 맞서는 데 유력한 문화적 · 상징적 자산이 되어줄 수 있었던 것이다.[46]

총서를 기획한 이광수 역시 일찌감치 독자적인 조선사 연구의 필요성을 절감하고 조선인의 손에 의한 조선사 연구의 동향에 전폭적인 관심을 아끼지 않은 터였다. 일찍이 2차 유학 시절부터 일본인 학자들의 조선사 연구에 만연한 편견과 조선사가 일본사나 동양사 연구의 한 방편으로 취급되는 경향에 우려를 가졌던 그는[47] 3 · 1운동 이래 문화적 민족주의의 대두와 더불어 활발히 전개된 조선사 연구 및 고문화 보급 운동에 지속적인 관심을 표명했다. 『동광』의 활동에만 국한해도 『동광』이 창간된 첫해에 개천절 기념 특집으로 단군을 중심으로 한 조선 고대사 연구 지면을 마련하는가 하면[48] 『삼국사기』 고구려 본기의 동명

---

46  관제 사학의 단군 부정론에 맞선 최남선의 단군론의 전개에 관해서는 류시현, 『최남선 평전』, 한계레출판사, 2011, 2부 4장 '단군은 곧 조선, 우리의 기원을 찾아서' 참조. 민족적 기원으로서의 단군의 표상이 갖는 의의는 최남선의 단군론이 단군을 민족공동체의 기원으로 설정하는 데서 더 나아가 일본을 포함하는 동방문화권의 원류로서 자리매김하려는 시도로 확장되어 감에 따라 일선동원론과의 경계가 모호해지고 결국 1930년대 일본제국주의의 범아세아주의의 아류로 전락해버렸다는 비판도 참고가 된다. 류시현, 『최남선 평전』, 한계레출판사, 2011, 105~111면; 정종현, 「단군, 조선학 그리고 과학―식민지 지식인의 보편을 향한 열망의 기호들」, 『한국학연구』 28, 한국학연구소, 2012, 6~8면 참조.
47  "근래에 일본학자 중에 조선사를 연구하는 이가 없지 아니하나, 첫째는 牢乎不拔할 일종 편견이 있음과 둘째는 조선사를 독립한 연구제목으로 잡아 일생을 바칠 만한 가치를 인정치 아니하고 동양사의 일부분으로, 일본사의 일고증으로, 또 학자의 일호기심으로 연구하는 것이매 그 所說에 상당한 존경을 표한다 하더라도 據然히 신빙할 수 없으며 (…후략…)" 이광수, 「우리의 이상」,(『학지광』, 1917.12), 『초기 문장집』 II, 660면.
48  '조선고대사연구일단'이라는 표제하에 최남선의 「상ㅅ달과 개천절의 종교적 의의」, 권덕규의 「조선에서 배태한 지나문화」, 장도빈의 「단군사료 一小 발견과 余의 희열」, 황의돈의 「딘군 고증에 대한 신기록의 발견」, 안자산의 「고소선 민족의 二大 別」, 정일우의 「한겨레의 핏줄」, 김도태의 「십월삼일을 당하여 단군을 추모함」, 이윤재의 「개천일의 追感」 등의 글이 실렸다. 『동광』, 1926.11, 86~106면.

왕편을 직접 번역하여 「동명성왕건국기」를 실었고,[49] 『삼국유사』를 비롯하여 『살만교차기薩滿敎箚記』, 『조선무속고』, 『금오신화』 등 계명구락부에서 기획한 조선학 관련 서적이 간행되었을 때는 독자의 관심과 협찬을 청하는 전면 광고를 내보내기도 했다.[50] 1934년 5월 조선인에 의한 독자적인 조선학 연구를 표방한 진단학회가 발족하고 전문적인 학술지 진단학보가 간행되자 "조선문화의 闡揚과 자극에 지대한 공헌"[51]을 기대하며 찬조회원으로 참여한 것도 이러한 관심의 일환이었다.[52] 이 점에서 조선 민족 고유의 문화와 정체성의 고찰에서 『삼국사기』 및 『삼국유사』의 번역 소개에 이르기까지 단군을 기점으로 하는 민족적 기원 탐구에 바쳐진 총서의 기획은 『동광』의 연속선상에서 1920, 1930년대 조선학 운동의 계보를 잇는 문화적 실천이었다고 할 수 있다.

그밖에 이광수의 「누이야」, 모윤숙의 「이 땅의 아들에게」, 「우리의 제단」, 김상용의 「기원」, 「맹서」 등의 시편은 조선 민족을 '영원한 조선' 곧 과거에서 미래로 이어질 영속적 실체로 표상하면서 민족에 대한 애착과 헌신을 호소하고 있는 점이 두드러진다. 역사와 운명의 공동체로서의 민족이라는 관념과 더불어 민족을 위한 자기희생의 윤리를 견인해내는 효과적인 매개가 되어 주고 있다는 점에서 민족주의적 정서에 충실한 시편들이라 할 만하다.

---

49  이광수, 「동명성왕건국기」, 『동광』 2, 1926.2.
50  「조선학 건설 사업에 한가지로 협찬합시다」, 『동광』 15, 1927.7. 권두 광고.
51  장백산인, 「진단학보」(『조선일보』, 1935.5.14), 『전집』 9, 415면.
52  진단학회의 성립 배경과 회원의 구성과 특징에 관해서는 정병준, 「식민지 관제 역사학과 근대 학문으로서의 한국역사학의 태동 – 진단학회를 중심으로」(『사회와 역사』 100, 한국사회사학회, 2016, 120~139면) 참조.

## 4.『동광총서』의 민족주의적 기획과 그 지향성

1930년대 전반기는 세계공황을 배경으로 파시즘을 비롯하여 다시금 국민국가주의가 발흥하던 시기였다. 이 무렵 신간회 해소를 전후하여 조직의 전면적인 개편·강화에 나섰던 동우회는 1931년 1월 속간된 기관지 『동광』을 중심으로 국내외의 정치·경제적 시사 동향에 주목하며 활발한 활동을 펼쳤다. 그러나 1932년 6월 상하이에서 체포·압송되었던 도산이 동년 12월 치안유지법 위반으로 징역 4년을 언도받고 이듬해 2월 『동광』마저 간행이 중단되면서 급속한 침체기를 맞게 된다. '민족문제연구'를 내걸고 기획된 『동광총서』는 실행이 불투명해진 동우회의 사업을 대신하여 민족운동의 이론과 실제의 내실을 다진다는 목적에서 간행되었다.

'민족 내지 민족운동에 관한 과학적 연구'와 '실제적 방침의 수립'을 표방한 총서의 기획이 파시즘의 동향에 지대한 관심을 보였던 것은 사실이다. 그러나 이러한 관심을 파시즘 자체의 지지나 승인으로 간주하기는 어렵다. 우선 총서의 기획에서 파시즘은 근대 초기 저항적 민족주의를 대변하는 피히테, 쑨원, 나이두의 사상과 나란히 다양한 민족운동의 하나로 취급되고 있다. 게다가 그 내용 또한 폭력과 독재에 기반한 현실 정치보다 민족적 의지와 결속을 강조하는 이념의 차원에 집중되어 있다는 점에서 '건전한 인격'과 '공고한 단결'을 민족운동의 기반으로 삼았던 동우회의 주의와 연속성을 가진다. 나아가 총서의 기획이 사회주의에 입각한 파시즘 비판의 논저에도 두루 주목한 것은 당시 동우회를 파시즘 추종 세력으로 맹렬히 비판하고 나섰던 사회주의자들의 공세에 대한 합리적 대응을 염두에 둔 것이었을 가능성이 높다. 이 점에서 총서의 기획이 파시즘에서 파시즘 비판에 이르는 사상 동향에 두루 주목한 것은 여타의 민족주의 사상과 마찬가지로 당대 민족운동 연구의 일환으로서 동우회의 기반 재정비 차원에서 참조의 대상을 구한 것이었다고 해도 무방할 것이다.

한편 단군을 기점으로 하는 민족적 기원의 탐구에 바쳐진 총서의 기획은 조선 민족의 독자성을 부정하는 관제 학문에 맞선 1920, 1930년대 조선학 운동의 계보를 잇는 문화적 실천이었다. 요컨대 1930년대 전반기는 1920년대 중반 이후 제도화되기 시작한 관제 학문이 조선사편수회, 경성제대 사학과, 청구학회를 중심으로 정비되어 조선의 사회·문화·경제에 관한 방대한 연구 성과가 산출되기 시작한 시기였다.[53] 식민사관의 집대성으로 평가받고 있는 조선사편수회의 『조선사』가 간행되기 시작한 것도 이 무렵인데, 1932년에서 1941년까지 총 37책으로 간행된 『조선사』는 단군 관련 기사를 배제하고 조선사의 시작을 신라 건국 이후로 간주하고 있어 제1권 간행 당시에도 논란이 끊이지 않았다.[54] 이른바 단군 부정론의 연속으로, 『조선사』의 간행은 만주사변 이래 일선동조론에 기반하여 조선 민중에 대한 이데올로기적 지배의 강화에 나선 총독부의 정책을 학문적으로 뒷받침하는 교두보의 역할을 했다. 민족문제연구를 표방한 총서의 기획은 민족의 고유문화와 정체성에 대한 고찰에서 『삼국사기』 및 『삼국유사』의 번역 소개에 이르기

---

53  1920~1930년대 역사학을 중심으로 하는 관제 학문의 제도적 정비에 관해서는 정병준, 앞의 글, 108~113면 참조.
54  박찬홍, 「『朝鮮史』(朝鮮史編修會 編)의 편찬체제와 성격-제1편 제1권(朝鮮史料)을 중심으로」, 『사학연구』 99, 한국사학회, 2010, 164~166면 참조.

까지 단군을 기점으로 하는 민족적 기원의 탐구에 집중함으로써 관제
조선사에 정면으로 맞섰다. 기원과 혈통의 단일성이야말로 민족의 독
자성을 증거한다는 신념에서였을 것이다.

1930년대 전반기 『동광』에서 『동광총서』로 이어지는 이광수의 민족
주의적 기획은 만주사변 이래 강화되어 가고 있던 국가 파시즘에 최소
한의 거리를 두고 동우회의 기반을 다지고자 한 노력의 일환이었다.
기관지 『동광』의 종간에 이은 『동광총서』의 간행 중단 이후 실질적인
동우회의 활동은 찾아보기 어렵다. 사실 1932년 6월 상하이에서 체
포 · 압송된 도산이 치안유지법 위반으로 징역 4년을 언도받고 수감된
사건부터가 이미 동우회의 불투명한 앞날을 예고하는 것이었다. 『동
광총서』의 간행 중단은 민족운동에 불리해진 시국의 엄중함을 재차 확
인시켜 준 데 지나지 않았다. 이광수는 이 사실을 분명하게 내다보고
있었다. 동우회운동의 가능성과 한계를 보여준 작품으로 평가받고 있
는 『흙』(1932.4~1933.7)의 결말이 치안유지법 위반으로 징역 5년에 처해
진 주인공 허숭이 활동을 그만두고 살여울의 미래를 기약하는 것으로
끝맺고 있는 것은 우연이 아니다.

그러나 이광수가 허숭과 더불어 기약한 동우회의 미래는 1937년 6월
중일전쟁 한 달 앞두고 터진 동우회사건으로 종국에 막을 내리게 된다.
치안유지법 위반 혐의로 기소된 동우회가 동년 8월 대표자 명의로 해
산계를 제출한 데 이어 평양 및 선천의 지부까지 해산계를 제출한 것은
9월 20일의 일이었다.[55]

---

55  동우회사건의 발단에서 동우회의 해산에 이르기까지의 경위에 대해서는 최주한, 「『사
랑』(1938), 또 하나의 전향서」(『춘원연구학보』 13, 춘원연구학회, 2018, 184~185면) 참조.

제3부

# 전시체제하 문학장의 변동과
# 경계의 글쓰기

# 제1장

# 이광수의 후기 문장에 대하여

## 전시동원체제하에서 글을 쓴다는 것

작년 12월 8일 나는 무슨 일이든 좋다, 부름을 받는다면 무엇이든 내 힘
이 미치는 한 의무를 다하겠노라고 결심했던 것입니다. 강연에 가라고 하
면 갔고 쓰라고 하면 썼습니다. 올해도 더욱더 그런 일에 노력하여 봉공해
드리자는 생각입니다.

1942년 12월 이른바 대동아전쟁 1주년을 맞는 결의를 밝히는 글(「大
東亞戰爭一週年を迎える私の決意」, 『國民文學』, 1942.12)에서 이광수는 이렇게
썼다. 부름을 받는 한 힘껏 의무를 다하고자 했다고. 강연에 가라고 하
면 갔고 쓰라고 하면 썼다고. 앞으로도 더욱 노력할 생각이라고. 문면
에는 총독부 당국에 대한 적극적인 협력의 의지가 드러나 있지만, 뒤집

어 보면 전시동원체제하의 글쓰기가 놓인 여건이 고스란히 읽히는 문장이다. 무엇보다 우선 전쟁을 위해 모든 자원을 동원하고자 하는 당국의 요구가 있고, 그에 부응하지 않으면 안 되는 '동원의 문법'에 충실한 글쓰기. 사실 이는 이광수의 후기 문장을 관통하는 기본 문법이기도 한데, 이 무렵 그의 글쓰기는 중일전쟁에서 태평양전쟁에 이르기까지 일본의 국가주의가 아시아에서의 세력 확장을 위해 전쟁에 열중하고 있던 시기와 정확히 맞물려 있는 까닭이다.

잘 알려져 있다시피, 1937년 6월 이광수를 비롯한 181명 동우회 회원들의 검거로 시작된 동우회사건은 중일전쟁을 한 달 앞둔 시점에서 민족주의 세력을 와해시키고 전쟁의 수행에 필요한 협력을 이끌어내기 위한 총독부의 선제 조처였다. 이 과정에서 이듬해 3월 안창호가 사망하고, 6월 기소 유예된 18명의 회원들의 전향성명, 이어서 8월 대표자 명의의 해산계가 제출되었다. 이광수를 비롯하여 기소된 42명의 운명은 정해진 것이나 마찬가지였으니, 결국 11월 이광수는 제국의 신민으로서 국책에 적극 협력할 것을 결의한 전향서를 '前 동우회원 일동'의 이름으로 지방법원에 제출하게 된다.

1938년 8월 예심 결정으로 기소된 동우회사건은 이듬해 1939년 12월 1심에서의 전원 무죄 판결에 이르기까지 무려 1년 반을 끌었으나 당일 검사측의 상고에 의해 다시 심리에 회부되었다. 그리고 1940년 8월 2심에서는 판결이 뒤집혀 전원 유죄 선고를 받고, 이광수는 징역 5년형에 처해졌다. 주목할 만하게도, 판결이 번복된 시점은 제2차 코노에 내각이 남방 진출까지 고려한 전쟁 확대 방침을 내걸고 고도국방국가의 완성을 목표로 내걸고 신체제의 수립을 천명(1940.8.1)한 직후의 일이다. 동우회사건의 시작이 그랬듯이, 2심에서의 유죄 판결 역시 신체제하의 더욱 적극적인 협력을 종용하기 위한 사법적인 고려의 산물이었음을 짐작케 하는 대목이다.

2심의 판결에 전원 불복하여 항소된 동우회사건은 결국 1941년 11월 전원 무죄로 종결된다. 아시아에서 일본의 세력 확장을 견제하는 영미와의 관계 악화로 태평양전쟁의 개전 가능성이 임박해 있던, 역시 태평양전쟁 발발을 한 달 앞둔 시점이다. 무죄 판결이 감시와 통제의 해제를 의미하지 않았던 것은 말할 것도 없다. 1941년 2월 공포되어 3월부터 시행된 조선사상범예방구금령은 국가에 대한 충성을 실천적으로 입증하지 못하는 한 언제든 예방구금을 처분하는 강력한 법안이었다. 이광수는 동우회사건 2심에서 5년 징역형을 받은 직후인 1940년 겨울에도 일본정신의 교육과 사상보국의 지도적 실천자의 양성을 목적으로 설립된 야마토주쿠大和塾에 입소하여 명상과 저술에 몰두한 일이 있다. '당국의 호의'에 의한 것이었다고 썼지만(「행자」, 1941.3), 사실상 예방구금에 준하는 조처였다.

요컨대 전시동원체제하에서 글을 쓴다는 것, 더구나 이광수와 같은 식민지의 전향 지식인에게 그것은 일차적으로 제국의 신민으로서 국가에 대한 충성을 글로써 입증하는 행위를 의미했다. 그러고 보면 이광수의 후기 문장이 온통 내선일체나 황민화론, 대동아공영에 대한 신념의 표명으로 채워져 있는 것은 전혀 놀라울 것도, 이상할 것도 없는 지극히 당연한 일인 셈이다. 그럼에도 불구하고 이광수의 후기 문장을 외적 강압에 의한 불가피한 타협의 수사쯤으로 취급하는 것은 그것을 제국 일본의 힘에 편승한 자발적인 협력의 담론으로 간주하는 것만큼

이나 일면적임을 면치 못한다.

해방 후 이광수는 『나의 고백』(1948)에서 대일협력에 나서게 된 동기에 대해 이렇게 썼다. 어떤 이는 일본 관헌의 압박에 못 이겨 그리 했다고 하나 자기는 그렇게 비겁한 사람은 아니며, 자신이 '친일파의 누명'을 쓰고 나선 것은 자기를 희생하여 동포를 핍박에서 건지자는 것이었다고. 요컨대 자기가 일본에 협력한 데는 나름의 이유가 있었다는 얘기다. 위선적인 변명쯤으로 치부되곤 하는 발언이지만, 친일파의 누명을 '자처하기'란 단순한 굴복이나 추종과는 구분되는 의지적 행위라는 점에 주목할 필요가 있다.

실제로 이광수의 후기 문장은 결코 단선적이지 않다. 동우회사건 이후 전향에 이르기까지 내적 번민으로 가득한 문장들은 말할 것도 없고, 전향 이후의 문장들 또한 동원의 문법에 충실한 가운데서도 시국의 변화에 따라 그때그때 요구되는 협력의 수위를 조절하는 과정에서 생긴 논리적 긴장과 비약, 그리고 균열의 흔적이 또렷이 새겨져 있다. 따라서 이광수의 후기 문장을 이해하기 위해서는 중일전쟁 이후 태평양전쟁에 이르는 시기의 외적 여건의 변화 더불어 동우회사건 이후 이광수의 글쓰기 전반에 내재한 이들 긴장과 비약, 균열의 지점이 이야기하는 것에 귀를 기울일 필요가 있다.

## 동우회사건에서 전향까지

1937년 6월 동우회사건으로 서대문형무소에 수감되면서 한동안 중단되었던 이광수의 글쓰기가 재개되는 것은 동년 12월 병보석으로 출감하여 경성의전병원에 입원하면서부터이다. 병상에서 이광수는 주로 자기 자신을 응시하는 시를 쓰는 한편, 단편 「무명」과 장편 『사랑』의 집필에 착수했다.

1938년 1월 『삼천리문학』에 발표된 시 「들물에」는 동우회사건으로 막다른 골목에 내몰린 이광수 자신의 내면풍경이 탁월하게 형상화되어 있어 각별히 주목을 끈다. 한순간 밀어닥친 밀물에 공들여 쌓은 모래성을 잃고 어찌할 바를 모르는 아이들. 그러나 체념도 잠시, 아이들은 또 어딘가에서 새로운 놀이를 궁리하느라 바다가 부르는 영원의 노래를 듣지 못한다. 아이들의 놀이는 무상하고 바다의 노래는 영원하건만, 눈앞의 놀이에 정신이 팔려 울고 웃는 아이들처럼 동우회사건으로 번민하는 현실의 그에게 바다가 부르는 영원의 노래는 아득하기만 하다. 영원의 깨달음과 현실의 번민 사이, 이 무렵부터 쓰기 시작하여 『춘원시가집』(1940.2)의 '임께 드리는 노래' 편에 수록된 시들은 그 간극을 메우려 애쓴 고투의 기록에 가깝다.

단편 「무명」은 병보석으로 출감하기 직전까지 서대문형무소의 병감 생활을 토대로 집필한 작품이다. 입감한 지 사흘 만에 병감으로 옮겨진 '나'가 사기와 방화, 공갈로 붙들려온 잡범들과 함께 지내며 겪은 일을 다루고 있다. 열악한 환경과 병고에 허덕이면서도 서로 먹을 것을 다투고 자존심을 다투며 자기를 알아주지 않는 상대와 세상을 원망하고 탓하는 것으로 하루를 일삼는 잡범들. 그들의 모습에서 '나'는 무명無明에 덮여 고통과 번민에 시달리고 있는 인생의 한 축도를 본다. 그러나 병든 몸을 위해 매일의 사식을 걱정하고 밤이면 편히 누워 잠들 수 없는 열악한 환경 때문에 괴로워하며 보석과 예심의 결정을 초조히 기다리고 있는 신세인 '나' 또한 이 점에서는 다르지 않다. 어느 가을날 병이 깊어져 독방으로 전방을 갔던 '윤'이 죽음을 예기한 듯 염불을 외면 극락에 가느냐고 간절히 물어왔을 때, '나'는 거짓말의 죄업을 무릅쓸 각오로 정성껏 염불을 외라고, 부처님의 말씀이 거짓말 될 리 있겠느냐고 힘주어 대답한다. 죽음을 앞둔 고통과 두려움에서 헤어나고자 애쓰는 '윤'의 모습에서 '나'는 바로 자신의 모습을 보았을 것이다.

「무명」의 집필을 전후한 4월 이광수는 병상에서 두 차례에 걸쳐 예심판사의 취조를 받았다. 동우회의 목적이 '독립'이라는 경찰의 조서를 인정하라는 요구가 있었고, 이를 인정하지 않을 경우 예심을 다시 시작할 수 있다는 위협도 받았다(「高等法院刑事部, 邵和 十五年 形上 101 乃至 104號」, 1941.7.21). 바야흐로 시국은 중일전쟁의 전면화와 더불어 전시동원체제를 착실히 구축해 가고 있는 중이었다. 2월 조선인특별지원병제의 공포에 이어 3월 충량한 황국신민의 양성을 목표로 한 제3차 조선교육령 개정, 그리고 4월에는 전쟁에 인력과 물자, 자금 등을 동원할 수 있도록 일본 정부에 광범한 권한을 부여한 국가총동원법이 공포되었다. 결국 예심판사의 요구대로 경찰의 조서를 인정하여 예심 결정을 앞두게 되었지만, 어떤 결정이 내려지든 동우회사건이 시국의 요구에 좌우되리라는 것은 불을 보듯 뻔한 일이었다.

깊어가는 번민 속에서 이광수는 장편『사랑』의 집필에 착수했다.『사랑』은 이해 10월과 이듬해 3월 박문서관에서 두 권의 단행본으로 간행되었는데, 전편은 여주인공 순옥이 사모하는 안빈에 대한 사랑을 지키기 위해서 원치 않는 허영과의 결혼이라는 모순적인 선택을 결단하기까지의 과정을, 후편은 이기적인 허영과의 결혼생활에 헌신하다가 병까지 얻은 순옥이 마침내 안빈의 곁으로 돌아오기까지의 극적인 여정을 그리고 있다. 허영과의 결혼과 더불어 시작된 순옥의 수난이 결국 보다 견고해진 안빈의 공동체로 복귀함으로써 보상받는 결말을 구상하면서, 이광수는 조만간 전시동원의 광풍에 휩쓸릴 수밖에 없는 처지에 놓인 자신과 민족의 운명에 은밀한 비전을 부여하며 스스로를 납득시켰던 것 같다. 협력이 불가피하다면 일시 희생이 따르더라도 훗날을 기약하는 것이 차선이라고 판단했을 것이다.

실제로『사랑』전편의 집필이 거의 끝나가던 8월 동우회사건이 예심결정으로 기소되자, 이광수는 곧바로 보석 출소자들에게 호소하여 향후 동우회원의 거취 결정을 위한 협의에 나선다. 협의 끝에 경성지방법원장의 승인하에 전향회의를 개최하고 '전 동우회원 일동'의 이름으로 전향서「합의」를 경성지방법원에 제출한 것은 11월 3일의 일이다(「同友會事件保釋出所者ノ思想轉向會議開催ニ關スル件」, 1938.11).

## 전향과 국민적 협력의 글쓰기

전향서 「합의」(1938.11)에서 이광수는 자신들이 과거의 독립사상을 청산하고 천황에게 충성하며 국책에 적극 협력하기로 결심한 데는 중일전쟁을 계기로 조선 민족을 식민지의 피통치자로서가 아니라 '일본 국민의 중요한 구성 분자'이자 '제국의 신민'으로 받아들이겠다는 당국의 뜻을 신뢰할 수 있게 되었기 때문이라고 적었다. 전향 직후 처음 공개적으로 내선일체에 대한 견해를 밝힌 것은 전향 지식인들이 소집된 시국좌담회에서였는데, 이 자리에서 역시 내선일체의 길은 '국민적 감정'을 배양하기 위해 일상행동을 훈련하는 데 있음을 강조하는 한편 그것이 언어·문화 등 조선적 독자성의 말소를 전제하는 것은 아님을 분명히 했다(「시국유지원탁회의」, 1938.12). 제국의 신민이 된다는 것, 이 무렵의 이광수에게 그것은 조선인으로서 일본인과 동등한 국민적 감정을 갖는다는 것을 의미했다. 그리고 그것은 동등한 국민으로서의 권리 획득이라는 정치적인 문제와도 결부되어 있었다.

전향 직후 이광수의 본격적인 글쓰기는 일본어 주간신문 『국민신보』에 시국 칼럼을 쓰는 것으로 시작된다. 『매일신보』의 자매지로 1939년 4월 3일에 창간된 『국민신보』는 '반도 민중의 황국신민화'라는 시대적 요구에 응하여 국어보급운동의 일환이자 반도 청소년층의 사회교화 기관지로서 출발했다. 이광수는 창간 직후부터 이듬해 11월까지 매주 무기명으로 칼럼을 기고했는데, 이 글들은 나중에 『경성일보』 등에 쓴 일본어 문장들과 함께 묶여 단행본 『동포에게 보냄同胞に寄す』(1941.1)으

로 간행되기도 한다. 칼럼은 총독부 당국의 정책과 의사 표명을 충실히 해설하는 한편, 국민정신의 수양과 훈련의 필요성을 강조하고 비상시 국민으로서의 의무를 독려하고 결의하는 내용이 대부분이다. 지원병제, 의무교육, 창씨개명, 국어보급운동 등 황민화정책의 근간이 되는 주요 정책은 물론이고, 근로봉사, 사치금지, 방공연습, 애국 자숙일, 궁성요배 및 정오의 묵도 훈련 등 일상적 차원의 생활훈련에 이르기까지, 철저히 당국의 입장을 대변하고 있는 만큼 전시동원체제하 황민화정책의 실상에 대한 상세한 보고서로서도 손색이 없을 정도다.

그러나 이 무렵 이광수의 논설 쓰기가 단지 당국의 입장을 대변하는 수동적인 역할에 그쳤던 것은 아니다. 내선일체에 회의적인 일본인 독자들을 향해서는 시국에 호응하여 동일한 국민적 감정을 갖는 정도의 일체는 얼마든지 가능함을 함을 설득하고(「內鮮人問題對談」, 1940.1), '일본이라는 같은 배'를 탄 운명공동체로서 조선인에게 부여된 책임의 중대함을 인정하고 조선인을 동등한 국민으로 대우할 것을 요구하는가 하면(「同胞に寄す」, 1940.3 집필), 조선인 독자들을 향해서도 제국의 운명을 부담한 국민으로서 주체적인 태도로 황민화운동에 임할 것을 촉구했다(「황민화와 조선문학」, 1940.7). 내선일체를 슬로건으로 내건 당국의 황민화정책이 일본의 군사적 필요에 따른 인적 자원의 육성·배출에 목적이 있었다면, 이광수에게 그것은 동등한 국민으로서의 권리 획득을 목표로 한 정치운동의 일환이었던 것이다.

한편 내선일체의 문제는 문학인의 입장에서는 더욱 민감한 것일 수밖에 없었다. 내선일체의 향방은 곧 언어와 문화의 독자성에 기반해 온 조선문학의 존립 여부와 직결된 문제이기도 했기 때문이다. 1939년 4월 북

지 황군 위문사절 파견에 참여하는 것으로 시작된 문인들의 협력은 동년 10월 '국민문학의 건설' 및 '내선일체의 촉진'을 목표로 내건 조선문인협회의 결성과 더불어 본격화된다. 황군 위문사절 파견 당시 '공통된 국민적 감정의 표시'(「문단사절의 의의」, 1939.4 집필)라는 데서 그 의의를 찾았던 이광수는 문단사절로서 북지에 다녀온 경험을 담은 임학수의 『전선시집』과 박영희의 『전선기행』을 새로운 각성이 낳은 조선문학 작품의 표본이라 하여 이후의 조선문학은 '일본 국민문학의 일부'라는 인식에 기초해야 함을 역설했다(「文學の國民性」, 1939.11). 그러나 국민문학이라고 하여 국책의 선전기관이 될 필요는 없고 내선일체 역시 단순한 선전이 아니라 문학을 매개로 한 내선 간의 문화교류를 통해 이루어지는 것이 바람직함을 강조하는 한편(「內鮮一體と朝鮮文學」, 1940.3), 동조동근인 바에야 문화를 일색으로 칠할 필요가 있겠느냐는 역논리로써 조선의 언어와 문화가 갖는 존재 의의를 주장하기도 했다(「同胞に寄す」, 1940.3 집필). 조선문학에 국민문학의 옷을 입히고 내선 교류의 매개적 지위를 부여함으로써 존립의 활로를 열어둔 셈이다.

그러나 이 무렵의 이광수는 국민문학의 창작에 그리 적극적이지 않았다. 시로는 『춘원시가집』의 간행을 준비하면서 천황의 치세治世를 기리는 헌시獻詩 「축원」(1939.4)을 썼고, 이밖에 「문득 느끼는 바 있어 노래함折にふれて歌える」(1939.2), 「지원병송가志願兵頌歌」(1939.10), 「영년기세迎年祈世」(1940.1) 등 일본어로 쓰거나 번역한 시가 두어 편이 더 있을 뿐이다. 소설 또한 그래서 단편의 경우 「꿈」(1939.7), 「육장기」(1939.9), 「난제오」(1940.2) 등 주로 일상을 소재로 하여 자기 자신의 불안한 걸음걸이를 응시하는 작품들이 대부분이고, 1939년 5월 집필에 들어가 이듬해 5월 탈고한 장편 『세조대왕』역시 불교에 깊이 관여한 세조의 말년을 중심으로 계유정란의 업보에 대한 두려움과 회한, 그리고 세조의 비통한 참회의 이야기를 다루고 있어 국민적 감정의 고양과는 거리가 멀다. 한편 내선연애로 한 마음이 된 주인공 청년남녀가 애국심에 불타 전쟁에 뛰어드는 이야기를 그린 일본어 장편 『마음이 서로 닿아서야말로心相觸れてこそ』(1940.3~7)는 미완에 그치고 있다. 전장에서 환자와 간호부로 재회하게 된 두 사람이 적장을 설복하기 위해 적진에 뛰어들었다가 감옥에 갇히는 대목에서 돌연 중단되고 있는 것인데, 감옥에 갇혀 내일을 기약할 수 없는 처지에 봉착한 두 사람의 앞날은 내선일체의 암울한 결말을 상징하는 듯하다.

## 신체제로의 돌입, 국민에서 황민으로

1940년 8월 요나이 내각의 총사직으로 출범한 제2차 코노에 내각에 의해 고도국방국가의 완성을 목표로 한 신체제의 수립이 천명된다. 중일전쟁의 장기화로 인한 동아신질서의 외연과 내용의 확대 및 유럽 전란의 확대로 동남아시아에서 발생한 힘의 공백을 배경으로 한 전쟁 확대 방침의 표명이었다. 이에 즉응하여 일본 국내에서는 군부·관료·정당·우익을 망라한 대정익찬회가 결성되어 관제 국민통합기구로서 막강한 영향력을 행사했고, 동년 10월 조선 또한 반도신체제의 발족과 더불어 미나미 총독을 수반首班으로 하는 국민총력조선연맹이 결성되어 본격적인 총동원체제로 접어든다.

1939년 12월 1심에서 전원 무죄 판결 받았으나 당일 검사측의 항소로 다시금 재판에 계류되었던 동우회사건이 2심에서 유죄 판결을 받은 것은 신체제의 수립 직후인 8월 21일이다. 이광수도 5년 징역형을 선고받았다. 동우회사건의 출발 자체가 중일전쟁을 앞둔 당국의 선제적 조처였듯이, 2심의 유죄 판결 또한 제국의 전쟁 확대 방침에 호응하는 보다 적극적인 협력을 끌어내기 위한 사법적 조처의 일환이었다. '만민익찬'과 '직역봉공'을 기본이념으로 내건 신체제는 단순한 '국민적 감정'의 배양을 넘어서 국체 관념을 내면화한 황민의 연성을 표방했고, 이해 12월 '황도'의 학습과 실천을 목표로 한 황도학회와 나란히 일본정신의 교육과 사상보국의 목적으로 설립된 야마토주쿠大和塾를 중심으로 철저한 황민화교육에 시동을 걸게 된다. 2심에서 유죄 판결을 받고 상고 중이던 이광수는 당국의 교화 대상 1호였다.

이러한 내외적 여건과 연동하여 이 무렵 이광수의 논설 역시 논리적인 비약을 보인다. 내선일체란 '국민적 감정'의 문제이지 모든 것을 일색으로 칠하는 것을 의미하지 않는다던 논조는 돌연 '민족감정과 전통의 발전적 해소'와 더불어 재래의 조선적인 것을 버리고 일본적인 것을 배우는 것으로 재정의되고(「심적 신체제와 조선문화의 진로」, 1940.9), '단지일본국민이 되는 것에 멈추지 않고 야마토 민족이 된다'(「朝鮮文藝の今日と明日」, 1940.9)는 민족해소론으로 나아간다. 그리고 이전까지의 '국민적 감정'의 논리를 대신하여 전면에 등장하게 되는 것은 일본정신 곧 '천황귀일'의 신념이다.

황도학회 설립 당시 발기인 대표로 관여하기도 했던 이광수는 이해

겨울 예방구금에 준하는 '당국의 호의'하에 야마토주쿠에 입소하여 일본정신의 수행과 저술에 몰두했다. 이 시기에 집필한 글들이 하나같이 일본정신의 근간인 천황귀일의 신념을 표명하고 있는 것도 당연한 일이다. '금일 조선인의 신윤리는 천황께 귀일하삽는 것'(「신시대의 윤리」, 1941.1)이라는 대전제와 더불어 이제 조선인은 황국신민으로 호명된다. 황국신민이란 '모든 것을 천황께 바치는 자'(「대화숙 수양회 잡기」, 1941.4)이다. 내선일체는 더 이상 쌍방이 다가서는 것이 아니라 조선인의 황민화, 곧 '천황이 신민'이 되겠다는 기백에 의해 이루어지고(「內鮮一體隨想錄, 1941.2), 지식인의 임무 또한 조선 민중의 황민화에 강조점이 놓인다(「重大なる決心-朝鮮の知識人に告ぐ, 1941.1).

이 무렵에 쓴 시 역시 「조선신궁 대전에서朝鮮神宮大前にて」(1941.1), 「동짓날 내린 비冬至の雨」(1941.1), 「어버이」(1941.1), 「우리집의 노래」(1941.1), 「애국일 노래」(1941.1), 「아침朝」(1941.9) 등 천황에 대한 경배와 직역봉공의 즐거움을 노래한 것이 주를 이룬다. 그밖에 「싸우는 배いくさ船」(1941.5), 「명치천황어제明治天皇御製」(1941.7·9) 등 10만 수에 달한다는 메이지 천황의 와카和歌 가운데 41수를 번역 소개하기도 했는데, 천황주의자로서의 면모를 한껏 부각시키려는 의도에서였을 것이다.

한편 소설로는 두 번에 걸쳐 장편 집필을 시도했으나 모두 미완에 그쳤다. 먼저 내선연애를 중심으로 조선인 원구의 새로운 아버지-조국 찾기의 과정을 그리고 있는 장편『그들의 사랑』(1941.1~3)은 잘못된 민족감정을 청산할 것을 주장하는 원구에게 쏟아지는 동료들의 뭇매와 함께 중단되고 있으며, 혼인과 집안 문제로 갈등을 겪던 요시오가 지원병 훈련소 생활을 통해 멸사봉공의 임무를 자각해가는 과정을 그린『봄의 노래』(1941.9~1942.6) 역시 아내의 외도에 대한 배신감 속에서 길을 잃고 있다. 두 작품 모두 조선인 독자들에게 천황귀일, 직역봉공의 이념을 계몽하기 위한 의도에서 쓰였겠지만, 예기치 않은 작품의 중단으로 인해 현실의 무게가 이념을 압도하는 역설을 낳고 있다.

남방 진출의 방침과 더불어 신체제로의 돌입과 함께 전쟁의 확대 국면으로 접어든 시국은 일본의 세력 확장을 견제하는 영미와의 관계 악화로 또 한번의 전기轉機를 맞는다. 바야흐로 태평양전쟁의 개전 가능성이 현실화했던 것인데, 긴박한 시국에 호응하여 조선의 지식인들은 8월 임전대책협의회 및 흥아보국단의 결성, 10월에는 두 단체를 통합한 조선임전보국단의 결성을 통해 전쟁 동원에 적극 나서게 된다. 이광수 역시 대국난에 처한 일본을 위해 생명을 바치는 데 조선의 생명이 있음을 주장하며 임전태세의 결의를 다지는 한편(「긴박한 시국과 조선인」, 1941.9), '일사보국一死報國'의 기치하에 철저전향, 보편전향, 국민총전향을 외침으로써 2천 6백만 조선인으로 하여금 '황민으로 보국의 전선에 나설 것'을 역설했다(「반도민중의 애국운동」, 1941.9).

거국적인 임전태세의 목소리가 높아가는 가운데, 동우회사건 최종심에서 이광수를 비롯한 회원 전원이 무죄 판결을 받은 것은 11월 17일, 태평양전쟁 발발을 한 달 앞둔 시점의 일이다.

# 태평양전쟁, 대동아의 지도자라는 미망과
## 그 균열의 징후들

1941년 12월 8일 일본의 진주만 공격으로 개시된 태평양전쟁은 이듬해 2월 15일의 싱가포르 함락에 이르기까지 서전緖戰에서 눈부신 성과를 거뒀다. 중일전쟁의 장기화에 지치고 미국의 대일 강경책에 초조함을 느끼고 있던 일본 국민들은 개전과 더불어 잇달아 전해지는 전승 소식에 열광했고, 미영 격멸의 전의戰意를 불태우며 전쟁을 지지했다. 이무렵 이광수의 공적 글쓰기 역시 전쟁의 당위성을 설파하고 전승의 기쁨을 토로하며 전쟁 영웅을 기리는 등 전시 프로파간다의 역할에 충실했는데, 이는 특히 즉자적이고 선동적인 언어의 구사에 적합한 시와 연설의 영역에서 가장 두드러진다.

실제로 태평양전쟁 개전 직후인 12월 14일 임전보국단 주최로 열린 영미타도 대강연회에서 행한 연설 「사상과 함께 영미를 격멸하라」(1942.1)를 비롯하여 「선전대조宣戰大詔」(1942.1), 「싱가포르 함락シンガポール落つ」(1942.3), 「진주만의 구군신九軍神」(1942.4), 「전망展望」(1943.1) 등의 시는 제목만 보아도 이른바 대동아전쟁의 선포에서 싱가포르 함락, 전쟁 영웅의 신격화, 대동아공영 이념의 설파에 이르기까지 시국에 즉응한 면모가 여실하다. 그런가 하면 1942년 11월 토쿄에서 열린 제1회 대동아문학자대회에서의 강연 및 대회 참가기는 제국 일본의 심장부를 향해 일본인보다 더 일본인다운 발언으로 좌중과 독자를 뜨악하게 만든 유려한 연출의 극치를 보여준다. 일본과 나란히 중국과 만주국의 문학자들을 상대로 천황을 익찬해 올리면서 죽는 것이야말로 대동아정신의 기조임을 설파하고(「'大東亞精神の 樹立'に就いて」, 1942.11), 산 보람 있는 천황의 시대에 황민으로 태어나 천황 의 방패로 나설 수 있게 된 감격을 토로하는(「三京印象記」, 1943.1) 조선의 문학자 이광수, 고도로 정치적인 그의 발언을 순수하게 받아들인 일본인 은 거의 없었을 것이다.

한편 본격적인 결전을 앞두고 1942년 5월 돌연 조선에 징병제의 실시가 결정되면서 전쟁 협력은 보다 실질적인 문제가 되어 간다. 징병제의 실시 발표 직후 군에서는 일본군과 어깨를 나란히 할 정병精兵의 양성이라는 목표하에 일본어의 보급 및 군사 교련의 확대와 더불어 국체 관념에 충실한 진충보국 정신의 함양을 공공연히 주문했고(「兵への道を訊く 座談會」, 1942.5), 당시 동 좌담회에 참가했던 이광수는 「천황의 방태가 되려는 날御盾とならん 日」(1942.5), 「징병과 국어와 조선인兵役と國語と朝鮮人」(1942.5), 「징병과 여성」 (1942.6), 「황민생활요령」(1942.8), 「앞으로 이년」(1942.9) 등 국체 관념에서 언어, 풍속, 습관, 일상생활에 이르기까지 천황을 위해 살고 죽는 황민으로 서의 자기 연성을 강조하는 내용의 논설을 집중적으로 써냈다. 병역의 의 무야말로 완전한 국민의 표식이니 만큼 황국신민으로서, 대동아의 지도 자로서 부족한 점이 없도록 늠름한 천황의 방패로 부름받게 될 날의 준비를 서두르지 않으면 안 된다는 논리였다.

천황을 위해 살고 죽는 늠름한 천황의 방패 운운이야 수사적 차원의 것이었겠지만, 이 무렵 이광수가 징병제의 실시를 모종의 기회로 여겼 을 가능성은 없지 않다. 징병제의 도입을 앞두고 총독부는 징병이 황 민에게만 주어지는 특권이며, 대동아의 지도적 지위를 보장하는 것임 을 대대적으로 선전했거니와, 태평양전쟁 서전에서 일본군의 놀라운

전과는 그런 기대감을 갖게 하기에 충분했다. 징병이 불가피한 현실이라면 후일의 대가라도 챙겨두자는 예의 현실주의적 타협론이 고개를 들었을 것이다. 훗날 『나의 고백』(1948)에서 "어차피 흘리는 피일진댄, 만일의 경우(일본이 이기는 경우)에 그 값이나 받도록 하여 두자"는 생각이었다고 동일한 취지의 언급을 한 사실도 확인된다.

이듬해 1943년 3월 징병제의 공포에 이어 8월부터 징병제가 실시되고, 뒤이어 10월에는 조선인 학도특별 지원병제가 시행된다. 이해 3월 과달카날 전투에서의 패배를 기점으로 수세에 몰린 일본군은 급기야 9월 본국의 대학 법문학부 및 전문학교 학생들의 징병유예 정지를 공포했고, 아직 징병 대상이 아니었던 조선인 학생들에게는 지원이라는 형식의 징병을 종용했다. 학병 지원 마감을 앞둔 11월 8일부터 열흘 남짓 이광수는 학병 권유단의 일원으로 최남선과 함께 오사카와 쿄토, 쿄토 등지를 돌며 조선인 학생들을 만나고 돌아왔다. 조선인 학병이 징병검사와 단기훈련을 마치고 입영을 시작한 것은 1944년 1월, 그리고 동년 4월부터 8월까지 징병검사를 마친 징병 적령기의 조선인 청년들이 입영을 시작한 것은 9월의 일이다.

이러한 시국의 요구에 부응하여 이광수는 「징병제에 부쳐徵兵制に寄せて」(1943.7), 「정지停止」(1943.9), 「조선의 학도여」(1943.11), 「승리의 일日」(1944.7), 「신병神兵」(1944.12), 「모든 것을 바치리」(1945.1) 등 황운皇運 익찬의 신념으로 결전에 나설 것을 외치는 선동적인 시와 더불어, 「병제의 감격과 용의」(1943.7), 「위인과 그 어머니」(1943.9), 「학병에게 감사」(1943.12), 「학병에게 보내는 세기의 감격」(1944.1), 「학병의 어머니께」(1944.2), 「딸에게 주는 글娘に與ふる書」(1944.6), 「청년과 금일靑年と今日」(1944.8), 「반도청년에게 보냄半島

青年に寄す」(1944.10) 등 '조선 동포의 영예'와 '대동아 지도자로서의 지위'에 대한 기대를 부추기며 징병 대상자와 학병의 애국심을 호소하는 논설을 쓰고 강연에 나섰다. 1944년 7월 사이판 함락으로 일본 본토가 연합군의 공습권에 들어가게 되면서 일본의 패전은 결정적인 것이 되어 가고 있었지만, 이미 말려든 전쟁의 폭주에서 발을 빼기란 불가능했다.

한편 미완의 일본어 장편 『마음이 서로 닿아서야말로』(1940) 이후 「파리蠅」(1943.10), 「카가와 교장加川校長」(1943.10), 「군인이 될 수 있다兵になれる」(1943.11), 「대동아大東亞」(1943.12), 『40년四十年』(1944.1~3), 「원술의 출정元述の出征」(1944.6), 「소녀의 고백少女の告白」(1944.10) 등 일본어 소설을 집중적으로 써낸 것도 바로 이 결전의 시기이다. 1943년 4월 결전하 반도 문학자의 총력을 결집하여 '일본적 세계관에 입각한 황도문학 수립'에 매진한다는 목표하에 조선문인협회를 비롯해 기존의 문학단체를 통합한 조선문인보국회가 결성된다. 회의 결성 당시 문학에 의한 전장戰場 정신의 앙양 및 전쟁 완수에의 협력 외에도 '반도 문단의 국어 촉진'이 요청되었으니(「半島文學 總力結集」, 1943.4), 국민문학은 국어로 제작되어야 한다는 원칙론하에서도 국어를 모르는 동포의 계몽이라는 명분하에 단편적인 시를 제외하고는 『봄의 노래』(1941.9~1942.6), 『원효대사』(1942.3~10) 등 줄곧 조선어 소설 쓰기에 주력했던 이광수로서도 더 이상 일본어 창작을 외면하기 어려웠을 것이다.

「파리」와 「카가와 교장」이 주변의 일상을 소재로 하여 총후국민의 마음가짐을 다루고 있다면, 「군인이 될 수 있다」와 「원술의 출정」은 징병제 실시의 감격 및 신라 화랑의 무사 정신을 통해 조선인의 애국심과 충효무용의 정신을 강조하고 있다. 중국인 청년과 일본인 여성의 연애를 통해 대동아의 이념을 형상화한 「대동아」 역시 이해 11월 초 토쿄에서 열린 대동아회의를 배경으로 한 선전물에 가깝다. 그런데 이듬해인 1944년 10월에 발표된 마지막 일본어 단편 「소녀의 고백」에서는 이전과는 다른 흔들림이 감지된다. 공식적인 동원의 문법으로 일관했던 이전까지의 창작과는 달리, 「소녀의 고백」은 사랑을 약속했던 일본인 청년에게 버림받고 혼란에 빠진 소녀의 이야기를 전면화함으로써 내선일체의 이념에 미묘한 균열을 만들어내고 있다. 더욱이 그 고백이 일차적인 수신자로 소환하고 있는 것은 '제국에서 조선 민중이 차지하는 지위'를 부추기며 청년들을 전쟁으로 내몰았던 작가 자신이다. 1944년 7월 연합군의 사이판 함락은 강경 토조 내각의 총사직을 불러왔고, 일본 국민들에게도 큰 충격을 주었다. 언론은 여전히 복수와 승리를 다짐하는 선동으로 들끓었지만, 소녀의 산산조각 난 꿈을 뼈아프게 응시하고 있는 작가의 시선은 이미 패전의 예감으로 그늘져 있다.

  '반도 문단의 국어 촉진'이 시국의 요구였다고는 해도 당시 일본어를 읽을 줄 아는 조선인은 1할 5푼에 불과했고, 일본어로 창작된 문학을 이해할 수 있는 독자층은 더 적었다. 1943년 1월 전쟁 동원을 위한 선전과 계몽을 목적으로 창간된 조선방송협회 기관지 『방송지우』의 '특별독물 特別讀物' 란은 협소하나마 조선어 작품이 명맥을 유지할 수 있었던 지면이었다. 이 지면에 이광수는 「면화」(1943.1), 「귀거래」(1944.1), 「두 사람」(1944.8), 「방공호」(1944.9), 「구장님」(1945.1) 등의 조선어 단편을 꾸준히 발표했다. 이외에도 1944년 4월에 창간된 『일본부인』 조선판에 해군특별지원병의 이야기를 다룬 「반전反轉」(1944.7)이라는 소설도 발표했다. 지면의 성격상 근본적으로는 동원의 문법에 충실한 소설들이지만, 전쟁에 동원되는 조선인들을 향한 작가의 애틋한 시선도 물씬 묻어난다. 특히 손자 셋을 징용, 학병, 징병 입영 보낸 일흔셋 나이의 늙은 구장의 모범적인 시국 협력의 이야기를 다룬 마지막 조선어 단편 「구장님」의 마지막 장면이 주는 여운은 압권이다. 성실한 증산 독려 덕분에 관에서 막걸리 특배를 상으로 받아 추석을 겸한 떠들썩한 잔치를 마친 구장은 자리를 털고 일어나 동리 사람들과 함께 보리를 갈러 다시 들판으로 나간다. 국민의례에 뒤이은 '텐노 오헤이까 반자이'라는 떠들썩한 외침도 잠시, 하늘 뜻에 순종하여 보리갈이에 열중하고 있는 농부들의 모습은 하늘의 영원한 시간의 질서에 비하면 시국이란 한갓 지나가버릴 한때의 소란에 불과한 것이라는 사실을 은밀하게 일깨우는 듯하다.

## |제2장|

# 『사랑』(1938), 또 하나의 전향서

## 1. 성자 · 속물 · 괴물

이광수의 전작장편 『사랑』은 1938년 10월과 이듬해 3월 박문서관에서 전편과 후편으로 나뉘어 단행본으로 간행되었다. 이해 봄 이광수가 병석에 누워 「무명」을 구술 필기하여 끝낸 이후 집필에 착수하여 후편이 탈고된 것이 12월의 일이니,[1] 구상에서 집필까지 채 일 년도 걸리지 않은 셈이다. 『사랑』 전편은 초판이 간행된 지 엿새만에 천 부가 팔리고 불과 두 달만에 이천 부의 초판이 모두 소진될 정도로 당대 독자들

---

1   이태준은 1938년 봄 이광수가 병보석으로 입원해 있던 의전병원을 찾았다가 「무명」의 원고를 대한 일이 있는데 "그후 반년이 다 못 되어" 『사랑』의 전편을 대하게 된 감탄을 남긴 바 있다(이태준, 「춘원의 著作」, 『박문』 3, 1938.12, 27면). 한편 『사랑』 후편 탈고 시기와 관련해서는 박문서관 편집실의 편집후기 "춘원 이광수 선생이 『사랑』 후편이 이제 탈고되어 신년 첫 사무 보는 날 허가를 제출키로 되었습니다." 「編輯室日記抄」, 『박문』 4, 1939.1(1938.12.20 인쇄), 30면 참고.

의 엄청난 관심을 모았다.[2] 그러나 평단의 반응은 그다지 호의적이지 않았는데, 『사랑』에 대해 비판적이었던 김동인, 김남천 등은 물론이고,[3] "작자의 이 소설 쓴 의도를 분명히 붙잡아 준 이는 팔봉 김기진 씨"[4]였다고 이광수가 각별히 언급했던 김기진조차도 "소설의 주인공 이하 제인물의 성격의 창조, 사건의 설정, 환경의 해명, 행동의 구상화 등이 모두 소설적으로 덜 되었다"[5]는 점에서는 의견을 같이 했다.

그렇다면 소설적 결여에도 불구하고 김기진이 『사랑』을 호의적으로 평가한 이유는 무엇이었을까. 그 이유는 김동인의 부정적인 평가와 겹쳐놓고 읽을 때 한층 명료해지는데, 당시 두 사람은 『사랑』에 대해 서로 같은 문제의식을 갖고 있었기 때문이다. 그 문제의식이란 "장차 이를 비상한 환경에 대하여 이를 정면으로 맞자면 죽음이오 굴복하면 삶"[6]이라고 김동인이 예리하게 갈파한 대로 동우회사건에 대한 작가의 거취 문제가 작품에 어떻게 반영되어 있는가 하는 문제와 관련이 있다. 흥미롭게도 두 사람이 이를 바라보는 시선은 정반대였다.

그 뒤 나는 때때로 생각하였다. 그때 그런 거대한 고민(사상적 고민이

---

2   『사랑』 전편의 경우 이듬해 2월의 재판에 이어 3월 3판, 7월 4판, 12월 5판, 1940년 2월 6판, 8월 7판, 11월 8판, 1941년 6월 9판을 간행하는 출판계 공전의 기록을 세웠다. 『사랑』의 간행 현황에 대해서는 최주한, 「우리는 얼마나 잘못된 『사랑』을 읽고 있나」(『근대서지』 17, 근대서지학회, 2018, 116면) 참조.

3   김동인은 동우회사건과 관련한 작가의 거취에 대한 고민이, 김남천은 육체와 정신에 대한 기계적 이원사상과 불교적 인과 법칙에 근거한 작가의 사상적 관념이 우선하여 『사랑』의 소설성을 해쳤다고 비판하고 있다. 김동인, 「춘원과 『사랑』」, 『박문』 3, 1938.12, 12면; 김남천, 「11월 창작평」(『조선일보』, 1938.11.9~13), 정호웅·손정수 편, 『김남천 전집』 I, 도서출판 박이정, 2000, 429~431면.

4   「이광수 선생에게 문학·연애·종교를 묻는 여류문사의 모임」, 『삼천리』, 1939.7, 56면.

5   김기진, 「춘원의 『사랑』」, 『박문』 3, 1938.12, 26면.

6   김동인, 「춘원과 『사랑』」, 위의 책, 11면.

아니라 거취에 대한 고민) 가운데서 집필중인 작품이 어떤 것이 될까. 물론 그 고민이 어떤 형식으로든 작품에 나타날 것은 정한 이치로되 兩路의 고민 때문에 작품에 무리가 안 생길까. 작자의 거취가 미정이니만치 고민은 고민대로 있고도 작중인물로 하여금 무리히 해결짓게 하기 위하여 그 인물의 성격, 환경, 교양 등에 맞지 않는 언행 등을 작자는 억지로 시키지 않을까. 『사랑』 상편이 발행된 것을 일고 나는 내 근심이 헛 근심이 아니었음을 알았다. (…중략…) 요컨대 『사랑』은 소설로 볼 것이 아니다. 혈액에 무엇 일호 무엇 이호 등은 희극일 뿐이다. 이 소설은 작자의 고민의 기록으로 볼 것이며, 따라서 작중 인물의 (모순으로 충일된) 행로는 전혀 보지 말고 단지 대화 형식으로 된 안의 설교만을 볼 것이다. 교설 중에서도 무리히 강조하는 전생내생의 인과응보론도 略할 필요가 있고—이렇듯 요령 있게 보면 독자는 여기서 도덕철학상 얻는 바 매우 크리라 본다.[7]

나는 『사랑』을 읽으면서 '이것은 소설이 아니다' 하였다 하면서도 끝까지 다 읽지 아니치 못했다. 왜? 이 책엔 강하게 읽히게 하는 힘이 있었던 까닭이다. 그것은 모순덩어리지마는 생의 고뇌에서 해설하고저 부둥부둥 애를 쓰는, 춘원 자신의 귀한 영혼의 자태가 책장마다 내배이고 있는 까닭이다. (…중략…) 나이 오십에 가까운 사람이, 더구나 춘원과 같이 생애에 파란이 중첩하야 온 사람이, 한 가지 신념을 굳게 파악하기에 이르렀을 때는 이미 그 신념은 움직일 수 없는 것이 된다. 그런 고로 '육체적이 아닌 정신적인 사랑, 나를 위해서가 아니라 남을 위해서 바치는 사랑'에 살다가 이 같은 사랑에 죽는 길은 이제는 춘원의 운명의 길이 될 것이며, 그러므로 이 길동무

---

7    위의 글, 11면.

에게 주는 지침으로서의 전작『사랑』이 깊은 감명을 주는 것이라면, 이 소
설의 주인공 이하 제 인물의 성격의 창조, 사건의 설정, 환경의 해명, 행동
의 구상화 등이 모두 소설적으로 덜 되었다, 거짓말 같다 한 대도 그에게 치
명적이 아니다. (…중략…) 후편이 어서 나와서 석순옥, 아닌, 허영 등을 下
心으로 한 '참사랑'의 열매가 어떻게 맺어지는가를 보여주기 바란다.[8]

김동인이『사랑』의 소설적 결여에서 자신의 거취에 대한 명분 찾기에
골몰하고 있는 작가의 위선적인 모습을 보았다면, 김기진은 반대로 자
신에게 주어진 운명을 이해하고자 애쓰며 그 운명의 길을 감수하고자
하는 영혼의 고투를 보고 있었다. 명분 찾기에 골몰하여 작품을 좌지우
지하고 있는 작자가 못마땅했던 김동인은 모순투성이의 작품을 겅중겅
중 건너뛰며 읽었고, 주어진 운명의 길을 이해하고자 애쓰는 영혼의 고
투에 공감했던 김기진은 모순덩어리의 작품을 끝까지 손에서 내려놓지
못하고 그 영혼의 고투가 가닿을 귀결까지 손꼽아 고대했던 것이다.
　여기서 두 사람의 상반된 반응을 상세히 언급하고 있는 이유는 작품
해석의 태도나 그 옳고 그름에 대한 것을 말하고자 함이 아니다. 강조
되어야 하는 것은 시선은 정반대였을망정 — 결론은 이미 나 있고 관건
은 명분 찾기에 있다고 본 김동인과 작자의 고투가 어떤 경로를 거쳐
어떤 결론에 도달할지 지켜보아야 한다고 본 김기진 — 두 사람은 매우
정확한 위치에서『사랑』에 반영된 이광수의 고민을 이해하고 있었다
는 점이다.『사랑』의 집필 무렵 이광수는 전향과 그에 대해 납득할 만
한 근거에 대해 진지하게 고민하고 있었다는 점이 바로 그것이다. 실

---

8　김기진, 앞의 글, 26면.

제로 도산의 서거 후 『사랑』의 집필에 착수한 이광수가 동우회 회원들과 함께 전향서를 경성지방법원에 제출한 것은 『사랑』 하권의 탈고를 한 달가량 앞둔 11월 3일의 일이었다. 이 점을 분명히 해두는 것은 매우 중요한데, 기존의 많은 논의들이 성급하게도 『사랑』에서 총동원체제하 식민지 파시즘 담론의 반영을 읽어내고 있거나, 정반대로 당대적 맥락과는 무관하게 문면에 드러나는 다소 막연한 종교적 지향성을 강조하는 데 그치고 있을 뿐이기 때문이다.

『사랑』의 종교적 지향성을 강조하는 독해의 경향이 두드러지기 시작한 것은 1960년대 이광수 전집의 간행과 더불어 이광수의 민족주의적 면모가 재평가되면서이다. 이광수 전집에 수록된 『사랑』의 해설을 쓴 주요한, 이광수 전집과 더불어 기획 간행된 『춘원 이광수』(1962)의 저자 박계주와 곽학송, 이광수 전집 간행 당시 실무를 맡았고 이후 『정본 사랑』(1991)을 새롭게 간행한 노양환, 그리고 이광수 연구자 윤홍로 등은 『사랑』에 그려진 '끝없이 높은 사랑'을 찾아 향상하려 애쓰는 영혼의 고투야말로 이광수가 만년에 도달한 종교적 경지라 하여 『사랑』의 저자 이광수에게 '성자'의 이미지를 부여하고 있다.[9] 이러한 독해 경향성은 최근의 연구에서도 거듭 반복되고 있는데, 『사랑』에 전면화된 종교적 사유에서 병든 세계로 환기되고 있는 당대의 부정적 세계를 극복하는 '이상적인 사랑의 가치'를 읽어내고 있는 정진원, 방민호, 서은혜, 이계열 등의 연구가 그러하다.[10] 이들 독해의 계보에 따르면,

---

9 　주요한, 「작품해설」, 『이광수 전집』 10, 삼중당, 1962; 박계주·곽학송, 『춘원 이광수』, 삼중당, 1962; 노양환, 「해설」, 『정본 사랑』, 우신사, 1992; 윤홍로, 『이광수 문학과 삶』, 한국연구원, 1992.
10 　정진원, 「춘원 이광수의 소설 『사랑』의 불교적 상호텍스트성」, 『텍스트언어학』 20, 한

『사랑』에 그려진 '사랑'은 이광수가 만년에 도달한 이상적인 종교적 경지이자 '성자'적 삶에의 희구와 맞닿아 있다.

반면 『사랑』을 총동원체제하 식민지 파시즘 담론의 반영으로 간주하는 연구가 환기하는 이광수의 초상은 정반대의 형상을 띤다. 일찍이 이광수의 친일문학 연구를 선도했던 이경훈은 『사랑』을 일본국가가 수행한 생체실험 또는 나치의 육체정치의 문학적 대응물로 간주한다. 안빈의 가르침에 따라 모든 것을 희생하는 순옥의 일생은 "인체실험의 정수"이자 "인체실험을 넘어 戰死에 이르는 '無我'의 생물학"의 구현이며, 그 자체로 "총동원, 전쟁, 불교를 심미적으로 매개하는 식민지산 파시즘의 핵심"이 된다는 주장이다.[11] 이러한 관점의 연장선상에서, 순옥과 안빈의 관계를 "훈육과 감시"에 의한 지배와 복종의 관계로 간주하는 김현주는 순옥의 자기희생적 형상에서 일본국가의 전체주의에 귀속됨으로써 주체가 되고자 하는 식민지 조선의 욕망을 읽어내고 있고,[12] 차승기 또한 '절제의 몸짓'에 기초한 순옥의 자기희생을 조선사회의 '부정성'에 대한 혐오와 '직역봉공'과 '멸사봉공'의 실천 곧 "충성의 몸짓"으로 귀속시키고 있다.[13] 아내와 어머니의 역할에 충실한 여성 인물들에게서 당대 총후 여성 담론의 반영을 읽어내고 있는 김경미의 논의도 크게 다르지 않다.[14] 이들 독해의 계보에서 『사랑』에 그려진 '사

국텍스트언어학회, 2006; 방민호, 「이광수 장편소설 『사랑』에 나타난 종교통합적 논리의 의미」, 『춘원연구학보』 2, 춘원연구학회, 2009; 서은혜, 「이광수 소설의 '사랑' 형상화와 자전적 언술행위」, 『구보학보』 13, 구보학회, 2015; 이계열, 「사랑의 구현 양상 ─이광수의 『사랑』을 중심으로」, 『현대소설연구』 67, 한국현대소설학회, 2017.

11  이경훈, 「인체실험과 聖戰」, 『동방학지』 117, 국학연구원, 2002, 224~242면.
12  김현주, 「공감적 국민=민족 만들기」, 『작가세계』, 2003. 여름, 75~78면.
13  차승기, 「고귀한 엄숙 고요한 충성─이광수의 예의작법과 감성적인 것의 나눔」, 『한국학연구』 29, 한국학연구소, 2013, 145~153면.

랑'은 전체주의 국가에 대한 복종이거나 혹은 복종으로 귀결될 동원의 이데올로기, 다시 말해 '제국의 신민'으로서 일본국가라는 대주체의 승인을 갈구하는 '속물'의 도덕률일 뿐이다.

한편 이광수 소설의 감성적 핵심으로서 '도덕주의' 및 '자기희생'의 문제에 주목해 온 서영채가 포착해낸 이광수의 초상은 '속물'이기보다 그로테스크한 '괴물'에 가깝다. 일찍이 『사랑』에서 종교심으로까지 고양된 이광수의 도덕적 엄숙주의를 "근대의 포로"이기를 선택했으되 "지사적 주체"의 자리를 고집하는 모순된 의식구조의 유일한 선택지(2002)로 해석했던 그는 이후 『사랑』에 구현된 자기희생을 "고통받는 신으로서의 그리스도라는 기괴한 괴물성"(2011)에 대한 비유로까지 밀고나간다. 그리스도의 희생이 신자들의 공동체를 하나로 묶는 수행적 힘으로 작용하듯, 이광수의 인물들이 고수하는 '자기처벌에의 의지'(2013)를 구현한 기괴한 희생자의 위치는 자기희생을 통해 다시 세워질 민족공동체에 대한 희구와 맞닿아 있다는 해석이다. 나아가 이러한 '도덕주의'에 근간한 윤리적 형식이야말로 절대기표로서의 민족이 지탱 불가능해진 시점에서 그 빈자리를 '대동아공영권'의 환상으로 대신할 수 있었던 "윤리적 괴물"(2009)의 탄생을 예비한 것이었다는 통찰이 드러내는 '괴물'의 형상은 치명적이기까지 하다.[15]

---

14  김경미, 「이광수 연애소설의 서사전략과 민족 담론—『재생』과 『사랑』을 중심으로」, 『현대문학이론연구』 50, 현대문학이론학회, 2012, 17~22면.

15  서영채, 「한국 근대소설에 나타난 사랑의 양상과 의미에 관한 연구」, 서울대 박사논문, 2002; 서영채, 「이광수, 근대성의 윤리」, 『한국근대문학연구』 19, 한국근대문학회, 2009; 서영채, 「죄의식, 원한, 근대성—소세키와 이광수」, 『한국현대문학연구』 35, 한국현대문학회, 2011; 서영채, 「자기희생의 구조—이광수의 『재생』과 오자키 고요의 『금색야차』」, 『민족문화연구』 58, 민족문화연구원, 2013.

흥미롭긴 하지만『사랑』의 저자 이광수를 각각 '성자'와 '속물', '괴물'로 호명해내고 있는 이들 세 가지 독해는 각자의 프레임에 갇혀 있다. 전향을 전후한 시기 이광수에 대한 해석과 평가가 평행선을 달리고 있는 것이다. 더욱이 문제는 이 세 가지 관점 내부에 머무르는 한『사랑』집필 무렵의 이광수에 대해서는 물론 당대 독자들에게『사랑』이 그토록 호응을 얻었던 이유를 이해하기 요원하다는 점이다. 근본적으로 이들 독해는『사랑』집필 무렵의 이광수가 놓인 자리를 초월해 있거나 어긋나 있고, 혹은 과도하게 사변에 의지한 관념적 당위 차원의 논의에 머물고 있다는 점에서 그러하다.『사랑』에 대한 다양한 해석은 얼마든지 가능하고 다양할수록 좋다. 다만 그 다양한 해석이 타당성을 지니려면 적어도『사랑』의 집필 무렵 이광수가 놓인 자리에 대한 객관적인 이해가 전제되지 않으면 안 된다. 이에 이 글에서는『사랑』집필 무렵의 이광수가 놓인 자리, 곧 전향을 전후한 시점의 이광수에 대한 논의에서 출발하여 이 무렵 이광수의 문제의식이『사랑』에 어떻게 반영되어 있는지, 또 그것이『사랑』에 대한 당대 독자의 기대지평과는 어떻게 맞닿아 있는지 고찰하고자 한다. 기왕에『사랑』을 전향소설로서 독해한 논의가 없지 않지만,[16] 그동안 새로운 자료들도 발견되었고 또 관점은 달리해도 기존 연구에서 얻은 다양한 통찰 덕분에 보다 진전된 논의가 가능할 것으로 기대한다.

---

16　김윤식, 「전작소설『사랑』─성자에의 길」,『이광수와 그의 시대』2, 솔, 1999; 서경석, 「춘원의『사랑』론」,『대구어문논총』14, 대구어문학회, 1996; 최주한, 「『사랑』─자기희생과 진정한 사랑의 역설」,『제국 권력에의 야망과 반감 사이에서』, 소명출판, 2005.

## 2. 동우회사건과 두 개의 전향서

1937년 6월 7일 이광수 이하 동우회 간부 7명이 종로서에 붙들려가고 이후 경성, 평양, 선천 각 지역에서 1백 81명의 회원이 잇달아 검거된다. 취조의 종료와 동시에 치안유지법 위반 혐의로 송치된 회원은 91명, 이 가운데 이광수를 비롯한 42명이 예심에 회부되었다. 관헌의 보고문서에 의하면, 동년 5월 기독교면려청년회 조선연합회 서기 이양섭의 보안법 위반 피의사건 취조 중 관련자 정인과의 임의 취조 결과 동우회가 단순한 수양단체가 아니라 독립운동단체인 흥사단의 경성지부라는 사실이 드러나 경성지방법원 검사정이 동우회의 진상 규명에 나섰다는 것이 사건의 전말이다.[17] 당국의 의중은 분명했다. 1936년 8월 선만일여鮮滿一如, 국체명징國體明徵, 내선일체內鮮一體의 3대 정강을 내걸고 조선총독으로 부임한 미나미 지로의 정책에 따라 온건한 민족주의 단체라 해도 이에 부합하지 않는 이상 더 이상 용납하지 않겠다는 신호탄이었다. 결국 당국의 종용에 의해 8월 5일 신윤국 이하 9명의 대표자 명의로 해산계를 제출한 데 이어 9월 20일 평양 및 선천의 지부도 해산계를 제출하여 동우회는 그대로 와해되고 만다.[18] 이후 상하이의 흥사단 원동지부가 해산 성명을 발표한 것은 1940년 7월 16일의 일이다.[19]

---

17　「동우회 관계자 검거 및 취조에 관한 건」(1937.6.9), 『도산 안창호 자료집』 I, 국회도서관, 1997, 181~182면; 「흥사단(동우회)사건 검거에 관한 건」(1937.10.28), 위의 책, 268~269면; 「동우회 및 동 지회의 해산에 관한 건」(1938.5.28), 위의 책, 531~532면 참고.

18　「동우회 및 동 지회의 해산에 관한 건」(1938.5.28), 위의 책, 532면.

19　「興士團極東支部解散ニ關スル件」, 上海派秘 第五四一號ノ一, 1940.7.18(http://db.history.go.kr).

그러나 당국의 보다 근본적인 의도는 더 나아가 이들 민족주의자의 입지를 철저한 국가주의로 돌려세우는 데 있었던 것으로 보인다. 전쟁의 수행을 앞두고 무엇보다 긴요한 것이 바로 일반 대중에게 광범위한 영향력을 끼치고 있는 이들 민족주의자의 적극적인 협력이었기 때문이다. 이와 관련하여 동우회사건 직전인 4월경 총독부 학무국은 "社會風敎를 바로잡고 文化水準의 昂揚에 중대 책무"를 진다는 목표를 내걸고 내선內鮮문인들을 망라한 조선문예회의 결성을 준비한 일이 있다.[20] 조선문인협회(1939.10)의 전신으로 사실상 총독부의 '문교정치文敎政治'를 뒷받침할 선전책으로서 문인들의 조직화를 꾀한 것인데, 당시 조선문예회의 회장직을 제안받았던 이광수는 안창호의 만류도 있고 해서 이를 거절하고 5월 2일 창립 당일에도 참가하지 않았다. 훗날 이광수는 이 일이 동 회원 김윤경의 국책 강연 요청의 거절과 더불어 동우회의 "비협력 태도"로 간주되어 조직적인 탄압을 불러들이는 결과를 낳았다고 회고한 바 있는데,[21] 거꾸로 생각하면 동우회사건이 터진 당시 이광수는 총독부 당국이 자신들의 '협력'을 그만큼 절실하게 필요로 하고 있음을 직감하고 있었다는 이야기도 된다.

---

20 「社會風敎를 바로잡고 文化水準의 昂揚에 중대 책무를 지고 출산되려는 官民協同 朝鮮文藝會」,『매일신보』, 1927.4.9. 조선문예회의 결성과 그 활동에 관해서는 임종국,『친일문학론』(민족문제연구소, 2002, 80~81면) 참조.

21 "그해 3, 4월부터 벌써 경찰이 동우회를 건드리는 징조가 보였으니, (一)모씨에게 문학회장이 되기를 청한 것, (二)김윤경에게 심전개발강연을 청한 것 등이었다. 이 두 가지는 물론 다 거절되었다. 이 거절이 동우회의 비협력 태도를 표시한 것으로 해석되었다."(이광수,『도산 안창호』(1947),『이광수 전집』7, 우신사, 1979, 160면) 이광수가 조선문예회의 회장직을 거절한 일은 동우회사건이 보고문서에서도 문제시되고 있다. "안창호는 1937년(昭和 12) 4월 이광수가 조선총독부 학무국에서 각별히 推奬하는 조선문예회에 가입하자 이를 암암리에 敎唆하여 탈퇴시키고 조선의 文敎政治를 방해했음." 「흥사단(동우회)사건 검거에 관한 건」(1937.10.28),『도산안창호 자료집』I, 국회도서관, 1997, 367면 참조.

실제로 검거된 지 3일째 종로서에서의 첫 심문을 이광수는 "황실과 국가에 대해서 종래 충성이 부족한 것을 솔직히 참회"하는 것으로 시작했다. 일찍이 "미나미 총독의 내선일체·국체명징 정책의 성명에 따라" 동우회의 정신에 갱신해야 할 것이 있다는 사실을 받아들이고 있었으나 신병으로 미적거리고 있다가 이번의 검거에 이르게 되었다는 진술을 덧붙이는 것도 잊지 않았다.[22] 그러나 당국이 원한 것이 이같이 한껏 입바른 타협의 말이었을 리 만무하다. 당장에 두 번째 심문부터는 동우회의 목적이 '독립'이라는 답변이 강요되었고, 당시 발열과 카리에스 신경통을 앓았던 이광수는 고문에 대한 위협과 석방에 대한 희망을 오가며 강요된 답변을 인정하지 않으면 안 되었다. 결국 이광수는 8월 10일 예심에 회부되어 서대문형무소 병감에 수감된다. 그리고 동년 12월 병감에서, 이어서 12월 18일 병보석으로 의전병원에 입원하여 이듬해 4월 병상에서 이루어진 두 차례에 걸친 예심판사의 취조에서 경찰의 조서를 인정하라는 요구에 굴복하여 8월 15일 예심의 종결을 맞는다.[23] 이 과정에서 1938년 3월 10일 병보석으로 경성제대 부속

---

22 "본 피고인은 1937년(昭和 12) 미나미 총독 각하의 내선일체·국체명징 정책의 성명에 따라 동우회의 정신에 갱신해야 할 것이 있음을 받아들였다. 동우회의 목적에는 오직 민족개조가 있을 뿐 내선일체와 국체명징에 관한 것은 없었기 때문이다. 그런데 당시 본 피고인은 폐렴, 늑골 수술, 폐렴 카타르, 척수 카리에스 등으로 입원하거나 칩거, 通院 등으로 미적이다가 6월에 이르고, 6월 7일 마침내 검거되었던 것이다. 종로서에서의 제1회 심문에서 본 피고인은 황실과 국가에 대해 종래 충성이 부족했음을 솔직하게 참회하고, 그 밖의 심문에 대해서는 하나를 물으면 나아가 둘을 대답하는 식으로 사실을 그대로 술술 진술했다. 상하이에서의 독립운동, 홍사단, 동우회에 대해 경찰에서는 아직 모르는 것까지도 기꺼이 진술했다. 그런데 본 피고인은 留置되었고 (…후략…)"(高等法院刑事部, 「昭和 十五年 刑上 101 乃至 104號」(1941.7.21), http://archives.go.kr) 이 자료는 1940년 8월 동우회사건 피고측의 상고를 접수한 고등법원이 1심과 2심의 기록에 문제가 많은 것을 이유로 1941년 7월 21일 사실 심리를 결정한 기록인데, 그 가운데 동우회사건 조사 관련 이광수의 진술서가 인용되어 있다.

병원에 입원 중이던 안창호가 사망했다. 그리고 석 달 뒤 6월 18일에는 당국의 종용하에 기소유예로 풀려난 동우회 회원 18명의 전향성명이 있었다.[24] 무죄 석방된 기소유예자에게까지 전향이 강요되었으니, 기소된 42명의 운명은 이미 정해진 것이나 마찬가지였다. 아니 어쩌면, 이들의 운명은 이광수가 명민하게 감지했던 대로 동우회사건이 터진 당시 이미 결정되어 있었다고 해도 지나치지 않다. 실제로 이광수 이하 42명의 기소자들은 '전前 동우회원 일동'의 이름으로 일본어로 작성한 전향서를 경성지방법원에 제출하기에 이른다. 예심이 종결되어 1심의 심리와 판결을 앞둔 동년 11월 3일의 일이다.

---

23   高等法院刑事部,「昭和 十五年 刑上 101 乃至 104號」(1941.7.21)(http://archives.go.kr).
24   이들 동우회사건 기소유예자의 전향성명 작성 경위에 대해서는「前 동우회원의 대동민
     우회 가입에 관한 건」(1938.6.4)·「동우회사건 관계자의 전향성명서 발표에 관한 건」
     (1938.6.4)·「前 동우회원의 성명서」(1938.6.18)·『친일반민족행위관계사료집』9,
     친일반민족행위진상규명위원회, 도서출판 선인, 2000, 603·610·613~615면 참조.

## 합의(申合)

우리들은 병합 이래 일본제국의 조선통치를 영국의 인도 통치나 프랑스의 베트남 통치와 같이 단순한 이른바 식민정책으로 생각해 왔다. 그리고 조선 민족은 일개 식민지 토인으로 영원히 노예의 운명에 놓인 것이라고 한탄해 왔다. 메이지 대제(大帝)의 일시동인(一視同仁)의 말씀은 실제로는 영구히 실현되지 않을 것이라고 생각했던 것이다. 이에 우리들은 독립사상을 품고, 조선 민족을 일본제국의 굴레로부터 해방하는 것이 우리들이 의무라고 믿어왔던 것이다.

그러나 우리들은 과거 1년 반 깊이 반성한 결과, 조선 민족의 운명에 대해 재인식하고 종래 우리들이 품었던 사상에 대해 재검토함으로써 일본제국의 조선통치의 진의에 대하여 올바른 이해에 도달할 수 있었다. 우리들을 이 기쁜 결론으로 이끈 가장 유력한 원인이 된 것은 지나사변으로 인해 명백해진 일본의 국가적 이상과 미나미 총독의 몇 가지 정책과 의사표시이다.

우리들은 지나사변을 통하여 일본제국의 국가적 이상이 서양의 제국주의 국가들의 그것과는 매우 현격한 차이가 있음을 인식했다. 일본은 팔굉일우(八紘一宇)의 이상을 깊이 인식하여 우선 아시아 여러 민족을 구미 제국주의와 공산주의의 질곡으로부터 벗어나게 하고 동양 본래의 정신문화위에 공존공영의 신세계를 건설하는 데 일본제국의 국가적 이상이자 목적을 두었음을 이해하는 동시에, 조선 민족도 결코 종속자나 추수자로서가 아니라 함께 일본 국민의 중요한 구성분자로서 이 위업을 분담하고 또이로부터 다가올 행복과 영예를 향수할 자임을 국가로부터 허락받고 또 요구받았음을 우리들은 이해할 수 있었던 것이다. 이미 교육의 평등은 실현되었다. 가까운 장래에는 의무교육도 실시되고 병역의 의무를 조선 민족에게 실시케 할 것도 암시되어 있다. 일언이폐지하면, 일본제국은 조선 민족을 식민지의 피통치자가 아니라 진실로 제국의 신민으로서 받아들였고, 그리고 거기에 신뢰하고자 하는 진의가 있음을 우리들은 이해하고 또 믿을 수 있게 된 것이다.

이리하여 우리들은 종래 우리들의 오해에 기초한 조국에 대해 진실로 죄송스러운 사상과 감정을 청산하고 새로운 희망과 환희와 열정을 갖고 다음과 같이 결의한다.

一. 우리들은 지성으로써 천황에게 충의를 바치자.

二. 우리들은 일본 국민이라는 신념과 긍지로써 제국의 이상 실현을 위해 정신적·물질적으로 전력을 다하자.

三. 지나사변은 우리가 일본제국의 국가적 이상 실현의 기초에 관계되는 것임을 확실히 파악하고, 작전 및 장기 건설을 위한 온갖 국책의 수행에 최선의 노력을 하자.

이에 메이지절(明治節)을 택하여, 우리들은 숙려를 거듭하여 합의를 이룬 바이다.

쇼와(昭和) 13년(1938) 11월 3일

전(前) 동우회 회원 일동[25]

---

25 「集會取締狀況報告」, 京鍾警高秘 第9815號-3, 1938. 11. 4(http://db.history.go.kr). 1937년 6월 동우회 회원 검거에서 1940년 8월 2심 판결에 이르기까지 사건에 관한 정

전향서는 크게 ① 종래에 자신들이 독립사상을 품었던 이유에 대한 해명, ② 일본의 조선통치의 진의를 재인식하게 된 경위, ③ 과거 사상의 청산과 국책 협력에의 결의 세 부분으로 구성되어 있다. 부연하자면 과거에 자신들은 일본의 조선통치를 식민 정책으로 곡해하여 독립사상을 품었으나, 지나사변에서 명백해진 일본의 국가적 이상과 미나미 총독의 몇 가지 정책과 의사표시를 계기로 일본제국이 조선 민족을 '식민지의 피통치자'가 아니라 '제국의 신민'으로서 받아들인 사실을 믿게 되었고, 따라서 자신들도 과거의 사상을 청산하고 천황에 충성을 다하며 국책의 수행에 최선의 노력을 다하겠다는 내용이다.

김재용은 이 전향서가 이해 10월 무한삼진이 함락된 충격에 압도되어 독립의 길을 포기하고 일본 신민의 길을 택한 이광수의 자발적 논리에 의한 것으로 간주하고 있지만,[26] 사실과 다르다. 무한삼진이 함락된 것은 10월 27일이고, 이광수가 동우회사건 보석 출소자들과의 협의하에 경성지방법원장의 승인을 얻어 각 회원들에게 보낸 전향회의 소집 안내장은 하루 전 날인 26일 자로 되어 있다.[27] 또 김동인이 당시 보석

리, 각계의 언동, 회원의 동정 등을 보고한 동우회사건 관계 보고문서는 국사편찬위원회의 한국사DB '국내 항일운동자료 경성지방법원 검사국 문서' 항목 참고.

26  "일본이 승리(무한삼진 함락-인용자)하자 이광수는 더는 조선의 독립을 기대하는 것은 어렵다고 판단하고 일본제국의 신민으로 사는 길을 택한다. 중국이 건재할 무렵만 해도 독립의 희망을 품을 수 있었지만, 중국이 패망한 후에는 더는 조선의 독립 가능성은 없다고 보았다." 김재용, 「친일 협력의 유형과 계기」, 『풍화와 기억-일제 말 친일협력 문학의 재해석』, 소명출판, 2016, 21~24면.

27  "오늘날 시국의 중대성을 이해하고 과거를 청산한 이 기회에 동 사건 보석 출소자 일동에게 호소하여 적극적으로 황국신민될 참된 성의를 피력하지 않으면 안 된다고 하여 요사이 수시로 협의 중이던 바, 그 구체적인 실행방법의 초안을 마련함으로써 경성지방법원장의 승인을 얻어 지난 26일 자 별도 인쇄물과 같이 안내장을 관계자 전원에게 보내고, 예정대로 11월 3일 경사스러운 메이지절을 맞아 앞서 언급한 이광수 집에서 관계자 28명 집합(결석 5명, 미결 재감 8명)하에 사상전향회의를 개최함." 「同友會事件保釋出

출소해 있던 가형家兄 김동원의 부탁으로 기소 중인 동우회원의 진로 문제를 상의하기 위해 이광수를 방문한 것은 여름 무렵의 일이다.[28] 뿐만 아니라 오히려 그것은 당국의 요구에 맞춤한 전향서의 공식 논리에 가까운데, 실제로 앞서 언급한 6월 18일 자 동우회사건 기소유예자들의 전향 성명 또한 동일한 구조로 구성되어 있는 것을 확인할 수 있다.

①吾人은 종래 '소위 민족주의'의 관념에 拘泥되야 조선 민중의 발전과 향상은 단지 '민족자결'에 있을 뿐이라고 固信하야 과거의 吾人의 사상적 及 실천적 제 노력은 전혀 此信條下에 捧하여 왔다. 대개 五等 조선인은 조선통치를 '식민지 정책'으로 곡해하야 제국의 진의와 내선 양족의 東亞史的 신사명을 인식치 못하였든 까닭이다. (…중략…) ②然이나 최근 수년래의 조선통치상에 現한 비약적 제 현상 특별히 최근 南총독에 의하야 강조되는 바 내선일체의 聲은 홀연히 오인의 迷妄을 각성케 하는 바가 있다. 특히 今回의 시국에 제하야 내지인이 반도민중에 寄하는 바 동포적 신뢰와 신일본의 국가적 大理想下에 醞釀되어가는 革新氣運은 금일까지 오인의 抱懷한 一切의 의구와 불안을 일소하도고 餘함이 있다. (…중략…) ③吾人은 如上의 이론적 근거와 현

---

所者ノ思想轉向會議開催に關スル件」, 京高特秘 第二四九四號(1938.11.5) 일본 국회 도서관 소장 마이크로필름 자료, 「集會取締狀況報告」, 京鍾警高秘 第9815號-3(1938.11.4)를 토대로 작성된 보고 문건이다. 후자의 자료는 국사편찬위원회 한국사DB에서 확인할 수 있다.

28 "같은 동우회 형사 피고인으로 보석 중에 있던 家兄 동원이 어떤 날 나를 조용히 불렀다. (…중략…) 동우회의 平南 책임자로서 주요한 책임을 지고 있는 가형의 이때의 심경을 나는 짐작할 수 있었다. 이것이 나의 독단인지는 모르지만 나는 형이 내게 한 말이 이광수를 전향시키어 동우회 40여 명의 생명을 구해달라는 뜻으로 들었다."(김동인, 「문단 30년의 자취」(『신천지』, 1948.3~1949.8), 김치홍 편저, 『김동인평론전집』, 삼영사, 1984, 502면) 방문 시기는 "지난 여름 춘원을 만나러 창의문 밖 산장을 찾은 일이 있다"는 당시의 회고에 의거한다. 김동인, 「춘원과 『사랑』」, 『박문』 3, 1938.12, 10면.

실의 제 경향을 기초로 하야 내선일체 완전한 일원화로써 조선 민중의 進할 유일한 到를 인식하야 신일본 건설의 국민적 근지와 포부 하에 그 일익적 임무를 달하는 것만이 眞히 조선 민중의 장래의 광영과 발전을 약속하는 것이라고 주장한다.[29]

이 점에서 이광수가 「합의申合」에서 명시한 전향의 논리는 그저 공식 논리에 불과하다고 할 수 있다. 협력의 태도를 취하기로 결정한 이상 당국의 요구에 부응하는 전향의 공식 논리를 따르는 것은 당연한 수순이었을 것이다. 전향서의 공식 논리 속에서 '제국의 신민'이 된다는 것은 곧 '민족의 행복과 영예를 보장'하는 길이기도 하다. 이른바 제국과 식민지의 관계가 아무런 모순 없이 공존하고 있는 형국이다. 그러나 "그들에게는 돌아갈 조국이 없다"고 일갈했던 일본의 전향 지식인 하야시 후사오林房雄의 지적과 같이, 식민지 지식인에게 일본 국가로의 전향이란 그렇게 명쾌한 것일 수 없다. 무엇보다도 그것은 민족적 자아에 대한 부정이며 국권 회복에 대한 오랜 민족적 열망과 배치된다는 점에서 그러하다. 요컨대 전향서의 공식 논리는 제국과 식민지 간의 존재론적 비대칭성을 수사적으로 은폐 혹은 억압하고 있는 것이다.

전향서 「합의」가 총독부 당국을 향해 쓴 공식 발언의 틀을 벗어나지 않는 것이라면, 전작소설 『사랑』은 식민지의 독자 곧 민족을 향해 은밀한 언어로 쓴 또 하나의 전향서라 할 만하다. 그것은 정치적 전향이라는 공적인 문제를 사적인 사랑의 관계로 치환하여 우회적으로 서사화함으로써 전향서의 공식 논리가 억압한, 보다 내밀한 층위에서 전향이 제기하는 문제를 명료하게 언어화하고 있다는 점에서 그러하다.

29 「前 동우회원의 성명서」(1938.6.18), 『친일반민족행위관계사료집』 9, 614~615면.

이하 3절과 4절에서는『사랑』에서 서사화되고 있는 이 내밀한 층위의 전향의 논리와 그 의미, 그리고 그것이 독자의 기대지평과 만나는 지점에 주목한다. 목표는 전향과 관련하여 당시 공식적인 방식으로는 결코 명료화될 수 없었던 식민지 지식인의 내적 곤경이 어떻게 서사적으로 제기되고 해결되고 있는지, 또 그것이 이광수 자신은 물론 민족공동체의 운명에 대한 성찰과는 어떻게 맞닿아 있는지 밝히는 데 있다.

## 3. 순옥의 선택이 의미하는 것

『사랑』은 기본적으로 애정 서사의 형식을 띠고 있다. 의사 안빈과 시인 허영이라는 두 남성 사이에서 갈등하며 진정한 사랑을 추구하는 여주인공 순옥의 이야기가 서사의 중심에 놓여 있다는 점에서 그러하다. 안빈의 감화를 받아 오랫동안 그를 사모해 온 순옥에게는 학생 시절부터 그녀를 쫓아다니던 시인 허영이 뒤따른다. 그런데 이들 관계는 모두 순탄치 않은 조건 속에 놓여 있다. 기혼남인 의사 안빈에 대한 사랑이 '불륜'이라는 세간의 오해에서 자유롭지 않다면, 허영의 집요한 구애는 순옥이 경멸해 마지않는 동물적인 '애욕'에 불과하다. 독실한 안식교 집안에서 성장한 순옥에게 모두 용납되기 어려운 관계들인 셈이다. 그럼에도 불구하고 서사는 본격적인 전개에 앞서 안빈에 대한 사랑을 지키기 위해 원치 않는 허영과의 결혼을 선택해야 하는 기이한 역설의 자리에 순옥을 세운다. 이 조합은 명백히 모순적이며, 따라서 독자는 자연스레 다음과 같은 의문에 맞닥뜨리게 된다. 원치 않는 허영과의 결혼이 안빈에 대한 사랑을 지키는 것과 어떻게 양립 가능한가. 단순한 애정 서사처럼 시작된 여주인공 순옥의 이야기는 이 지점에서 해결해야 할 하나의 문제 또는 이율배반으로 바뀌고 있는 것이다.

주목할 만하게도 이 같은 순옥의 선택은 동우회사건 당시 이광수가 맞닥뜨리고 있던 이율배반을 그대로 환기한다. 동우회의 운명, 나아가 민족운동의 장래를 위해 전향을 선택해야 했던 역설이 바로 그것인데, 이에 관해 훗날의 이광수는 다음과 같이 회고한 바 있다.

나는 시국이 불리함을 모름이 아니었다. 이번 검거가 없더라도 안도산의 구상이 순탄하게 되리라고 생각한 것은 아니었다. (…중략…) 그러나 아무러한 일이 있더라도 위에 말한 한 계통의 사업(동우회사업―인용자)은 조선 민족의 생존을 위하여서 절대로 필요하다고 믿었고, 또 안도산이라는 큰 사람의 국량으로는 이 일을 해낼 수 있으리라고 믿었던 것이었다. 그러하기 때문에 아무리 하여서라도 이 사건을 무죄로 하여야만 된다고 애쓴 것이었다. 이 사건이 유죄가 되면, 적게는 수백 명 관계자가 국내에서 행동의 자유, 특히 교육계나 종교계나 기타 지도적인 활동의 자유를 영영 잃을 것이요, 흥사단 주지를 띤 사업의 길은 아주 막히고 말 것이었다. 나는 나 하나를 희생함으로써 이 자유를 건질 수 있다 하면, 그렇게 해서라도 동우회의 사업과 동지들을 살리고 싶었다.[30]

---

30  이광수, 『나의 고백』(1948), 『이광수 전집』 7, 우신사, 1979, 274면.

위의 회고는 종종 위선적인 변명쯤으로 치부되곤 하지만, 꼭 그렇게만 볼 것은 아니다. 무엇보다도 『사랑』이 이를 증거하는데, 『사랑』은 민족을 위해 전향을 선택한다는 그 이율배반이 어떻게 양립 가능한지를 입증하기 위해 쓴 작품이라 해도 과언이 아닌 까닭이다.

앞서 순옥의 모순적인 선택과 관련하여 제기되었던 질문으로 되돌아가 보자. 원치 않는 허영과의 결혼이 안빈에 대한 사랑을 지키는 것과 어떻게 양립 가능한가. 이 질문은 다음과 같은 두 가지 질문을 함축한다. 안빈을 사모한다면서 왜 허영의 구애를 받아들이는가. 안빈을 사모한다면 허영과 결혼하는 것은 비난받아 마땅하지 않은가. 서사는 이들 질문에 대한 답으로 각각 '인과적 인연'과 '자기희생'의 논리를 제시한다. 요컨대 허영과의 관계는 인연 업보에 의한 피할 수 없는 숙명의 문제로, 나아가 허영과의 결혼은 자기희생을 전제한 숭고한 결단으로 각각 자리매김하고 있는 것이다. 주목할 만하게도 그것은 앞서 언급한 "시국의 불리함"에 대한 증언과 더불어 "나 하나를 희생함으로써" "동우회의 사업과 동지들을 살리고 싶었다"는 이광수의 고백을 그대로 환기하는데, 이 점에서 이 두 가지 논리는 그대로 민족을 위한 전향이라는 정치적 이율배반을 해명하기 위한, 곧 전향을 앞두고 민족주의적 신념 또한 쉽게 저버릴 수 없었던 이광수의 내적 곤경이 그 돌파구로서 찾아낸 논리였다고 해도 좋을 것이다.

'인과적 인연'과 '자기희생'의 논리가 민족을 위한 전향이라는 모순적 조합의 양립 가능성에 대한 (초)논리적인 설명에 해당한다면, 이후에 전개되는 순옥의 운명은 그 논증의 타당성을 서사적으로 입증하는 데 바쳐진다. 이와 관련하여 허영과의 결혼과 더불어 시작되는 순옥의 수난사와 허영의 죽음, 그리고 순옥이 안빈에게 복귀하는 대단원의 결말은 각별히 주목할 만하다. 그것은 허영과의 결혼이 안빈에 대한 사랑의 완성을 위한 하나의 도정이었음을 구조적으로 가시화하여 보여주고 있다는 점에서 그러하다.

실제로 허영과의 결혼 이후 순옥의 삶은 저를 잊은, 끝없는 희생과 헌신으로 요약된다. 순옥은 허영의 끝 모를 탐욕과 의혹, 질투를 묵묵히 감내하며 그를 헌신적으로 돕지만, 그녀에게 돌아오는 것은 더 큰 배신과 모욕뿐이다. 그러나 끝나지 않을 것 같던 그녀의 수난도 허영의 죽음과 더불어 마침내 끝이 나고, 순옥은 지친 몸을 이끌고 안빈의 곁으로 돌아오게 된다. 허영의 죽음은 순옥이 허영과의 인연 업보를 모두 청산했음을 상징하는 사건이자 그녀가 안빈의 곁으로 돌아오는 대단원을 예비하고 있는 사건인 셈이다. 순옥이 허영과의 인연 속에서 저를 잊은 희생과 헌신의 삶을 사는 동안, 안빈의 병원은 세간의 의혹에 휘말리지 않고 요양원을 세울 수 있을 만큼 기반을 닦았고 병원의 간호부들도 신실하게 성장했다. 서사는 안빈의 요양원에서 안빈의 사람들의 보살핌을 받으며 기운을 회복한 순옥이 훗날 안빈의 곁에서 완전히 만족한 반생을 보낼 수 있었던 행복을 고백하는 대단원으로 끝이 난다. 순옥의 희생이 안빈과 안빈의 공동체를 지켰고, 나아가 안빈에 대한 사랑을 완성하는 데 밑거름이 되었음을 명시적으로 보여주는 결말로서 손색이 없다.[31]

---

31  이상 『사랑』에 대한 서사적 구조에 관한 보다 상세한 분석은 최주한, 『제국 권력에의 야망과 반감 사이에서 – 소설을 통해 본 식민지 지식인 이광수의 초상』(소명출판, 2005, 138~151면) 참조.

사실 순옥의 수난사와 허영의 죽음, 그리고 순옥이 안빈에게 복귀하는 대단원의 결말은 허영과의 결혼을 선택한 순옥에게 닥칠 미래에 대한 서사적 상상의 산물이다. 이광수는 거기에 동우회사건으로 전향을 앞둔 자신의 미래를 투사했고, 허영과의 결혼과 더불어 시작된 순옥의 수난이 결국 보다 견고해진 안빈의 공동체로 복귀함으로써 보상받는 결말을 통해 자신의 전향과 공동체의 운명에 명료한 비전을 부여할 수 있었다. 그것이 전향서의 공식 논리 속에서는 결코 발설할 수 없고, 또 발설해서도 안 되는 내밀한 비전이었음은 말할 것도 없다.

전향 곧 '제국의 신민'을 자처한다는 것, 『사랑』의 언어로 이야기하자면 그것은 제국에 귀속됨으로써 '민족의 행복과 영예'를 보장받는 길이라기보다 보다 견고해진 민족공동체로의 복귀라는 은밀한 비전과 더불어 잠시 감수해야 할 자기희생의 길이다. 전향서 「합의」와 소설 『사랑』은 똑같이 민족을 위한 전향을 이야기하고 있지만 실은 정반대의 방향을 향하고 있었던 것이다.


## 4. 제국의 전쟁 동원, 그 터널의 입구에서


그렇다면 당대 『사랑』에 열광했던 독자들은 이 무렵 이광수가 품고 있던 그 내밀한 전향에의 비전을 이해하고 그것에 공감하며 지지를 보냈던 것일까. 그랬을 가능성은 낮다. 무엇보다도 동우회사건은 동회원 검거에 관한 기사가 나간 이래[32] 대중에게 미치는 여파를 우려한 당국에 의해 일체의 보도가 금지되었던 까닭에,[33] 사건 관계자 주변 인물들을 제외하고 일반 독자들은 자세한 동향에 대해서 알기 어려웠다. 앞서 언급했던 동우회원 일동 명의로 쓰인 전향서 「합의」(1938.11)도 경성지방법원에 제출되었을 뿐 공식적으로 발표되지 않았던 것은 물론이다. 어쩌면 이광수가 전향을 표명한 사실에 대해서도 몰랐거나 훨씬 이후에야 알게 되었을 가능성이 높다. 그렇다면 당대의 독자들이 『사랑』에 그토록 열광했던 이유는 무엇이었을까. 도대체 『사랑』은 어느 지점에서 당대 독자들의 기대지평과 만나고 있었던 것일까.

『사랑』 전편의 간행을 전후한 무렵은 중일전쟁이 확대되면서 바야흐로 제국의 전쟁 동원이 본격화되기 시작하던 시기였다. 1938년 2월 지원병 제도의 공포를 시작으로 하여 동년 4월에는 전쟁에 인력과 물자, 자금 등을 동원할 수 있도록 일본 정부에 광범한 권한을 부여한 국가총동원법이 공포되었고, 중일전쟁 1주기를 맞는 7월에는 총독부 당국의 주도로 국민정신을 총동원하여 국책의 수행에 적극 협력한다는 취지를 내건 관변단체 국민정신총동원조선연맹이 설립되었다. 지원

32 「수양동우회사건 확대 이광수 등 七名을 引致」, 『동아일보』, 1937.6.9; 「수양동우회 간부급 종로서 陸續引致」, 『매일신보』 1937.6.10; 「安島山도 召喚 동우회사건 확대」, 『동아일보』, 1937.6.11.
33 "동우회는 창립 이래 10여 년의 역사를 갖고 있으며, 그 회원들은 손꼽히는 조선인을 망라하고 있는 관계상 본건 검거에 대한 일반인의 반향은 실로 대단함이 있을 뿐만 아니라, 수사상의 필요도 고려하여 그간의 개황을 경무국에 보고하여 이의 신문게재 금지의 조취를 취하는 한편 (…후략…)"(「동우회 관계자 검거 및 취조에 관한 건」 (1937.6.9), 『도산 안창호 자료집』 I, 국회도서관, 1997, 186면) 실제로 1938년 11월 4일 자 『매일신보』에 실린 관련 기사 「이광수 씨 등 卅三人 臣民의 赤誠披瀝」에는 메이지절을 기한 조선신궁 참배 및 국방헌금 결의에 관한 사실만 언급되어 있어서 일반 독자들은 의례적인 동원 행사로 여겼을 가능성이 크다. 또 『동아일보』의 경우 아예 관련 기사가 실리지 않았다.

병 제도를 비롯한 국가총동원 관계 법령의 구축과 더불어 윤치호, 최
린, 김성수, 방응모 등 민간의 주요 인사들이 대거 동원된 국민정신총
동원 운동의 기반까지 마련되었으니, 본격적인 전쟁 동원의 체제는 이
미 갖추어진 셈이었다고 해도 과언이 아니다.[34]

　이광수를 비롯한 동우회원의 전향은 근본적으로 이러한 시국의 흐
름이 불가역적이라는 판단에서 비롯되었을 것이다. 그러나 발등에 불
이 떨어진 것은 일반 민중 역시 다르지 않았다. 나라를 빼앗긴 것도 분
통이 터질 지경인데, 바야흐로 남의 나라 전쟁에 물자며 인력이며 정신
까지 내주어야 할 판국이니 민심은 들끓지 않을 수 없었다.[35] 요컨대
황국신민의 서사를 복창하며 전쟁 동원의 행렬에 나서야 하는 처지에
놓여 있던 당대의 일반 독자들과 장차 제국의 나팔수로서 전쟁 동원의
선두에 나서게 될 이광수는 기본적으로 같은 자리에 서 있는 셈이었다.
물론『사랑』에는 이러한 당대 현실의 소음이 완벽하게 소거되어 있다.

---

34　총동원체제하 국가총동원법과 국민정신총동원운동의 역할에 관해서는 전필수, 「일
　　제 총동원체제의 기원과 특징에 대한 재검토」(『비교문화연구』 22-2, 서울대 비교문
　　화연구소, 2016, 430~432면) 참조.

35　"일본놈들이 잘난 척해도 우리나라를 빼앗지 않았는가. 지나와 전쟁하면서 강하다느
　　니, 이겼다느니 하지만 역시 우리나라를 빼앗은 그 주의로 하고 있는 것이다." "일본
　　사람은 조선을 빼앗은 뒤 만주를 차지하고, 또 지나를 침략하면서 이번 사변을 동양평
　　화의 성전이라고 하는 것은 구실이고 사실은 일본이 영토를 확장하려는 야심이 있기
　　때문이다." "일본이 자민족을 위해서 타민족과 싸우는데 우리 식민지 민족에게 무슨
　　관계가 있는가." "전쟁에 나간 일본놈들은 전부 전사해 버려라." "일본인이 지나 사람
　　과 싸우는데 어째서 조선 사람인 우리가 헌금과 위문주머니를 보내야 하는가." "일본
　　이 패전하면 국채는 반환되지 않으니까 국채 같은 것은 사지 말아야 한다." "일본군은
　　탄환이 부족해서 주민들의 놋그릇을 모으고 있다." "일본인 부대는 지나의 督戰部隊처
　　럼 후방에서 감독하고 조선인 지원병을 제일선에 내세우는 것이 목적으로 제일 먼저
　　전사하는 것은 지원병일 것이다." "소학교 6학년을 졸업하면 지원병으로 채용되므로
　　학교는 졸업하지 말라." 이상 조선 민중의 중일전쟁관을 보여주는 사례에 대해서는 미
　　야타 세츠코, 이형랑 역, 『조선 민중과 '황민화'정책』(일조각, 1997, 8~26면) 참조.

현실의 소음이 완벽하게 소거된 세계, 그것
은 "時代의 그림"[36]으로서의 소설이 불가능
한 시대의 도래를 알리는 징후였고, 어쩌면
독자들은 그래서 더더욱 『사랑』이 전하는
메시지에 귀를 기울였을지 모른다.

현실의 소음이 소거된 세계에서 독자들에
게 육박해 온 것은 단연 『사랑』의 여주인공
순옥의 운명 그 자체였다. 단행본 『사랑』의
표지 그림부터가 아무런 배경 없이 여주인공
의 모습을 덩그러니 그려놓은 것이었거니와,
당시 박문서관의 편집자가 『사랑』 후편의 탈
고脫稿 사실을 독자들에게 알리면서 남긴 다

〈그림 2〉 1941년 9판(현대문학관 소장)

음의 언급에서도 『사랑』에 열광했던 당대 독자들의 관심사를 분명하게
엿볼 수 있다. "'석순옥'의 꿈과 같이 아름답고 성스러우면서도 괴로운
'사랑'은 과연 독자 여러분의 상상하시던 결과와 얼마나 같은 점이 있을
는지 — 피차에 한층 더 궁금합니다."[37]

사모하는 안빈의 곁을 떠나 원치 않는 허영과 결혼하지 않을 수 없었
던 순옥, 그리고 허영과의 결혼과 더불어 시작된 그녀의 끝없는 수난의

---

36  "『무정』을 일러전쟁에 눈 뜬 조선, 『개척자』를 합병으로부터 大戰 전까지의 조선,
    『재생』을 만세운동 이후 1925년경의 조선, 방금 『동아일보』에 연재중인 『群像』을
    1930년대의 조선의 기록으로 나 스스로 생각하는 것이 이 때문인가 한다. 이 졸렬한
    시대의 그림이 어느 정도까지 그 시대의 이데오로기와 감정의 고민상을 그렸는지는
    내가 말할 바가 아니다. 내 의도가 그것들의 충실한 묘사에 있었다는 것만은 사실이
    다." 이광수, 「余의 작가적 태도」, 『동광』, 1931.4, 83면.
37  「編輯室日記抄」, 『박문』 4, 1939.1, 30면.

길. 당대의 독자들은 여주인공 순옥의 피할 수 없는 운명에서 장차 황국신민의 서사를 복창하며 전쟁 동원의 행렬에 나서게 될 자신들의 운명을 보았고, 그랬기에 더더욱 주어진 운명에 체념하지 않고 안빈에 대한 사랑의 완성에 대한 신념 속에서 이를 꿋꿋이 감당해내는 순옥의 희생과 헌신에 아낌없는 지지를 보냈을 것이다. 이 점에서 대단원의 결말에서 순옥이 돌아와 머무는 안빈의 요양원은 당대 독자들에게도 커다란 위로와 위안의 공간이 되어주지 않았을까 싶다. 그것은 애초에 불가역적인 것으로 보였던 순옥의 운명을 수난과 회복에 관한 덜 구속적인 이야기로 변형시킴으로써 당대 독자들에게도 자신들이 맞닥뜨려야 할 불운을 견딜 만한 것으로 만들어 주었을 것이기 때문이다.

일찍이 식민지로 전락한 민족의 현실에 울분을 터뜨렸던 『무정』의 독자들이 유학에서 돌아온 청년 주인공들이 세운 문명화된 조선의 장래에서 민족의 미래에 대한 희망을 품었듯, 바야흐로 제국의 본격적인 전쟁 동원의 광풍을 예감하고 있던 『사랑』의 독자들은 온갖 수난 끝에 견고한 안빈의 공동체로 복귀한 순옥의 미래에서 혹독한 겨울을 견뎌낸 봄의 희망을 기약했을 것이다. 『사랑』의 여주인공 순옥의 수난과 회복에 관한 이야기, 그것은 당대 독자들에게 제국의 전쟁 동원하에 놓인 민족의 수난과 그 수난 끝에 맞이할 민족공동체의 회복이라는 희망에 관한 이야기이기도 했던 것이다.

# 제3장

# 전면적 언어 통제 시기 조선어 창작의 양가성

### 『방송지우』및『일본부인』(조선판) 소재
### 조선어 단편을 중심으로

## 1.『방송지우』와『일본부인』(조선판)이라는 매체

『방송지우』는 조선방송협회가 태평양전쟁하의 총력 동원이라는 국책 수행을 목적으로 1943년 1월에 창간하여 종전 직전[1]까지 발간한 선전 계몽잡지이다. 중일전쟁 이후 전시하의 정보 관리와 관련하여 중요한 관리 대상에 놓였던 라디오 방송은 태평양전쟁을 계기로 본격적인 전시 운영체제에 돌입한다. 1942년 2월 18일 일본 정보국은 '전시하의 국내

---

1 서재길의 조사에 의하면, 현재까지 확인된 바로는 1945년 3권 3호(4・5월 합본호)까지 발간되었다고 한다. 『방송지우』의 서지사항과 성격에 관해서는 서재길, 「식민지 말기 의 매체 환경과 방송잡지 『방송지우』의 성격」(『근대서지』3, 근대서지학회, 2011, 186 ~191면) 참조.

방송 기본 방침'을 발표하여 방침의 목적을 방송의 전기능을 동원하여
'대동아전쟁 완수의 매진'에 두고① 황국 이념을 선양하는 국시의 천명,
② 국민의 거국적 결의 굳히기, ③ 국민의 단결과 군관민의 일체 도모,
④ 전시 국민 생활 유지 함양, ⑤ 건전하고 웅대한 문화와 오락의 창조와
보급, ⑥ 명랑하고 건강한 국민 기풍 조성 등의 세부 지침을 제시했다.
조선방송협회는 이러한 전시 특별 방송 지침에 따라 관과 군 당국이 긴
밀한 연락하에 정세에 부응하는 방송 프로그램을 편성하는 한편,[2] 방송
의 일회성을 극복하여 지속적인 선전계몽 효과를 거두기 위해 선택된
방송분을 다시 게재하는 형식의 잡지 『방송지우』를 발간하게 된다. 창
간호에 실린 「독자 여러분께」라는 글에는 이러한 창간의 취지가 잘 드
러나 있다.

> 방송을 들으시는 분들로부터 방송을 한번 더 듣고 싶다, 또 책으로 읽고
> 싶다는 이야기를 종종 듣습니다. 전시하의 방송에서는 우리 국민이 어떻
> 게 생활해야만 하는가, 또 어떻게 하면 훌륭한 황국신민이 될 수 있는가
> 등의 내용을 명사의 강연, 좌담회, 그밖의 연예 등 다양한 형태로 들을 수
> 있습니다. 이것을 듣고 흘려버리는 것은 아깝다는 이야기는 지당하다고 생각합니다.
> 그래서 방송된 것 가운데서 특별히 선택한 흥미로운 것을 읽을 수 있도록
> 해드리기 위해 『방송지우』를 출판하게 되었습니다.
> 본지(本誌)의 특색은 읽기 쉽다는 것입니다. 국어도 언문도 극히 쉽게
> 씌어 있어서 널리 누구든 읽을 수 있다고 생각합니다. 특히 부인네와 청소
> 년들이 흥미를 가져줄 것이라고 믿습니다. 무슨 일이 있어도 이겨내야 할

---

2    한국방송진흥회 편, 『한국방송총람』, 한국방송진흥회, 1991, 231~233면.

대동아전쟁하에서 세계에 유례가 없는 우리나라의 국체를 잘 분별하고, 또 징병 제도의 준비, 그밖에 일반 지식을 높이기 위해 본지가 여러분이 구하는 마음의 양식이 되고 좋은 벗도 된다면 다행이겠습니다.[3]

그러나 조선방송협회가 『방송지우』라는 인쇄 매체를 도입할 수밖에 없었던 데에는 방송의 일회성을 극복한다는 의미 말고도 당시 전파 관제에 따른 열악한 방송 환경 또한 한몫했던 것으로 보인다. 이미 일본 에서는 태평양전쟁의 선전포고와 함께 1941년 12월 9일 일본 내의 모든 방송국을 일본 군부의 대본영에 귀속시키고 전쟁 상대국의 정보 노출에 대비하여 출력을 낮추는 전파 관제를 실시했고, 뒤이어 1942년 4월 조선방송협회의 라디오 방송 또한 전파 관제에 들어간다. 이로 인해 개국 후 1933년부터 개시된 제2방송(조선어 방송)은 제1방송(일본어 방송)과 단일 방송화되었다가 중단되고, 1943년 11월 재개된 후에도 제1 방송과 동일 주파수에 맞추어야 했던 까닭에 전파의 장애가 많았다. 그리고 결국 제2방송은 1945년 2월 전파 관제의 변동과 더불어 중단을 맞는다.[4] 이상의 맥락을 고려하건대, 『방송지우』의 발간은 전파 관제에 따른 원활하지 않은 방송을 보완하여 일반 대중에 대한 선전과 계몽의 효과를 끌어올리기 위한 일종의 고육책이기도 했던 것이다.

전쟁 동원을 위한 다양한 선전과 계몽의 형식 가운데서도 일반 대중의 흥미를 끌 수 있는 읽을거리는 단연 소설이었다. 『방송지우』는 창간호에서부터 '특별독물特別讀物'이라는 기획 표제하에 당대 이름난 작

---

3  『방송지우』 창간호, 1943. 1, 13면.
4  한국방송진흥회 편, 앞의 책, 230~231면.

〈그림 3〉『방송지우』 표지 이미지

가들의 단편을 싣기 시작하는데, 이들 단편의 시국 협력적 성격은 '가
정소설', '방공소설', '징병소설', '근로소설' 등의 표제어에서부터 두드
러진다. 이 지면은 방송 통제기에 접어들어 새로운 프로그램으로 편성
되었던 라디오소설(나중에 방송소설로 개칭)의 연장선상에서 기획된 것으
로,[5] 이광수, 유진오, 방인근, 채만식, 이기영 등 기존의 인기 작가들을
대거 끌어들였다. 이광수 또한 창간호에서부터 지속적으로 단편을 게
재하고 있는 것이 눈에 띄는데, 지금까지 확인된『방송지우』소재 이광
수의 단편 목록은 다음과 같다.

---

5   연도별 방송 편성 사항표(선전 통제기, 1938~1941), 한국방송진흥회 편, 앞의 책, 169면.
    「귀거래」와 같이 '방송소설'이라는 표제가 붙은 소설이 따로 존재하는 것으로 보아, 원
    고는 이미 방송된 소설에서 확보하는 경우도 있고 굳이 방송과 관계없이 새로운 원고를
    받아 마련하기도 했던 것 같다.

▲ 香山光郎, 「棉花」(가정소설), 『放送之友』 창간호, 1943.1.

▲ 香山光郎, 「歸去來」(방송소설), 『放送之友』 2권 1호, 1944.1.

▲ 香山光郎, 「두 사람」(징병소설), 『放送之友』 2권 8호, 1944.8.

▲ 香山光郎, 「防空壕」(방공소설), 『放送之友』 2권 9호, 1944.9.

▲ 香山光郎, 「區長님」(근로소설), 『放送之友』 3권 1호, 1945.1.[6]

한편 대일본부인회 조선본부에서 발행한 『일본부인』(조선판)은 전쟁
동원 가운데서도 특히 여성의 동원을 목적으로 창간된 선전계몽잡지
이다. 1944년 4월에 창간되어 역시 종전 직전[7]까지 발행되었다. 대일본
부인회는 전시하 문부성계의 대일본연합부인회, 내무성계의 애국부인

---

6  「면화」는 장성규, 「방송 미디어를 통한 새로운 문예형식과 대일협력의 균열―새롭게
   발굴된 이광수의 「면화」와 유진오의 「가족부대」 자료 해제」(『민족문학사연구』 41,
   민족문학사학회, 2009), 「두 사람」은 이경훈, 「이광수의 새로운 친일문학 자료에 대
   하여」(『이광수의 친일문학 연구』, 태학사, 1998), 「방공호」는 서재길, 「강요된 협력,
   분열된 텍스트―일제 말기 방송소설을 읽는 하나의 독법」(『민족문학사연구 45, 민족
   문학사학회, 2011), 「구장님」은 서재길, 「『방송지우』와 일제 말기 방송소설」(『민족
   문학사연구』 22, 민족문학사학회, 2003), 「귀거래」는 서재길, 「방송소설」(『민족문학
   사』 32, 민족문학사학회, 2006)에서 각각 처음 발굴·소개되었다.
7  조선판 창간호 판권면에 의하면, 창간호 발행일은 1944년 4월 3일이다. 발행소는 대일본
   부인회 조선본부, 인쇄소는 매일신보사로 되어 있다. 현재 확인 가능한 마지막 간행호
   는 1945년 4월 1주년 기념호로 발간된 제2권 제4호이다. 1주년 기념호에 실린 「본지
   일주년을 맞이하여」라는 글의 전체적인 분위기로 보건대, 그 이상의 발행은 어렵지
   않았을까 싶다. 글의 일부를 소개하면 다음과 같다. "생각건대 본지는 결전 속에서 생기
   어 결전과 함께 자라나서 갖은 곤란을 극복해온 만큼 운용상으로 민활치 못하고 수송관
   계의 원활을 결했으며 배포도 늦어서 회원 여러분께는 여간 죄송한 점이 많았습니다.
   (…중략…) 여러분 아시는 바와 같이 지금 내지에서는 적비행기가 매일 같이 습격해와
   서 맹폭을 거듭하여 집을 태우고 사람을 죽이고 있는데 이 맹폭은 점점 심하여 갈 것을
   각오하지 않으면 안 됩니다"(倉茂周藏, 「本志 一週年を迎へて」, 『日本婦人(朝鮮版)』
   2-4, 1945.4, 11면). 참고로 1942년 11월에 창간된 대일본부인회 기관지 『日本婦人』은
   이보다 앞선 1945년 1월에 종간되었다(「復刻にあたって」, 『日本婦人』(復刻本), 不二出
   版, 2011). 일본판 『일본부인』 복각본 자료는 하타노 세츠코 선생님께서 보내주셨다.
   이 자리를 빌려 각별히 감사드린다.

회(상류층으로 구성), 군부계의 대일본국방부인회(서민층으로 구성)를 통합한 관제 단체로, 전시하 성인 여성이 거의 대부분 참가한 최대의 여성 조직이었다.[8] 대일본부인회 조선지부가 결성된 것은 1942년 3월의 일로, 본부장은 총독부인, 부본부장은 군사령관 부인과 정무총감 부인이 맡았다. 결성식 이래 조선지부는 육백만 반도 여성을 대상으로 한 '총후 운동의 전개'를 목표로 매진하게 되는데, 여기에는 조선이 대륙 발전상 중요한 병참기지라는 점과 더불어 1944년 조선의 징병제 실시라는 현실의 급박한 요구가 자리하고 있었다. 조선의 징병제 실시를 앞두고 일제는 조선의 여성들에게 명예로운 군인의 어머니이자 아내, 누이로서의 역할을 적극 선전하고 계몽할 필요에 맞닥뜨렸던 것이다.[9]

그러나 대일본부인회 토쿄 본부에서 발행하는 기관지 『일본부인』으로는 조선의 여성들에게 선전과 계몽의 효과를 기대하기는 어려웠다. 무엇보다도 일본과 조선은 풍속과 습관이 달랐고, 고급 일본어를 이해할 수 있는 여성 독자 또한 희소했던 까닭이다.[10] 이에 대일본부인회 조선지부에서는 1944년 4월 『일본부인』 조선판을 창간하게 된다. 용지 부족으로 대개의 매체가 통합되거나 폐간되던 전쟁 말기에 『일본부인』 조선판을

---

8  「復刻にあたって」, 『日本婦人』(復刻本).
9  대일본부인회에서 창간한 『일본부인』에는 전국 각지의 지부 소식이 게재되곤 하는데, 1942년 12월호 「각지통신」은 이해 3월에 결성된 조선지부 결성식에 대한 소식을 전하는 한편, 조선지부의 활동 분위기를 다음과 같이 전하고 있다. "조선은 대륙발전상 중요한 병참기지이고 1944년부터는 징병 제도도 실시되는 까닭에, 지나사변 이래 반도 주민이 바친 열성이 보답을 얻어 반도 여성도 명예로운 군인의 어머니이자 아내가 될 날이 가까워오는 감격에 넘치고 있다." 「各地通信」, 『日本婦人』, 1942. 12, 25면.
10  이와 관련하여 조선판 창간호의 「창간사」에는 다음과 같은 언급이 나온다. "이번 조선 반도의 풍속·습관에 알맞고 조선부인이 이해하기 쉬운 잡지 『일본부인 조선판』이 발행되었습니다. 이 잡지는 특히 조선 부인과 아이들에게 읽히기 쉽고 분명하게 되어 있으므로 가능한 한 널리 많은 사람들에게 읽혀지기를 바랍니다." 小磯聲子(大日本婦人會 朝鮮本部長), 「創刊のことば」, 『日本婦人(朝鮮版)』, 4면.

〈그림 4〉『일본부인』(조선판) 표지 이미지

창간한 것은 조선의 징병제 실시에 대한 관과 군 당국의 우려가 그만큼 짙었다는 것을 말해준다.

이광수는 『일본부인』(조선판)에도 「반전」이라는 제목의 단편을 발표했다. '갱생소설'이라는 표제어 그대로 남주인공이 실연을 계기로 소시민적인 생활을 청산하고 해군에 지원할 결심을 하게 되는 내용을 다루고 있는 시국 협력소설인데, 『방송지우』 소재 단편과는 달리 '카야마 미츠로香山光郎'라는 창씨명을 두고 '춘원春園'이라는 필명을 사용한 것이 이채롭다.

▲ 春園, 「反轉」(갱생소설), 『日本婦人(朝鮮版)』, 1944.7.

이상에서 언급한 『방송지우』와 『일본부인』(조선판) 소재 이광수의 단편들은 전쟁 동원을 위한 선전계몽 잡지에 게재된 것인 만큼 기본적으로 시국 협력의 문법을 그대로 따르고 있다. 일찍이 수양동우회사건으로 검거되었다가 1938년 11월 예심 보석 출소 중 전향을 선언하고 신궁에 참배한 이래[11] 철저한 협력으로써 일본 국민으로의 자기 증명에 나섰던 이광수의 면모는 이들 단편에서도 여전히 확인되고 있는 셈이다. 그러나 기이하게도 이들 단편은 1942년 10월 조선어학회 사건과 더불어 '한국 근대문학사의 공백기'[12]로 간주되고 있는 시기에 '조선어'로 쓰인 것이라는 점에서, 전면적 언어 통제 시기 조선어로 쓰인 문학이 가질 법한 각별한 위상의 가능성에 대해 다시 생각하게 만든다.

## 2. 전면적 언어 통제 시기 조선어와 조선문학의 위상

『동아일보』와 『조선일보』가 폐간되고 조선문의 발표기관이 잇달아 줄어들고 있던 무렵, 문학을 그만두어야 하는 것은 아닌지 번민하고 있던 조선의 문학 청년들에게 이광수는 문학의 선배로서 다음과 같은 주

---

11 「이광수 씨 등 30인 신민의 적성 피력」(『매일신보』, 1938.11.4), 최주한 · 하타노 세츠코 편, 『이광수 후기 문장집』Ⅲ, 소나무, 2019, 735면. 이하 『후기 문장집』Ⅲ으로 적는다. 친일반민족진상규명위원회, 『친일반민족행위진상규명 보고서』 Ⅳ-11, 현대문화사, 2009, 763면 참조.
12 김윤식, 『일제 말기 한국 작가의 일본어 글쓰기론』, 서울대 출판부, 2003, 157면.

장을 펼친 바 있다.

조선인으로서 조선어에 일종의 애착을 느끼는 것은 당연하지만, 우리는
천황께서 쓰시는 말을 우리 국어로 삼지 않으면 안 된다. 조선어를 일본의
국어로 삼을 수는 없지 않은가. 또 두 개의 국어를 병용할 수도 없지 않은가.
사실을 똑바로 보아야지 편협한 기분에 구애되어서는 안 된다. 일본어는 우
수한 일본정신을 담고 있고, 일본문은 지금 세계 문화를 전부 포섭하고 있
다. 따라서 일본어를 배우는 것은 일본정신을 배우는 동시에 세계문화의 곳
간 열쇠를 쥐는 셈이다. 더구나 일본어는 지금 일약 아시아 여러 민족의 공
통된 국어가 되어가고 있다. 따라서 조선인은 모름지기 국어에 정통해야 한
다. 하물며 **문학에 야심이 있는 이는 척척 일본문으로 써야 한다.**[13]

조선인은 천황이 쓰는 언어를 국어로 삼아야 한다는 것, 일본어는
우수한 일본정신을 담고 있으며 바야흐로 일약 아시아 제민족의 공통
된 국어가 되리라는 것, 따라서 문학에 야심이 있는 사람은 줄줄 일본
문으로 써야 한다는 것. 이는 "身體의 어느 部分을 바늘 끄트로 찔러도
日本의 피가 흐르는" 조선인은 일본인이 되지 않으면 안 된다고 역설했
던 일면 어처구니없는 발언을 환기시키는,[14] 듣기에 따라서는 그만큼

---

13 이광수, 「반도의 제매에게 보냄(半島の弟妹に寄す)」(『신시대』, 1941.10~11), 최주
 한·하타노 세츠코 편, 『이광수 후기 문장집』II, 소나무, 2018, 515~516면. 이하 『후기
 문장집』II로 적는다.
14 이광수, 「황민화와 조선문학」(『매일신보』, 1940.7.6), 『후기 문장집』II, 74면. 김팔봉
 의 회고에 의하면, 한번은 이러한 언급을 두고 현상윤이 사람들 앞에서 이광수를 책
 망한 일이 있었고, 그 자리에서 이광수는 아무런 답변도 하지 못했다고 한다. 김팔
 봉, 「片片夜話」, 『김팔봉전집』II, 문학과지성사, 1988, 413면.

심한 반감을 일으키는 주장이 아닐 수 없다. 그러나 1940년 2월 단편
「무명」으로 모던 니혼샤에서 주관한 제1회 조선예술상을 수상하고, 곧
이어 같은 해 4월부터 이듬해 3월까지 『가실』, 『유정』, 『사랑』을 잇달
아 번역 출간하면서 일본문단 진출에 나섰던 이광수였고 보면, 그에게
일본어에 정통한다는 것은 일본문단에 진출할 수 있는 '권력어'를 손에
쥐는 것이라는 점에서 권장할 만한 일이지 굳이 말릴 이유가 없는 사안
이었던 것도 분명해 보인다.[15]

그러면 이 무렵 이광수는 진정으로 조선어와 조선문학은 폐기되어
도 좋다고 생각하고 있었던 것일까. 다시 말해 '줄줄 일본문으로 써야
한다'는 것이 '조선어로 써서는 안 된다' 곧 조선어와 조선문학의 배제
를 의미했던 것일까. 결론부터 말하자면 결코 그렇지 않았다는 것이
저자의 판단이다. 사실 이광수는 처음부터 일본어의 특권을 인정하는
입장은 아니었다. 그는 내선일체를 주장하는 한편으로 조선의 언어와
문화는 끝까지 보존해야 한다는 입장을 공공연하게 피력하곤 했는데,
이러한 입장은 1938년 11월 전향을 선언한 직후 전향자 중심의 좌담회
인 시국유지원탁회의에 출석하여 한 다음의 발언에서도 또렷하다.

내선일체가 만일 조선의 문화를 말소하고 마는 결과를 낳는다면 그것은
매우 불행한 일이라고 생각합니다. 조선어를 폐지한다고 일부에 떠드는
자가 있지만 이런 정책은 조선인의 감정을 도리어 악화해서 반대의 효과

---

15 이 무렵 이광수의 문학 활동을 기쿠치 칸의 분게이슌쥬샤(文藝春秋社)와의 관계를
   토대로 일본문단에 진출하려는 이광수의 '선전활동'으로 해석하고 있는 흥미로운
   논의로는 하타노 세츠코, 「이광수와 야마사키 토시오, 그리고 기쿠치 칸—「삼경인
   상기」에 쓰여 있지 않은 것」(『사이間SAI』 11, 국제한국문학문화학회, 2011) 참조.

를 낳지나 않을까 우려합니다. **조선의 언어 문화 등 이런 것은 끝까지 보존하지 않으면 안 되리라고 생각합니다.** 조선의 문화 언어 등은 끝까지 보존하면서도 조선인은 진심으로서 일본을 사랑하는 일본 백성이 되고 천황폐하를 진심으로 자기의 '임금'으로 경배하는 마음을 가질 수 있다고 생각합니다. 또 이리하는 것만이 진정한 내선일체의 길이라고 믿습니다.[16]

한마디로 말해 조선인은 조선의 언어와 문화를 끝까지 보존하면서도 얼마든지 마음으로부터 일본을 사랑하고 천황을 임금으로 모시는 일본 국민이 될 수 있다는 주장이다. 이광수는 일본의 우월적인 지위를 인정하는 공식적인 목소리에 의존하면서도 조선의 언어와 문화는 보존되어야 한다는 소수자의 목소리를 포기하지 않는 양가적인 입장을 보이고 있는 것인데, 이처럼 이광수가 일본의 우월적인 지위를 충분히 강조하면서도 조선의 특수성을 주장할 수 있었던 것은 일본정신과 그것을 담는 그릇인 언어를 분리시키는 전략 덕분이었다고 할 수 있다. 그러나 조선어로 쓰인 조선문학의 당위성을 주장하는 다음의 언급은 그것이 한낱 편의적이고 타협적인 전략에 불과한 것이었음을 분명하게 보여준다.

只今 朝鮮에 가장 朝鮮的 特色을 가진 文化部門은 文學이다. 美術이나 音樂에도 朝鮮的인 鄕土的인 色彩 香氣 等 特色을 가질 수 잇지마는 그래도 그것은 言語的이 아니오 色彩, 音響, 形象을 主로 한 것이매 朝鮮的이라는 境界線이 明確하지는 아니하다. 그러나 文學은 朝鮮 特有의 語文으로 朝鮮

---

16 「시국유지원탁회담」(『삼천리』, 1939.1), 『후기 문장집』Ⅲ, 441~442면.

人 生活, 思想, 感情을 表現한 것이기 째문에 이것은 오직 朝鮮語文을 아는 사람만이 鑑賞할 것이다. 그럼으로 모든 文化部門中에서 가장 朝鮮的인 것은 朝鮮文學이다. 朝鮮人의 生活이 當分間은 朝鮮語로라야 完全히 表現될 것은 말할 것도 업다. (…중략…) 朝鮮人의 生活, 朝鮮人의 感情은 當分間은 朝鮮이 아니고는 完全히 表現되지 안는다는 것만은 理解할 수 잇슬 것이니, 여기 朝鮮文學의 存在 理由의 第一條가 잇는 것이다.[17]

조선인의 생활과 사상, 감정을 표현하는 것은 오직 조선어로 된 조선문학이라야 담당할 수 있다는 이 같은 주장은 한눈에 보아도 일본정신은 조선어의 언어와 문화를 유지하는 가운데서도 얼마든지 표현될 수 있다고 주장했던 앞의 논리와 전혀 상반된다. 그럼에도 불구하고 이광수는 조선어로 쓰인 조선문학의 당위성을 강조하는 한편으로 "그 用語가 國語나 朝鮮語이나를 勿論하고 要는 그 精神(일본정신－인용자)에 잇는 것"[18]이라는 모순된 주장을 끝까지 견지하는 입장을 취한다. 아마도 일본 국민으로서의 자기 입증에서 자유로울 수 없었을 전향자로서의 입장이 이러한 모순된 주장을 강제했을 것이다.

그러나 이 무렵 체제 내에서나마 어떻게든 조선의 언어와 문화를 보존하고자 했던 이러한 입장은 비단 이광수만의 것은 아니었다. 조선인의 생활과 감정을 표현하는 것은 오직 조선어로 된 조선문학이라야 감당할 수 있다는 위의 주장은 국민문학의 일부로서의 조선문학의 창작

---

17 이광수, 「심적 신체제와 조선문화의 진로」(『매일신보』, 1940.9.4~12), 『후기 문장집』 Ⅱ, 104~105면.
18 위의 글, 107면.

이 요구되었던 시점에서 조선문학의 위상을 어떻게 자리매김할 것인가라는 문제의식 속에서 제출된 것으로,[19] 그 해결책으로 일본문화의 지방적인 한 단위로서 '조선적인 로컬한 것'을 사고하기 시작했던 동시대 지식인들의 입장과 다소 호응하는 측면이 있다. 일례로 당시 와세다대학 영문과를 졸업하고 연희전문학교 교수로 재직하고 있던 정인섭은 1940년 8월 『모던 니폰 モダン日本(朝鮮版)』에 게재한 「조선의 로컬 컬러」라는 글에서 다음과 같이 주장했다.

요컨대 일국의 문화가 발달하는 데는 각지의 예술적인 미를 보존하고, 전체적으로는 보다 커다란 것에 종합된 포용성(抱擁性)으로 풍부해진 문화권을 구성하는 식의 방향이 필요하지 않을까. 내지에서도 각 현 각 부락의 민속적 행사의 풍성이 조금도 행정상의 불편을 초래하지 않는 것 같이, **조선의 로컬 컬러는 동아 신질서 건설에 조금도 방해가 되지 않는다고 생각한다.** 초가집 지붕에서 새빨간 고추가 건조되고 있더라도, 기생의 둘둘만 치맛자락 아래로 하얀 버선이 흘끗 보이더라도, 또 질박한 농부가 밭갈이를 하면서 유머러스한 조선의 민요를 부르더라도, **그것은 역시 동아의 미적 정서의 일단이 될 수 있는 것 아닐까.**[20]

---

19 이러한 문제의식은 1940년 8월 6일 국민정신총동원조선연맹 주최 내선문예좌담회에 참석자로 참여했던 이광수의 다음의 발언에서 엿볼 수 있다. "조선의 문단을 말씀드린다고 해보았자, 재래의 언문문학은 역사가 삼십 년 정도입니다. 언문문학이라고 해도 그 대체적인 윤곽이 잡힐 리가 없습니다. 그것이 작년에 문인협회가 결성된 후부터 문제되어, 일본 국민문학의 일부로서의 조선문학을 세우려는 계획하에 재래의 창작 태도를 버리고 국민문학의 하나로서 조선문학을 창작하게 되었습니다. 그렇게 말씀드려도 이제 시작하는 것이므로 조선문인 중에는 갈팡질팡하고 있는 사람도 있습니다." 「문인의 입장에서-菊池寬氏 등을 중심으로, 반도의 문예를 말하는 좌담회」(『경성일보』, 1940.8.13~20), 이경훈 편역, 『이광수 친일문학전집』Ⅱ, 평민사, 1995, 469~470면. 앞서 언급한 「심적 신체제와 조선문화의 진로」는 이 좌담회 직후에 쓰였다.

사실 이광수와 정인섭은 바로 이달 국민정신총동원조선연맹에서 주최한 '내선문예좌담회'(1940.8.6)에서 직접 만나기도 한 사이였다. 물론 이날 좌담회에서는 초반부터 언어의 문제로 일본과 조선 양측의 견해가 팽팽하게 맞서는 바람에 당시 『경성일보』 학예부장이자 논설위원이었던 테라다 에이寺田英가 제기한 '조선적인 로컬한 것'[21]의 필요성에 대한 논의가 묻혀버리고 말았다.[22] 그러나 일본문화의 지방적인 한 단위로서의 '조선적인 로컬한 것'의 주장은 재조선 일본인의 입장에서뿐만 아니라, 조선문인들의 입장에서도 일본의 우월적 지위를 충분히 강조하면서도 동시에 조선적 특수성을 지킬 수 있는 효과적인 해결책으로 간주되고 있었음을 위의 글은 잘 보여준다.

한편 일본정신과 언어를 분리시켜 조선적인 것을 지키려 했던 이광수의 전략은 일본문화의 지방적인 한 단위로서의 '조선의 로컬 컬러'의 주장에 비해 보다 급진적인 면모를 가진 것이기도 했다. '조선의 로컬

---

20  鄭寅燮, 「朝鮮のローカル・カラー」, 『モダン日本(朝鮮版)』, 1940.8, 91면.
21  『후기 문장집』III, 528면. "경성일보가 아무리 완강히 버텨도 중앙의 대신문에 비하면 조직은 물론 독자에 있어서도 당해낼 수 없으니, 적어도 조선적인 로컬한 것을 만들고 싶다고 생각하고 있습니다."
22  이날 좌담회에는 초반부터 이광수가 '국어'의 보급 기간을 들어 적어도 향후 50년간 조선문학은 조선어로 쓰여야 한다고 강경하게 주장하는 바람에 잠시 냉랭한 기류가 흘렀던 것으로 보인다.
"이광수 : 의무교육이 설정되고 나서 적어도 50년은 불가능합니다.
시오바라 토키사부로(鹽原時三郞), 총독부 학무국장 : 의무교육이 될지 어떨지 모르지만, 조선 아이들 전부가 나이가 차면 학교에 입학할 수 있는 시대는 소화 25, 26년 정도가 될 것이라고 생각합니다. 일곱, 여덟 살에 들어가서 가령 50년이라면 굉장히 긴 시간입니다.
이광수 : 그때부터 계산해서 4, 50년 정도는 언문을 써야겠지요."
이에 관한 양측의 이야기가 길어지자 정인섭은 내선일체의 효과를 거두려면 어떻게 해야 하는지 키쿠치 칸에게 직접 화제를 돌림으로써 상황을 수습하고 있다. 위의 글, 532면.

컬러'에 대한 주장이 일본의 우월적 지위를 승인하는 가운데 조선을 일본의 지방적인 한 단위로 축소시킨 것이라면, 이광수의 전략은 이른바 동조동근의 논리로써 내선일체를 선전하던 제국의 논리에 기반하여 제국과 식민지간의 불평등한 위계를 허물어뜨리려는 시도와도 맞물려 있었기 때문이다.

> 그러니까 여보게. 조선의 옛 문화를 전부 바로잡을 필요는 없는 것일세. 내선일체는 마음의 문제, 즉 이상과 국민적 감정의 문제이지 모든 것을 한 가지 색으로 칠하는 것을 의미하지는 않네. 하물며 앞에서도 언급했듯이 조선문화는 일본문화와 동원(同原)이고 동질(同質)임에랴.[23]

그러나 이로부터 얼마 안 있어 이러한 이광수의 전략은 자취를 감추고 마는데, 이는 점점 긴박해가는 시국과 동우회사건 상고上告 중 판결을 앞두고 일본 국민으로서의 좀더 적극적인 자기 증명이 필요했던 상황과 밀접한 관련이 있다. 이 무렵 일본에서는 전쟁의 장기화 국면을 타개하기 위한 조처로 1940년 8월 코노에近衛 수상의 신체제성명에 이어 동년 10월에 결성된 '대정익찬회大政翼贊會'와 더불어 본격적인 신체제 국면에 돌입한다.[24] 그리고 이로부터 두 달 뒤인 12월 조선에는 내선일체의 실천을 위하여 일본정신을 깨닫고 황도皇道를 받들자는 취지의 황도학회皇道學會가 결성된다. 황도학회는 주된 사업으로 1941년 1월

---

23  이광수, 「동포에게 보냄」(『경성일보』, 1940.10.1~9), 『후기 문장집』Ⅱ, 433면.
24  대정익찬회 중심의 신체제운동의 성격과 활동에 관해서는 이에나가 사부로 편, 연구공간 '수유+너머' 일본근대사상팀 역, 『근대 일본 사상사』(소명출판, 2006, 362~365면

14일 이후 매일 저녁 두 시간씩 야마토주쿠大和塾(사상보국연맹을 개편한 기구)에서 황도강습회를 개최했는데,[25] 황도학회 발기인의 한 사람이기도 했던 이광수는 이 무렵 야마토주쿠에 머물며 강습회에도 참여했다.[26] 그리고 야마토주쿠에 머무는 동안 일본정신과 언어를 분리하여 조선어와 조선문학을 지키고자 했던 이전의 전략을 전면적으로 수정해야 할 필요성에 직면하게 된다.

어제는 M교수에게서 국체신론(國體新論)이라는 강의를 들었습니다. M교수는 무척 열성적이고 솔직한 분으로, "모든 곤란과 불편을 견디고 진짜 일본인이 되는 것이 참된 봉공이다"라고 질타하셨습니다. "**일본어가 아닌 말을 사용하고, 일본의 풍속·습관이 아닌 풍속·습관으로 사는 것은 비국민(非國民)이다.** 그런데 조선인은 태연히 비국민으로 살고 있다. 만약 이를 알면서도 비일본적인 생활을 계속한다면, 아마도 반드시 멸시받을 것이다. 일본 국민 전부에게서 멸시받을 날이 올 것이다"라고 엄히 훈계하셨습니다. **일본정신을 나의 정신으로 삼아 일본어로 생활하고 일본의 풍속, 습관, 예절, 의례에 근거하여 생활해야 비로소 진짜 일본인이라고 가르치셨습니다.**[27]

여기서 M교수란 당시 경성제대 교수였던 마츠모토 시게히코松本重彦

---

25 「움직이는 지식부대 황도학회 발회식」(『신시대』, 1941.2), 『후기 문장집』Ⅲ, 774면.
26 이광수가 야마토주쿠에 머물렀던 일에 관해서는 이광수, 「행자」(『문학계』, 1941.3, 『후기 문장집』Ⅲ, 298~299면) 참조. 총독부가 사상보국연맹을 개편하여 만든 야마토주쿠는 그해 3월부터 전향자들을 대상으로 수양회를 개최했는데, 제1회 수양회는 1941년 3월 10일부터 4월 10일에 걸쳐 한 달간 진행되었다. 이때 이광수도 수양회에 참여하여 「대화숙 수양회 잡기」(『신시대』, 1941.4)라는 참관기를 남겼다. 『후기 문장집』Ⅲ, 334~344면
27 이광수, 「행자」(『文學界』, 1941.3), 『후기 문장집』Ⅲ, 300~301면.

를 가리킨다. "일본어가 아닌 말을 쓰고, 일본의 풍속 습관이 아닌 풍속 습관으로 사는 것은 비국민"이라는 마츠모토의 일갈은 내선일체는 "이상과 국민적 감정의 문제이지 모든 것을 한 가지 색으로 칠하는 것을 의미하지는 않"는다던 그간의 이광수의 주장과는 정면으로 대치한다. 이후 이광수의 언설에서 조선어와 조선문학의 위상이 재조정되어 등장하는 것은 말할 것도 없다.

> 今後로 朝鮮人 文士가 國語를 用語로 하는 文學을 製作하게 될 것도 必然한 일이어니와, 當分間 朝鮮語만을 알고 國語를 모르는 同胞를 爲하여서 朝鮮語文의 文學도 必要한 것이다. 그럼으로 여기 對하여서 잘못 認識하여서는 아니 된다. 卽 朝鮮文人이니까 朝鮮語文으로 文學을 製作한다는 생각을 가저서는 아니 된다. 國語를 모르는 同胞를 爲하여서 朝鮮語文으로 文學을 製作한다는 것이 正當한 생각이다. 그럼으로 諺文文學의 主要한 目的은 國語를 모르는 同胞에게 國民精神을 주는 데 잇서야 할 것이다. 웨 그러냐 하면 國語를 모르는 同胞들은 國民精神에 接觸할 機緣이 朝鮮語 文學박게는 업기 때문이다.[28]

비록 국민문학의 일부로서이긴 해도 조선어로 쓰인 조선문학의 특수성이 강조되었던 이전의 주장과는 달리, 이제 '조선어문의 문학' 곧 '언문문학'은 이러한 특수성과는 무관하게 전적으로 '국어를 모르는 동포에게 국민정신을 주는' 일종의 도구로서 위치지어지고 있는 것을 볼 수 있다. 그렇기는 해도 조선어에 일종의 '도구어'로서의 격하된 위상

---

28 이광수, 「문인의 웅소 – 육군기념일에 제하여」(『매일신보』, 1941.3.10~14), 『후기 문장집』 II, 136~137면.

을 부여하면서까지 이광수는 조선어로 쓰인 조선문학을 지키고 싶어
했다고 하면 지나친 이야기가 될까.

이어지는 글에서 이광수는 조선에 조선어로 쓰인 조선문학이 필요
한 이유를 구구절절하게 이야기한다. 현재 조선에서 국어를 모르는 동
포가 2천만이 있다는 것, 국어를 아는 이가 1할 5분쯤 된다고 하나 그 1
할 5분이 다 국문을 읽어 정신을 해독할 정도는 못 된다는 것, 게다가
국어를 모르는 2천만 중에는 학령 이상 미취학 아동으로부터 40세 내
외에 이르기까지의 5백만 동포는 당장 국가에 유용한 계급이라는 것,
이들은 생산력으로도 중심일뿐더러 정신적으로 2세 국민의 양육자, 지
도자라는 것, 이들에게 국민정신을 주입하고 시국을 인식시키고 아니
시킴은 당장의 국력 발휘와 조선인 황국신민화에 지대한 영향이 있다
는 것, 그리고 인용문에도 나와 있듯이 국어를 모르는 동포들이 국민정
신에 접촉할 기연은 '조선어 문학'밖에는 없다는 것. 단순히 협력적인
공식적 발언만을 염두에 둔 것이라면 이광수가 굳이 이토록 구구절절
하게 조선어와 조선문학의 필요성을 강조할 필요는 없었을 것이다.

잘 알려져 있다시피, 조선교육령 개정(1938.2)에서 국어보급운동(1942.5),
국어상용운동(1944.8)에 이르기까지 전시동원체제하 일제의 언어 정책은
지원병 제도에서 징병제 실시에 이르는 병역 제도와 연동하여 일본어를
중심으로 한 단일언어 정책을 지향한 것이었다.[29] 그러나 국책으로서의
'국어' 전용은 국어 해독 능력이 턱없이 부족한 조선의 현실에서 단시일

---

29  일제의 언어 성책에 따른 1940년 전후의 조선의 언어상황에 대한 자세한 내용은 윤
    대석, 「언어와 식민지—1940년을 전후한 언어상황과 한국문학자」,(『식민지 국민문
    학론』, 역락, 2006, 117~121면) 참조.

내에 해소될 수 없는 문제였다. 이러한 상황에서 조선총독부가 취한 정책은 이념으로서는 '국어' 전용을 내세우면서도 현실에서는 조선어의 광범위한 사용을 병행하는 방식일 수밖에 없었는데,[30] 이러한 사정은 전쟁 동원을 위한 시국 협력 매체였던『방송지우』와『일본부인』(조선판)이 창간되었던 배경 및 잡지의 성격을 통해서도 보아온 대로이다. 그러니까 '국어'의 전용도 중요하지만 국어 해독 능력이 턱없이 부족한 조선의 현실을 고려하여 조선어와 조선문학은 충분히 활용되어야 한다는 이광수의 주장은 이러한 저간의 사정을 고려한 전략적 발언이었을 가능성이 있는 셈이다.[31] 다음 절에서는 앞서 언급한『방송지우』및『일본부인』조선판 소재 이광수의 조선어 단편들을 중심으로 그 가능성을 타진해 보기로 한다.

---

30 전시동원체제하의 언어 공간의 복합성에 대한 논의는 권명아, 「내선일체 이념의 균열로서의 '언어' ─ 전시동원체제하 국책의 '이념'과 현실 언어 공간의 관계를 중심으로」(『대동문화연구』39, 대동문화연구원, 2007)을 참조할 것.

31 저자는 이전의 글에서도 1910년대 이광수의 면모를 이러한 전략적 타협이라는 관점에서 조명한 바 있다. 이광수가『매일신보』에 등단하기 직전 일본 민권계열 잡지인 『홍수이후(洪水以後)』에 투고한 글「조선인 교육에 대한 요구(朝鮮人敎育に對する要求)」(1916.3)가 단적인 예인데, 제국 일본의 동화정책을 명분으로 내세우며 조선에 일본과 동등한 교육을 개방할 것을 요구하고 있는 이 글은 제국의 권위에 의존하면서도 그것에 도전하는 양가적인 전략을 취하고 있다. 뒤이어『매일신보』의 사장 아베 미츠이에를 겨냥하며 쓴 글「대구에서」(1916.9)도 마찬가지다. 이에 관해서는 최주한, 「제국의 근대와 식민지, 그리고 이광수─제2차 유학 시절 이광수의 사상적 궤적을 중심으로」(『이광수와 식민지 문학의윤리』, 소명출판, 2014) 참조.

## 3. '말해야만 하는 것'과 '말하고 싶은 것' 사이에서

1942년 5월 총독부에서 개시한 국어보급운동은 1942년 10월 '조선어 학회사건'으로 이어지는 전면적 언어 통제의 신호탄이었다. 조만간 민 족어가 사라질지도 모르는 이런 긴박한 상황에서 비록 시국 협력 매체 였을망정 『방송지우』나 『일본부인』(조선판)과 같이 조선어로 쓰인 조 선문학이 공식적으로 허용되는 지면은 이광수에게 어떤 의미를 가진 것이었을까.

당시 일본어 해독 능력을 가진 인구가 1할 5푼 정도에 불과하고 나머 지 2천만은 아예 조선어밖에 모른다는 사실을 익히 잘 알고 있었던 이 광수였고 보면, 이 시기 그가 소설과 시, 수필, 논설 등 온갖 장르를 넘 나들며 일본어로 써댄 수많은 글들은 사실 조선인 독자라기보다 당국 혹은 일본인 독자를 향한 것이었다고 보아야 옳을 것이다. 다시 말해 이광수에게 일본어 글쓰기는 당국이나 일본인 독자들이 듣고 싶어하 는 것, 혹은 일본 국민으로서의 자기를 입증해야만 하는 전향자의 입장 에서 '말해야만 하는 것' 위주의 글쓰기였다고 할 수 있는 것이다.[32] 반 면 대다수 조선인 독자들을 대상으로 한 조선어 글쓰기, 그 가운데서도

---

32  이는 이광수가 '대동아전쟁' 일주년을 맞아 자신의 결의를 밝힌 다음의 피동적인 발 언에서도 엿볼 수 있다. "대동아전쟁 2년째라고 해도 작년과 별로 달라진 것을 말씀 드릴 것은 없습니다만, 작년 12월 8일 나는 무슨 일이든 좋다, 부름을 받는다면 무엇 이든 내 힘이 미치는 한 의무를 다하겠노라고 결심했던 것입니다. 강연에 가라고 하면 갔고 쓰라고 하면 썼습니다. 올해도 더욱더 그런 일에 노력하여 봉공(奉公)해 드리자는 생각입니다." 이광수, 「대동아전쟁 1주년을 맞는 나의 결의」, 『국민문학』(1942.12), 『후기 문장집』III, 611면.

특히 문학은 암시적인 언어로 독자와 소통할 수 있는 공간이 내재되어 있다는 점에서 '말해야만 하는 것'의 한계 내에서나마 조선인 독자들을 향해 '말하고 싶은 것'을 전할 수 있는 은밀한 방편으로서 간주되었던 것으로 보인다.

『방송지우』창간호에 실린 단편 「면화」(1943.1)는 이처럼 '말해야만 하는 것'과 '말하고 싶은 것' 사이에서 위태로운 균형을 취하는 방식의 글쓰기를 전형적으로 보여준다. 등장인물의 구성으로 보건대 이광수 자신의 가정을 모델로 한 것으로 보이는 이 단편은 '국민학교'에 다니는 두 딸아이가 '국어'로 관찰일기를 쓰기 위해 학교에서 면화 씨앗을 얻어다 심고 그것이 자라는 과정을 지켜보면서 소소한 갈등을 겪으며 성장하는 과정을 그리고 있다. '가정소설'이라는 표제어를 달고 있는 단편답게 일면 가정에서 일어난 소소한 이야기를 다룬 이야기에 불과해 보이지만, 학교교육을 통하여 아이들이 익힌 '국어'로서의 일본어가 가정에서도 일상적인 언어로 자리 잡은 모범적인 '국민 가정'의 한 면모가 뚜렷하다. 특히 작품의 후반부에서 기다리던 면화 꽃이 피고 지는 것을 지켜보며 두 딸아이가 일본어로 함께 부르는 노래는 당시 일본의 어린이라면 누구에게나 익숙했던 일본동요를 가사만 바꾸어 부른 것이기도 한데,[33] 검열 당국의 시선으로서도 전혀 흠잡을 데 없을 작품인 셈이다. 하지만 이런 독해 방식은 다음의 마지막 장면에서 전혀 다

---

[33] 이 노래가 일본의 동요를 개사한 것이라는 사실은 하타노 세츠코 선생님께서 알려주셨다. 확인해 보았더니, 이정화 선생님께서도 이 노래를 기억하고 계셨다. 본래의 가사는 다음과 같이 시작한다. "ひいらいた ひいらいた. なんの花がひいらいた. れんげの花がひいらいた. ひいらいたとおもったら いつのまにかつぼんだ(피었네 피었네. 무슨 꽃이 피었나. 연꽃이 피었네. 피었는가 했더니 어느덧 이울었네)."

른 해석의 가능성을 얻게 된다.

지금 두 아이는 학교에서 운동회 연습을 하고 있을 것이다. 나는 면화닙
헤 붙은 벌레는 잡아주고 나서 이 글을 쓰고 있다. 오늘도 두 아희의 나무
에 한 송이씩 새꽃이 피었다. **천년 만년 솜씨를 잊지 않고 피는 꽃이다.** 아직 아
이들은 하얀 솜이 터져나오는 양은 못 보았다. 앞으로 보름이나 지나면 복
송아 같은 열매가 툭 터져서 하얀 솜이 비죽이 나올 것이다. 그 때에 가즈
꼬는 제 노래에 어떤 한 구절을 채오랴는가[34]

저자가 '천년만년 솜씨를 잊지 않고 피는 꽃'이라는 구절을 대하면서
제목 '면화'의 상징성에 생각이 미친 것은 그저 우연이었을까. 잘 알려져
있다시피, 면화는 백의민족을 상징하는 옷감인 무명베의 원료이다.
1863년(고려 공민왕 12년) 원나라에서 문익점이 붓대 속에 목화씨를 들여
와 길쌈을 퍼뜨린 이래 600여년 간 하얀 무명옷, 곧 '흰옷'은 겨레를 상징
하는 의상이었다. 게다가 이광수는 일찍이 『학지광』 8호에 게재한 「용
동—농촌문제연구에 관한 실례實例」(1916.3)이라는 글에서 '흰옷'이라는
필명을 사용한 적도 있다.[35] 그러니까 이 대목에서 '면화'에 부여된 '천년
만년 솜씨를 잊지 않고 피는 꽃'이라는 속성은 이광수가 조선의 독자들
을 향해서 '말하고 싶었던 것' 곧 면면히 이어져 온 조선의 문화는 언제고
다시 꽃을 피우고 결실을 맺을 것임을 은밀하게 전하고자 한 것이라는

---

**34** 香山光郎, 「棉花」(『방송지우』, 1943.1), 최주한·하타노 세츠코 편, 『이광수 후기 문
  장집』 I, 소나무, 2017, 602면. 이하 『후기 문장집』 I로 적는다.
**35** 본문에는 '帝釋山人'이라는 필명을 사용했지만, 목차에는 '흰옷'으로 되어 있다. '제
  석산인'이라는 필명은 이광수의 고향 정주에 자리한 제석산에서 따온 것이다.

해석이 가능해진다. 여기에 이 무렵이 전시체제하 효과적인 국민 통제의 일환으로 조선식 흰옷이나 거추장스러운 전통 복장이 극심한 규제를 받고 있던 시기였다는 점을 고려하면,[36] 두 딸아이 못지않게 지극한 관심을 가지고 정성껏 면화 나무를 돌보는 '나'의 행동에서는 은밀한 저항의 의미까지도 읽어낼 수 있게 되는 것이다.

『방송지우』2권 9호에 실린 「방공호」 역시 마찬가지의 관점에서 해석해 볼 수 있다. 전시하의 방공관제로 인해 얼떨결에 증조부의 제사를 방공호에서 치르게 되는 김 의관이라는 인물의 좌충우돌기를 그린 이 단편은, '방공소설'이라는 표제어와도 잘 어울리게 그러한 좌충우돌기 속에 전시체제하의 국민이 지켜야 할 생활규칙이라든가 방송관제 시의 행동 요령 등을 상세하게 담아내고 있다. 앞서도 언급했듯이 김 의관과 며느리가 제사를 지내기 위해 갖추어 입은 두루마기나 치마와 같은 전통 복장은 물론, 김 의관이 제사에 쓸 제주祭酒를 마련하기 위해 '야미やみ(암거래)'[37]로 몰래 술을 사들인 행위는 전시체제하 생활규칙에는 모두 어긋나는 것뿐이다. 등화관제 및 방공훈련 때 집안에서 버젓이 촛불을 켜놓고 제사를 지낸다는 것이 절대 허용될 수 없는 행위라는 것은 말할 것도 없다. 결국 김 의관은 아들 정식의 제안대로 제상을 옮

---

36  1920년대 총독부에서 주도한 생활개선운동의 하나로 시작되었던 흰옷의 통제는 특히 전시 동원체제하 삭발과 국민복, 몸뻬를 착용한 모습이 전통이나 서양식에서 벗어난 '일본적인 것의 표식'으로 자리 잡기 시작하면서 더욱 철저해지기에 이른다. 식민지 시기 의복 통제를 통한 '국민' 만들기 기획에 관해서는 공제욱, 「의복통제와 '국민' 만들기」,(공제욱·정근식 편,『식민지의 일상, 지배와 균열』, 문화과학사, 2006)를 참조할 것.

37  1939년 가뭄에 따른 식량난에 이어 전쟁이 본격화되면서 생겨난 암시장은 1940년 이후 물가 통제에서 배급 통제가 실시되는 과정에서 더욱 활성화되었는데, 이러한 암거래는 경제범죄로서 엄격한 단죄의 대상이었다. 이종민, 「전시하 애국반 조직과 도시의 일상 통제—경성부를 중심으로」,『동방학지』 124, 국학연구원, 2004, 860~861면.

겨 방공호 안에서 제사를 지내게 되고, 그 과정에서 총후국민으로서의 본분을 다하고 있는 아들 세대의 모습을 지켜보며 자신의 모습을 반성하기에 이른다. 요컨대 이 단편은 봉제사奉祭祀라는 전통적인 소재를 통하여 김 의관으로 대변되는 조선적인 것을 시국 협력의 차원에서 적절하게 비판하고 있는 것인데, 그런 점에서 일단 국책 협력의 문법을 충실하게 따른 작품이라고 보아도 좋을 것이다.

　그러나 이러한 비판적 입장이 작품에서 조선적인 것의 실질적인 전면 부정으로 이어지고 있는지는 좀더 생각해 볼 문제이다. 전통적인 것을 중시했던 김 의관이 아들 세대의 가치를 전면적으로 수용하면서 자신의 모습을 반성하는 결말 부분의 변모가 다소 '작위적'이라는 지적도 있듯이,[38] 사실 이 단편은 제사를 모시는 김 의관의 동선을 따라 그려지는 자세한 제사 절차가 텍스트의 대부분을 차지하고 있다. 전시체제하에서도 매년 유월 스무날 증조부의 제사만큼은 성대하게 치르는 김 의관이 이날도 제사 준비에 분주하다. 경방단원인 큰 아들 창식 몰래 '야미'로 '제주'를 마련하고, 의관을 갖추고 도포를 차려입은 다음, 흡족하지는 않아도 구색에 맞춰 마련한 '제물祭物'을 손수 '제상祭床'에 벌이는 것을 마다 않는다. 제상에 촛불이 켜지자 부리나케 자정의 등화관제를 의식하여 부리나케 '분합문'을 닫는 아들 딸에게 문닫고 제사 지내는 법이 없으니 활짝 열어 놓으라고 엄숙하게 명령하는가 하면, 등화관제라 불빛이 밖으로 나가면 안 된다는 딸 창임의 참견에 계집애는 '제청祭廳'에 오르는 게 아니라고 핀잔을 주고, 아들 정식에게는 제사를

---

38　서재길, 「강요된 협력, 분열된 텍스트—일제 말기 방송소설을 읽는 하나의 독법」, 『민족문학사연구』 45, 민족문학사학회, 2011, 284면.

지낼 때는 문을 다 열어 놓고 '합문闔門'할 때만 문을 닫는 법이라고 부드러운 말로 타이르기도 한다. 결국 분합문을 여는 대신 검은 장막을 드리우자는 아들 정식의 타협안을 받아들인 김 의관은 '향상香床' 앞에 꿇어앉아 향로에 향을 넣고 일어나 절하는 것으로 제사를 시작한다.

이러한 제사 절차는 등화관제에 이은 방공훈련으로 인해 제상을 방공호로 옮기는 과정에서도 결코 방해받지 않는다. '신주神主'를 방공호로 옮기는 사정을 고하는 '축문祝文'을 고민하던 김 의관은 그런 축문은 '사례편람四禮便覽'에도 없다는 사실을 깨닫고 조선말로 간단히 축문을 읊조린 뒤 '신줏독'을 받들고 집을 나선다. 방공호 안에서 약식으로나마 다시 제상을 벌여 놓은 김 의관은 촛불을 켜도 되는지 잠시 망설인다. 촛불을 켜지 않으면 증조부의 혼백이 제사를 받으러 올 수 없다고 생각하는 까닭이다. 불빛이 바깥으로 안 나간다는 예전 반장 노인의 대답을 듣고서야 공간이 비좁아 잠깐 무릎을 굽혀 꿇는 것으로 절을 대신한 김 의관은 마지막 축문을 외는 것으로 이럭저럭 제사 절차를 마치게 되지만, '첨작添酌'도 하고 '합문'도 해야 하는데 방공호 속이라 사정이 여의치 않은 것이 못내 마음에 걸린다. 결국 합문을 하지 않으면 모처럼 찾아온 증조부가 제대로 잡수시지 못할 것 같다는 생각에 김 의관은 신주에 등을 향하고 돌아서는 것으로 합문을 대신한다. 그리고 마지막으로,

'에헴' 하고 김 의관은 기침을 하고 침을 조금 튀 뱉고 신줏 쪽을 향하여서 돌아섰다. 제문이라는 뜻이다. 김 의관은 그 아버지가 '에헴'하고, 담을 뱉고, 손을 내어밀어 분합문 고리를 잡아당기던 모양을 눈앞에 그려보고, 방공호 속이라 그

것을 못 해보는 것이 섭섭하였다.

'전쟁 중이라, 다 이렇습니다.'

김 의관은 속으로 조상을 향하야 중얼거렸다.

제사를 다 지내고 나서 김 의관은 젯상에 놓았던 잔을 들어서 음복을 하였다.[39]

이처럼 제사의 마지막 절차에 이르기까지 정성을 다하는 김 의관의 모습을 통해 전경화되는 것은 아버지, 할아버지 세대로부터 이어져 온 조선의 전통적인 제례의식 전반에 관한 것이다. 단순한 제의 절차뿐만 아니라, 제사를 지낼 때는 분합문을 열어야 한다는 것, 제청에는 여자가 올라올 수 없다는 것, 제주를 비롯하여 조상에게 올릴 제물은 정성껏 마련해야 한다는 것, 제상에 촛불을 켜놓지 않으면 조상의 혼백이 제사를 찾아올 수 없다는 것, 조상이 제물을 드실 때는 편하게 제물을 드실 수 있도록 반드시 합문해야 한다는 것, 이러한 유식 절차가 끝나면 다시 분합문을 열고 음복의 예를 취해야 한다는 것 등 각각의 절차가 존재하는 이유에 대한 자세한 설명에 이르기까지, 제례의식 전반에 관해 세세하게 전달하려 애쓴 흔적이 또렷하다. 어쩌면 이광수는 시국 협력 차원에서 조선적인 것을 적절하게 비판하는 공식적 태도 이면에서, 봉제사라는 조선의 전통적인 소재를 통하여 조상 적으로부터 면면하게 이어져 내려오는 조선 고유의 전통을 독자들과 은밀하게 공유하고자 한 것이 아닐까. 등화관제와 방공훈련이라는 긴박한 상황에도 아랑곳하지 않고 사뭇 진지하게 제사를 받드는 김 의관의 모습을 일일이 따라가고

---

39  香山光郎, 「防空壕」(『방송지우』, 1944.9), 『후기 문장집』 I, 789~790면.

있는 붓길에서 오직 조선인들만이 공유할 수 있는 조선의 전통에 대한 애정이 느껴지는 것은 저자만의 과도한 생각에 불과한 것일까.[40]

한편 '근로소설'이라는 표제어가 달려 있는 「구장님」(『방송지우』, 1945.1)은 전해에 아들을 잃고 손자 셋은 징용, 학병, 징병 입영 보낸 일흔 셋 늙은 구장의 모범적인 시국 협력 이야기를 다룬 단편이다. 일흔셋의 나이에 아들 대신 구장을 맡은 가나모토가 동리의 증산 독려에 힘쓴 결과 공출과 퇴비에 좋은 성적을 내고 관으로부터 막걸리 특배를 받아 마을 잔치를 치르게 된다는 것이 주된 내용으로, 증산을 통한 '생산보국'을 주제로 삼고 있다.

그런데 이 단편이 특징적인 것은 작가가, 가나모토라는 창씨명을 갖고 있기는 해도 일흔셋의 나이로 보아 제대로 된 '국어'교육을 받았을 리 없는, 즉 조선어밖에 모르는 전형적인 조선의 농부라 할 만한 인물을 주인공으로 내세워 모범적인 시국 협력 이야기를 펼쳐 나가고 있다는 점이다. 이 또한 '말해야만 하는 것'의 관점에서야 시국의 요구에 부응하는 계몽적인 의도를 이번에는 조선의 농민들에게 관철시킨 것이라는 의미를 가지겠지만, '말하고 싶은 것'의 관점에서는 조금 다르게 해석될 수 있다. 이와 관련해서는 이 전형적인 조선인 농부가 관의 요구에 그저 순응적으로 협력하는 왜소한 존재라기보다 시국의 소란한 시간성 따위는 훌쩍 넘어서버린 초연한 위엄을 지닌 존재로 그려지고 있다는 점이 주목된다.

---

40  이에 관해서는 "'적기'의 침투가 예상되어 공습경보가 내린 비상상황에서 방공호 속에 들어가서 태연하게 제사를 지내는 김 의관의 모습은 지나치게 희화화되었다는 혐의를 지울 수 없다"는 평가도 있다. 서재길, 앞의 글, 285면.

단편 초입에서부터 구장 가나모토는 일흔셋 노령의 나이임에도 불구하고 범골이 아닌 데다 위엄까지 갖춘 비범한 농부로서 소개된다. 일면 구장으로서 공출, 저금, 징용, 근로보국대, 증산장려 등 관의 명령에 따라 동리 사람들을 독려하는 대리인으로서의 임무에 충실한 것처럼 보이지만, 이러한 관의 명령은 구장에게서 번번이 조선 농부의 언어와 감각으로 재해석되어 버린다. 구장은 관이 명하는 '증산 장려'를 '풀거름 많이 만들고 논에 가을보리 심는 것'으로 이해한다. 구장이 병정, 징용, 보국대 나간 집을 날마다 돌아보고 보살피는 것도 동리 사람의 일은 마을 공동체가 함께 책임졌던 전통적인 농가의 습속習俗이 몸에 벤 탓이라 해야 할 것이다. 성실한 증산 독려 덕분에 공출과 퇴비 성적이 좋아 관으로부터 막거리 특배를 받게 되었을 때도, 구장은 특배받은 술을 가지고 돼지를 잡고 송편도 빚고 인절미도 쳐서 동리 사람들과 함께 뒤늦은 '추석 잔치'를 벌인다. 국민의례가 끝난 뒤 '텐노 오헤이까 반자이(천황 폐하 만세)'가 떠나갈 듯하던 외침도 잠시, 광대 흉내와 걸쭉한 '육자배기'로 잔치의 흥을 돋구던 구장은 자리를 털고 일어나 동리 사람들과 함께 다시 보리를 갈러 들판으로 나간다.

'텐노 오헤이까 반자이'와 '육자배기'의 어울리지 않는 공존. 이 가운데 어느 쪽이 이 조선인 농부의 육성肉聲이었을지는 묻지 않아도 자명하다. 시국에 협력하는 일조차 제때에 밭을 갈아 씨를 뿌리고 거두는 농부로서의 일상으로 묵묵히 살아내는 이 조선인 농부의 초연한 위엄 앞에서 군수와 경찰서장은 물론 당대 최고의 권력자인 천황의 권위마저도 왜소해지고 미는 것은 말할 것도 없다. 군수와 경찰서장까지 대동한 자리였지만 '텐노 오헤이까 반자이'의 외침이 다소 공허하게 느껴지는 것도 이와 무관하지 않을 것이다. 더욱이 마지막 장면에 그려진, '하늘 뜻'에 따라 묵묵히 논을 갈고, 가래질을 하고, 거름을 지고 혹은 거름을 뿌리며 보리갈이에 열중하고 있는 농부들의 모습은 하늘의 영원한 시간의 질서에 비하면 시국이란 한갓 지나가버릴 한때의 소란에 불과한 것이라는 사실을 은밀하게 일깨우고 있는 듯하다.

> 벼를 비었으니 보리를 갈아야 한다. 농가에 한가한 때는 없다. 그러나 **부지런하게 하늘뜻을 순종하는 농가에 농촌에 질거움이 끄닐 날도 없다. 근로도 영원이오 질거움도 영원이다.** 관음리 앞들에는 논을 가는 이, 가래질을 하는 이, 거름을 지는 이, 뿌리는 이, 흙덩이를 깨트리는 이. 석양은 관음봉에 걸려서 참아 이 농부들을 떠나지 못하여 하는 것 같다.[41]

『방송지우』소재 나머지 두 단편 또한 시국 협력의 문법을 충실하게 따르는 가운데 조선적인 것에 대한 애정을 표현하려 애쓴 작품이라는 점에서는 다르지 않다. 행정, 사법을 다 패스하고 내무성에 채용된 아들이 지원병으로 나서는 것을 보고 깨달은 바 있어 고향으로 돌아갈 것을 결심하는 부재 지주 김 참사의 이야기를 그린 단편 「귀거래」(방송소설)는 조상 적부터 대대로 살아오던 고향 동리와 동리 사람들에 대한 그리움을 표현한 도입부를 공들여 묘사한 흔적이 역력하며, 짝사랑하는 을순이와 노모를 두고 씩씩하게 징병 검사에 나서는 왈쇠의 이야기를 그린 「두 사람」(징병소설)의 경우도 고향 동리의 정경을 묘사하는 붓끝에서 조선적인 것에 대한 애정이 느껴진다.

---

41  香山光郎, 「區長님」(『방송지우』, 1945.1), 『후기 문장집』 I, 820면.

한편『일본부인』(조선판)에 실린 단편「반전」(1944.7)은 '말해야만 하는 것'과 그것을 거스르는 흐름이 직접 길항하고 있다는 점에서 앞서 소개한 단편들과는 조금 다른 성격을 띤다. 실연을 계기로 소시민적 생활을 청산하고 해군에 지원할 결심을 하게 되는 다다시라는 한 남자의 이야기를 다루고 있는 이 단편은 '갱생소설'이라는 표제어답게 다다시의 해군 지원이라는 '반전'의 내용을 강조하고 있다는 점에서 '말해야만 하는 것'의 규칙을 충실히 따르고 있다고 할 만하다. 그러나 결말에서의 이러한 '반전'을 제외하면 이 단편의 전체적인 분위기는 시국에 대한 인식의 앙양과는 거리가 멀다.

장난감 회사의 일개 고원雇員인 다다시는 증강산업과는 무관한 탓에 언제 문을 닫을지 모르는 회사에서 언제 날아올지 모르는 "징용의 백지"를 기다리며 하루하루를 연명하고 있는 무능력한 인물로 그려진다. 오 년간 학비를 대어주며 결혼을 기다리던 애인 마사에의 눈에도 그는 늘상 때묻은 국민복에 고작 "팔십 원" 하는 월급에 턱을 걸고 "후줄근하게 풀이 다 죽어 댕기는" "꾀죄죄한 궁상"[42]으로만 비칠 뿐이다. 더욱이 다다시가 애인 마사에에게 실연당하여 해군에 지원할 결심을 하는 결말의 '반전'은 철저한 시국 인식의 결과라기보다 삶의 마지막 희망까지 잃고 만 사람의 자포자기에 가깝다는 인상을 준다. 결국 이 단편에서는 전시동원체제하에서 떠들썩하게 선전되었던 '명랑하고 건강한 국민 기풍'이라고는 눈을 씻고도 찾아보기 어려운 것이다. 이런 맥락에서, 시국 협력의 문법을 충실히 따르면서도 그 이면에 작동하고 있는 음울한 현실을 사실적으로 포착하고 있는「반전」은 딱히 의식적인 것

---

42  春園,「反轉」(『日本婦人(朝鮮版)』, 1944.7),『후기 문장집』I, 785 · 766면.

이었다고 단언하기는 어려워도 '말해야만 하는 것'에 거스르는 흐름을 잘 담아낸 소설이라 할 만하다.


## 4. 자료는 힘이 세다


애초에 근대서지학회의 오영식 선생님께서 『방송지우』와 『일본부인』(조선판) 소재 이광수의 단편 자료를 보내주시겠다고 제안하셨을 때는 내심 심드렁했다. 이 무렵에 쓰인 소설이라면 지금까지 보아온 그저 그렇고 그런 친일소설이겠거니 싶은 생각에서였다. 그래도 아직까지 본격적으로 논의된 일이 없는 자료들이니 만큼 이들 자료를 묶어서 소개하는 일 자체는 필요하다는 판단에서 저자는 자료를 보내달라고 부탁드렸다. 보내주신 단편을 읽으면서 처음 든 생각은 역시 '그러면 그렇지' 하는 것이었다. 그러나 두 번, 세 번 읽어나가는 과정에서 저자는 이전에 그의 친일소설을 읽으면서는 경험하지 못했던 기이한 느낌에 사로잡혔다. 이들 단편에서는 시국 협력의 문법을 충실히 따르고 있는 공식적인 목소리 이면에서 또 다른 목소리가 느껴졌던 까닭이다. 어느 순간 저자는 그것이 조선어로 쓰인 단편이라는 점과 무관하지 않다는 데 생각이 미쳤고, 이에 전면적 언어 통제 시기 조선어로 쓰인 조선문학이 가질 법한 각별한 위상의 가능성을 염두에 두면서 이 글을 써나가기 시작했다.

저자의 부족한 역량 탓에 이 글이 이광수의 친일문학과 관련하여 공연한 논란거리를 하나 만든 데 불과한 것은 아닌지 걱정이 앞선다. 하지만 저자 개인으로서는 전시동원체제하 이광수의 친일문학을 새로운 각도에서 고찰해 볼 수 있었던 소중한 기회였다. 전면적인 언어 통제 시기 조선어로 쓰인 조선문학의 각별한 위상을 강조하고 있다고 해서 이 글이 이광수의 민족주의를 구출하기 위한 시도로 오해되지 않았으면 좋겠다. 저자는 이광수가 이 무렵 분명히 일제에 협력하는 태도를 취했고, 그것이 어떤 면에서는 필요하다고까지 여기고 있었다고 생각하는 편이기 때문이다. 다만 이광수의 글쓰기를 단일한 목소리에 의한 것으로 간주해서는 이 무렵의 이광수를 제대로 이해할 수 없다는 것이 저자의 생각이다. 그것이 '향산광랑계 글쓰기'와 '이광수계 글쓰기'로 이분화할 수 있을 만큼 단순하지 않다는 것도 포함해서 말이다. 이광수에 관한 새로운 자료가 발견될 때마다 매번 느끼는 것이지만, 역시 자료는 힘이 세다는 것을 다시 한번 깨닫게 해준 시간이었다.

# |제4장|

# 중일전쟁기의 황민화론과 발화의 세 위치

## 1. 비합리의 광기 vs. 생존을 위한 투항

병합 30주년! 조선 2천4백만 민중은 메이지천황의 고마운 뜻(思召)에 의해 이 일본의 신민이 된 것이다. 그리고 지금 천황폐하의 적자(赤子)가 된 것이 얼마나 고맙고 영광스러운 일인지 마음으로부터 느끼게 된 것이다. 조선의 민중은 우리 임금을 위해 물에 잠긴 시체, 풀이 우거진 시체가 되는 것을 신바람나는 일로 여기게 된 것이다. 그리고 영광스런 대일본제국을 지키고 천대만대(千代萬代)에 이 나라를 더욱 번창케 할 신성한 책임과 의무의 부담자(負擔者)가 된 것이다. 조선의 백성이여. 이때에야말로 낡고 작은 감정을 청산하자. 그리고 부정(不淨)을 씻어 없앤 새롭고 큰 마음으로 살아가자. 이제 우리의 고향은 작은 조선 반도가 아닌 것이다. 일장기가 번뜩이는 곳이야말로 모두 우리의 고향인 것이다. (…중략…) 광대무변한 천황의 인자하심은 우리 2천3백만 조선 민중을 완전한 일시동인(一視同仁)의 뜻에 품을 날이 하루라도 빨리 오기를 기다리신다고 삼가 배찰(拜察)하는 바이다.[1]

　그러면 朝鮮民衆의 從此로의 目標가 무엇인가. 그 理想이 무엇인가. 그것은 一이오 唯一이니 곳 完全히 皇民이 되는 것이다. 二千三百萬人이 個個로 天皇을 마음에 모시고 個個로 皇道의 宣揚을 生의 目標로 삼는 것이다. 무엇보다도 먼저 朝鮮人은 '힘잇는 日本國民'이 되지 아니하여서는 아니 된다. 이것은 今日의 目標만이 아니오 子孫 永遠의 目標다. (…중략…) 슬려가는 日本國民이어서는 아니 된다. 구경하는 國民이어서는 아니 된다. 自發的 積極的으로 乃至 創造的으로 제마다 身體의 어느 部分을 바늘 쯔트로 찔러도 日本의 피가 흐르는 日本人이 되지 아니하여서는 아니 된다.[2]

　조선총독부가 내선일체의 슬로건을 내걸고 황민화정책을 추진하며 조선을 병참기지로 재편하기 시작한 것은 1937년 7월 중일전쟁 직후의 일이다. 바로 한 달 전 동우회사건으로 체포·수감되었던 이광수는 이듬해 11월 동우회 회원들과 함께 전향한 이후 1939년 4월부터 『매일신보』, 『경성일보』, 『국민신보』 등의 신문 지면을 통해 총독부의 황민화정책을 적극 뒷받침하는 글을 쓰기 시작한다. 위의 인용문은 당시 이광수가 전개한 황민화론의 수위를 단적으로 보여주는 것으로, 당대 조선인들 사이에서 거센 반발을 산 것은 물론 오랫동안 연구자들을 당혹

---

1　「紀元二千六百年」(『국민신보』, 1940.1.7), 최주한·하타노 세츠코 편, 『이광수 후기 문장집』II, 소나무, 2018, 309~310면. 이하 『후기 문장집』II로 적는다.
2　春園, 「皇民化와 朝鮮文學」(『매일신보』, 1940.7.6), 『후기 문장집』II, 74면.

스럽게 만들어 왔다. 일본 천황을 위해 기꺼이 죽음을 각오하는 조선인, 뼛속깊이 일본인이 되어 대일본제국을 지키는 의무를 광영으로 여기는 조선인이라는 모순형용도 그렇지만, 협력의 태도 표명이라고는 해도 언뜻 이해 가능한 영역 너머의 것으로 보이는 과잉의 수사는 연구자들에게 으레 "차마 눈뜨고 볼 수 없는",[3] "헛소리 치고는 삼척동자라도 구역질을 일으킬 만큼 공허한",[4] 차라리 "눈을 감고 싶은 심정"[5]이라는 심리적 반감을 불러일으키곤 했던 것이다.

이처럼 과잉의 수사로 점철된 이광수의 황민화론에 대해서는 연구자들의 입장에 따라 크게 '비합리의 광기' 혹은 '생존을 위한 투항'이라는 관점이 팽팽히 맞서고 있다. 오직 일본제국주의를 적극적으로 옹호하고 헌신하는 데 기여할 뿐 최소한의 합리성도 보편성도 없는 '광기의 이성',[6] "정치적 강제에 의한 것인 만큼 그것을 강제한 정치적 이데올로기를 최대한 각인시키면 그만"일 뿐인 '초논리의 세계',[7] 제국의 이데올로기를 문면 그대로 받아들여 스스로를 바보로 만듦으로써 역으로 제국의 이데올로기를 조종하고자 한 '마조히즘적 유머'[8] 등의 해석이 전자에 속한다면, 차별로부터의 탈출을 지향한 '도착된 민족의식',[9] 식민지의 토인이라는 약자로서의 자기동일성을 일본 국민이라는 새로운

---

3   김봉구, 「신문학 초기의 계몽사상과 근대적 자아」(1964), 동국대부설 한국문학연구소 편, 『이광수 연구』상, 태학사, 1984, 142면.
4   김윤식, 『일제 말기 한국작가의 일본어 글쓰기론』, 서울대 출판부, 2003, 111면.
5   미야타 세츠코, 이형랑 역, 『조선 민중과 '황민화' 정책』, 일조각, 1997, 172면.
6   류보선, 「친일문학론의 역사철학적 맥락」, 『한국 근대문학의 정치적 (무)의식』, 소명출판, 2005, 410 · 418면.
7   김윤식, 앞의 책, 103~105면.
8   서영채, 『아첨의 영웅주의』, 소명출판, 2011, 113~114면.
9   미야타 세츠코, 이형랑 역, 앞의 책, 172면.

자기동일성을 통해 해소하는 '生하려는 욕망'의 한 방식,[10] "생존의 이익을 추구하여 식민지 제국 일본의 민족과 국가 담론을 재생산하며 폭력적인 권력운동에 참여"한 '전진적인 투항'[11] 등의 해석은 후자에 속한다. 전자가 이광수의 황민화론을 단지 협력의 수사이자 이데올로기적 허위의 산물로서 간주하고 있는 데 비해 후자는 문면 그대로를 협력의 내적 논리를 내장한 사실 담론으로 간주하고 있는 것이다.

전자가 이광수의 황민화론을 협력의 수사이자 이데올로기적 허위의 산물로 간주하는 것은 이광수의 대일협력을 '외적 강제'에 의한 불가피한 타협의 산물로 보기 때문이다. 예컨대 김윤식이 카야마 미츠로香山光郎와 이광수를 별개의 인물로 간주하고 그 연속선상에서 '향산광랑계 글쓰기'와 '이광수계 글쓰기'를 구분하는 것은 협력의 불가피함에 내재한 심리적 저항의 측면을 고려한 시각이라 할 수 있다. 반면 후자가 문면 그대로를 협력의 논리를 내장한 사실 담론으로 간주하는 것은 이광수의 대일협력을 '내적 동의'에 기반한 적극적인 협력의 산물로 보기 때문이다. 이광수는 일찍이 근대문명의 힘을 추구했던 근대화론자로서 식민통치체제에 협력해 온 인물이고, 그런 만큼 제국 일본의 팽창에 편승하여 체제에 편입되고자 한 것은 필연적인 귀결이라는 주장이다.

그러나 이들 논의의 대립은 이광수의 대일협력의 성격을 선험적으로 전제한 방법론적 시각의 차이에서 빚어진 담론상의 대립이기도 해서 어느 한 쪽의 손을 들어주는 것으로는 이광수가 전개해 나간 황민화론의

---

10  이경훈, 『이광수의 친일문학 연구』, 대학사, 1998, 34~35면.
11  조관자, 「'민족의 힘'을 욕망한 '친일 내셔널리스트' 이광수」, 박지향 외편, 『해방 전후사의 재인식』, 책세상, 2006, 527·536면.

실상에 접근하기가 어렵다. 이 난제를 해결하기 위해서는 역시 이광수의 황민화론 그 자체에서 출발하되 이광수의 황민화론이 제출되고 전개되는 과정의 맥락을 재구축하면서 분석적 결과를 도출하는 방법에 의지하는 수밖에 없다.

이 글에서는 중일전쟁기, 좀더 구체적으로는 1938년 11월의 동아신질서성명에서 일본의 남방 진출이 결정되는 1940년 7월의 대동아공영권선언 및 8월의 신체제성명, 그리고 동년 10월 미나미 총독의 반도신체제확립 방침이 표명되기까지의 시기를 대상으로 이광수의 황민화론을 고찰한다. 일반적으로 이광수의 황민화론은 민족해소론과 등가의 것으로 간주되는 경향이 있지만, 이 시기 이광수의 황민화론은 조선의 독자성을 강조하는 입장에서 민족해소론으로 이행해가는 논리적 비약을 또렷이 보여주고 있어 이광수가 황민화론을 전개해간 구체적인 맥락에 접근할 수 있게 해준다.

이 글의 주된 분석 대상은 1939년 4월부터 이듬해 11월까지 일본어 주간신문 『국민신보』에 매주 무기명으로 기고한 칼럼과 1940년 2월 카야마 미츠로로의 창씨개명을 전후하여 『경성일보』, 『매일신보』에 공공연하게 황민화론을 전개해간 논설 및 시론時論들이다. 모두 총독부 관할하의 기관지나 다름없는 매체에 발표된 글이기는 해도 언어와 독자를 달리하는 각 매체의 독자적인 특성이 이광수에게 서로 다른 발화의 위치를 부여했고, 이광수 또한 이를 전략적으로 적극 활용하면서 황민화론을 전개해나간 사실이 확인된다. 따라서 이들 매체의 특성과 더불어 언어와 독자에 따른 발화의 위치를 고려하는 것은 이광수의 황민화론을 다각도에서 고찰함으로써 그 실상을 밝히는 데 도움을 줄 수 있을 것으로 기대한다.

## 2. 『국민신보』, 당국 황민화정책의 계몽자로서

『국민신보』는 1938년 4월 경성일보사에서 독립하여 새출발한 『매일신보』의 자매지로, 일본어를 해독할 수 있는 청소년 독자층을 겨냥하여 1939년 4월 3일 창간된 일본어 주간신문이다. 창간 하루 전날 매일신보사에서 내보낸 "'半島民衆의 皇國臣民化!' 이 時代的 要求에 應하야 本社가 朝鮮文 新聞界에서 劃期的인 國文週刊新聞 『國民新報』를 創刊"[12]한다는 내용의 광고에서도 알 수 있듯이, 조선총독부의 황민화정책의 요구에 응하여 창간되었다는 점에서 거의 국책신문이나 다름없었다고 할 수 있다. 1938년 2월 조선인특별지원병제, 동년 3월 조선교육령개정, 그리고 1940년 2월 창씨개명에 이르기까지 이 무렵 황민화정책을 주도했던 시오바라塩原 학무국장[13]은 『국민신보』의 발간에 대해서 다음과 같은 기대를 표명하고 있다.

半島의 敎育方針은 오직 皇國臣民의 造成에 잇다. 즉 內鮮一體의 精神을 特히 敎育上에 徹底케 하야 半島人으로 하여금 急速히 皇國臣民이 되게 하는 데 其目的이 잇다. 그런데 內鮮一體의 完成에는 여러 가지 條件이 잇겟지만 무엇보다도 半島人에게 國語의 普及을 徹底케 함에 잇는데 國語普及

---

12 「國文週刊 國民新報 創刊」, 『매일신보』, 1939. 4. 2. 광고.
13 시오바라 토키사부로(塩原時三郎, 1896~1964). 미나미 총독의 최측근 참모로서 1937년 7월 학무국장에 취임하여 1941년 3월 일본 후생성으로 전임하기까지 황민화정책을 주도했다. 시오바라가 추진한 황민화정책에 관해서는 다음을 참조. 미야타 세츠코, 이형랑 역, 앞의 책; 임이랑, 「전시체제기 塩原時三郎의 황민화정책 구상과 추진(1937~1941)」, 『역사문제연구』 29, 역사문제연구소, 2013 참고.

에는 敎育의 擴充에 의함은 勿論이지만 特히 社會敎化運動의 一種으로 靑少年은 물론 成年層에도 國語를 普及케 함이 必要하다.

이러한 意味에서 貴社에서 邦文으로 國民新報를 發刊한다는 것은 國語普及政策에 協力參與하는 것으로 其社會敎化的 意義를 充分히 認定하는 바이다. 따라서 國民敎育의 重策을 負荷하고 새로 誕生하는 國民新報의 責務는 極히 重大한 바 잇스니 半島 靑少年層의 社會敎化 機關紙임을 잘 認識하고 社會敎化讀本으로서 劃期的 發展을 함을 期待한다.[14]

요컨대『국민신보』에 조선인의 황국신민화에 기여할 '국어보급운동'의 일환이자 '반도 청소년층의 사회교화 기관지'로서의 위상을 부여하고 있는 것인데, 미나미 총독의 최측근 참모로서 '내선일체'의 슬로건 아래 당시 황민화정책을 주도하고 있던 시오바라의 언급이라는 점을 고려하면 간행 지침은 이미 정해진 것이나 마찬가지였다고 해도 과언이 아니다. 실제로 32페이지 분량의 지면에는 다양한 인사들의 기고칼럼을 비롯하여 고위 일본인 관료의 시사해설 및 조선사편수위원회에서 집필한 황민독본 등이 정기적으로 실려 있어『국민신보』가 조선인 독자, 특히 청년층을 대상으로 '사회교화독본'으로서의 기능에 충실했던 것이 확인된다.[15]

이광수는『국민신보』에 1939년 4월부터 이듬해 11월까지 1년 반에

---

14  鹽原本府學務局長 談, 「國民新報 發刊과 輿望－社會敎化讀本으로서 劃期的 發展 期待」, 『매일신보』, 1939. 3. 30.

15  이밖에도『국민신보』는 장혁주의『처녀의 윤리(處女の倫理)』, 한설야의『대륙(大陸)』, 이효석의『녹색탑(綠色塔)』등 인기 작가들이 일본어로 쓴 문예 작품을 잇달아 연재하여 독자층의 확보를 꾀하기도 했다.

걸쳐 매주 무기명으로 칼럼을 기고한다.[16] 그가 어떠한 경위로『국민신보』에 정기적인 기고 칼럼을 쓰게 되었는지는 분명하지 않다. 다만 1938년 11월의 전향 선언과 더불어 12월 동우회사건 1심에서 무죄 판결을 받았으나 당일 검사의 공소로 인해 다시금 피고인의 신분에 처해 있던 만큼 당국이 그의 기고 칼럼을 예의주시하고 있었으리라는 점은 의심의 여지가 없다. 이와 관련하여 1941년 9월 동우회사건 관계자 이광수의 동향을 파악하여 경무국장과 경기도지방법원 검사정 앞으로 보낸 경기도 경찰부장의 보고서는 이광수를 번번히 당국과 영합하며 면종복배하는 행동을 일삼아온 인물로 규정하며 "당국이 상고중인 본인에게 대중의 지도적 지위를 부여하려는 의도에 대해서는 이해하기 어렵다"[17]는 일부 인사들의 견해를 전달하고 있어 주목된다. 총독부가 이

---

16　이광수가『국민신보』에 기고한 칼럼은 이후 1941년 1월 박문서관에서 간행된 일본어 논설집『동포에게 보냄』에 수록된다. 논설집에는 연재된 칼럼 가운데 13편이 누락되어 있는데, 대개 시의성이 떨어지거나 당국의 견해를 초과하는 내용이 포함되어 있다. 누락된 13편의 목록은 다음과 같다.
「國民皆學と三皆」(1939.6.4), 「生活の美化」(1939.6.11), 「勤勞の本意」(1939.6.18), 「金箝りを除れ」(1939.6.25), 「寒波と五等」(1939.12.3), 「總動員の限度」(1939.12.10), 「興亞の基本思想」(1939.12.17), 「改姓改名に就て」(1939.12.24), 「新內閣の使命と國民」(1940.1.21), 「英國に抗議する」(1940.1.28), 「卒業生の言葉」(1940.3.24), 「汪政權の成立」(1940.3.31), 「政變と五等」(1940.7.21)

17　"본인은 제1심 당시부터 보석출소하자마자 그동안의 그릇된 사상을 청산한다는 명목을 내걸고 회원을 불러모아 사상전향회의를 열고, 또는 국방헌금 등의 애국적 행사에 참가하고, 또는 지난번 조선 내 문인을 망라하여 이른바 문필보국을 목적으로 결성한 조선문인협회의 회장이 되었으며, 그리고 최근 반도 유력자의 대동단결을 도모한 임전대책협의회에 관계하는 등, 표면적으로는 과거의 죄과를 깊이 뉘우치고 적극적으로 시국에 협력하는 듯한 행동을 해왔지만, 한편 본인의 저작인 소설・시론(時論) 등이 치안방해를 이유로 발매금지 처분된 것이 별표(別表)에서 보는 바대로 다수 발견된다. 특히 그 가운데 두세 권은 그가 보석출소 후에 쓴 저작물로서, 이 한 가지 사실로써도 지난 다년간 품은 뜻을 완전히 버리고 황국신민화했다고 수긍하기는 어려운 점이 있다. 뿐만 아니라 뜻있는 인사들 사이에서는 동우회사건이 아직 심리중에 있고, 특히 그 수괴로서 지금 오직 근신해야 할 처지에 있음에도 불구하고 번번히 당국과 영합하고 시국이 만들어낸 제1인자의 위치에서 면종복배하는 행동을 해온 본인의 참뜻이 어디 있는

광수에게 『국민신보』에 정기적인 기고 칼럼을 쓰게 했고, 당국의 황민화정책을 뒷받침하여 대중을 '계몽'하고 이끄는 지도적 역할을 기대했을 가능성을 시사하고 있는 것이다.

물론 전향자로서의 자기 입증을 위해 이광수가 자발적으로 칼럼을 기고했을 가능성도 없지는 않다. 그러나 총독부가 『국민신보』에 거는 기대를 잘 알고 있었을 그가 칼럼을 기고하면서 당국이 요구하는 역할을 염두에 두지 않을 수 없었으리라는 점은 변함이 없다. 첫 칼럼인 1939년 4월 16일 자 「조선 청년과 애국심朝鮮靑年と愛國心」은 제목에서부터 이광수가 청년 독자에게 황민화정책을 '계몽'하는 지도적 위치를 또렷이 자각하고 있었던 사실을 보여준다. "청년에게 애국심이 없는 것은 병적이며 실로 부끄러워해야 할 일"이며 "청년의 가장 바람직한 야심은 임금과 나라를 위해 깨끗한 생명을 바치는 것으로, 폐하의 군인으로서 전쟁에 나가는 것은 청년으로서 더할 나위 없는 기쁨이자 감격이며 숙원"[18]이라는 구절로 시작되는 이 칼럼은 이광수 자신의 발화 위치와 더불어 이후 이 지면의 논조를 적나라하게 예고하고 있다고도 볼 수 있는데, 이후 칼럼의 내용이 이러한 논조의 연속선상에 놓여 있는 것은 말할 것도 없다.

칼럼의 기본 골격은 대개 총독부 당국의 정책과 의사 표명을 충실히 해설하고 국민으로서의 자격에 부족한 점에 대한 반성을 촉구하는 한편, 새롭게 국민으로 편입된 조선의 특수성을 내세워 국민정신의 수양

---

지는 상상하기 어렵지 않은데도 당국이 상고중인 본인에게 대중의 지도적 지위를 부여하려는 의도에 대해서는 이해하기 어렵다는 등의 언동을 하는 자도 있다." 「同友會事件 關係者 香山光郎ノ動靜ニ關スル件」, 京高特秘 第2492号, 1941.9.17, 최주한 · 하타노 세츠코 편, 『이광수 후기 문장집』III, 소나무, 2019, 882면 참고. 이하 『후기 문장집』III으로 적는다.
18 「조선 청년과 애국심」(『국민신보』, 1939.4), 『후기 문장집』II, 239면.

과 훈련의 필요성을 강조하고 비상시 국민으로서의 의무를 독려하고 결의하면서 맺는 구조로 이루어져 있다. 육군특별지원병제의 운용, 징병과 참정권, 의무교육의 시행에 대한 방침, 황기皇紀 2600년 기념, 창씨개명 실시, 국어보급운동 등 황민화정책의 근간을 이루는 주요 정책은 물론이고, 근로봉사, 사치금지운동, 방공연습, 청소운동, 애국 자숙일, 국민정신작흥주간, 국민건강주간, 흥아봉공일, 정동연맹상회, 궁성요배 및 정오의 묵도 훈련 등 총후봉공을 위한 일상적 차원의 생활 훈련에 이르기까지 전방위적인 주제를 아우르고 있어 총동원체제하 황민화정책의 실상에 대한 상세한 보고서라고 해도 과언이 아닐 정도다. 그러나 칼럼의 논조가 다만 총독부 당국의 황민화정책을 형식적으로 뒷받침하는 데 그친 것인가 하면 반드시 그렇지는 않다.

> 일본의 보도기관이 전하는 바에 따르면, (미나미 총독의 새로운 통치 방침은 - 인용자) 종래의 식민지 관념을 일소하여 조선을 '젊은 일본'으로 간주하고, 조선인을 내지인과 대척적인 존재가 아닌 '순일본인'으로 취급한다는 것이 그 골자인 듯하다. 그리고 이러한 정신의 구체적인 표현으로서, 30년 이내에 조선인에게 대륙자치 **참정권과 징병의 의무**를 실시한다는 것이다. 만약에 신문에 보도된 것이 사실이라면, 그것은 실로 중대한 한 전기이며 조선에 관한 한 하나의 신기원을 긋는 **국가적 의사표시**라고 해야 할 것이다.[19]

> 애초에 국민 자격의 기초는 의무교육에 있고, **의무교육** 없이는 병역이나 참정을 감당할 수 없는 것은 물론 현대적 산업도 달성할 수 없는 것이다.

---

19 「기대되는 약속」(『국민신보』, 1939.5.21), 『후기 문장집』II, 246면.

이런 중대한 계획(의무교육 실시-인용자)이 지금 흥아(興亞)의 성전(聖戰)으로 국가적 사무가 한창 바쁜 와중에 발표된 데 한층 깊은 의의를 느낀다. 이는 곧 우리 **조선인을 국민으로서 전폭적으로 신뢰함**으로써 국가의 운명을 분담케 하려는 고마운 참뜻을 드러낸 것이다.[20]

드디어 내년 봄부터 씨(氏)의 실시를 보게 되었다. 우리는 국가가 개성改姓을 허용한 정신을 신중히 음미하지 않으면 안 된다. 그 필요성이란 무엇인가. 한 마디로 말하면 **내선일체의 취지**로서 비본질적인, 즉 가변적인 모든 것을 통일하려는 것이다. 이는 국가적 견지에서도 그렇지만, 조선인 각 개인의 입장에서도 고마운 일이고 바람직한 일이다. (…중략…) 지나식 성명은 일견 어떤 차별을 시사하여 내선일체의 감정을 크게 해친다. 이러한 차별감에서 오는 불이익을 받는 것이 조선인 자신임은 말할 필요도 없다. (…중략…) **국민으로서의 새출발의 의기**를 보여 과감히 일본적인 씨명으로 바꾸었으면 하는 것이다.[21]

인용문에서 주목되는 것은 육군특별지원병제의 시행에서 의무교육과 징병 방침의 표명, 그리고 창씨개명의 실시에 이르기까지 이들 일련의 황민화정책이 조선인을 일본인과 동등한 '제국의 신민'으로서 받아들이겠다는 '국가적 의사표시'로 간주되고 있다는 점이다. 이는 이광수 자신 일찍이 전향을 결단하게 된 원인으로서 "지나사변과 더불어 명백해진 일본의 국가적 이상, 그리고 미나미 총독의 몇 가지 정책과 의사

---

20 「국민개학과 세 가지 의무」(『국민신보』, 1939.6.4), 『후기 문장집』 II, 250면.
21 「개성개명에 대하여」(『국민신보』, 1939.12.24), 『후기 문장집』 II, 306면.

표명"을 들면서 "조선 민족은 결코 종속자나 추종자로서가 아니라 일본 국민의 중요한 구성 분자로서 함께 이 위업을 분담하고, 또 이로부터 다가올 행복과 영예를 누릴 자임을 국가로부터 허락받고 또 요구받"[22]은 것임을 강조한 전향성명의 논리적 연장선상에 놓인 것으로, 이광수가 황민화의 문제를 일본인과 동등한 국민의 자격과 권리 획득이라는 차원에서 접근하고 있었음을 보여준다.

그러나 이광수의 황민화론은 일본인과 동등한 국민의 자격과 권리를 얻기 위한 전제로서 조선인도 '제국의 신민'으로서 요구되는 책임과 의무를 기꺼이 부담해야 함을 주장하고 있을지언정, "조선인은 언젠가는 완전히 일본 민족이 될 운명"에 있으므로 내선무차별의 실현을 위해 "조선어, 조선풍습에 대한 애착"도 과감히 버려야 할 것을 주장한 현영섭 류의 극단적인 '민족해소론'과는 거리가 있다.[23] 일찍이 이광수는 전향자들의 공개회의 석상에서 "內鮮一體가 萬一 朝鮮의 文化를 抹消하고마는 結果를 낳는다면 그것은 매우 不幸한 일"이라면서 "朝鮮의 文化言語 等은 끝까지 保存하면서도 朝鮮人은 眞心으로서 日本을 사랑하는 日本百姓이 되고 天皇陛下를 眞心으로 自己의 '임검'으로 敬拜하는 마음을 가질 수 있다고 생각"[24]한다고 발언한 바 있는데, 국민감정과 조선의 독자성을 별개의 문제로 간주하는 이 같은 인식은 창씨개명의 의의를 논한 「존폐의 선택存廢の選擇」에서도 또렷하다.

---

22  「합의」(1938.11.3), 「同右會 및 興士團事件 保釋被告 一同의 時局에 대한 思想轉向會議」, 京種警高秘 第九八一五ノ三, 京城地方法院 檢事正, 1938.11.4(http://db.history.go.kr) 참고.

23  玄永燮, 『朝鮮人の進むべき道』, 綠旗聯盟, 1938.1, 153면.

24  「時局有志圓卓會議」(1938.12.14), 『삼천리』, 1939.1, 42~43면.

이제 조선인의 목표는 내선일체에 있으므로, 이 큰 목적에 지장을 주는 것은 하루라도 빨리 버리지 않으면 안 된다. 그러나 이 경우 유념해야 할 것은 조선적 문물 가운데 존폐의 선택을 그르치지 않는 일이다. **조선적인 것 가운데도 장래에는 일본 전체의 문화에 보급 공헌할 만한 것이 있을 것이다.** 만약 잘못해서 이런 것을 없앤다면 그것은 국가 전체의 손실이 될 것이 분명하다. **또 내지인에게는 아무런 관계나 영향이 없는 것이라도 조선인에게는 의의 있는 것이 있을지도 모른다.** 이런 것도 무리하게 없앨 필요는 없다. 요령은 선한 것과 해롭지 않은 것은 보존하고, 악한 것, 내선일체에 지장을 주는 것만을 없애는 데 있다.[25]

황민화의 문제를 내선무차별 곧 '제국의 신민'으로서의 동등한 의무와 권리 획득의 차원에서 접근하고자 했던 이러한 논조에 급격한 전환이 보이는 것은 1940년 중반에 접어들어서의 일이다. 이 무렵은 중일전쟁이 장기화됨에 따라 동아신질서의 외연과 내용이 확대되고, 여기에 1940년 7월 유럽 전란의 확대로 동남아시아에서 발생한 힘의 공백을 배경으로 '대동아공영권확립'을 내건 남방 진출 방침까지 결정되면서 고도국방체제하 조선의 병참기지로서의 중요성이 가속화되던 시기였다.[26] 미나미 총독은 1940년 4월 4년째 접어드는 중일전쟁의 장기화 국면을 타개하기 위해 노골적으로 '총동원체제 강화'와 '병참기지의 사명완수'를 조선 통치의 과제로 내걸었고,[27] 동년 7월에는 내외 정세의

---

25 「존폐의 선택」(『국민신보』, 1939.11.19), 『후기 문장집』 II, 299면.
26 세계체제의 변동과 대동아공영권의 형성에 관해서는 김경일, 「대동아공영권의 '이념'과 아시아의 정체성」(백영서 외편, 『동아시아의 지역질서』, 창비, 2005, 212~216면) 참고.
27 「興亞維新에 卽應할 半島民衆의 嚮導 明時—聖戰下 第三次 知事會議 今日 開幕, 勞頭 南總督訓示」, 『매일신보』, 1940.4.24.

변화로 확대된 전쟁의 수행을 뒷받침하기 위해 '국민정신'의 확립 차원에서 국민정신총동원운동의 적극화 방침을 표명하기도 했다.[28]

이러한 흐름에 보조를 맞추어 칼럼의 논조는 국가의 명령에 기쁘게 응하고 명령받은 위치에서 기꺼이 목숨을 바칠 것을 각오한 "병졸의 마음가짐"[29]을 강조하는 가운데, 황민화정책의 세 축이었던 육군특별지원병제(및 징병), 창씨개명, 의무교육 제도에 대해서도 공공연히 제국 일본의 전쟁 수행에 적합한 '인적 자원'의 육성·배출을 위한 정책의 문제로 수렴해간다. 이제 군인이 된다는 것은 모든 직분봉공 가운데서도 나라에 "가장 쓸모 있는"[30] 일로 간주되고, 창씨는 "황국신민으로서 살고자 하는 굳은 결심과 감격"을 선언하여 "우리 자신을 폐하께 바친 것"[31]이라는 의의가 강조되며, 의무교육 또한 '국민정신의 훈육'과 '국가 목적에 맞는 국민을 양성'에 목적이 있다 하여 "국가에 봉사"[32]하는 국민의 의무를 위한 측면에 강조점이 놓여질 뿐이다. 나아가 1940년 10월 "自己를 버리고 天皇에 歸一하여 全我를 擧하여 國家에 奉仕하는 것이 日本精神의 본질"이라 하여 이 정신에 의거하여 조선 또한 "鞏固한 萬民翼贊의 體制"를 따를 것을 내건 미나미 총독의 '반도신체제확립' 방침의 표명[33] 이후로는 "사람은 여자든 남자든 모두 병사이고 물자는 개

---

28 「內外情勢에 對處 精動運動을 積極化―定例局長會議에서 南總督 强調」, 『매일신보』, 1940.7.24. 이러한 정동운동의 적극화 방침에 따라 1938년 7월 '국체정신의 철저에 의한 국책봉행'을 목표로 발족된 국민정신총동원 조선연맹은 1940년 10월 '半島新體制確立'이라는 목표하에 '戰時 國民生活의 全面化'를 위한 조직을 강화하여 국민총력조선연맹으로 거듭난다.

29 「한 병졸의 마음가짐」, (『국민신보』, 1940.7.14), 『후기 문장집』 II, 388면.

30 「쓸모 있게 되자」, (『국민신보』, 1940.9.29), 『후기 문장집』 II, 417면.

31 「8월 10일의 기쁨」, (『국민신보』, 1940.8.18), 『후기 문장집』 II, 398면.

32 「잇따른 기쁨」, (『국민신보』, 1940.9.8), 『후기 문장집』 II, 408면.

33 「半島新體制確立―南總督의 決意演說(1940.10.16), 『삼천리』, 1940.12.

인의 소유일지라도 전부 군수품"으로 취급하며 "자기를 완전히 국가에 바치는"[34] '신체제의 윤리'를 강조해 나가게 된다.


## 3. 『경성일보』, 상호적 이해관계의 협상자로서


『경성일보』는 1906년 9월 조선통감부의 시정 방침 선전을 목적으로 창간된 통감부의 기관지였다. 애초에 일본어판과 조선어판을 발행했으나 조선어판이 독자들로부터 외면당하자 이듬해 9월부터는 일본어판만 발행했고,[35] 이후 1910년 8월 한일병합과 더불어 시작된 무단통치기에는 조선어 신문 『매일신보』와 함께 총독부의 기관지로서 관변언론을 주도했다.[36] 한편 문화통치가 시작된 1920년대에 접어들어 『동아일보』, 『조선일보』 등의 조선어 신문이 발행 허가를 받으면서 『매일신보』와 더불어 종래의 독점적 지위를 상실하게 되면서부터는 지방적 기관신문의 성격에서 벗어나 내지에도 통용되는 신문의 발행이라는 경영 방침과 함께 조선 문제뿐만 아니라 세계정세, 일본정치와 외교 문제 등 폭넓은 문제를 다루기 시작하며 지면의 변모를 꾀했다. 그러나 1931년 6월 만주사변을 앞두고 새로 부임한 육군 출신 총독의 영향하에 총독부의 정책을

---

**34** 「신체제의 윤리」(『국민신보』, 1940.11.3), 『후기 문장집』 II, 448면.
**35** 정진석, 『언론조선총독부』, 커뮤니케이션북스, 2005, 33~37면.
**36** 위의 책, 제2장 '총독부 기관지의 성립' 참고.

지지하는 노선으로 전환한 이래, 1937년 중일전쟁에서 태평양전쟁에 이르는 시기에는 전시동원체제에 협력하는 관제언론으로서의 충실한 기관지 역할을 수행하게 된다.[37]

1938년 11월의 전향 선언 이래 1940년 10월 미나미 총독의 '반도신체제 확립'의 방침이 표명된 직후의 시기까지 이광수가 『경성일보』에 발표한 주요 논설로는 「문학의 국민성文學の國民性」(1939.11), 「조선문예의 금일과 명일朝鮮文藝の今日と明日」(1940.9), 「동포에게 보냄同胞に寄す」(1940.10), 「중대한 결심─조선의 지식인에게 고함重大なる決心─朝鮮の知識人に告ぐ」(1941.1) 등이 있다. 당시 일본어 해독자의 증가로 인해 조선인 독자층이 증가하고 있었다고는 해도 『경성일보』의 주요 독자는 재조선 일본인이었던 만큼 이들 논설에서는 조선의 지식인을 대표하는 입장에서 일본인 독자를 염두에 둔 발화의 위치가 두드러진다. 내선일체의 구현을 통치 방침의 목표로 내건 총독부의 황민화정책을 둘러싸고 내선간의 상호적 이해관계를 '협상'하는 전략가로서의 발화 위치가 바로 그것인데, 특히 「동포에게 보냄」(1940.3 집필)[38]은 도입에서부터 '야마토 민족 전체'를 수신자로 상정하여 구체적인 협상의 장을 설정하는 방식으로 발화의 위치를 명시하고 있다는 점에서 각별히 주목할 만하다.

**내가 자네라고 부르는 것은 야마토(大和) 민족 전체를 가리키는 것이고, 나라고 자칭하는 것은 반도인(半島人) 전체를 일괄한 것이라고 생각해 주기 바라네. 여보**

---

37  김대현, 「사이토 총독의 문화정치와 『경성일보』」, 『논문집』 17, 경주대, 2004 참고.

38  논설의 말미에 붙인 '재신'에 집필 시기와 관련하여 "이 글은 올해 3월 말쯤 쓴 것으로, 나는 이 생각이 옳은지 옳지 않은지를 그후 5개월가량이나 음미해 왔다"는 언급이 보인다. 香山光郞, 「동포에게 보냄」(『경성일보』, 1940.10.1~9), 『후기 문장집』II, 434면.

게, 우리는 이제부터 정말로 하나가 되지 않으면 안 되네. 그리고 일본이라는 같은 배를 타고 영원이 바다를 건너지 않으면 안 되지. (…중략…) 자네와 내가 하나로, 언제까지나 하나로, 강제로가 아니고 마지못해서도 아니고 한 쪽이 한 쪽에 끌려가는 것도 아니고 참으로 서로 마음과 마음이 맞닿고, 참으로 서로 사랑하고 서로 격려하여 더 힘센, 더 문화 높은 일본을 만들어갈 상담을 하자는 것이 아닌가.[39]

인용문은 '자네와 나君と僕'라는 소제목으로 시작되는 도입부의 일절이다. '자네와 나'라는 대등한 명칭에서부터 또렷하듯이, 논설은 일본인과 조선인을 "일본이라는 같은 배"를 탄 운명공동체로 간주하면서 내선일체라는 과제와 관련하여 일본인 독자를 협상의 장 안으로 불러들이는 적극적인 발화 위치를 설정하고 있다. 일본인과 조선인이 정치적으로나 문화적으로 결코 대등한 위치에 놓여 있지 않다는 사실은 일단 접어두고, '일본이라는 같은 배'를 탄 대등한 운명공동체의 일원으로서 '협상의 장'에 임할 것을 요구하고 있는 셈이다.

물론 표면적으로 논설은 조선인이 일본인과 정치적으로나 문화적으로 결코 대등한 위치에 있지 않다는 사실을 거듭 강조하며 "폐하의 적자赤子로서, 평등한 국민의 일원으로서, 일본을 사랑하고 일본을 조국으로 삼고 그리고 그것을 지키기 위해 목숨을 바치도록 해달라"고 요구할 정도로 협상에 임하는 자세를 바짝 낮추고 있다. 그러나 "내가 마음이 꼬인 모습을 보인다 해도 그것은 내 자신 공공연히 일본 신민이 될 수 없기 때문이고, 또 될 수 있을 것 같지도 않으며, 될 수 있을 리도 없다는 자포自暴에서 나온 것"이며, 국가에 대한 "충성은커녕 기회만 있

---

39  위의 글, 419~420면.

으면, 하는 반역의 마음조차"[40] 품은 것도 어쩔 수 없었다는 식의 변언辯言은 한편으로 내선일체라는 명분하에 조선인의 충성을 동원하는 데는 찬성하면서도 국민으로서의 동등한 권리 주장에 대해서는 경계를 품는 일본인의 이율배반적 태도에 대한 뼈 있는 일침이기도 했다.

내선일체를 저해하는 것은 조선인이 아니라 기득권을 고집하는 재조선 일본인이라는 조선인 측의 뿌리깊은 불신은 이미 1938년 9월 조선총독부에서 개최한 시국조사회에서도 여실하게 드러난 사실이었다. 조사회는 중일전쟁의 전면화와 더불어 조선의 병참기지로서의 중요성이 더해가는 시점에서 "帝國의 大陸前進基地인 飛躍的 使命을 我半島에 齎來"한다는 방침하에 일본과 조선, 만주, 북지의 각 권위자를 망라하여 "半島 物心兩面에 亘한 政治, 經濟, 文化 各部門의 新針路"를 연구·검토한다는 목적하에 개최되었다. 조사회의 성과에 대해서는 당시 언론을 통해 "歷史的 大評議 成果多大"하다고 대대적으로 선전되었으나,[41] 실상 조사회를 통해 확인된 것은 조선인 차별의 문제와 그 배후로 지목된 재조선 일본인들의 특권의식이 말해주는 내선일체의 모순과 균열이었다.[42] 조사회 회의에서의 발언 가운데 "내선일체, 내선일체라고 떠들어대도 내지의 여러분들이 '너는 일본신민이 아니다'라고 하면 '아니, 나는 일본인입니다'라고 주장해도 통하지 않습니다. 그렇게 되면 자신은 일본인이 되고 싶다고 생각해서 열심히 해도 일본인 여

---

40  위의 글, 423면.
41  「時局對策調査會閉幕, 分科會 報告書 今日 總會에서 一致可決―物心兩全의 新針路인 時局下의 對策遂確立―歷史的 大評議 成果多大」, 『매일신보』, 1938.9.10.
42  조사회를 통해 드러난 내선일체의 모순과 균열에 관해서는 미쓰이 다카시, 「조선총독부 시국대책조사회(1938년)회의를 통해 본 '내선일체' 문제」(『일본공간』14, 국민대 일본학연구소, 2013) 참고.

러분들이 너는 일본인이 아니라고 하면, 에이 난 내 맘대로 한다는 심정이 됩니다"[43]라는 조선인 측의 의견은 당시 총독부의 통치 방침에 대한 조선인들의 불신감을 그대로 대변한다. 이러한 견해를 반영하기라도 하듯 논설은 내선일체에 대한 일본인의 이율배반적 태도를 지적하면서 '평등한 국민의 일원'으로서의 대우를 요구하고 있는 것이다.

논설이 내선일체 실현의 필연성, 즉 조선인을 '평등한 국민의 일원'으로서 대우해야 할 필연성을 설득하기 위해 준비한 근거는 세 가지이다. 내선간의 피와 문화의 교류, 조선의 병참기지로서의 위상, 그리고 천황의 일시동인一視同仁의 취지가 그것이다. 이 세 가지 근거는 총독부 당국이 내선일체를 내건 황민화정책을 뒷받침하는 논리로서 상용하던 것이라는 점에서 특별할 것은 없다. 그러나 이 근거가 조선인이 아닌 일본인을 향할 때 전혀 다른 효과를 발하게 된다.

논설은 먼저 내선간의 피와 문화의 교류를 들면서 혈통과 문화가 동떨어져 있는 영국인과 인도인에 비해 일찍이 피와 문화의 교류가 활발했던 일본인과 조선인은 혈통과 문화면에서 종형제에 해당하므로 '같은 천황의 신민이 되는 것'에 아무런 문제도 없다고 포문을 연다. 그러나 영국과 미국이 하나가 되지 않는 데서도 알 수 있듯이 혈통과 문화만으로 내선일체가 완수되기는 어렵고, '양민족이 하나의 국민으로 결합하는 데'는 이상과 이해의 일치가 필요하다면서 다음 단계의 논거로서 '일본의 대륙경영의 병참기지'로서의 조선의 위상을 거론한다.

다음으로 논설은 조선의 경우 "제국의 운명에 중요한 역할"이 기대되고 있어 "자자손손 평등하고 동등한 일본 국민으로서의 광영을 누

---

43  위의 글, 86면에서 재인용.

릴"할 수 있는 마당에 "대일본제국이라는 넓디넓은 일터를 버리고 좁은 소국가를 세우려는 따위의 나쁜 마음을 일으킬"[44] 이유가 없다고 주장한다. 그렇다면 일본은 어떠한가. 이 지점에서 논설은 당국이 품고 있는 불안과 우려를 직설적으로 공략함으로써 상대를 압박하는 전략을 구사한다. "가정하는 것조차 매우 불길한 일이지만, 그 어떤 시기에 2천 3백만이나 되는 조선인이 나쁜 마음을 일으켰다고 가정"[45]해 볼 것을 제안하는가 하면, 혹은 중요한 임무를 진 대가로 권리를 주장할 것을 우려하는 시선에 대해 "어른답지 못한 사고방식"[46]이라고 꾸짖으면서, 조선인에게 부여된 '책임의 중대함'을 인정하고 조선인을 '평등하고 동등한 국민'으로 대우할 요구하고 있는 것이다.

마지막 근거로 제시된 천황의 '일시동인의 취지'는 내선일체 실현의 필연성에 쐐기를 박는 역할을 한다. 논설은 조선인 특별지원병 제도와 더불어 가까운 장래에 시행될 징병 곧 국민개병國民皆兵의 의무를 언급하면서 내선일체의 완성을 예견하는 가운데 이윽고 참정권의 문제를 꺼내들고는 협상의 정점을 향해 돌입한다. 역사적으로 징병제가 시민권 곧 국가를 위해 희생하는 시민의 권리라는 개념과 나란히 성장했고

---

44  香山光郎, 앞의 글, 430면.
45  "조선이 제국의 병참기지가 되려면 조선인의 충성이 첫 번째 요건이라는 의미라네. 가정하는 것조차 매우 불길한 일이지만, 그 어떤 시기에 2천3백만이나 되는 조선인이 나쁜 마음을 일으켰다고 가정해 보시게. 그리고 그것이 어떤 비상시라고 상상해 보시게. 그러면 병참기지는 어떻게 될까. 논할 것까지도 없는 것이 아닌가." 위의 글, 428면.
46  "지금까지 위정자(爲政者)는 조선인에게 이런 책임의 중대함을 이야기해 준 적이 없네. 혹시 이런 이야기를 들려주면 조선인이 우쭐할 것이라고 생각한 것일 테지. 우리는 이만큼 국가에 대해 중요한 임무를 지고 있다고 거만하게 굴며 기어올라 무리한 난제(難題)라도 꺼낼 것을 우려한 것일 테지. 실제로 조선인은 기어오른다는 이야기를 일부 인사들이 입버릇처럼 입에 올리고 있는 듯한데, 그것은 어른답지 못한 사고방식이네. 이런 점에서라면 크게 기어오르게 해도 좋지 않은가. 크게 기어오르게 해서 크게 애국심을 분기케 하면 그보다 더 좋은 일은 없지 않은가." 위의 글, 429~430면.

따라서 시민권 획득의 수단으로 활용된 제도이기도 했다는 점을 고려하면,[47] 논설이 협상의 정점에서 국민의 권리를 보증하는 참정권의 문제를 꺼내든 것은 협상의 논리가 지극히 주도면밀하게 준비된 것임을 말해준다. 말할 것도 없이 논설은 "정치 참여의 문제도 조만간 해결될 것이라는 점은 말할 필요도 없"다고 낙관한다. 그리고 이어서 "일시동인의 취지는 나를 반드시 완전히 무차별의 수준으로 끌어올리시려는 것"[48]이라는 확신을 표명함으로써, 참정권의 실현을 천황의 '일시동인의 취지'에 의한 기정사실로서 못박고 있다. 미야타 세츠코가 지적한 대로 천황의 이름을 내건 발언이 겉으로는 내선일체를 주장하면서 안으로는 차별의 태도를 당연시하는 일본인의 모순된 태도를 공략하는 '최후 최대의 비방秘方'일 수 있었다면,[49] 논설은 협상의 정점에서 가장 강력한 근거를 구사한 셈이다.

그러나 내선일체를 '국민적 감정'에 의한 양 민족 간의 동등한 결합의 문제로서 상정하여 상호적 이해관계의 협상을 주도하던 발화의 위치는 역시 1940년대 중반 이후 현격하게 기운다. 내선일체의 문제는 「조선문예의 금일과 명일」(1940.9)에서 돌연 "단지 일본 국민이 되는 데 멈추지 않고 야마토 민족이 된다"는 민족해소론으로 변모하고,[50] 「중대한 결심

---

47  찰스 틸리, 이향순 역, 『국민국가의 형성과 계보-강압, 자본과 유럽국가의 발전』, 학문과사상사, 1994, 146면.

48  香山光郎, 앞의 글, 135면.

49  미야타 세츠코, 이형랑 역, 『조선 민중과 '황민화'정책』, 일조각, 1997, 182면.

50  "지나사변 이래 미나미 총독 정치의 내선일체 관념에 있어서 이는(문화 단위로서의 민족 관념-인용자) 용인될 수 없는 것이 되었다. 조선인은 민족이라는 관념을 멋지게 청산하여 모든 조선적인 것으로부터 일단 이탈하여 백지로 돌아간 후 황국신민으로서 다시 시작한다는 방침으로 해소된다. 바꿔 말하면 조선인은 단지 일본 국민이 되는 것에 멈추지 않고 야마토 민족이 된다. 그래서 완전히 평등한 국민으로 융합한다는 식으로 생각해야 한다고 본다." 香山光郎, 「조선문예의 금일과 명일」(『경성일보』, 1940.9.30), 『후기 문장집』II, 117면.

―조선 지식인에게 고함」(1941.1)에 이르면 "천황께 귀일해 드린다는 결심" 곧 "대사일번大死一番의 대결심으로써 충의忠義 있는 일본인으로 갱생"[51]한다는 황민화에의 다짐으로 귀결되고 만다. 물론 「중대한 결심」에 이르러서도 조선의 지식인들이 국책에 협조적이지 않은 것은 일본의 진정한 모습을 깨닫지 못했기 때문이라는 전제하에 당국을 향해 내선일체의 대의를 오해하고 있는 이들에게 "납득이 가도록 일본의 진정한 모습을 보여주기"[52]를 요구하는 등 여전히 협상의 발화 위치를 고수하고 있는 것은 사실이지만, 이미 내선일체론의 판도가 일방적인 황민화의 문제로 기울어진 이상 이를 되돌리기에는 역부족이었다. 이와 맞물려 "조선어는 국어의 일부, 조선문 문학은 국문학의 일부"[53]라는 관점에서 '일본 국민문학의 일부'로서 간주되었던 조선문학의 위상 또한 다만 향토색을 띨 뿐 "조선에 살고 있는 일본인이 만든"[54] '일본문학의 지방적 일분야'로서 재조정되고 있는 것도 확인된다. 이러한 논리 전환에서 내적인 필연성은 찾아볼 수 없다. 1940년 중반에 접어들어 본격화된 신체제 운동과 더불어 강화된 황민화정책의 영향만이 엿보일 뿐이다.

---

51  香山光郞, 「중대한 결심」(『경성일보』, 1941.1.21~24), 『후기 문장집』II, 468면.
52  위의 글, 470면.
53  李光洙, 「문학의 국민성」(『경성일보』, 1939.11.14~17), 『후기 문장집』II, 40면.
54  香山光郞, 「조선문예의 금일과 명일」(『경성일보』, 1940.9.30), 『후기 문장집』II, 118면.

## 4. 『매일신보』, 주체적 황민화운동의 호소자로서

『매일신보』는 1938년 4월 매일신보사가 경성일보사에서 독립하여 주식회사로 새출발하면서 기존의 제호를 '매일신보每日新報'로 바꾸어 창간한 조선어 일간지이다. 그러나 독립했다고는 해도 전체 주식의 45%는 여전히 『경성일보』 소유로서 총독부의 절대적인 영향하에 놓여 총독부 기관지로서의 성격은 조금도 달라질 것이 없었고, 독립 경영의 뜻을 표명하면서 "統治의 根本精神을 體하고 內鮮一體의 大理想下에 施政의 徹底, 文化의 向上, 民心의 啓發, 思想의 善導에 協力 邁進하고 자 强力言論機關을 確立"[55]한다는 취지를 밝힌 데서도 볼 수 있듯이 오히려 총독부의 시책을 더욱 효율적으로 뒷받침할 수 있는 기관지로서 강화된 데 불과했다.[56] 조선어로 발행되었다는 점에서 다를 뿐 조선인 독자를 대상으로 하여 총독부 시책의 계몽과 선전을 위주로 한 매체였다는 점에서는 『국민신보』와 성격이 크게 다르지 않았던 셈이다.

그러나 전체적으로 유사한 논조에도 불구하고 『매일신보』 소재 논설에서는 발화 위치와 관련하여 특징적인 국면이 발견된다. 『국민신보』 소재 칼럼의 경우 당국의 황민화정책을 계몽하는 위로부터의 지도적 위치가 또렷한 데 비해, 『매일신보』 지면에서는 "今後의 朝鮮의 民族運動은 皇民化運動"[57]이라는 모토가 대변하듯 조선인 측의 주체적 황민화운

---

55 聲明 「本報의 經營獨立, 株式會社의 組織」, 『매일신보』, 1938.3.10.
56 1938년 매일신보사의 독립 경위와 성격에 관해서는 정진석, 앞의 책, 156~161면.
57 春園, 「文學瑣言」(『매일신보』, 1940.2.13~16), 『후기 문장집』II, 64면.

동을 호소하는 아래로부터의 자발적 위치가 두드러지는 것이다. 단적인 예로 「황민화와 조선문학」(1940.7)는 주체적 황민화운동의 당위성에 대해서 다음과 같이 강조하고 있다.

　　그러면 朝鮮民衆의 從此로의 目標가 무엇인가. 그 理想이 무엇인가. 그것은 一이오 唯一이니 곳 完全히 皇民이 되는 것이다. 二千三百萬人이 個個로 天皇을 마음에 모시고 個個로 皇道의 宣揚을 生의 目標로 삼는 것이다. 무엇보다도 먼저 朝鮮人은 '힘잇는 日本國民'이 되지 아니하여서는 아니 된다. 이것은 今日의 目標만이 아니오 子孫 永遠의 目標다. (…중략…) 朝鮮人은 저마다 저를 改造하여야 한다. 제 人生觀, 社會觀을 한번 根柢로부터 두들겨 고쳐서 行住坐臥에 夢寐에라도 나는 天皇의 臣民이다, 日本人이다, 帝國의 運命을 負擔한 國民이다 하는 생각이 써나지 아니하는 그런 사람이 되도록 저를 改造하지 아니하면 아니 된다. 쓸려가는 日本國民이어서는 아니 된다. 구경하는 國民이어서는 아니 된다. 自發的 積極的으로 乃至 創造的으로 저마다 身體의 어느 部分을 바늘 쯔트로 찔러도 日本의 피가 흐르는 日本人이 되지 아니하여서는 아니 된다.[58]

　논설이 황민화를 조선인 쪽에서 주체적으로 성취해야 할 목표로서 제시하고 있는 것은 황민화의 여부를 어디까지나 '힘잇는 일본 국민'이 되는 문제, 곧 일본인과 '동등한 국민'으로서의 지위 획득이라는 문제와 결부짓고 있기 때문이다. 이광수는 창씨의 동기에 관한 의견을 밝힌 「창씨와 나」(1940.2)에서 "日本式 氏를 朝鮮人 全部가 달앗다고 하면 그것은 朝鮮 二千四百萬이 眞實로 皇民化할 覺悟에 徹底하엿다는 重大

---

**58**　春園, 「皇民化와 朝鮮文學」(『매일신보』, 1940.7.6), 『후기 문장집』Ⅱ, 74면.

한 推理 資料가 될 것"이라 하여 창씨를 '일종의 정치적 운동'[59]으로 간
주했고, 신체제하 조선문화의 진로에 대해 논한 「심적 신체제와 조선
문화의 진로」(1940.9)에서도 "國家가 要求하는 것은 忠誠 잇는 人才"이
므로 "重要한 것은 朝鮮人이 皇國臣民의 情操가 確立하느냐 못 하느냐
의 問題"[60]라 하여 자발적인 황민화야말로 국민으로서의 자격 획득의
관건임을 강조하기도 했다. 의무교육, 징병, 창씨 등 내선일체 완성의
세 축으로 간주되었던 당국의 황민화정책이 제국 일본의 군사적 필요
에 따른 황민화된 '인적 자원'의 육성·배출을 목표로 한 것이었다면,
논설은 조선인 측의 자발적인 운동을 강조하는 쪽으로 방향을 틀어 이
를 동등한 국민으로서의 지위 획득의 문제로서 적극 전유했던 것이다.

이 점에서 보면 "저마다 身體의 어느 部分을 바늘 씃트로 찔러도 日本
의 피가 흐르는 日本人이 되지 아니하여서는 아니 된다"는 다소 극단적
인 주장에 대해 "어떻게 조선 사람의 이마에서 일본 사람의 피가 나올 수
있"[61]느냐는 식의 비판은 초점을 벗어난 것이라 할 수 있다. 그것이 민족
적 주체성의 상실을 비판하기 위한 것이었다면 더더욱 그러하다. 지나
친 것이 아니냐는 힐난이었겠으나 "실려가는 日本國民이어서는 아니 된
다. 구경하는 國民이어서는 아니 된다"는 문면으로 보아 주체적인 적극

---

59  李光洙, 「創氏와 나」, 『매일신보』, 1940.2.20.
60  春園, 「心的 新體制와 朝鮮文化의 進路」(『매일신보』, 1940.9.4~12), 『후기 문장집』 II, 95면.
61  인용은 1944년 11월 제3회 대동아문학자대회 당시 이광수와 함께 난징에 갔던 김팔봉이
    숙소에서 이광수에게 다음과 같은 일화에 대해 물은 적이 있다는 회고에 따른다. ""그런
    데 서울서 떠나기 두어 달 전에 들은 이야기인데―春園이 京城日報에다 조선 사람의
    이마를 바늘로 찌르거든 일본피가 나올 만큼 우리들은 일본정신을 몸속에 넣어야 한다
    고 글을 썼대서 (…중략…) 어느날 여러 사람이 있는 좌석에서 玄相允씨가―여보게 春
    園! 어떻게 조선 사람 이마에서 일본피가 나올 수 있나?―하고 물어보니까 春園이 아무 말도
    대답을 못하더라 (…중략…) 이런 이야기를 들었는데 그게 사실이오?' 하고 내가 물었
    더니 (…후략…)", 金八峰, 「片片夜話―李光洙의 망상」, 『동아일보』, 1974.7.5.

성을 촉구하는 수사적 발언에 가깝고, 철저한 동화론적 체제 편입론자들과는 입장을 달리하는 면이 있었던 것도 사실이기 때문이다.[62]

한편 위로부터의 황민화에의 요구가 거세질수록 아래로부터의 황민화운동 또한 강도를 높여갈 수밖에 없었던 것은 불가피한 일이었고, '힘잇는 일본 국민' 되기를 지향한 황민화운동이 민족해소론을 동반하기까지는 딱 한 걸음이면 충분했다. "나는 일즉 朝鮮人의 同化는 日本臣民이 되기에 넉넉한 程度면 고만이라는 생각을 가진 일이 잇섯다. 그러나 나는 只今에 와서는 이러한 信念을 가진다. 즉 朝鮮人은 全然 朝鮮人인 것을 이저야 한다고, 아조 피와 살과 쌔가 日本人이 되어 버려야 한다고, 이 속에 眞正으로 朝鮮人의 永生의 唯一路가 잇다고"[63] 하여 본격적인 민족해소론이 제기된 것은 「심적 신체제와 조선문화의 진로」(1940.9)에서이다. 논설은 이러한 민족해소론의 입장에서 '조선문화의 장래' 또한 조선의 문인과 문화인이 "첫재로 自己를 日本化하고 둘재로는 朝鮮人 全體를 日本化하는 일에 全心力을 바치고, 셋재로는 日本의 文化를 昂揚하고 世界에 發揚하는 文化戰線의 兵士"[64]로 복무하는 데

---

62  위의 질문에 이광수는 이렇게 대답했다고 한다. "우리는 일본인보다 우수한 민족이란 말이요. (…중략…) 그러니까 우리는 일본인들로 하여금 우리를 완전히 믿고서 일본의 憲法을 조선서도 시행하도록 하여서 조선인에게 選擧權 被選擧權을 주도록 만들어야 하오. 그래서 京畿道가 京畿縣…… 忠淸道를 忠淸縣으로 부르고 총선거 때 조선 사람이 다수가 代議員으로 당선되어 衆議院에 나가 國政에 참여하게 되고 … 급기야 조선인의 文部大臣도 나오게 되고 財務大臣도 나오게 되고 하면 그때 가서야 일본인들은 생각한단 말이요…… 이렇게 되다가는 조선놈들이 일본 전국을 주무르는 날이 멀지 않을 거라고…… 그래서 우리들더러 인제 과거에 合邦했던 것을 취소하고 피차에 따로따로 살자…… 그러니 조선반도를 도로 가지고 나가거라 ─ (…중략…) 이럴 때 우리는 못이기는 체하고 조선반도를 일본으로부터 떼어 받아가지고 완전독립을 한단 말이오. 나는 앞일을 이렇게 내가보기 때문에 지금 일본인이 조선인을 믿도록 보이기 위해서 그런 글을 썼던 거라오……." 위의 글.
63  春園, 「心的 新體制와 朝鮮文化의 進路」, 『후기 문장집』 II, 112면.

있음을 강조하고 있기도 하다. 역설적인 것은 이처럼 본격적인 민족해 소론을 제기하는 자리에서 논설은 동시에 '가장 조선적인 것'으로서의 조선문학의 보존을 옹호하는 입장을 유지하고 있다는 점이다.

只今 朝鮮에 가장 朝鮮的 特色을 가진 文化 部門은 文學이다. (…중략…) (미술이나 음악과는 달리—인용자) 文學은 朝鮮 特有의 諺文으로 朝鮮人의 生活 思想 感情을 表現한 것이기 째문에 이것은 오직 朝鮮語文을 아는 사람 만이 感賞할 것이다. 그럼으로 **모든** 文化 部門中**에서 가장 朝鮮的인 것은** 朝鮮文 學이다. (…중략…) 朝鮮人의 生活, 朝鮮人의 感情은 當分間 朝鮮語가 **아니고는 完 全히 表現되지 않는다는 것**만은 理解할 수 잇슬 것이니, 여기 朝鮮文學의 存在理 由의 第一條가 잇는 것이다. 게다가 아직 國語를 아는 者 三百萬에 不過한다 하니 朝鮮民衆中에 二千萬은 朝鮮語만을 아는 者다. (…중략…) 그럼으로 넉넉잡고 今後 五十年間 朝鮮文 文學의 讀者는 끈히지 아니할 것이다.[65]

논설이 조선어와 조선문학의 필요성에 대한 강조에 뒤이어 "그 用語 가 國語나 朝鮮語이나를 勿論하고 要는 그 精神(일본정신—인용자)에 잇 는 것"이라는 주어진 국민문학론의 결론으로 나아가고 있는 것은 사실 이다. '당분간', '금후 오십년간'이라는 단서도 조선문학의 소멸을 전제 한 것으로 읽힐 가능성이 충분하다. 그러나 애초에 일본정신에 기반한 국민문학론은 조선문학의 특수성을 배제하는 것이 아니었고, '당분간' 이라는 단서 또한 "朝鮮의 言語 文化 등 이런 것은 끝까지 保存하지 않으

---

**64** 위의 글, 112면.
**65** 위의 글, 104면.

면 안 된다"[66]는 전향 직후의 입장에서 한 발 물러설 수밖에 없었던 외적 조건을 환기시킨다는 점에서 여전히 조선문학의 존속을 주장하기 위한 구실에 가까운 것이었다고 할 수 있다. 그러나 이러한 입장마저 곧 설 자리를 잃게 되어 조선문학의 위상은 "國語를 모르는 同胞에게 國民精神을 주는" '언문문학'[67]이라는 도구적 수단으로서 재조정되고 마는데,[68] 이 역시 1940년대 중반 이래 만민익찬 거국일치를 표방한 신체제 운동이 본격화된 이후의 일이다.

## 5. 황민화론의 과잉 수사를 걷어내면 보이는 것들

중일전쟁기 이광수의 황민화론은 주로 『국민신보』, 『경성일보』, 『매일신보』를 통해 전개되었다. 모두 총독부 관할하의 기관지나 마찬가지였고 그런 까닭에 서로 비슷한 논지가 전개되고 있는 것처럼 보이지만, 자세히 들여다보면 언어와 독자를 달리하는 각 매체의 특성에 따라 서로 다른 발화의 위치에서 황민화론을 전개해간 사실을 확인할 수 있다. 살펴본 대로 당국의 황민화정책의 계몽자로서, 상호적 이해관계의 협

---

66 「時局有志圓卓會議」(『삼천리』, 1939.1), 『후기 문장집』 III, 441면.
67 香山光郎, 「文人의 應召 – '陸軍記念日'에 際하야」(『매일신보』, 1941.3.10~14), 『후기 문장집』 II, 136면.
68 총동원체제기 전면적인 언어 통제에 따른 조선어와 조선문학의 위상의 변모에 대해서는 최주한, 「이광수의 친일문학을 다시 생각한다」(『이광수와 식민지 문학의 윤리』, 소명출판, 2014, 488~496면) 참고.

상자로서, 주체적 황민화운동의 호소자로서의 세 위치가 그것이다. 그럼에도 불구하고 이들 서로 다른 발화의 위치는 그 공분모로서 이광수의 황민화론이 '국민적 감정'에 의한 양 민족 간의 동등한 결합의 문제, 곧 동등한 국민으로서의 권리 획득을 목표로 한 정치운동을 지향하고 있었다는 사실을 또렷이 보여준다. 중일전쟁기 이광수의 황민화론은 정치운동으로서의 자발적 측면이 관여한 것이었음을 알 수 있다.

한편 1940년 중반 코노에 내각의 신체제성명에 이래 '반도신체제확립'의 성명을 전후하여 이광수의 황민화론은 '국민적 감정'에 기반한 양 민족 간의 동등한 결합의 문제에서 '충의 있는 일본인으로서의 갱생'을 주장하는 민족해소론으로의 논리적 비약을 보여준다. 더욱이 이러한 민족해소론의 내부에 여전히 조선의 독자성을 주장하는 논리적 균열이 존재하는 것을 엿볼 수 있다. 이러한 논리적 비약과 내적 균열은 이 시기 민족해소론에 기반한 이광수의 황민화론이 내적 필연성에 의해 제기된 것이 아니었음을 말해준다. 그런 만큼 어떤 외적 조건의 변화를 고려하지 않을 수 없는데, 가장 강력한 외적 조건이라면 역시 신체체운동이 본격화되면서 위로부터의 황민화에 대한 요구의 강도가 그만큼 거세진 사실을 들지 않을 수 없다. 이광수가 신체제를 새로운 시대의 징후로서 적극 해석해 나가기 시작하는 것은 태평양전쟁을 전후하여 대동아공영권론이 공공연하게 논의되기 시작하던 시기의 일이다. 이후 이광수의 황민화론은 뼛속깊이 일본인이 되는 문제를 넘어서 '대동아의 지도자'되기라는 양상을 띠게 되는데, 이 시기의 황민화론에 대해서는 별도의 논의를 준비할 예정이다.

마지막으로 중일전쟁기 이광수의 황민화론을 가로지르는 또 하나의 발화 위치에 대해 언급해두고 싶다. 역사소설『세조대왕』을 집필했던 작가로서의 발화 위치가 그것이다.『세조대왕』은 1939년 5월에 집필을 시작하여 이듬해 5월에 탈고되었고, 동년 8월 박문서관에서 단행본으로 간행되었다. 집필 시기가 본격적인 황민화론을 전개하고 있던 시기와 정확히 겹친다. 세조의 대원각사 건립이라는 사건으로 시작하여 붕어崩御에 이르기까지 주로 불교에 깊이 관여했던 세조의 말년을 그린『세조대왕』은 계유정란의 업보에 대한 두려움과 회한, 그리고 세조의 비통한 참회의 이야기에 초점이 맞추어져 있다. 계유정란은 어디까지나 사직社稷을 위한 것이었다는 명분, 그리고 자신이 받을 업보는 다 받겠다는 비장한 결심으로도 끝내 돌이킬 수 없었던 그 무엇에 관한 이야기. 공적으로는 민족을 위한 친일의 논리를 내세우고 협력의 길로 나아갔지만 그의 내적 자아는 자괴감 속에서 번민하고 있었던 사실을 엿볼 수 있게 한다.[69]

---

69 이상의『세조대왕』론에 대해서는 최주한,「민족 보존론과 '가면'의 병리학」·「이광수의 역사소설에 대하여 - 역사적 공간의 자전적 공간화 양상을 중심으로」(『제국 권력에의 야망과 반감 사이에서』, 소명출판, 2005) 참조.

# |제5장|
# 신체제기 황민화론의 전회와 그 계기들

## 1. '향산광랑香山光郎'이라는 증상을
## 가로지르기 위하여

1990년대 후반 이래 식민주의를 헤게모니 담론의 관점에서 접근하는 연구 방법론이 부상하면서 식민지 말기 이광수의 친일 문제와 관련해서도 자발성과 동의에 기반한 협력의 '내적 논리'에 주목하는 연구들이 한동안 잇달았다.[1] 억압과 강제에 의한 불가피한 타협 혹은 맹목적 추종이라는 관점에서 이광수의 친일 문제를 도외시하거나 탄핵으로

---

[1] 이경훈, 『이광수의 친일문학 연구』, 태학사, 1998; 조관자, 「'민족의 힘'을 욕망한 '친일 내셔널리스트' 이광수」, 『해방 전후사의 재인식』, 책세상, 2006; 박찬승, 「이광수와 파시즘」, 김경일 외, 『한국사회사상사연구』, 나남출판, 2003; 김재용, 「친일문학의 내재적 비판을 위하여」, 『협력과 저항』, 소명출판, 2004; 류보선, 「친일문학론의 역사철학적 맥락」, 『한국 근대문학의 정치적 (무)의식』, 소명출판, 2005; 곽은희, 「황민화의 환상, 오도된 계몽」, 『민족문화논총』 31, 민족문화연구소, 2005.

일관한 기존의 연구 경향에 문제를 제기하고, 친일의 문제를 제대로 극복하기 위해서는 협력에 내재한 논리를 비판적으로 고찰하여 성찰의 계기로 삼아야 할 것을 주장한 새로운 문제의식의 일환이었다.

그러나 협력의 '내적 논리'라는 문제설정은 애초의 문제의식이 지닌 정당성에도 불구하고 결과적으로 논리를 위한 논리에 불과했던 것은 아닌지 되묻게 한다. 무엇보다도 우선 협력에 내재한 논리에 접근하는 시야를 크게 제약했다는 점에서 그러하다. 이들 연구는 권력의 헤게모니에 대한 자발성과 동의를 강조하는 까닭에 이광수의 친일 담론 전체를 내적 동의에 기반한 사실 담론으로 간주한다. 그리고 그 결과 친일의 계기를 둘러싼 다양한 조건들, 특히 전시총동원체제하 권력의 강제와 그 대응 과정에서 빚어진 굴절의 측면을 간과함으로써 협력의 논리에 내재한 연속과 단절의 실상을 충분히 보지 못하게 만든다. 이들 연구가 공통적으로 이광수의 친일은 일찍이 근대문명의 힘을 동경하여 체제 협력에 일관해 온 식민지 근대화론자의 필연적 귀결이라는 논리적 완결성 속에서 답보하고 있는 것도 이와 무관하지 않다.

더욱이 이러한 관점은 이광수의 민족주의에 내재한 도착적 신념을 지나치게 경시하고 있다는 점에서도 문제가 있다. 이광수의 친일은 민족주의가 난관에 봉착하자 제국의 주체-되기라는 환상 속에서 그 출구를 찾은 것이라는 논리는 지나치게 투명하여 그의 협력 행위가 여전히 우리를 곤혹스럽게 하는 이유를 제대로 설명해주지 못한다. 특히 이광수가 '차별로부터의 탈출'[2] 혹은 '국민적 감정'에 기반한 양 민족 간의 동등한 결합[3] 차원을 넘어서 천황에 대한 신념을 고백하며 민족해소론

---

2 미야타 세츠코, 이형락 역, 『조선 민중과 '황민화' 정책』, 일조각, 1997, 172면.

의 당위성을 주장하는 대목에 이르면 더욱 그러하다. 이 점에서 보면 일찍이 서영채가 이광수의 친일에서 민족이라는 기표를 대체하여 대동아공영권의 환상을 받아들인 '윤리적 괴물'의 탄생을 지적하면서도 끝내 '마조히즘적 유머'[4]로서의 독해에 대한 미련을 버리지 못하고 있는 것은 차라리 그 곤혹스러움에 대한 솔직한 토로라고 할 만하다.

이 글에서는 신체제기 이광수의 황민화론을 중심으로 협력의 '내적 논리'를 묻는 문제설정에 누락되어 있는 이 두 가지 문제를 집중적으로 고찰하고자 한다. 일찍이 중일전쟁기 총독부의 황민화정책에 호응하여 동등한 국민으로서의 권리 획득을 목표로 한 정치운동의 일환으로 전개되었던 이광수의 황민화론은 1940년 중반 '대동아공영권'의 구상과 더불어 고도국방국가 건설을 위한 신체제로의 전환 이래 급격한 논리적 단절을 보여준다. '국민적 감정'에 의한 양 민족 간의 동등한 결합의 주장에서 '천황귀일'에 기반한 민족해소론으로의 비약이 그것이다.[5] "朝鮮人은 全然 朝鮮人인 것을 이저야 한다고, 아조 피와 살과 쎄가 日本人이 되어버려려야 한다고, 이 속에 眞正으로 朝鮮人의 永生의 唯一路가 있다"[6]는 주장이 단적으로 보여주듯 이른바 민족 보존의 이름으로

---

3  최주한, 「중일전쟁기 이광수의 황민화론이 놓인 세 위치」, 『서강인문논총』 47, 서강대 인문과학연구소, 2016, 78면.

4  서영채는 '마조히즘적 유머'라는 개념을 통해 대동아공영권의 논리를 문면 그대로 받아들였던 이광수의 모습에서 "불합리하고 우스꽝스러운 법을 문자 그대로 엄수함으로써 스스로 우스꽝스러워지는" 다시 말해 "스스로를 바보로 만듦으로써 법을 조롱하는" 역설적 태도를 읽어내고 있다. 서영채, 「민족 없는 민족주의─이광수와 유머로서의 대동아공영권」, 『아첨의 영웅주의』, 소명출판, 2011, 114면.

5  중일전쟁기 이광수의 황민화론의 성격 및 신체제기 황민화론과의 논리적 비약과 균열에 대해서는 최주한, 앞의 글 참조.

6  春園, 「心的 新體制와 朝鮮文化의 進路」(『매일신보』, 1940.9.4~12), 최주한·하타노 세츠코 편, 『이광수 후기 문장집』Ⅱ, 소나무, 2018, 112면. 이하 『후기 문장집』Ⅱ로 적는다.

민족을 부인하는 도착의 논리가 전면화되고 있는 것이다. 신체제로의 전환을 기점으로 하는 이러한 도착의 논리가 태평양전쟁기 징병제의 지지에서 학병 권유 행각에 이르기까지 이후 이광수의 황민화론을 관통하는 핵심 논리인 것은 말할 것도 없다. 따라서 신체제기 이광수의 황민화론은 이광수의 협력의 논리에 내재한 단절의 계기와 맥락을 살피고 이러한 도착의 논리가 던져주는 곤혹스러움과 대면하는 데 적절한 연구대상이 된다.

이광수의 황민화론에서 이광수 사상의 필연적 귀결을 보는 것, 그가 민족적 정체성을 부인하고 진심으로 제국의 주체-되기를 욕망했던 천황주의자였다는 증거를 보는 것, 그리고 '향산광랑香山光郞'이라는 창씨명이야말로 이를 직접적으로 상징한다고 간주하는 것은 성급하다. 신체제기 이광수의 황민화론에는 전시총동원체제하 권력의 강제와 그 대응 과정에서 빚어진 논리적 비약과 단절은 물론, 나아가 그러한 논리적 비약과 단절을 감수하면서까지 민족을 위한다는 명분하에 천황주의자를 자처하고자 했던 이광수 자신의 도착적 신념이 또렷이 각인되어 있는 까닭이다. 이 점에서 그것은 자발성과 동의에 기반한 투명한 사실 담론이라기보다 민족주의의 곤경에 맞닥뜨린 주체가 도착적인 방식으로나마 나름의 존재론적 일관성을 유지하기 위한 방편으로 구축해낸, 요컨대 뭔가 문제가 있음을 드러내는 일종의 증상 담론에 가깝다.

'향산광랑'이라는 형상은 비유컨대 '창에 찔린 상처'이다. 지젝Slavoj Žižek의 방식으로 말하자면 그것은 이광수 안에 있는 이광수 이상의 것, 다시 말해 이광수의 신체에 통합될 수 없는 혐오스런 혹이자 그를 파멸시키는 것이지만 동시에 그에게 일관성을 줄 수 있는 유일한 것이다.[7]

혐오스런 상처이기에 그것을 지켜보는 자에게는 곤혹스럽지만 이광수 자신에게는 일관성을 주는 무엇이기에 그의 존재를 떠받치는 견고한 지탱물인 셈이다. 증상으로서의 상처는 그 혐오스러움을 비난하거나 도려냄으로써 치유되지 않는다. 그 존재론적 위상을 응시하고 그것이 건네려는 메시지에 귀 기울일 때, 상처는 웅얼거림을 그만두고 자신을 열어보일 것이다.

이에 이 글에서는 '향산광랑'이라는 증상을 가로지르기 위한 분석적 시도의 일환으로써 신체제기 이광수의 황민화론을 다음의 세 가지 측면에서 고찰한다. 우선 2절과 3절에서는 당대 신체제로의 전환에 따른 황민화정책의 강화 및 당시 이광수가 처해 있던 전향자이자 동우회사건 미결수로서의 개인적 여건이라는 외적 조건이 강제한 논리적 비약과 단절의 국면을 살필 것이다. 이어서 4절에서는 신체제기에서 태평양전쟁 말기에 이르기까지 도착의 논리로 일관했던 황민화론의 궤적을 따라가면서 이러한 비약과 단절로의 길을 열어준 내적 조건, 즉 민족의 이름으로 천황주의자를 자처할 수 있게 해준 도착적 신념의 구조를 분석할 것이다. 이상의 논의를 토대로 마지막 5절에서는 당대는 물론 해방 이후 오늘날까지도 여전히 팽팽히 대립하고 있는 이광수의 친일에 대한 옹호론과 탄핵론의 미망을 비판적으로 조망해 보고자 한다.

---

7   지젝은 '증상'의 존재론적 위상을 '주체에 일관성을 부여하는 실재적 중핵'으로서 간주한 라캉의 이론에 근거하여 바그너의 『파르지팔』에 나오는 암포르타스의 '창에 찔린 상처'에 대한 흥미로운 해석을 보여준 바 있다. 이에 관한 자세한 논의에 대해서는 슬라보예 지젝, 이수련 역, 『이데올로기라는 숭고한 대상』(인간사랑, 2002, 131~141면) 참조.

## 2. 신체제로의 전환과 황민화정책의 강화

1940년 7월 22일 요나이米内 내각이 총사직하고 제2차 코노에近衛 내각이 출범한다. 1937년 6월부터 1939년 1월까지 제1차 내각을 이끈 관계로 중일전쟁의 장기화에 정치적 부담을 안고 있던 코노에 내각은 출범 즉시 대외적으로는 독일·이탈리아와의 정치적 결속을 강화하는 한편 중국 원조물자 보급로인 장제스蔣介石 지원 루트의 차단 및 남방 진출을 위한 기지 확보를 위해 무력 남진정책을 결정하고,[8] 대내적으로는 '팔괭일우八紘一宇'의 정신에 기초하여 일日·만滿·지호를 근간으로 한 '대동아신질서'의 건설과 고도국방국가의 완성을 목표로 내건 강력한 신체제의 수립을 천명했다.[9] 중일전쟁의 장기화로 동아신질서의 외연과 내용이 확대되고 여기에 유럽 전란의 확대로 동남아시아에서 발생한 힘의 공백을 배경으로 이른바 '대동아공영권' 건설의 명분을 내건 전쟁 확대 방침의 표명이었다. 이러한 방침에 따라 일본 국내에서는 1940년 8월 12일 군부·관료·정당·우익 등 전 정치세력을 망라한 대정익찬회大政翼贊會가 결성되고, 이후 천황제-국체를 근간으로 한 관제국민통합기구로서의 강력한 영향력을 행사하게 된다.[10]

---

8  1940년 7월 27일 대본영정부연락회의의「세계 정세의 추이에 따른 시국 처리 요강」에서 결정된 사항이다. 그 결과 9월 27일 독·일·이 삼국동맹이 체결되고, 9월 23일에는 일본군이 북부 프랑스령 인도차이나에 진주한다. 요시다 유타카, 최혜주 역,『아시아태평양전쟁』, 어문학사, 2012, 18~20면.

9  1940년 8월 1일 코노에 내각이 발표한 '기본국책요강'에서 결정된 사항이다(「基本國策의 要綱聲明」,『매일신보』, 1940.8.1). 석간. 코노에 신체제성명의 내용과 성격에 대해서는 방기중,「1940년 전후 조선총독부의 '신체제' 인식과 병참기지강화 정책」(『동방학지』138, 국학연구원, 2007, 98~101면)참고.

이러한 흐름에 호응하여 조선에서도 9월 4일 중앙일간지 『매일신보』를 통해 "中央의 新體制에 呼應"하는 "半島의 新嚮途"를 검토하겠다는 총독부의 입장이 피력되고,[11] 이윽고 1940년 10월 16일 '반도신체제'의 발족과 더불어 "국체의 본의에 의거하여 내선일체의 내실을 거두고, 각각 그 직역에서 멸사봉공의 정성을 바쳐 協心戮力으로 국방국가체제의 완성, 동아신질서의 건설에 매진한다"[12]는 강령을 내건 국민총력조선연맹이 결성되어 신체제운동이 본격화한다.[13] 총력연맹은 중일전쟁 직후 일본에서 '거국일치擧國一致 · 진충보국盡忠報國 · 견인지구堅引持久'의 3대 목표를 내걸고 조직된 국민정신총동원중앙연맹을 본떠 조선인의 황민화와 전시동원을 목적으로 조직된 국민정신총동원조선연맹을 개편한 것으로,[14] 정동연맹과 달리 미나미 총독을 직접 수반首班으로 하여 행정조직과 국민운동 조직의 일체화를 꾀한 보다 강력한 관변 통제기구였다. 그런 만큼 조선의 신체제운동은 천황제-국체를 근간으로 하되 조선의 특수성에 따라 '내선일체'와 병참기지 정책의 확대 · 강화에

---

10 애초에 코노에의 신체제는 혁신좌파에 의한 전체주의적 체제 혁신의 논리와 이념에 근간했으나 여러 정치 세력의 대립을 극복하지 못하고 결국 황도주의와 일본주의에 기반한 대정익찬회(大政翼贊會)의 결성이라는 애매한 타협으로 귀결된다. 코노에의 신체제 구상과 천황제~국체에 기반한 대정익찬회의 성격에 관해서는 요네타니 마사후미, 「중일전쟁기의 천황제-'동아신질서'론, 신체제운동과 천황제」(사카이 나오키 외편, 이종호 외역, 『총력전하의 앎과 제도』, 소명출판, 2014, 316~319면) 참고.

11 「中央의 新體制에 呼應 半島의 新嚮途 明示, 總督 · 總監 所信을 披瀝」, 『매일신보』, 1940.9.4. 9월 3일 자 석간 1면. 신체제의 강령과 규칙에 관해 상임간사회에 조정을 하명下命했다는 내용도 보인다.

12 『친일반민족행위관계사료집』 IX, 친일반민족행위진상규명위원회, 도서출판 선인, 2009, 216면.

13 반도신체제의 발족과 국민총력연맹의 설립 관련 기사로는 「今日 半島新體制 發足 - '國民總力聯盟'下 臣道實踐에 邁進」, 『매일신보』, 1940.10.16. 석간 1면 참고.

14 국민정신총동원조선연맹(1938.6)의 조직과 그 성격에 관해서는 박수현, 「일제 전시파시즘기 친일단체의 동향과 활동」, 『친일반민족행위관계사료집』 IX, 14~16면 참고.

강조점을 둔 황민화 강화정책의 성격을 띠었는데,[15] 이는 반도신체제와 국민총력운동에 관한 미나미 총독의 훈시 내용에서도 분명하게 엿볼 수 있다.

자신을 버리고 천황으로 귀일하고 나의 모든 것을 국가에 봉사하는 것이 일본정신의 본질이자 국가 비상시에 이러한 정신이 결집되어 견고한 만민익찬 체제를 만드는 것이 우리 국체의 전통입니다. (…중략…) 나는 스스로 정신하여 거국일치 체제의 수반 겸직을 기회로 다음과 같이 신체제를 창시하기로 결의하였습니다. 즉 국체의 본의에 의거하여 진정으로 내선일체의 내실을 거두어 거국일치, 전시국민생활의 전면에 걸쳐 쇄신 긴장을 촉구하고, 국가의 목적에 대해 멸사봉공의 내실을 거둘 방법으로서 종래의 국민정신총동원운동, 농산어촌진흥운동을 비롯해 물심양면에 걸친 각 부분의 여러 운동을 통합하여 국민총력운동을 전개할 것입니다.[16]

조선의 신체제운동은 '내선일체'의 내실을 거두어 거국일치, 전시국민생활의 기반을 마련하고 국가 목적을 위한 멸사봉공의 내실을 거두는 데 목적이 있음을 표명한 위의 발언은 기본적으로 정동연맹의 방침과 연속선상에 있다. 그러나 조선인의 국체 관념이 희박하다는 인식에 따라 '내선동조內鮮同祖'와 '양지일가兩地一家'에 기반한 상호 협력적인 '내선일체'를 강조한 정동연맹의 강령과 비교할 때,[17] '천황귀일', '만민익

---

15  미나미 총독이 주도한 조선신체제운동의 특성에 관해서는 방기중, 앞의 글, 106~127면 참고.

16  「국민총력운동에 관한 임시 도지사회의에서의 총독 훈시 요지」(1940.10.16), 『친일반민족행위관계사료집』 IX, 247면.

찬' 등 천황제-국체 이념을 전면에 내세우며『국체의 본의國體の本意』에 의거한 '내선일체'를 강조하고 있는 점이 유독 눈에 띈다. 1937년 5월 중일전쟁을 앞두고 국민정신의 함양을 목적으로 일본 문부성이 간행한『국체의 본의』제1장 제1절은 이렇게 시작한다. "대일본제국은 만세일계의 천황이 황조皇祖의 신칙神勅을 받들어 영원히 통치하신다. 이것이 우리 만고불역의 국체이다. 그리고 이 대의를 기반으로 일대 가족국가로서 억조億兆가 일심으로 성지를 받들고 명심하여 능히 충효의 미덕을 발휘한다. 이것이 우리 국체가 정화精華로 삼는 바이다."[18] 한마디로 천황을 중심으로 하는 가족국가체제 및 충효에 바탕한 만민익찬의 미덕을 강조한 것인데, 이 점에서『국체의 본의』를 전면에 내건 조선의 신체제운동은 조선인에게까지 천황제-국체 이념을 강제하는 보다 강화된 황민화정책을 예고한 것이었다고 할 수 있다.

실제로 이러한 신체제운동의 방침과 더불어 조선의 문화, 사상, 종교 단체는 급격한 변화를 겪는다. 조선신체제의 건설에 있어 각종 애국단체, 문화단체, 사상단체, 종교단체를 망라하여 행정, 경제, 문화 등 각 부분에 걸쳐 관민일치의 강력한 신조직의 결성을 꾀한 총력연맹은 이 운동이 '만민익찬'의 신체제의 기본 관념에 근간한 '관민官民의 정신, 사상

---

[17] "하나. 내선일체의 완성. 반도 민중의 진정한 행복과 향상은 내선일체의 완성을 통해 이루어진다. 내선은 오래도록 바다를 경계로 언어 풍속을 달리했지만 원래부터 뿌리가 동일하다. 이제 시절이 도래하여 고대의 모습으로 환원하여 그 병합을 보기에 이르렀다. 황도에 의거하여 仁政은 일시동인의 성지를 본받아 다만 兩地一家의 건설에 노력하고 있다. (…중략…) 이번에 우리 연맹원은 서로 성의를 피력하여 내선을 상호이해하고 서로 친목하여 융합일체의 실질을 거두었다. 또 반도의 일반 민중에게도 충량한 황국신민으로서 신아시아 건설의 성전에 협력 참가하는 것은 국민으로서 더 없는 영예이다." 「국민정신총동원조선연맹 강령」,『친일반민족행위관계사료집』IX, 68면.

[18] 『國體の本意』(文部省, 1937),『『국체의 본의』를 읽다』, 형진의·임경화 편역, 어문학사, 2017, 31면.

의 일대 갱신更新의 도모'에 있음을 분명하게 밝히고 있다.[19] 다시 말해 '국책에의 적극 협력'의 도모에 그치지 않고 더 나아가 천황제-국체 관념을 내면화한 '황민皇民'의 연성을 적극 표방한 것인데, 이러한 방침에 호응하여 이해 말 12월에는 '황도皇道'의 학습과 실천을 목표로 내건 황도학회 및 전향 지식인에게 '일본정신'을 교육하여 사상보국에 협력케 하기 위한 목적으로 야마토주쿠大和塾가 잇달아 설립되어 일본정신과 황도주의에 기반한 조선인의 황민화교육이 본격적인 시동을 걸게 된다.[20]

이광수의 황민화론에 논리적 비약과 단절이 각인되기 시작하는 것은 정확히 이러한 흐름과 연동되어 있다. 바로 얼마 전까지만 해도 "내선일체는 마음의 문제, 즉 이상과 국민적 감정의 문제이지 모든 것을 한 가지 색으로 칠하는 것을 의미하지는 않"[21]는다던 논조가 이 시기를 전후하여 돌연 내선일체란 "在來의 朝鮮的이란 것을 버리고 日本的인 것을 배우는 것" 곧 "民族感情과 傳統의 發展的 解消"[22]로서 재정의되고, "단지 일본 국민이 되는 것에 멈추지 않고 야마토 민족이 된다"[23]는 민족해소론으로

---

19 "본 운동을 계기로 관민의 정신, 사상의 일대 경신을 도모하는 것입니다. 즉 신체제의 기본 관념은 만민익찬, 직역봉공에 있습니다. (…중략…) 응소 군인이 기쁘게 그 목숨을 君國에 바치려고 국방부서에 나가는 것과 똑같은 심정으로 충후에서의 各人參戰, 職能報國의 엄숙한 의의를 지녀야 함을 모든 기회에 강조하여 본 운동의 발전 강화를 도모해야 합니다."「국민총력운동에 관한 임시 도지사회의에서의 총독 훈시 요지」(1940.10.16), 『친일반민족행위관계사료집』 IX, 248~249면.
20 황도학회와 야마토주쿠의 설립에 관한 관련 기사로는「皇道精神을 普及, 來卄五日 皇道學會학회를 結成키로」,『매일신보』, 1940.12.24;「日本情神修練道場 京城大和塾 今日 盛大한 發會式」,『매일신보』, 1940.12.25 참고
21 香山光郎,「동포에게 보냄」(『경성일보』, 1940.10.1~9),『후기 문장집』II, 433면. 이 글이 발표된 것은 10월이지만 글의 말미 '재신'에 "이 글은 올해 3월 말쯤 쓴 것"이라는 언급이 있어 동년 8월의 신체제선언 이전에 쓰였던 것을 알 수 있다.
22 春園,「心的 新體制와 朝鮮文化의 進路」,(『매일신보』, 1940.9.4~12),『후기 문장집』II, 91·112면.
23 香山光郎,「조선문예의 금일과 명일」(『경성일보』, 1940.9.30),『후기 문장집』II, 117면.

의 비약을 보여주는 것이다. 이러한 논리적 비약은 「심적 신체제와 조선 문화의 진로」(1940.9)를 비롯하여 「조선문예의 금일과 명일」(1940.9), 「조선문학의 참회」(1940.10) 등 이 시기 신체제와 호응하는 조선문학의 진로를 타진한 논설들에 집중되어 있는데, 하나같이 '편협하고 착오된 민족 관념'의 탈각과 더불어 민족해소론을 제기하고 있는 점이 특징적이다.

탈각해야 할 '편협하고 착오된 민족 관념'이란 무엇인가. 그것은 "天皇을 잇사온 것", "朝鮮人을 天皇의 赤子로 日本의 國民으로 생각하려 아니한 것", 그리고 "朝鮮人을 다만 朝鮮人이란 單一한 것으로 觀念한 것"[24]이다. 바야흐로 제국 일본이 '아세아공영권' 건설에 나서고 있는 마당에 조선인은 마땅히 "亞細亞大陸과 太平洋과 印度洋을 國土로 하고 一億의 皇民을 同胞로 하는 新民族觀念과 感情"을 포회하여 "亞細亞再建設의 擔任者"[25]가 되어야 한다는 것이다. 그러나 이러한 특권과 지도적 지위는 거저 주어지는 것이 아니다. 그것은 "朝鮮人의 子女가 모두 國民敎育을 받고 皇國臣民으로서의 國體意識을 굳게 파악"[26]함으로써만 얻어지는 것, 곧 뼛속까지 천황제-국체 관념을 내면화한 '황민적 개조'를 전제한다. 위의 논설들에서 '심적 신체제의 초석'으로서 "모든 것은 다 天皇께서 주신 것으로, 따라서 언제든지 天皇께 바칠 것으로 쌔달아야"[27] 함이 강조되고, 나아가 "아조 피와 살과 쌔가 日本人이 되어버려야 한다"[28]는 극단적인 수사까지 등장하는 것은 '황민적 개조'의

---

24　春園, 「朝鮮文學의 懺悔」(『매일신보』, 1940.10.1), 『후기 문장집』 II, 120면.
25　春園, 「心的 新體制와 朝鮮文化의 進路」(『매일신보』, 1940.9.4~12), 『후기 문장집』 II, 108면
26　위의 글, 94면.
27　위의 글, 92면.
28　위의 글, 112면.

당위성에 대한 역설인 셈이다.

주목해야 할 것은 민족 관념의 해소→국체 관념의 철저→제국의 주체이자 대동아공영권의 지도자로서의 지위 획득으로 이어지는 이러한 황민화론의 패턴은 징병제의 도입을 앞두고 총독부가 조선인의 자발적인 참여를 독려하기 위해 사용한 동원의 논리이기도 했다는 점이다. 1942년 징병제의 도입을 앞두고 총독부는 징병제에 '황민에게만 주어지는 특권'이라는 의의와 함께 조선인이 '대동아공영권' 안에서 '지도적 지위'에 서는 것이 보장되었다는 의의를 부여하면서 이를 조선인의 황민화의 정도와 결부시켜 선전하였다. 다시 말해 조선인이 황민화에 철저할수록 일본제국 내에서 조선이 차지하는 지위가 향상되고, 그것이 동시에 '대동아공영권' 안에서 조선인이 갖는 지도적 지위를 강화시키는 것으로 연결된다는 논리였다.[29]

'황민'의 특권과 지도적 지위의 획득이라는 명분하에 '황민적 개조'를 역설한 이광수의 황민화론이 총독부의 동원의 논리를 선취한 것인지, 아니면 총독부의 선전에 논리를 부여해 준 것인지 선후는 분명치 않다. 한 가지 분명한 것은 애초에 이광수의 황민화론이 '국민적 감정'에 의한 양 민족 간의 동등한 결합을 전제로 전개되었던 점을 고려할 때, 민족 관념의 해소와 '천황귀일'의 국체 관념에 기반한 일방적인 황민화론으로의 이행은 그 어떤 내적 필연성도 갖지 않는다는 점이다. 이는 이 무렵 본격적으로 제기된 민족해소론의 내부에 여전히 민족적 독자성을 주장하는 논리적 균열이 존재한다는 점에서도 확인된다.[30] 그럼에

---

29  미야타 세츠코, 이형락 역, 「태평양전쟁 단계의 황민화정책」, 앞의 책, 138~139면 참조.
30  민족해소론 내부의 논리적 균열에 관해서는 최주한, 앞의 글, 76~77면 참조.

도 불구하고 이러한 황민화론의 패턴은 이후 태평양전쟁기 징병제의 도입을 거쳐 최후의 결전기 학병동원에 이르기까지 지속·강화되어 간다. 총력전체제로의 돌입과 더불어 국체 관념을 내건 당국의 황민화 정책이 일본의 전쟁 수행에 적합한 인적 자원의 육성·배출이라는 문제로 총집중하고 있는 마당에 '황민적 개조'야말로 당국의 요구와 정확하게 호응하는 선전 논리일 수 있었던 것이다.

## 3. 천황귀일, 전향에서 '철저전향'으로

신체제기 이광수의 황민화론이 '천황귀일天皇歸一'로의 국체 관념을 강조하게 된 또 하나의 외적 조건으로 당시 이광수가 처해 있던 동우회사건 미결수로서의 개인적 입장을 고려하지 않을 수 없다. 이광수가 동우회사건 2심에서 5년 징역형을 선고받은 것은 코노에의 신체제가 발족하고 한 달 뒤인 1940년 8월 21일이다. 동우회사건의 출발 자체가 1937년 6월 중일전쟁을 한 달 앞둔 시점에서 시작된 것을 고려할 때, 2심의 유죄 판결 또한 조선신체제의 발족을 앞두고 국책 협력을 종용하기 위한 총독부의 사법적인 고려의 일환이었다고 판단된다.[31] 이광수

---

31  이와 관련해서는 "당국이 상고 중인 본인에게 대중의 지도적 지위를 부여하려는 의도에 대해서는 이해하기 어렵다"는 등 측근의 언동을 전하고 있는 관헌의 보고 기록도 참고할 수 있다. 「同友會事件關係者香山光郎ノ動靜ニ關スル件」, 京高特秘 第2492号, 1941.9.17.(http://history.go.kr) 참고.

는 동우회 회원들과 함께 즉시 고등법원에 항소하는 한편 살펴본 대로 조선신체제를 내건 총독부의 정책에 적극 호응하여 문단신체제를 주도해 나가지만, '만민익찬萬民翼贊'의 신체제 이념에 근간한 철저한 '황민皇民'으로서의 사상 검증을 통과해야 하는 압력에서 자유롭지 않았던 것이다. 그가 이해 12월 '황도皇道'의 학습과 실천을 내건 황도학회의 설립과 전향자 사상교육기관인 야마토주쿠에 관여하며 '천황귀일'의 신념을 거듭 피력하기 시작하는 것은 이러한 사정과 무관하지 않다.

황도학회는 "본시의 조선 사람 그대로는 황국신민이 될 수가 없다. 황도를 내 것으로 만들어야만 우리는 참으로 황국신민이 될 것"[32]이라는 취지하에 '황도'의 학습과 실천을 내걸고 1940년 12월 25일 결성된 단체이다. "이 사업의 지속 여하에 의하여 내선일체의 완전한 실현의 지속이 결정될 것이며, 또 고도국방국가의 국민으로서 반도인이 응분의 총력을 바칠 수 있다"[33]는 주장에서 보듯 '만민익찬'의 신체제 이념을 근간으로 고도국방국가의 건설을 목표로 내건 총력연맹의 방침에 적극 호응하여 결성된 조직으로, 발회식 당일 시오바라 토키사부로鹽原時三郎 학무국장을 비롯하여 마츠모토 시게히코松本重彦 경성제대 역사학 교수, 조선군 참모, 총력연맹 총무부장, 총독부 보안과 사무관 등 총독부 관계 인사들이 대거 참여하고 있는 데서도 관주도적 성격을 엿볼 수 있다.[34] 이광수는 황도학회의 발기인 대표로서 발회식 당일 학회의 설립 취지와 경과의 보고를 맡았고, 황도학회의 첫 사업으로 이듬해 1

---

32 「황도학회 취지서」, 『친일반민족행위관계사료집』 IX, 647면.
33 위의 글, 648면.
34 발회식 당일의 행사에 관해서는 「皇道學會—昨日府民官에서 發會」(『매일신보』, 1940.
   12.27) 참조.

월 18일부터 2월 16일까지 야마토주쿠에서 '일본정신수도강습회'를 개최하는 등 학회활동에 적극 참여했다.[35]

1941년 3월『분가쿠카이文學界』에 발표된「행자」는 바로 이 무렵의 사유를 고백체 형식으로 써내려간 글로써, 당시 강습회의 풍경을 전하며 '완전한 일본인'이 되는 문제를 숙고하고 있어 주목된다. 강습회 첫날 경성제대의 M교수에게서 '국체신론國體新論' 강의 더불어 일본정신을 근간으로 삼아 생활해야 비로소 진짜 일본인이라는 설교를 들은 이광수는 어느 정도가 되어야 '완전한 일본인'이 될 수 있을지 자문한다. 조선인이 '우리는 일본인'이라는 감정을 가져도 그것은 주관의 문제일 뿐, '너희는 일본인'이라는 객관적 인정을 얻는 것은 또 다른 문제임을 직시하고 있는 것이다. 그럼에도 불구하고 조선인이 '완전한 일본인'이 되어야 한다면 그것은 어떻게 가능할 것인가. 주관적 감정과 객관적 인정 사이의 간극은 어떻게 극복할 수 있는가.

조선인을 황국신민으로 삼는 것은 황모(皇謨)입니다. 오늘 아침 신문에서 미나미 총독도 내선일체는 황모라고 말씀하셨습니다. 그리고 M교수도 말씀하셨습니다. 천황께서 하신 말씀은 절대 변치 않는다고. 따라서 조선인이 일본인이 되는 일은 이러쿵저러쿵 문제삼을 것이 아닙니다. (…중략…) 조선인이 일본인이 되려면―진짜 일본인이 되려면 우선 종래의 조선적인 마음을 뿌리째 뽑아버리지 않으면 안 됩니다. (…중략…) 그리고 어린아이의 마음처럼 본바탕과 같이 되어 **몸도 마음도 천황께 바치지 않으면 안 됩니다.** 그리

---

35 「皇道學會初の行事―日本精神講習會を開く」,『國民總力』(1941.3),『친일반민족행위관계사료집』IX, 649면 참고.

고 2천 3백만 조선인과 그 자손들이 깨끗이 일본인이 되어버리지 않으면 안 됩니다.[36]

이광수는 그 해결책을 '황모皇謨'의 절대성과 '천황귀일'의 신념에서 찾는다. '황모'는 절대적이므로 조선인이 일본인이 되는 것은 이미 천황의 뜻에 의해 정해져 있는 일이고, 조선인은 천황의 뜻을 받들어 신도臣道를 배우고 실천하기만 하면 된다는 것이다. 이는 사실 실질적인 문제 해결이라기보다 '천황'의 이름을 내걸고 애초 문제의 여지 자체를 봉쇄해버리는 논리라는 점에서 이념적 봉합에 불과하다. 그럼에도 불구하고 이광수는 "今日 朝鮮人의 新倫理는 天皇께 歸一하옵는 것"(「신시대의 윤리」, 1941.1)이라든가 '천황귀일'은 "반드시 그렇게 되지 않으면 안되는 성질의, 필연적이고 당연한 귀결"(「중대한 결심」, 1941.1)이라는 신념을 거듭 피력해 나간다. 일찍이 '香山光郎'으로의 창씨가 그러했듯, 천황제-국체 관념의 핵심을 건드림으로써 '완전한 황민'으로서의 자격 검증이라는 곤경을 우회하는 영민한 대응이었던 셈이다.

한편 이러한 천황제-국체 관념의 철저는 조선신체제에 호응하는 사상 국방운동의 강화 방침하에 전향 지식인 일반에게 강요된 것이기도 했다. 황도학회의 설립을 앞둔 12월 14일 경성에서는 경성 보호관찰소의 관할하에 "사상 관계자들에게 참된 일본정신을 주입하여 황국신민으로서 사상국방에 협력시키고 또한 내선일체의 지도적 실천자를 양성"을 목표로 한 야마토주쿠大和塾가 설립된다.[37] 그리고 곧 이어 조선의 신체제로 모든 단

---

36  香山光郎, 「行者」(『文學界』, 1943.1), 『후기 문장집』III, 305~306면.
37  관련 기사는 「日本精神修練道場 京城 大和塾, 今日 盛大한 發會式」, 『매일신보』, 1940.12.15 참조.

체가 국민총력연맹에 집중되고 있는 계제에 발맞춰 사상보국운동의 철처를 기한다는 방침하에 기존의 전향자 통제조직이었던 시국대응전선사상보국연맹이 해소되어 재단법인 야마토주쿠에 통합된다.[38] 당시 동우회사건 미결수 신분이었던 이광수는 야마토주쿠의 회원은 아니었지만, 예방구금에 준하는 '당국의 호의'하에 경성 야마토주쿠에 입소하여 일본정신의 수행 및 집필활동에 전념해야 했다. 「행자」(1941.3)를 비롯하여 「중대한 결심」(1941.1), 「내선일체수상록」(1941.2), 「생사관」(1941.2), 「대화숙 수양회 잡기」(1941.4) 등은 이 무렵을 전후하여 집필한 것으로, 특히 「대화숙 수양회 잡기」는 1941년 3월 10일부터 한 달간 30명의 전향 지식인을 대상으로 열린 수양회의 풍경을 조목조목 전하고 있어 당시 전향 지식인에게 강제되었던 사상교육의 실상을 엿볼 수 있게 한다.

「잡기」가 전하는 수양회의 풍경에서 무엇보다 우선 주목되는 것은 천황에게 충성을 다하지 않는 사람을 박멸해야 할 '적'으로 규정한 나가사키長崎 보호관찰소장의 훈시와 국가의 비상시에 황국신민의 자각을 갖지 않은 자는 용서할 수 없는 '죄인'임을 역설한 조선군의 카바蒲 소좌의 발언, 그리고 국어와 일본정신에 철저하지 않은 자는 '비국민'으로서 징벌을 면치 못할 것이라는 마츠모토松本 교수의 발언 등 강경한 주최 측의 분위기이다.[39] 이는 국체 관념에 입각한 일본정신으로 완

---

38 「思想報國聯盟 解消 財團法人 大和塾으로 統一, 思想國防戰線에 新體制」, 『매일신보』, 1940.12.28.

39 당시 조선군 내의 강경한 분위기에 대해서는 카바 소좌에 대한 유진오의 다음과 같은 회고도 참고할 수 있다. "朝鮮軍司令部 報道部에 근무하는 '가바蒲 少佐(原名 鄭勳)라는 자는 文人報國會의 회합석상에 와서, 面從腹背하는 자는 종로 네거리에 내다 세우고 機關銃掃射로 없애버리겠다는 폭언을 공공연하게 떠들어댔다." 유진오, 『養虎記』, 고려대 출판부, 1977, 99면.

전히 전향하였음을 실천적으로 증명할 것을 요구하는 완강한 압력으로, 당시 당국의 감시하에 놓인 전향 지식인이라면 누구나 그 실천적 증명으로서의 사상국방·사상보국의 임무에서 자유로울 수 없었음을 보여준다. 또한 아침 6시의 기상에서 시작하여 국기게양, 키미가요君が代 봉창, 조선신궁 배례, 황국신민서사 제창, 라디오 체조, 숙장의 훈시, 그리고 오후 7시부터 이어지는 일본정신 관련 강연, 좌담, 좌선 등 일련의 프로그램들이 국체 관념에 기반한 황국신민의 자각을 단련케 하기 위한 목적에서 마련된 것이었음은 말할 것도 없다.

1941년 2월 공포되어 3월부터 시행된 조선사상범예방구금령은 이러한 전향 지식인의 사상 통제 및 국책 협력에의 강제에 쐐기를 박는 것이었다. 이 법령은 예방구금 제도를 뼈대로 하는 치안유지법 개정 중이던 일본 국내에 앞서 조선에 먼저 도입된 것으로,[40] 전향자는 물론 준전향자, 비전향자에 이르기까지 독거구금을 통한 정신적 개선 단계인 1급부터 사회적 개선에 중점을 둔 잡거구금 단계인 2급, 그리고 사회로 들어갈 준비를 시키는 3급으로 분류하여 당국으로부터 전향을 인정받지 못하면 언제든 예방구금 처분하는 매우 강력한 법안이었다. 1936년 12월 공포·시행된 조선사상범보호관찰령이 전향자의 '국민적 자각'과 '생활의 확립'을 강조하는 일상적 차원의 것이었다면, 예방구금령과 함께 이제 전향의 실질적 기준은 국체 관념에 기반한 국가에 대한 충성을 실천적으로 입증하는 것이 아니면 안 되었던 것이다.[41]

---

40  일본 치안유지법체제의 절정으로 꼽히는 개정된 치안유지법은 1941년 2월 의회를 통과하고 3월 8일 공포되어 5월 15일부터 실시되었다. 새 치안유지법의 개정 절차와 성격에 대해서는 리처드 H. 미첼, 김윤식 역, 『일제의 사상 통제─사상전향과 그 법체계』(일지사, 1982, 209~215면) 참고.

이러한 가운데 일본의 세력 확장을 견제하는 영미와의 관계 악화로 바야흐로 태평양전쟁의 개전 가능성이 임박함에 따라 조선의 지식인들은 8월 임전대책협의회 및 흥아보국단의 결성, 10월 두 단체를 통합한 조선임전보국단의 결성 등을 통해 전쟁협력에 적극 나서게 된다. 이광수 역시 임전대책협의회에 참여하여 임전태세의 결의를 다지는 한편, '반도민중의 애국운동'의 기치를 내걸고 임전보국단의 결성을 지지하며 "天皇歸一, 滅私奉公의 新體制에의 轉向"[42]에 근간한 '철저전향', '보편전향', '국민총전향'으로의 돌입을 역설했다. 임전태세의 시국을 맞아 과거 소극적이고 수동적인 피통치자 의식에서 황민화와 국책 협력을 결의하던 '전향'으로는 부족하고 "一億國民은 다가튼 臨戰 應召 兵士"라는 자각과 "最後의 一滴의 피를 흘려서라도 皇運을 扶翼"[43]하겠다는 황국신민으로서의 각오에 철저할 필요가 있다는 주장이었다. 조선민중을 향해 '황운皇運의 부익扶翼'을 위해 멸사봉공하는 병사의 각오를 외치고, 그것이야말로 '황은皇恩'에 대한 보답이자 조선인으로서의 무상한 영광임을 피력하는 기괴한 역설. 당대 조선문단의 수장이자 최종심 판결을 앞둔 동우회사건의 미결수로서 사상국방의 선두에 나설 것이 강제되었던 이광수에게는 일면 불가피한 일이었을 것이다.

이윽고 태평양전쟁을 한 달 앞둔 1941년 11월 동우회사건은 전원 무죄 판결을 받는다. 그러나 실천적 전향을 인정받지 못하면 언제든 예방구금 처분에 떨어지는 예방구금령이 존속하는 한 무죄 판결은 별 의

---

41  조선사상범예방구금령의 시행과 성격에 관해서는 전상숙, 「전향, 사회주의자들의 현실적 선택」(방기중 편, 『일제하 지식인의 파시즘체제 인식과 대응』, 혜안, 2005, 340면) 참조.
42  香山光郎, 「半島民衆의 愛國運動」(『매일신보』, 1941.9.4~7), 『후기 문장집』II, 502면.
43  위의 글, 503·505면.

미가 없었다. 감시와 통제의 해제는커녕 '예방구금'과 '총살'의 위협하에 더욱 강도 높은 협력을 강요받았다.[44]


## 4. 자기희생, 혹은 민족적 잉여 향유의 환상들


이후 태평양전쟁 발발 이듬해인 1942년 5월 징병제 도입의 결정, 동년 10월 조선청년특별연성령의 공포에 이어 1943년 8월 징병제의 실시 및 10월 조선인 학도특별 지원병제의 실시에 이르기까지 이광수의 황민화론은 철저히 당국의 선전에 호응하여 전개되어 간다. 앞서 언급한 바와 같이 징병제 실시를 앞두고 징병제에 '황민에게만 주어지는 특권'이라는 의의와 함께 조선인이 대동아공영권 안에서 '지도적 지위'에 서는 것이 보장되었다는 의의를 부여한 총독부의 선전은, 이광수에게서 '반편 국민' 노릇에서 벗어나 '옹글은 국민'[45]이 되는 것이며 "武로는 大東亞戰爭의 一員이 되고 文으로는 大東亞共榮圈이라는 史上에 類例를 보지 못한 新世界 建設의 일순"[46]이 되는 길이라고 복창되었다. 그리고

---

44  당시 민족주의자에 대한 당국의 위협에 관해서 이광수는 다음과 같이 회고한 바 있다. "이미 일본 관헌은 민족주의적인 지식 계급 조선인의 명부를 만들었다 하며, 그 수는 삼만 내지 삼만팔천이라 하여 혹은 이것을 예방구금한다 하며 혹은 계엄령을 펴고 총살한다고 하여 총독부와 검사국과 용산군과 사이에 문제가 되고 있다고 하였다. (…중략…) '국가의 흥망이 경각에 달린 이 순간까지 비협력적인 조선인은 더 기다릴 수 없다'하는 것이 육군 참모부, 검사국, 경무국 관리들의 말버릇이었다." 이광수, 『나의 고백』(1948), 『이광수 전집』 7, 우신사, 1979, 277면.
45  香山光郎, 「徵兵과 女性」(『신시대』, 1942.6), 『후기 문장집』 II, 572면.

그 전제로서 '천황귀일'에 기반한 국체명징의 강조와 더불어 "이 몸은 陛下께 바친 몸"이라 여기는 '황민적皇民的 생사관生死觀'과 "天皇은 神이시오 慈悲시오 正義시오 完全이시오 내가 世上에 온 것은 皇運을 扶翼하는 것이 本願이오 因緣이라고 確信하는" '황민적 신앙信仰'[47]에 바탕한 애국심이 강변되었다. 학병 독려의 논리 또한 이와 다르지 않았다. "一命을 天皇께 바치기를 決意"하고 "혼연히 命召에 奉應한 것"인 만큼 "凱旋後에는 全日本帝國의 幹部요 全아시아의 指導者"[48]가 될 것이라고 부추겨졌다. 여기에 학병 격려의 글을 쓰라는 당국의 압력[49]과 더불어 일본 유학생을 상대로 학병 지원 권유에 나설 것을 요청받는 등 유형무형의 강제가 작용했던 것은 말할 것도 없다.[50]

이처럼 신체제기 이후 이광수가 민족적 정체성을 부인하면서까지 천황제-국체 관념에 기반한 황민화의 정당성을 역설해야 했던 배경에는 일차적으로 신체제로의 전환과 더불어 강화된 권력의 전방위적인 강제와 압력이라는 외적 조건이 가로놓여 있다. 중일전쟁기 황민화론의 경우 '국민적 감정'에 기반한 양 민족 간의 동등한 결합이라는 문제로 접근할 여지라도 허용되었던 점을 고려할 때, 천황을 위해 목숨을

---

46  香山光郎,「兵制의 感激과 用意」,(『매일신보』, 1943.7.28~31), 『후기 문장집』II, 629면.
47  위의 글, 631 · 635면.
48  香山光郎,「學兵에게 感謝」,(『매일신보』, 1943.12.10), 『후기 문장집』II, 658면.
49  이에 관한 당시의 사정에 관해서는 유진오의 회고가 자세하다. "이번에는 모모하는 人士들에게 學兵을 격려하는 글을 新聞에 쓰라는 명령이 總督府로부터 내려온 것이다. (…중략…) 金(당시 『매일신보』 기자-인용자)의 말에 의하면 執筆者 명단은 警務局에서 직접 人選한 것으로 金性洙, 宋鎭禹, 呂運亨, 安在鴻, 李光洙, 張德秀 나와 그 밖에 一二人이었다. 그때 朝鮮社會에서 영향력이 있다고 할 수 있는 이들을 총망라 하다시피 한 것이었다." 유진오, 앞의 책, 114면.
50  당시 장학회의 요청으로 조직된 유학생 학병 권유단에 대해서는 강덕상, 정다운 역, 『일제강점기 말 조선학도병의 자화상』(도서출판 선인, 2016, 225~295면) 참조.

바치는 병사의 각오를 최우선시하는 '황민적 사생관'과 '황민적 신앙'의 강조로 비약해간 신체제기 이후의 황민화론에는 보다 강화된 외적 강제와 압력의 실상이 고스란히 각인되어 있는 셈이다.

　한편 이 무렵 이광수가 천황제–국체 관념에 기반한 황민화론을 적극 전개하며 당국의 정책에 협력하고 나선 데에는 이러한 외적 강제 외에도 내적 동기 또한 작용하고 있었다는 점을 간과해서는 안 된다. 실제로 해방 후 이광수는 자신의 대일협력 행위에 대해 어디까지나 '민족을 위한 친일'이었다고 주장한 바 있다. 만일 잘못을 고백하고 사죄한다면 여론의 분노를 누그러뜨릴 수도 있었겠지만, 이광수는 '향산광랑'을 자처한 것이야말로 민족을 위한 길이었다는 자신의 도착적 신념 속에 끝까지 남았다. 고백록의 형식을 빌려 민족의식에 눈뜰 무렵에서 대일협력 시기에 이르기까지 자신이 민족주의적 신념으로 일관했음을 피력한 『나의 고백』(1948) 또한 이러한 신념의 산물이었음은 말할 것도 없다. 이러한 의식 형태를 어떻게 이해해야 할까. 천황주의자를 자처한 것이야말로 민족주의적 신념의 산물이었다면, 이 모순된 신념에 일관성을 부여한 것은 무엇이었을까.

　　어떤 이는 내가 일본 관헌의 압박에 못 이기어 그리 했다고 하니, 이것은 나를 무척 동정하여서 하는 말인 듯하나, 나는 그렇게 비겁한 사람은 아니다. 일본 관헌의 압박이나 유혹은 학생시대로부터 받아 왔었다. 그러면 무엇 때문에 나는 조그맣게라도 가지고 있던 명예를 버리고 친일파의 누명을 쓰고 나섰는고. (…중략…) 그것은 일언이폐지하면, **나를 희생해서** 다만 몇 사람이라도 동포를 핍박에서 건지자는 것이었다.[51]

이와 관련하여 위의 인용문에서 주목되는 것은 "나를 희생해서"라는 언급이다. 다른 곳에서는 "제 몸을 팔아서 아버지의 고난을 면케 하려는 심청의 심경",[52] "愚者의 孝誠"[53]이라고도 썼다. 요컨대 '자기희생' 의식이다. 이는 일찍이 안빈에 대한 순결한 사랑을 지키기 위해 허영과의 원치 않는 결혼을 선택한 『사랑』(1938)의 순옥, 계유정란 이래의 악업에 대한 두려움과 회한 속에서도 '사직을 위한 결단'이었다는 신념을 끝까지 버리지 않았던 『세조대왕』(1940)의 세조의 의식이기도 하다. 파계하여 청정한 사문의 지위를 잃었으나 이를 대승보살행의 실천을 위한 계기로 전화시키고 있는 『원효대사』(1942)의 원효의 의식 또한 마찬가지이다.[54] 이러한 자기희생 의식에서 민족 정체성을 버리고서라도 완전한 황민의 자격을 획득하여 제국의 주체이자 대동아의 지도자가 되겠다는 체제 편승적인 욕망을 읽어내기는 어렵다. 오히려 그것은 민족 정체성을 부인하고 천황주의자를 자처하는 것이 정도正道는 아닐지언정 그렇게 해서라도 민족의 희생을 덜 수 있다면 기꺼이 감수하겠다는 의식에 가까운 것이다.

그러나 이러한 '자기희생' 의식의 핵심은 그것이 상상적 동일시의 차원에 속한다는 점에서 문제가 있다. 이광수가 자신을 민족을 위한 자기희생의 주체적 결단자로 여기고, 이러한 역할과 자신을 동일시할 수 있었던 것은 어디까지나 상상적 자아의 수준에서였던 것이다. 이러한

---

51  이광수, 「序文」, 『나의 告白』(1984), 『전집』 10, 539면.
52  이광수, 『나의 告白』(1948), 『전집』 7, 279면.
53  이광수, 「因果」, 『전집』 9, 541면.
54  이들 소설 속 인물들의 선택과 전향, 자기희생 의식의 관련성에 대해서는 최주한, 「민족 보존론과 '가면'의 병리학」(『제국 권력에의 야망과 반감 사이에서』, 소명출판, 2005) 참고.

의식구조 속에서 그가 '천황'을 말하고 '황민화'를 부르짖은 것은 민족주의자로서의 명예를 희생한 것일지언정 결코 민족주의적 신념과 모순되지 않는다. 그렇기는커녕 가장 내적인 신념을 부인하는 철저한 천황주의자를 자처하는 것이야말로 이른바 '민족 보존'이라는 민족적 대의를 향한 충실성의 지표가 된다. 다시 말해 '향산광랑'의 역할에 충실할수록 역으로 견고한 윤리적 위상을 얻게 되는 것이다. 이광수가 민족주의적 신념하에 철저한 천황주의자를 자처할 수 있었던 이유, 그리고 끝내 '민족을 위한 친일'이라는 신념을 포기할 수 없었던 이유, 그것은 바로 이러한 '자기희생' 의식에 스며있는 잉여 향략, 곧 민족을 위한 자기희생의 결단이라는 윤리적 위상 덕분이었던 셈이다.

이광수에게 이러한 '자기희생' 의식이 단순한 허위의식이 아니었던 것은 분명하다. 『나의 고백』에서도 거듭 강조되고 있듯 그것은 그의 평생에 걸친 민족운동에 일관한 근본 신념이기도 했기 때문이다. 그러나 어쩌면 바로 그렇기 때문에야말로 이러한 '자기희생' 의식은 맹목이라는 함정에 빠지기 쉬운 것이었다고 할 수 있다. '자기희생' 의식에 갇힌 주체는 주어진 사태에 대한 자신의 형식적인 책임을 보지 못한다. '자기희생'의 윤리적 결단자로서의 이광수는 '향산광랑'을 자처하며 철저한 황민화를 외친 것이 일본의 침략전쟁에 민족을 동원함으로써 체제를 능동적으로 부양하는 데 기여했을 뿐이라는 사실을 결코 인정할 수 없는 것이다.

이 점에서 신체제기에서 태평양전쟁 말기에 이르기까지 천황주의자를 자처했던 이광수의 과오는 '천황'을 말하고 '황민화'를 부르짖은 데 있다기보다 스스로를 자기희생적 결단자의 역할과 동일시함으로써 현실을 왜곡한 데 있다고 할 수 있다. 악의 '진정한 근원'은 실정적 내용이 아니라 주체의 자기 정립의 형식 그 자체에 있음을 강조한 지젝의 통찰은 이광수에게 있어서도 여전히 유효하다.[55]



## 5. 친일 옹호론과 탄핵론의 미망들


—춘원의 연설에서 어떤 대목이 기억납니까?

"그 연설 중에 '당신들이 희생하고 공을 세워야 우리 민족이 차별을 안 받고 편하게 살 수 있다. 조선 민족을 위해 전쟁에 나가라'고 했어요. 학병을 종용하러 온 것은 틀림없는데, 내게는 좋은 면으로 들렸어요."

—좋은 면으로 들렸다는 것은?

"이분이 역시 민족의식이 있구나, 민족을 사랑한다는 느낌이 있었어요. 어지간하면 저 양반이 저 얘기를 하겠나, 민족의 장래에 고민이 많구나를 느꼈지요."[56]


인용문은 리츠메이칸대학立命館大學 재학 당시 쿄토의 한 회관에서 이광수의 학병 권유 연설을 들었던 김우전 전 광복회장의 회고의 한 대목

---

55  이상 이광수의 '자기희생' 의식의 구조와 성격에 관해서는 헤겔의 '아름다운 영혼'의 허위성을 주체의 능동적인 자기 정립의 형식 속에서 분석한 지젝의 논의에서 시사를 얻었다. 슬라보예 지젝, 이수련 역, 『이데올로기라는 숭고한 대상』, 359~364면 참조.
56  「최보식이 만난 사람—그날 '學兵 권유' 연설 직접 들었다… 나는 春園의 고민을 느낄 수 있었다」, 『조선일보』, 2014.10.20.

이다. 충칭重慶의 광복군 출신으로 김구의 비서이기도 했던 그는 친일파 청산 문제만큼은 확고한 입장을 표명해왔는데, 학병 권유 연설 당시 이광수에게서 '민족의식'을 엿볼 수 있었다고 회고하고 있어 주목을 끈다. "민족을 사랑한다는 느낌", "어지간하면 저 양반이 저 얘기를 하겠나"라는 이 미묘한 공감의식은 도대체 어디에서 오는 것일까.

이광수가 학병에 지원하라고 해서 지원했느냐는 이어지는 질문에 대해 그는 아니다, 일제가 고향에 있는 부모를 압박해서 가족이나 편히 살게 하자는 자포자기의 심정으로 지원했다고 답변했다. 실제로 지원 초기 '천황의 방패'로서 '부르심'에 응하여 황국신민으로서의 영광의 기회를 누릴 것을 종용한 당국의 선전에 방관적이었던 학생들이 결국 지원에 응하게 된 주요 동기의 하나는 가족에게 가해진 압력이었다. 당자가 지원을 기피하고 부재하는 경우 '비국민'으로 낙인찍혀 가족이 대신해서 출두·유치되었던 것은 물론 가족의 대리지원까지도 강요되었고,[57] 결국 가족의 신변을 우려하여 마음을 바꾼 지원자가 속출했던 것이다.[58] 주목할 만한 것은 이러한 당시 학생들의 궁극적인 지원 동기의 저변에 가족을 위한 희생이라는 '자기희생' 의식이 자리하고 있다는 점이다. 당시 김우전은 '민족을 위해 전쟁에 나가라'는 이광수의 설득에 가족을 위한 희생의 각오로써 응답했던 것이 아닐까. 아니면 역으로 가족을 위한 희생을 각오했던 경험적 진실이 민족을 위한 결단의 요구에 쉽게 공감했던 것인지도 모른다.

그러나 이러한 공감의식 속에서 종국에 목도하게 되는 것은 민족을

---

57 강덕상, 정다운 역, 앞의 책, 234~242면.
58 위의 책, 289~295면.

위한 결단이라는 명분하에 민족 구성원에게 요구되는 희생과 그것이 다시 자기희생의 각오로써 완결되는 도착적 희생의 원환고리이다. 친일에 대한 심정적 옹호론은 이 닫힌 원 안에서 길을 잃는다. 그것은 민족이라는 절대선의 이름으로 요구되는 희생과 그것을 기꺼이 떠맡는 자기희생적 주체의 출현을 심정적으로 지지하며 결과적으로 제국주의의 폭력과 그에 따른 희생을 불가피한 것으로 구조화하기 때문이다. 주관적 의도가 어떠했든 일본의 침략전쟁을 지지하며 민족을 전쟁에 동원한 객관적 행위에 대한 책임을 상쇄할 수는 없다. 스무 살 남짓 짧은 생의 마지막 순간 부모의 얼굴과 고국의 산천을 떠올리며 적함대로 돌진한 마츠오松井들의 희생, 그것은 의도의 진정성 여부가 아니라 행위에 대한 책임을 직시할 때라야 올바르게 기억될 수 있는 것이 아닐까.

한편 친일에 대한 강경한 탄핵론은 반민족 행위에 대한 책임을 묻는다는 명분하에 이광수 개인을 '민족의 적'으로 단죄하는 데 급급하여 '향산광랑'이라는 증상이 호소하는 진실을 숙고하는 데 실패한다. 일찍이 버틀러는 『윤리적 폭력 비판』에서 비난, 탄핵, 고발은 심판하는 자와 심판당하는 자 사이의 존재론적 차이를 단언하고 심판당하는 자와의 공통성을 부인함으로써 자기를 도덕화하며, 그런 까닭에 자기-지식을 외면하고 자기의 고유한 불투명성을 외재화하는 경향을 갖는다는 사실에 주목한 바 있다.[59] 다시 말해 심판하는 자는 심판당하는 자와 거리를 둠으로써 자신의 윤리적 우위를 주장하는 만큼 결과적으로 자기 응시의 기회를 잃고 만다는 것이다. 일찍이 해방 직후 떠들썩하게 제기되었던 친일파 청산의 문제가 다양한 이해세력 간의 충돌과 갈

---

[59] 주디스 버틀러, 양효민 역, 『윤리적 폭력 비판』, 인간사랑, 2013, 83면.

등 속에서 좌절된 이래 반세기가 훨씬 지난 오늘날까지도 제대로 된 사회적 합의에 도달하지 못한 채 답보하고 있는 이유 또한 여기에서 찾을 수 있을 것이다.

이와 관련하여 해방 직후 친일파 청산의 과제가 국민국가의 건설을 앞둔 한국사회에서 새로운 국민주체의 형성이라는 정치적 과제와 연계되어 있었던 점을 간과할 수 없다. 1947년 9월에 공포된 '반민족행위처벌법'의 법안이 명시하고 있듯, 일제강점기 일본에 협력한 자를 '민족'의 이름으로 단죄하는 것은 민족정기에 기반한 새로운 국민국가의 권위를 세우는 데 효과적인 장치가 되어줄 수 있었기 때문이다. 그러나 이러한 단죄는 공동체 내부에 뿌리내린 식민주의의 부정적 유산을 몇몇 친일파에게 떠넘김으로써 오히려 한국사회가 이를 제대로 직시하고 청산할 수 있는 기회를 억압하는 결과를 낳았고, 이는 오늘날까지 여전히 지속되어 친일의 문제는 불문곡직하고 도려내야 할 혐오스러운 상처로만 환기되고 있는 실정이다. 더욱이 반민족성에 대한 단호한 단죄야말로 건강한 민족공동체 형성의 전제라는 탄핵론의 입장 자체가 역으로 반민족주의자 이광수의 형상을 반복적으로 소환하는 동인이기도 하고 보면, 판단을 중지하고 문제의 증상에 대해 충분히 숙고할 수 있는 여지는 제한받게 마련인 것이다.

친일파 청산에 대한 단호한 의지가 정작 친일파 청산의 기회를 억압하고, 나아가 '민족의 적'이라는 형상을 끊임없이 필요로 하는 역설. 친일에 대한 강경한 탄핵론은 이 구조적 역설 안에서 길을 잃는다. 이광수가 천황주의자를 자처하고 민족해소론을 주장하며 징병제를 지지하고 학병 권유 행각에 나선 것이 문제가 된다면, 무엇보다도 우선 그럴 수밖에 없었던 외적·내적 조건들에 대해 충분히 고찰하고 그 증상들이 우리에게 호소하는 바에 귀 기울일 필요가 있다. 그 과정에서 문제의 증상을 만들어낸 조건들과 그것이 만들어낸 결과들, 그리고 그 한계들이 충분히 숙고되어질 때, 이광수의 친일에 대한 이해와 평가, 사회적 합의에 도달할 수 있는 지반도 마련될 것이다. 이 논문은 그 작은 시도의 하나일 뿐, '향산광랑'이라는 증상의 대상으로서의 우리의 운명이 무엇인지 알 수 있기까지는 좀더 긴 시간이 필요할지도 모른다.

# 제6장

# 토쿠토미 소호에게 보낸 14편의 서간*

## 1. 민족 보존론자 vs. 반민족적 추종자

일본의 '괴벨스'로 불리는 토쿠토미 소호德富蘇峰(1863~1957)와 이광수의 관계가 각별히 학계와 언론의 주목을 받기 시작한 것은 김원모가 고서점에서 입수한 두 편의 서간이 논문을 통해 공개되면서였다.[1] 1940년 2월 11일의 기원절을 기해 창씨개명을 실시한 첫날 이광수가 '카야마 미츠로香山光郎'라는 창씨명으로 경성부 호적계에 접수한 뒤 소호에게 보낸 2월 12일 자의 서간이 그 하나이고, 이 서간을 받아본 소호가

---

* 이 글은 이광수가 소호에게 보낸 서간 자료의 소재를 알려주신 고려대 아세아문제연구소의 이형식 선생님과 손수 자료를 찾고 해독하여 보내주신 하타노 선생님 덕분에 쓰여질 수 있었다. 두 분 선생님께 진심으로 감사드린다.
1 김원모, 「춘원의 친일과 민족 보존론―일문 춘원 서간을 중심으로」, 『한국민족독립운동사의 제문제』, 범우사, 1992. 이 글은 김원모 · 이경훈 편역, 『동포에 고함』(철학과현실사, 1997)에 재수록되었다.

보낸 격려의 글에 감사의 뜻을 전하고 있는 2월 19일 자의 서간이 다른 하나이다.

이 두 편의 서간에 대해 김원모는 소호가 이광수를 친일전선으로 끌어들이기 위해 끈질긴 회유책을 강구했고 결국 이에 굴복한 이광수가 황민화운동에 앞장서게 되었음을 보여주는 자료라고 평가하면서도 그것이 어디까지나 민족 보존의 방편이었다는 주장을 제기했다. 그러나 이러한 주장과는 정반대로 이후의 논의에서 이 두 편의 서간은 제국의 회유에 굴복하여 대일협력의 전선에 포섭되어버린 종속적인 추종자의 모습을 상징적으로 보여주는 자료로서 간주되어 왔다.[2] 결국 이 두 편의 서간은 일제 말기 대일협력에 나선 이광수에 대해 민족주의자로서의 이광수와 반민족주의자로서의 이광수라는 상반된 주장을 동시에 입증하는 자료가 되어버린 셈인데, 이광수가 1910년대 『매일신보』에 쓴 글에 대해서조차 상반된 평가가 공존하고 있는 것을 생각하면 그리 놀라운 일도 아니다.

그러나 이런 상반된 주장이 지나치게 문면에 의존하여 편의적으로 자료를 대한 데서 빚어진 결과라면 얘기는 또 달라진다. 일찍이 제2차 유학 시절 이래 이광수는 제국의 코드에 맞춰 자신의 요구를 관철시키는 글쓰기 전략에 익숙했고, 1938년 11월의 전향 이후라면 더더욱 전향자로서의 입장을 의식하여 글을 쓰지 않을 수 없는 처지였다.[3] 따라서

---

2  정일성, 「이광수를 포섭하라」, 『일본 군국주의의 괴벨스 도쿠토미 소호』, 지식산업사, 2005, 76~83면; 임헌영, 「춘원 이광수의 양부 일본의 괴벨스」, 『한겨레21』, 2016.2.16.
3  제국의 코드를 고려한 이광수의 글쓰기 전략, 특히 전향 이후의 글쓰기에 대한 최근의 논의로는 최주한, 「중일전쟁기 이광수의 황민화론이 놓인 세 위치」(『서강인문논총』 47, 서강대 인문과학연구소, 2016) 참조.

소호와 이광수 사이의 실질적인 관계를 제대로 살피기 위해서는 그 전제로서 서간 자료가 놓인 구체적인 맥락에 대한 고찰이 선행되지 않으면 안 된다.

다행히 이 두 편의 서간 외에 최근 이광수가 소호에게 보낸 12편의 서간이 더 발견되어 두 사람의 관계를 좀더 면밀히 살펴볼 수 있는 여건이 마련되었다. 카나가와현神奈川縣의 토쿠토미 소호 기념관에 소장되어 있는 12편의 서간은 고려대 아세아문제연구소의 이형식 선생님께서 자료의 소재를 알려주신 덕분에 손에 넣을 수 있었다. 총 14편의 서간은 1935년에서 1937년까지 일상적인 안부인사를 주고받은 것이 5편, 창씨개명이 실시된 1940년에서 동우회사건이 최종심에서 무죄 판결을 받게 되는 1941년까지 선생과 문하생으로서 본격적인 교류를 나눈 것이 6편, 그리고 태평양전쟁 직후인 1942년부터 1943년까지 대일협력에 대한 다짐과 활동을 보고한 것이 3편이다.

이 글에서는 이들 14편의 서간을 중심으로 이광수의 소호 관련 회고 자료, 『매일신보』, 『경성일보』 및 1940년 4월에 창간된 일본어 주간지 『국신민보國民新報』의 소호관계 기사를 참고하여 토쿠토미 소호와 조선, 그리고 이광수의 관계를 재구성하고, 14편의 서간에 드러난 소호와 이광수의 교류 양상을 살피고자 한다. 소호와 이광수의 관계, 특히 1940년 이래 두 사람의 교류 양상을 밝히는 것은 이광수의 대일협력 행위에 내재한 정치성의 일면을 밝히는 데도 일조할 수 있으리라 생각한다.

## 2. 토쿠토미 소호와 조선

토쿠토미 소호는 쿠마모토熊本 출생으로 본명은 이이치로猪一郞이다. 일찍이 자유민권운동에 눈떠 자유민권결사인 소우아이샤相愛社에 몸담기도 했던 그는 잡지『코쿠민노토모國民之友』(1887)를 비롯하여『코쿠민신문國民新聞』(1890)을 창간하여 '평민주의'를 표방하며 언론활동을 시작했다. 그러나 1894년 청일전쟁을 계기로 자유주의에서 국권주의로 방향을 선회한 이래 줄곧 군부와 정부의 입장을 대변하거나 이를 뒷받침하는 언론정책을 주도했고, 1931년 만주사변 이래 태평양전쟁 말기에 이르기까지 '황실 중심주의'에 기반한 제국 언론계의 수장으로서 군부와 정부의 전쟁 수행을 지원하며 전쟁기의 국민사상을 이끌었다.[4]

소호가 조선과 관계를 맺게 된 것은 1910년 한일병합 직후 경성일보사의 감독을 맡게 되면서였다. 초대 총독으로 부임하자마자 조선의 언론계를 식민통치에 유리하게 재편할 것을 꾀했던 테라우치 마사타케寺內正毅(1852~1919)는 언론 통제책의 일환으로 신문통합정책을 강행하면서 소호에게 경성일보사를 경영하도록 위탁했다. 당시 코쿠민신문사의 사장으로서 서울에 상주할 형편이 아니었던 그는 1년에 2회 이상 서울에 와서 신문사의 업무를 감독하는 직책을 맡았고, 1918년 8월 경성일보사 경영에서 물러날 때까지 8년간 총독정치를 뒷받침하는 조선의 언론책으로서의 역할을 충실히 수행했다.[5]

---

4 　米原謙,『德富蘇峰―日本ナショナリズムの軌跡』, 中央公論新社, 2003 참고.
5 　정진석,『언론조선총독부』, 커뮤니케이션북스, 2005, 63~84면.

경성일보사 경영에서 물러난 이후에도 소호는 중앙조선협회中央朝鮮協會의 회원으로서 여전히 조선총독부의 통치정책에 직간접적으로 관여했다. 중앙조선협회는 일본에 귀환한 조선총독부의 고관을 중심으로 조선과 관계가 있는 재계인, 언론인, 중의원의원, 귀족원위원, 재조선 일본인 등이 참여하여 조직한 식민지협회이다. 이 협회는 조선 개발, 조선 문제의 조사·연구, 내선융화를 도모할 목적으로 1926년 토쿄에서 설립되었고, 산미증식계획, 철도계획, 참정권 문제, 재만조선인 문제, 조선농지령제정, 『동아일보』 폐간 문제, 창씨개명 등 1920년대에서 1940년대에 이르기까지 조선총독부의 통치정책에 직간접적으로 관여하며 조선에 커다란 영향을 미쳤다. 협회는 주요 사업의 하나로 조선에 관한 제반 사항을 조사하고 이를 일본에 선전·보급하기 위해 주력했는데, 이를 위해 『중앙조선협회보中央朝鮮協會報』 및 다수의 팜플릿을 발행하는 한편 당시 조선에서 간행되는 일간지를 초역해서 게재한 재조선 일본인 경영의 일간잡지 『조선사상통신朝鮮思想通信』을 회원들에게 배포하기도 했다.[6] 『조선사상통신』에는 1928년 8월 2일부터 이듬해인 1929년 5월 9일까지 223회에 걸쳐 이광수의 『무정』(1917)이 번역 연재된 일이 있다.

1937년 중일전쟁 발발 직후 조선총독부는 '내선일체'를 내건 황민화 정책을 추진하며 조선을 대륙병참기지로 재편하기 시작한다. 황민화 정책이 조선통치의 관건으로 떠오르자 조선중앙협회는 조선총독부 관리를 비롯하여 주요 정부 당국자들과 좌담회나 간담회를 열어 내선일

---

6　이형식, 「戰前期における中央朝鮮協會の軌跡－その設立から宇垣總督時代まで」, 『朝鮮學報』 204, 朝鮮學會, 2007; 이형식, 「『中央朝鮮協會會報』와 조선통치」, 『중앙조선협회회보』 1, 어문학사, 2015 참고.

체의 필요성을 역설하고 반도의 애국심을 촉구하는 행사를 자주 개최
했는데, 이는 고스란히 기사화되어 조선의 언론 매체를 통해서도 소개
되었다.[7] 1939년 5월 6일 자『매일신보』는 당시 척무성拓務省 장관으로
서 1942년 조선총독으로 부임하고 1944년 수상의 자리에 오르는 코이
소 쿠니아키小磯國昭(1880~1950)가 중앙조선협회 주최의 간담회에서 '내
선일체의 구현화'를 역설했다는 내용의 기사를 싣고 있는데, 이날 간담
회에 참석한 백여 명의 저명인사 가운데는 '회원 토쿠토미 이이치로德
富猪一郎'의 이름이 보인다.[8] 또 1939년 11월 8일 자『매일신보』는 토쿄에
서 열린 지원병 환영강연회 소식을 전하면서 소호의 격려 연설의 내용
을 다음과 같이 소개하고 있다. "유구한 역사를 통하여서도 내선은 근
본이 一體엿든 것이지만 다시 일한합병으로 말미암아 조선은 광휘에
넘치는 새로운 력사가 비롯된 것이다. 지원병들은 그 빗나는 력사를
걸머지고 새 세기를 건설할 중대한 사명을 차지하고 잇스니 힘껏 노력
하라."[9] 당시 조선총독부의 정책에 호응하여 조선중앙협회가 주최한
다양한 행사에 소호가 관여한 사실을 엿볼 수 있다.

  소호는 1937년 경성에서 조직된 '소호회蘇峰會' 조선지부를 통해서도

---

7   『매일신보』에 소개된 조선중앙협회 주최 주요 좌담회 및 간담회 관련 기사는 다음
    과 같다. 「拓相도 朝鮮同胞의 銃後赤誠에 感激-中央朝鮮協會 座談會」(1937.9.30),
    「半島臣民은 眞心自覺 都鄙에 愛國熱 澎湃-中央朝鮮協會의 招待席上에서 大野政務
    總監의 演說」(1937.12.12), 「內鮮差別觀念을 內地人은 一掃하라-小磯拓相 東京中
    央朝鮮協會 懇談會席上 內鮮一體의 具現化 力說」(1939.5.6), 「內鮮一體의 具現與否
    는 日本의 重大한 試鍊-大陸政策을 말하려면 먼저 朝鮮을 認識하라, 中央朝鮮協
    會 懇談會에서 南總督의 熱變」(1940.11.13), 「半島民은 皇國民으로서 獻身的 奉公에 全
    力-中央朝鮮協會 午餐會席上 南總督, 銃後守備披瀝」(1942.3.15).
8   「內鮮差別觀念을 內地人은 一掃하라-東京 中央朝鮮協會 懇談會 席上 小磯拓相 內鮮一
    體의 具現化 力說」, 『매일신보』, 1939.5.6.
9   「講演과 晩餐의 歡迎도 盛大-名士의 激勵에 感銘」, 『매일신보』, 1939.11.8.

조선과 긴밀한 관계를 맺었다. 소호회는 1930년 2월 소호의 사상과 문필활동을 지지하는 유지들을 중심으로 일본 전국에 걸쳐 결성된 조직으로, 본부를 코쿠민신문사의 출판사인 민유사民友社에 두고 전국에 40개의 지부를 두었으며, 태평양전쟁기에는 남태평양 지역에까지 지부를 두었다고 한다.[10] 소호회의 조선지부가 설립된 1937년 10월은 중일전쟁 개시 3개월 뒤의 일로서, 이해 10월 27일 자 『매일신보』는 소호회 조선지부의 설립과 관련하여 다음과 같은 기사를 내보내고 있다.

文豪 蘇峰 德富猪一郎翁의 提唱하는 皇室中心主義를 宣揚하는 目的과 同時에 쏘翁의 多年의 文章報國에 對한 國民的 感謝의 意를 가지고 去 昭和 五年 春 東京에서 蘇峰會가 創立되엇스며 이와 同時에 內地 各都市에도 그 趣旨에 贊同하야 支部가 設置되는 中이다. 特히 翁은 本社의 監督으로서 半島의 敎化指導에 貢獻한 바 잇슴은 이미 周知의 事跡으로서 緣故關係가 쏘한 적지 아니한 바 玆에 時局多端한 此際 有志 相會하야 蘇峰會 朝鮮支部를 京城에 設置키로 되어 昨卄六日 午後 四時 本社 樓上 來靑閣에서 發會式을 擧하엿다.[11]

애초에 소호의 '황실 중심주의'를 선양하고 그의 '문장보국'에 대한 뜻을 기려 설립된 소호회의 취지에 찬동하여 "時局多端한 此際에" 소호회 조선지부를 설립케 되었다는 내용인데, 여기서 다단한 시국이 중일전쟁 개시 국면을 가리키는 것은 말할 것도 없다. 당시 미나미 총독의 최측근으로 황민화정책의 실질적인 실무를 담당했던 시오바라 토키사부로鹽原時三郎

---

10  요시노 타카오, 노상래 역, 『문학보국회의 시대』, 영남대 출판부, 2012, 109면.
11  「'蘇峰會' 朝鮮支部 誕生」, 『매일신보』, 1937.10.27.

(1896~1964)가 '황국신민皇國臣民'이라는 신조어를 만들어낼 정도로 철저한 황도주의자였던 사실을 고려하면,[12] 소호회 조선지부의 탄생에는 총독부가 직접 관여했을 가능성도 있다. 시오바라는 소호회 조선지부의 활동이 일본의 전쟁 수행을 뒷받침할 국민사상을 확산하는 데 기여할 것이라고 기대했을 것이다. 실제로 소호가 중일전쟁 이후에 집필 간행한 『쇼와국민독본昭和國民讀本』(1939), 『만주건국독본滿洲建國讀本』(1940), 『황국 일본의 대도皇國日本の大道』(1941), 『일본을 알라日本を知れ』(1941), 『흥아의 대의興亞の大義』(1942), 『필승국민독본必勝國民讀本』(1944) 등의 저서는 총동원체제기의 국민사상을 지도하는 교과서로서 널리 읽혔다.

기사에 소개된 소호회 조선지부의 임원명단을 보면 주로 일본인이 주축이 되어 있지만, 평의원의 명단에는 1910년대 『매일신보』의 기자로 시작하여 1933년 『매일신보』 부사장에 취임한 '이상협', 그리고 그와 함께 『매일신보』 기자로 활동했던 '심우섭'의 이름이 보인다.[13] 참고로 이 무렵 이광수는 이해 6월 동우회사건으로 체포·검거되어 수감 중이었다. 소호회는 소호의 강연이나 회의활동을 보고한 『소소회지蘇峰會誌』를 발간하기도 했는데, 이후 『매일신보』에 소호에 관한 기사가 자주 등장하는 것도 소호회 조선지부의 활동에 힘입은 것으로 보인다. 소호회 조선지부의 설립 이후 『매일신보』 지면에 등장하는 소호 관련 기사는 다음과 같다.

---

12 중일전쟁기 시오바라 토키사부로의 황민화정책에 관해서는 미야타 세츠코, 이형랑 역, 『조선 민중과 '황민화' 정책』(일조각, 1997)과 임이랑, 「전시체제기 鹽原時三郎의 황민화정책 구상과 추진(1937~1941)」(『역사문제연구』 29, 역사문제연구소, 2013) 참고.
13 「'蘇峰會' 朝鮮支部 誕生」, 『매일신보』, 1939.10.27.

▲「‘蘇峰會’ 朝鮮支部 誕生」,『매일신보』, 1937.10.27.

▲「蘇峰 德富猪一郎 時運進展에 寄與－己子成人의 깁붐을 늣겨」,『매일신보』, 1938.4.29.

▲「德富蘇峰氏 談, 一視同仁의 大御心에 奉副함이 本紙 經營上의 信念」,『매일신보』, 1938.5.3.

▲「蘇峰 德富猪一郎氏 祝筆, "八面起淸風蘇峰七十八"」,『매일신보』, 1938.5.5.

▲「德富蘇峰翁語る, 翼贊 八年間－往時を想ふて淚あり」,『매일신보』, 1938.5.7.

▲「德富蘇峰翁에 喜壽 祝品을 贈呈」,『매일신보』, 1939.1.18.

▲「新聞協會 總會(蘇峰의 답사)」,『매일신보』, 1938.6.9.

▲「內鮮無差別觀念을 內地人은 一掃하라; 東京 中央朝鮮協會 懇談會 席上 小磯拓相 內鮮一體의 具現化 力說」,『매일신보』, 1939.5.6.

▲「獨逸의 日本語 普及熱」(교재는 德富蘇峰의 『昭和國民讀本』),『매일신보』, 1939.5.18.

▲「講演과 晩餐의 歡迎도 盛大－名士의 激勵에 感銘」(지원병 환영 강연회 소호의 연설 소개),『매일신보』, 1939.11.8.

▲「憲政功勞者에 敍位賜盃 吩咐」,『매일신보』, 1940.11.30.

▲「審議會 委員 內定」(蘇峰 大東亞建設 심의회 위원 임명),『매일신보』, 1942.2.14.

▲「德富蘇峰氏 首相 要談」(小磯 수상 방문),『매일신보』, 1944.10.8.

위의 기사 가운데 1938년 4월에서 5월 사이에 실린 4편의 기사는 이해 4월『매일신보』가『경성일보』에서 독립하여 새출발한 것을 기념하여 소호가 직접 써보낸 축하글과 회고글이다. 1938년 3월 "統治의 根本精神

을 體하고 內鮮一體의 大理想下에 施政의 徹底, 文化의 向上, 民心의 啓
發, 思想의 善導에 協力 邁進"[14]한다는 취지하에 주식회사 매일신보사가
설립되어 4월 29일 '매일신보每日新報'라는 새로운 제호로 신문이 발행된
다. 그러나 독립했다고는 해도 사실 총독부의 시책을 더욱 효율적으로
뒷받침할 수 있는 체제로 강화된 것에 불과했는데,[15] 이는 매일신보의
새출발을 기념하여 소호가 보낸 축사에서도 고스란히 엿볼 수 있다.

> 總督政治는 着着 治精을 擧하야 半島 迎年의 懸案이든 敎育令의 改正 志
> 願兵制度의 創設을 보게 된 今日에 每日申報가 京城日報와 分離하야 一大
> 飛躍의 基礎를 굿게 하고 題號도 每日新報라 改稱하야 新時代에 卽應한 報道
> 機關으로서 그리고 民家指導機關으로서 一大責務의 遂行에 努力하려 함은 吾等
> 朝鮮에 關心을 가진 한 사람으로서는 마치 어린 兒孩가 훌륭히 成人한 것
> 을 보는 것 가튼 말할 수 업는 기쁨을 느끼는 것이다. 願컨대 重大時局에 잇
> 서서의 朝鮮의 重要性을 인식하고 益益 文章報國의 赤誠을 다하야 有終의 美를 收하
> 도록 切望하는 바이다.[16]

한편 새로운 제호로 재출발한 매일신보사는 1939년 4월 '반도민중의
황국신민화'라는 시대적 요구에 응하여 청소년을 독자층을 겨냥한 자매
지인 일본어 주간신문『국민신보』를 창간하는데,[17] 이때도 소호는 창간

---

14  聲明「本報의 經營獨立, 株式會社의 組織」,『매일신보』, 1938. 3. 10.
15  1938년 매일신보사의 독립 경위와 성격에 관해서는 정진석, 앞의 책, 156~161면.
16  蘇峰 德富猪一郎,「時運進展에 寄與 ─己子成人의 깁붐을 늣겨」,『매일신보』, 1938. 4. 29.
17 『국민신보』의 창간 경위와 성격에 대해서는 다음을 참고. 정진석, 앞의 책, 197~198
    면; 최주한, 앞의 글, 25면.

에 부치는 글을 써보냈고,[18] 바로 다음달 5월 「내선무차별內鮮無差別」이라는 글을 기고하여 "매일신보사가 특히 내선융화에 노력"[19]한다고 하여 각별한 관심과 격려를 보내기도 했다. 일찍이 경성일보사의 초기 경영자이자 제국 언론계의 수장으로서 소호가 당대 조선의 언론계에도 깊이 관여하고 있었음을 보여주는 자료들이다.

일본 당국이 중일전쟁의 장기화 국면에서 국민의 사상을 통제하고자 내각 직속 정보국을 설치한 것은 1940년 12월이다. 언론기관은 물론 출판물, 미술, 영화, 연극에 대한 광범위한 통제가 실시되었다. 내각정보국은 태평양전쟁 개전 이후에는 지도라는 명목하에 다양한 국책단체의 설립에도 관여했는데, 1942년 5월 설립된 일본문학보국회日本文學報國會, 이해 12월 설립된 대일본언론보국회大日本言論報國會 등 주요 언론문화 단체의 회장을 맡았던 것도 소호였다. "皇國의 전통과 이상을 현현하는 일본문학을 확립하고, 皇道文化의 선양에 도움이 됨을 목적으로 한다"는 취지하에 설립된 일본문학보국회는 물론 대일본언론보국회 또한 대정익찬大政翼贊을 목적으로 조직된 단체였다.[20] 이러한 흐름에 보조를 맞춰 조선에서도 1943년 4월 '황도문화 수립'을 내걸고 기존의 문학단체를 해산·통합한 조선문인보국회가 결성되고 2년 뒤인 1945년 6월에는 조선언론보국회가 결성되기에 이르렀으니,[21] 태평양전쟁 말기에 이르기까지도 제국 언론계의 수장으로서 소호가 조선에 미친 영향력은 지대했다고 할 수 있다.

---

18  蘇峰, 「國民新報に奇せる」, 『국민신보』, 1939.4.3.
19  蘇峰 德富猪一郎, 「內鮮無差別」(1939.5.5 집필), 『국민신보』, 1939.5.28.
20  요시노 타카오, 노상래 역, 앞의 책, 68~101면.
21  조선문인보국회와 조선언론보국회의 성격에 대해서는 임종국, 『친일문학론』(민족문제연구소, 2005, 146~148·168~170면) 참고.

## 3. 세 번의 만남

이광수가 토쿠토미 소호와 처음 만난 것은 이제 막 장편『무정』의 연재를 끝내고 재차 매일신보사의 청탁으로 오도답파 길에 올랐던 1917년 여름의 일이다. 충청도와 전라도를 거쳐 부산에 닿았을 때 사장 아베 미츠이에阿部充家(1862~1936)가 마침 조선에 와 있던 소호를 이광수에게 소개시켜 주었다. 당시 매일신보사가 주관한 오도답파 여행은 '시정施政 5년의 민정民情 시찰'을 목적으로 기획된 것이었다. 오도답파를 통하여 '신정보급新政普及의 정세政勢'를 살피고 사회 각 방면의 발달상을 일반 사회에 널리 소개한다는 이 기획은 1915년 9월 조선통치 5주년을 기념하여 시정 5년간의 조선 산업의 진보를 전시하고 식민통치의 성과를 선전하고자 개최했던 조선물산공진회와 더불어 매일신보사의 오랜 숙원 사업이었으니,[22] 신문사의 감독 경영자로서 때마침 조선에 온 소호에게도 오도답파 여행기자 이광수에 대한 관심은 결코 가볍지 않았을 것이다.

이날의 첫 만남에 대해 이광수는 아베가 소호에게 그를 여러 가지로 칭찬했고, 소호 또한 그가『경성일보』에 일본어로 쓴 오도답파 여행기의 문장을 칭찬하면서『코쿠민신문』으로 와주지 않겠느냐는 등 송구할 정도로 대해주었다고 상세하게 회고하고 있다.[23] 그러나 정작 소호

---

22 매일신보사의 오도답파 기획과 총독부의 조선물산공진회의 연관성에 대해서는 정혜영, 「「오도답파여행」과 1910년대 조선의 풍경」(『현대소설연구』 40, 한국현대소설학회, 2009, 317~318면) 참고.

23 "나는 무부츠 옹에게 이끌려 역 호텔 누상(樓上)에서 소호 선생으로부터 아침 대접을 받으면서 약 한 시간 동안 이야기했는데, 옹은 소호 선생께 나를 여러 가지 추장(推獎)했고 소호 선생은 "목포에서 다도해를 지나 여수에 이르는 그 문장이 좋았어요. 목포 부윤

와 처음 대면한 소감에 대해서는 단 한 줄의 기록도 남기지 않았는데, 일찍이 「동경잡신」(1916)에서 "一般人事의 必讀할 書籍 數種" 가운데 하나로 '『소호문선蘇峰文選』'을 언급하면서 "蘇峰氏는 日本 最大훈 新聞記者이니 氏의 三十年間 雄渾勁健훈 文章도 日本의 今日의 文化에 多大훈 貢獻을 호얏나니 此를 讀홈은 日本 文明史를 讀홈과 如호야 更히 其文章이 學홀 만호"[24]다고 소개한 인물이라는 점을 고려하면 다소 의외의 반응이다. 소호와의 첫 만남에 대해 언급한 또 다른 회고에서도 "부산 부두에서 처음으로 만났을 때에도 선생은 이미 백발이었으며, 얼굴 근육에도 경련이 있어, 한쪽 눈과 볼이 말씀할 때마다 바르르 떨고 있었다"[25]고 외모에 대한 인상을 간략히 남기고 있을 뿐이다.

『소호문선』은 『코쿠민신문』 창간 25년을 맞아 소호의 업적을 기념하는 뜻에서 1915년 9월 민유샤에서 간행되었다. 1880년대 후반의 초기 문장에서 1910년대 중반에 이르는 글을 망라한 1,500여 페이지에 달하는 방대한 분량의 선집이니, 이광수가 「동경잡신」에서 "此를 讀함은 日本 文明史를 讀함과 如"하다고 평가한 것은 결코 과장이 아닌 셈이다. 이 가운데서 이광수는 소호의 출세작 『장래의 일본將來の日本』(1886) 및 『신일본의 청년新日本の靑年』(1887)과 같은 소호의 초기 문장에서 사상적으로 많은 영감을 얻었다.[26] 특히 이광수가 "更히 其文章이 學할 만

---

(府尹)에게 말한 부분 등 솜씨가 좋았어. 국민신문으로 와주지 않겠는가" 등 송구스러울 정도로 칭찬을 했다." 이광수, 「무부츠 옹의 추억」,(『경성일보』, 1939.3.11~17), 최주한·하타노 세츠코 편, 『이광수 후기 문장집』Ⅲ, 소나무, 2019, 178면. 이하 『후기 문장집』Ⅲ로 적는다.

24 이광수, 「동경잡신」,(『매일신보』, 1916.11.9), 최주한·하타노 세츠코 편, 『이광수 초기 문장집』Ⅱ, 소나무, 2015, 106면. 이하 『초기 문장집』Ⅱ로 적는다.

25 이광수, 「토쿠토미 소호 선생과 만난 이야기」,(『大東亞』, 1942.5), 『후기 문장집』Ⅲ, 350면.

26 1910년대 이광수의 문명론과 『소호문선』의 연관성에 대해서는 최주한, 「제국의 근대와 식

하"다고 격찬한 소호의 문장에 대해서는 "단순명쾌한 이원론, 역사의 필연성과 '어떻게 할 것인가'의 교묘한 바꿔치기, 대구와 바꿔 말하기를 구사한 다그치는 듯한 화려한 문체"가 '청년'을 세대의 중심으로 내세운 세대교체론과 연동하여 성공을 거두었다고 평가되고 있거니와,[27] 이러한 평가는 그대로 이광수의 초기 문장에도 적용될 수 있는 성격의 것이라는 점에서 이광수가 소호의 문체에서도 적지 않은 영향을 받았던 것을 알 수 있다. 그런데 왜 이광수는 소호와의 첫 만남에 대해 아무런 소감도 남기지 않았던 것일까.

무부츠 옹은 생전에 내가 토쿄에 가면 "소호 선생을 뵈었는가"라고 묻고는 "꼭 소호 선생을 만나고 가게"라고 권하는 것이었다. **내가 소호 선생을 방문하는 일을 꺼리는 경향이 있었기 때문이다.**[28]

위의 회고는 이광수가 첫 만남에서부터 소호에 대해 어떤 거리감을 느끼고 있었음을 말해준다. 아베 미츠이에에 대해서는 "매우 친한 친구처럼 또는 어릴 적부터 따르던 이웃집 아저씨처럼 허물없이"[29] 대할 수 있었던 친근한 인물로서 회고하고 있는 것을 고려하면, 무엇에나 거침없이 권위적인 인물이어서 왠지 가까이하기 어려운 인물이 아니었을까 짐작된다. 당시 이광수는 총독부 기관지 『매일신보』와 『경성일보』에 글을 쓰고 있었지만, 그것은 어디까지나 '신문'이라는 근대적인 대중매체가 지닌

---

민지, 그리고 『무정』(『이광수와 식민지 문학의 윤리』, 소명출판, 2014, 110~116면) 참고.
27  米原謙, 앞의 책, 57면.
28  이광수, 「무부츠 옹의 추억」, 『후기 문장집』 III, 187면.
29  위의 글, 177면.

막대한 영향력을 고려한 까닭이었지 제국의 권력에 대한 동경 때문이 아니었다. 이광수는 조선인 독자를 대상으로 한『매일신보』의 지면을 통해서 조선의 독자들에게 문명지식을 보급하고 민족적 이상을 일깨우는 데 기여하기를 바랐고,[30] 재조선 일본인 독자를 대상으로 한『경성일보』의 지면을 통해서는 조선과 조선인에 대한 일본인의 민족적 편견을 바로잡고 또한 제도적으로도 조선과 조선인이 처한 열악한 여건을 개선하는 데 도움이 되기를 바랐다.[31]

소호의 초기 문장에서 많은 영감을 받았을지언정 이광수에게는『소호문선』에 수록된「조선병합의 말朝鮮倂合の言」(1910)을 읽으면서 느꼈을 반감도 뼛속 깊이 각인되어 있었을 것이다. 이 글에서 소호는 조선병합의 당위성에 대해 이렇게 쓰고 있다.

만약 왕정유신(王政維新)이 진무(神武) 천황의 옛날로 돌아간 것이라고 할 수 있다면 조선병합은 신대(神代)의 옛날로 돌아간 것이라고 하지 않으면 안 된다. 즉 선대(先代)의 일가(一家)가 중엽에 본가와 분가로 나뉘고 이 때문에 쓸데없는 쟁투 및 수고를 해왔지만, 쌍방의 합의에 따라 분가의 간판을 거두어 본가에 합체했을 뿐. 이것은 실로 본가를 위해서 기뻐할 뿐만 아니라, 오히려 분가를 위해 더 많이 축하하지 않을 수 없다. 참으로 허심탄회하게 사리를 통찰하자면 무엇보다도 우선 우리 조선의 동포를 위해 축배를 들지 않을 수

---

30  최주한,「제국의 근대와 식민지, 그리고 이광수」, 앞의 책, 255~281 참고.
31  하타노 세츠코,「일본어판「오도답파여행」를 쓴 것은 누구인가」,『상허학보』42, 상허학회, 2014, 222~223면; 최주한,「이광수의 이중어 글쓰기와「오도답파여행」」,『민족문학사연구』55, 민족문학사학회, 2014, 54~62면; 최주한,「『경성일보』라는 매체와 이광수의 일본어 글쓰기」,『근대서지』10, 근대서지학회, 2014, 177~181면.

없다. 왜냐하면 그들은 오늘에 이르러 비로소 제 자리를 얻었기 때문이다.[32]

이광수는 소호에 대해 회고할 때마다 "이때(첫 만남―인용자) 이래 이십 수년 소호 선생은 변함없이 나를 돌보아 주시고 또 편달해 주시고 있"[33]다거나 "그로부터 25년간 선생은 변함없이 각별한 보살핌을 내게 베풀고 있다고"[34] 언급하고 있다. 그러나 사실 이광수와 소호의 교류가 시작된 것은 이로부터 십수 년이 지난 뒤의 일로, 이 역시 아베의 주선에 의한 것이었다.

1918년 소호와 함께 경성일보사를 그만두고 코쿠민신문사로 복귀한 아베는 이후 보다 빈번하게 조선에 출입하며 사이토 마코토齋藤實의 정책 참모로 활약하는 한편, 1926년 중앙조선협회를 조직하고 이사로 취임하여 1920년대 내내 적극적인 대對 조선활동을 펼쳤다. 그러나 1929년 11월 광주학생사건 당시 이 사건이 3·1운동처럼 확산되는 것을 우려하고 있던 사이토를 도와 사태를 유화적으로 처리하기 위해 애쓴 것이 오히려 당국과 충돌을 빚게 되어 결국 조선 문제에서 손을 뗄 결심을 하고 일본으로 돌아가게 된다.[35] 아베가 마지막으로 조선을 다녀간 것은 1932년 여름의 일이다. 이해 9월 일본으로 돌아가는 길에 당시 동아일보사 편집국장 신분으로 회사 용무차 토쿄행에 나선 이광수와 동행했는데,[36] 이미 3, 4년 전부터 지병이 깊어 거동이 불편했던 그는 뇌

---

32　德富蘇峰, 『蘇峰文選』, 民友社, 1915, 1128~1129면.
33　이광수, 「무부츠 옹의 추억」, 『후기 문장집』 III, 178면.
34　이광수, 「나의 교우록」(『モダン日本』(조선판), 1940.8), 『후기 문장집』 III, 280면.
35　심원섭, 「아베 미츠이에(阿部充家)의 생애 기초 연구」, 『한국학연구』 25, 한국학연구소, 2011, 303~310면 참고.
36　이광수, 「무부츠 옹의 추억」, 『후기 문장집』 III, 184면.

졸중으로 쓰러진 뒤라 당시 걷는 것도 힘든 상태였다.[37] 이광수가 토쿄에 갈 때마다 아베가 소호를 만나고 가라고 권유한 일에 대해서는 앞서 언급한 바 있거니와, 훗날을 기약하기 어려웠던 아베는 이광수에게 소호를 방문할 것을 적극 권유하는 한편 소호에게도 이광수와 만나둘 것을 미리 당부해두었던 듯하다. 당시 토쿄회관東京會館에서 이광수가 회사 간부와 토쿄의 명사들을 초청한 자리에 마침 강연여행 중이던 소호가 초청에 응하지 못한 데 대한 유감의 뜻과 함께 이광수를 칭찬하는 장문의 서간을 써보낸 것은 아마도 그래서였을 것이다.[38] 이후 소호는 이광수가 조선일보사에서의 마찰과 아들의 갑작스러운 죽음을 계기로 신문사일을 그만두고 북한산 홍지동에 집을 짓고 칩거하던 1934년 무렵에도 위문의 편지와 함께 '天生我才必有用', 즉 하늘이 나의 재주를 내었으니 반드시 쓰임이 있으리라는 뜻의 문장을 쓴 격려의 액자를 보내는 등 이광수에 대한 관심의 끈을 놓지 않았다.[39]

이광수가 소호와 정식으로 재회한 것은 아베가 사망한 직후인 1936년 1월, 그러니까 첫 만남 이후 거의 이십여 년만의 일이다. 1935년 연말 토쿄에 머물고 있는 가족들을 만나러 갔다가 이듬해 1월까지 토쿄

---

37 이광수는 총독부 당국과의 마찰로 조선을 떠나기 직전의 아베에 대해 "그때는 웅도 칠십을 넘긴 때였으며 류머티즘과 고혈압으로 거동도 약간 부자유스러웠으므로, 병자인 내가 보아도 고통스러울 정도로 초췌했다. 왠지 이제 오래 살지는 못할 것이라는 예감이 드는 것이었다"고 회고했고, 1932년 여름 마지막으로 조선을 방문한 아베에 대해서는 "뇌졸중으로 쓰러진 후라서 보행도 곤란할 정도"였다고 회고하고 있다. 위의 글, 184면.
38 "그 편지는 전문이 나를 추장(推獎)한 말로 되어 있었다. 즉 내가 선생과 로카(蘆花) 선생 두 형제가 하는 일을 혼자서 다 하고 있다든지, 선생에게는 중국에 양계초(梁啓超), 조선에 이광수가 있어 그들과 함께 동양을 위한다는 등, 애초에 나 같은 사람에게는 맞지 않는 과찬의 말씀을 하셨지만, 그 두터운 배려와 정의에 눈물짓지 않을 수 없었다." 위의 글, 188~189면.
39 위의 글, 189면.

에 체류했던 이광수는 그동안 아베의 장례식에 참석했고, 뒤이어 비로소 소호를 방문했다. 당시 소호는 이십여 년 만에 재회한 이광수에게 예의 거침없는 태도로 자신의 아들이 되어줄 것을 청하며 "일본과 조선은 하나가 되지 않으면 안 된다"고 역설하는가 하면 감옥에 들어가는 일은 말고 '문장보국文章報國'에 힘쓸 것을 당부했다고 한다.[40] 이해 5월 재차 토쿄에 갔다가 6월까지 체류하면서 재차 소호를 방문했던 이광수는 소호의 소개로 한때 조선군 사령관을 지냈고 이듬해 2월에는 내각 총리대신 자리에도 오르는 육군대장 하야시 센주로林銑十郞(1876~1943)와도 만났다. 만주사변 발발 이듬해인 1932년부터 조선군을 중심으로 조선인의 병역 문제에 깊은 관심을 쏟았던 일본의 군부는 병역에 복무할 수 있는 '일본정신'을 갖춘 병사를 길러낼 수 있는 교육 제도의 마련에도 고심하고 있었다고 하니,[41] 이에 대한 조선 지식인의 의견을 타진하기 위해 마련한 자리가 아니었을까 싶다.

1940년 3월 단편「무명」(1939)으로 제1회 '조선예술상'을 수상하게 된 이광수는 수상식에 참여하기 위해 토쿄에 가는 길에 소호를 방문할 예정이었지만, 당시 동우회사건 재판에 계류 중인 피고인의 신분이라 결국 토쿄에 가지 못했다. 이광수가 다시 토쿄에 간 것은 1942년 11월 대동아문학자대회 때의 일이다. 대동아문학자대회를 주최한 일본문인보국회의 회장이 소호였으니 두 사람이 대회에서 만났을 가능성도 없지는 않지만, 이에 대해 별다른 기록을 남기고 있지 않아서 다시 만났는지의 여부는 분명하지 않다. 이광수의 마지막 토쿄행은 1943년 11월 학병 권

---

40 위의 글, 257~258면.
41 미야타 세츠코, 이형랑 역, 『조선 민중과 '황민화'정책』, 일조각, 1997, 111~113면 참고.

유강연 때의 일인데, 일정이 빠듯한 데다 병으로 몸져눕기까지 했다는 이유로 소호와 만나지 않고 그대로 돌아왔다. 결국 1917년의 첫 만남 이후 이광수와 소호의 실질적인 만남은 1936년 1월과 5월의 두 차례에 걸친 만남이 전부였던 셈이다.

## 4. 14편의 서간 교류

1935년에서 1937년까지 이광수가 소호에게 보낸 5편의 서간은 주로 안부인사와 더불어 일상적인 교류를 다져가고 있던 정황을 보여준다.

■ 서간 1

토쿠토미 소호 선생

조선의 가을은 짧은 대신 쾌청합니다. 특히 오늘 충남(忠南)의 날씨는 대표적인 조선의 가을다운 날씨, 전답 위에는 코스모스 어지럽게 핀 금빛 물결이 일렁이고 있어, 조선을 무척 사랑하시는 선생의 모습이 그리워지기만 합니다. 소생(小生)은 이번 일본에 있는 가족 및 문학 연구를 위해 토쿄에 갈 예정이었습니다만, 대연습이 끝나기 전에는 소생과 같은 조선인의 도항(渡航)은 안 된다는 엄격한 법도 탓에 부득이하게 그만두었습니다.

선생의 자애로운 모습을 뵙고 인사드릴 날이 멀어진 데 대해 애석한 말씀 여쭙니다. 조선인의 도항은 더욱 엄격히 제한하겠다는 것이 내무성(內

務省) 방침이라는데, 조선인의 민족적 감정의 소모를 우려하는 노파심이
라고나 해야 할지 실로 미묘한 느낌을 주는 데가 있습니다. 망령된 말씀
너그럽게 용서해주시길 바랍니다. 이만 줄입니다.

1935년(乙亥) 10월 9일

李光洙 鞠躬[42]

최초의 서간인 1935년 10월 9일 자 '서간 1'은 온양의 한 여관에서 쓴 것
으로, 이번에 가족들을 만나러 토쿄에 가는 길에 찾아뵐 예정이었으나
도항 허가가 나지 않아서 애석하게 되었다는 사연을 전하고 있다. 당시
아내 허영숙은 경성에서 산원을 개원할 계획으로 아이들을 데리고 토쿄
의 적십자병원에서 연수 중이었다.[43] 아베의 주선을 매개로 소호가 이광
수에게 지속적으로 각별한 관심을 쏟았던 사실에 대해서는 앞서 언급한
바 있거니와, 인사 차원에서 소식을 전해두고자 했던 것으로 보인다.


▪ 서간 2

소호 대선생(大先生)

작별 인사 때 주신 말씀, 마음에 새기겠습니다. 하는 일 없는 일개 서생
인 소생에게 마음을 쏟아주시는 여러 가지 두터운 정, 다만 감격이 있을
따름입니다. 일신을 잊고 세상을 위해 애쓰는 오직 이것으로 선생의 촉망
을 저버리지 않을 것을 맹세드립니다.

---

42  東京都 銀座 民友社 德富蘇峰先生 親披 / 朝鮮 京城 李光洙. 온양온천의 신정관(神井館)
    이라는 여관에 비치된 봉투와 편지지에 쓰여 있다. 최주한·하타노 세츠코 편, 『이광수
    후기 문장집』Ⅲ, 843~844면.
43  허영숙, 「나의 자서전」, 『여성』, 1939. 2.

하야시 센주로(林銑十郎) 대장(大將)은 흔쾌히 접견해 주셔서 한 시간가
량 조선의 일 등에 대해서 이야기를 나눴습니다. 실로 소박함과 예양(禮
讓)을 갖춘, 사심 없는 인격자라고 흠복(欽服)하였습니다. 소개해 주신 데
깊이 감사드립니다. 주신 저서는 어제부터 차 안에서 읽고 있습니다. 이
만 삼가 아룁니다.

1936년(丙子) 6월 3일 밤

李光洙 再拜[44]

1936년 6월 3일 자 '서간 2'는 가족들과 함께 한 두 번째 토쿄 체류를
마치고 경성으로 돌아가는 길에 오사카에서 쓴 것이다. 1936년 1월 아
베의 장례식 후 소호를 방문했을 때와는 달리, 작별인사에 이어 베풀어
준 호의에 대한 감사의 인사를 담은 편지를 남긴 것이 주목된다. 5월의
토쿄 방문 당시 이광수는 소호의 주선으로 육군대장 하야시 센주로林銑
十郎와 만나기도 했는데, 이 무렵을 전후하여 이광수는 아베의 뒤를 잇
는 후견인으로서 소호를 재인식했을 가능성이 크다. 이러한 추정에 힘
을 실어주는 것이 1936년 10월 10일 자 '서간 3'이다.

▪ 서간 3
고궁의 가을날은 봄과 같이 따뜻한데
까마귀와 까치 짖는 소리에 멀리 있는 이를 그리워하네.
낙엽이 쓸쓸히 물 아래 떨어지니
이 마음 이곳 누각에 머물지 못하네.

---

44  東京 銀座西八丁目 民友社 德富蘇峰先生 侍史 / 新大阪 李光洙. 『후기 문장집』III, 845면.

창경원에서 선생을 그리워합니다.

10월 10일[45]


'서간 3'은 소호를 그리워하는 뜻을 담은 한시를 엽서에 쓴 것인데, 이 한시는 2차 유학 시절 이광수가 당시 『매일신보』의 감사이자 편집국장 격이었던 나카무라 켄타로中村健太郎에게 써보낸 「증삼소거사贈三笑居士」라는 의탁의 뜻이 담긴 한시를 환기시킨다.[46] 1916년 9월 이광수는 여름방학을 마치고 토쿄에 돌아가는 길에 경성에 들러 당시 『매일신보』의 사장 아베와 더불어 감사이자 편집국장격이었던 나카무라를 만났고, 돌아가는 기차 안에서 답례삼아 아베에게는 「대구에서」라는 서간체 논설을, 그리고 나카무라에게는 「증삼소거사」라는 한시를 써 보냈다. 나카무라에게 보낸 한시와 마찬가지로 소호에게 보낸 한시 또한 상대에게 마음을 의탁하는 뜻이 담겨 있는 것이 또렷하다. 또한 1937년 4월 11일 자 '서간 4'와 1937년 4월 28일 자 '서간 5'를 통해서는 이광수와 소호가 서로의 저서를 교환하면서 일상적 교류를 다져가고 있던 정황을 엿볼 수 있다.


■ 서간 4

경성도 봄다워져서 마당의 벚꽃은 아직 피지 않았어도 꽃봉오리가 부풀

---

**45** 東京市 京橋區 銀座 八丁目 民友社 德富蘇峰先生 / 京城 孝子町 一七五 李光洙. 창경원으로 보이는 그림엽서에 썼다. 기념관의 기록에 의하면, 1936년 10월 10일을 가리킨다. 『후기 문장집』Ⅲ, 846면.

**46** 전문은 다음과 같다. "南溪幽屋始逢君 / 禪榻焚香人自薰 / 體胖眼靑容似笑 / 滿胸道味定氤氳(남쪽 시냇가 그윽한 집에서 그대를 처음 만났네 / 참선자리 향을 피워 사람이 절로 향기롭고 / 반듯한 몸가짐 정다운 눈빛에 미소 머금은 듯한 얼굴 / 가슴엔 도의의 기운이 가득 서려 있으리)"(『매일신보』, 1916.9.8), 『이광수 초기 문장집』Ⅱ, 49면.

고, 화신풍(花信風)이라던가, 매일처럼 한낮이면 꽃소식을 알리는 바람이 불고 있습니다. 토쿄는 이미 꽃이 한창일 것이라고 생각됩니다. 선생의 역사 편찬의 붓이 더욱 건필하시기를 기원합니다.

이차돈(異次頓)은 아시는 바와 같이 조선 역사상 최초의 순교자로서 영달도 애욕도 생명도 진리와 신념을 위해 헌신짝처럼 버린 인물입니다. 귀한 그의 생애를 소설화한 것이 증정해드린 졸저(拙著)입니다. 언문(諺文)인 까닭에 열람받는 영광을 얻을 수 없는 것이 유감이지만, 선생의 서가에 이 소제자(小弟子)의 저서가 한 권 꽂히는 것으로 만족입니다. 이만 줄입니다.

1937년(丁丑) 4월 11일

李光洙 再拜[47]


■ 서간 5

『소옹언지록(蘇翁言志錄)』 감사히 받아 보고 시간 날 때마다 삼가 읽고 깊이 음미하였습니다. 시가 있고, 철리(哲理)가 있고, 종교가 있고, 평범한 가운데 비범함을 감추고 있다고나 할까, 실로 완석점두(頑石點頭)케 하는 진리와 봄바람처럼 훈훈한 맛을 느꼈습니다. 깊이 감사드립니다. 이만 줄입니다.

1937년(丁丑) 4월 28일

李光洙 鞠躬


소호옹의 말과 뜻

구구절절 봄바람이네

---

47 東京市 銀座西 八ノ九 民友社 德富蘇峰先生 / 京城府 孝子町 一七五番地 李光洙. 『후기 문장집』Ⅲ, 847면.

단단한 돌이 고개를 끄덕이고

이치가 그 속에 있네

소호 대선생(大先生)[48]


　두 사람 사이의 서간 교류는 1937년 6월 이광수가 동우회사건으로 체
포·수감되면서 잠시 중단된다. 중단된 교류가 재개된 것은 1940년 2월
의 일로, 이 무렵부터는 이광수가 소호의 문하생을 자처하며 천황중심
주의자로서의 면모를 적극 어필하고 있어 교류의 성격이 이전과는 확연
하게 달라진 것을 확인할 수 있다. 이러한 변모는 물론 1937년 6월 동우
회사건으로 체포·수감되었던 이광수가 1938년 11월 동우회 회원들과
함께 전향을 선언한 이후 적극적인 대일협력 행위에 나서게 되었던 경
위와도 무관하지 않지만,[49] 적극적인 협력의 자세 이면에서 예의 전략적
인 면모 또한 또렷이 엿보인다는 점에서 각별히 주목할 만하다.


　▪ 서간 6

　오늘 청쾌루(淸快樓)에서 보내주신 엽서 삼가 읽고 돌보아주시는 두터
운 정에 감격하였습니다. 지난 겨울 『경성일보』 지면에 무불옹(無佛翁)을
기억하는 한 편의 글을 게재(일주일 간 연재)한 바 있는데, 글 가운데 후반

---

48　東京市 京橋 民友社 德富蘇峰先生 / 京城府 孝子町 一七五番地 李光洙. 『후기 문장
　　집』III, 848면.
49　이광수는 1939년 3월 황군위문작가단의 실행위원에 관여한 것을 시작으로 4월부터는
　　『매일신보』의 자매지인 일본어 주간지 『국민신보』의 고정적인 지면을 통해 미나미
　　총독의 황민화운동을 적극 뒷받침하는 내용의 칼럼을 썼고(나중에 일본어 논설집 『동
　　포에게 보냄(同胞に寄す)』(1941)에 수록된다), 동년 10월에는 시오바라(鹽原) 학무국
　　장의 지도 감독하에 총동원체제하의 문필보국을 취지로 결성된 조선문인협회의 회장
　　으로 취임하여 국민문학의 건설과 내선일체의 구현에 힘쓸 것을 선언하기도 했다.

부는 선생을 추억한 것입니다. 언젠가 토쿄니치니치신문사(東京日日)에서 함께 자동차를 타고 고쿠민신문사(國民新聞社) 앞을 지날 때, '내 자식이 되어 다오' 하는 말씀을 들은 지 5년의 세월이 지나 오늘에야 선생의 부탁을 따르게 되었습니다. 민유샤(民友社)에서 선생께서 친히 문생(門生)의 손을 잡으시고 '감옥에 들어가지 말고 문장보국(文章報國)에 정진하오'라고 간절히 타이르셨지만, 아직 지혜가 열릴 기회가 무르익지 않아 1937년 6월 독립운동 혐의로 검거되어 8개월 간 영어(囹圄)의 몸이었다가 중병으로 보석출옥한 후 지난 11월 1심에서 무죄 판결을 받았으나 검사의 공소(控訴)로 지금도 여전히 피고인의 몸입니다. 그러나 옥중에서 병을 앓으면서 반성과 숙고의 기회를 얻어 조선 민족의 운명에 대해 확신을 얻은 것은 무엇보다 다행이라고 생각합니다. 조선인은 금후 천황(天皇)의 신민(臣民)으로서 일본제국의 휴척(休戚)을 떠맡고, 동시에 그 광영을 누려야 함을 깨닫고 국민 수업에 전념하였습니다. 조선인이야말로 이제 천황중심주의로 나아가야 한다고 생각합니다. 왜냐하면 천황과 맺어짐으로써만 야마토(大和)와 조선 양 민족이 일가(一家)가 되기 때문입니다. 이제부터 조선의 올바른 민족운동은 황민화(皇民化)의 한 길이 있을 뿐이라고 생각합니다. 다행히 옛 역사와 문화와 혈액의 교류를 올바르게 인식하고 또 정치가 적절하게 행해진다면, 양 민족이 같은 국민이 되는 것은 오히려 자연으로 복귀한다는 편안한 느낌마저 들게 할 것이라고 생각합니다.

기원절(紀元節)부터 조선인의 창씨제가 실시되어 내지식(內地式) 씨명(氏名)으로 고칠 자유가 인정되었습니다. 따라서 문생(門生) 또한 황송하게도 천황의 어명(御名) 읽는 법을 본받아 카야마 미츠로(香山光郎)라고 창씨개명하고 오늘 호적계에 신고하였습니다. 이상으로써 문생의 심회를 살피셨을 것이라 생각됩니다.

　재판의 결과는 미리 내다보기 어렵습니다만, 병에서 회복하고 자유의
몸이 되면 남은 인생을 문장보국(文章報國)에 바칠 결심입니다. 멀리서 선
생의 뒤를 따라야 한다고 생각합니다.

　문예상은 기쁘기도 하지만 부끄러움이 앞섭니다.

　더욱 건강하시고 조선 청년이 읽을 만한 책을 통해 부디 좋은 가르침을
주시기를 부탁드립니다. 미처 다 쓰지 못합니다.

1940년(昭和 15) 2월 12일

香山光郎(李光洙 改め) 再拜

蘇峰先生 賜鑑[50]

　1940년 2월 12일 자 '서간 6'은 당시 아타미熱海 온천에 머물고 있던
소호가 보낸 엽서에 대한 답신이다. 그동안 중단되었던 교신交信을 재
개한 것은 소호 쪽이었던 것을 알 수 있다. 소호는 왜 갑자기 이광수와
의 교신을 재개한 것일까. 소호가 보낸 엽서에 어떤 내용이 담겨 있었
는지 자세한 것은 알 수 없다. 그러나 "오늘 청쾌루에서 보내주신 엽서
삼가 읽고 돌보아주시는 두터운 정에 감격하였습니다"는 감사의 인사
로 시작하여 동우회사건의 재판 과정을 거치면서 전향을 결심하게 된
심경과 더불어 창씨개명 실시 첫날 '카야마 미츠로香山光郎'라는 창씨명
으로 호적계에 신고한 소식을 전하며 "이상으로써 문생門生의 심회를
살피셨을 것이라 생각됩니다"라고 쓴 서간의 문면을 고려하건대, 일단

---

50　熱海溫泉 淸快樓 德富蘇峰先生 / 京城府 孝子町 一七五 香山光郎. 『후기 문장집』III,
　　848~850면.

은 이광수의 근황과 관련된 내용이었으리라는 것을 짐작할 수 있다.[51] 또한 "문예상은 기쁘기도 하지만 부끄러움이 앞섭니다"는 구절에서는 소호가 이광수의 조선예술상 수상 소식에 대한 축하의 인사를 함께 건넸던 사실도 알 수 있다.

조선예술상은 당대 일본문단의 문화권력 그 자체였던 키쿠치 칸菊池寬의 출자로 모던니폰샤モダン日本社의 주관하에 창설된 것으로, 이광수의 제1회 조선예술상 수상 소식이 발표된 것은 창씨개명 실시를 하루 앞둔 2월 10일의 일이었다. 조선예술상 발표 시기와 관련해서는 창씨개명 실시와 아울러 전략적으로 선택된 것이라는 지적이 있거니와,[52] 실제로 당시 2월 12일 자『토쿄아사히신문東京朝日新聞』은 「'씨'에 열광하는 조선 — 금일부터 접수 개시」라는 제목하에 '반도문단의 거장 이광수'가 '카야마 미츠로'로 창씨개명한 일을 전하면서 그의 조선예술상 수상 소식을 함께 전하고 있는 것을 확인할 수 있다.[53] 당시 일본의 매체들은 이광수의 문단적 지위를 내선일체에 대한 조선인의 열광과 결부하여 떠들썩하게 선전하고 있었던 것이다. 창씨개명 실시가 내선일체의 완성을 의의로 내세우며 조선인을 천황을 위해 기꺼이 목숨을 바치는 일본 국민의 영역에 편입하기 위한 법률적 제도 차원의 것이었다면,[54] 조선예술상의 창설은 조선의 예술을 제국 문화예술의 하위 영역에 편입하기 위한 문화

---

51  이광수의 창씨개명 소식이 공식적으로 알려진 것은 1939년 12월 20일 자『경성일보』를 통해서이다. 이듬해 1월 5일에는『매일신보』에도 관련 기사가 실렸다. 「創氏の喜びを語る李光洙さん」,『경성일보』, 1939.12.20; 「폭풍 같은 감격 속에 '씨' 창설의 선구들」,『매일신보』, 1940.1.5.
52  하타노 세츠코, 「이광수의 일본어 창작과 일본문단 — 유학 후의 일본 체류를 중심으로」(연세대 근대 한국학연구소 편,『한일 근대어문학 연구의 쟁점』, 소명출판, 2013, 96면).
53  「『氏』に沸く朝鮮 — けふから受付開始」,『東京朝日新聞』, 1940.2.11.
54  미야타 세츠코, 이형랑 역, 앞의 책, 60~66면.

적 제도의 일환이었다.[55] 일찍이 이광수에게 자신의 아들이 되어줄 것을 청하며 '문장보국文章報國'의 길을 권유했던 소호에게도 창씨개명한 이광수의 조선예술상 수상은 반가운 소식이었을 것이다.

한편 소호가 이광수와의 교신을 재개한 것은 이 무렵 소호가 관여하고 있던 중앙조선협회가 미나미 총독의 강압적인 황민화정책을 둘러싸고 조선총독부 측과 갈등을 빚고 있던 정황과도 무관하지 않은 듯하다. 이 해 1월 『동아일보』에 대한 폐간 방침이 알려지자 중앙조선협회에서는 압박은 좋지 않다며 강제 폐간을 반대했고 곧이어 2월부터 실시될 예정이던 창씨개명에 대해서도 우려의 눈으로 주목하고 있었는데, 이러한 갈등의 배경에는 고압적인 총독부의 황민화정책이 민심을 불안케 하여 3·1운동이 재연될지도 모른다는 우려가 자리하고 있었다.[56] 일찍이 1910년대 무단통치 시기 테라우치를 도와 신문통합정책을 주도했고 대륙정책에 관한 한 거침없는 강경론자였던 소호는 물론 다소 의견을 달리하고 있었을 것이다. 그러나 황민화정책을 제대로 추진하기 위해서는 이러한 안팎의 우려를 불식시키는 것이 필요하고 '香山光郎' 이광수야말로 이에 적합한 인물이라고 생각했던 것은 분명해 보인다. 실제로 1940년 2월 19일 자 '서간7'과 4월 28일 자 '서간8'에서는 이광수의 답신을 받아본 소호가 곧바로 "일본과 조선은 본시 같은 뿌리의 민족이니, 소아를 잊고 대의를 위해 죽는 것이 어찌 흔쾌하지 않으리오"라는 글귀를 적은 액자

---

55 조선예술상의 위계적 성격에 대해서는 홍선영, 「기쿠치 간(菊池寬)과 조선예술상—제국의 예술 제도와 히에라르키」, 『일본문화학보』 50, 한국일본문화학회, 2011 참고.
56 1940년 미나미 총독의 황민화정책을 중심으로 한 조선총독부와 중앙조선협회의 갈등에 관해서는 이형식, 「미나미 지로 조선총독 시대의 중앙조선협회」(박상수·송병권 편저, 『동아시아, 인식과 역사적 실재—전시기(戰時期)에 대한 조명』, 아연출판부, 2014, 336~347면) 참고.

를 보내어 격려의 뜻을 전하고, 또 자신이 관여하던『오사카마이니치신문大阪每日新聞』에 각별히 이광수를 소개하는 글을 쓴 사실이 확인된다.[57]

▪ 서간 7

소호 선생

"日鮮本是同根族 忘小我殉大義 欣快曷勝(일본과 조선은 본시 같은 뿌리의 민족이니, 소아를 잊고 대의를 위해 죽는 것이 어찌 흔쾌하지 않으리오)"라는 말씀 감사하게 삼가 받고, 서둘러 책상에서 고개를 들면 우러러 보이는 곳의 벽에 걸어두었습니다. 수년 전 "天生我才必有用(하늘이 나 같은 인재를 내었으니 반드시 쓰임이 있으리라)"라는 글귀를 주신 것과 아울러 문생(門生) 일생의 보배로 여기려 합니다. 선생의 은의(恩誼)는 "唯中心藏之 何日忘之(오로지 마음속에 새겨 어느 날인들 잊으리)"라는 말씀 외에는 달리 드릴 말씀이 없습니다. 만약 3월 중 토쿄에 가려는 일이 뜻대로 이루어지면 찾아뵙고 다시 정중히 인사올리겠습니다. 우선 이상으로 인사드립니다. 안녕히 계십시오. 이만 줄입니다.

1940년(昭和 15)2월 19일

香山光郎 再拜[58]

---

57 『오사카마니이치신문』에 소호가 이광수를 소개한 글은 일본 국회도서관에 의뢰하여 조사하였으나 해당 기사를 찾지 못했다. 그러나 그간의 서간 교류의 맥락으로 보아 조선을 대표하는 작가로서 내선일체의 구현에 힘쓰고 있는 인물이라는 점을 부각시킨 내용이었으리라는 것을 짐작할 수 있다.

58 熱海溫泉 淸快樓 樂閑莊 德富蘇峰先生 / 京城府 孝子町 一七五 香山光郎.『후기 문장집』Ⅲ, 851면.

▪ 서간 8

소호 선생

　지금 오사카마이니치(大毎) 지면에 미츠로(光郎)를 소개해주신 글을 삼가 읽었습니다. 실로 감사히 인사올립니다.

　반드시 세상에 도움이 되는 사람이 되고자 열심히 노력하고 있습니다. 그 밖에 선생의 변함없는 은혜에 보답해 드리는 길은 없습니다. 우선 이상으로 인사드립니다.

1940년(昭和 15) 4월 28일

門生 香山光郎 再拜[59]

　이러한 소호의 집요한 회유에 이광수가 적극 호응한 것은 물론이다. 1940년 교신이 재개된 이래 1943년까지 9편에 이르는 서간은 이광수가 소호의 문하생을 자처하며 천황의 신민으로서 '문장보국'을 다짐하는 내용이 전부라고 해도 과언이 아닐 정도다. 그러나 그 이면에서는 협력의 대가로 모종의 지원을 얻어내고자 하는 예의 전략적인 면모 또한 엿보이는데, 이를 단적으로 보여주는 것이 1940년 2월 19일 자 '서간 6'과 1940년 5월 31일 자 '서간 9'이다.

　앞서 언급했듯이 1940년 2월 19일 자 '서간 6'은 창씨개명을 하루 앞두고 이광수의 제1회 조선예술상 수상 소식을 접한 소호가 이광수에게 축하와 함께 격려의 뜻을 전하기 위해 보낸 엽서에 대한 답신이다. 그런데 이광수의 답신은 이러한 호의에 대한 단순한 감사의 인사에 그치지 않는

---

59　東京市 京橋 民友社 德富蘇峰先生 / 京城府 孝子町 一七五番地 香山光郎. 『후기 문장집』III, 852면.

다. 답신은 그 자신 '감옥에 들어가지 말고 문장보국에 정진하라'던 5년 전 소호의 당부를 거스르고 1937년 6월 동우회사건으로 검거되어 옥고를 치르고 재판에 부쳐진 때의 일로 거슬러 올라가 이후 전향을 결심하고 '香山光郎'으로 창씨개명에 나서게 되기까지의 근황을 자세히 전하고 있다. 또한 답신을 마무리하면서도 재차 재판의 결과를 운운하며 '남은 인생을 문장보국에 바칠 결심'이라는 뜻을 적극 표명하고 있기도 하다. 동우회사건은 1938년 12월 1심에서 무죄 판결을 받았으나 당일 검사의 공소로 이 무렵 여전히 재판에 계류 중이었는데, 이광수는 창씨개명에 나서기까지의 심경을 동우회사건과 결부지어 언급하면서 체제 협력의 뜻을 거듭 밝히고 있는 것이다. 일찍이 김원모가 지적한 대로 동우회사건 '무죄판결운동'의 면모가 고스란히 읽히는 대목들로서,[60] 이는 1941년 11월 17일 동우회사건 최종심에서 무죄 판결을 받은 소식을 전하고 있는 동년 11월 22일 자 '서간 11' 및 전시보국戰時報國 활동에 전념하는 근황을 전하고 있는 1942년 1월 2일 자 '서간 12'에서도 다시 한번 뒷받침된다.

▪ 서간 11

카야마 미츠로(香山光郎) 11월 17일에 고등법원에서 무죄 판결 받았습니다. 자유로운 몸으로 문장보국(文章報國)에 임할 수 있게 되었습니다.

1941년(昭和 16) 11월 22일

香山光郎 再拜

蘇峰 大先生 垂贈[61]

---

60  김원모, 『영마루의 구름―춘원 이광수의 친일과 민족 보존론』, 단국대 출판부, 2009, 956~959면.
61  東京市 京橋區 銀座西八 民友社 德富蘇峰先生 / 京城府 孝子町 一七五番地 香山光郎.

■ 서간 12

소호 대선생

지금 라디오를 통해 선생의 힘이 넘치는 말씀 삼가 들었습니다. 선생께서 오랫동안 영미격멸(英米擊滅)을 외치신 것이 결실을 맺었습니다. 힘으로써 영미(英米)를 내리치고, 자비로써 십억 민중을 편안히 어루만지는 일은 반드시 이루어지리라 믿습니다. 미츠로(光郞)도 미흡하나마 선생의 뒤를 따라서 온 힘을 다할 것입니다. 미츠로를 반도의 천황중심주의자로 알아주십시오. 부인과 청년에게 호소하여 전시보국(戰時報國)의 정성을 다하기 위해 미력을 다하고 있습니다. 라디오에서 그리운 음성을 대한 감격을 그대로 책상 위 원고지에 적어 올립니다. 동아(東亞)를 위하여.

건강하시길 기원합니다.

1942년(昭和 17) 1월 2일

門生 香山光郎 再拜[62]

한편 1940년 5월 31일 자 '서간 9'는 이달 28일 소호회 조선지부에서 개최한 소호의 시비 제막식 행사 소식을 전하면서 노성석盧聖錫이라는 인물을 소개하고 이번 토쿄가는 길에 뵙기를 청하니 접견하고 격려해 달라는 내용을 담고 있다. 14편의 서간 가운데 보기 드물게 이광수 쪽에서 먼저 보낸 청탁의 서간으로, "그는 경성제국대학 문학부 출신으로 출판보국出版報國의 뜻이 견고하고 신뢰 촉망할 만한 청년으로, 특히 후

---

『후기 문장집』III, 855면.

62 東京市 大森山王 德富猪一郎 侍史 / 京城府 孝子町 一七五番地 香山光郎. 『후기 문장집』III, 856면.

생後生에게는 강력한 후원자"이며 "신시세新時勢에 호응하는 잡지 발행의 기획도 갖고 있다"고 하여 예의 소호의 기대에 적극 부응하는 방식으로 노성석의 출판사업에 대한 지원을 요구하고 있는 것이 눈에 띈다.

■ 서간 9

소호 선생

봄비가 어제부터 계속 내리고 있습니다. 이것으로 보리도 못자리도 염려없다고 합니다. 며칠 전 작소거(鵲巢居)의 시비(詩碑) 제막식(除幕式)에 참석하여 선생을 그리워하였습니다. 작소거에 새로이 남기신 흔적 삼가 읽고 세월의 흐름이 깊음을 깨달았습니다.

노성석(盧聖錫) 군을 소개해 드립니다. 그는 조선에서 가장 유력한 출판업자로 뜻도 실력도 토쿄의 이와나미(岩波)에 견줄 만한 사람입니다. 이번 토쿄 행에서 선생을 가까이 뵙기를 바라 후생(後生)에게 소개를 청하므로 소개해 드립니다. 그는 경성제국대학 문학부 출신으로 출판보국(出版報國)의 뜻이 견고하고 신뢰 촉망할 만한 청년으로, 특히 후생에게는 강력한 후원자입니다. 신시세(新時勢)에 대응하는 잡지 발행의 기획도 갖고 있고, 조선문화 향상을 위한 유력한 사업가라고 확신합니다. 모쪼록 접견하시고 격려해 주시기를 간절히 바랍니다. 몸조섭 잘 하시기를 바랍니다. 이만 줄입니다.

1940년(昭和 15) 5월 31일

香山光郎[63]

---

63  東京市 銀座 民友社 德富蘇峰 先生 / 盧聖石氏 袖呈 / 京城府 孝子町 一七五番地 香山光郎. 『후기 문장집』Ⅲ, 853면.

노성석은 식민지 시기 조선 최고의 출판사 가운데 하나였던 박문서관의 창립자 노익형의 외아들로서, 1938년 3월 경성제대 역사학과를 졸업하고 박문서관 경영에 뛰어들어 '현대걸작 장편소설 전집', '신찬新撰 역사소설 전집', '박문문고' 등 다양한 기획총서를 통해 새로운 출판문화를 주도하며 당대 출판계는 물론 문단 안팎으로도 다대한 신망을 얻고 있던 인물이다. 더욱이 총서 기획 가운데 '박문문고'는 고금 동서문화의 최고작을 총망라하되, 특히 역사는 물론 시조·구전민요·구전동요·구전무가·판소리사설 등 다양한 장르에 걸친 조선의 고전과 더불어 조선 작가들의 대표작의 간행을 통해 조선문화의 향상을 꾀한다는 야심찬 목표를 지향하고 있었다. 그러나 1939년 후반 이래 결정적이 된 중일전쟁의 확대 방침은 1940년에 접어들어 국가총동원법의 전면 발동과 더불어 물자 통제의 전면화를 가져와 출판계는 극심한 용지난用紙難을 겪지 않을 수 없었고, 이는 박문서관의 경우도 예외가 아니었다. 일찍이 노성석이 주도하는 박문서관의 가능성과 중요성에 주목하고 있던 이광수는 소호에게서 노성석의 출판사업에 대한 지원을 이끌어내기를 기대했을 것이다. 실제로 5월의 토쿄행 이후 노성석은 당국의 내락을 얻어 출판용지를 확보하고 이듬해 1941년 1월 시국잡지 『신시대』를 창간하는 한편 '박문문고'를 비롯하여 단행본의 간행도 지속할 수 있었는데,[64] 제국 언론계의 수장 소호의 입김이 당시 조선의 언론계는 물론 출판계에까지도 구석구석 영향을 미치고 있었던 것을 엿볼 수 있게 한다.

---

64  이상 1940년 5월 31일 자 '서간 9'가 놓인 맥락에 대해서는 최주한, 「박문서관과 이광수」(『근대서지』 13, 근대서지학회, 2016)에서 자세히 다룬 바 있다.

〈그림 5〉 『동포에게 보냄(同胞に寄す)』(1941) 표지와 '서간 7'에 소개된 소호의 글이 인쇄된 속지(홍익대 도서관 소장)

▪ 서간 10

소호 선생

북대륙과 남양(南洋)에

천황의 덕화(德化) 날로 빛나네

소호(蘇峰) 정신

더욱 널리 떨치기를[65]

쾌유를 기원합니다.

소저(小著) 『동포에게 고한다(同胞に告ぐ)』를 보내드립니다.

선생의 자식으로서 쓴 셈입니다.

1941년(昭和 16) 天長節

---

**65** "北陸南洋 / 皇化日彰 / 蘇峰精神 / 愈遙愈昌." 『후기 문장집』III, 854면.

1941년 4월 29일 자 '서간 10'에서는 이광수가 소호에게 박문서관에서 간행된 일본어 논설집 『동포에게 보냄同胞に寄す』을 보낸 사실이 확인된다. 박문서관의 활동 보고 겸 박문서관을 지원해 준 소호에게 감사의 뜻을 전하기 위해 보낸 것이 아니었을까 싶다. 『동포에게 보냄』은 이광수가 1939년 4월부터 1940년 11월까지 『매일신보』의 자매지인 일본어 주간신문 『국민신보』에 매주 고정적으로 쓴 칼럼과 그밖에 『경성일보』, 『총동원』 등의 지면에 쓴 일본어 논설을 묶어 낸 책이다.[67] 주로 총독부의 황민화정책을 적극 지지하고 내선일체를 호소한 내용을 담은 일본어 논설집인 만큼, 소호도 이 단행본을 눈여겨 보았을 것이 틀림없다.

이후 소호는 1943년 9월 병석에 있던 이광수를 위로하고 격려하는 뜻의 서신을 한 차례 더 보냈다. 1943년 9월 14일 자 '서간 13'은 보낸 곳의 주소가 야마나시현山梨縣의 산중호반山中湖畔으로 되어 있다. 소호 쪽에서 먼저 서신을 보냈고 이에 대한 답신인 것을 미루어 짐작할 수 있다.

■ 서간 13

절하고 아룁니다. 더욱더 건승하시기를 경하드립니다. 미흡하나마 소생(小生)은 선생의 말씀을 지키고, 선생의 자식이 되기 위해 끊임없이 노력할 것입니다. 글 한 편을 지어서 선생을 우러르는 마음을 옮겨 적습니

---

66  東京市 銀座 民友社 德富蘇峰 先生 / 京城府 孝子町 一七五番地 香山光郞.
67  『국민신보』에 기고된 칼럼은 무기명으로 되어 있지만 단행본 『동포에게 보냄』에 수록되어 있어 이광수가 쓴 것을 알 수 있다. 단행본에는 『국민신보』에 실린 칼럼 가운데 13편이 제외되어 있다.

다. 이만 줄입니다.

1943년(昭和 18) 舊仲秋節

門生 香山光郎 再拜[68]

> 오호(五湖)에 계신 토쿠토미 소호 선생께
>
> 아름다운 산의 풍광은 근래 어떠합니까
>
> 오호(五湖)의 밝은 달은 만끽하고 계시겠지요
>
> 실로 천지간에 오직 새날을 맞았으니
>
> 팔굉일우(八紘一宇)를 높이 노래합니다

1943년 봄 이광수는 아들의 중학입학 문제로 아들과 함께 평양의 강서江西에 머무르느라 이해 4월 17일 경성에서 열린 조선문인보국회의 결성식에 참석하지 못했다.[69] 6월 무렵에는 이광수가 『경성일보』에 지병이 악화되어 요양 중이라는 기사가 실리기도 했는데,[70] 8월 토쿄에서 열린 일본문학보국회 주최 제2회 대동아문학자대회에 참석할 수 없었던 것도 이 때문이 아니었을까 싶다. 일본문학보국회 회장이었던 소호는 이광수가 병석에 있다는 소식을 듣고 위로와 격려의 뜻을 전하고자 했을 것이다. 소호의 자식이 되기 위해 노력할 것을 다짐하며 소호를 우러르는 뜻의 한시를 지어 보낸 '서간 13'은 이러한 소호의 관심에 감

---

68 山梨縣 富士山麓 山中湖畔 雙宜莊 德富蘇峰 先生 / 京城府 孝子町 一七五番地 香山光郎. 『후기 문장집』Ⅲ, 857면.
69 波田野節子, 「李光洙の日本語小説－〈加川校長〉と〈蠅〉」, 『朝鮮學報』 238, 2016, 6면.
70 위의 글, 8면 참고. 당시 강서에 머물면서 쓴 수필 「農鄕隨感」(『半島の光』, 1943.8)에는 "나는 이 地方에 醫師 친구 몇 분을 알게 되어서 갓금 病院에를 가는데"라는 언급도 보인다.

사의 인사를 전한 답신인 셈이다.

■ 서간 14

　절하고 아룁니다. 소생(小生) 11월 12일 토쿄에 와서 조선학도출정 때문에 약 2주간 학생들과 만났습니다. 이후 열이 나서 자리에 누웠으나 열은 내렸고, 오늘 토쿄를 떠납니다. 이번에 직접 뵙고 가르침의 말씀을 대하지 못한 것은 아무리 생각해도 유감입니다. 조선의 학생들이 열심히 분기(奮起)해주니 경사스러운 일입니다. 『마이니치신문(毎日新聞)』에 학생 분기에 관한 소식에 관해 썼으나 일부 삭제되었다고 합니다. 한번 읽어주시길 바랍니다. 이만 줄입니다.

1943년(昭和 18) 12월 4일

香山光郎 拜[71]

　1943년 11월 학병 지원 권유강연차 토쿄에 갔다가 돌아오는 길에 쓴 12월 4일 자 '서간 14'는 이광수가 소호에게 보낸 마지막 서간이다. 일정이 빠듯한 데다 병으로 눕기까지 한 사실을 전하며 찾아뵙지 못하고 돌아가게 되어 유감이라는 뜻을 전하고 있다. 1941년 11월 태평양전쟁 발발 초기 일본의 승세도 잠시, 점차 전황이 불리지면서 일본인 학생들마저 징집되어 전쟁터로 보내졌던 마당이니 조선인 학생의 학병 지원은 피할 수 없는 사안이었고,[72] 이광수 자신 학병 지원이야말로 조선인

---

71　大森區 山王 一ノ二 八三二 德富猪一郎 先生 / 東京市 麴町區 永田町 二丁目 一番地 黑瀨旅館 香山光郎. 『후기 문장집』Ⅲ, 858면.

72　학병에 지원하지 않은 학생들은 '비국민非國民'의 낙인이 찍혀 휴학·퇴학하거나 제적되었다. 혹은 뒤늦게 지원하여 군대에서 비참한 대우를 받거나 일본에 남아 노동

의 지위를 향상시킬 수 있는 계기가 되어줄 것이라고 믿고 있었다 하더라도 학생들을 눈앞에 대하는 마음은 역시 무겁지 않을 수 없었을 것이다. 그는『나의 고백』(1948)에서도 당시 강연을 듣고 여관으로 찾아와 진의를 추궁하던 학생들을 대하며 "천근 무게로 가슴이 눌리는 듯하였다"고 회고한 바 있다.[73] 1944년 10월 일본잡지『신타이요新太陽』에 발표한 마지막 일본어 소설 「소녀의 고백少女の告白」(1944.10)은 이광수가 당시 학병 동원에 가담했던 자신의 과오를 고통스럽게 응시하고 있는 작품이기도 하다.[74] 문면으로는 학생들이 분기해 주어서 경사스러운 일이라고 말하고 있지만, 왠지 소호를 만나고 싶지 않은 마음이 일정과 병을 핑계삼은 것이 아니었을까 느껴지는 것도 무리는 아니다.

## 5. 문면에 거리를 두면 보이는 것들

이상에서 살펴본 대로, 이광수와 소호 사이의 서간 교류는 이광수가 토쿄를 오갈 때면 으레 인사를 전하는 차원에서 보낸 서간을 제외하면 대개 소호 쪽에서 먼저 관심을 표하고 이광수는 이에 대해 감사의 뜻을

---

에 종사하며 감시 처분을 받기도 했다. 姜德相, 『朝鮮人學徒出陣-もう一つのわだつみのこえ』, 岩波書店, 1997, 315~338면 참고.

73  이광수,『나의 고백』(1948),『이광수 전집』7, 우신사, 1979, 280면.

74  최주한,「이광수의「소녀의 고백」다시 읽기」,『민족문학사연구』58, 민족문학사학회, 2015 참고.

전한 답신이 대부분이다. 이광수를 대하는 소호의 태도가 적극적이고 공략적이었다면, 이광수의 경우 소호에 대해 다소 수동적이고 형식적인 태도로 일관한 사실을 보여주는 대목이다. 물론 1936년 아베의 죽음 이후 이광수가 아베를 잇는 후견인으로서 소호에게 접근한 것은 부인할 수 없는 사실이다. 그러나 이 무렵 소호에게 보낸 서간 역시 적극적인 지원을 요구한 몇몇 서간을 제외하고는 여전히 격식을 차린 안부 인사에 그치고 있는 점에서는 변함이 없다.

이광수에게 소호는 가까이 하기 꺼려지는 경원敬遠의 대상이었지만 아베를 잇는 유력한 후견인으로서 결코 무시하기 어려운 제국 권력의 최측근이기도 했다. 이 점에서 제국과 식민지 간의 비대칭적인 권력관계에 기반한 두 사람의 교류가 서로를 최대한 활용하는 데 그친 것은 어쩌면 당연한 일이었는지도 모른다. 서간의 문면은 이광수가 소호의 문하생을 자처하며 소호의 뜻을 적극 지지하고 대일협력을 다짐하는 내용으로 점철되어 있어 이러한 사실관계가 잘 드러나지 않는다. 그러나 이러한 사실이야말로 자료 그 자체가 말하고 있는 것보다도 그 자료가 놓인 맥락을 이해하는 일의 중요성을 역으로 일깨워 준다.

|제7장|

# 일본어 소설 『40년』의 서사적 간극에 대하여

## 주목받지 못한 소설 『40년』

『40년四十年』은 1944년 1월부터 3월까지 『국민문학』에 연재되다가 중단된 이광수의 자전적 소설이다. '황도정신의 앙양'과 '국민적 정열의 고취'를 목적으로 창간된 문예지 『국민문학』에 그것도 일본어로 연재되었지만, 친일문학의 범주에 귀속시키기 어려운 탓인지 기존의 친일문학 자료집에도 소개된 바 없다. 그나마 자전적 필치로 쓰여 있어 김윤식 선생이 『이광수와 그의 시대』에서 이광수의 유년 시절을 언급하면서 관련 내용을 부분적으로 소개한 것이 전부이고,[1] 정작 1940년대 이광수의 문학을 논의하는 자리에서는 별다른 주목을 받지 못했다.

---

1  김윤식, 『이광수와 그의 시대』 1, 솔, 1999, 74~95면.

저자 또한 처음 이 소설을 읽었을 때는 이광수가 이 무렵 왜 이런 소설을 쓴 것일까 궁금하게 여겼을 뿐 별다른 관심을 갖지 않았던 것이 사실이다. 그런데 최근『이광수 후기 문장집』소설편 작업을 위해 번역과 더불어 꼼꼼히 다시 읽으면서 애초의 질문에 대해 숙고할 기회가 있었다. 이 장에서는 그 숙고의 결과를 간단히 보고하고자 한다.

## 『40년』의 집필 배경과 연재 중단의 경위

일찍이 김윤식은『이광수와 나의 시대』에서『40년』의 집필 배경과 관련하여 다음의 두 가지 이유를 들었다. 첫째는 일제 말기 창작 동기의 고갈로서 이 무렵 중단된 친일장편들이 보여주듯 장편으로 친일작품을 쓰는 일이 불가능했기 때문이고, 둘째는 이광수가 오래 전부터『그의 자서전』(1937)과 같은 자서전적 장편의 집필에 대한 욕망이 있었던 데다 일찍이『분가쿠카이文學界』의 코바야시 히데오小林秀雄에게서 자서전을 한번 써보라는 제안을 받고 그러마고 약속했던 일도 있어서 그 이행 차원에서 자서전, 곧 자전적 장편소설의 집필에 나섰다는 것이다.[2] 여기에 더하여 당시『국민문학』편집자가 전하는 말은 좀더 적극적인 집필 배경을 짐작케 한다. 연재를 시작하면서 편집자는『40년』연재의 의의를 다음과 같이 소개하고 있다.

---

2  위의 책, 81~83면.

카야마 미츠로(香山光郎) 씨가 장편 『40년』을 연재하게 되었다. 자서전적인 필치로 40년 전의 북선(北鮮)의 작은 마을에서 이야기가 시작된다. 년대적으로도 그렇지만 깊이 시대와 함께 한 본격적인 장편작가이신 씨에 의해 새로운 시점에서 40년 역사의 흐름이 묘사되는 것은 실로 적임자를 얻었다고 할 것이다. 깊이 사의(謝意)를 표하는 바이다.[3]

집필 시기로부터 '40년'이라면 1904년의 러일전쟁 직전의 무렵까지 거슬러 올라간다. 곧 청일전쟁에 이어 러일전쟁에 잇달아 승리한 일본이 조선에 대한 지배권을 확보하고 조선을 병합한 다음 이를 발판으로 하여 1931년의 만주사변, 1937년의 중일전쟁을 거쳐 1941년의 이른바 대동아전쟁에 이르기까지 아시아 전반으로 세력을 뻗치고 있던 시기에 해당하며, 그런 만큼 자전적 필치로 그려진 『40년』은 그 시대를 함께 해 온 작가의 자전적 시선을 통해 시대적 격동 속의 조선의 운명이 그려질 것이라는 기대를 갖게 하기에 충분했던 것이다.

그러면 정작 이광수 쪽에서는 어떠했을까. 물론 이광수 또한 『40년』의 집필에 나서면서 그런 웅대한 구상을 염두에 두지 않았을 리 없다. 우선 '40년'이라는 명시적인 제목을 내세운 것부터가 그러하고, 김윤식이 지적한 것처럼 일찍이 코바야시가 이광수에게 자서전 쓰기를 제안한 것도 그 격동의 시대를 관통해 온 조선의 대표 작가 이광수에 대한 관심 때문이었을 것이며,[4] 무엇보다도 이광수 자신 이 사실을 또

---

3  「編輯後記」, 『국민문학』, 1944.1, 122면.
4  "그(이광수－인용자)가 남다른 체험을 했음은 사실이며, 특히 일본, 중국, 시베리아 등을 방랑하였고, 그 어느 곳에서나 매우 정치적이자 사상적인 핵심권에 휩쓸린 생애였다. 아마도 고바야시 히데오가 춘원의 자서전을 요구한 것도 이 점과 관계있을

렷하게 의식하고 있었을 것이기 때문이다. 하지만 이제 막 집필을 시작한『40년』은 작자의 유년 시절의 이야기를 다룬 도입부에서 그만 연재가 중단되고 마는데, 이 연재 중단의 경위가 심상치 않다.

앞서『40년』이 1944년 1월부터 3월까지 연재되었다고 했지만, 사실 연재 3회분은 '고아'라는 장 제목과 함께 첫 페이지만 남아 있고 나머지 원고는 누락되어 있다. 목차에 제목과 함께 게재 면수까지 적혀 있고 첫 페이지가 남아 있는 것으로 보아 3회분은 일단 인쇄되었던 것이 분명하다. 김윤식은 간단히 제본상의 실수로 치부했지만,[5]『국민문학』1944년 4월호 편집후기에는 3회분부터의 중단이 작가의 사정에 의한 것이었음이 명시되어 있다.

> 지난 호부터 당분간 카야마 미츠로씨의 장편『40년』은 **작자의 사정으로** 휴재하게 되었다. 조만간 연재가 계속될 터이니 양해 부탁드린다.[6]

지난 호부터 '작자의 사정'으로 휴재한다고 했으니, 연재 3회분은 검열 등의 외적인 개입이 아니라면 이미 인쇄까지 마친 원고를 이광수가 개인적인 사정으로 직접 회수했다는 이야기가 된다. 1944년 3월호의 인쇄일은 2월 25일, 그러니까 원고 회수가 결정된 것은 2월 말의 일이다. 인쇄까지 마친 원고를 회수하면서까지 연재를 중단한 개인적인 사정이란 무엇이었을까. 그것은 일단 이 무렵 이광수의 건강히 급속히

---

것이다. 바야흐로 대동아공영권이 형성되고 있는 판이며, 지식인들이 거의 신체제 문학에 앞장서고 있었다." 김윤식, 앞의 책, 82면.
5  김윤식,『이광수와 그의 시대』2, 솔, 1999, 356면.
6  「編輯後記」,『국민문학』, 1944.4, 128면.

나빠진 사실과 관련이 있는 것으로 보인다.

이해 3월경 이광수는 사릉으로 잠시 거처를 옮긴다. 바로 전해 아내 허영숙이 전쟁에 대비하여 소개疏開터로 마련한 작은 기와집의 신축이 완공된 참이었다. 지난 11월 학병 지원 권유강연차 일본에 건너갔을 때부터 무리한 일정으로 건강이 나빠졌던 이광수는 건강도 회복할 겸 신축한 사릉의 집에서 봄을 나기로 했던 것 같다.[7] 1938년에서 1945년 까지 발표된 작품 연보를 확인해 보면 이해 봄 이광수가 지면에 발표한 글은 한 편도 없다. 건강 문제로 당분간『40년』의 연재 여부가 불투명 해지자 이광수는 일단 조부를 중심으로 한 유년 시절의 이야기가 일단 락지어진 2회분까지의 이야기만을 발표하기로 결정한 것은 아니었을 까. '고아'라는 장제목과 함께 시작되고 있는 연재 3회분은 이광수가 부 모를 잃고 고아가 된 이후의 시점에서 새로운 이야기가 전개되고 있어 일단 그런 추측을 가능케 한다.

그러나 연재 지속 여부의 불투명성이 이미 인쇄까지 끝난 원고를 회 수한 이유에 대한 온전한 해명이 되어주기는 어렵다. 좀더 적극적인 추론이 허용된다면, 조부의 이야기를 중심으로 한 유년 시절의 이야기 를 다룬 연재 1 · 2회분과 이윽고 조부의 품을 떠나 세상으로 나아가는 소년의 이야기를 다루었을 연재 3회분 간의 서사적 벡터의 간극에 주 목해보고 싶다.

---

7    이정화,『그리운 아버님 춘원』, '사릉리의 추억 1 - 자상한 아버지', 우신사, 1993 참고.

# 연재 중단이라는 사건의 징후적 독해

'고아'라는 장제목으로 짐작건대, 연재 3회분은 이광수가 콜레라로 부모를 잃고 방랑하다 동학에 눈뜨고 일본군에 쫓겨 상경上京하기까지, 좀더 나아간다면 경성 소공동의 일진회 일어학교에서 반년 간 공부하다가 1905년 여름 일본 유학길에 오르기까지의 이야기가 담겨 있었을 것이다. 이광수가 부모를 잃고 고아가 된 것이 1903년 8월의 일이니, 애초의 집필 의도대로라면 러일전쟁을 전후한 무렵 조선의 운명에 관한 본격적인 이야기의 시작에 해당하는 셈이다. 주목할 만한 것은 연재 3회분이 조부의 세계를 넘어서는 원심력에 의해 추동되는 서사인 데 반해 유년 시절의 이야기를 다룬 1·2회분은 조부의 세계에 기반하고 있는 구심력에 근간한 서사이며, 이 점에서 두 개의 서사적 벡터가 묘한 긴장을 이루고 있다는 점이다.

이광수가 자전적 소설을 시도한 것은 『40년』이 처음이 아니다. 1937년 『조선일보』에 『그의 자서전』을 연재한 바 있고, 해방 이후에도 『나』(1947)를 비롯하여 『나의 고백』(1948) 등의 자전적 고백록을 썼다. 그런데 이 가운데서 조부에 대해 각별히 주목하고 있는 것은 『40년』이 유일하다는 점에서 이 조부의 세계가 지닌 서사적 구심력은 특이한 구석이 있다.

연재 1회에서는 몸이 약한 손자를 위해 손수 엽전 우려낸 물을 만들어 마시게 했던 조부의 애틋한 애정을 회고하는 일화에서 시작하여 조부 집에 오랫동안 머무르며 조부를 부친처럼 따랐던 중국인 향 장수의 이야기, 그리고 조부가 용암이라는 나루터로 이사하여 나룻배를 부리고 숙소를 경영하던 무렵 뱃사공 제석이와 나눈 우정과 용암에 찾아온 일본인 측량기사의 이야기 등이 전개된다. 그리고 연재 2회에서는 나루터 경영마저 어려워진 조부가 애도艾島라는 섬으로 거처를 옮겨 섬사람을 자처하며 주막을 차려 생계를 꾸리는 섬생활에서의 이야기가 이어진다. 유년 시절 이야기를 다룬 연재 1·2회분은 어디까지나 조부의 존재를 중심으로 서사화되고 있는 것이다. 뿐만 아니라 조부에 대한 시선 또한 유다르다.『그의 자서전』에서만 해도 그저 시와 술과 여자를 좋아하는 풍류객으로서 "세상에는 아무 짝에 쓸 데 없는" "제 생활에만 무관심인 것이 아니라 모든 세상일에 대하여 다 무관심한"[8] 인물로서 다소 비판적으로 그려졌던 조부는, 이제 가난하지만 비굴하지 않고 표일飄逸하여 세속에 매이지 않으면서도 불의不義에 단호한 위엄과 기품을 지닌 인물로서 적극 재조명되고 있는 것이다.

이와 관련하여 읍내에 살던 조부가 용암이라는 나루터로, 더 나아가 애도로 거처를 옮겨 섬생활을 자처한 것은 절박한 경제적 사정 외에도 구한말의 어수선한 세상을 떠나 정결한 은사隱士로서의 삶을 추구하고자 하는 동기에 의한 것으로 그려지고 있는 점은 특히 주목할 만하다. 조부는 나루터와 주막을 경영하면서도 거처와 사업장을 깨끗하게 꾸미고 경영에 최선을 다하되 돈벌이에는 연연해하지 않으며, 이따금 자신을 찾아오는 부유한 내객을 반기면서도 그들에게 궁핍을 호소하는 따위의 비굴함은 결코 보이지 않는다. 학비와 생활비를 책임지겠다면서 총명한 손자를 사위로 달라는 부유한 은사隱士 사공의 청혼을 형평에 맞지 않는다 하여 딱 잘라 거절하는가 하면, 평양 진위대 대대장 명의의 가짜 명

8    이광수,『그의 자서전』(1937),『이광수 전집』6, 우신사, 1979, 307면.

령서로 중국인 어부들을 약탈한 모의에 가담하고 은화 두 개를 받아온 철없는 손자를 회초리가 꺾이도록 엄혹하게 질책하는 등 도리에 어긋나는 일은 단호히 돌아보지 않는 기개와 위엄을 보여주기도 한다. 일찍이 『그의 자서전』에서 조부를 "조상의 유업을 받아가지고 놀고먹고, 그리고 가난해져서 쩔쩔매는 그러한 사람들"의 부류로 간주하며 "나는 이런 사람들의 자손이 된 것을 부끄러워하지 아니할 수 없다"[9]고 적었던 것을 떠올리면 천양지차의 시각이라 하지 않을 수 없다.

이러한 조부상이 실제 과거의 조부에 대해 회고하면서 새롭게 발견하게 된 면모의 반영이었는지, 아니면 어디까지나 유년 시절의 조부를 이상화하고자 하는 허구적 충동에 의한 것이었는지는 분명하지 않다. 그러나 어느 쪽이 되었든 여기에 세상에 매이지 않는 정결한 은사로서의 삶에 대한 동경이 자리하고 있다는 점만큼은 변함이 없다. 세상에 매이지 않는 정결한 은사로서의 삶에 대한 동경, 어쩌면 이것이야말로 『40년』 집필 무렵 이광수의 내면 한 구석에 강력하게 자리하고 있었던 정서가 아니었을까.

이 무렵을 전후하여 춘원론을 쓰기 위해 효자동으로 춘원을 찾아갔던 김소운은 춘원에게서 "쓰려거던 阿Q正傳처럼 쓰시오"[10]라는 이야기를 들었다고 회고한 바 있다. "해방되던 바로 前年 이야기"라고 했고 효자동으로 춘원을 찾아갔다고 했으니, 이해 3월 이광수가 사릉으로 거처를 옮기기 직전의 일이었을 가능성이 있다. 1938년 11월의 전향 이후 '민족보존'이라는 명분하에 내선일체와 전쟁 동원에 나섰던 이광수의 대일

---

9    위의 책, 307면.
10   김소운, 『삼오당잡필』, 진문사, 1955, 113면.

협력은 1943년 11월의 학병 지원 권유 행각에서 정점에 달했다. 1943년 8월 징병제 실시에 이어 10월 조선인 학도특별 지원병제 실시는 일본군의 수세를 말해주고도 남음이 있었지만, 그는 '조선 동포의 영예', '대동아 지도자로서의 지위'에 대한 기대를 부추기며 부단히 조선인 학병의 애국심을 호소하는 연설을 하고 글을 썼다. 그런데 그랬던 그가 이 무렵 그런 자신를 아큐에 비긴 것이다. 혁명의 기회에 편승하려다 누명을 쓰고 결국 허무하게 형장의 이슬로 사라진 어릿광대 아큐. 이광수가 연재 1 · 2회분에서 공들여 그려낸, 세상과는 거리를 두고 정결한 은사로서의 삶을 추구한 조부와는 정반대의 형상이라고 하면 지나친 얘기가 될까.

이광수는 이해 8월 조선문인보국회 주최의 '적국항복대강연'회 및 태고사에 모인 청년정신대를 대상으로 한 강연에 참여하는 한편,[11] 11월에는 난징에서 열린 제3회 대동아문학자대회에도 다녀온 일이 있다. 김소운이 춘원을 찾아간 것은 이 무렵을 전후하여 이광수가 잠시 효자동에 다녀갔던 때의 일이었을 가능성도 배제할 수는 없다. 그렇다 해도 『40년』의 연재 1 · 2회분과 3회분 사이의 서사적 긴장에서 내적 갈등의 징후를 읽어내는 것은 그다지 어렵지 않다. '고아'라는 장제목과 함께 시작하는 연재 3회분을 통해 이광수는 이윽고 조부의 세계를 넘어 세상으로 나아가는 소년의 이야기에 발을 내디뎠지만, 소년을 세상으로 내보내는 일이 내키지 않았던 것이 아니었을까. 그가 이미 인쇄까지 마친 3회분의 원고를 회수한 것은 소년의 미래에서 어릿광대의 모습을 보아버린 이상 필연적인 선택이었는지도 모른다.

---

11 「전쟁과 문학」(『신시대』, 1944.9) · 「반도청년에게 보냄—조신 청년과 보살행」(『신시대』, 1944.10), 『후기 문장집』II, 소나무, 2019, 213~223 · 682~698면 수록.

## 또 다른 서사적 간극들

　물론 이후로도 이광수의 문장들은 전시동원체제하의 자장에서 벗어날 수 없었다. 그러나 표면적으로는 협력의 문법에 충실한 듯하면서도 내적으로는 그와 길항하는 내밀한 간극이 엿보이는 작품들이 눈에 띄는 것도 사실이다. 단적인 예로 일본어 단편 「소녀의 고백」(1944)은 일본인 귀족 남성에게 사랑을 요구받았으나 버림받은 한 소녀가 과거 실연의 상처 따위는 개의치 않고 내선일체를 위해 노력하겠다고 거듭 다짐하면서도 끝내 떨쳐버릴 수 없는 고독하고 절박한 심경을 토로하고 있는 서간체 서사를 통해 소녀의 분열된 의식을 고통스럽게 응시하고 있는 작품이다.[12] 그런가 하면 조선어 단편 「구장님」(1945) 또한 손자 셋을 징용, 학병, 징병, 입영 보내고 죽은 아들을 대신하여 일흔셋의 나이에 의연히 생산보국 독려에 나서는 구장 노인의 이야기를 다루면서도 그를 시국의 소란한 시간성 따위는 훌쩍 넘어서버린 초연한 위엄을 지닌 인물로 그려내고 있다는 점에서 미묘한 여운을 준다.[13] 『40년』의 조부 이야기를 비롯하여 모두 전쟁 말기 이광수의 내밀한 내면풍경을 엿볼 수 있게 하는 서사적 간극들이다.

---

12　최주한, 「이광수의 「소녀의 고백」 다시 읽기」, 『민족문학사연구』 58, 민족문학사학회, 2015 참고.
13　최주한, 「이광수의 친일문학을 다시 생각한다」, 『이광수와 식민지 문학의 윤리』, 소명출판, 2014 504~506면.

# 제8장

# 「소녀의 고백」(1944)과
# 수신자＝작가라는 설정

## 1. 고백이라는 형식의 문제성

1944년 10월 『신타이요新太陽』에 발표된 「소녀의 고백少女の告白」은 식민지 시기 이광수의 마지막 일본어 창작이다. 1943년 1월 창간된 『신타이요』는 일찍이 마해송이 간행하던 대중오락잡지 『모던니폰モダン日本』의 후속잡지로서,[1] 1940년 12월 출판신체제의 성립 이래 전시 통제의 강화와 더불어 여러 차례에 걸친 출판물에 대한 대대적인 정리·통합에도 불구하고 끝까지 살아남은 이례적인 잡지이다.[2] 1939년 11월과 1940년 8월

---

1 곽형덕, 「일제시대 마해송의 행적과 일본잡지-기쿠치 칸, 『모던니혼』, 조선예술상을 중심으로」, 와타나베 나오키 외편, 『전쟁하는 신민, 식민지의 국민문화』, 소명출판, 2010, 339면.
2 1940년 12월 19일 창설된 일본출판문화협회는 1941년 6월 말부터 연말까지 천수백 종

두 번에 걸쳐 기획 간행된 『모던니폰』 조선판이 일본과 조선 양쪽에서 굉장한 호응을 얻은 데서 짐작할 수 있듯이, 장기화되어 가던 전시체제하에서 조선의 무시할 수 없는 역할이 잡지를 존속케 한 중요한 이유의 하나가 아니었을까 싶다. 이광수는 바로 전년 1943년 11월 '싸우는 조선 특집·징병 제도 실시 기념'호에도 잡지의 기획에 부응하여 조선에서의 징병제 실시의 감격을 담은 단편 「군인이 될 수 있다兵になれる」를 발표한 바 있다.

「소녀의 고백」이 발표된 1944년 10월 『신타이요』의 지면 역시 전쟁 동원의 선전으로 넘쳐나고 있는 것은 말할 것도 없다. '싸우는 오체戰ふ五体'라는 표제하에 '싸우는 눈', '싸우는 입', '싸우는 귀', '싸우는 손', '싸우는 발'이라는 소제목의 선동적인 화보로 시작하고 있는 10월호에는 전시체제하 긴박한 조선의 현황을 간단한 삽화와 함께 보고하고 있는 「진군하는 조선進軍する朝鮮」이라는 꼭지도 눈에 띈다. 태평양전쟁 서전緒戰에서의 승승장구도 잠시, 때는 바야흐로 1943년 2월 솔로몬 제도 과달카날 전투에서의 패배 이후 일본군 수비대의 잇따른 '옥쇄玉碎', '전원 전사戰死' 소식이 조선의 일일신문에도 속속 전해지고 있을 만큼 급속히 기울고 있던 일본군의 전세戰勢가 모든 것을 전쟁의 소용돌이에 끌어넣고 있던 시점이었다.[3] 1943년 8월 조선에서의 징병제 실시에 이어

---

의 잡지를 개·폐간시켰고(이종호, 「출판신체제의 성립과 조선문단의 사정」, 『사이間SAI』 6, 국제한국문학문화학회, 2009, 204면), 이어서 1943년 1월에도 재차 대대적인 종합 정리를 단행했다. 이때 『분게이슌쥬(文藝春秋)』는 종합잡지 부문이 아니라 문예지로 남았고 그 여파로 『분가쿠카이(文學界)』는 폐간되었다. 야마모토 사네히코의 『카이조(改造)』 역시 종합잡지가 아니라 시국잡지로 남았다가 7월에는 폐간된다(하타노 세츠코, 「이광수의 일본어 창작과 일본문단」, 『한일 근대어문학 연구의 쟁점』, 소명출판, 2013, 104면 참조).

3  「敵軍二萬 擊摧 앗쓰島 我守備隊 玉碎」, 『매일신보』, 1943.5.31; 「壯烈 마킨, 타라와 守備隊 玉碎」, 『매일신보』, 1943.12.21; 「크에제린, 루옷트島 我守備隊 四千五百 壯烈戰死」, 『매일신보』, 1944.2.26; 「盟誓하자! 사이판의 復讎─指揮官 以下 全員 戰死」, 『매

1943년 10월의 조선인 학도특별 지원병제 실시는 당시 수세에 몰린 전황戰況의 긴박함을 말해주고도 남음이 있다. 실제로 조선인 학병이 징병검사와 단기훈련을 마치고 입영을 시작한 것은 1944년 1월 20일,[4] 그리고 4월에서 8월까지 징병검사를 거친 징병 적령기의 조선인 청년들이 입영을 시작한 것은 이해 9월의 일이었다.[5]

「소녀의 고백」이 쓰인 것은 이러한 전시동원의 소용돌이 한가운데에서였다. 그럼에도 불구하고 「소녀의 고백」에 대한 지금까지의 논의에서 이러한 전시동원의 컨텍스트는 그다지 주목되지 않았다. 그 이유는 그간의 논의들이 주로 텍스트의 내용 층위에서 고백의 핵심 사건이라 할 수 있는 소녀의 실연이 갖는 의미 분석에 집중한 까닭이었다고 생각된다. '내지인'과의 사랑의 실패로 인해 분열된 진리(내지인과 조선인은 같다/다르다)에 사로잡혀 있는 소녀에게서 '내선일체의 불가능성'이라는 불길한 음영을 읽어내고,[6] 나아가 제국의 '국민'되기라는 욕망의 근저에 똬리를 틀고 있는 자학과 가학을 오가는 '원한'의 파토스를 읽어낸 논의들이 그러하다.[7] 그러나 소녀가 고백하려 했던 것은 정말 내선일체에의 소망 혹은 제국의 '국민'이 되고 싶다는 소망이었을까. 「소녀의 고백」은 이 질문에 즉답하는 것을 어렵게 한다. 그것은 이전의 논의들이 읽어냈듯이 내용 층위의 어떤 균열과도 관련이 있지만, 더 중요

---

일신보』, 1944.7.19.

4 姜德相, 『朝鮮人學徒出陣』, 岩波書店, 1997, 267면.

5 미야타 세츠코, 이영랑 역, 「태평양전쟁 단계의 황민화정책-징병 제도의 전개를 중심으로」, 『조선 민중과 '황민화'정책』, 일조각, 1997, 153~154면.

6 최주한, 「민족 보존론과 '가면'의 병리학」, 『제국 권력에의 야망과 반감 사이에서-소설을 통해 본 식민지 지식인 이광수의 초상』, 소명출판, 2005, 239면.

7 이경훈, 「원한의 화자」, 『현대문학의 연구』 45, 한국문학연구학회, 2011, 320면.

하게는 이 작품이 고백의 내용으로부터 한 발짝 거리를 두는 허구적 장치를 마련해두고 있다는 점에서 기인한다. 놀랍게도 「소녀의 고백」이 고백의 일차적 수신자로 소환하고 있는 것은 제국 혹은 식민지의 일반 독자가 아니라, 전쟁 동원에 적극 협력했던 이광수 자신이다.

「소녀의 고백」은 어느 재일본 조선인 소녀가 학병 권유 강연차 일본에 왔던 조선의 작가에게 자신의 신상 이야기를 토로하고 있는 편지글 형식으로 이루어져 있다. 여기서 '조선의 작가'라 함은 나중에 자세히 언급하겠지만 1943년 11월 일본유학생 권유단의 일원으로 학병 권유 강연에 나섰던 이광수를 가리킨다. 일반적으로 동원의 글쓰기가 동원의 대상으로서의 제국 혹은 식민지의 일반 독자를 상정하는 게 상례라면, 「소녀의 고백」은 동원의 대상이 아니라 전쟁 동원에 협력했던 작가 자신을 일차적인 수신자로 소환하고 있다는 점에서 다소 특이한 문법을 갖고 있는 셈이다. 이광수는 왜 이 시점, 곧 태평양전쟁 말기 일본군의 전세戰勢가 급격히 기울고 있던 1944년 후반의 시점에서 자기 자신을, 그것도 조선 청년의 전쟁 동원에 협력했던 자신을 고백의 일차적인 수신자로 소환했던 것일까. 이 글에서는 이러한 당대 전시체제 말기의 컨텍스트를 염두에 두고, 필시 의도적인 것이 분명했을 이러한 고백의 특이한 형식에 주목하여 「소녀의 고백」을 다시 읽어보고자 한다.

## 2. 고백의 수신자 = 작가라는 설정과 신빙성 없는 화자

「소녀의 고백」은 태어난 곳은 조선이지만 갓난아이 때 부모를 따라 쿄토京都와 그곳에서 자란 어느 재일본 조선인 소녀가 일면식도 없는 '조선의 작가'를 향해 그의 저서 『○○』를 구해 읽고 싶다는 희망을 피력하는 것으로 시작된다. "선생님. 갑자기 편지를 올려 건방지다고 생각하시겠지요. 하지만 아직 열아홉 살밖에 안 된 계집애를 봐서 용서하시고, 부디 저의 무례함을 허락해 주세요. 선생님의 저서 『○○』를 어떻게 하면 읽을 수 있을까요. 그것을 여쭙기 위해 이런 염치없는 편지를 올리는 것입니다."[8] 요컨대 작년부터 우연한 계기로 조선의 생활과 전통에 관심을 갖게 된 터에 선생이 '조선의 작가'라는 것, 그것도 훌륭한 작품을 쓰는 작가라는 것을 알게 되어 저서 『○○』를 구해 읽고 싶어졌다는 것이 소녀가 도입부에서 밝히고 있는 고백의 표면적인 동기인 셈이다.

여기서 고백의 수신자로 설정되어 있는 '조선의 작가'가 이광수 자신이라는 것은 말할 것도 없다. 소녀가 고백의 수신자인 '조선의 작가'를 알게 된 것은 '작년 가을' 그가 쿄토대학에서 조선의 학생들을 대상으로 강연을 한다는 신문기사를 통해서였다. 강연회 당일 소녀는 "여자가 갈 곳이 아니라고"[9] 아버지가 말리는 것도 무릅쓰고 강연회장을 찾

---

8    香山光郎, 「소녀의 고백」(『新太陽』, 1944. 10), 최주한·하타노 세츠코 편, 『이광수 후기 문장집』 I, 소나무, 2017, 792면. 이하 『후기 문장집』 I로 적는다.
9    香山光郎, 「소녀의 고백」, 『후기 문장집』 I, 793면.

았던 것인데, 이 일화는 「소녀의 고백」이 발표된 시기를 기점으로 '작년 가을'에 해당하는 1943년 11월 이광수가 일본유학생 권유단의 일원으로 일본에서 학병 권유 강연에 참가했던 일을 환기시킨다.

일본유학생 권유단이란 1943년 10월 조선인 학도특별 지원병제 실시 당시 저조한 지원 실적을 우려한 조선총독부가 일본에 유학 중이던 조선인 학생의 학병 지원을 유도할 목적으로 다급하게 조직한 단체이다. 1943년 2월 연합군의 첫 번째 대규모의 공격에 맞선 솔로몬 제도 과달카날 전투에서의 패배 이후 일본군은 전략적 방어 단계에 접어들어 긴급히 병력을 보충해야 할 필요에 맞닥뜨렸다. 1943년 8월 조선에서 징병제가 실시되었다고 해도 4개월여 간의 징병검사를 거친 징병 대상자의 입영은 이듬해인 1944년 9월에나 시작될 예정이었고,[10] 다급해진 군부는 급기야 이해 10월 조선인 학도특별 지원병제라는 카드를 꺼내든다. 그러나 1943년 10월 25일 학병 지원 접수가 시작된 이래 마감을 열흘 앞둔 11월 10일까지도 일본에 재학 중인 학생들의 지원자 숫자는 채 90명을 넘지 않았고, 저조한 지원 실적을 우려한 총독부는 지연·혈연·학연을 이용한 지원 권장이 효과적이라는 판단하에 조선장학회朝鮮獎學會[11]의 창구를 통해 조선의 명사名士 12인의 이름으로 일본유학생 권유단을 조직했던 것이다.[12]

---

10  미야타 세츠코, 이영랑 역, 앞의 글, 153~154면.
11  '조선장학회'는 한일합병 후 일본에 유학하는 조선인 학생의 보호·감독을 주관했던 총독부의 '조선유학생감독부'에 연원을 둔 것으로, 1920년 10월 동양협회에 임무를 위임하여 '조선교육회'로 조직을 개편했다가 1930년대 유학생의 증가에 따른 대응의 일환으로 1941년 2월 '조선장학회'로 개칭하여 총독부 직속 관할 기관으로 전환되었다. 姜德相, 앞의 책, 227면.
12  姜德相, 『朝鮮人學徒出陣』, 岩波書店, 1997, 227면.

11월 7일 이광수와 최남선을 중심으로 조직된 권유단 선발대가 부랴
부랴 경성을 떠난 것은 이튿날인 8일 오후였다. 9일 저녁 오사카에 도
착한 선발대 일행은 이튿날 10일 칸사이대학에서의 강연회를 시작으
로 11일에는 쿄토로 이동하여 쿄토대학과 아사히회관에서 개최한 강
연회에 참석한다.[13] 그리고 이튿날 12일 토쿄에 도착해서는 14일과 19
일 두 차례에 걸친 메이지대학 조선학도 궐기대회에서의 강연 외에도
토쿄 각 학교 관계자와 지원 대상 학생들과의 간담회 등 바쁜 일정을
가졌다.[14] 그리고 보면 '지난 가을' 소녀가 '조선의 작가'를 만나기 위해
찾았던 쿄토대학에서의 강연회에서 1943년 11월 11일 쿄토대학에서
개최한 강연회를 떠올리는 것은 지극히 자연스럽다.

우선 "여자가 갈 곳이 아니라"는 아버지의 만류에 담긴 속뜻도 그러
하거니와, 소녀가 기억하고 있는 쿄토대학에서의 강연 내용 또한 학병
동원의 문제와 무관하지 않다. "선생님은 일본의 국체와 대동아전쟁의
목적의 정의성에 대해 잘 알아듣게끔 설명하시고, 제국에서 조선 민중
이 차지하는 지위와 그 나아가야 할 길을 말씀하셨습니다. 그리고 조선
인 선조의 문화와 품격 높은 충의忠義와 무용武勇 등에 대해 이것저것 말
씀하시고는 현재 조선 동포의 비굴함, 칠칠치 못함을 한탄하실 때 선생
님의 두 눈에서는 뜨거운 눈물이 흘렀습니다."[15] 게다가 이광수는 보다
직접적으로 그 '조선의 작가'가 바로 자신이라는 것을 명시해두는 것도

---

13  참고로 쿄토 조일회관(朝日會館)에서 열린 강연회에서의 이광수의 강연 내용에 관해서는
    당시 리츠메이칸대학(立命館大學) 법정과에 다녔던 김우전의 인터뷰 회고가 남아 있다.
    「춘원 이광수를 말하다─92세의 김우전 前 광복회 회장」, 『프리미엄 조선』, 2014.10.20.
14  姜德相, 앞의 책, '榮光の使節團' 231~236면 참조.
15  香山光郎, 「소녀의 고백」, 『후기 문장집』 I, 793면.

잊지 않았다. 저서『○○』가 "아시아가 낳은 최고의 사상을 담은 것"이라는 '아키秋- 선생'의 비평을 받은 바 있다고 언급한 대목이 그러한데,[16] 이는 1942년 11월 토쿄에서 열린 대동아문학자대회 당시 아키타 우자쿠秋田雨作가『사랑』의 작가 이광수에게 면담을 청했던 일화를 떠올리게 만든다.[17] 1944년 10월호『신타이요』지면에 실린「소녀의 고백」을 읽는 당대의 독자라면 이런 수준의 정보만으로도 소녀가 언급하는 '조선의 작가'가 이광수라는 것을 쉽게 눈치챘을 것이다. 이광수는「소녀의 고백」도입부에서부터 자신에 관한 사실 정보를 곳곳에 심어둠으로써 고백의 수신자로서의 자신의 위치를 분명히 해두었던 것이다.

이와 관련하여 고백의 수신자를 작가 자신으로 설정한 것은 다만 고백의 동기화를 위한 것이고, 따라서 고백의 수신자로서의 작가란 그저 고백의 내용을 투명하게 전달하기 위해 도입한 허구적 장치에 불과한 것이라는 의견이 있을 수 있다. 다시 말해 작가는 소녀의 목소리를 빌려 결국 자기 이야기를 했을 뿐이라고 보는 관점인 것이다. 그간의 논의에서 내선일체의 이념과 현실 사이에서 분열되어 있는 소녀의 목소리가 종종 작가 이광수의 목소리와 동일시되곤 했던 것 또한 이런 암묵적인 가정이 작용한 탓이라고 생각된다.

그러나「소녀의 고백」과 같은 서간체 일인칭 서술상황에서 화자의

---

16 "저는 선생님의 저서 가운데『○○』라는 작품이 있다는 사실을 어떤 잡지에서 읽었습니다. 그것은 아키秋- 선생의 비평이었습니다만, 그 작품은 아시아가 낳은 최고의 사상을 담은 것이라고 격찬하고 있었습니다." 香山光郎,「소녀의 고백」,『후기 문장집』I, 793~794면.
17 "테이코쿠극장의 마티네에 초대되었다. 덕분에 아키타 우자쿠 씨를 만났다. 내 작품 『사랑』을 읽으신 모양으로 김사량 군을 통해 나를 만나고 싶다는 뜻을 전하셨다고 해서 로비에서 만나 뵈었다." 李光洙,「三京印象記」(『文學界』, 1943.1),『후기 문장집』III, 소나무, 2019, 354면.

고백이 향하는 대상은 일차적으로 편지의 수신자이며, 따라서 일차적인 수신자로서의 작가는 일단 형식적으로 화자와는 한 발짝 거리를 두지 않을 수 없다. 더욱이 「소녀의 고백」의 화자는 갓난아이 때 부모를 따라 일본에 건너와 겨우 소학교만 마친 열아홉 나이의 소녀에 불과한 까닭에, 현실 경험에 대해 지적으로나 정서적으로 제한된 통찰을 가질 수밖에 없는 이른바 '신빙성 없는 화자unreliable narrator'[18]에 해당한다. 이광수는 경험과 통찰이 제한된 열아홉의 소녀를 고백의 주체로 설정한 일인칭 서술상황을 선택함으로써, 「소녀의 고백」에서 소녀의 목소리와 작자의 목소리를 혼동할 수 있는 가능성을 원천적으로 배제하고 있는 것이다. 그럼에도 불구하고 「소녀의 고백」을 읽으면서 우리는 종종 소녀의 목소리와 작가의 목소리를 혼동하는데, 그것은 소녀가 자기 정체성의 일부로서 내선일체라는 공식적인 허구의 이념을 내면화하고 있는 데서 기인한다.

실제로 소녀의 성격을 특징적으로 규정하고 있는 것은 그녀가 내선일체의 이념과 현실을 동일시하기를 원하고, 이 둘의 분리를 거부하고 있다는 점이다. 앞서도 언급했듯이, 소녀는 어려서 부모님을 따라 일본으로 건너와 쿄토에 거주하게 된 재일본 조선인 2세이다. 고향에 일 자리가 없어서 직업과 밥을 구해 일본으로 건너온 그곳 조선인들은 문화의 정도가 형편없이 낮다. 그런데 소학교 다닐 때부터 내지 명문가 자제

---

18  웨인 부스는 화자가 함축된 작가의 규범을 대변하고 거기에 따라 행동하는 경우 '신빙성 있는 화자', 그렇지 않은 경우 '신빙성 없는 화자'라고 구분한다. 또 화자가 신빙성이 없다는 것은 단순히 그가 거짓말을 한다는 차원의 문제가 아니라, 대부분 무자각의 문제로서 화자가 제한된 통찰로 인해 잘못 알고 있거나 작가가 그에게 거절한 특권을 자신이 갖고 있다고 믿어서 발생한 문제임을 강조하고 있다. 웨인 C. 부스, 이경우·최재석 역, 『소설의 수사학』, 한신문화사, 1990, 182면.

들과 어울리던 그녀는 우연한 기회에 고대에는 내지와 조선이 한 뿌리였고 조선의 문화 또한 찬란한 것이었다는 옛 영광에 눈뜨게 된다. 그리고 '작년 가을' 메이지절을 맞아 그들과 함께 방문한 호류지法隆寺에서 내지와 조선은 하나라며 '사랑의 약속'을 주었던 카츠마로克麿에게 기꺼이 사랑을 바친다. 결국 소녀는 실연당하고 말지만, 기이하게도 그녀는 그날의 일을 후회하기는커녕 언제까지나 '가장 행복했던 날'로 기억하고자 한다. 이런 소녀의 태도는 소녀의 실연 소식을 접하고 "타니무라 댁이 우리를 바보 취급했다고 하여 분개"[19]하는 가족들의 태도와는 분명히 이질적이다. 소녀가 카츠마로와의 인연에 대해 줄곧 내지와 조선은 한 뿌리라는 '사실에 눈뜬' 감격을 투사하고 있는 반면, 가족들의 목소리에 의하면 그것은 일본과 조선이 하나라는 '허구에 눈먼' 소녀가 그 허구를 현실과 동일시한 끝에 파멸에 이른 이야기에 불과한 것이다.

소녀가 내지와 조선이 동조동근이라는 사실/허구에 눈뜨게/눈멀게 된 일차적인 계기는 책과 사진을 통해서였다. 내지 상류층의 자제들과 어울리던 소녀는 어떤 기회에 일본과 조선 관계의 고대 역사에 권위자라는 타니무라谷村의 서재를 둘러보게 된다. 그리고 그곳 서재에서 관련 서적과 사진을 꺼내어 보여주며 고대 일본과 조선의 문화적 교류에 관한 이야기를 들려주던 타니무라에게서 "일본과 조선은 원래 하나"라는 놀라운 이야기를 듣게 된다. 소녀는 그 때의 감격을 이렇게 적고 있다. "저는 왠지 정신이 아찔해지는 듯했습니다. 무척 감동했기 때문이겠지요. 저는 길고 긴 잠에서 깬 듯도 하고, 또 깜빡깜빡 꿈을 꾸고 있는 듯도 했습니다."[20] 책과 사진의 권위, 그리고 고대 역사 분야의 권위

---

19 香山光郎, 「소녀의 고백」, 『후기 문장집』 I, 805면.

자라는 학자의 이야기는 소녀로 하여금 이 놀라운 사실/허구를 아무런 의심없이 받아들이게끔 했던 것이다.

물론 소녀가 이러한 책의 언어와 이야기를 곧이곧대로 현실과 혼동할 만큼 어리숙했는가 하면 그렇지는 않다. 소녀는 타니무라의 막내아들 카츠마로가 처음 '사랑의 약속'을 주었을 때, "가문으로 보거나 학력으로 보거나 저는 처음부터 어울리지 않는다고 몹시 주저"[21]했다고 고백하고 있다. 보다 결정적인 것은 제국의 국민과 식민지인이라는 위계관계였을 것이다. 이는 나중에 카츠마로와 미요코의 결혼 소식을 듣게 된 소녀가 "'저 은혜를 모르는 조선 계집년'라고 미움받을 것을 생각하면, 아무래도 유감"[22]이라고 고백하고 있는 대목에서 또렷하다. 그러나 메이지절 이튿날 밤 호류지에서 카츠마로와의 사이에서 일어난 일은 소녀에게 이러한 책의 언어와 이야기를 자신의 삶과 동일시하게 되는 결정적인 계기가 되어 준다. 무엇보다도 우선 책의 언어와 이야기가 카츠마로와의 사랑에 정당성을 부여해 주었고 — 사건 당일 카츠마로는 자신이 가장 좋아한다는 토쇼다이지唐招提寺의 백제 관음상을 소녀와 동일시한다 —, 소녀의 신체에 각인된 사랑이 책의 언어와 이야기에 대한 믿음을 증폭시켰던 것이다.

---

20  위의 글, 799면.
21  위의 글, 801면.
22  위의 글, 804면.

## 3. 고백의 불협화음 — 무자각적 수다 vs. 절박한 고독

웨인 부스는 신빙성 없는 화자에 대해 언급하면서, 화자가 '신빙성이 없다는 것'은 단순히 거짓말을 한다는 차원의 문제가 아니라 대부분 '무자각'의 문제임을 명시한 바 있다. 즉 화자가 현실에 대한 제한된 통찰로 인해 잘못 알고 있거나 작가가 거절한 특권을 갖고 있다고 믿고 있어서 발생하는 문제라는 것이다.[23] 내선일체의 이념을 현실과 동일시하고 이 둘의 분리를 거부하는 소녀의 태도 또한 이러한 '무자각'적 성격을 띠고 있다.

카츠마로에게 실연당한 후로도 소녀는 카츠마로와 사랑을 나누었던 날의 기억을 잊지 못한다. 적어도 소녀에게는 그것이 내선일체의 이념과 현실이 하나의 형상으로 신체에 각인되었던 행복했던 기억으로 남아 있기 때문이다. 더욱이 그날의 행복했던 기억에 사로잡혀 있는 소녀는 이념과 현실의 분리를 견디지 못한다. 카츠마로에게 실연당하고서도 그를 원망하기는커녕 이를 카츠마로 가문에 어울리지 않는 자신의 탓으로 돌리고, 거절당한 사랑을 대신하여 문화가 낮은 조선에 대한 계몽 의지를 불태움으로써 내선일체의 이념과 현실이 일치하는 미래를 꿈꾸는 것도 바로 이 때문이다. "저는 제 아이가 훌륭하게 타니무라 댁과 결혼할 수 있게 되는 날이 오기 전에는 아이를 낳고 싶지 않습니다."[24] 이 점에서 소녀의 명시적인 고백이 드러내는 내선일체를 향한

---

23　웨인 C. 부스, 이경우·최재석 역, 앞의 책, 182면.
24　香山光郎, 「소녀의 고백」, 『후기 문장집』 I, 806면.

집요한 집념은 한때나마 이념과 현실이 일치하는 것처럼 보였던 과거의 기억에 고착되어 있는 무자각적인 수다 그 이상은 아니다.

한편 내선일체를 향한 일견 집요한 집념에도 불구하고 소녀의 고백은 모종의 머뭇거림 속에서 동요하고 있다. 내선일체를 향한 소녀의 집념은 카츠마로와의 사랑의 실패로 인해 분열된 진리(내지인과 조선인은 같다/다르다)에 사로잡혀 있는 소녀가 만들어낸 사랑의 대체물에 불과한 까닭이다.[25] "선생님, 이것은 세상 물정 모르는 무지한 계집애의 어리석은 공상일까요. 아니면 사랑에 실패한 여자의 억지일까요."[26] 이처럼 소녀의 충족된 사랑의 기억에는 거절당한 사랑의 고통이 함께 각인되어 있다. 실연의 아픔 따위는 잊고 전쟁과 동포를 위한 더 큰 사명에 헌신하겠다는 다짐에도 불구하고 소녀가 끝내 '조선의 작가'를 향해 "고독하고 안타까운 심경"을 토로하지 않을 수 없었던 근본적인 이유도 바로 여기에 있다.

주목할 만한 것은 고백의 말미에서 소녀가 토로하고 있는 절박한 고독은 자칫 앞서 애써 구축해 놓은 명시적인 고백을 공허한 수사로 만들어버릴 위험이 있다는 점이다. 소녀는 왜 이런 위험을 무릅쓰면서까지 자신의 절박한 고독에 대해 토로하고 있는 것일까. 그것도 '조선의 작가'를 향해서. 더 나아가 이런 질문도 가능하다. 이광수는 왜 이런 위험을 무릅쓰면서까지 소녀의 절박한 고독에 대해 쓰기로 결정한 것일까. 그것도 '자기 자신'을 향해서. 이들 질문은 명백히 고백의 명시적인 내용의 영역을 넘어서는 것으로, 소녀의 절박한 고독이 무언중에 발설하고

---

25  최주한, 앞의 글, 239면.
26  香山光郎, 「소녀의 고백」, 『후기 문장집』 I, 805면.

있는 고백의 내밀한 동기와 연루된 형식의 층위에 관심을 갖게 만든다.

그렇다면 소녀의 절박한 고독이 무언중에 발설하고 있는 고백의 내밀한 동기란 무엇인가. 앞질러 언급하자면, 그것은 그녀의 절박한 고독에 고백의 수신자인 작가가 연루되어 있다는 사실과 관련이 있다. 앞서 소녀가 '조선의 작가'를 알게 된 것은 '작년 가을' 쿄토대학에서 열린 조선인 학생 대상의 강연을 통해서였고, "여자가 갈 곳이 아니라고" 아버지가 말리는 것도 무릅쓰고 소녀가 강연회장을 찾은 사실에 대해서는 이미 언급한 바 있다. 우연한 기회에 조선의 생활과 전통에 관심을 갖게 된 재일본 조선인 소녀가 고향에서 온 '조선의 작가'의 강연에 관심을 갖는다는 것은 충분히 있을 수 있는 일이다. 그러나 강연에서 "소중하고 고마운" 감격을 얻은 것으로도 모자라 소녀는 강연이 끝나고는 회장을 나와 하염없이 작가의 뒷모습을 뒤쫓는다. 그리고 이튿날은 대담하게도 신문기사를 통해 알아낸 숙소까지 방문했다가 그가 이미 토쿄로 떠난 뒤라는 사실을 알고 울상을 짓기도 하는데, 이러한 소녀의 태도에서는 단순히 소녀다운 감상 탓으로만 돌리기 어려운 어떤 집요함과 절박함마저 느껴진다.

소녀는 왜 일면식도 없는 '조선의 작가'와의 만남에 이토록 집착했던 것일까. 사실 여기에는 소녀가 고백에서 명시적으로 언급하고 있지 않은 내밀한 이유가 내재해 있다. 앞서도 언급했다시피, 이광수가 유학생 권유단의 일원으로 토쿄대학에서 열린 간담회에 참석한 것은 '작년 가을' 11월 11일의 일이다. 그러고 보면 소녀가 '작년 가을' 메이지절(11월 3일)의 호류지에서 카츠마로와 사랑을 나눈 것은 강연회가 열리기 불과 일 주일 전의 일이었던 셈이다. 이러한 사건 배치의 의도성을 염두에 둘 때, 소녀가 학병 지원 대상인 조선인 남학생들을 대상으로 한 강연회에 참석하면서까지 '조선의 작가'를 분주하게 뒤쫓았던 것은 단순히 조선의 생활과 전통에 대해서 알고 싶다는 바람 때문이라기보다는, 카츠마로가 준 '사랑의 약속'을 받아들였던 자신의 행동에 대한 확신을 얻고 싶었기 때문이라는 추측이 가능해진다.

그리고 보면 내지와 조선은 하나라며 무차별이라는 명분하에 소녀의 사랑을 동원한 것은 비단 카츠마로만이 아니다. 학병 권유 강연회 단상에 나와 일본의 국체와 대동아전쟁의 목적의 정의성"과 "제국에서 조선 민중이 차지하는 지위와 그 나아가야 할 길에 대해 역설하던 '조선의 작가' 또한 면죄부를 얻을 수 없다. 먼저 '사랑의 약속'이 있었고, 그리고 그 사랑이 실현될 수 있다는 기대를 부추겼던 '조선의 작가'가 있었다. 카츠마로가 준 '사랑의 약속'이 물거품으로 돌아갔을 때, 소녀가 불쌍한 계집애의 호소를 들어줄 고백의 수신자로 '조선의 작가'를 소환한 것은 이 점에서 필연적이었다고 할 수 있다.

## 4. 고백의 수신자로서 작가가 반추하고자 한 것

그렇다면 사랑에 실패하고 끝내 고독하고 절박한 심경을 토로하지 않을 수 없었던 소녀의 고백은 고백의 일차적인 수신자인 '조선의 작가' 쪽에서는 어떤 의미를 갖는 것이었을까. 다시 말해 그 자신을 환기시키는 '조선의 작가'를 고백의 수신자로 설정함으로써 작가 이광수는 무엇을 반추하고자 했던 것일까. 한때 소녀가 품었던 카츠마로의 배우자가 될 수 있다는 환상은 당시 전쟁에 동원되었던 조선의 청년들이 품었을 법한 대동아의 지도자가 될 수 있다는 환상과 유비적인 관계에 놓여 있다. 둘 다 내지와 조선은 하나라는 무차별의 명분에 의해 지탱되는 환상이었다는 점에서 그러하다. 당시 작가로서의 이광수는 내지와 조선이 하나라는 허구에 눈멀어 결국 파멸하지 않으면 안 되었던 소녀의 이야기를 통해 조선의 청년들을 전쟁에 동원했던 그 자신의 과오를 돌아보고 있었다고 하면 지나친 얘기가 될까.

사실 학병 권유 강연 이후에도 이광수는 「학병에게 감사」(1943.12), 「학병에게 보내는 세기世紀의 감격」(1944.1), 학병 지원병 아들의 이야기를 다룬 단편 「귀거래歸去來」(1944.1), 「학병의 어머니께」(1944.2) 등 다양한 동원의 서사를 통해 '조선 동포의 영예'와 '대동아 지도자로서의 지위'에 대한 기대를 부추기며 부단히 조선인 학병의 애국심을 호소하는 글을 써냈다. 긴박한 전시 국면하에 모든 매체가 총독부와 군부의 의지를 전달하는 보도기관으로 전락해 있던 시점이었으니,[27] 동원되어 글을 쓰는 한 피할 수

---

27  당시 '일본유학생 권유단'의 활동에 힘입어 조선 내 학생의 96%, 귀성 학생의 93%에 달하는 높은 학병 지원률을 달성했던 총독부에게는 12월 20일까지의 징병검사, 입영일인 1월 20일까지 지원자의 긴장감을 관리·유도해야 하는 2차 관문이 남아 있었다. 1943년 2월 과달카날 전투에서의 패배 이후 일본군 수비대의 '옥쇄(玉碎)', 적의 총반격 격화 등의 소식이 잇달아 전해지면서 민심이 동요하고 있었고, 거기에 지원 마감 직후인 11월 27일 조선의 독립 승인에 대한 결의가 포함된 연합국의 카이로 선언 소식까지 전해지면서 징병검사에 응하지 않는 지원자의 속출이 우려되는 상황이었던 탓이다. 이 때문에 접수 마감 후 이듬해인 1월 20일 입영까지의 2개월간 총독부는 '애국운동'의 긴장감을 유지하기 위해 또다시 대대적인 선동 활동에 돌입하는 데(姜德相, 앞의 책, 267~269면), 이광수가 지원자와 지원자 가족을 향해 부단히 애국심을 호소하는 글을 써낸 것은 이런 선동의 분위기 속에서였다.

없는 일이었을 것이다. 그러나 훗날의 고백이 증언하고 있듯이 "어차피 흘리는 피일진댄, 만일의 경우(일본이 이기는 경우)에 그 값이나 받도록 하여 두자"[28]는 모종의 타산을 수반하고 있었던 것도 사실인 만큼 전쟁 동원의 책임에서 전적으로 자유로울 수는 없었을 것이다.

더욱이 그 사이에도 일본군의 전황戰況은 급속히 나빠져 학병 지원자의 징병검사 마감 이튿날인 12월 21일 자 『매일신보』의 1면에는 마킨·타와라섬전투에서의 일본군 수비대 사천오백 명의 전원 전사戰死 소식이 전해졌고,[29] 학병의 입영이 시작되고 불과 한 달 뒤인 1944년 2월 26일 자 지면에는 퀘제린·루오트섬전투에서의 사천오백 명에 달하는 일본군 수비대의 전원 전사 소식이 전해진다.[30] 그리고 이어서 동년 7월에는 마리아나 제도의 전략적 요충지였던 사이판 함락과 더불어 무려 사만사천여 명의 수비대를 잃으면서 일본의 패전은 결정적인 것이 되어가고 있었다.[31] 표면적으로는 '일억일심一億一心 멸적滅敵에 매진邁進'의 구호 아래 적에 대한 복수와 승리를 다짐하는 선동이 잦아들 줄 몰랐고,[32] 이광수 또한 적에 대한 복수와 승리를 다짐한 시 「승리의 일日」(1944.7)을 비롯하여 「원술의 출정元述の出征」(1944.6), 「반전反轉」(1944.7), 「두 사람」(1944.8), 「방공호」에

---

28  "어느 조선 사람이 징병을 가거라, 징병을 가거라 한다고 해서 그 말을 들어서 갈 조선 사람도 없고, 또 가지 말하고 해서 안 갈 사람도 없는 것이다. 반항할 수 없으니 가는 것이요, 가족이나 동족이 해를 받을 염려가 있으니 가는 것이었다. 이왕 가는 길이니 발길로 차이면서 끌려가지 않도록, 가서라도 미움받이를 덜하도록 하자는 것이 곧 협력하는 태도라는 것이었다. 또 어차피 흘리는 땀이요, 어차피 흘리는 피일진댄, 만일의 경우(일본이 이기는 경우)에 그 값이나 받도록 하여 두자는 것이 소위 부일협력의 동기였다." 이광수, 『나의 고백』(1948), 『전집』 7, 278면.
29  「壯烈 마킨, 타라와 守備隊 玉碎」, 『매일신보』, 1943. 12.21.
30  「크에제린, 루옷트島 我守備隊 四千五百 壯烈戰死」, 『매일신보』, 1944.2.26.
31  요시다 유타카, 최혜주 역, 『아시아 태평양전쟁』, 어문학사, 2012, 165~170면.
32  「盟誓하자! 사이판의 復讎—指揮官 以下 全員 戰死」, 『매일신보』, 1944.7.19.

이르기까지 당시 전시 국면의 추이를 그대로 좇아가며 동원의 문법에 충실한 단편을 잇달아 발표했지만,[33] 전쟁 희생자의 숫자가 기하급수적으로 불어날수록 이광수 자신 조선의 청년들을 전쟁으로 끌어넣은 데 대한 무거운 자책감에 짓눌려야 했을 것도 상상하기 어렵지 않다.

사정이 이러하다면, 사랑에 실패하고 절망에 빠진 소녀가 '조선의 작가'에게 끝내 토로하지 않으면 안 되었던 절박한 호소는 대동아 지도자로서의 지위에 대한 환상을 부추기며 조선의 청년들을 전쟁으로 끌어넣었던 작가 자신의 자책감의 무게와 관련지어 해석해 볼 수 있다. 보아온 대로 소녀의 파국에는 두 가지 허구적 동기가 관련되어 있었다. 내지와 조선은 하나라며 '사랑의 약속'을 주었던 카츠마로에게 걸었던 기대가 그 하나라면, 대동아전쟁의 정의성과 전쟁 참여의 당위성을 역설하던 '조선의 작가'에게서 얻을 수 있었던 그에 대한 확신이 다른 하나이다. 그러나 '조선의 작가'의 입장에서 보자면, 전쟁의 정의성과 전쟁 참여의 당위성을 역설하며 소녀/조선의 청년들에게 그 '사랑의 약속' 곧 내선일체의 실현에 대한 기대를 부추겼던 것이 바로 자신이라는 사실이 무엇보다도 뼈아픈 대목이 아니었을까.[34]

살펴본 바와 같이, 고백의 형식은 사랑의 실패로 인해 분열된 진리

---

33 『방송지우』 및 『일본부인』에 발표된 단편들에 관해서는 최주한, 「이광수의 친일문학을 다시 생각한다—『방송지우』 및 『일본부인』(조선판) 소재 조선어 단편을 중심으로」(『이광수와 식민지 문학의 윤리』, 소명출판, 2014) 참조.

34 소녀의 실연이라는 모티프를 통해 내지와 조선은 하나라는 무차별의 명분에 의해 지탱되는 전쟁 동원의 환상을 적나라하게, 그러면서도 우회적으로 드러내고 있는 「소녀의 고백」과 달리, 당대 전쟁 동원의 서사들에서 청년의 실연은 곧잘 개인적 차원의 연애보다 제국에의 충성을 우선시하는 제국 신민 혹은 제국 군인의 자격으로 비약함으로써 전쟁 동원의 환상을 더욱 강화하는 기제가 되어 버리는 경향이 있다. 단적인 예로 이광수의 중단된 장편 『그들의 사랑』(1941), 김성민의 『녹기연맹』(1940)과 같은 작품에 등장하는 청년 주인공의 경우가 그러하다.

(내지와 조선은 같다/다르다)에 사로잡혀 있는 소녀의 정신적 혼란과 곤경을 여과 없이 드러내는 데 효과적인 선택이었다. 더욱이 그것은 작가 자신을 고백의 일차적인 수신자로 위치지음으로써 바로 작가 자신이 그러한 소녀의 파국에 연루되어 있음을 명백히 할 수 있었다. 공식적인 글쓰기를 멈춘 자리에서 작가 이광수는 고백의 수신자로서 그 자신을 작가적 논평이나 간섭이 불가능한 위치에 둠으로써 소녀의 파국에 대한 책임에서 자유로울 수 없는 자신의 과오를 고통스럽게 응시하고 있었던 것이다. 이 점에서 「소녀의 고백」은 내지와 조선은 하나라는 허구에 눈먼 소녀가 허구와 현실을 동일시하다가 끝내 파멸에 이른 이야기이자, 소녀의 파멸/조선 청년들의 죽음에 연루되어 있던 이광수 자신의 자기모멸적 응시를 담은 작품이라고 해도 좋을 것이다.


## 5. 내면을 응시하는 도구로서의 일본어 글쓰기


마지막으로 식민지 시기 이광수의 마지막 일본어 창작인 「소녀의 고백」이 일본어로 쓰여진 사실이 제기하는 문제에 대해 짧게 언급해 두는 것으로 결론을 대신하고자 한다.

전시체제 말기 이광수가 전쟁 동원에 협력했던 자신의 행위를 반추하며 내밀한 자기모멸감을 토로하고 있는 「소녀의 고백」의 언어 일본어는 제국의 공식어로서의 일본어의 위상과는 다소 이질적인 위치에 놓여 있다. 명시적으로 그것은 내선일체와 전쟁 참여의 당위이라는 공식적인 허구를 반복하고 있는 것처럼 보이지만, 보다 내밀하게는 전쟁 동원에 협력했던 작가 자신의 찢겨진 내면을 응시하는 데 쓰이고 있다는 점에서 그러하다. 이광수가 내선일체의 이념과 현실을 동일시하고 이 둘의 분리를 거부하는 자신의 편집증적 분신에 해당하는 소녀의 이야기를 쓰기로 결정했을 때, 일본어는 이러한 이야기 설정에 적절하게 부합하는 언어였다고 할 수 있다. 그러나 그 자신을 소녀의 파멸에 연루되어 있는 고백의 수신자로서 위치짓는 순간 공식어로서의 일본어는 내부로부터 파열을 일으키는 내면의 언어가 되어 주었던 것이다.

흥미롭게도 이광수가 중학 시절에 일본어로 쓴 첫 단편 「사랑인가愛か」(1909) 역시 자아의 내면을 응시하고 있는 작품이다. 사랑을 갈구하는 유학생 문길의 고독한 내면을 그린 「사랑인가」는 이 무렵 『태극학보』와 『대한흥학보』를 무대로 한 조선어 문장의 애국적인 논조와는 전혀 다른 글쓰기의 결을 보여준다.[35] 개인적 사랑을 갈구하는 고독한 자아의 형상이란 당대 기울어가는 조국을 눈앞에 둔 조선의 청년에게 최우선적인 가치로서 요구되었을 애국이라는 공적 가치와 충돌하지 않을 수 없었을 것이다. 그러고 보면 「사랑인가」의 언어가 자아의 내밀한 영역을 오롯이 그려낼 수 있었던 것은 전적으로 독자의 영역을 달리한 일본어 글쓰기 덕분이었다고 해도 과언이 아닌 셈이다.

물론 이들 작품은 다소 예외적이어서 이광수의 일본어 글쓰기 전반의 특징을 내면 지향적인 것으로 일반화할 수는 없는 노릇이다. 전시

---

35 최주한, 「중학 시절과 오산 시절 전후의 이광수」, 『이광수와 식민지 문학의 윤리』, 소명출판, 2014, 41~53면 참조.

체제하 이광수가 일본어로 써낸 숱한 동원의 서사들만 해도 이광수의 일본어 글쓰기는 주로 동원의 대상을 향한 공식적인 글쓰기에 할당되고 있는 것을 볼 수 있는 까닭이다. 그럼에도 불구하고 조선의 작가에게 때로 조선어가 아닌 일본어가 작가로서의 내면을 응시하는 데 긴요한 언어가 되어 주었던 이 같은 역설은 한국 근대문학에서 이광수의 일본어 글쓰기가 차지하는 위상이 결코 단선적이지만은 않았음을 돌아보게 한다.

# 제4부

# 이광수 문학의 정치·문화적 반향들

| 제1장 |

# 보성중학과 이광수

## 세 편의 자료가 말을 걸어 오다

『이광수 초기 문장집(1908~1919)』 간행 막바지 작업 중인데 느닷없이 또 두 편의 새로운 자료가 고개를 내밀었다. 하나는 1910년 12월에 간행된 교지 『보중친목회보普中親睦會報』 2호에 '고주孤舟'라는 필명으로 기고된 글 「참영웅」이고, 다른 하나는 1929년 보성고등보통학교 제7회 졸업 앨범에 실린 이광수가 작사한 교가다. 중요한 자료라면 간단한 소개글을 부탁한다는 청탁을 받은 탓도 있지만, 자료를 대하는 순간 도대체 보성중학과 이광수가 무슨 관계였는지 이광수 연구자로서의 호기심이 발동했다. 더욱이 원래 보성중학의 교가는 우리나라 서양음악의 선구자로 꼽히는 김인식金仁湜(1885~1962)이 만들었는데, 언제, 어떤 사정으로 바뀌게 된 것인지도 조사할 필요가 있었다. 준비하고 있는 자료집이

1908년에서 1919년까지의 문장을 대상으로 한 것인 만큼, 이광수 작사의 교가 수록 여부를 결정하려면 교가가 변경된 시기를 확정짓는 것이 필요했기 때문이다. 그러고 보니 이광수가 1914년 대륙방랑에서 돌아온 직후 최남선과 함께 보성중학을 다녀와 쓴 중학탐방기를 『청춘』의 지면에 남긴 일도 떠올랐다. 흩어져 있던 이 세 편의 자료가 이번에는 이광수와 그의 시대에 관해 또 어떤 말을 들려줄까. 갑자기 마음이 분주해졌다.

## 「중학 방문기」(1914)에 소개된 보성중학

1914년 12월 『청춘』 3호에 실린 「중학 방문기」는 최남선에 의한 중학탐방기획의 첫 회분으로 이광수가 대륙방랑에서 돌아온 직후인 이해 늦여름 최남선과 함께 보성중학을 방문하고 나서 쓴 글이다.[1] 당시 『청춘』의 창간(1914.10)을 준비하고 있던 잡지 간행자로서의 최남선은 기획 의도에서 명시적으로 밝힌 대로 이 기획이 학생 독자들에게 "興味

---

1   외, 「중학 방문기」(『청춘』, 1914.12), 최주한 · 하타노 세츠코 편, 『이광수 초기 문장집』 I, 소나무, 2017, 323면(이하 『초기 문장집』 I로 적는다). 이 글에 "'가아끼이'色 녀름 正服을 입은 學生"(최주한 · 하타노 세츠코 편, 『이광수 초기 문장집』 I, 소나무, 2017, 323면)이 등장하는 것으로 보아 그렇게 추정할 수 있다. 1914년 8월 하순 무렵 러시아의 치타를 떠난 이광수는 곧바로 오산으로 돌아가지 않고, 잠시 최남선 곁에 머물며 『청춘』의 창간을 준비하고 있던 그를 도왔던 듯하다. 실제로 거의 최남선 1인 집필 · 편집 체제나 다름없는 1 · 2호와 달리 3호부터는 보성중학 편 「중학 방문기」와 더불어 시 「새 아이」, 논설 「동정」, 기행문 「상해서」 등 다양한 장르에 걸친 이광수의 작품이 다수 게재되어 잡지의 면모가 한결 다채로워진 것을 볼 수 있다.

만코 有意한 報告"[2]를 제공하는 한편, 탐방 대상 중학의 학생들을 『청춘』의 독자로 끌어들이는 데도 도움이 될 것이라고 판단했을 것이 틀림없다. 그러나 보성중학 탐방에 관한 한 이광수에게는 좀더 각별한 의미를 지니는 것이었다. 대륙방랑 당시 잠시 블라디보스토크에 들렀던 이광수는 보성중학의 2대째 교주이자 망국亡國 직전 그곳의 한인 지도자로 자리 잡았던 이종호와 만나 만찬을 대접받으며 늦도록 이야기를 나눴던 터였고,[3] 그곳 재러시아 한인의 독립운동 기지였던 권업회의 기관지 『권업신문勸業新聞』에 논설 「독립준비하시오」(1914)를 발표한 일도 있었다. 더욱이 당시의 보성중학은 일찍이 고아가 되어 떠돌던 이광수를 거두어주고 일본 유학의 길을 열어주었던 동학의 후신 천도교 교단이 인수하여 운영하고 있었던 것이다.[4]

「중학 방문기」에 소개되어 있는 보성중학의 연혁은 다음과 같다.

---

2   위의 글, 321면.
3   이광수가 블라디보스토크에 머무른 것은 1914년 정월 초엽이었다. 『나의 고백』에는 그곳에서 이종호와 만났던 일에 대해서 다음과 같이 회고되어 있다. "나는 김하구 (당시 『권업신문』의 주필 — 인용자)의 인도로 이종호를 만났다. 그는 삼십 세 내외의 귀족적인 청년이었다. 그의 집은 크지는 아니하였으나 서양식 집이요, 깨끗하였으며, 방의 설비도 좋았다. 나는 그에게 만찬의 대접을 받으면서 밤늦도록 이야기하였다. 월송 이종호는 이용익의 손자로 합병 전 한성 정계에서는 큰 인물 중에 하나였다. 교육기관으로는 보성소학·보성중학·보성전문의 교주였고, 또 보성관이라는 인쇄소와 출판소를 경영하여서 교과서와 기타 서적을 발행하고 있었다. 안창호·이갑·이동녕 등과 신민회를 조직하는 데도 동지여서, 해아에 이준을 보낼 때에 광무황제의 밀조를 얻어낸 것도 월송이었다. 그리고 신민회 간부들이 합병 직전에 본국을 탈출하여서 청도회의(靑島會議)를 열었을 때에도 거기 참예한 사람이었었다. 월송은 내가 해삼위를 떠날 때에 이갑에게 보내는 편지와 돈 삼백 루블을 내게 부탁하였다." 이광수, 『나의 고백』(1948), 『이광수 전집』 7, 우신사, 1979, 243면.
4   이광수의 중학 시절과 대륙방랑 시절에 관해서는 최주한, 「중학 시절과 오산 시절 전후의 이광수」(『이광수와 식민지 문학의 윤리』, 소명출판, 2014, 17~24면) 참고.

이 學校는 光武 十年에 故 李容翊氏의 創設한 바니 우리 사람의 經營하는 高等學校中에 가장 오랜 歷史를 가진 것이라. 小學校 中學校 專門學校가 모히어 普成館이 되고 그 안에 印刷所와 編譯部가 잇서 여러 가지 新書籍을 만히 發行하야 半島 新文明에 貢獻함이 크엇다. 李容翊氏가 當時 政府의 忌하는 바 되어 海外에 避身한 뒤에는 氏의 孫子 李鍾浩氏가 後繼하엿더니 氏도 또한 亡命하게 되매 此校는 主人을 일허 財政上 管理上 多大한 困難을 격엇다. 그러하다가 마츰 四年前에 天道敎會가 此校를 管理하게 되매 한참은 卒業生과 在校學生의 反對가 널어 世人이 다 그 將來를 걱정하더니 마츰내 學生들도 天道敎會의 敎育과 宗敎를 混同치 아니하는 誠意를 깨달아 아조 圓滿하게 解決이 되어 今日의 盛況을 보게 되엇다.

卒業生을 나이기 발서 五回요 今日 出席 學生數가 三百二人이라. 校友는 普中親睦會로 連絡이 되며 會報는 二號만에 停止되엇다 하며 卒業生은 多數는 敎師요 다음엔 高等專門을 修學하는 이요 少數는 무엇을 하는지 모르는 이도 잇다 한다.[5]

인용문에 대략적으로 밝혀져 있는 것처럼, 1906년 이용익에 의해 설립된 보성중학은 소학교부터 전문학교까지의 체계적인 교육기관 체제 하에 전문 출판기구 보성관[6]과 더불어 인쇄소까지 갖춘 내실있는 학원의 중등교육 기관으로 출발했다. 그런데 어떤 이유로 설립자인 이용익은 "當時 政府의 忌하는 바 되어 海外에 避身"했고, 뒤를 이어 학교의 경

---

5   외, 앞의 글, 324~325면.
6   보성관의 초기 출판활동에 관해서는 권두연, 「보성관(普成館)의 출판활동 연구−발행 서적과 번역원을 중심으로」(『현대문학의 연구』 44, 한국문학연구학회, 2011) 참고.

영을 맡았던 손자 이종호 또한 "亡命하게 되매 此校는 主人을 일허"버리고 결국 "天道敎會가 此校를 관리"하는 상황에 이르게 되었던 것일까. 이광수가 지면에서 미처 언급할 수 없었던 사정은 이러하다.[7]

보성중학의 설립자인 이용익은 당시 대학제국의 황실재정 담당 관리를 지낸 고종의 최측근이었다. 러일전쟁을 앞두고 일본의 침략전쟁에 반대하고 러시아와 제휴하여 조선의 중립을 지키려다가 일본으로 납치되었던 그는 1904년 12월 소학교부터 전문학교까지의 교육기관을 체계적으로 설립한다는 구상을 갖고 귀국한다. 이후 고종의 지원하에 1905년 4월 보성전문(현 고려대 전신)이 설립되고, 이어 이듬해인 1906년 9월에는 보성중학교가 설립된다. 때는 바야흐로 1904년 8월의 제1차 한일협약에 이어 1905년 11월의 제2차 한일협약으로 조선이 일본의 보호국으로 전락해가던 시점이었으니, 보성학원은 근대적인 교육을 통한 인재 양성이야말로 국권 회복의 길이라는 당대 구국교육운동의 일환으로서 출발했던 것이다.

그러나 이용익은 일본의 압박에 처하여 이미 1905년 9월 중국으로 망명한 터라 보성전문과 보성중학의 실질적인 경영은 손자 이종호가 맡고 있었다. 1907년 2월 이용익의 사망 후 명실상부한 2대째 교주가 된 이종호는 '광건학교廣建學校 교육인재敎育人材 이복국권以復國權'이라는 조부의 유지를 받들어 보성학원의 경영권을 승계했다. 그런데 바로 이 무렵 황실의 반일적 동향을 감지한 통감부가 황실재산을 정리하여 국

---

7    이하 보성학원의 창립 배경과 초기 운영에 대해서는 배항섭, 「고종과 보성전문학교의 창립 및 초기 운영」(『史叢』 59, 역사학연구회, 2004)참고. 보성학원의 초기 운영과 운영진에 관한 연구로는 가장 상세하다.

고로 이관함으로써 황실의 무력화를 꾀하는 한편, 1907년 6월의 헤이그 밀사사건을 빌미로 다음달 7월 고종을 강제 퇴위시키는 사건이 발생한다. 이 과정에서 황실로부터 재정적 지원을 받고 있던 보성학원은 재정적인 어려움을 겪게 됨과 동시에 재정 지원을 빌미로 한 통감부의 관립화 기도에 맞닥뜨리게 되는데, 이미 1907년 4월부터 이동휘 · 안창호 등이 주도한 비밀결사 조직인 신민회에 가입하여 활동하기 시작했던 이종호로서는 학교 경영에만 몰두하기 어려운 형편이었다. 결국 통감부의 회유에 맞서다가 1909년 11월 안중근사건에 연루되어 수감되기도 했던 이종호는 이듬해인 1910년 4월 신민회 간부들과 함께 독립운동의 방략을 논한 끝에 블라디보스토크로 망명하게 된다. 이리하여 보성학원의 경영권은 결국 1910년 12월 손병희의 천도교 교단에 인계되었으니,[8] 초대 교주인 이용익에서 이종호, 손병희로 이어지는 약 5년여의 짧은 기간에 걸친 초기 보성학원의 연혁에는 국권상실기 조선의 긴박한 정치적 운명이 고스란히 각인되어 있었던 것이다.

---

8    이후 3 · 1운동 당시 천도교 교단의 주요인물들이 대거 참여하면서 학교 경영에 변동이 초래되고 1922년 5월 교주 손병희의 서거를 전후하여 교단 내 신구파의 대립이 치열해지면서 보성고보는 다시금 경영난을 겪는다. 결국 보성고보는 1924년 1월 불교계 총무원에 의해 인수된다. 김광식, 「일제하 佛敎界의 普成高普 經營」, 『한국민족운동사연구』 19, 한국민족운동사학회, 1998 참고.

# 『보중친목회보』소재 「참영웅」(1910)

앞서 보아온 보성중학의 연혁도 그렇지만, 「참영웅」이라는 자료만 아니었다면 저자가 『보중친목회보』에 대해 관심을 가질 일은 없었을 것이다. 도대체 이 자료는 무슨 이야기가 건네고 싶어서 모습을 드러낸 것일까. 이번에는 이 자료가 전하는 이야기에 귀를 기울여보자.

『보중친목회지』는 회지 이름 그대로 보성중학 관련 인사들과 학생들이 중심이 되어 만들어진 간행물로서, 애초에 연 2회 발행 예정으로 발간된 것으로 보인다. 창간호가 1910년 6월에 간행되었고, 같은 해 12월에 2호가 간행된 것으로 보아 그렇게 추정할 수 있다. 그러나 위의 인용문에서 이광수도 언급하고 있듯이, 『보중친목회보』는 2회만 발간되고 간행 정지되었다. 1·2호의 목차를 보건대 '강단講壇', '논단論壇', '학원學園', '문예文藝', '잡조雜俎', '회중기사會中記事' 등의 지면과 더불어 약 150여 페이지에 달하는 제법 충실하고 묵직한 회보였던 것을 알 수 있는데, 간행 2회만에 돌연 정지된 이유는 무엇이었을까. 「중학 방문기」에는 "校友會報 가튼 것을 發行하야 交友의 親睦과 連絡을 圖하는 同時에 作文練習 機關을 만드는 것"이 긴급하지 않겠느냐는 이광수의 권유에 대해 교장 최린이 "財政이 困難하여서"[9]라고 답변하는 대목이 나온다. 그러나 다만 재정 탓이었을까.

최남선이 간행하던 잡지 『소년』이 1910년 8월 통권 20호를 내놓고 곧

---

9    외, 「중학 방문기」, 『초기 문장집』 I, 323면.
10   『보중친목회보』 창간호의 첫 면에는 「이것 보시오」라는 제목하에 "注意하라! 우리

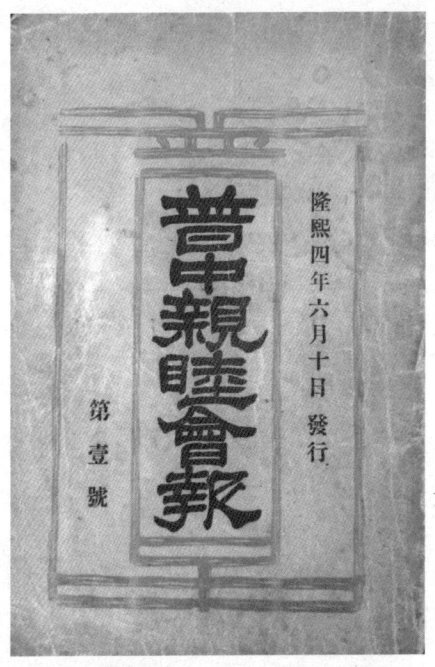

〈그림 6〉『보중친목회지』 1910년 6월 창간. 한국잡지 100년사에서 '학생잡지의 효시'[10]로 평가받는다.

바로 폐간 위협에 처했던 사실은 잘 알려져 있다. 21호는 넉달 뒤인 12월 15일에서야 간신히 발행되었고, 이 듬해 초에 발행될 예정이었던 22호 는 압수되어 버리며, 결국 1911년 5 월 23호를 마지막으로 폐간된다. 한 일합병을 앞두고 이미 신문지법과 출판법을 통한 압박이 거셌던 데다 대대적인 언론 통폐합이 진행되고 있던 마당이었다.[11] 『보중친목회보』 또한 마찬가지의 위협에 처해 있었 던 것은 아닐까.

당시 사립학교의 회보까지 당국 의 감시 대상이었는지는 알기 어렵 지만,[12] 이 무렵은 총독부가 한일병합 이후 식민지 교육정책의 일환으 로 조선교육령(1911.8)과 더불어 사립학교 통제의 강화를 근간으로 하는 '사립학교 규칙'(1911.10) 제정을 준비하고 있던 시기였으니 그 가능성도

普中親睦會報 果然 如何흔가? 學海 探究의 磁針이요, 學生雜誌의 嚆矢로다. 講論의 氣勢, 엇더케 有力흘가? 學界의 深奧, 엇더케 有益할가?"라 하여 『보중친목회보』가 '학생잡지의 효시'임을 천명한 구절이 보인다. 최덕교 편저, 『한국잡지백년』 3, 현암사, 2004, 256면에서 재인용.

11 박진영, 「신문관의 출판 대장정과 청년 편집자 최남선의 초상」, 『근대서지』 7, 근대서지학회, 2013, 65면.

12 『보성백년사』에 따르면, 『보중친목회보』 2호는 총독부에 의해 모두 압수되었으나 압수 직전 3회 졸업생 신길구가 한 권을 품속에 몰래 숨겨 나와 훗날 빛을 볼 수 있었다고 한다. 『보성백년사』, 학교법인 동성학원, 2006, 113면 참고.

배제할 수는 없다.[13] 좀더 훗날의 일이지만, 1926년 4월 총독부 경무국에 도서과가 설치되어 검열체제의 골격이 완성되자[14] 총독부 도서과에서는 각 학교의 교지를 검열하여 「출판물로 본 조선인 학생의 사상적 경향」이라는 문서를 제작하기도 했다고 한다.[15]

그러면 이광수의 「참영웅」은 어떤 경위로 『보중친목회보』에 기고되었을까. 구체적인 자료를 찾지 못해 단정하기는 어렵지만, '기서寄書'라는 표제어를 내건 것으로 보아 보성학교 측에서 원고를 의뢰했든가, 아니면 메이지학원 중학 시절부터 강습회 강연 활동을 했던 경력을 고려하건대 강연을 의뢰받아 학생들에게 했던 강연의 내용을 요약하여 게재한 것이었을 가능성을 생각해 볼 수 있다. 시기가 정확하게 일치하지는 않지만, 「중학 방문기」 서두에서 이광수는 3년 전에 왔을 때에 비해 새로워진 교정의 면모에 대해 다음과 같이 놀라움을 표하고 있다. "나는 놀랏다. 놉다라턴 소슬大門(軺軒 나들던)은 간 곳이 업고 門牌 만히

---

13 단적인 예로, 1911년 7월 테라우치 마사타케(寺內正毅) 총독은 각도 장관회의 석상에서 사립학교 단속의 뜻을 분명히하면서 특히 통해 반일의식을 고취시키는 것을 철저히 감시토록 했는데(서민교, 『1910년대 일제의 무단통치』, 한국독립운동사연구소, 2009, 202면), 1910년 6월에 간행된『보중친목회보』1호 '문예'란에는 김인식의 〈애국가〉와 〈보성중학교 교가〉가 악보와 더불어 나란히 실려 있는 것을 볼 수 있다. 〈애국가〉의 가사는 다음과 같다.
"華麗江山 東半島는 / 우리 本國이오 / 稟質됴혼 檀君子孫 / 우리 國民일세 / 無窮花 三千里 / 華麗江山 / 大韓사람 大韓으로 / 길이 保全ᄒ세 / 愛國ᄒᄂ 意氣熱誠 / 白頭山과 갓고 / 忠君ᄒᄂ 一片丹心 / 東海갓치 깁다 / 二千萬人 오직 혼마암 / 나라 ᄉ랑ᄒ야 / 士農工商 貴賤업시 / 職分을 다ᄒ세 // 우리나라 우리 皇上 / 皇天이 도으샤 / 萬民同樂 萬萬歲에 / 太平獨立ᄒ세."
〈애국가〉도 그러하지만 "東半球 亞細亞 우리 大韓國"으로 시작하는 교가 또한 충군애국 정신하에 문명과 독립을 향한 학도들의 의지를 추동하는 선동적인 내용을 갖고 있다.
14 정근식, 「일제하 검열기구와 검열관의 변동」, 검열연구회 편, 『식민지 검열, 제도·텍스트·실천』, 소명출판, 2011, 34면.
15 오문석, 「식민지 시대 교지(校誌) 연구」, 『상허학보』8, 상허학회, 2002, 17면, 각주 10 참고.

〈그림 7〉「중학 방문기」에서 이광수가 묘사한 보성중학교 전경. 중앙의 건물은 1914년 2월 완공되었다.

달닌 벽돌 洋式門 두 기둥 우에 乳白色 球刑 電燈이 곤두서고 아직도 흙 빗 새로운 運動場에서 東으로 두어 서호레 石階를 올나 灰色 木造 洋館 이 드놉히 웃둑 솟앗다."16 1914년의 늦여름을 기점으로 3년 전이라면 1911년의 일이다. 어쩌면 4년 전의 착오였을지도 모른다.

　『보중친목회보』 2호에 실린 「참영웅」(1910.12)은 이 무렵 오산학교 교사로 있던 이광수가 『소년』에 발표했던 「금일 아한我韓 청년의 경우」 (1910.6), 「조선 사람인 청년들에게」(1910.8), 「천재」(1910.8) 등 조선의 청 년 독자들을 향한 당부의 글과 연속선상에 놓인 글이다. 그러나 『소

16　외, 앞의 글, 321~322면.

년』에 발표된 글들이 전체적으로 망국의 위협을 눈앞에 둔 중요하고 위급한 시기에 처하여 '신新대한 건설'이라는 막중한 임무를 어깨에 진 조선 청년들의 역할에 대해 강조하고 있는 데 비해, 「참영웅」의 경우 동일한 논리에 의거하고 있되 '신대한 건설'을 향한 지향성이 소거되어 완곡하게 표현되어 있는 것이 눈에 띈다. 불과 4, 5개월 사이에 이광수의 사고가 바뀌었을 리는 없고, 역시 망국이라는 정치적 변화가 표현의 수위에 영향을 준 탓이었을 것이다. 참고삼아 각각의 논의에서 동일한 논리를 펼치고 있는 대목을 제시하면 다음과 같다.

消極的으론 反省으로 自己의 精神을 墮落하지 안이케 注意하며, 積極的으론 修養으로 우리의 精神을 向上 發展케 注意하야, 自己가 自己를 修養하여써 新大韓 建設者될 第一世 新大韓 國民이 될 만한 資格을 修養치 안이치 못할지라.[17]

天賦된 良心의 生命을 쪼차 '生'의 保持發展에 必要한 事爲의 온갓에 對하야 精誠스러히, 잇난 힘을 다하야 생각하고 努力하면 그는 모다 善이라, 正義니라. 이와 갓히 하면 '朝鮮ㅅ사람인 靑年'이라난 貴重한 일홈에다가 英雄이라난 빗나난 冠을 씨울지며, 또 우리들의 晝宵蒙昧에 닛치난 째 업난 理想의 對象物인 新大韓도 建設되나니라.[18]

네가 가진 能力을 다ㅎ야 네가 가진 天才를 다 發揮하라. 그리하면 너는 英雄이니라. (…중략…) 이리 하랴면 克己도 하여야 하깃고 그리하고 한번

---

17  孤舟, 「今日 我韓 靑年의 境遇」(『소년』, 1910.6), 『초기 문장집』 I, 110면.
18  孤舟, 「朝鮮 사람인 靑年들에게」(『소년』, 1910.8), 『초기 문장집』 I, 133면.

붓들고는 써러지지 아니하는 忍耐力과 물가치 나아가랴는 進步心과 불가치 올나가랴는 向上心에 쇠라도 쑤를 만한 情誠으로 역근 精神이 잇서야 하나니 이는 修養으로 써 豊足히 어들 슈 잇나니 이를 가지고 努力만 하면 아름다은 情다은 英雄의 事業은 나올지오니 社會는 그에게 榮光스러은 英雄의 桂花冠을 씨우리라.[19]


## 보성고등보통학교 인가(1917)와 교가의 변경


이제 마지막 자료인 1929년 보성고등보통학교 제7회 졸업앨범에 실린 이광수의 교가를 검토할 차례다. 앞서도 언급했듯이, 애초에 김인식이 작사한 보성중학의 교가가 언제, 어떤 경위로 이광수의 교가로 변경되었는지를 고찰하는 게 목적이다. 『보성백년사普成百年史』(2006)의 책임 편집자에 의하면, 현재 남아 있는 이광수 작사의 교가가 인쇄된 자료로는 1929년의 졸업앨범이 가장 오랜 것이라고 한다. 어떻게든 이 자료에 의거해 단서를 찾아야 했다.

이 자료를 받아들었을 때 가장 먼저 든 의문은 1906년에 설립된 학교인데 왜 겨우 7회 졸업일까 하는 것이었다. 그리고 보니 학교 명칭도 '보성중학교'가 아니라 '보성고등보통학교'로 바뀌어 있었다. 1935년에 간행된 교우회 명부 자료에 의하면, 1924년 4월 졸업생은 '第7回(舊高

---

19 孤舟, 「참英雄」(『普中親睦會報』, 1910.12), 『초기 문장집』 I, 143면.

普)'라 되어 있고 1923년 졸업생은 '第1回(新高普)'라고 되어 있다. 그러니까 1929년의 제7회 졸업앨범은 '신新보성고등보통학교' 졸업생의 것인 셈이다. 그런데 '구고보舊高普'와 '신고보新高普'의 구분 기준은 무엇인지, 혹시 교가의 변경도 학제의 변동과 관련이 있는 것은 아닌지 하는 생각들이 퍼뜩 머릿속을 지나갔다. 그래서 식민지 시기 사립학교법에 관한 선행 연구들을 뒤적인 결과, 학교 명칭의 변경과 관련하여 다음과 같은 사실을 알게 되었다.[20]

한일합방 이후 총독부는 1911년 8월의 제1차 '조선교육령'을 통해 보통학교-고등보통학교-전문학교를 연계하는 방식으로 학제를 통일하고, 각종 사립학교의 설립 및 운영에 대해서는 엄중한 지도·감독하에 둠으로써 총독부의 교육 방침에 합치한다는 방침을 마련한다. 특히 중등교육에 관해서는 '고등보통학교 규칙'을 두어 교육의 목표가 '충량한 국민의 양성'에 있음을 명시하는 한편, 고등보통학교로 인가받은 학교의 졸업생들에 한하여 상급학교에 입학할 수 있는 권한과 함께 교사·관공리·은행회사원 등의 직업을 갖는 데 유리한 위치를 부여했다. 총독부의 입장에서 통치권 밖의 사립학교, 더구나 당시 구국교육운동의 거점이었던 사립학교의 존재는 용인하기 어려운 것이었고, 이에 총독부는 고등보통학교에 진학과 취직과 유리한 위치를 부여함으로써 사립학교들을 식민지 교육체제의 틀 속으로 끌어들이고자 했던 것이다.

---

20  이하 식민지 시기 사립중등학교의 학제 개편 및 운용에 관해서는 다음을 참고. 이홍기, 「일제의 중등학교 재편과 조선인의 대응(1905~1931)」, 서울대 석사논문, 1998; 김경미, 「일제하 사립중등학교의 위계적 배제」, 『한국교육사학』 26-2, 한국교육사학회, 2004; 고마고메 다케시, 오성철 외역, 『식민지 제국 일본의 문화 통합』, 역사비평사, 2008; 강명숙, 「일제시대 제1차 조선교육령 제정과 학제 개편」, 『한국교육사학』 31-1, 한국교육사학회, 2009.

더욱이 1915년의 '개정사립학교 규칙'으로 인해 사립학교의 설치와 운영 및 교육 내용 전반에 대한 총독부의 인가가 선택 사항이 아닌 필수 조건이 되면서 지정학교로의 인가를 바라는 학생들과 학부모들의 요구가 거세졌다. 각 사립학교들은 정규의 고등보통학교로 인가받아 학생들의 취업과 진학에 혜택을 받든지, 아니면 정규학교의 위치를 포기하고 비정규학교로 주변화되거나 폐쇄를 결정해야 하는 기로에 맞닥뜨렸던 것이다. 이러한 상황에서 결국 많은 사립학교들이 더 이상 버티지 못하고 보통학교로 인가받는 길을 택한다. 1917년 7월 보성중학을 시작으로 1918년 4월 휘문의숙, 1921년 4월 중앙학교 등이 잇달아 인가를 받았다. 그리고 이로써 이들 학교는 본래 어떤 건학이념을 갖고 있었든 법규상으로는 '충량한 국민의 양성'을 목표로 하는 '고등보통학교 규칙'에 따라 교육 과정을 운영하지 않을 수 없게 된다.

주목할 만한 것은 당시 고등보통학교로 인가를 받기 위해서는 학교의 목적, 명칭, 위치, 학칙, 교사校舍, 1년 수지예산, 유지방법, 설립자, 학교장 및 교원, 교과용 도서 등의 인가 항목에 대해 법적 요건을 갖추는 조취를 취해야 했다는 점이다. 이러한 총독부의 인가 항목들, 특히 '학교의 목적' 항목은 보성중학 교가가 바로 이 무렵에 변경되었을 가능성을 시사한다. 앞서 언급한 대로 보성중학은 1917년 7월 고등보통학교로 인가를 받았는데, 인가를 준비하는 과정에서 교가 변경의 필요성이 제기되었을 것이 틀림없다. 왜냐하면 김인식이 작사한 애초의 교가는 총독부가 요구하는 교육 목표인 '충량한 국민의 양성'에 전혀 부합하지 않는, 아니 오히려 위배되는 내용을 갖고 있었던 까닭이다. 다음은 김인식이 작사한 교가의 전문이다.

一, 東半球 亞細州 우리 大韓國 / 文名天地 우리 學校 普成이로세

　　大目的을 가진 우리 學徒들아 / 寸陰을 輕타 말고 勸勉합세다

　　光名大路 우리 압헤 다다럿스니 / 活潑히 나는 듯시 달녀나가세

二, 二千萬 一心團體 自治國民이 / 敎育界로 爭進ᄒᆞ는 機關이로다

三, 一二點 自由警鐘 치난 소래에 / 太極旗가 半空中에 놉히 날닌다

四, 無窮花 萬古春風 밝은 世界로 / 忠君愛國 一片精神 가득이 담아

五, 六大洲 競爭場을 大大 闊步로 / 第一 優勝 目的地에 到達해보세[21]

　'대한국大韓國', '자치국민自治國民', '자유경종自由警鐘', '태극기太極旗', '충군애국忠君愛國' 등의 단어가 단적으로 보여주듯이, 김인식의 교가는 식민 당국이 요구하는 '충량한 국민의 양상'이라는 교육 목표와는 거리가 멀다. 1906년 기울어가는 국운을 일으켜 세우고자 '광건학교廣建學校 교육인재敎育人材 이복국권以復國權'의 뜻에 따라 설립되고 계승된 학교의 교가답게 '충군애국'의 정신하에 문명과 독립을 향한 의지를 한껏 드러내고 있는 것이다. 반면 이광수가 작사한 교가의 전문은 다음과 같다.


　① 

　구름에 솟은 삼각의 뫼에 높음이 우리 리상이오

　하늘로 오는 한강의 물의 깊음이 우리 뜻이로다

　흐르는 피에 숨은 녯날을 영광에 다시 살리랴고

　씩씩한 우리 모희여 드니 우리의 모교 보셩일세

---

21　金仁湜,「普成中學校 校歌」,『普中親睦會報』1, 1910.6, 130면.

②

크기도 클사 우리의 할일 새로운 누리 세우럄이

멀기도 멀사 우리의 길 만대의 업을 비롯음이

큰일로 먼길 나서는 우리 차림 차림이 크거니와

인생의 힘이 끚이 없으니 깃븜에 뛰자 보성 건아[22]

　한일합병 직후『보중친목회보』2호에 실린「참영웅」이 이전의 정치
적 지향성을 우회할 수밖에 없었던 것처럼, 이광수의 교가 또한 '대한
국'이라든가 '독립'과 같은 정치적 지향성을 '새로운 누리', '만대의 업'
과 같은 우회적인 표현으로 대신하고 있는 것을 볼 수 있다. 보성중학
교가의 변경에 식민지 시기 폭력적인 사립학교법의 변천사가 반영되
어 있는 점에 생각이 미치면 다소 역설적이지만, 오늘날까지도 이광수
의 교가가 보성중고등학교의 교가로 불리우고 있는 것은 좀더 보편에
가까운 표현을 선택한 덕분이라고 해도 좋을 것이다.
　마지막으로 '구고보'와 '신고보'의 차이에 대해 궁금해 할 독자를 위해
간략하게 덧붙이고자 한다. '구고보'란 지금까지 설명해 온 1917년 7월
에 인가받은 보성고등보통학교 학제를 의미한다. 그런데 당시 조선의
고등보통학교는 명칭상 중등교육기관이었지만 보통학교 4년, 고등보
통학교 4년의 제한된 수업연한으로 인해 사실상 일본에서 중하층민의
완성교육기관으로 설정한 고등소학교 단계에 불과했다. 3・1운동 이후
교육의 평등권에 대한 요구가 거세짐에 따라 총독부는 내지연장주의에
따른 준거주의를 적용한 제2차 조선교육령(1922.2)을 공포한다. 다시 말

---

22　李光洙 作歌, 보성고등보통학교 제7회 졸업생 졸업앨범, 下關寫眞印刷會社, 1929.3.

해 동화주의의 명분으로 조선과 일본의 교육 제도를 동일화한 것이다. '신고보'는 이 2차 조선교육령에 따라 보성고등보통학교의 수업연한이 5년으로 승격된 이후의 명칭이다.

# |제2장|
# 『무정』 100년의 계보*

## 『무정』 100주년을 맞으며

잘 알려진 대로 이광수의 『무정』은 한국 최초의 근대 장편소설이다. 1917년 1월 1일부터 6월 14일까지 모두 126회에 걸쳐 『매일신보』에 연재되었으니 올해로 꼭 100주년을 맞는다. 근대적 연애, 근대적 자아의 자각, 근대적 민족공동체의 발견, 근대적 사실주의, 근대적 언문일치체의 확립 등등 『무정』을 설명할 때 붙는 온갖 '근대적'이라는 수식어가 말해주듯이, 『무정』은 언제나 문학사의 첫 머리에 놓이는 한국 근대문학의 기념비적인 작품이기도 하다.

---

\* 애초에 국립중앙도서관의 의뢰에 의해 준비되었던 이 글의 초고는 「『무정』 100년의 계보를 읽는다」(『근대서지』 13, 근대서지학회, 2016)에 수록된 바 있다. 이 글은 이후 새롭게 확보한 자료를 토대로 수정·보완하여 2017년 9월 제14회 춘원연구학회 학술대회에서 발표한 원고 「『무정』 100년의 계보」에 따른다.

『매일신보』 연재 당시부터 청년 독자들에게 커다란 반향을 불러일으켰던 『무정』은 이후 1918년 신문관에서 초판본이 간행된 이래 8판에 걸쳐 인쇄되어 식민지 시기 내내 당대 독자들에게 널리 읽힌 베스트셀러였다. 또 1940년대의 유일한 공백기를 제외하고는 해방 이후 오늘날에 이르기까지 다양한 기획 가운데 새로운 판본으로 거듭나기를 계속해 왔다는 점에서 한국 근대사의 흔적이 고스란히 새겨진 작품이기도 하다. 『무정』 100년이 걸어온 길은 그대로 한국 근대문학 100년의 역사이기도 한 셈이니, 그 문학사적 위상이 결코 가볍지 않은 것이다.

이 점에서 최근 10여 년간 『무정』의 다양한 판본들이 하나씩 세상에 모습을 드러내기 시작하여 『무정』의 계보를 살필 수 있는 여건이 마련된 것은 매우 뜻깊은 일이라고 할 수 있다. 현대문학관 소장 초판본, 국립중앙도서관 소장 재판본, 근대문학관 소장 6판본, 화봉문고 소장 8판본, 미국 서던캘리포니아대학 소장 3판본에 이어 4판본, 5판본, 7판본, 10판본이 잇달아 발굴되고, 마침내 올해 7월 고려대 도서관이 입수한 온전한 초판본[1]을 마지막으로 하여 『무정』의 모든 판본이 온전히 갖추어지게 된 것이다. 이에 이 글에서는 이들 각 판본을 중심으로 1917년의 첫 연재 이후 오늘날에 이르기까지 각 시대가 『무정』을 어떻게 재발견하고 자리매김했는지 개관하여 『무정』 100년이 걸어온 길을 살피고자 한다.

---

1 「최초 근대 장편소설 이광수〈무정〉, 온전한 초판본 발견」,『한겨레신문』, 2017.7.17.

# 조선문단의 신시험新試驗, 『매일신보』 연재본(1917)

　이광수가 『매일신보』에서 장편 연재를 의뢰받은 것은 1916년 겨울 방학을 앞둔 무렵의 일이다. 당시 와세다대학 철학과 1학년이었던 이 광수는 이해 가을학기부터 『매일신보』에 「동경잡신」, 「농촌계발」, 「문학이란 하오」 등의 논설을 집중적으로 써서 청년 독자층의 다대한 호응을 얻고 있었다. 『매일신보』는 총독부 기관지로서 당대 독자들의 외면을 받고 있던 매체였지만, 언론출판의 자유가 없던 무단통치기 유일한 조선어 신문이기도 했다. 이광수에게 『매일신보』는 당대 조선인 독자를 향해 발언할 수 있는 유일한 창구였던 셈이다.[2]

　이광수는 장편 『무정』의 집필 직전에 쓴 「문학이란 하오」(1916)에서 "文學的 傑作은 마치 人生의 某方面, 假令 戀愛라 ᄒ고, 戀愛中에도 上流社會, 上流社會中에도 有敎育者, 有敎育者中에도 才貌 有한 者, 才貌 有한 者中에도 父母의 許諾을 得키 不能ᄒ 者의 戀愛를 果然 如實ᄒ게 眞인 듯ᄒ게 描寫ᄒ야 何人이 讀ᄒ야도 首肯ᄒ리 만ᄒ 者"[3]라고 주장한 바 있다. 그러고 보면 이광수에게 장편 연재를 의뢰한 『매일신보』로서는 지식 청년들의 주목을 끌 만한 근대적 연애소설쯤을 기대했는지도 모른다. 물론 청탁에 응한 이광수의 구상은 훨씬 웅대한 것이었다. 훗

---

2　하타노 세츠코, 「이광수의 2차 유학 시절」, 『일본 유학생 작가 연구』, 소명출판, 2011, 91~97면; 최주한, 「제2차 유학 시절의 이광수」, 『이광수와 식민지 문학의 윤리』, 소명출판, 2014, 71~78면 참고.
3　春園生, 「文學이란 何오」(『매일신보』, 1916. 11. 10~23), 최주한·하타노 세츠코 편, 『이광수 초기 문장집』 II, 소나무, 2016, 10면. 이하 『초기 문장집』 II로 적는다.

날의 회고대로 이광수가『무정』을 쓸 때 의도한 것은 "당대 조선 청년의 이상과 고민을 그리고 아울러 조선 청년의 진로에 한 암시를 주자는 것"[4]에 있었다.

신년소설을 하나 써보라는『매일신보』의 주문은 갑작스러웠지만, 겨울방학이 시작되자마자 이광수는 놀라운 집중력으로 불과 '십여 일 동안'에 연재 70회분을 써낸다.[5] 전체 분량이 126회이니, 십여 일만에 장편의 절반 이상의 분량을 써낸 셈이다. 이광수가 이토록 짧은 기간에『무정』의 절반 이상에 해당하는 분량을 쓸 수 있었던 것은 그동안 써두었던 원고 가운데 '영채에 관한 원고'[6]를 기초로 한 덕분이었다. 그러나 보다 근본적으로는 일찍이 오산 시절『검둥의 설움』(1913)을 번역하면서 구성이라든가 묘사, 성격화 등의 소설 기법을 익혔던 경험, 다양한 문체 실험을 통해 근대 문체의 창출을 꾀했던 꾸준한 시도들, 그리고 대륙방랑 시절 이래 오랫동안 구상해 온 독립 준비로서의 문명 조

---

4  이광수,「다난한 반생의 도정」(『조광』, 1936.4~6),『이광수 전집』8, 우신사, 1979, 452면.
5  이광수는 당시의 집필 기간과 집필 분량에 대해「다난한 반생의 도정」에서는 "동기 방학 동안에 불면불휴로 약 70회분을 써 보"(『전집』8, 452면)냈다고 썼고,『그의 자서전』에서는 "나는 날마다 거의 아침부터 저녁까지 혹시 자다가 일어나서도 소설을 썼다. 어떻게나 부지런히 썼던지 불과 십여 일 동안에 신문에 일백사오십회나 날 분량을 써서 소포로 부쳤다"(『전집』6, 406면)고 쓰고 있다.『무정』의 1회분 연재 분량은 당시 일반적인 연재 1회분의 2배였으므로 '일백사오십회' 분량은 곧 '70회분'과 동일하다. 또 당시 와세다대학의 겨울방학은 12월 25일에서 1월 10일까지(「大正五年 一月改正 早稻田大學規則便覽」, 早稻田大學, 1916.1)였고『무정』은 신년 1월 1일부터 연재될 예정이었으므로, 원고 집필 기간은 학기말 시험이 끝나기 시작하는 12월 중순 무렵부터 12월 말 신문사에 원고를 제출하기 직전까지였던 것을 알 수 있다. 와세다대학규칙편람 자료는 와세다대학의 김모란 선생님께 도움을 얻었다. 이 자리를 빌려 진심으로 감사드린다.
6  "『무정』을 쓰게 된 직접 동기는『매일신보』사에 신년소설을 하나 쓰라, 그 제호를 전보하라는 전보를 받고 쓰다 말고 쓰다 말고 하던 원고 뭉텅이에서 영채에 관한 원고를 내어서 동기방학 동안에 不眠不休로 약 70회분을 써 보낸 데서 始作이다." 이광수,「다난한 반생의 도정」,『전집』8, 452면.

선의 구상과 관련하여 또렷한 청사진을 갖고 있었기에 가능한 일이기도 했다.[7] 집필의 기회는 다소 갑작스럽게 찾아왔지만, 장편『무정』은 작가로서의 모든 조건이 무르익은 시점에서 극적으로 탄생한 셈이다.

애초에 '영채에 관한 원고'를 기초로 한『무정』은 한글과 한문이 혼용된 서간체로 쓰여질 예정이었다. 당시 지식 청년들을 대상으로 하는 문장에는 일반적으로 국한문혼용체가 사용되었고,『무정』역시 지식 청년들을 독자 대상으로 상정한 소설이었던 까닭이다. 일반 독자들을 대상으로 한 종래의 신소설들이 주로 한글로 연재되었기에『매일신보』는 이를 두고 '조선문단의 신시험新試驗'이라고 하여 연재 직전인 12월 29일까지 네 차례에 걸쳐 떠들썩하게 광고했다.

無情 春園 李光洙

新年브터 一面에 連載

從來의 小說과 如히 純諺文을 用치 안이ᄒ고 諺漢交用 書翰文體를 用ᄒ야 讀者를 敎育 잇ᄂ 靑年界에 求ᄒᄂ 小說이라. 실로 朝鮮文壇의 新試驗이오 豊富ᄒ 內容은 新年을 第俟ᄒ라.[8]

그러나 익히 알고 있는 대로 1917년 1월 1일 지면에 모습을 드러낸『무정』은 한글과 한문이 섞인 '언한교용諺漢交用 서한문체書翰文體'가 아

7    최주한,『이광수와 식민지 문학의 윤리』(소명출판, 2014), 제2부 2장 '『검둥의 설움』과 번역의 윤리-정치학'·제3부 1장 '근대소설 문체 확립을 향한 또 하나의 도정'·제3부 2장 '이광수와『대한인정교보』9·10·11호에 대하여'와 '『무정』의 근대 문체와 서간',『서강인문논총』42, 서강대 인문과학연구소, 2015 참고.
8    『매일신보』, 1916.12.26~29, 3면.

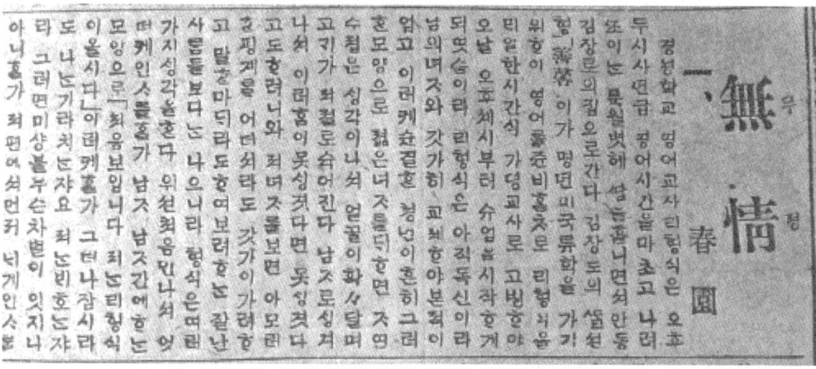

一、無情 (무 정)
春園

경셩학교 영어교사 리형식은 오후
두시 사년급 영어시간을 마초고 나려
쪼이는 륙월볏헤 땀을흘니면서 안동
김장로의 집으로 간다 김장로의 쌀 션
형(善馨)이가 명년미국류학을 가기
위하야 영어를 쥰비홀촌로 리형식을
매일 한시간식 가뎡교사로 고빙하야
오날 오후 셰시부터 슈업을 시작하게
되엿슴이라 리형식은 아직 독신이라
남의 녀자와 갓가히 교제하야 본 젹이
업고 이러케 슌결한 청년이 흔히 그러
한 모양으로 졂은녀자를 대하면 자연
수접은 생각이 나서 얼골이 확확달며
고개가 저절로 숙어진다 남자로 생겨
나서 이러함이 못생겻다면 못생겻다
고도 하려니와 져녀자를보면 아모러
한 핑계를 어더서라도 갓가이가려하
고 말한마듸라도 하여보려하는 잘난
사람들보다는 나으니라 형식은 뎌러
가지 생각을 하엿다 위션 처음 만나서 엇
더케 인사를 홀가 남자 남자간에 하는
모양으로 「처음 보입니다 저는 리형식
이올시다」 이러케 홀가 그러나 잠시라
도 나는 가라치는 자요 뎌는 배호는 자
라 그러면 미상불 누슨 차별이 잇지나
아니홀가 뎌편에서 먼저 내게 인사를

〈그림 8〉『매일신보』, 1917.1.1(한국연구원 소장)

니라 삼인칭 한글 서사체였다.

『무정』의 문체가 바뀐 데 대해서 학계에서는 논란이 분분하다. 『무정』에는 애초에 쓰인 국한문혼용본과 순한글본 두 가지 판본이 존재하며 이광수가 『무정』의 독자층을 "지식 청년층과 일반 대중 모두로 상정"하면서 결국 순한글 문체로 바뀌었다는 의견에서부터[9], 문체의 변경은 신문사 측이 마지막 순간에 판단을 바꾸었고 시간적으로 보아 원고를 한글 표기로 바꾼 것은 당시 『매일신보』의 나카무라 켄타로中村健太郎였을 것이라고 하여 『무정』의 전반부 표기는 이광수의 것이 아니라는 의견까지 제기되어 있다.[10] 둘 다 흥미로운 가설이지만, 불과 열흘간의 집필기간과 더불어 문체의 변경이 '일인칭 서간문체'에서 '삼인칭 서사체'로의 변경이기도 했다는 점을 고려할 때 『무정』에 두 개의 판본이 있었을 것이라는 추정에는 무리가 있다.

9 김영민, 『한국 근대소설의 형성 과정』, 소명출판, 2005, 183~186면.

10 波田野節子, 「李光洙と'飜譯'－『검둥의 설움』(1913)を中心に」, 『韓國朝鮮文化研究』 13, 東京大學, 2014, 14면; 波田野節子, 「『無情』の表記と文体について」, 『朝鮮學報』 236, 2015, 16면.

사실 국한문혼용문체냐 한글문체냐의 문제에서 눈을 돌려『무정』의 문체가 '일인칭 서간문체'에서 '삼인칭 서사체'로 바뀌었다는 점에 주목하면 문체 변경의 경위는 의외로 간단해진다. 서간체 일인칭으로는 형식-영채, 형식-선형, 영채-병욱 등 다양한 인물들 간의 스토리 라인을 교차해가다가 이를 대단원에서 결합시키는『무정』의 극적인 서사구조를 감당하기 어려운 까닭이다. 짐작건대 이광수는『무정』의 집필 직전 일인칭 시점에 구속되어 있는 서간체로는 다양한 인물과 복잡한 이야기 구조를 가진『무정』의 서사구조를 감당하기 어렵다는 사실을 깨닫고 일차적으로 문체 변경을 고려했을 것이다. 그리고 "私見으로는 朝鮮 現今의 生活에 觸흔 줄로 思ㅎ는 바 或 一部 有敎育흔 靑年間에 新土地를 開拓흘 수 잇스면 無上의 幸으로 思ㅎ옵"이라는 문체 변경에 관한 이광수 자신의 해명에서 볼 수 있듯,[11] 일찍이 중학 시절부터 '순국문' 글쓰기의 중요성을 주장해 왔던 당자답게 이번 기회에 지식 청년 독자에게도 통용될 수 있는 근대적인 한글문체의 개척에도 기여하고 싶다는 바람에서 한글문체를 시도했던 것이다.[12]

이리하여 결국『무정』을 둘러싼 '조선문단의 신시험'은 애초의 기획과 다른 양상으로 실현되었다. 그러나『무정』이 근대적 언문일치체 문

---

11 「小說 文體變更에 對ㅎ야」,『매일신보』, 1917.1.1.
12 김영민은 문체 변경의 경위에 대한 언급 가운데 "漢文混用의 書翰文體는 新聞에 適치 못흘 줄로 思ㅎ야 變更흔 터"라는 대목에 보다 주목하여『매일신보』라는 매체의 성격이 문체를 바꾸는 데 결정적인 영향을 주었다고 해석하고 있지만(김영민, 앞의 책, 183~186면; 김영민, 「한국 근대 문체의 형성 과정」,『현대소설연구』65, 한국현대소설학회, 2017, 62면), 이는『매일신보』측이 납득할 만한 이유를 제시하기 위한 방편이었을 뿐 보다 중요한 이유는 후자에 있었다는 것이 저자의 생각이다. 좀더 자세한 논의에 관해서는 최주한, 「『무정』의 근대 문체와 서간」(『서강인문논총』42, 서강대 인문과학연구소, 2015, 156~159면) 참고.

학의 선구로서 한국 최초의 근대장편의 지위에 오른 것은 전적으로 이러한 의식적인 문체 변경의 결과이며, 보다 근본적으로는 무단통치기 일본어를 '국어'로 강제하며 조선어를 교육과 문화의 영역에서 엄격히 배제하고자 했던 제국주의적 언어적 편제에 대항하여 조선의 독자적인 근대적 문학어를 갖기 위해 고군분투했던 신문학운동의 빛나는 성과였다는 점에서 중요한 문학사적 의의를 갖는다고 할 수 있다.

## 신문단 건설의 제일초第一礎, 신문관본(1918 · 1920)

『무정』의 초판이 간행된 것은 1918년 최남선의 신문관에서였다.[13] 신문관은 『무정』 간행을 광고하면서 '문단창유文壇創有의 명저名著'라는 상찬과 더불어 『무정』에 '신문단건설의 제일초'라는 문학사적 위상을 부여했고, 이러한 위상에 걸맞게 신문관본 『무정』은 '청려淸麗한 양자樣子'와 '육백삼십 혈六百三十頁의 거권巨卷'을 갖춘 소설계에 전례를 볼 수 없는 위관을 갖추었다는 사실을 한껏 내세웠다.

---

13 『무정』 초판의 판권장에 기재된 발행소는 신문관과 동양서원 공동 명의로 되어 있지만, 단행본 표지에는 '경성 신문관 발행'이라고 하여 신문관만 기재되어 있는 것을 볼 수 있다. 박진영에 의하면, 이러한 기재 방식은 신문관에서 실질적인 출판 전반을 진행하고 동양서원이 발매, 즉 유통과 배급을 분담한 방식을 보여주는 것으로, 식민지시대 출판계에서 자주 눈에 띄는 협력체제의 하나였다고 한다. 박진영, 「『무정』이라는 책의 탄생 전후」, 『책의 탄생과 이야기의 운명』, 소명출판, 2013, 241면.

春園 李光洙作 無情

■ 文壇創有의 名著

『無情』은 新文壇建設의 第一礎一라. 이 自覺과 自任의 下에 春園 李君이 心血을 傾倒하야 苦思力作한 것이니 그 精妙한 結構와 纖奇한 描寫 — 한 번 新聞紙上에 載出되매 江湖의 讚賞이 泉湧雷震하야 朝鮮 新文學史上의 가장 重要한 地位를 占有할 名著임을 公認케 된 것이라. 幼稚한 文壇의 此書에 刺激됨이 實로 無限하얏도다. 今에 藝苑의 渴望을 爲하야 **가장 淸麗한 樣子로써 精麗하게 版出하니 五號 活字 六百三十頁의 巨卷으로 形神質量 무엇으로든지** 小說界에 曠前한 偉觀이 되는 것이라.[14]

그간 남아 있는 유일한 초판본이었던 현대문학관 소장본 『무정』은 표지장정이 유실되어 그 '정려한 양자'를 확인할 길이 없었으나 최근 1920년에 간행된 재판본을 비롯하여 온전한 초판본이 잇달아 발굴되면서 초판본의 면목을 여실히 확인할 수 있게 되었다.[15] 두 판본 모두 동일한 장정으로, '정려한 양자'와 '육백삼십 혈의 거권'을 내세운 초판본의 광고 내용대로 신문관본 『무정』은 정갈하면서도 세련된 표지와 더불어 630여 쪽에 달하는 두툼한 분량을 깔끔하게 소화해낸 제책製冊 기량을 보여준다.

최남선은 단행본 『무정』을 위해서 맨 앞에 손수 4쪽 분량되는 서문을 지어 수록했고, 본문의 첫 페이지에도 화려한 문양이 어우러진 표제

---

14 『청춘』 14, 1918.6. 광고.
15 『무정』 초판본에 관해서는 이민영, 「『무정』 판본에 관한 서지적 고찰」(『현대소설연구』 67, 한국현대소설학회, 2017) 참조.

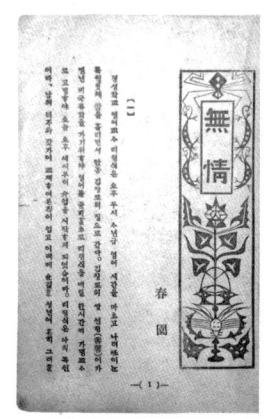

〈그림 9〉 재판본(1920) 장정과 본문의 첫 장(국립중앙도서관 소장)

도안을 짜넣었다. 여러모로 '신문단건설의 제일초'라는 문학사적 위상에 걸맞은 단행본을 간행하기 위해 공을 들인 흔적이 역력하다.

신문관본이 『무정』의 계보에서 중요한 위상을 갖는 또 하나의 중요한 이유는 이광수 자신이 단행본 간행을 앞두고 직접 교열에 관여한 판본이라는 점이다.[16] 이후의 판본들에서는 이광수 자신이 직접 교열에 관여한 흔적을 찾기 어렵다. 이 점에서 신문관본은 작가가 교열 당시 무엇을 염두에 두고 있었는지, 또 단행본 원고의 사전검열로 인해 삭제되거나 수정된 대목은 없는지, 그리고 무엇보다도 주시경과 그의 제자들의 한글연구의 성과가 반영된 김두봉의 한글사전 『조선말본』(1916)[17] 간행 이래 이를 반영한, 당대로서는 가장 진보적인 한글표기법을 엿볼 수 있다는 점에서 꼼꼼한 원전 비평의 과제를 안고 있는 판본이기도 하다.

---

16  김철, 「『무정』의 계보」, 『바로잡은 『무정』』, 문학동네, 2004, 740면.
17  김두봉의 한글사전 『조선말본』에 대해서는 김병문, 『언어적 근대의 기획―주시경과 그의 시대』(소명출판, 2013, 330~332면) 참고.

# 지질紙質과 제본에 혁명을, 광익서관본(1922)

『무정』의 3판과 4판은 1922년 2월과 5월 광익서관에서 잇달아 간행되었다. 광익서관은 회동서관의 설립자 고제홍의 2남이자 부친의 작고 후 회동서관을 물려받은 맏아들 고유상의 동생인 고경상이 설립한 출판사이다. 이 무렵 신문관은 경영상태가 악화되어 이미 출판되거나 판권을 확보한 책을 몇 군데 출판사에 나누어 팔았는데, 이때 『무정』의 판권을 사들인 것이 광익서관이었던 것이다.[18] 채 3개월도 지나지 않아 판을 달리하여 4판을 인쇄하였으니 당시 3판의 인기가 굉장했던 것을 알 수 있는데, 다음의 3판본 광고는 당시 인기 비결의 중요한 요인의 하나가 '지질과 제본에 혁명'을 꾀한 미본장정美本裝幀에 있었던 것을 짐작케 한다.

春園作 創作 無情

■ 쌔이블式 洋裝 總堅布衣 ■

『無情』은 新文壇建設의 第一礎라. 이 自覺과 自信下에서 春園 李君의 心血을 傾到하야 苦思力作한 것이니 그 精妙한 結構와 纖奇한 描寫 — 한 번 新聞紙上에 載出되매 江湖의 讚賞이 泉湧雷震하야 朝鮮 新文學史上의 가장 重要한 地位를 占有할 名著임은 公認하는 바라. 이에 第三版은 紙質과 製本에 革命的 色彩를 씌고 最善의 美를 加하야 發行되엿도다.[19]

---

18 박진영, 앞의 책, 251~252면 참고.
19 『동아일보』, 1922.3.29. 광고.

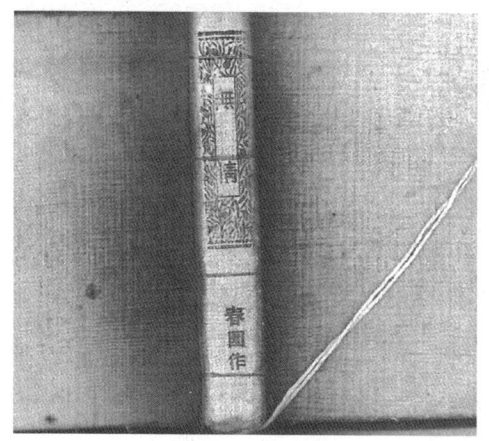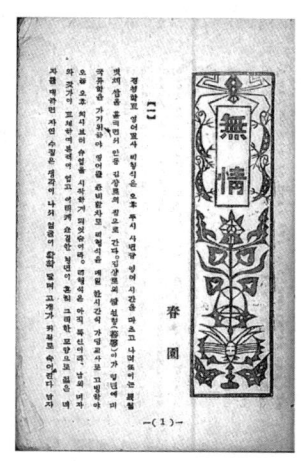

〈그림 10〉 3판본(1922) 장정과 본문의 첫 장(USC 한국학도서관 소장)

광익서관에서 간행한 3판본은 현재 서던캘리포니아대학(USC) 한국
학도서관에 소장되어 있다.[20] 3판본은 어떤 경위로 미국에 남아 있게
된 것일까. 그 단서는 속지에 찍혀 있는 '홍사단興士團 이사부理事部'라는
장서인에서 찾을 수 있다. 홍사단은 1913년 도산 안창호가 미국 샌프
란시스코에서 창립한 민족운동단체로서 로스앤젤레스를 비롯한 북미
지방 일대와 하와이, 멕시코까지 지부를 두고 자치적으로 운영되었
다.[21] 미주 홍사단은 출판사업의 일환으로 당시 국내에서 간행되던 도
서들을 대거 구입하였는데,[22] 장서인으로 보아 『무정』의 3판본 또한

20 서던캘리포니아대 한국학도서관 소장 3판본의 자료 조사는 시카고대의 동아시아
언어문명학과 한국학 교수 최경희 선생님과 시카고 대학대 도서관 한국학 전문사서
박지영 선생님의 도움을 얻었다. 자료 조사에 도움을 주신 서던캘리포니아대 한국
학도서관과 더불어 자료 조사에 애써주시고 또 서지학 관련 지식에 관해 여러 가지
로 도움을 주신 두 분 선생님께 진심으로 감사드린다.
21 『홍사단 100년사』, 홍사단, 2013, 157~162면 참고. 서던캘리포니아대 교내에는 안
창호의 가족들이 살던 안창호 패밀리 하우스가 남아 있고, 현재는 한국학연구소로
사용되고 있다.

홍사단의 도서 구입 과정에서 미국으로 유입되었던 것을 알 수 있다. 두 달 보름 뒤에 간행된 4판본은 호산방 고서점에 소장되어 있다.[23] 다행히 두 판본 모두 온전히 남아 있어 광고에서 떠들썩하게 선전한 바 '혁명적 색채'를 띠었다는 미본장정의 실체를 쉽게 확인할 수 있다.

삼베로 책 표지를 싸고 책등에 아라베스크 무늬를 배경으로 하여 책 제목과 저자명을 인쇄한 3판본과 4판본은 광고 문안대로 한껏 고급스러우면서도 단아한 장정을 뽐내고 있다. 광익서관본은 회동서관과 공동 명의로 발행되었고 계문사인쇄소에서 인쇄되었다. 계문사인쇄소의 주인은 회동서관의 설립자 고제홍의 3남인 고언상이다. 그러니까 식민지 시기를 통털어 가장 고급스러운 장정이라고 할 수 있는 광익서관본은 오롯이 부친의 유업을 이어 출판업에 종사하고 있던 고제홍 아들 삼형제의 노력에 힘입어 간행된 셈이다. 특히 고경상은 일찍이 조선의 문화운동에도 관심을 가져 『폐허』·『창조』와 같은 문학 동인지의 발간에도 힘쓰는 등 지극한 '문학옹호'자였다고 하는데,[24] 문학에 대

---

22 현재 남아 있는 1918~1920년 홍사단의 도서구입 장부 목록에는 1918년에 간행된 초판본 『무정』이 들어 있다. 권두연, 「홍사단 도서구입 장부의 구성과 성격」, 『대중서사연구』 23, 대중서사학회, 2017, 291면.

23 4판본은 완주 책박물관에 전시 중이라서 눈으로만 확인할 수 있었다. 4판본의 사진 자료는 박대헌의 『한국 북디자인 100년』(21세기북스, 2013, 45면)에 수록되어 있는데, 3판본과 동일한 장정이다.

24 광익서관의 사주 고경상의 활동에 대해서는 일찍이 그를 조선의 문학건설에 크게 기여한 서적업자로 높이 평가한 김동인의 회고 기록이 남아 있어 도움이 된다. "이 문학건설의 큰 공사에 있어서 몰각할 수 없는 역할을 한 사람이 있으니, 즉 「廣益書館」의 주인 高敬相이다. 高敬相의 白氏 裕相은 滙東書館을 경영하고, 高敬相은 廣益書館을 경영하여 당시 조선 서적업계에 이 형제가 군림하고 있었는데, 동생되는 高敬相은 그때 일어나는 조선문화운동에 관심을 가져 동경서 발행되는 유학생 기관지 『學之光』이며 『女子界』 등 잡지의 조선 판매의 책임을 지고 또는 이광수(春園)의 『無情』이며 『開拓者』 등은 초판 발행을 감행하였고 『廢墟』 창간호와 제2호는 순전히 高敬相의 힘으로 발간되었고, 『創造』도 내가 출자 책임을 회피한 후인 제8,9의 두 호는

한 그의 애정이 고스란히 담긴 판본이라 할 만하다.

한 가지 더 특기해 둘 것은 이들 광익서관본은 지질이나 장정뿐만 아니라, 원고에 약간의 교정이 가해졌고 지형도 본문 559쪽 분량으로 다시 짠 새로운 판본이었다는 점이다.[25] 당시의 출판 관행은 일본의 경우와 마찬가지로 판edition과 쇄printing의 구분이 따로 없었던 터라[26] 이 판본은 이후 7판과 8판에 이르기까지 판을 거듭하면서도 그대로 이어진다.

## 『무정』 판매 1만 부 기록 돌파, 흥문당서점본(1924 · 1925)

『무정』의 5판과 6판은 1924년과 1925년 흥문당서점에서 간행되었다. 발행 주체가 광익서관에서 흥문당서점으로 넘어가게 된 이유는 분명하지 않다. 다만 1922년 5월 중순경 이광수가 아내 허영숙에게 쓴 편지 가

---

高敬相의 힘으로 발간되었다. 高敬相은 이렇듯 營利者로서는 외도인 '문학옹호'를 하다가 마침내 조선의 老鋪인 廣益書館을 둘러엎고 심화가 나서 한동안 上海, 北京 부근에 유랑하다가 1930년경에야 귀국하였다." 김동인, 「文壇 30年의 자최」(『신천지』, 1948.7), 김치홍 편저, 『김동인평론집』, 삼영사, 1984, 445~446면.

25  김철, 앞의 글, 745면. 김철의 지적대로 이러한 교정이 편집자의 임의에 의한 것인지 작가의 개입에 의한 것인지는 아직 단정하기 어렵다. 예컨대 "디리럭ㅅ과의 션과를 졸업하고"에서 '선과'를 '전과'로 교정한 사례만 해도 일종의 편입 제도였던 '선과(選科)'와 전공을 가리키는 '전과(專科)'는 의미가 완전히 다르다. '선과'의 경우 학사 자격을 부여하지 않아 졸업이 불가능하다. 애초에는 '선과를 마치고' 정도의 의미였으나 나중에 졸업의 의미가 부각되면서 '전과'로 수정된 것이 아닐까 싶다.

26  정태난, 『출판, 인쇄, 저작권, 서지, 도서관학, 매스컴의 사전』, 일서각, 1986, 548면 참고.

운데 광익서관의 사주 고경상이 이광수에게 『무정』과 『개척자』의 판권을 건네주며 어디론가 간다는 말을 남겼다는 기록이 남아 있어[27] 『무정』의 4판 간행 직후 광익서관이 경영상의 문제를 겪고 있었음을 막연하게 짐작할 수 있을 따름이다.

홍문당서점은 1922, 1923년 무렵 이광수의 저작을 집중적으로 출판한 곳이다. 1922년 12월 20일 초판을 간행한 『개척자』는 불과 일주일 뒤인 28일 재판을 간행했고, 1923년 1월 3판에 이어 9월에는 4판 간행의 기록을 세웠다.[28] 논설집 『조선의 현재와 장래』와 단편집 『춘원 단편소설집』도 1923년 홍문당서점에서 간행되었다. 흥미로운 것은 『개척자』의 경우 저작 겸 발행자가 홍문당서점의 사주였던 조연교로 되어 있는 데 반해, 『무정』 5판과 6판의 경우 여전히 고경상의 이름이 유지되고 있다는 점이다. 『무정』은 초판 간행 이래 조선 신문학사상 최초의 명저라는 위상을 획득하고 있었던 데다 이미 판을 거듭하여 4판의 실적을 올린 인기 서적이었던 터라 홍문당서점 쪽에서 판권의 비용을 감당할 형편이 못되었을지도 모른다.

홍문당서점본 『무정』은 광익서관본의 지형을 그대로 사용하되 표지 장정에는 약간의 변화를 주었다. 5판의 경우 동일한 포의장정布衣裝幀이지만 광익서관본보다는 약간 질이 떨어지는 올이 거친 삼베를 사용했고, 책등 또한 정교한 인쇄기술이 불필요한 단순화된 문안을 사용했다.

---

27 "이때 마침 高致相君(高敬相의 오식—인용자)이 오셨는데 『無情』, 『開拓者』의 板權과 漢城圖書株 十株를 갖다 주고 自己는 이 달 그믐께 어디로 가노라고 그러오. 웬 일인지 당초에 理由는 말하지 아니하오. 애달픈 일이오." 이광수, 「아내에게」, 1922년 5월 16일자 편지, 『전집』 9, 1979, 322면.

28 『개척자』의 초판에서 4판까지의 간행 기록은 화봉문고 소장 재판본과 4판본의 판권장 참고.

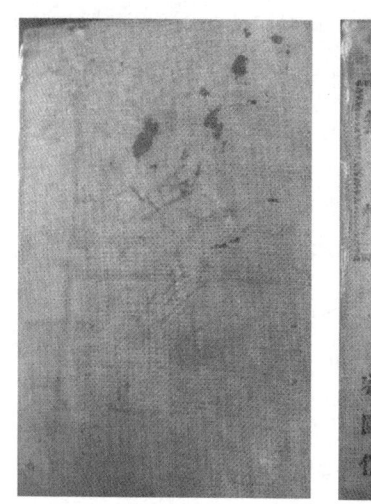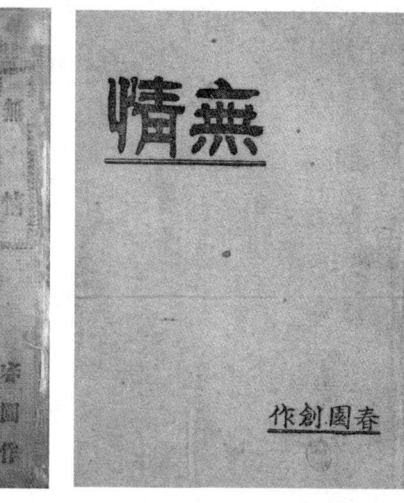

〈그림 11〉 5판본(1924) 표지와 책등(화봉문고 소장) 및 6판본(1925) 표지(근대문학관 소장)

그럼에도 불구하고 5판이 간행되고 난 지 얼마 되지 않아 『무정』은 1만 부 이상의 판매 기록을 세웠는데,[29] 판매 호조 덕분인지 1926년 6판을 간행할 때는 올이 고운 광목을 사용한 포의장정에 표지 또한 세련된 문안을 택하여 단아하면서도 고급스러운 장정을 갖추게 된다.

"萬部 以上 팔니기는 朝鮮出版界에 오직 이 『無情』뿐"이라는 홍문당 서점의 광고대로 당시 단행본 1만 부 이상의 판매 기록은 근대문학서적으로는 유일무이한 것이었다. 바야흐로 1920년대는 학교교육을 받는 인구가 늘어나고 출판업의 규모 또한 커지면서 독서인구가 급격하게 증가하기 시작한 시기였다.[30] 아래 광고에서도 보듯이, 『무정』이 '신문단건설의 제일초' 혹은 '신문학사상 가장 중요한 명저'라는 신문학 초

---

29 "春園作 長篇小說 無情 / 萬部 以上 팔니기는 朝鮮出版界에 오직 이 『無情』뿐이겟습니다." 『조선문단』 창간호, 1924. 10. 홍문당서점 광고.
30 천정환, 『근대의 책 읽기』, 푸른역사, 2003, 172~174면 참고.

기의 위상을 벗어버리고 "연애의, 진리를 깨닷게 할, 일대 걸작"이라는 보다 대중화된 맥락에서 유통되기 시작한 것도 바로 이 무렵의 일이다.

無情

요사히, 혼이, 리상이니, 연애이니, 써들다가, 최종막에는, 슯흔 눈물과, 억울한, 한숨으로, 연애자의 무정함을, 저주하는, 분이나 쏘는 이의 원리를 한번 연구하랴는 여러분이여. 이『무정』을 한 번 보시오. 옥도 갓고, 쏫도 갓흔 연애적, 남녀가, 돌사다리 산경보담도 험한, 운명의 길을 밟으며 하날이, 감동하고, 귀신도, 울 만한, 고초를 격다가 최후의 성공으로, 봄쏫 가치 고흔 락원에서 추추는 그, 실사적을, 명작 대가의, 쏫가치, 고흔 미문으로, 수노코 피가치, 쓰거운, 동경으로, 그려내인, 명편이오니, 무미한 듯하나, 참사랑, 무경스러운 듯하나, 참연애가 되야, 종합으로 얽고, 분리로 갈으고 다시, 종합으로, 짐매인 그 진경은, 참으로 독자의, 간담을 녹이며 **연애의, 진리를 쌔닷게 할, 일대 걸작**[31]

---

31 『동아일보』, 1924.11.20 광고.

# 재조선 일본인들이 읽은
## 『무정』, 『조선사상통신』 연재본(1928~1929)

조선인 독자들 사이에서 『무정』이 한창 낙양의 지가를 올리고 있을 무렵 재조일본인들도 당시 경성에서 발행되던 『조선사상통신朝鮮思想通信』에 번역 연재된 『무정』을 읽었다. 1926년 5월 창간된 『조선사상통신』은 주로 조선에서 간행되는 일간지를 일본어로 초역해서 게재하던 일간잡지日刊雜誌로, 『무정』은 이수창의 번역에 의해 1928년 8월 2일부터 이듬해인 1929년 5월 9일까지 223회에 걸쳐 번역 연재되었다. 이수창이 어떤 인물이고, 또 어떤 경위로 『무정』의 번역 연재에 나서게 되었는지는 분명하지 않다. 다만 그가 1921년 경성과 토쿄에서 유학하던 고학생을 중심으로 조직된 갈돕회순회연극단의 토쿄 소속 단원으로 무대감독으로 활동하는 한편 극본 창작과 번역에도 관여한 사실에 의

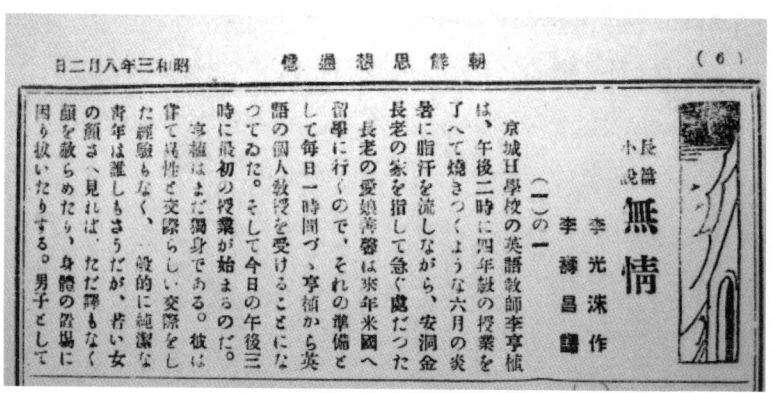

〈그림 12〉 『朝鮮思想通信社』, 1928.8.2(서강대 도서관 소장 영인본)

하건대,[32] 1920년대 초반 신극을 중심으로 하는 신문화운동에 깊이 관여했던 인물이었던 것으로 보인다.

당시 재조일본인들은 『조선사상통신』에 번역 연재된 『무정』을 어떻게 읽었을까. 흥미로운 주제지만 불행히도 기록이 남아 있지 않아 짐작하기 어렵다. 한편 연재 말미에 남아 있는 이광수가 역자에게 쓴 글과 이수창의 번역 후기 덕분에 작자와 역자가 『무정』의 번역 소개에 거는 기대가 어떠한 것이었는지는 비교적 분명하게 가늠할 수 있다.

> 내가 이 이야기를 쓴 것은 지금으로부터 13년 전의 일이었다고 생각합니다. 당시는 한국이 일본에 병합된 지 얼마 지나지 않은 무렵으로 언론출판의 자유는 조금도 허용되지 않았습니다. 그래서 조선인은 병합 직전 일시 왕성했던 정론(政論)조차도 논할 수 없었고, 입은 굳게 다물고 붓은 깊이깊이 감추어 죽음과 같은 침묵이 영원히, 영원히 계속되는 것일까 생각될 정도였습니다. 이런 때를 당하여 **들끓는 머릿속의 불평과 결코 입 밖으로 꺼내 말할 수 없는 민족적인 어떤 동경**을 문학적 형식을 빌려 표현하고자 한 것은 물론 당연하겠지요. (…중략…) 이것이 일본인 독자에게 어떤 흥미를 줄까요. 저로서는 알 수 없으나 모처럼 고심하여 번역되었으니 시험삼아 독자 앞에 내놓아도 좋겠지요. 조선의 명저(名著)로서라기보다 **조선 신문학의 역사적 유물 내지 한 기념물로서.**[33]

---

**32** 한국 근현대연극사 100년사 편찬위원회, 『한국 근현대 연극 100년사』, 집문당, 2009, 218·629면.

**33** 李光洙, 「譯者へ一言」, 『朝鮮思想通信』, 1929.5.22, 6면.

1910년대 언론출판의 자유가 허용되지 않았던 무단통치기의 무거운 분위기가 그대로 전해지는 회고이다. 1908년 최남선이 창간한 국내 유일한 종합잡지 『소년』은 한일병합 직후 폐간되고, 이어서 1914년 10월 창간된 『청춘』 또한 이듬해 3월 반년도 못 되어 정간되었다. 토쿄에서 발행되던 유학생 잡지 『학지광』도 1916년 이광수가 편집을 주재했던 8·9·10호가 모두 압수되었던 마당이었다. 역자에게 보내는 말의 형식을 취했지만 일본인들에게 던진 우회적인 직설에 가까운 언급인 셈이다. 역자 이수창 또한 『무정』이 세계문학이나 일본문학의 명작에 필적할 만한 걸작은 아니지만 "조선문자로 씌어진 진정한 의미에서의 최초의 신소설이고, 또 조선 신문예운동의 선구를 이룬 개척적 작품"[34]이라는 점을 번역의 의의로 내세웠다. 이수창의 번역에 관해서는 "너무도 매끄럽게 일본어로 치환되어 이질적인 언어(조선어의 흔적)들을 찾아볼 수 없"는 "조선어의 타자성을 무화"[35]해버린 번역이라는 평가도 있지만, 적어도 작자의 말과 역자의 후기를 대한 일본인 독자라면 조선어와 조선문학을 통해 근대 식민지 민족의 민족적 열망을 담아내고자 한 기념비적인 작품으로서 『무정』을 기억하게 되지 않았을까 싶다.

---

34  李壽昌, 「『無情』の譯後に(屬)」, 『朝鮮思想通信』, 1929.5.23, 6면.
35  최혜림, 「이광수 소설의 일본어 번역에 관한 고찰」, 『춘원연구학보』 6, 춘원연구학회, 2013, 242~243면.

# 영원한 기념비! 불후의 명작! 박문서관본(1934 · 1938)

『무정』의 7판과 8판은 1934년과 1938년 박문서관에서 간행되었다. 홍문당서점에서 5판과 6판이 간행된 것이 1924, 1925년의 일이니, 거의 십여 년만의 일이다. 판권장의 저작 겸 발행자란에는 박문서관의 설립자이자 사주였던 노익형의 이름이 기재되어 있다. 홍문당서점의 활동이 중단되고 1920년대 후반에 접어들면서는 공동 발행자였던 회동서관마저 극심한 노사분규로 인해 출판계의 새로운 흐름에 부응하지 못한 채 신생 출판업자들과의 경쟁에서 뒤처져 크게 위축되면서[36] 『무정』은 다시금 새로운 주인의 손에 맡겨졌던 것이다.

1931년 6월 당대 최신식의 대규모 인쇄 설비를 갖추고 있던 대동인쇄주식회사를 인수하여 제작비와 유통 비용을 절감하면서 급성장의 궤도에 올랐던 박문서관은 이 무렵 당대 출판업계 최고의 자리를 차지하고 있었다.[37] 여기에 1938년 3월 경성제대 역사학과를 졸업하고 가업을 이어 박문서관 경영에 뛰어들었던 외아들 노성석이 부친의 막대한 자본을 배경으로 출판부를 정비하고 새로운 출판문화를 주도하면서 박문서관은 바야흐로 최고의 절정기를 맞게 된다.[38]

7판본은 두꺼운 종이에 부드러운 견사로 직조된 천으로 표지를 싼 클

---

36  1920년대 후반부터 경영이 악화되기 시작한 회동서관은 1937년경 고유상이 일선에서 완전히 물러나면서 아들 고병돈이 주로 판매활동 위주로 운영하게 된다. 방효순, 「일제시대 민간 서적발행활동의 구조적 특성에 관한 연구」, 이화여대 박사논문, 48~50면 참고.
37  위의 글, 46~47면.
38  1930년대 후반 노성석의 활동에 대해서는 최주한, 「박문서관과 이광수」(『근대서지』 13, 근대서지학회, 2016) 참고.

〈그림 13〉 7판본(1934) 표지와 책등(국립중앙도서관 소장) 및 8판본(1938) 표지(화봉문고 소장)

로스 양장본으로 책등에 책 제목과 발행소 명을 선명하게 인쇄하여 단정하면서도 무게감 있는 표지장정을 택했다. 8판본은 4년 뒤인 1938년 11월에야 간행되지만, 8판의 간행을 앞두고 박문서관에서 『무정』 '칠만부 돌파' 광고를 내보낸 것으로 보아 그 사이에 7판본을 여러 번 중쇄했던 것을 알 수 있다.[39] 특히 노성석이 관여했던 8판의 표지장정은 당대 최고의 화가이자 장정가였던 정현웅의 손을 빌린 것으로 하드커버로 제책製冊되었다. 한껏 화사하면서도 안정된 품격을 갖춘 표지 도안은 "어둡던 세상이 평생 어두울 것이 아니오 무정홀 것이 아니다. 우리는 우리 힘으로 밝게 ᄒ고 유정ᄒ게 ᄒ고 질겁게 ᄒ고 가멸게 ᄒ고 굿세게 홀 것이로다. 깃븐 우슴과 만셰의 부르지즘으로 지나간 셰상을 됴샹ᄒ"[40]자던

---

39 "大正7年 초판이 간행된 이래 오늘까지 二十有餘年 版을 거듭하고 거듭하여 실로 七萬部를 돌파하고 오늘도 또 다시 새로운 독자를 획득하며 있다." 『박문』 2, 1938.11, 24~25면 광고.
40 이광수, 『무정』, 박문서관, 1934, 559면. 7판본은 근대서지 학회의 오영식 선생님께서 소장하고 계신 책을 빌려주셨다. 귀한 자료를 기꺼이 건네주신 선생님께서 진심

『무정』의 이상적 지향성과도 잘 어울린다. 여러모로 1930년대 고도의 절정기에 오른 출판문화의 수준을 보여주는 판본으로서 손색이 없다.

1918년 초판본이 간행되어 판을 거듭한 지도 어언 20여 년. 8판본의 간행을 앞두고 박문서관에서 내보낸 아래 광고는 판매 7만 부를 돌파한 『무정』이 1930년대의 독자들에게 이미 시대를 뛰어넘는 고전으로 자리 잡아가고 있었음을 보여준다.

八版 春園 李光洙 無情

文豪 春園의 不朽의 名作 / 永遠한 紀念碑 不滅의 金字塔

『무정』 — 의 魅力은 언제나 靑靑하다. 大正 7年 초판이 간행된 이래 오늘까지 二十有餘年 版을 거듭하고 거듭하여 실로 七萬部를 돌파하고 오늘도 또다시 새로운 독자를 획득하며 있다. 이것은 『무정』이 담아가지고 있는 이야기가 永遠히 人生에게 새로운 때문이다. 『무정』이 가진 눈물은 오늘 이 시간에도 지구 어느 한 곳에서 흐르고 있으며 『무정』이 보내는 슬픔은 시방 이 순간에도 朝鮮 어느 한 곳에서 울리키고 있을 것이다. 확실히 『무정』은 영원한 作品이오 不朽의 작품인 것을 廣告子로 다시 한번 느끼며 感歎한다.[41]

한 가지 아쉬운 점은 박문서관본이 7판과 8판을 간행하면서 1920년대 홍문당서점본의 지형을 그대로 사용한 점이다. 당시 박문서관에서 편집 출간한 간행물이 엄격한 교열과 교정을 중시했던 것은 특기할 만하거니와, 1938년 7월 조선어학회의 한글맞춤법(1933.10)을 반영한 조

---

으로 감사드린다.

41 『박문』 2, 1938.11, 24~25면 광고.

선인 최초의 뜻풀이사전 문세영의 『조선어사전』을 간행한 것 또한 박문서관이었다.[42] 그런 만큼 새로운 표기법을 적용한 판본을 편집했더라면 『무정』은 또 하나의 새로운 판본을 갖게 되었을 텐데 하는 아쉬움이 남는 것이다. 조선의 역사와 문화에 지대한 관심을 가지고 당대 새로운 출판문화를 주도하고 있던 노성석이 관여한 8판은 새로운 편집을 시도했을 가능성도 없지는 않다. 그러나 이 무렵은 이광수가 동우회사건으로 수감되었다가 보석되어 병상에 있었던 터라 직접 원고를 손볼 여유가 없었다. 그렇다고 저자의 허락도 없이 편집진이 원고를 일일이 교열하는 것도 쉽지는 않았을 것이고 보면, 이 또한 『무정』의 운명이었다고 해야 할밖에.

## 순미純美한 반도애시半島哀詩, 영화화된 〈무정〉(1939)

1938년 1월 22일 『동아일보』는 영화계의 일년 계획을 소개하는 자리에서 조선영화회사가 제1회 작품으로 이광수 원작 『무정』을 박기채 감독의 각색으로 영화화할 예정이며 2월 하순부터 제작에 들어간다는 기사를 커다랗게 내보냈다.[43] 1937년 7월 창립된 조선영화회사는 50만

---

42 1938년 7월에 간행된 문세영의 『조선어사전』은 10만 어휘를 수록한 총 1,700면에 달하는 방대한 분량의 조선인 최초의 뜻풀이사전으로, 출간된 지 3개월 만에 재판에 착수하여 이듬해 2월 재판이 간행된다. 최주한, 「박문서관과 이광수」, 『근대서지』 13, 근대서지학회, 2016, 90~91면 참고.

원의 자본금을 기반으로 영화 제작 기구 및 스튜디오, 녹음실 등 최신의 제반 설비를 갖춘 조선 최초의 영화주식회사로서 창립 당시부터 영화계 안팎의 다대한 관심을 끌었는데,[44] 창립 기념작으로 조선 근대문학의 대표작『무정』을 영화화한다는 소식은 영화계는 물론이고 문화계 전반을 들썩이게 할 만한 소식이었다.『삼천리』는 발 빠르게 영화〈무정〉의 시나리오를 공개했고,[45]『동아일보』또한 3월 촬영 예고에서부터 5월 촬영 착수, 7월의 평양 현지 촬영 및 촬영 완료, 그리고 9월 동경에서의 편집에 이르기까지 제작의 전 과정을 보도했다.[46] 〈무정〉의 영화화는 1938년 상반기 내내 문화계의 주요 관심사였다고 해도 과언이 아닌 셈이다.

『무정』의 영화화는 당시 프랑스 문예영화의 유행 및 일본에서의 활발한 문예영화 제작이라는 흐름과 맞물려 문단의 비상한 관심을 끌었을 뿐만 아니라,[47] 20여 년 동안 조선 신문학의 대표작으로서 널리 사랑을 받아온 만큼 독자들의 기대감을 자극하기에도 충분했다. "小說『無情』을, 英彩나 亨植이를, 이번에는 종이에 찍힌 活字가 아니라 움지기고 말을 하고 하는 그림으로써 '스크린'에서 만날 수가 있다는 것, 그것은 分明히 질거움이 아닐 수 없다"[48]는 기대감은 비단 채만식만의 것이 아

43 「映畵會社 演藝界의 一年計」,『동아일보』, 1938.1.22.
44 「大望의 朝鮮映畵 株式會社 創立」,『동아일보』, 1937.7.21;「朝鮮映畵界의 尖兵隊 朝英의 設計圖」,『조광』, 1938.1.
45 이광수 원작, 박기채 각색,「토키-씨나리오 無情」,『삼천리』, 1938.5.
46 「朝映의 第一回 作品 ─無情〉近日 撮影 開始」,『동아일보』, 1938.3.19;「新技師 맞은 '朝映'〈無情〉撮影에 着手」,『동아일보』, 1938.5.14;「朝映〈無情〉撮影隊員 平壤으로 '로케' 出發」,『동아일보』, 1938.7.4;「朝映創立記念作品〈無情〉촬영 완료」,『동아일보』, 1938. 7.29;「東上中의 朝映作品〈無情〉歸京 不日 東洋橫斷 封切」,『동아일보』, 1938.9.16.
47 백문임 외,『조선영화란 何오』, 창비, 2016, 14면.

니었던 것이다. 여기에 자본과 설비 및 최고의 제작진를 갖춘 당대 조선 최고 영화회사의 창립 기념작이라는 언론의 대대적인 선전까지 가했으니, 영화 〈무정〉에 거는 관객들의 기대가 어떠했을지는 짐작하고도 남음이 있다. 실제로 이듬해 3월 15일 황금좌에서 개봉된 『무정』은 개봉 당일 매회 매진을 이어가며 대성황을 이뤘다.[49]

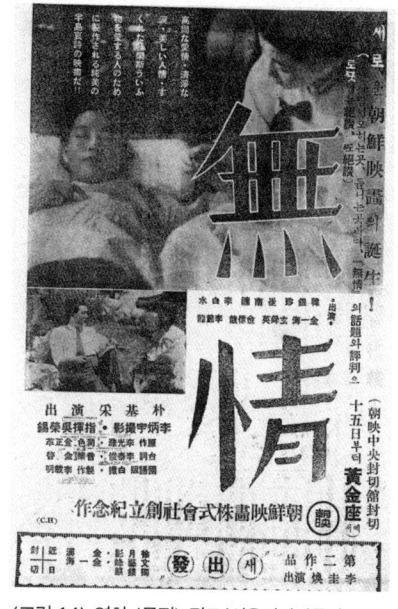

〈그림 14〉 영화 〈무정〉 광고(서울역사박물관 소장)

그러나 『무정』을 각색하고 연출하고 감독한 박기채의 의도는 원작 『무정』을 그대로 스크린에 번역하는 데 있지 않았다. 제작 의도에 관해 여러 번 거듭 표명한 대로 "진실한 조선의 전통적 정서와 풍속"을 나타내 보이겠다는 것이 영화화의 근본 의도였고, 이런 의도하에 원작 『무정』과는 달리 '조선 여성의 전통적 정신미精神美'를 가진 영채를 주인공으로 한 영화 〈무정〉의 제작에 나섰던 것이다.[50]

이러한 제작 의도는 영화 〈무정〉의 광고 포스터에서도 또렷하게 드러나는데, 기생 월화와 영채를 전면에 내세운 광고는 각별히 '순미純美

48  채만식, 「文學作品의 映畫化 問題」, 『동아일보』, 1939.4.6.
49  "내가 지금 마구 극장에서 오는 길인데 아츰도 滿員, 두 번재의 오후도 滿員, 세 번재의 이번도 '札止'를 하고 數百의 관객이 도로 돌아갔어요. 大盛況이어요. 20여년 동안 『無情』의 聲譽가 컷스니만치 누구나 한 번 불려려는 듯하요(김정혁)." 「영화 〈무정〉의 밤」, 『삼천리』, 1939.6, 63면.
50  「映畫會社 演藝界의 一年計」, 『동아일보』, 1938.1.22; 박기채, 「나의 연출 의도」, 『여성』, 1934.4, 70면; 「映畫監督의 日記(2) 無情記(下)」, 『동아일보』, 1938.5.8.

한 반도애시半島哀詩의 영화'라는 선전 문구를 내걸고 있는 것을 볼 수 있다.

새로운 朝鮮映畵의 誕生!

(모든 사람이 모히는 곳, 들니는 곳마다, 『無情』의 話題와

評判으로 끝업는 絶讚, 또 絶讚)


高尚な愛情, 淸淨な淚, 美しい人情, すくれた音樂.

斯ういふ物を愛する人のために製作される

純美の半島哀詩の映畵だ!!

(고상한 애정, 청정한 눈물, 아름다운 인정, 뛰어난 음악.

이런 것을 사랑하는 사람을 위해 제작된

純美한 半島哀詩의 영화다!!)


실제로 영화 〈무정〉은 원작 『무정』으로부터 영채의 이야기, 그것도 병욱과 만나기 전까지의 영채의 이야기만을 취사선택했다. 영채의 불행한 어린 시절에서 시작하여 7년 후 기생이 된 현재의 시점에서 친동기처럼 의지하던 기생 월화의 죽음, 신우선의 구혼 거절, 형식과 선형의 결혼식, 결혼식을 엿보던 영채의 눈물을 순차적으로 배열하면서 '순미한 반도애시의 영화'라는 광고의 선전 문구대로 영채의 지조와 눈물 어린 순정을 한껏 부각시켰던 것이다.

그러나 이러한 감독의 의도는 당대 문단은 물론 영화계에서도 그다지 호응을 얻지 못한 듯하다. 대개의 반응은 소설 『무정』 중에서도 다

른 면을 취할 만한 데가 많은데 하필 기생면을 취했는가, 원작의 중요한 대목을 모두 잘라버림으로써 원작의 예술미를 살리지 못했다, 스토리의 일관성을 잃은 개작으로 인해 그나마 영화 〈무정〉이 의도했던 눈물의 필연성마저 확보하지 못한 채 평면적인 영화가 되고 말았다, 영화의 첫 장면에서 등장하는 조선의 풍속과 첫 장면은 '관광영화의 소개판'처럼 상투적이라는 데 입을 모았다. 1917년 『매일신보』에 연재된 이래 단행본으로는 8판까지 거듭 인쇄되어 조선의 독자들에게 사랑을 받아온 원작 『무정』의 무게가 상당했음을 증거하는 반응들이다.

이 점에서 영화 〈무정〉에 대한 문단의 혹평과 관련하여 박기채 감독을 위한 변론을 시도한 황호덕의 『무정』론은 다소 역설적이다. 이광수의 『무정』이야말로 "실재와 상상을 내장하기 위해 온갖 기술 미디어들을 불러들인 소설"[51]임을 꼼꼼하게 분석하고 있는 그의 논의는 근대 기술 미디어를 효과적으로 활용한 『무정』이 얼마나 매력적인 소설인지 드러냄으로써 소설의 서사성을 충분히 활용하지 못한 영화 〈무정〉의 평이함을 두드러지게 하고 있는 까닭이다. 그리고 보면 임화가 조선영화 발달사를 정리하는 자리에서 영화 〈무정〉을 비롯하여 기업화 경향 이후의 영화들이 기술 편중에 빠져 예술적 성격을 획득하지 못하고 있는 사실을 한계로 지적한 것도 어쩌면 당연한 일이었는지도 모른다.[52]

---

51 황호덕, 「활동사진처럼, 열녀전처럼―축음기·(활동)사진·총, 그리고 활자 : '〈무정〉위 밤'이 던진 문제들, 『대동문화연구』 70, 대동문화연구소, 2010, 437면.
52 좀더 자세한 논의는 최주한, 「영화화된 〈무정〉의 역설」(『근대서지』 14, 근대서지학회, 2016) 참고.

# 1940년대 정치적 격랑에 휩쓸린 『무정』

  1937년 6월 치안유지법 위반 혐의로 동우회 회원에 대한 일제 검거가 시작되어 이광수도 42명의 동우회 회원들과 함께 체포·수감된다. 중일전쟁을 앞두고 만주사변 이래 노골화된 일제의 사상탄압이 사회주의 진영에 이어 민족주의 진영까지 덮친 형국이었다. 동우회사건은 1939년 12월 1심에서 전원 무죄를 선고받지만, 당일 검사 측의 상고로 이듬해 1940년 8월에는 유죄 판결을 받는다. 이때 이광수도 징역 5년을 선고받았다. 일찍이 1938년 11월 동우회 회원들과 함께 전향을 선언했고, 1940년 2월 카야마 미츠로香山光郎로의 창씨개명에도 앞장서 적극적인 대일협력에 나섰음에도 이광수에 대한 총독부 당국의 의심은 걷히지 않았던 것이다. 유죄 판결의 불똥은 『무정』에까지 미쳤으니, 이후 총독부에서는 이광수의 저서를 모두 재검열하여 『무정』, 『흙』을 비롯한 서적 십수 종을 발매금지에 부치고 서점에 있는 책까지 모두 압수했다. 그러고 보면 이 무렵을 전후하여 이광수가 『매일신보』에 기고한 「조선문학의 참회」(1940)에서 "『無明』, 『사랑』, 『春園詩歌集』 그러고 이번의 長篇 『世祖大王』과 其他 短篇小說들은 내가 偏狹하고 錯誤된 民族觀念을 完全히 離脫하고 天皇을 임금님으로 모시고 日章旗를 나와 밋 내 子孫들이 피로 지킬 國旗를 사랑하면서 쓴 作品들"[53]이라고 하여 전향 이후의 저작들에 대해 탈민족성을 강조하고 나선 사정도 어느 정도는 짐작이 된다. 1941년 11월 동우회사건은 결국 전원 무죄로 끝난

---

[53]  春園, 「朝鮮文學의 懺悔」, 『매일신보』, 1940.10.1.

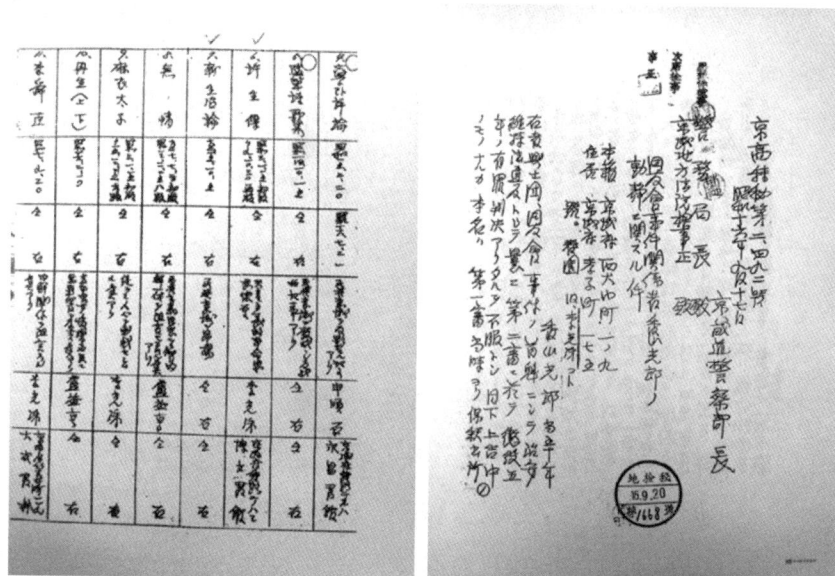

〈그림 15〉 「동우회사건 관계자 카야마 미츠로의 동정에 관한 건(同友會事件 關係者 香山光郎ノ動靜ニ關スル件)」(1941.9)[54]

다. 그러나 동년 12월 8일 태평양전쟁의 발발과 더불어 본격화된 총동
원체제하에서 『무정』의 발금이 해제되었기를 기대하기란 어렵다.

1945년 8월 일본의 패망과 더불어 전쟁이 끝나고 조선은 해방을 맞
았다. 그러나 해방 직후에도 『무정』의 운명은 그리 순탄할 수 없었다.
해방기 한국사회는 친일파 청산을 제일 과제로 삼았고, 이에 따라 일제

---

[54] 1940년 총독부의 도서 검열상황에 관해서 알 수 있는 자료로는 1941년 5월 경무국에서
마지막으로 간행한 『조선출판경찰개요(朝鮮出版警察槪要)』 정도인데, 조사해 본 결
과 이광수의 저작 검열에 관한 내용은 찾을 수 없었다. 그러나 다행히 1941년 7월 경기도
경찰부장이 경무국장과 검사정 앞으로 보낸 보고서 「동우회사건 관계자 카야마 미츠로
의 동정에 관한 건(同友會事件 關係者 香山光郎ノ動靜ニ關スル件)」에 『무정』, 『흙』을
비롯한 이광수의 저작 18책에 대한 발매금지 목록이 제시되어 있는 것을 확인할 수 있다.
보고서에 의하면, 『무정』이 발매금지 처분된 것은 1941년 7월 21일이다. 발매금지 이유
항목에는 "민족주의사상을 선동하고 내선일체를 저해할 우려가 있음"이라는 기술이
보인다. 京高特秘 弟2492号, 1941.9.17. 국사편찬위원회의 한국사데이터베이스 참고.

말기 적극적인 대일협력에 나섰던 이광수는 사회의 여론에 따라 '민족의 죄인'으로서 단죄받는 처지에 놓였던 까닭이다. 해방 직후 1945년 10월에 결성된 경성출판노동조합은 공식적으로 민족 반역자의 출판물 거부를 주장했다. 1947년 7월에는 문단에서도 조선문학가동맹을 중심으로 친일파 작가의 활동을 제약해야 한다는 주장이 등장했고, 동년 8월에는 각도 학무국장회의에서 이광수의 저서를 교재로 사용하지 않겠다는 결의에 잇달아 출판계에서도 친일파의 저술 출판 거부를 공식적으로 결의했다. 여기에 1948년 9월에 마련된 '반민족행위처벌법'은 친일파 인사의 출판활동에 대한 규제에 쐐기를 박았으니, 이광수가 반민특위에 의해 기소 수감된 것은 1949년 2월의 일이다.[55]

물론 해방기 이광수의 출판활동이 전무했던 것은 아니다. 『도산 안창호』(도산안창호기념사업회, 1947)를 비롯하여 『꿈』(면학서포, 1947), 『나』(생활사, 1947), 『돌베개』(생활사, 1948), 『스므살고개-나』(생활사, 1948), 『나의 고백』(춘추사, 1948) 등 해방 이후에 새로 쓴 저작이 주로 중소 출판업자들에 의해 간행되어 독자들에게 널리 읽혔다. 또한 1949년 8월 이광수에 대한 반민특위의 불기소처분 이후에는 그간 사회적 여론을 의식하여 이광수 저작의 재간행을 자제해 왔던 식민지 시기 주요 출판업자들이 『사랑』, 『흙』, 『단종애사』, 『유정』 등 식민지시대에 인기를 끌었던 저작을 속속 재출간했다. 그러나 박문서관이 기획한 전 10권 '춘원선집春園選集'의 하나로 출간을 앞두고 있었던 『무정』은 한국전쟁이 발발되면서 끝내 간행되

---

55  해방기 이광수의 출판활동에 대한 사회적 분위기 및 이광수의 저작 출판 현황에 대해서는 김종수, 「해방기 출판시장에서 이광수의 위상」(『민족문화연구』 52, 민족문화연구원, 2010, 202~204면) 참고.

지 못하고 만다.[56]

요컨대 1940년대는 『무정』이 간행되지 못한 유일한 공백기였다. 먼저는 독립운동을 꾀한 작자의 저작이라는 이유로 출판이 금지되고 나중에는 민족 반역자의 저작이라는 이유로 출판이 저지되었으니, 『무정』에게는 실로 얄궂은 운명의 시기였다고 하지 않을 수 없다.


## 전후의 폐허를 딛고, 박문출판사본·경진사본(1953·1954)


한국전쟁의 발발로 인해 간행 중단되었던 『무정』은 전쟁이 소강상태로 접어든 1953년 드디어 박문출판사에서 간행을 보게 된다. 박문출판사는 해방 후 박문서관의 2대 사주 노성석이 출판과 서점을 겸하던 형태에서 출판사를 독립시켜 만든 것이다. 노성석이 1946년 11월 지병인 고혈압으로 요절한 뒤 3대 사주가 된 이응규가 경영을 맡아 재기를 꾀하였으나, 이 무렵은 전쟁 중의 피폭으로 인해 인쇄 시설과 지형紙型이 모두 불타버리고 피난갈 때 땅속에 묻어두었던 방대한 양의 고서와 귀중품도 모조리 도굴당해 사세가 급속히 기운 시점이었다.[57] 전쟁의

---

56　『무정』은 박문서관이 기획한 전 10권 '춘원선집(春園選集)'의 4권으로 간행될 예정이었으나, 1권 『단종애사』(1950.1)와 2권 『사랑』(1950.3) 두 권의 출간을 끝으로 춘원선집은 더 이상 간행되지 못했다. 김종수, 「1950년대 출판시장에서 이광수의 위상」, 『우리문학연구』 43, 우리문학회, 2014, 362면 참고.

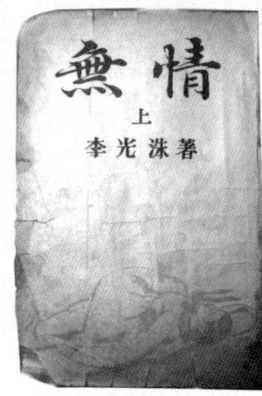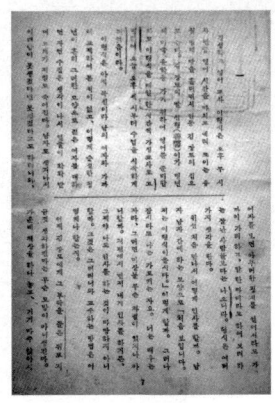

〈그림 16〉 9판본(1953) 표지와 속표지(근대서지학회 오영식 소장) 및 본문의 첫 면[60]

폐허 속에서 용지난과 경제적 불황까지 겹쳐 생존의 위기에 처한 출판
사들은 식민지 시기에 인기를 끌었던 이광수의 저서를 재출간하여 경
영난을 타개하려 하였는데,[58] 박문출판사가 판권을 소유하고 있던『무
정』의 재간행에 나선 것도 이러한 자구책의 일환이었다.

　박문출판사본『무정』은 기존의 표기법을 현대 표기법으로 바꾸고
신활자체로 2단 조판한 새로운 판본으로 간행되었다는 점에서 특기할
만하다.[59] 그런데 한 가지 이상한 것은 본문이 7페이지에서 시작된다
는 점이다. 원문 훼손의 흔적이 없으니 8판본까지 존재했던 최남선의
서문을 무심코 편집했다가 제본 직전에 누락시킨 것이 아닐까 싶다.
아마도 1918년에 쓰인 최남선의 서문이 더 이상 시의에 적절하지 않다
는 판단이 작용한 탓이었을 것이다. 이후 박문출판사의 지형을 이어받

---

57　이두영,『현대한국출판사 1945~2010』, 문예출판사, 2015, 55~56면.
58　김종수, 앞의 글, 367~368면.
59　김철,「『무정』의 계보」,『바로잡은『무정』』, 문학동네, 2004, 747면.

은 해방 이후의 판본들에서 최남선의 서문은 사라지고 만다.

　전쟁 당시 이전의 지형이 모두 불타버린 것은 불운이었지만 덕분에 『무정』은 당대적인 표기법을 반영한 또 하나의 새로운 판본으로 거듭 나게 되었다. 그러나 9판의 간행 후에도 재기는 여의치 않았던 듯, 『무정』의 판권은 결국 경진사라는 신생 출판사로 넘어가게 된다.

　경진사는 이 무렵 이광수의 저작을 집중적으로 간행한 출판사이다. 『무정』을 비롯하여 『춘원 수필집 돌베개』, 『마의태자』, 『세조대왕』, 『원효대사』, 『춘원시가집』 등이 모두 1954년에 간행되었다.[61] 아마도 식민지 시기 주요 출판사들이 전쟁으로 인해 경영이 어려워지면서 내놓기 시작한 판권과 지형을 한꺼번에 사들여 중간重刊한 것으로 보인다. 『돌베개』와 『원효대사』는 해방 직후 생활사에서 간행된 바 있고, 나머지 『무정』을 비롯하여 『마의태자』, 『원효대사』, 『춘원시가집』은 박문서관에서 판권을 소유하고 있던 판본들이다. 경진사본의 판권장에는 저자 인지 印紙가 붙어 있고, 인쇄소 또한 경향신문사로 소재가 분명하다. 게다가 1956년에 간행된 광영사본 『무정』 또한 같은 경향신문사에서 인쇄된 것으로 보아 『무정』의 판권과 지형은 역시 경진사에서 일정한 절차를 밟아 넘겨받았을 가능성이 높다.[62] 폐허 속에 놓였던 전후 출판사 치고는 그나

---

60　본문의 첫 면은 국립중앙도서관 소장본이다. 국립중앙도서관 소장본은 표지가 훼손되어 있고, 오영식 소장본은 본문의 첫 면이 훼손되어 있다.

61　경진사 간행 이광수 저작의 목록에 관해서는 김종수, 앞의 글, 369~379면, 〈표 2〉 1950년대 간행 유통된 이광수 저서 목록 참고.

62　박진영은 박문서관의 2대 사주 노성석의 큰딸 노승현의 회고에 의거하여 박문출판사가 9판본을 끝으로 『무정』의 판권을 이광수의 유족에게 돌려주었다고 언급하고 있지만(박진영, 「『무정』이라는 책의 탄생 전후」, 『책의 탄생과 이야기의 운명』, 소명출판, 2013, 260~261면), 대학 3학년 초가을 무렵 허영숙이 판권을 돌려달라고 집으로 찾아왔고 그래서 판권을 돌려주기로 결정했다는 노승현의 회고 내용만으로는 돌려준 판권에 『무정』도 포함되어 있었는지 알기 어렵다. 노승현, 『지금에서야 알

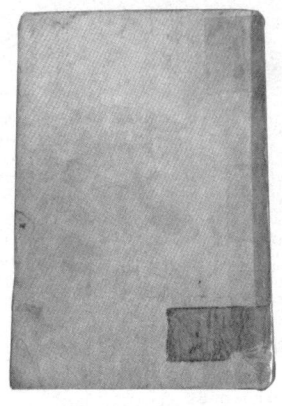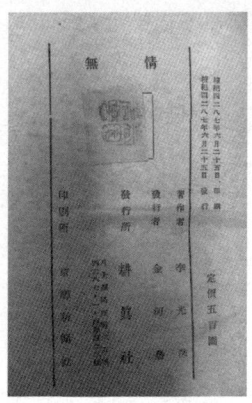

〈그림 17〉 10판본(1954) 표지와 속표지, 판권장(부산대 도서관 소장)

마 형편이 나은 편이었는지, 박문출판사본보다는 좀더 질이 나은 종이에 인쇄했고 하드커버를 사용하여 좀더 격식을 갖춘 장정을 택한 것이 눈에 띈다. 다만 지형은 박문출판사의 것을 그대로 사용한 까닭에 역시 본문이 7페이지부터 시작된다.

## 저작권법의 제정과 전집 구성의 시도, 광영사본(1956)

전후 방대한 분량의 춘원전집을 시도한 최초의 인물은 허영숙이다. 이미 1950년 박문서관이 전 10권의 '춘원선집春園選集'을 기획한 바 있고,

_____

수 있는 것들』, 시공사, 2011, 155~156면 참고.

1954년 한성도서 역시 『흙』, 『이차돈의 사』, 『유정』, 『군상』, 『일설춘향전』 5권을 '이광수대표작'이라는 이름으로 광고한 바 있다. 그러나 박문서관의 기획은 전후 출판사의 경영난을 타개하기 위한 자구책으로 자사가 판권을 갖고 있던 식민지 시기 인기 단행본을 위주로 구성한 선집인 데다 그나마 한국전쟁 탓에 『단종애사』와 『사랑』 두 권만 간행된 채 중단되었고, 한성도서의 기획 역시 판권을 소유하고 있던 단행본 위주로 임의적으로 구성된 선집 형태를 면치 못한 것이었다.[63] 이러한 가운데 1950년대 중반을 전후하여 저작권법 제정에 대한 사회적 여론이 고조되자 허영숙은 해방 전 저작권을 양도받아 이광수의 저작을 간행했던 박문서관, 영창서관, 한성도서 등과 교섭하여 지형紙型을 사들이고, 사들인 지형을 빌려준다는 조건으로 신생 출판사인 문선사와 교섭을 벌여 1955년 1월 전 12권 기획의 '춘원문고春園文庫' 간행에 착수했다. 그러나 저작권 문제로 인해 판권 수합에 어려움을 겪으면서 '춘원문고'는 결국 다섯 권의 간행을 끝으로 중단되고 만다.

이듬해 허영숙은 직접 출판을 결심하고 1956년 이광수와 허영숙 두 사람의 이름을 따서 만든 광영사라는 출판사를 세운다. 때마침 『현대문학』의 창간과 더불어 근대문학의 시작점으로서 이광수가 문학사적으로 재조명되기 시작한 문단과 학계의 분위기는 직접 이광수의 저작 출판에 나선 그녀의 부담을 덜어주었고,[64] 1955년 12월 해방 이전 저작

---

63　김종수, 「1950년대 출판시장에서 이광수의 위상」, 『우리문학연구』 43, 우리문학회, 2014, 372면.
64　1950년대 이광수의 문학사적 재조명에 관해서는 위의 글, 375~377면; 안서현, 「흔들리는 이름-1950~60년대 '춘원 이광수' 표상의 변화와 담론적 전유 양상 연구」, 『상허학보』 44, 상허학회, 2015, 24~25면.

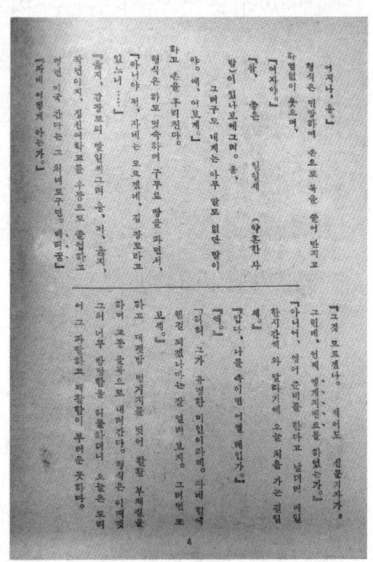

〈그림 18〉春園撰集 제5권(1956)의 표지와 수정된 본문(근대서지학회 오영식 소장)

권을 양도한 것은 전부 무효화한다는 규정이 담긴 저작권법 원안原案이 마련되어 저작권 문제 또한 조만간 쉽게 해결을 볼 수 있을 터였다. 실제로 1956년 전 24권으로 기획되었던 '춘원찬집春園撰集'은 1959년까지 4년에 걸쳐 순조롭게 완간된다. 『무정』은 1956년 10월 '춘원찬집' 제5권으로 간행되었다. 문선사의 '춘원문고' 제6권으로 간행될 예정이었으나 판권 문제로 무산되었고, 광영사의 '춘원찬집'에서도 제1권이 아니라 제5권으로서, 저작권법 시행을 코앞에 둔 시점에서야 간행된 것으로 보이[65] 당시 『무정』의 몸값이 상당했던 것을 짐작케 한다.

---

65 문선사의 '춘원문고(春園文庫)'와 광영사의 '춘원찬집(春園撰集)'의 간행 경위에 관해서는 최주한, 「이광수 문장집의 어제와 오늘」(『근대서지』 12, 근대서지학회, 2015, 232

광영사본『무정』은 경진사본과 마찬가지로 박문출판사의 지형을 그대로 사용했으나 편집자에 의해 부분적인 손질이 가해져 원작이 훼손된 문제적인 판본으로 알려져 있다. 고어체 어미는 일괄하여 현대어법으로 바꾸고, 일본어에 해당하는 표현은 없애거나 한국어로 번역하여 넣음으로써 원작에 담겨 있던 당대적 언어와 맥락이 지워져 버렸다는 이유에서이다.[66] 실제로 이전의 지형을 그대로 사용하여 지우거나 덧입히는 편집을 시도한 까닭에 개작의 흔적이 또렷한 지면은 일면 당혹스러움을 주는 것도 사실이다. 이를테면 이런 식이다.

"요오, 오메데또오 이이나즈께(약혼한 사람)가 있나보에그려. 움, 나루호도(그러리니). 그러구도 내게는 아무 말도 없단 말이야. 에, 여보게"

—박문출판사, 1953

"참,    좋은    일일세    (약혼한 사람)이 있나보에그려. 움,
        그러구도 내게는 아무 말도 없단 말이야. 에, 여보게"

—광영사, 1956, 〈그림 18〉 참조

그러나 해방 후 남한에서 한글이 차지하고 있던 위상을 고려하면 얘기는 또 달라진다. 해방 후 남한에서 한글은 식민지배를 청산하고 좌우대립을 넘어 근대 국민국가 건설에 필요한 사회적 통합기제로 적극 활용된 지배적인 언어 표상이었다. 1948년에는 대한민국 정부 수립과 함

---

~235면) 참고.
**66** 김철, 앞의 글, 749~750면.

께 한글로 기초된 헌법과 한글전용법이 제정되었고, 특히 1954년 5월 3대 총선에서 친일파 인사를 대거 등용했던 이승만 정부는 민족적 저항을 상징하는 한글의 표상을 순화시켜 국가적 차원에서 효율성과 도구적 합리성을 내세운 한글전용정책을 주도하기도 했다.[67] 이처럼 한글이 하나의 시대정신으로 간주되었던 당대에 광영사본의 편집자가 일본어에 해당하는 표현을 없애거나 번역하는 등 부분적인 손질을 가한 것은 일면 불가피한 일이었는지도 모른다. 고어체 어미를 현대어법으로 바꾸어 편집한 것 또한 당대의 독자들에게 읽히는 책을 간행하고자 했던 편집자의 고민이 반영된 것이었을 가능성이 크다.

## 최초의 전집 완간 · 속간,
### 삼중당본 · 우신사본(1962 · 1979)

1959년 광영사의 '춘원찬집'이 완간되고 나서 얼마 지나지 않아 삼중당에서 '이광수 전집' 간행 계획을 세워 허영숙과 인세 출판을 위한 사전 교섭을 벌인다. 기존에 출판된 서적의 판권과 지형을 사들여 임의적으로 구성된 광영사의 '춘원찬집'을 뛰어넘어 당시까지 책으로 간행

---

67 해방 후 1950년대에 이르는 한글 법제화와 내셔널리즘의 문제에 대해서는 이혜령, 「언어 법제화의 내셔널리즘—1950년대 한글 간소화파동 一考」,(『대동문화연구』 58, 성균관대 대동문화연구원, 2007) 참고.

되지 않았던 모든 문장까지 총수집해서 본격적인 전집을 간행한다는 계획이었다. 이광수 전집을 목표로 '춘원찬집'을 간행해 왔던 허영숙은 직접 출판과 인세 출판 사이에서 망설인 끝에 전집 간행의 호기라는 판단하에 결국 삼중당과 계약을 맺는다. 1961년 가을의 일이다.

24권이나 되는 광영사의 '춘원찬집'이 간행된 지 얼마 되지 않은 시점에서 삼중당이 '이광수 전집'을 기획한 데는 그럴 만한 이유가 있었다. 1955년 『현대문학』을 통해 근대문학의 시작점으로서 문학사적 재조명을 받았던 이광수는 1957년 조연현의 『현대문학사』 이래 문단과 학계에서 명실공히 근대문학 개척자로서의 공고한 문학사적 위상을 부여받고 있었다.[68] 또 1956년을 기점으로 한 한국영화의 산업적인 붐을 타고 『꿈』(1955), 『단종애사』(1956), 『마의태자』(1956), 『그 여자의 일생』(1957), 『사랑』(1957), 『애욕의 피안(황혼열차)』(1957), 『재생』(1960), 『흙』(1960)이 잇달아 영화화되면서 대중문화의 아이콘으로도 자리 잡기 시작한 터였다. 이렇듯 당대 이광수는 학계에서부터 일반 대중에 이르기까지 광범위한 독자 저변을 형성하고 있었으니, 삼중당으로서는 새로운 출판시장에 사활을 걸어볼 만하다고 판단했던 것이다.

허영숙과 인세 출판 계약을 맺고 나서 곧바로 실무에 착수한 삼중당은 1962년 4월에서 1963년 11월에 걸쳐 연보와 색인까지 갖춘 전 20권짜리 방대한 분량의 이광수 전집을 간행해낸다.[69] 삼중당본 『무정』은 1962

---

[68] 반면 북한문학사에서 이광수의 『무정』이 공식적으로 문학사적 위상을 부여받은 것은 1986년 정홍교·박종원의 『조선문학개관』(사회과학출판사, 1986)에 이르러서이다. 『조선문학개관』은 '부르조아 계몽문학으로서의 '신문학'이라는 독립된 장을 통하여 이광수의 『무정』을 『개척자』와 더불어 '민족주의적이며 계몽적인 지향'을 지닌 작품으로서 기술하고 있다. 김영민, 「남·북한에서의 이광수문학 연구사 정리와 검토」, 『동방학지』 83, 연세대 국학연구원, 1994, 182~183면 참고.

년 첫 간행된 '이광수 전집' 제1권에 후속장편 『개척자』 및 초기 문장들과 함께 수록되었다. 이미 악명 높은 대로 광영사본을 저본으로 하면서도 편집자가 좀더 적극적으로 개입하여 원작에 많은 변형이 가해졌다.[70] 이전의 낡은 지형을 바꾸어 새로운 판형에 의한 조판을 시도하면서 의욕적인 편집을 시도했지만, 엄밀한 원전 비평을 거치지 않은 채 편집자의 임의적인 판단에 따른 탓에 결과적으로는 원작에서 가장 멀어진 판본인 셈이다. 그러나 불행하게도 최초의 본격적인 전집이라는 공고한 권위 탓에 국문학 연구자들에게도 가장 널리 영향을 끼쳐 연구사적으로 숱한 오류를 불러일으킨 판본이기도 하다.

삼중당의 '이광수 전집'을 저본으로 하여 1979년에 속간된 우신사의 전 10권 '이광수 전집'은 3단 조판으로 판형을 바꾸어 간행되었을 뿐 같은 판본으로 알려져 있으나,[71] 『무정』 곳곳에 산재하는 한자 병기 대목을 좀더 과감하게 한글로 바꾸어 편집한 또 하나의 새로운 판본이다. 이를테면 『무정』의 연재 53회분은 주인공 형식의 관념적인 사유가 전개되는 장이라서 유독 한자가 병기된 대목이 집중되어 있는데 우신사본에서는 거의 한글로 바뀌어 있다.

사람의 생명(生命)은 우주(宇宙)의 생명과 같다. 우주가 만물(萬物)을 포용(包容)하는 모양으로 인생도 만물을 포용한다. 우주는 결코 태양(太陽)이나 북극(北極)만으로 그 내용(內容)을 삼지 아니하고 만천(滿天)의 모든 성신(星

69  삼중당 『이광수 전집』의 간행 경위에 대해서는 최주한, 「이광수 문장집의 어제와 오늘」 (『근대서지』 12, 근대서지학회, 2015, 235~238면) 참고.
70  김철, 앞의 글, 751~752면.
71  "1979년 9월 우신사는 삼중당본과 똑같은 『무정』을 간행했다." 위의 글, 753면.

辰)과 만지(萬地)의 모든 만물로 다 그 내용을 삼는다. 그러므로 창궁(蒼穹)의 극히 조그마한 별도 우주의 전생명(全生命)의 일부분(一部分)이요, 내지(乃至) 지상(地上)의 극히 미세(微細)한 풀잎 하나, 티끌 하나도 모두 우주의 전 생명의 일부분이다.

—『무정』, 삼중당, 1962, 138면


사람의 생명은 우주의 생명과 같다. 우주가 만물을 포용하는 모양으로 인생도 만물을 포용한다. 우주는 결코 태양이나 북극만으로 그 내용을 삼지 아니하고 만천의 모든 성신(星辰)과 만지의 모든 만물로 다 그 내용을 삼는다. 그러므로 창궁(蒼穹)의 극히 조그마한 별도 우주의 전생명의 일부분이요, 내지 지상의 극히 미세한 풀잎 하나, 티끌 하나도 모두 우주의 전 생명의 일부분이다.

—『무정』, 우신사, 1979, 97면


1990년대 중반의 대학원 시절 절판된 삼중당본을 구할 수 없어서 우신사본으로 공부했던 저자가 나중에 매일신보 판본『무정』을 접하면서 한자가 빼곡하게 병기되어 있는 이 대목을 보고 깜짝 놀랐던 기억이 아직도 생생하다. 우신사본『무정』을 읽었던 저자는『무정』이 거의 순한글장편이라고 생각했던 것이다. 1979년 우신사에서 간행된『무정』이 과감하게 한글표기를 밀고나간 것은 해방 후 성장한 한글세대 독자들을 염두에 두었기 때문일 것이다. 삼중당본에 이어 우신사본도 제법 독자들의 호응을 얻었다. 그러나 당대의 요구와 필요를 반영한 우신사본은 1910년대의『무정』을 연구해야 하는 연구자들에게는 역시 부적합한 것일 수밖에 없었다.

# 원전 비평의 중요성을 일깨우다,
## 정본『무정』· 바로잡은『무정』(1992 · 2003)

이윽고 1992년 우신사에서 '『매일신보』와 초판본을 대조한 정본定本 결정판決定版'이라는 이름을 내건 정본『무정』이 간행된다. 1976년 김종욱의 「우리는 얼마나 틀린『무정』을 읽고 있나」(1976)에서『무정』의 원전에 대해 최초로 문제가 제기된 이래, 1980년대에는 김윤식, 사에구사 토시카즈三枝壽勝 등 당대 권위 있는 이광수 연구자들에 의해 삼중당본『무정』의 문제점이 지속적으로 제기되어 온 터였다. 이에 우신사 정본은 초판본에 수록되어 있던 최남선의 서문을 되살리고 당대의 맞춤법에 따르되 고어체 어미를 비롯하여 일본어와 한자 표기 등 원전을 최대한 복원하는 한편, 말미에 김윤식의 해설과 윤홍로의 부록 논문을 실어 정본으로서의 권위를 꾀하였다. 그러나 의미있는 기획에도 불구하고 철저한 원전 비평을 거치지 않은 탓에 현대어 표기로 바꾸면서 생겨난 이전의 잘못이 여전히 답습되어 있는 불완전한 판본에 그치고 말아[72] 연구자들 사이에서는 이후로도 오랫동안 삼중당본『무정』에 기반한 연구가 지속되었다.

원전 비평의 중요성을 일깨우며 이러한 학계의 오랜 관행을 깨뜨린 것이 2003년 문학동네에서 간행된 김철 교주본『바로잡은『무정』』이다.『바로잡은『무정』』은 그동안 학계에서 산발적으로 제기되어 온『무정』의 원전에 대한 문제의식을 바탕으로『매일신보』연재본(1917),

---

72  위의 글, 755면.

초판본(1918), 6판본(1925), 박문본(1953), 광영사본(1956), 삼중당본(1962), 우신 개정본(1990), 우신 정본(1992), 동아본(1995) 등 9개의 판본을 수집하여 각 판본의 차이와 변이를 총정리한 꼼꼼한 실증 작업의 산물이다. 『매일신보』 연재본을 바탕으로 원전을 복구하되 각주를 통해서 9개 판본의 차이와 변이를 소상하게 밝히는 한편, 이러한 판본 대조 작업의 결과를 체계적으로 정리한 해제 「『무정』의 계보」를 수록하여 연구자들에게 원전 비평의 중요성을 생생하게 일깨워주었다. 특히 설사 원전의 중요성을 깨닫고 있었다 하더라도 거의 한 세기 전의 원전을, 그것도 신문에 연재된 것이라서 쉽게 접근하기 어려운 환경에 놓여 있던 연구자들에게 접근하기 쉬운 자료집으로서 제공한 것은 무엇보다 지대한 공헌이었다고 할 것이다.

다만 『바로잡은 『무정』』은 판본 비교의 원칙을 "문장의 의미나 문맥에 영향을 끼치는 경우의 모든 차이를 밝히는 것"[73]에 둔 만큼 역시 부분적인 판본 대조에 그친 점은 언급해 두어야 할 것 같다. 표기법 및 한글맞춤법만 달라진 경우와 띄어쓰기만 달라지는 경우는 배제한 까닭에 동시대의 표기법이었음에도 불구하고 『매일신보』와 신문관의 표기법이 무척 달랐다는 사실을 알기 어렵다. 또 삼중당본 『무정』(1962)의 속간본이라 할 수 있는 우신사전집본 『무정』(1979)과의 차이를 놓친 점도 아쉬운 대목이다. 설사 우신사본 『무정』과의 차이를 포착했더라도 한자 병기의 문제는 문장의 의미나 문맥에 영향을 끼치지 않는 표기법의 문제였던 터라 『바로잡은 『무정』』에 판본의 차이는 반영되기 어려웠을 가능성도 있다.

---

[73] 「일러두기」, 『바로잡은 『무정』』, 문학동네, 2004, 29면.

# 해외 한국문학 연구자들의 번역,
## 영문판·일본어판(2005)

한국에서『무정』의 원전에 대한 논의가 일단락지어지고 나자 2005년
에는 해외 한국학 연구자들에 의한『무정』의 번역 간행이 잇달았다. 먼
저 미국의 한국학 연구자이자 이광수의 손녀이기도 한 이성희Ann Sung-hi
Lee의 영문 번역『이광수와 근대 한국문학—무정Yi Kwang-su and Modern
Korean Literature : Mujŏng』이 코넬대학의 동아시아 총서 127권으로 간행되
었고, 이어서 일본의 이광수 연구자인 하타노 세츠코波田野節子의 일본어
번역『무정』이 일본의 한국문학 연구자들에 의해 기획된 '조선근대문학
선집'의 1권으로 간행되었다. 한국 최초의 근대 장편소설이라는『무
정』의 문학사적 위상이 어느덧 해외 한국학계에서도 중요한 관심사로
서 자리매김되고 있음을 보여주는 기획 번역서들인 셈이다.

영문판『무정』이 1918년 신문관에서 간행된 초판본을 저본으로 삼
았다면 일본어판『무정』은 1925년 홍문당서점에서 간행된 6판본을 저
본으로 삼았다. 번역 저본의 결정에서부터 실제 번역에 이르기까지 최
대한 당대의 맥락을 살려 번역하고자 한 고심과 신중함이 돋보이는 번
역들이다. 한국문학에 애정을 가진 성실한 연구자들의 좋은 번역을 만
나 해외의 독자들에게도 널리 읽히게 되었으니, 1917년 세상에 나온 이
래 한 세기 가까이 온갖 굴곡으로 점철된 한국 근대사를 헤쳐나온『무
정』으로서는 이들 번역서를 대한 감회가 남다르지 않았을까.

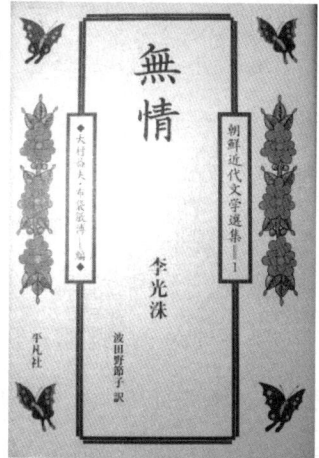

〈그림 19〉 Ann Sung−hi Lee(2005)와 波田野節子(2005)의 번역서 표지.

## 『무정』100년의 시간을 걸어 나오며

애초 국립중앙도서관에서 『무정』의 판본에 관한 글을 써달라는 의 뢰를 받았을 때만 해도 그건 저자의 몫이 아니라고 생각했다. 하물며 『무정』100년의 시간에 관한 이야기라니. 이 글을 준비하면서 한국 최 초의 근대장편 『무정』이 근대적인 조선어와 조선문학을 통해 식민지 근대 조선의 민족적 열망을 담아낸 문학사적 기념비일 뿐만 아니라, 식 민지 시기에서 해방 후 오늘날에 이르기까지 온갖 굴곡으로 점철된 한 국 근대사의 흔적이 고스란히 새겨진 작품이기도 하다는 점을 깨닫게 된 것은 저자에게도 뜻밖의 수확이었다고 할 것이다.

『무정』100년을 앞두고 이광수 연구자로서의 몫을 고민하고 있던 저자에게 귀한 기회를 제공해준 국립중앙도서관 학예사 김지혜 선생님께 진심으로 감사드린다. 또한 『무정』의 여러 판본들을 열람하고 자료를 이용할 수 있도록 도와주신 한국연구원, 현대문학관, 국립중앙도서관, 호산방 고서점, 화봉문고, 근대문학관, 서강대도서관, 부산대도서관, 근대서지학회, 그리고 귀중한 시간을 쪼개어 기꺼이 자료 현황 조사에 도움을 주신 서던캘리포니아대 도서관 및 시카고대 도서관의 한국학 전문사서 선생님들께도 진심으로 감사드린다. 부족하나마 이 글이 『무정』100년의 의미를 되돌아보고 새로운 시각에서 『무정』연구의 시좌를 여는 데 보탬이 될 수 있었으면 좋겠다.

| 판본/소장처 | 판사(발행소)<br>저작 겸 발행자<br>인쇄소(인쇄자) | 발행일자 | 장정 및 특이사항 | 가격 |
|---|---|---|---|---|
| 『每日申報』/<br>한국연구원 | 每日申報社 | 1917.1.1~<br>6.14 | 126회 연재. | |
| 1판/<br>현대문학관<br>고려대도서관 | 新文館·東洋書院<br>崔昌善<br>崔誠愚 | 1918.7.20 | 종이 양장본. 1,000부 발행.<br>623면. 최남선 서문. | 1원 20전 |
| 2판/<br>국립중앙도서관 | 新文館·廣益書館<br>崔昌善<br>崔誠愚 | 1920.1.11 | 종이 양장본. 623면.<br>최남선 서문. | 1원 20전 |
| 3판<br>서던캘리포니<br>아대<br>한국학도서관 | 廣益書館·匯東書館<br>高敬相<br>啓文社印刷所 | 1922.2.20 | 바이블式<br>洋裝·總堅布依(광고) 559면.<br>최남선 서문. | 1원 80전 |
| 4판<br>호산방 고서점 | 廣益書館·匯東書館<br>高敬相<br>啓文社印刷所 | 1922.5.5 | 파이블式 美本洋裝(광고)<br>布衣(삼베)장정. 책등<br>아라베스크 무늬 바탕에 책<br>제목과 저자명 인쇄. 559면.<br>최남선 서문. | 1원 80전 |
| 5판/<br>화봉문고 | 興文堂書店·<br>匯東書館<br>高敬相<br>興文堂印刷所 | 1924.1.24 | 布衣(삼베)장정. 책등에 책<br>제목과 저자명 인쇄. 559면.<br>최남선 서문. | 1원 80전 |
| 『무정』 1만 부 이상 판매 광고(『조선문단』, 1924.10) | | | | |
| 6판/<br>근대문학관 | 興文堂書店·<br>匯東書館<br>高敬相<br>興文堂印刷所 | 1925.12.25 | 布衣(광목)장정. 표지에 책<br>제목과 저자명 인쇄. 559면.<br>최남선 서문. | 1원 80전 |
| 『朝鮮思想通信』/<br>서강대 도서관<br>영인본 | 朝鮮思想通信社<br>李光洙 作<br>李壽昌 譯 | 1928.8.2<br>~1929.5.9. | 재조일본인 잡지. 223회 연재.<br>이광수, 譯者へ一言<br>이수창, 「無情」の譯後に | |

| 판본/소장처 | 판사(발행소)<br>저작 겸 발행자<br>인쇄소(인쇄자) | 발행일자 | 장정 및 특이사항 | 가격 |
|---|---|---|---|---|
| 7판/<br>화봉문고·<br>오영식 | 博文書館<br>盧益亨<br>大東印刷所 | 1934.8.30 | 크로스(비단)장정. 책등에 책<br>제목과 발행소 인쇄. 559면.<br>최남선 서문 | 1원 80전 |

『무정』7만 부 판매 돌파 광고(『박문』, 1938.11)

| 판본/소장처 | 판사(발행소) | 발행일자 | 장정 및 특이사항 | 가격 |
|---|---|---|---|---|
| 8판/<br>화봉문고 | 博文書館<br>盧益亨<br>大東印刷所 | 1938.11.25 | 하드커버 양장본. 화가 정현웅<br>장정. 559면.<br>최남선 서문. | 1원 80전 |

1939년 3월 영화 〈무정〉 개봉(박기채 감독, 한은진 주연)

1941년 7월 총독부의 도서 재검열에 의해 『무정』 발매금지 처분.

1948년 4월 출판계 친일파 저술 출판 거부 공식 결의. 동년 9월 반민족행위특별법 제정.

| 판본/소장처 | 판사(발행소) | 발행일자 | 장정 및 특이사항 | 가격 |
|---|---|---|---|---|
| 9판/<br>국립중앙도서관·<br>오영식 | 博文出版社<br>著者:李光洙<br>博文印刷所 | 1953.1.30.<br>1953.2.10 | 반양장본. 2단 조판.<br>상·하 분책(269·233면). | 1만 5천 원 |
| 10판/<br>부산대 도서관 | 耕眞社<br>著者:李光洙<br>發行者:金河豊<br>京鄉新聞社 | 1954.6.25 | 하드커버 양장본. 2단 조판.<br>상·하 합본(269·233면) | 5백 원 |

1947년 1월 저작권법 제정(해방 전 저작권 매매 무효화)

1957년 조연현의 『현대문학사』, 근대문학의 '기원'으로서의 문학사적 위상 부여

| 판본/소장처 | 판사(발행소) | 발행일자 | 장정 및 특이사항 | 가격 |
|---|---|---|---|---|
| 春園撰集/<br>국립중앙도서관·<br>근대서지학회 | 光英社<br>著作者:李光洙<br>發行者:許英肅<br>京鄉新聞社 | 1956.10.25 | 제5권. 반양장본. 2단 조판.<br>상·하 합본(263·227면). | 1천 2백 환 |
| 李光洙全集 | 三中堂<br>著作者:李光洙<br>發行者:徐載壽<br>三省印刷株式會社 | 1962.4.25 | 제1권에 수록. 하드커버<br>양장본. 2단 조판. 본문 311면. | 3백 원 |

| 판본/소장처 | 판사(발행소) / 저작 겸 발행자 / 인쇄소(인쇄자) | 발행일자 | 장정 및 특이사항 | 가격 |
|---|---|---|---|---|
| 1962년 10월 〈무정〉 재영화화(이강천 감독, 최은희 주연) |||||
| 李光洙全集 | 又新社 / 著作 : 李光洙 / 發行者 : 노양환 / 平和堂 | 1979.5.15. | 제1권에 수록. 하드커버 양장본. 3단 조판. 본문 194면. | 8천 원 |
| 1986년 북한문학사 『조선문학개관』, '부르조아 계몽문학으로서의 〈신문학〉' 문학사적 위상 부여. |||||
| 定本 『무정』 | 우신사 / 지은이 : 이광수 / 펴낸이 : 노양환 | 1992.8.1. | 반양장본. 357면. 최남선 서문. 김윤식의 해설과 윤홍로의 부록 논문 수록 | 5천 원 |
| 바로잡은 『무정』 | 문학동네 / 김철 校註 | 2003.9.30 | 하드커버 양장본. 721면. | 3만 원 |
| Mujŏng | Cornell University Ithaca, New York / Ann Sung-hi Lee | 2005.5 | Cornell East Asia Series 127. 초판본 저본. 하드커버와 페이퍼백 2종. 372면(Introduction 74면 포함). | 페이퍼백 $29.00 |
| 無情 | 東京 : 平凡社 / 著者 : 李光洙 / 譯者 : 波田野節子 / 發行者 : 下中直人 | 2005.11.18 | 朝鮮近代文學選集 1. 6판본 저본. 하드커버 양장본. 447면. | 4300円 |

# |제3장|
# 영화화된 〈무정〉(1939)의 역설

## 조선 최초의 기업영화사, 『무정』을 영화화하다

1938년 1월 22일 『동아일보』는 영화계의 일년 계획을 소개하는 자리에서 조선영화회사가 제1회 작품으로 이광수 원작 『무정』을 박기채 감독의 각색으로 영화화할 예정이며 2월 하순부터 제작에 들어간다는 기사를 떠들썩하게 내보냈다.[1] 조선영화회사는 1937년 창립된 조선 최초의 주식회사로서 50만 원의 자본금을 기반으로 영화 제작 기구 및 스튜디오, 녹음실 등 최신의 제반 설비를 갖춘 당시로서는 최첨단의 기업영화사였다.[2] 창립 당시부터 영화계 안팎의 이목이 집중되었던 조영朝英

---

1 「映畫會社 演藝界의 一年計」, 『동아일보』, 1938. 1. 22.
2 「大望의 朝鮮映畫 株式會社 創立」, 『동아일보』, 1937. 7. 21; 「朝鮮映畫界의 尖兵隊 朝英의 設計圖」, 『조광』, 1938. 1.

이 창립 기념작으로 조선 근대문학의 대표작 『무정』을 영화화한다는 소식은 영화계는 물론이고 문화계 전반을 들썩이게 만들었다. 『삼천리』는 발 빠르게 영화 〈무정〉의 시나리오를 공개했고,[3] 『동아일보』 또한 3월 촬영 예고에서부터 5월 촬영 착수, 7월의 평양 현지 촬영 및 촬영 완료, 그리고 9월 토쿄에서의 편집에 이르기까지 제작의 전 과정을 보도했다.[4] 〈무정〉의 영화화는 1938년 상반기 내내 문화계 주요 관심사의 하나였다고 해도 과언이 아닌 셈이다.

『무정』의 영화화는 당시 프랑스 문예영화의 유행 및 일본에서의 활발한 문예영화 제작이라는 흐름과 맞물려 문단의 비상한 관심을 끌었을 뿐만 아니라,[5] 20여 년 동안 조선 신문학의 대표작으로서 널리 사랑을 받아온 만큼 독자들의 기대감을 자극하기에도 충분했다. "小說『無情』을, 英彩나 亨植이를, 이번에는 종이에 찍힌 活字가 아니라 움지기고 말을 하고 하는 그림으로써 '스크린'에서 만날 수가 있다는 것, 그것은 分明히 질거움이 아닐 수 없다"[6]는 기대감은 비단 채만식만의 것이 아니었던 것이다. 여기에 자본과 설비 및 최고의 제작진를 갖춘 당대 조선 최고 영화회사의 창립 기념작이라는 언론의 대대적인 선전까지 가했으니,[7] 영화 〈무정〉에 거는 관객들의 기대가 어떠했을지는 짐작하

3  이광수 원작·박기채 각색, 「토키-씨나리오 無情」, 『삼천리』, 1938.5.
4  「朝映의 第一回 作品-〈無情〉 近日 撮影 開始」, 『동아일보』, 1938.3.19; 「新技師 맞은 '朝映' 〈無情〉 撮影에 着手」, 『동아일보』, 1938.5.14; 「朝映 〈無情〉 撮影隊員 平壤으로 '로케' 出發」, 『동아일보』, 1938.7.4; 「朝映創立記念作品 〈無情〉 촬영 완료」; 『동아일보』, 1938.7.29; 「東上中의 朝映作品 〈無情〉 歸京 不日 東洋橫斷 封切」, 『동아일보』, 1938.9.16.
5  백문임 외, 『조선영화란 何오』, 창비, 2016, 14면.
6  채만식, 「文學作品의 映畵化 問題」, 『동아일보』, 1939.4.6.
7  영화 〈무정〉에 대한 언론의 대대적인 선전이 예비 관객에게 미친 영향에 대해서는 『매일신보』의 '학생란'에 기고된 영화평을 참고할 수 있다. "벌서 오래 前부터 宣傳하고 廣告하든 〈無情〉이라 그리고 製作者, 俳優들의 陣容이 朝鮮서 드물게 보는 豪

고도 남음이 있다.

실제로 이듬해 3월 15일 황금좌에서 개봉된 『무정』은 개봉 당일 매회 매진을 이어가며 대성황을 이뤘다.

내가 지금 마구 극장에서 오는 길인데 아츰도 滿員, 두 번재의 오후도 滿員, 세 번재의 이번도 '札止'를 하고 數百의 관객이 도로 돌아갔어요. 大盛況이어요. 20여년 동안 『無情』의 聲譽가 컸느니만치 누구나 한 번 볼려는 듯하요

—김정혁[8]

## 영화 〈무정〉의 각색 및 연출 의도

그러나 〈무정〉을 각색하고 연출한 박기채 감독의 의도는 원작 『무정』을 그대로 스크린에 번역하는 데 있지 않았다. 제작 의도에 관해 여러 번 거듭 표명한 대로 "영화로서만이 묘사할 수 있는 조선의 정조情調"를 나타내 보이겠다는 것이 영화화의 근본 의도였고, 이런 의도하에 원작 『무정』과는 달리 '조선여성의 전통적 정신미精神美'를 가진 영채를 주인공으로 한 영화 〈무정〉의 제작에 나섰던 것이다.[9]

華版이라 쌔 큰 期待를 가지고 (…중략…) 더구나 이것이 朝鮮에서 資本과 設備가 其他 모든 것이 가장 具備한 朝鮮映畵株式會社가 그 全力을 기우리여 製作한 創立記念作品이엿섯다는 데(하략)" 이명선, 「映畵 〈無情〉의 印象」, 『매일신보』, 1939.3.19.
8 「영화 〈무정〉의 밤」, 『삼천리』, 1939.6, 63면.

창립 당시부터 조선영화회사는 조선뿐 아니라 일본과 만주, 하와이까지 외국으로 판매시장을 넓힐 계획을 갖고 있었고,[10] 영화 〈무정〉은 1938년 9월 동경에서 영화 편집을 마친 시점에서만 하더라도 토쿄과 경성, 그리고 만주국의 수도 신징新京 등지에서 동시 개봉될 예정이었다.[11] 영화 〈무정〉의 광고 포스터가 조선어와 나란히 일본어로 '순미純美한 반도애시 반도애시半島哀詩의 영화'라는 선전 문구를 내걸고 있는 것도 이러한 사정과 무관하지 않다.

새로운 朝鮮映畵의 誕生!

(모든 사람이 모히는 곳, 들니는 곳마다, 『無情』의 話題와

評判으로 끝업는 絶讚, 쏘 絶讚)


高尙な愛情, 淸淨な淚, 美しい人情, すぐれた音樂.

斯ういふ物を愛する人のために製作される

純美の半島哀詩の映畵だ!!

(고상한 애정, 청정한 눈물, 아름다운 인정, 뛰어난 음악.

이런 것을 사랑하는 사람을 위해 제작된

---

9   "이번 작품에서는 진실한 조선의 전통적 정서와 풍속과 습관을 여실히 나타내 보려고 생각만은 가지고 있으나 제작을 해놓고 할 말이지 (…후략…)"(「映畵會社 演藝界의 一年計」, 『동아일보』, 1938.1.22) "나는 無情에 있어서 朝鮮 女性의 傳統的 精神美를 描寫하여 보겠다는 것이 演出에 대한 나의 意圖"(박기채, 「나의 연출 의도」, 『여성』, 1934.4, 70면) "영화로서만이 묘사할 수 있는 조선의 정조 즉 우리만이 가질 수 있는 풍속과 산수의 풍경 그리고 인정 또 생활의 표본을 말하려는 데 있을 것"(박기채, 「映畵監督의 日記(2) 無情記(下)」, 『동아일보』, 1938.5.8)

10  「朝鮮映畵界의 尖兵隊, 朝映의 設計圖」, 『조광』, 1938.1, 53면.

11  「東上中의 朝映作品 〈無情〉 歸京 不日 東洋橫斷 封切」, 『동아일보』, 1938.9.16.

純美한 半島哀詩의 영화다!!)

실제로 영화 〈무정〉은 원작 『무정』으로부터 영채의 이야기, 그것도 병욱과 만나기 전까지의 영채의 이야기만을 취사선택했다. 애초에 박기채가 각색한 시나리오는 황주―병욱의 집 장면에서 시작되어 다시 병욱의 집 장면에서 끝나는 액자 형식을 취했지만,[12] 촬영을 진행하면서 이 부분은 삭제되었다. 첫 장면은 그네 뛰는 장면으로 시작되고 있어 영채와 형식의 어린 시절에서 영화가 시작된다는 것을 알 수 있고,[13] 마지막 장면은 영채가 눈물을 흘리면서 '열녀불경이부烈女不更二夫'라는 글귀가 쓰인 부친의 편지를 찢어 강물에 흘려보내는 극적 장면으로 대체되었다.[14] 당시 『매일신보』가 소개한 영화 〈무정〉의 경개梗槪는 다음과 같다.

朝鮮에도 새로운 文化의 곳이 피기 始作한 所謂 '開化時代'로 이야기의 發端은 뒤거름질처 올너간다. 일즉이도 漢文化 模倣의 꿈에서 잠을 깬 朴進士는 새로운 敎育의 理想을 품고 私塾에서 수만흔 子弟를 기르다가 冤罪를 뒤집어쓴 채 獄死를 하게 된다. 進士의 하나박게 업는 쌀인 英采는 아버지를

---

12  이광수 원작 · 박기채 각색, 「토-키 씨나리오 無情」, 『삼천리』, 1938.5.
13  "메인 타이틀이 끝나자(관중은 이 타이틀이 끝나자 무엇이 나오나, 어떤 것으로 시작이 되는가를 가장 궁금하게 기다리는 것입니다. 그럼으로써 첫 장면이 작품 전체에 주는 영향이 심대할 줄 압니다) 머리 꼬랑이가 추렁하는 색시가 그네 뛰는 장면, 허리 구부리고 널 뛰는 장면, 장기판, 돈치기 등등…… 장면이 어슬렁어슬렁 왔다갔다 수분 간을 계속하는 데는 아쩔하였습니다." 박영환, 「무정으로 박감독에 공개장」, 『삼천리』, 1939.6, 196면.
14  "그렇게 뼈에 사모치게 알아오든 信條가 그만 여러 가지 마지못할 사정으로 직혀지지 못하게 될 때, 그래서 이럴 때 아버지가 써주시든 그 글구 쓴 白紙를 라스트 씬에 가서 눈물 흘니면서 강물에 떠내려 보낼 때 가장 거기가 크라이막쓰라고 보아요." 「영화 〈무정〉의 밤」, 『삼천리』, 1939.6, 125면.

일코 約婚者나 다름이 업는 李亨植에게 依支할 수박게 업섯든 것이나 運命
은 그 사람마자 英采에게서 쌔서가고 말었다. 叔母에게 가 잇든 英采는 넘
우도 甚한 虐待에 견듸지 못하야 亨植을 차저 叔母의 집을 써난다.

　七年後 妓生 月香이가 된 英采는 月花라는 妓生과 親同己와 가티 지나면
서 아즉도 亨植이를 잇지 못하고 지낸다. 어느 여름날이엇다. 大同江의 舟
遊에 불린 月花는 遊蕩兒 金賢洙에게 가진 욕을 다 보게 된다. 그쌔이다.
京城의 某中學에서 敎鞭을 잡고 잇는 亨植도 배를 씌우고 잇섯다. 그 사람
이 그러케까지 英采가 찻고 잇는 亨植인 줄을 몰으는 月花는 그에게 思慕
의 純情을 보내게 된다.

　月花가 自殺한 다음 月香이는 亨植이가 잇다는 서울로 올너오게 된다.
그러나 그쌔는 벌서 亨植은 百萬長者의 쌀인 善馨과 婚約을 매진 쌔엿다.
月香은 얼마 안 되어 新聞記者 申友善과 사귀게 되고 쏘 그에게 求婚을 밧
게 된다. 申이 亨植에게 月香의 消息을 傳햇슬 쌔는 亨植과 善馨의 婚禮式
을 보고 月香이가 벌서 서울을 써난 쌔엿다.[15]


　요컨대 영화 〈무정〉은 영채의 불행한 어린 시절에서 시작하여 7년 후
기생이 된 현재의 시점에서 친동기처럼 의지하던 기생 월화의 죽음, 신
우선의 구혼 거절, 형식과 선형의 결혼식, 결혼식을 엿보던 영채의 눈물
을 순차적으로 배열하면서 '순미한 반도애시의 영화'라는 광고의 선전
문구대로 영채의 지조와 눈물어린 순정을 한껏 부각시켰던 것이다.

---

15 「新映畵紹介—朝鮮映畵의 〈無情〉 十五日부터 黃金座」, 『매일신보』, 1939. 3. 16.

# 영화 〈무정〉에 쏟아진 비판들

그럼에도 불구하고 영채의 이야기를 통해 '순미한 반도애사'를 영화화하고자 했던 감독의 의도는 당대 문단은 물론이고 일반 관객들에게도 큰 호응을 얻지는 못한 듯하다. 대개의 반응은 소설 『무정』 중에서도 다른 면을 취할 만한 데가 많은데 왜 하필 기생 면을 취했는가, 원작의 중요한 대목을 모두 잘라버림으로써 원작의 예술미를 살리지 못했다, 스토리의 필연성을 잃은 개작으로 인해 그나마 영화 〈무정〉의 의도했던 눈물의 필연성마저 확보하지 못한 채 평면적인 영화가 되고 말았다, 영화의 첫 장면에서 등장하는 조선의 풍경과 전통적 풍속은 인물과 배경의 조화를 잃었고 '관광영화의 소개판'처럼 지나치게 상투적이라는 데 입을 모았다.

이들 일련의 비판에 대해서는 문학의 영화화에 대한 문인과 영화인의 입장 차이라거나 당대 이미 일정한 지위를 구축한 문단과 신참인 영화계 간의 위계 다툼으로 바라보는 시각이 대부분이다.[16] 그러나 영화 〈무정〉에 대한 비판은 문단의 문인들만 아니라 당대 연극 및 영화계 인사를 비롯해 일반 관객에 이르기까지 두루 발견되는 현상이었으며, 향후 조선 문예영화의 발전에 거는 기대의 표명이기도 했다는 점에서

---

16  김윤선, 「1930년대 한국 영화의 문학화 과정-영화 〈무정〉(박기채 감독, 1939)을 중심으로」, 『우리어문연구』 31, 우리어문학회, 2008, 297~298면; 황호덕, 「활동사진처럼, 열녀전처럼-축음기 · (활동)사진 · 총, 그리고 활자 : '〈무정〉 위 밤'이 던진 문제들」, 『대동문화연구』 70, 성균관대 대동문화연구원, 2010, 418~420면; 주창규, 「영화 〈무정〉의 각색에 나타난 박기채의 작가성 연구」, 『영화연구』, 2011, 한국영화학회, 414~423면.

비판의 양상에 좀더 주목할 필요가 있다.

소설『무정』중에서도 어째 기생 면을 택했는지. 시대의 변천으로 전환기의 번민이라든가 취할 점이 많은데, 소설『무정』도 이 점 때문에 감명 깊은 것이고.[17]

— 서항석(연극인)

『무정』을 영화한다 할 제 반대. 특히 기생을 주제로 한 데는.[18]

— 김유영(영화감독)

촬영 전에 각색만은 손을 대야하겠다고 생각이 들어[19]

— 안종화(영화배우 겸 감독)

원작을 읽지 않고는 이 영화에 비쳐지는 사실만 가지고는 이야기의 줄거리를 찾지 못하겠어. 감독이 무엇을 표현하려 노력했는지 주제가 선명치 못해.[20]

— 김동인

조선어를 모르는 관중이 화면과 幕을 가지고 스토리를 이해하지 못할 듯[21]

— 이광수

---

17 「봄날의 映畵放談 — 〈귀착지〉, 〈무정〉, 〈사랑에…〉 三作合評」, 『동아일보』, 1939.3.30.
18 위의 글.
19 위의 글.
20 「영화 〈무정〉의 밤」, 『삼천리』, 1939.6, 128면.
21 춘원, 「영화 〈무정〉으로 공개장, 감독 박기채 씨에게 보내는 글」, 『삼천리』, 1939.6, 136면.

눈물과 한숨과 情怨으로 엉키어야 할 이 작품이 지나치게 고요하고 그늘이 없고 그저 평면적으로 슬금슬금 이 장면에서 저 장면으로 넘어가버린 듯[22]

—이헌구(영화 비평가)

영화 〈무정〉은 눈물 없는 영화임이 유감. 영채의 前半身이라고도 할 만한 월화의 死가 눈물을 주지 못하였고, 영채가 형식을 위하여 苦節을 지켜야 할 이유가 제대로 설명되지 않아. 형식을 영채와 한 번도 만나지 않게 한 것도 스토리의 비극화에 결함.[23]

—이광수

영채란 조선여자의 전통적 정신미의 구현이라는 감독의 언명에도 불구하고 영화를 보고 난 후의 인상이란 참으로 미미. 사건 발전에 많은 관계를 가져야 할 형식과 선형도 지나가다 들린 구경꾼 같은 인상.[24]

—박영환(경성제대 학생)

소설 『무정』은 1910년대 젊은 제너레이션의 시대적 동향을 보인 것. 영화 〈무정〉은 시대가 현대로 바뀌면서 다만 인정 세사의 어떤 무정한 단면만이 전면에 흐르고 있어[25]

—채만식

---

22 「영화 〈무정〉의 밤」, 128면.
23 춘원, 앞의 글, 133~135면.
24 박영환, 「무정으로 박감독에 공개장」, 『삼천리』, 1939.6, 197면.
25 채만식, 「문학작품의 영화와 문제」, 『동아일보』, 1939.4.6.

그네 뛰는 장면, 널뛰는 장면 등이 수분간을 계속하는 데는 아찔. 또 조
선영화를 보는구나 하는 불쾌감. 관광영화의 소개판이라면 의의가 있을
는지 모르나[26]

— 박영환(경성제대 학생)


그네의 장면, 빨래와 움물의 장면 같은 것은 마치 조선풍속을 모르는 관
중의 흥미를 끌기 위한 양념인 듯하와 상업적인 동기로 의심받을 염려가
不無하오니[27]

— 이광수


처음 鞦韆 장면이 좋았으나 추천, 돈치가가 한데 마구 뭉쳐 나오고 또
너무 길어서 일어나는 감흥을 반감시킨 유감이 있어[28]

— 백철


조선의 향토색을 억지로 내세우려 하는 듯한 어색한 맛[29]

— 이명선(경성제대 학생)


인물과 배경의 조화, 특히 배경의 선과 인물이 잘 어울리지 않아[30]

— 서항석(연극인)

---

26  박영환, 앞의 글, 197면.
27  춘원, 앞의 글, 136면.
28  「영화 〈무정〉의 밤」, 『삼천리』, 1939.6, 129면.
29  城大 李明善, 「映畵 〈無情〉의 印象」, 『매일신보』, 1939.3.19.
30  「봄날의 映畵放談-〈귀착지〉, 〈무정〉, 〈사랑에…〉 三作合評」, 『동아일보』, 1939.3.30.

이상의 언급에서 볼 수 있듯이, 주로 비판의 도마에 오른 것은 주제의식 및 스토리 필연성의 결여와 조선 풍속을 영상화한 장면의 상투성이었다. 우선 영화 〈무정〉이 기생 영채의 이야기만 다룬 것은 원작 『무정』의 사상을 지나치게 축소한 것이며, 설사 시대적 제한 및 기생 영채의 이야기에 주목한 감독의 의도를 인정한다 하더라도 영화에 비쳐지는 장면만으로는 스토리도 제대로 이해하기 힘들다는 비판이 두루 발견된다. 이에 관해서는 "원본인 문학을 그대로 직역"하지 않은 데 대한 이광수와 문인들의 불만[31]이라거나 좀더 적극적으로는 "원작의 본질을 훼손한 각색의 실패가 아니라 '여성용 영화'가 형성되는 과정의 일환"[32]이었다는 견해가 제기되어 있다. 그러나 당대는 이미 프랑스를 비롯한 일본의 다양한 문예영화가 유통되고 있었던 만큼 문예영화=문학의 직역이라는 경직된 사고를 가진 문인의 글은 찾아보기 어려우며,[33] 각색에 고심하는 대신 '원작에 충실하게' 장면을 진행시키는 것이 영화에 더 효과적이었을 것이라는 이광수의 주장도 스토리의 필연성이라는 관점에 국한된 것이었음을 고려할 때, 영화 〈무정〉이 기본적인 서사성을 갖추지 못한 데 대한 비판이었다고 보는 것이 적절하다.

게다가 "관광영화의 소개판" "조선의 향토색을 억지로 내세우려 하는 듯한 어색한 맛"이라는 비판이 단적으로 말해주듯 조선영화로서의 '로컬 컬러'를 여실히 구현하겠다던 감독의 의도 또한 그다지 성공적이었

---

31 황호덕, 앞의 글, 420면.
32 주창규, 앞의 글, 395면.
33 대표적인 논의로 백철과 채만식의 글을 참고할 수 있다. 백철, 「문학과 영화—문예작품을 영화화하는 문제」, 『문장』, 1939.3; 채만식, 「문학작품의 영화화 문제」, 『동아일보』, 1939.4.6.

다고 보기는 어렵다. 이 무렵은 바로 전해인 1938년 무라야마 토모요시 村山知義가 연출한 일본 극단 신쿄新協의 〈춘향전〉 공연을 계기로 일본과 조선에 이른바 '조선 붐'이 일기 시작한 시기였고,[34] 중일전쟁의 확대와 더불어 본격적인 내선일체의 압력에 처했던 조선의 지식인들 사이에서 는 일본문화의 지방적인 한 단위로서의 '조선의 로컬 컬러'를 주장함으 로써 조선적 특수성을 지키고자 하는 분위기가 지배적이었다.[35] 영화 〈무정〉을 통해 "진실한 조선의 전통적 정서와 풍속과 습관을 여실히 나 타내 보려고"[36] 했다는 감독의 의도가 이러한 당대 분위기에 부응하려는 데 있었을 것은 의심의 여지가 없다. 그러나 깊이 없이 상투적인 연출, 영화의 전체 흐름을 깨뜨릴 정도로 불필요하게 늘어진 장면 등은 오히 려 역효과를 낳아 관객들의 비판적인 반응을 자초하고 말았던 것이다.

결국 '순미한 반도애시의 영화'를 겨냥한 영화 〈무정〉은 다양한 인 물, 섬세한 심리묘사, 역동적인 장면묘사, 탄탄한 스토리 구성, 속도감 있게 읽히는 문장과 더불어 당대 청년들의 시대적 동향을 생생하게 담 아냈던 원작 『무정』의 무게를 뛰어넘기에는 여러모로 역부족이었다는 것이 당대 관객들의 주된 반응이었다고 할 수 있다.

---

**34** 극단 신쿄의 〈춘향전〉 공연이 불러일으킨 문화사적 파장에 관해서는 다음을 참조. 문 경연, 「일제 말기 극단 신협의 〈춘향전〉 공연 양상과 문화횡단의 정치성 연구」, 『한국 연극학』 40, 한국연극학회, 2010; 서동주, 「1938년 일본어연극 〈춘향전〉의 조선 '귀환' 과 제국일본의 조선 붐」, 『동아시아고대학』 30, 동아시아고대학회, 2013 참고.

**35** "여기에 주의할 것은 新日本民族에로 통일된다는 것은 결코 朝鮮人이 그의 民族的인 고유성 전반을 상실해야 한다는 것은 절대로 아닙니다. 조선 민족의 고유한 언어, 문 화전통, 민족정신 등 이러한 것은 새로히 형성되는 新日本民族의 생활의 일부면으로서 끝 까지 보존되고 또 발달되야 할 것입니다"(인정식), "내선일체가 만일 조선의 문화를 말소하고 마는 결과를 낳는다면 그것은 매우 불행한 일이라고 생각합니다. (…중 략…) 조선의 언어 문화 등 이런 것을 끝까지 보존하지 않으면 안 되리라고 생각합니다" (이광수), 「時局有志圓卓會議」, 『삼천리』, 1939.1, 39·42~43면.

**36** 「映畵會社 演藝界의 一年計」, 『동아일보』, 1938.1.22.

## 영화 〈무정〉을 배경으로

영화 〈무정〉에 대한 당대의 반응이 주로 원작 『무정』의 무게를 뛰어넘지 못한 한계에 집중되어 있다면, 영화화된 〈무정〉을 배경으로 원작 『무정』의 매력이 또 다른 각도에서 생생하게 부상한 것은 비교적 최근의 일이다. 1939년 3월 영화 〈무정〉의 시사회 당시 문인과 영화인 사이에서 제기된 문제들을 단서로 근대 기술 미디어와 『무정』의 관련성을 매력적으로 분석하고 있는 황호덕의 「활동사진처럼, 열녀전처럼－축음기ㆍ(활동)사진ㆍ총, 그리고 활자 : '〈무정〉의 밤'이 던진 문제들」(2010)이 그 주인공이다. 애초에 영화 〈무정〉에 대한 당대 문단의 혹평과 관련하여 박기채 감독을 위한 변론을 시도한 이 논문은 역설적이게도 이광수를 위한 변론에 가까워지고 말았다는 것이 저자의 생각이다. 어떤 점에서 그러한가.

영화 〈무정〉에 대한 당대 문단의 혹평이 '번역본인 영화'가 '원본인 문학'을 제대로 직역하지 않은 데 대한 불만에서 비롯되었다는 전제로부터 출발하고 있는 그의 논의는 사실상 이광수의 『무정』이야말로 "실재와 상상을 내장하기 위해 온갖 기술 미디어들을 불러들인 소설"[37]이라는 사실을 다각도로 분석하는 데 바쳐지고 있다. 이광수 자신 애초에 영화를 베끼는 과정 속에서 소설적 틀을 만든 장본인인데, 문학 우위의 입장에서 박기채 감독에게 이래라저래라 할 입장이 못 되는 것 아니냐는 항변인 것이다. 이러한 변론의 궁극적인 목적이 한국 근대문학

---

37  황호덕, 앞의 글, 437면.

의 형성 자체가 근대 기술 미디어와의 상호작용 속에서 이루어졌다는 점을 환기하는 데 있음은 말할 것도 없다.

　역설적인 것은 이러한 논의가 근대 기술 미디어를 효과적으로 활용한 『무정』이 얼마나 매력적인 소설인지 드러냄으로써 소설의 서사적 요소를 충분히 활용하지 못한 영화 〈무정〉의 평이함을 두드러지게 만들고 있다는 점이다. 영화적 표현을 적극 도입함으로써 이형식의 섬세하고도 역동적인 내면 서사를 추동하는 "활동사진처럼"의 층위는 영화 〈무정〉에서 아예 삭제되어 있고, 축음기의 효과를 통해 영채의 극적 서사에 대한 몰입을 추동하는 "열녀전처럼"의 층위 또한 영화 〈무정〉에서는 스토리의 필연성을 확보하는 데 실패하여 관객들의 공감을 사기에는 역부족이었다. 임화가 조선영화 발달사를 정리하는 자리에서 영화 〈무정〉을 비롯하여 기업화 경향 이후의 영화들이 기술 편중에 빠져 예술적 성격을 획득하지 못하고 있음을 한계로 지적한 것도 무리는 아니다.[38] 그러니 이쯤 되면 근대 기술 미디어를 효과적으로 활용하여 소설성을 확보하는 데 성공을 거둔 원작 『무정』에 다시 한번 손을 들어주어도 좋지 않을까.

---

38　"점차 '토-키'화된 조선영화가 일반적으로 기술적 수준이 향상되고 있었든 것만은 움직일 수 없는 사실이며, 그 중에서 조선의 감독들이 현저히 기술 편중에 빠져 職匠化하려는 경향이 눈에 띠웠다. (…중략…) 조선영화의 건전한 발전을 위하야 기술과 더부러 예술을, 혹은 예술로서의 '조선 토키'의 수준에 도달하기 위하야 이 한계는 하로바삐 벗어나야 할 것이다. 주위의 제사정이 여하간에 자기의 예술적 성격의 획득과 기업화의 길은 의연히 조선영화 금후의 운명을 결정하는 것이리라." 임화, 「朝鮮映畵發達小史」, 『삼천리』, 1941.6, 205면.

# 제4장

# 박문서관과 이광수

## 한 통의 소개 편지

지난해부터 하타노 세츠코 선생님과 함께 『이광수 후기 문장집』(1938
~1945)을 준비하고 있는 저자는 최근(2016) 고려대 아세아문제연구소의
이형식 선생님 덕분에 이광수가 토쿠토미 소호德富蘇峰에게 보낸 편지의
존재에 대해 알게 되었다. 1935년에서 1944년에 걸쳐 쓰인 것으로 모두
12통이나 되는데, 이광수와 소호와의 관계는 물론이고 특히 동우회사건
전후의 이광수에 관해서도 많은 것을 말해주는 흥미로운 자료들이다.
그런데 간단한 해제를 써볼 겸 자료를 유심히 들여다보다가 유독 관심
을 끄는 편지가 눈에 띄었다. 이광수가 소호에게 박문서관의 2대째 사장
인 노성석盧聖錫을 소개하고 있는 편지가 그것인데, 이 글을 대하는 순간
총동원체제기 박문서관 활동 배경의 저변이 또렷이 떠올랐던 것이다.

편지의 전문은 다음과 같다.

소호 선생

봄비가 어제부터 계속해서 내리고 있습니다. 이것으로 보리도 못자리도
염려 없을 모양입니다. 며칠 전 작소거(鵲巢居)의 시비(詩碑) 제막식(除幕
式)에 참석하여 선생을 그리워하였습니다. 작소거에 새로이 남긴 자취를
삼가 읽고 □□ 깊이 깨달았습니다.

노성석(盧聖錫) 군을 소개해 드립니다. 그는 조선에서 가장 유력한 출판업
자로 뜻도 실력도 토쿄의 이와나미(岩波)에 견줄 만한 사람입니다. 이번 토쿄
행에서 선생을 만나 뵙기를 바라 후생(後生)에게 소개를 청하므로 소개해드
립니다. 그는 경성제국대학 문학부 출신으로 출판보국(出版報國)의 뜻이 견
고하고 신뢰 촉망할 만한 청년으로, 특히 후생에게는 강력한 후원자입니다.
신시세(新時勢)에 대응하는 잡지 발행의 기획도 갖고 있고, 조선문화 향상을
위한 유력한 사업가라고 확신합니다. 모쪼록 접견하시고 격려해 주시기를
간절히 바랍니다. 몸조리 잘 하시기를 바라며 이만 삼가 아룁니다.

1940년(昭和 15) 5월 31일
香山光郎[1]

1940년 5월 28일 소호회蘇峰會 조선지부에서는 소호를 기리는 시비를
세우고 각 방면의 유지들이 다수 참석한 가운데 성대한 제막식을 열었

---

1  德富蘇峰記念館 所藏. 편지 겉봉에는 "東京市 銀座 民友社 德富蘇峰 先生 / 盧聖錫氏
袖呈 / 京城府 孝子町 一七五番地 香山光郎"라고 적혀 있다. 최주한·하타노 세츠코
편, 『이광수 후기 문장집』Ⅲ, 소나무, 2019, 853면 수록.

다.[2] 제막식이 열린 청운정清雲町 소재 작소거鵲巢居는 소호가 1918년 경성일보사 감독을 그만두고 경성을 떠나기 전까지 경성에 오면 머물렀던 처소이다. 행사의 소식을 전하고 소호가 시비에 남긴 시를 상찬하는 안부 인사로 시작하고 있기는 하지만,[3] 이 편지의 목적이 '조선에서 가장 유력한 출판업자'인 노성석을 소호에게 소개하고 그의 지원을 이끌어내기 위한 것이었음은 두 말할 필요도 없다. 편지 겉봉에 '노성석 氏盧聖錫氏 수정袖呈'이라 적혀 있는 것으로 보아 아마도 편지는 노성석이 직접 전했을 것이다.

이광수는 왜 소호에게 노성석을 소개했던 것일까. 편지는 노성석의 청에 의한 것이라고 적고 있지만, 이 무렵 박문서관의 가능성과 중요성에 주목하고 있던 이광수의 조언이 관여했을 가능성도 배제할 수 없다. 어느 쪽이었든 노성석에 대한 호의적이고 적극적인 소개 내용으로 보건대 이 편지가 두 사람의 뜻이 서로 통한 결과였던 것은 분명해 보인다. 그렇다면 두 사람은 소호에게서 어떤 지원을 기대했던 것일까. 그리고 그것이 총동원체제기 박문서관의 활동과는 어떤 관련이 있는 것일까. 이 두 가지 질문을 중심으로 이 글에서는 간략하게나마 출판신체제를 전후한 시기 노성석이 주재한 박문서관의 활동을 조명해 보고자 한다.

---

2  관련 기사로는 「德富蘇峰 詩碑 除幕式을 擧行」, 『동아일보』, 1940. 5. 29; 「老文豪 感舊의 筆跡, 德富蘇峰 詩碑 除幕式 盛大」, 『매일신보』, 1940. 5. 29 참고.

3  시비에 새겨진 시문은 다음과 같다. "청풍계 위쪽 백운동 / 동리 그윽한 녹음 곁으로 시내가 흐르고 / 늙은 나무가 문을 지키고 문이 돌을 감싸안은 / 작소 높은 곳 이것이 내 집이라네(淸風溪上白雲洞 / 洞裡幽綠傍水去 / 老樹當門門擁石 / 鵲巢高處是吾家 / 蘇峰七十七叟)."

# 노성석과 박문서관의 기획총서들

노성석盧聖錫(1914~1946)은 식민지 시기 조선
최고의 출판사였던 박문서관의 창립자 노익형
盧益亨(1885~1941)의 외아들이다. 1938년 3월 경
성제대 역사학과를 졸업하고 가업을 이어 박문
서관 경영에 뛰어들었던 그는 부친의 막대한 자
본을 배경으로 박문서관 출판부를 정비하고 주
재하면서 기관지 『박문博文』(1938.10~1941.1)을
간행하는 한편, '현대걸작 장편소설 전집', '신찬
新撰 역사소설 전집', '박문문고' 등의 기획총서를
통해 새로운 출판문화를 주도하며 박문서관의

〈그림 20〉 박문서관 2대 사장 노성석

절정기를 이끌었다. 그가 정식으로 박문서관의 2대 사장 자리에 오르는
것은 1941년 12월 부친 노익형이 사망한 이후의 일이지만, 이미 1930년대
후반 박문서관을 이끈 실질적인 주역으로서 출판계는 물론 문단 안팎으
로도 다대한 신망을 얻고 있었던 사실이 곳곳에서 확인된다.[4] 이광수가

---

4    노익형이 1930년대 후반 박문서관을 이끈 실질적인 주역이었던 사실을 뒷받침하는
     근거로는 다음의 자료들을 참고할 수 있다. "방금 전화가 왔습니다. 박문서관의 젊은
     주인입니다. 최근 내 和文創作集을 출판하겠다는 말을 하기에 快諾했더니 책의 체제
     에 관해서 다시 의논할 일이 있으니 꼭 좀 만나겟다 합니다." 김문집, 「우르트라暴狀
     記」, 『조광』, 1938.11, 173면.
     "김동인 : 조선의 다른 사회에도 新人의 진출이 있듯이 새로 교양 있는 청년 자본가
     들이 문화사적 포부를 짊어지고 등장하였지요. (⋯중략⋯) 이태준 : 시장의 실례를
     들지라도 (⋯중략⋯) 博文書館도 館主 盧益亨氏의 아드님이 帝大를 졸업하고서 부친의 자본
     을 배경으로 全集的 叢書 刊行에 進出 (⋯후략⋯)" 「文藝 「大振興時代」 展望」, 『三千里』,
     1939.4, 194~195면. "저히 出版部를 主宰하는 盧聖錫氏는 이번에 『春園詩歌集(春園文壇

소호에게 노성석을 소개하는 편지에서 "조선에서 가장 유력한 출판업자로 뜻도 실력도 토쿄의 이와나미岩波에 견줄 만한 사람"으로 소개한 것도 전혀 과장은 아니었던 셈이다.

경성제대 역사학과를 졸업한 재원이었던 노성석이 박문서관의 경영에 뛰어들어 새로운 도약을 준비하는 과정에서 가장 염두에 두었던 것은 무엇이었을까. 그 출발선에서 그가 문세영文世榮의 『조선어사전』(1938.7) 간행에 관여한 사실은 시사하는 바가 크다.[5] 10만 어휘를 수록한 총 1,700면에 달하는 방대한 이 사전은 조선인 최초의 뜻풀이사전일 뿐만 아니라 순전히 조선의 출판자본을 통해 간행되었다는 점에서 의미가 각별하다. 당시 『동아일보』는 1면의 사설을 통하여 "이제야 朝鮮말로 註釋한 朝鮮말의 辭典을 朝鮮사람의 손으로 처음 만들어 가지게 된 것이다. 뒤늦은 것이 부끄러우나마 기쁨은 크지 않을 수 없다"[6]고 하여 그 뜻을 기렸다. 『조선어사전』은 출간된 지 3개월 만에 재판에 착수하여 이듬해 2월 재판이 간행된다.[7] 1935년 조선어학회의 표준말 사정위원, 1936년 수정위원을 지냈던 문세영의 『조선어사전』은 1933년 조선어학회의 한글 맞춤법 통일안을 반영한 사전

---

出馬卅年紀念出版)』과 故方定煥 先生의 遺稿集 『小波全集』의 出版材料를 작만하여 渡東하였습니다." 「編輯室通信」, 『박문』 12, 1939.10, 49면.

5　저자 문세영은 『조선어사전』의 간행에 도움을 준 인물로 당시 박문서관의 사장이었던 노익형과 함께 노성석도 거론하고 있다. "勿論 여긔엔 物質의 犧牲을 돌보지 않은 盧益亨氏와 그의 令胤되시는 盧聖錫(今年 城大 史學科 出身)의 努力이 이 辭典을 내게 한 恩人입니다만" 「朝鮮語辭典完成─著者 文世榮氏 訪問記」, 『조광』, 1938.9, 101면.

6　「朝鮮語辭典의 出來」, 『동아일보』, 1938.7.13.

7　"十月十二日 文世榮 先生의 『朝鮮語辭典』 再版을 着手하다. 우리들도 이 한 券을 책상 앞에 놓고 校正에 原稿 淨書에 寶玉처럼 쓰고 있다. 참말 金玉 같은 책이다."(「編輯室日記抄」, 『박문』 2, 1938.11, 30면) "×月×日 再版 『朝鮮語辭典』 나오다. (…중략…) 文士 筆客으로 이 책을 注文하심이 많음에 出版子의 榮光스럼이 제절로 가슴에 찬다. 우리는 『商利』에서가 아니라 어서 三版 四版 펴지어 우리 글 바로 쓰는 『선비』가 많아지기를 바란다." 「編輯室日記抄」, 『박문』 5, 1939.2.

〈그림 21〉『사랑』 전편 9판(1941)　　〈그림 22〉『사랑』 후편 초판(1939),
　　　　현대문학관 소장　　　　　　　　　근대서지학회 오영식 소장

이어서 일차적으로는 당대 문인들과 출판업계에 긴요한 존재였지만, "어서 三版 四版 퍼지어 우리 글 바로 쓰는 『선비』가 많아지기를 바란다"는 출판부의 바람처럼 올바른 조선어문을 사용할 줄 아는 능력을 갖춘 조선어 독자들을 위한 것이기도 했다. 실제로 당시 박문서관에서 편집 출간한 간행물이 교열과 교정에 엄격할 것을 원칙으로 했던 것은 특기할 만하거니와,[8] 조선어문 관련 출판물에 대한 노성석의 관심은 이후 이태준의 『문장강화文章講話』(1941), 『서간문강화書簡文講話』(1943) 등의 간행으로 이어진다.

1938년 9월 기획된 박문서관의 첫 번째 총서 '현대걸작 장편소설 전집'

---

8　당시 '박문문고'의 선전 광고에는 '내용정선(內容精選), 교정엄밀(校正嚴密), 인쇄선려(印刷鮮麗), 제본견고(製本堅固), 염가봉사(廉價奉仕)'라는 문구가 들어 있다. '교정엄밀'의 항목이 이채롭다. 『박문』 10, 1939.8 '博文文庫' 광고.

는 이광수의『사랑』상·하를 비롯하여 김동인의『잔촉殘燭』, 염상섭의
『이심二心』, 현진건의『적도赤道』, 박종화의『금삼錦衫의 피』상·하, 김기
진의『해조음海潮音』, 나도향의『어머니』, 한용운의『박명薄明』에 이르기
까지 제1기 10권을 완간했다.[9] 이어서 1939년 6월 걸작전집 제2기 전 10
권과 더불어 '신찬 역사소설 전집' 전 5권이 동시에 기획된다.[10] 역사소
설 전집은 기획대로 박종화의『대춘부待春賦』전·후편(1939), 현진건의
『무영탑』(1939), 김동인의『견훤甄萱』(1940), 이광수의『세조대왕』(1940)
이 모두 완간되었으나, 걸작전집 2기의 기획은 이태준의『청춘무성靑春
茂盛』(1940)과 한설야의『초향草鄕』(1941) 두 권 간행으로 그치고 만다.[11] 이
광수의『사랑』이 출간된 지 3년도 채 되지 않아 9판을 간행할 정도로 인
기를 끈 것을 비롯하여[12] '현대걸작 장편소설 전집'과 '신찬 역사소설 전
집'의 간행이 문학의 대중화를 주도하며 박문서관에 커다란 수익을 안
겨준 것은 분명해 보인다. 그러나 역사학을 전공한 재원으로서 출판업

---

**9** '現代傑作長篇小說全集' 제1기에 간행된 전 10권에 대해서는 하동호,「博文書館의 出版
書誌攷」,『한국근대문학의 서지연구』, 깊은샘, 1981, 80면; 김종수,「일제 식민지 문학서
적의 근대적 위상―박문서관의 활동을 중심으로」,『우리어문연구』41, 2011, 466면,
〈표 2〉참고. 다만『사랑』후편의 간행일을 1938년로 적은 것은 1939년의 잘못이다.
『사랑』후편은 1939년 3월 3일 간행되었다.
**10** "傑作全集 第一期에 뒤를 이을 第二期 全十卷의 푸람이 進涉中이다. 第一回 配冊은 明春
正月을 期할 것이다. (…중략…) 이에 앞서서 九月부터 傑作長篇歷史小說全集 五冊을
上梓키로 하였다."「編輯室日記抄」,『박문』9, 1939.7, 30면/"傑作全集 第二期 의 交涉은
着着 進行中에 있다. 이제 決定된 것은 尙虛 李泰俊의 新長篇, 仇甫 朴泰遠의 新長篇,
蔡萬植氏의「金의 情熱」, 李無影氏의 新作『老農』, 李孝石氏의 新長篇, 金南天氏의 新長
篇이요 韓雪野氏의 新作「마음의 鄕村」, 兪鎭午, 張赫宙, 李箕永 諸氏와도 交涉中에 있
다."「編輯室日記抄」,『박문』10, 1939.8. 30면.
**11** "現代傑作長篇小說全集(第二期) 第一回 配冊으로 李泰俊氏의「靑春茂盛」이 發賣되었읍
니다. 이어 第二回 配冊으로 내놓 韓雪野氏의「草鄕」이 지금 印刷中에 있아오니 느저도
新年初에는 發賣되겠습니다."(「編輯室通信」,『박문』22, 1940.12, 22면). 그리고 이듬해
간행된『박문』23(1941.1)의「編輯室通信」에는 "草鄕 近日 發賣"라는 광고 문구가 보인다.
**12** 『사랑』전편 9판본의 발행일은 1941년 6월 5일이다.

에 뛰어든 노성석의 보다 궁극적인 포부와 관련하여 좀더 주목해야 할 기획총서는 '박문문고'이다.

'박문문고'는 '현대걸작 장편소설 전집'의 기획과 저자 섭외가 어느 정도 윤곽을 갖추자마자 잇달아 기획·발표되었다. 1938년 12월에 이미 5권의 저서를 내정內定하여 출판 기획을 『박문』지에 발표했으니,[13] 걸작전집을 기획·실행한 지 불과 3개월 만의 일이다. 내정된 다섯 권의 저서는 『춘향전』(조윤제 교주), 『하멜 표류기』(이병도 역주), 『동인 단편선』(김동인 자찬自撰), 『석중石重 동요선』(윤석중 자찬), 『귀鬼의 성聲』(이인직 원저) 등이었는데,[14] 이 가운데 『귀의 성』을 제외한 나머지 네 권의 저서는 모두 1939년 상반기에 간행되었다. 『박문』3집에 수록된 '박문문고' 광고 또한 '고금 동서문화 최고작 총망라', '희본稀本·진적珍籍·비장서秘藏書의 총해방總解放', '전고典故·주석註釋·교열校閱의 총결정판總決定版'을 표방하며 "앞으로는 政治·經濟·科學·文學·哲學·宗敎·社會·家庭·婦人·兒童 凡百事項의 古今書籍을 總히 網羅하여 現代朝鮮이 가진 最高權威者의 손을 거쳐 또 代表的인 作家들의 代表作品까지도 發刊하려는 바"[15]라고 하여 매우 의욕적인 기획을 보여주고 있다.

기획 단계에서 '박문문고'가 "우리의 古典과 우리의 얼이 삭여 있는

---

13  "이제 우리는 「博文」 外에 全集과 單行 刊行까지 한 달에 만들 수 있는 自信을 얻었다. 同時에 좋은 책을 값싸게 그리고 普遍性 있게 만들어서 普及시키려는 생각에서 「博文文庫」를 新年부터 出刊키로 하였다. 定價도 二十錢 또는 三十錢 가령으로 體裁는 菊半判으로 百頁에서 二百頁 가량 用紙와 活字를 精選하여 쓰고 校閱과 校正을 嚴密히 할 것을 前提로 하고 우선 다섯 卷을 첫 번으로 내놓을 內定이다. 이번 다섯 券은 別項에 廣告로 發表된 것과 같이 各方面의 第一人者로 손꼽을 이들이 責任과 名譽를 걸고서 執筆 또는 選한 책이라 우리의 企圖한 바가 如實하게 이루어짐을 느낀다." 「出版토픽」, 『박문』 3, 1938.12, 30면.
14  『매일신보』 1938.11.28. 1면 광고.
15  『박문』 3, 1938.12, 8~9면 광고.

書目만을 目下 交涉 整稿 및 執筆中"에 있는 것으로 소개한 저서의 목록 은 다음과 같다.

李丙燾 校註, 『三國史記』 / 李丙燾 校註, 『高麗史節要』 / 李熙昇 校註, 『杜 詩諺解』 / 李秉岐 校註, 『閑中錄』 / 李秉岐 編, 『歷代時調選』 / 孫晉泰 編, 『口傳民謠選』 / 金素雲 編, 『口傳童謠選』 / 趙潤濟 校註, 『沈靑傳』 / 李光洙 自撰, 『春園短篇選』 / 李泰俊 自撰, 『李泰俊短篇選』 / 朱耀翰 自撰, 『요한詩抄』 / 金億 編, 『素月詩集』

이 밖에도 박문문고를 차례로 간행하면서 더불어 예고한 저서의 목 록은 다음과 같다.

玄鎭健, 『玄鎭健短篇選』, 朴八陽, 『麗水詩抄』 / 異河潤, 『現代敍情詩選』 / 孫晉泰, 『口傳巫歌選』 / 趙潤濟, 『濟州道民謠選』, 李光洙, 『한글繹 法華經』 / 李 孝石, 『李孝石短篇選』 / 金億, 『岸曙詩抄』 / 韓雪野, 『韓雪野短篇選』 / 朱耀 翰, 『頌兒詩抄』 / 李秉岐, 「時調入門」 / 李秉岐, 『仁顯王后』 / 崔南善, 「東國 歲時記」 / 田榮澤, 『田榮澤短篇選』 / 崔南善, 『三國遺事』[16] / 李秉岐, 『申五 衛將本』[17]

---

16  이상 예고 목록에 관해서는 하동호, 「韓國文庫本의 書誌的 考察(2)」, 『출판학』 7, 1971, 46~56면 참고.

17  『손오위장본(申五衛將本)』의 간행 예고에 관해서는 『박문』 7집 참고. "特報할 것은 李秉岐 先生의 秘藏된 歌辭集 『申五衛將本』을 博文文庫(四冊豫定)로 刊行케 된 것이 다. (…중략…) 朝鮮의 傳來하는 鄕土味와 民俗을 사랑하고 한 걸음 나아가 文學 全 般을 사랑하는 이의 吟味하심을 삼가 바라는 바이다."(「編輯室日記抄」, 『박문』 7, 1939.5, 30면). 申五衛將은 조선 후기 판소리 사설을 집대성한 신재효(申在孝, 1812 ~1884)의 관직명이다. 『신오위장본』에는 〈춘향가〉, 〈심청가〉, 〈적벽가〉, 〈횡부

『무정』8판(1938)　　　『이광수단편선』초판(1939)　　　『세조대왕』재판(1941)

〈그림 23〉 화봉문고 소장

　　고금 동서문화의 최고작을 총망라하되, 특히 역사는 물론 시조·구
전민요·구전동요·구전무가·판소리사설 등 다양한 장르에 걸친 조
선의 고전과 더불어 조선 작가들의 대표작에 강조점을 둔 '박문문고'의
지향성을 또렷이 보여주는 목록들이다. 간행 예정 목록 가운데 이광수
의『이광수 단편선』과『한글역 법화경』이 눈에 띄는 것으로 보아 이광
수 또한 '박문문고'의 기획에 적극 관여하고 있었음을 알 수 있다. 더욱
이 목록 가운데『삼국사기』와『삼국유사』는 끝내 빛을 보지는 못했지
만 일찍이 이광수가 '민족문제연구'라는 기획하에 사재私財를 들여 편찬
했던『동광총서』(1933)에서 번역 간행할 예정이었던 서적이기도 하다.[18]

가〉, 〈토별가〉, 〈박타령〉 등의 여섯 마당이 수록되어 있다.

[18]　『東光叢書』1권「豫告」란에는 "第一卷 繼續物 以外에 次號부터 連載할 書目으로 이
　　　미 執筆, 飜譯中인 것은 다음과 같습니다"라는 언급과 더불어『삼국유사』와『삼국사
　　　기』의 목록이 보인다. 「豫告」, 李光洙 纂, 『東光叢書』1, 1933.6.

그러나 1939년 『김동인 단편선』을 시작으로 『석중 동요선選』, 『춘향전』, 『하멜 표류기』, 『현대 서정시선選』, 『이광수 단편선』, 『구전민요선選』, 『소월시초素月詩抄』, 『이태준 단편선』에 이르기까지 무서운 속도로 9권의 문고를 간행한 이래 1940년부터는 간행 작업이 순조롭지 못했다. 1940년에는 『여수시초麗水詩抄』, 『구전동요선選』, 『역대 시조선選』 세 권이 간행되었을 뿐이다. 그나마 이듬해인 1941년에는 『현진건 단편선』, 『이효석 단편선』, 『안서시초岸曙詩抄』, 『역주 삼국사기』 제1권, 『한설야 단편선』 등 모두 다섯 권이 간행되지만, 1943년 『역주 삼국사기』 제2권을 더 간행한 것이 전부이다. 원고의 집필에 시간이 걸린 탓도 있었겠지만, 좀더 중요하게는 총동원체제하 사상 통제와 더불어 출판 통제의 일환이었던 용지 문제가 크게 작용했던 것으로 보인다.

## 총동원체제의 출판 통제와 『신시대』의 창간

중일전쟁이 장기화되면서 일본은 전쟁에 전력을 집중하기 위한 전시 통제법의 일환으로 1938년 4월 국가총동원법을 제정한다. "전시에 국방 목적 달성을 위해 국가의 모든 힘을 가장 효과적으로 발휘시킬 수 있도록 인적 및 물적 자원을 통제 운용"하기 위한 목적에서 제정된 이 법안은 일본 국내뿐 아니라 조선, 대만에도 시행되어 노동력, 물자, 자금, 시설, 사업, 물가, 출판물 등 사회 전반에 걸쳐 법적 구속력을 행사했다.[19] 특히

1940년 중일전쟁의 확대 방침에 따라 전면 발동된 국가총동원법은 배급 통제·사용 제한·소비 억제 등 유통부 문에 한정되었던 물자 통제를 생산 부문에까지 확대했는데, 아직 국내에 물자가 비축되어 있었고 중요 물자를 영미 등 제3국에서 수입하여 조달할 수 있었던 종래와는 달리 유럽에서의 전쟁 촉발과 독일과 일본, 이탈리아의 삼국동맹 체결에 따라 이러한 수입도 대부분 제한을 받게 되었기 때문이다.[20]

이러한 총동원체제 물자 통제의 여파는 출판계에도 고스란히 영향을 미쳐 1939년 하반기부터는 출판계에서도 용지난用紙難을 토로하는 목소리가 높아진다.

遺憾인 것은 라프紙 品切, 보오루紙 饑饉, 포스터紙 品切 等의 不得已 理由로 裝幀의 一部와 用紙의 變更을 어쩔 수 없이 하게 되었다.[21]

다만 裝幀 形式을 '보루紙'를 안 썼다고 꾸중처럼 말슴하시는 분이 있는데 현재 事情으로는 이번에 쓰는 二百五十斤 模造紙도 저히 倉庫 속에 묻혔던 것을 쓴 것으로 繼續해서 그만 것을 求해 쓸지 疑問입니다[22]

『待春賦』(新撰歷史小說全集 1, 2권 박종화의 역사소설 — 인용자)를 내놓고 博文書館은 이 小說 하나는 오래 두고 팔아도 無限量 팔리겠다고 뽐내

19  안자코 유카, 「조선총독부의 '총동원체제(1937~1945) 형성정책」, 고려대 박사논문, 2006, 66~76면.
20  위의 글, 139~140면.
21  「編輯室日記抄」, 『박문』 9, 1939.8, 31면.
22  「編輯室通信」, 『박문』 12, 1939.10, 49면.

더니 이번에는 用紙問題로 책이 나갈 때마다 어떻거나 어떻거나를 連發하는 怪變狀態를 演出하고 있다.

事實 春園의 文筆生活 三十年을 紀念하는『春園詩歌集』이 五百部 限定版으로 歸納된 것도 털어놓고 말하면 用紙饑饉의 餘波이다. 出版街의 用紙不安은 지난 年末부터 오늘까지 아직도 解消 안 된 채 나려오고 있다.[23]

종이가 참말 없다. 某誌와 같은 境遇에는 '更紙' 一百連을 求하지 못하여 二個月間의 時日七八鍾의 代用物을 섞어서 겨우 印刷를 하였다. 앞으로의 展望은 當分間 混沌하다. 出版業者들의 苦心은 이제 와서는 原稿難도 販賣難도 宣傳難도 아니요 오직 用紙難이 가장 큰 苦悶이다.[24]

인용문에서도 볼 수 있듯이, 출판용지를 구하기 어려운 탓에 1940년대 초반의 출판계는 책이 잘 팔려도 오히려 걱정을 하는 '기괴상태'에 놓여 있었다. 박문서관의 젊은 주인 노성석의 야심적인 기획총서 '박문문고'가 1940년 들어『여수시초』,『구전동요선』,『역대 시조선』세 권의 간행에 그치고 만 것도 이 때문이었을 것이다. 물론 1940년 박문서관에서는 '박문문고'외에도『춘원시가집』(1940.2)을 비롯하여『소파전집小波全集』(1940.6),『세조대왕』(1940.8) 등 문학사적으로 기념할 만한 굵직한 저서들이 간행되는 것이 사실이다. 그러나『춘원시가집』과『소파전집』은 노성석이 특별히 토쿄에 가서 직접 구해온 용지의 한정판이었고,[25] 이광

---

23  「出版토픽」,『박문』15, 1940.2, 23면.
24  「出版私談」,『박문』16, 1940.5, 22면.
25  "저히 出版部를 主宰하는 盧聖錫氏는 이번에『春園詩歌集(春園 文壇出馬卅年 紀念出版)』과 故方定煥先生의 遺稿集『小波全集』의 出版材料를 장만하러 東渡하였습니다."

〈그림 24〉『춘원시가집』(1940) 케이스와 표지. 500부 한정 호화 장정판으로 꾸몄다.(국립중앙도서관 소장)

수의 『세조대왕』 또한 '신찬 역사소설 전집' 전 5권의 마지막 권으로 문단 안팎에서 기대를 모으고 있던 터라 많은 공을 들이고 있던 작품이었으니 예외적인 특별 간행물로 간주해야 할 것이다.

1940년 5월 노성석이 재차 토쿄에 간 것은 필시 출판용지 확보의 문제와 관련이 있지 않았을까 싶다. 이광수가 소호에게 노성석을 소개한 것또한 '조선에서 가장 유력한 출판업자'로서의 노성석의 가능성과 중요성을 알아보고 도움을 주고 싶었기 때문이었을 것이다. 일찍이 1887년 민유사民友社를 창립한 이래 『고쿠민노토모國民之友』, 『고쿠민신문國民新聞

---

「編輯室通信」, 『박문』 12, 1939.10, 49면.
"朝鮮에도 豫約出版法 이 實施되었습니다. (…중략…) 우리는 그 第一 着手로 故 小波 方定煥 先生의 遺稿를 엮은 「小波全集」을 이 法令의 實施 紀念삼아 이 豫約出版法에 依하야 發刊코저 합니다." 「編輯室通信」, 『박문』 13, 1939.12, 27면.

社』을 창간하여 일본 언론계에 뛰어들었던 토쿠토미 소호德富蘇峰는 1910
년에서 1918년까지 테라우치寺內 조선총독의 요청으로『경성일보』를
인수 감독하면서 조선의 지식인들과 비교적 밀접하게 교유한 경험이 있
으며, 1929년 경영권 문제로 고쿠민신문사를 퇴사한 이후에도『오사카
마니이치신문大阪每日新聞』과『토쿄니치니치신문東京日日新聞』등의 주요
일간지에 계속해서 글을 썼던 주요 언론인이었다.[26] 특히 1931년 만주
사변 이래의 15년 전쟁기에는 '언론보국言論報國'을 내걸고 일본 정부와
군부에 적극 동조하며 전쟁 수행을 지원하는 집필활동에 전념하여 일본
정부와 군부의 두터운 신임을 얻고 있었으니,[27] 소호는 박문서관의 젊
은 주인 노성석이 기획하고 있던 출판사업의 지원을 기대할 수 있는 유
력자의 위치에 있었다고 할 수 있다.

물론 이광수가 소호에게 보낸 편지 내용만으로는 당시 노성석이 직
접 소호를 접견할 수 있었는지는 알기 어렵다. 그러나 1940년 10월『박
문』21호「편집실 일기」에 소개된 다음의 기사는 이 소개 편지가 일말
의 힘을 발휘한 사실을 짐작케 한다.

시방 이 글을 쓰는 瞬間의 事情은 本誌를 土臺로 하여 새로운 大衆綜合雜

---

26  米原謙,『德富蘇峰』, 中公新書, 2003, 216~219면 참고.『경성일보』시절의 경력에
   관해서는 정진석,『언론조선총독부』, 제3장 '무단정치기 기관지의 독점', 커뮤니케
   이션북스, 2005 참고.
27  15년 전쟁기에 소호가 '전의고양(戰意高揚)'을 의도하여 간행한 책으로는 일반 대중
   의 계몽을 위주로 한 독본류의 책이 많다.『增補國民小訓』(1933),『戰時槪言』(1937),
   『昭和國民讀本』(1939),『滿洲建國讀本』(1940),『皇國日本の大道』(1941),『日本を知
   れ』(1941),『興亞の大義』(1942),『必勝國民讀本』(1944). 이 가운데 특히 1944년 2월
   에 간행된『必勝國民讀本』은 정부에서 용지를 예약받아 50만 부라는 놀라운 부수를
   확보하기도 했다. 米原謙, 앞의 책, 222~223면 참고.

誌가 新年부터 發行되겟습니다. 關係當局의 理解 깊은 內諾을 얻고 用紙의 準備도 大略 自信을 얻게 되었습니다. 다음 號에는 完全한 決定을 보아 여러분께 確實한 뉴-스를 보내겠습니다.[28]

출판통제하 용지난으로 인해 정상적인 출판도 어려운 마당에 새롭게 종합잡지를 발행할 계획이라는 예고도 그렇거니와, 이미 관계당국의 내락을 얻고 용지의 준비도 대략 자신을 얻었다는 언급에서는 어려운 여건 속에서도 출판사업을 지속할 수 있는 기회를 얻게 되었다는 데 대한 내밀한 자신감이 묻어난다. 노성석이 기획한 새로운 종합잡지는 결국 "時局下 朝鮮民衆에게 必要한 一切의 國民知識과 訓練과 思想의 普及傳達을 꾀하고 생긴 劃期的인 綜合雜誌"[29]를 표방하며 1941년 1월 『신시대新時代』라는 이름으로 세상에 모습을 드러낸다. 체제협력의 색채를 강하게 띤 잡지였지만, 노성석은 물론 이광수 또한 보다 강화된 총동원체제하에서 출판사업의 지속성을 확보하려면 감수해야 하는 조건이라고 생각했을 것이다.

그러나 시국은 1940년 8월 코노에近衛 내각의 '신체제성명' 이래 본격적인 총동원체제의 길로 접어들고 있었으니, 박문서관의 젊은 주인 노성석의 출판사업 또한 애초의 의도와는 다르게 굴곡진 길을 걷지 않을 수 없었다. 1940년 12월 『신시대』의 창간을 알리면서 동시에 "博文書館의 資金과 販賣網과 印刷設備를 總動員하여 앞으로 生長과 前進의 길을 꾸준히 걸어나갈 것"과 "「博文」을 좀더 忠實한 隨筆雜誌로 成長시키기에 힘"[30]쓸

---

28 「編輯室日記」, 『박문』 21, 1940. 10, 23면.
29 「出版토픽」, 『박문』 22, 1940. 12, 22면.

것을 다짐했던 편집부의 포부는 이듬해 1월 갑작스런 『박문』의 폐간과 더불어 물거품이 되어 버린다. 당국의 내락하에 용지를 확보한 덕분에 박문서관은 1941년 이광수의 일본문 논설집 『동포에게 보낸다同胞に寄す』와 신시대사 편집부에서 간행한 『언문방공독본－애국반 가정용』을 앞세워 이태준의 『문장강화』 및 『현진건 단편선』, 『이효석 단편선』, 『안서시초』, 『역주 삼국사기』 제1권, 『한설야 단편선』 등 모두 다섯 권의 '박문문고'를 더 간행할 수 있었지만, 1941년 12월의 '대동아전쟁' 발발 이듬해인 1942년부터는 그마저도 여의치 않았다. 이후 박문서관에서 간행된 기억할 만한 단행본으로는 양주동의 『조선 고가古歌 연구』(1942), 이태준의 『서간문강화』(1943), 이병도의 『역주 삼국사기』 제2권(1943), 김억의 『꽃다발－조선 여류 한시선집』(1944) 정도가 있을 뿐이다.[31]

## 전시동원체제하에서 출판업에 종사한다는 것

저자가 노성석이라는 이름을 처음 접한 것은 2012년 『근대서지』 5호에 「『사랑』의 저자는 누구인가」를 쓰면서였다. 『사랑』의 판권 자료에 대한 논란을 검토하는 과정에서 발행인의 이름이 '瑞原聖'으로 되어 있

---

30 「出版토픽」, 「編輯室通信」, 『박문』 22, 1940.12, 22·23면.
31 1940년대 박문서관의 간행물 목록에 대해서는 방효순, 「일제시대 민간 서적발행활동의 구조적 특성에 관한 연구」(이화여대 박사논문, 2001)의 부록 '박문서관 발행서', 203~225면 참고.

는 『사랑』 후편 9판본의 판권 자료를 보게 되었는데, 근대서지학회의 오영식 선생님께서 박문서관의 2대 사장 노성석의 창씨명이라고 알려 주셨던 기억이 난다. 서당개 삼 년이면 풍월을 읊는다고, 서지학의 서 자도 모르던 저자가 이렇게 박문서관의 2대 사장 노성석에 관한 글을 쓰게 되다니 신기하기도 하고 감개무량하기도 하다.

박문서관 발행인으로서의 노성석은 1940년부터 공식적으로 '서원성瑞原聖'이라는 창씨명을 사용했다. 노익형의 가계에 대해서는 좀더 조사해보아야 분명해지겠지만, '서원'이라는 창씨를 사용한 것은 아마도 부친인 노익형이 경기도 파주의 교하交河를 본관으로 하는 노씨盧氏의 후손 가운데 서원군파瑞原君派에 속했기 때문이 아니었을까 싶다.[32] 여하튼 총독부의 창씨령이 공포된 것이 1940년 2월의 일이니, 출판업자로서 총독부의 창씨령을 즉각 수용한 것은 그가 시국에 예민하게 반응하는 정치적 감각을 갖고 있었음을 보여준다. 물론 이런 정치 감각이야 앞서 소개한 이광수가 소호에게 보낸 편지 내용에서도 충분히 엿볼 수 있고 말이다.

하지만 그가 일찍이 창씨를 했다거나 출판업자로서 정치 감각이 뛰어났다는 이런 사실들이 총동원체제하에서 출판업에 종사했던 노성석의 면모에 대해서 이야기해 주는 것은 극히 일부일 뿐이다. 이 점에 있어서는 저자가 이 글을 준비하면서 접할 수 있었던 유일한, 그리고 노성석에 대한 비교적 자세한 자료였던 다음의 기록 또한 마찬가지이다.

---

32  당시 총독부의 대대적인 창씨령에 대해 조선인들은 본관을 근거로 창씨하는 경우가 많았는데, 여기에는 "오랜 연원의 배경을 바탕으로 삼아 조선의 성을 지킨다"는 의미가 있었다고 한다. 미야타 세츠코, 정재정 편역, 『식민통치의 허상과 실상』, 혜안, 2002, 104면 참고.

**盧聖錫 瑞原聖 1914~?**

신시대사 발행인 · 대화동맹 심의원

1914년 11월에 태어났다. 경기도 출신이다. 신시대사 사장 겸 발행인 노익형의 아들이다. 대구 계성학교를 거쳐 1933년 3월 경성 제2고등보통학교를 졸업했다. 1933년 4월에 경성제국대학 예과 문과에 입학해 1935년 3월 수료한 후 같은 해 4월 경성제국대학 법문학부 사학과에 입학해 1938년 3월 졸업했다. 1939년 6월 30일 총독부 도서과에서 주최한 출판업자 대표와 문인의 간담회에 참석했다. 1940년 12월 일본정신 연구와 보급을 위해 창립된 황도학회에 발기인으로 참여했다. 1941년 7월 7일에 조선문인협회에서 실시한 용산의 '호국신사' 조영지 근로봉사에 참여했다. 같은 달 24일 국민총력 조선연맹에서 유력 언론계 인사들을 초청하여 시국간담회를 개최할 때 신시대사를 대표해서 참석했다. 1941년 9월 '임전태세의 정비 · 강화'를 목적으로 임전대책협력회와 흥아보국단을 통합해 조선임전보국단을 조직할 때 발기인(경성)으로 참여했다. 노익형 사망 후 1942년 1월 『신시대』의 편집 겸 발행인을 맡았다. 『신시대』는 일본제국주의의 '대동아공영'을 이루기 위한 세기적 대전환기에 필요한 신시대의 대중교양을 표방한 친일잡지이다. 1945년 2월 '필승체제 확립과 내선일체 촉진'을 목표로 창립된 대화동맹(大和同盟)의 심의원(審議員)을 맡았다.

인용문은 민족문제연구소에서 간행한 『친일인명사전』(2009)에 수록되어 있는 노성석 항목의 기록이다. 『친일인명사전』에 등재된 기록이니 친일협력 행위 위주로 노성석의 약력을 정리한 것이겠지만, 또 그런 까닭에 얼마나 많은 맥락들이 누락되어 있는지. 저자에게는 이 기록이 노성석의 친일협력 행위를 증거한다기보다 오히려 총동원체제하에서 출판업에 종사한다는 것은 이처럼 숱한 체제협력을 각오하지 않으면 불가능했음을 알려주는 반면反面의 자료로서 읽힌다.

해방 직후인 1946년 노성석은 지병인 고혈압으로 쓰러져 결국 33세의 젊은 나이로 세상을 떠났다. 부족하나마 이 글이 그동안 누락되어 온 총동원체제하 출판계의 동향과 출판인의 활동을 복원하는 데 조금이라도 보탬이 되었으면 좋겠다.[33]

---

33  이 글은 이광수가 소호에게 보낸 서간 자료의 소재를 알려주신 고려대 아세아문제연구소의 이형식 선생님과 손수 자료를 찾고 해독하여 보내주신 하타노 선생님 덕분에 쓸 수 있었다. 두 분 선생님께 진심으로 감사드린다. 또한 이광수 관련 자료를 열람하고 이용할 수 있도록 도와주신 국립중앙도서관 학예사 김지혜 선생님, 근대서지학회의 오영식 선생님, 화봉문고 여승구 사장님께도 더불어 감사드린다.

# |제5장|
# 이광수 문장집의 어제와 오늘

## 뜻밖의 기회

2015년 11월 어느날 오전, 하타노 세츠코波田野節子 선생님과 함께 노양환盧琅煥 선생님 댁을 방문했다. 사흘째 추적추적 내리는 가을비와 함께 울긋불긋 제철 옷을 갈아입은 나무들 덕분에 완연한 가을 운치가 느껴지는 날씨였다. 요즘 이광수의 미발표 시첩 『내 노래』의 자료집을 준비하고 계신 하타노 선생님께서 자료집 준비차 노양환 선생님을 뵈러 갈 계획인데 생각이 있으면 함께 가자고 연락을 주셨고, 저자 또한 『이광수 초기 문장집』 I · II(소나무, 2015) 작업을 하면서 궁금한 것이 많았던 터라 냉큼 따라나선 길이었다. 원본을 토대로 자료집 작업을 하면서 삼중당 판본에서 수정 · 삭제된 흥미로운 대목들이 더러 눈에 띄었던 까닭에 삼중당 『이광수 전집』(1963)이 어떤 경위와 절차를 거쳐 그러한 체제로 간행되었는지 알고 싶어졌던 것이다. 이날 오고 간 깜짝 놀랄 만한 이야기들은 후속 연구자들을 위해 기록으로 남겨둘 만한 가치가 있다는 생각이 들어 이 글을 쓰게 되었다. 하지만 무슨 이야기가 오고 갔는지 언급하기에 앞서 우선 삼중당 『이광수 전집』이 간행되기까지의 경위를 간단히 일별해 두는 것이 순서일 듯하다.

## 문선사 '춘원문고'(1955)와 광영사 '춘원선집'(1959)

흥미롭게도 해방 후 방대한 분량의 춘원 문장집을 기획한 최초의 인물은 허영숙이다. 물론 이미 1950년 2월 박문서관은 전 10권의 '춘원선집春園選集'을 기획한 바 있고, 1954년 2월 한성도서 역시 『흙』, 『이차돈의 사』, 『유정』, 『군상』, 『일설춘향전』 5권을 '이광수 대표작'이라는 이름으로 광고한 바 있다. 그러나 박문서관의 기획은 출판사의 경영난을 타개하기 위한 자구책으로 식민지 시기 인기를 끌었던 단행본을 위주의 선집에 불과한 데다 그나마 한국전쟁 탓에 1권 『단종애사』와 2권 『사랑』 두 권만 간행된 채 중단되고 말았고, 한성도서 역시 저작권 문제로 인해 임의적으로 구성된 선집 형태를 면치 못한 것이었다.[1] 이러

---

1  김종수, 「1950년대 출판시장에서 이광수의 위상」, 『우리문학연구』 43, 우리문학회, 2014, 372면 참조. 애초에 박문서관의 '춘원선집'은 1권 『단종애사』, 2권 『사랑』, 3권 『마의태자』, 4권 『무정』, 5권 『세조대왕』, 6권 『개척자』, 7권 『허생전』, 8권 『재생』, 9권 『춘원 단편집』, 10권 『춘원시가집』으로 기획되었다.

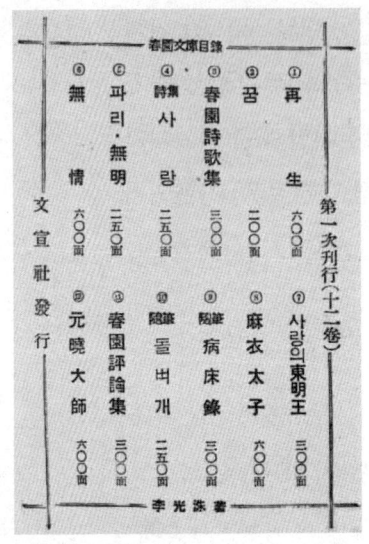

한 가운데 해방 후, 일제의 출판법이 폐지되었으나 새로운 출판물법이 제정되지 못하여 저작권 분쟁이 양산되면서 저작권법 제정에 대한 사회적 여론이 고조된다. 이재理財에 밝았던 허영숙이 이광수의 저작권을 회수하여 수입원을 마련할 계획을 세우고 해방 전 저작권을 양도받아 책을 간행했던 박문서관, 영창서관, 한성도서 등과 교섭을 벌여 지형[2]을 사들이기 시작한 것은 이 무렵 언저리의 일이다.

〈그림 25〉 문선사 '춘원문고' 광고(『시집 사랑』, 문선사, 1955 소재)

허영숙은 사들인 지형을 빌려준다는 조건으로 신생 출판사인 문선사文宣社와 교섭하여 1955년 1차 전 12권 기획의 '춘원문고春園文庫' 간행에 착수했다.[3]

위의 광고에 보이는 "第一次 刊行"이라는 광고의 문구에서도 짐작할 수 있듯이, 이후로도 이광수 문장집을 계속하여 펴낼 생각이었던 것으로 보인다. '춘원문고'의 간행 목록은 어떤 구성상의 원칙을 찾아보기 어려운 것으로 보아 우선적으로 확보한 지형紙型 순서로 정한 것이 아닐까 싶다. 실제로 광고와 나란히 실린 「'춘원문고' 간행취지」에는 "'春園全集'의 最大難關은 現在 分散되어 있는 所謂 版權 收合問題에 걸려 있다. 이 問題가 解決날 때까지 弊社에서는 春園 夫人 許英肅 女史의 協

---

2    지형(紙型)이란 식자(植字)한 활자판 위에 몇 겹의 한지(韓紙)를 포갠 축축한 종이를 올려놓고 눌러서 활자의 자국을 새긴 일종의 종이틀이다. 이 종이틀에 납을 부어 만든 연판(鉛版)이 곧 인쇄판이 되므로, 지형은 출판사의 중요한 재산이었다고 한다.

3    노양환, 「위대한 민족유산의 『이광수 전집』」, 『기러기』 15-5, 1979.5, 45~46면.

助를 얻어서 全集事業의 하나의 準備로서 이에 '春園文庫'를 發刊하게 되었다"[4]는 언급이 보인다. 문선사로서는 춘원전집 간행을 염두에 두고 있지만 현재로는 판권이 분산되어 있어서 일단 전집 사업의 준비로서 우선 '춘원문고' 1차분을 간행한다는 뜻을 밝히고 있는 것이다. 그러나 역시 판권 수합에 어려움을 겪었던 탓인지 '춘원문고'는 3권의 『춘원시가집』과 6권의 『무정』을 건너뛴 채 7권의 『사랑의 동명왕』(1955) 간행을 끝으로 중단되고 만다.[5]

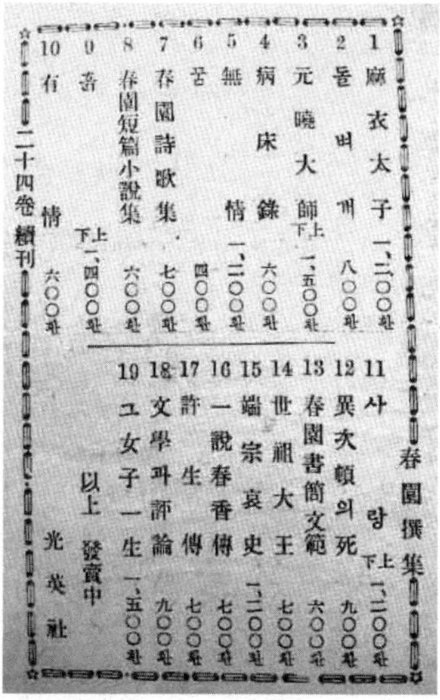

〈그림 26〉 광영사 '춘원선집' 광고(『마의태자』, 광영사, 1956 소재)

그 이듬해 허영숙은 직접 출판을 결심하고 1956년 이광수와 허영숙 두 사람의 이름을 따서 만든 광영사光英社라는 출판사를 세운다. 효자동의 저택을 팔고 명륜동의 작은 집으로 이사하고 남은 돈을 출판 자금으로 삼았다고 한다.[6] 허영숙이 직접 출판까지 결심하게 된 데는 이 무렵 사회적 여론에 호응하여 1955년 12월 저작권법 원안原案이 마련된 것도 한몫 하지 않았을까 싶다. 저작권법 원안에는 해방 이전 저작권을 양도한 것은 전부 무효화한다는 규정이 담겨 있었으니,[7] 저작권 문제는 조만간 쉽게 해결을 볼 수 있을 것이라는 계산

---

4 「'春園文庫' 刊行趣旨」, 이광수, 『시집 사랑』, 문선사, 1955. 뒷면 광고.
5 김종수, 앞의 글, 373면, 〈표 3〉 '春園文庫(文宣社 刊)' 참고. 김종수는 3권 『춘원시가집』과 7권 『무정』이 발간된 혼적을 찾지 못했다고 언급하고 있는데(위의 글, 374면, 각주 29), 이 두 단행본은 이후 광영사에서 간행되는 '춘원선집'에도 우선순위에서 밀려 5권과 7권으로 기획되어 있는 것으로 보아 저작권 문제를 해결하지 못하여 간행되지 않았을 가능성도 있다.
6 노양환, 앞의 글, 46면.
7 법리논쟁을 거치면서 확정된 저작권법 원안(原案)에는 해방 이전 저작권을 양도한

이 있었을 것이다. 실제로 1956년 전 24권으로 기획되었던 '춘원선집'은 1959년까지 4년에 걸쳐 순조롭게 모두 완간完刊된다.[8]

〈그림 27〉의 광고에서 볼 수 있듯이, '춘원선집'은 애초에 전 24권으로 기획되었지만 1권 『마의태자』 간행 당시만 해도 선집의 목록을 완결하지 못한 상태였다. 게다가 '춘원선집'의 1권은 '춘원문고' 8권으로 간행될 예정이었던 『마의태자』이고, 선집의 2권 『돌베개』, 3권 『원효대사』, 4권 『병상록』 또한 문선사에서 미처 간행되지 못한 문고의 9·10·12권에 해당된다. 또 문고에서 미처 간행되지 못했던 3권 『춘원시가집』과 6권 『무정』은 선집에서 5권, 7권에 배치되어 있는 것도 눈길을 끈다. 광영사의 '춘원선집' 역시 어떤 구성상의 원칙하에 기획된 것이기보다 저작권 문제가 해결된 순으로 구성된 사실을 엿볼 수 있다.

---

것은 무효라는 규정이 포함되어 있었다. 저작권법이 정식으로 공포된 것은 1957년 1월의 일이다. 이봉범, 「8·15해방~1950년대 문화기구와 문학─문화관련 법제를 중심으로」, 『현대문학의 연구』 44, 한국문학연구학회, 2011, 295~296면.

8  김종수, 앞의 글, 174면, 〈표4〉 '春園選集(光英社 刊)' 참고.

# 삼중당『이광수 전집』(1963)의 간행 경위

1959년『사랑의 동명왕』을 마지막으로 광영사 '춘원선집'이 완간完刊되고 나서 얼마 지나지 않아 삼중당에서 방대한 '이광수 전집' 간행 계획을 세워 허영숙과 인세 출판을 위한 사전 교섭을 벌인다. 당시까지 책으로 간행되지 않았던 모든 각종 문장을 총수집해서 20권 정도로 간행하겠다는 계획이었다. 이광수 전집을 목표로 '춘원선집'을 간행해 왔던 허영숙은 직접 출판과 인세 출판 사이에서 오랫동안 망설인 끝에 전집 간행의 좋은 기회라는 김용제의 권유에 마음이 기울어 결국 삼중당과 인세 출판 계약을 맺는다. 1961년 가을의 일이다.[9]

24권이나 되는 춘원선집이 간행된 지 얼마 되지 않은 시점에서 삼중당이 새삼 '이광수 전집'을 기획한 데는 그럴 만한 이유가 있었다. 이 무렵 학계를 비롯한 문학계에서는 1955년 창간된『현대문학』을 중심으로 한국문학사에서 현대문학의 위상을 공고히하는 과정에서 근대문학의 시작점으로서의 이광수가 집중 조명되고 있었다. 그리고 1957년 10월 최남선의 사망을 기점으로 해서는『사상계』를 중심으로 '민족주의자', '납북된 문학가'로서 호명되며 추앙되기 시작한 터였다.[10] 한편 1956년을 기점으로 한 한국영화의 산업적인 붐을 타고『꿈』(1955),『단종애사』(1956),『마의태자』(1956),『그 여자의 일생』(1957),『사랑』(1957),『애욕의 피안(황혼열차)』(1957),『재생』(1960),『흙』(1960)이 잇달아 영화화되면

---

9    노양환, 앞의 글, 46면.
10   김종수, 앞의 글, 375~380면.

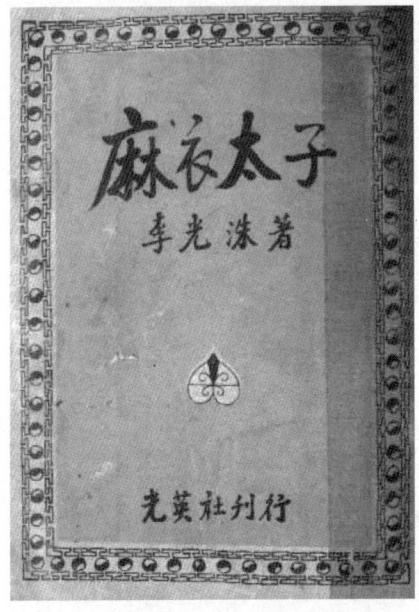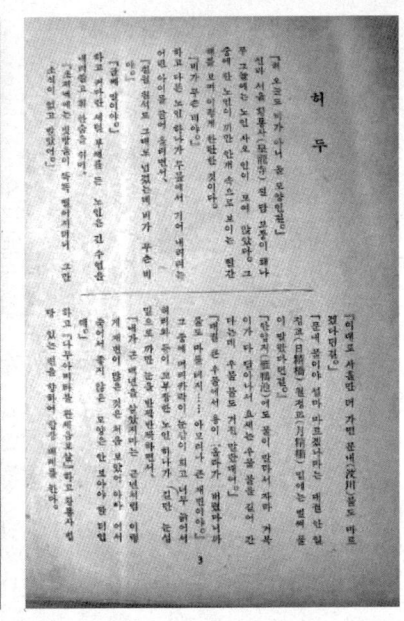

〈그림 27〉『마의태자』(광영사, 1956)의 표지와 첫 면(서강대 로욜라도서관 소장)

서 이광수는 대중문화의 아이콘으로도 자리 잡기 시작한다(이후로도 『무
정』(1962)을 비롯하여 1960년대에만 10편의 영화가 더 제작된다).[11] 삼중당으로서
는 이렇듯 학계에서부터 일반 대중에 이르기까지 광범위한 독자 저변을
형성하고 있는 출판 시장에 사활을 걸어볼 만하다고 판단했을 것이다.
더욱이 광영사 '춘원선집'은 허영숙이 저작권을 회수하면서 사들인 해
방 전의 낡은 지형紙型을 판본으로 한 것이어서[12] 판형을 바꾸고 그동안
간행되지 않았던 모든 문장을 수집하여 간행한다면 독자들에게 충분히
새로운 호감을 불러일으킬 수 있으리라는 자신감도 있었을 것이다.

---

11  1950년대 이광수 소설의 영화화 현황에 대해서는 박유희, 「춘원 문학 영화화의 추이
   와 맥락」(『상허학보』37, 상허학회, 2013, 243~244면) 〈표1〉 참고.
12  노양환, 앞의 글, 46면.

당시 이광수 전집의 실무를 맡은 이는 1957년 삼중당에 입사했던 노양환 선생이다. 전집의 간행에 앞서 그가 가장 먼저 한 일은 이광수에 대한 독자의 호감도를 높이기 위해 이광수의 전기傳記를 출간할 계획을 세운 것이었다. 그리고 이광수 전기의 집필자로 선택한 인물은 이광수의 애제자이자 『순애보』(1939)로 널리 독자들의 사랑을 받았던 박계주였다.[13] 박계주・곽학송의 『춘원 이광수－그의 생애・문학・사상』(삼중당, 1962)은 이렇게 간행되었으니, 이광수의 생애와 문학 전반에 관한 최초의 조명은 철저하게 삼중당 출판 기획의 일환으로 이루어졌던 것이다. 이후 학계에서 김윤식의 『이광수와 그의 시대』(1986)가 나오기까지 25년의 세월이 더 지나야 했던 것을 생각하면 출판계의 추진력에 새삼 놀라게 된다.

삼중당 『이광수 전집』 편집진의 구성을 보면 편집위원에 박종화, 백철, 정비석, 주요한의 이름이 올라있는 것을 볼 수 있다. 그런데 놀랍게도 편집위원 구성에는 허영숙이 관여했고, 편집 방침의 하나로 이광수 전집에서 친일적인 문장은 제외한다는 조건을 단 것도 허영숙이었다고 한다. 친일적인 문장을 제외한다는 조건은 이광수 전집의 기획 당시부터 이광수에 대한 독자들의 호감을 중시했던 삼중당으로서도 굳이 거절할 이유가 없었을 것이다. 또 편집위원은 사실 이름만 걸어놓은 데 불과하여 대강의 편집 방침은 박계주가 주도했고 편집상의 실무

---

**13** "그렇게 처음 편집부에 들어가서 제가 한 것이 이광수의 전기를 만드는 것이었어요. (…중략…) 사실 이 작업은 이광수 전집을 만들기 위해서 독자의 호감도를 높이기 위한 작업이기도 했습니다. 이광수 전기는 박계주 선생 보고 쓰라고 했어요." 윤홍로・노양환 대담, 「삼중당 『이광수 전집』 발간 시절의 이야기」, 『뉴스레터』 12, 춘원연구학회, 2014, 34면.

는 노양환 선생이 총괄했다는 이야기도 들을 수 있었다. 편집 방침으로는 논설은 한글로 풀면 뜻을 전달하기 어려우니 국한문 원문대로 할 것, 소설은 대중 독자들에게 잘 읽힐 수 있도록 한글로 바꿀 것, 띄어쓰기와 맞춤법 역시 일반 대중 독자를 고려하여 현행 철자법에 따를 것, 이광수의 문장은 장르별로 나누어 수록할 것 등을 정했다고 한다. 실제로 이러한 편집 방침은 『이광수 전집』(1963)의 체제에 고스란히 반영되어 있어 오늘날 쉽게 확인할 수 있다.

『이광수 전집』에 수록된 문장들은 아마도 광영사 '춘원선집'의 저본들도 활용했던 것으로 보인다. "光英社에서 내고 있던 '春園選集' 以外에 책으로 되지 않은 旣發表의 短篇小說·詩·隨筆·評論·感想·小品 등을 찾아서 원고로 정리하는 데 오랜 시일이 걸렸다"[14]는 노양환의 회고 기록으로 보아 일단 그렇게 짐작된다. 정확한 것은 판본 대조를 해보아야 알겠지만, 사실 『이광수 전집』에 실린 장편 가운데 『무정』, 『개척자』, 『흙』, 『단종애사』, 『이순신』, 『유정』 등은 판본의 출처가 표기되어 있지 않다. 이 가운데 특히 『무정』(1917)과 『개척자』(1918)는 근대 문체 성립기 근대소설 문체의 실상을 보여주는 중요한 자료들인데, 일반 대중 독자의 수위에 맞추어 표기법은 한글로 바꾸고 철자법 또한 현행 철자법에 따른다는 편집 방침 탓에 문체 연구와 관련하여 이광수 연구사에서 이런저런 해프닝을 연출했다. 또 1910년대의 이광수를 이해하는 데 중요한 텍스트의 하나인 「오도답파여행」 또한 원문이 아니라 최정희에 의해 수정되어 1939년 영창서관에서 간행된 『반도강산기행문집』이 수록되어 있는 까닭에 최근까지도 1910년대 이광수 연구에

---

14 노양환, 앞의 글, 46면.

혼선을 빗기도 했다.[15] 물론『이광수 전집』의 간행은 어디까지나 일반 독자 대중을 상정한 것이었으니, 연구자들의 불찰이지 전집을 탓할 일은 아니라고 생각한다. 1968년 전집 가운데 소설을 중심으로 하여 전 12권의『이광수 대표작전집』을 따로 간행한 것도 삼중당의 일반 대중 독자 지향성을 잘 보여주는 사례이다.

## 학술자료집으로서의『이광수 초기 문장집』I · II(2015)

이광수의 초기 문장들을 두 권의 자료집으로 묶었다. 1908년에서 1919년 2월 독립선언서를 집필하고 상하이로 망명하기 직전까지 이광수가 쓴 모든 장르의 문장들을 망라한 것이다. 2000년을 전후하여 매체 관련 연구가 활발해지면서 국내외의 다양한 신문잡지 매체들이 발굴·연구되고, 또 일본의 한국문학 연구자들에 의해 한국 근대작가들의 일본어 작품들이 발굴·소개 (大村益夫·布袋敏博 編, 『近代朝鮮文學日本語作品集』, 綠蔭書房, 2001~ 2008)되는 과정에서 그동안 빛을 보지 못했던 이광수의 작품들도 대거 쏟아져 나왔다. 새로 발굴된 신문잡지 매체 가운데 이광수의 문장들이 수록되어 있는 것만 해도『백금학보(白金學報)』(1909),『신한자유종』(1910),『보성친

---

15 이에 관한 자세한 논의에 대해서는 최주한, 「두 가지 판본의 오도답파 여행기」(『이광수와 식민지 문학의 윤리』, 소명출판, 2014)과 「『오도답파여행』과 이광수의 이중어 글쓰기」(『민족문학사연구』 55, 민족문학사학회, 2014) 참고.

목회보』(1910),『아이들보이』(1914),『새별』(1915),『권업신문』(1914),『대한인정교보』(1914),『학지광』8호(1916),『홍수이후(洪水以後)』,『경성일보』(1918),『기독청년』(1918) 등 수종이 된다. 덕분에 그간 이광수 연구에서 공백으로 남아 있던 중학 시절, 오산 시절, 대륙방랑 시절, 제2차 유학 시절에 관한 종합적인 연구의 기반이 마련되었으니, 이번 자료집의 간행이 이광수의 새로운 면모와 더불어 이광수 연구의 공백을 메우고 연구의 새로운 지평을 여는 데 기여할 수 있게 된다면 더 바랄 것이 없겠다.[16]

『이광수 초기 문장집』I·II의 간행 경위에 대해서는 '책을 펴내며'란에 쓴 위의 인용 대목으로도 충분하리라 생각한다. 다만 문장집의 체제와 편집 방침에 관해서는 기존의 이광수 문장집과 성격을 달리하므로 약간의 보충 설명을 해두고자 한다.

『이광수 초기 문장집』I·II는 일반 독자가 아닌 연구자를 위한 학술자료집으로 기획되었다. 삼중당『이광수 전집』은 판본의 출처가 불명확하거나 반드시 초출본初出本을 대상으로 한 것이 아니어서 연구 자료로 사용하는 데 문제가 있고, 새롭게 발견되는 자료들 또한 여기저기 흩어져 있는데 다 연구자로서도 접하기 쉽지 않은 자료들이 많은 탓에 후속 연구에 어려움이 있을 것이라고 생각했기 때문이다. 엮은이들 또한 이광수 연구자이니만큼 최대한 연구자의 편의를 고려하여 문장집의 체제를 마련하고자 고민했고, 그 결과 문장집은 다음의 모양새를 갖추게 되었다.

---

16 최주한·하타노 세츠코 편,「책을 펴내며」,『이광수 초기 문장집』I·II, 소나무, 2015. 이하『초기 문장집』I·II로 적는다.

『이광수 초기 문장집』의 구성은 일반적인 문장집의 체제와 달리 장르별 구분에 따르지 않고 중학 시절, 오산 시절, 대륙방랑 시절, 제2차 유학 시절 등 시기별 구분에 따랐다. 시기별로 이광수의 글쓰기와 사유의 흐름을 한눈에 볼 수 있다는 장점을 취한 것이다. 자료집의 문장은 되도록 원문을 존중하고자 했으나 가독성을 고려하여 띄어쓰기와 구두점은 손을 보았다. 논설의 경우 단락이 너무 길어져 집중력이 떨어지는 대목은 임의로 단락을 구분한 곳도 더러 있다. 일본어 문장은 본문에 번역문을 싣고, 일본어 원문을 함께 수록하였다. 그러나 아무리 초출의 원문을 그대로 수록하고자 했다고 해도 『이광수 초기 문장집』은 연구자의 편의를 위한 것일 뿐 원문을 대신할 수는 없는 노릇이라는 점은 반드시 기억되어야 할 것이다.

## 원문 자료와 초출본의 중요성

원문 자료와 초출본의 중요성은 아무리 강조해도 지나치지 않다. 다른 작가의 경우도 마찬가지이겠지만, 특히 이광수처럼 해석과 평판이 엇갈리는 작가의 경우 자료의 변경이 연구에 미치는 영향은 결코 사소하지 않다. 흥미로운 몇몇 사례를 제시하자면 다음과 같다.

이광수의 번안소설 「어린 희생」은 1910년 2월에서 5월까지 세 번에 걸쳐 『소년』에 연재된 작품이다. 삼중당 『이광수 전집』에는 1910년 3월의 연재 분량이 빠져 있다. 그러나 애초에『소년』에 연재될 때 上·中·下로 나뉘어 있던 표기가 삭제되어 있어 마치 하나의 완결된 작품인 것처럼 수록되어 있다. 또 다음과 같은 대목은 원문을 수록하는 과정에서 편집자가 자료를 임의로 변경하여 작품 해석에 영향을 미치고 있다.

十一月 三五月 흐르난 듯한 찬 빗흘 더러온 琉璃窓으로 드려보내여 悲憤하난 두 사람을 朦朧히 비최고 살을 버이는 듯한 北氷洋으로서 오난 찬바람은 마당에ㅅ 나무를 잡아 흔드러 窓에 그린 나무를 動搖하난데 老人은 아모ㅅ 말도 업시 안자서 속절업슨 눈물과 한숨만 지운다.[17]

어찌된 까닭인지 원문의 '十一月 三五月'이 전집에는 '十一월 三, 五일'로 수정되어 있다. '三五月'은 음력 보름달을 가리킨다. 이 장면에서 유리창을 통해 흘러 들어오는 보름달의 차가운 달빛은 단순한 배경이기보다 전쟁으로 아들과 아비를 잃은 노인과 손자의 비분悲憤을 또렷이 부각시키는 역할을 한다. 수정된 문구는 이러한 배경묘사의 치밀함을 손상시키고 있다.

다음은 친일적인 색채를 배제하는 과정에서 수정되거나 삭제된 대목이다.

歷史上 國家의 革命을 觀ㅎ더라도 佛國이나 英國은 人民이 만져 覺醒ㅎ야 主權者에게 憲法을 要求ㅎ얏거니와 我日本은 主權者되는 天皇게셔 率先ㅎ사 人民에게 憲法을 授ㅎ셧나니(日本은 主權者되는 天皇이 率先하여 人民에게 憲

---

17  孤舟譯,「어린 犧牲」(『소년』, 1910.2),『초기 문장집』I, 66면.

法을 授하였으니 - 삼중당본 수정), 現今 朝鮮家庭의 革命은 正히 此와 類ㅎ여야 홀 것이라.[18]

　이졔ᄂᆞᆫ 朝鮮은 內地人과 朝鮮人이 雜居ㅎᄂᆞ 處地라. 朝鮮人의 知識 程度가 內地人과 相比홀 만ᄒᆞᆫ 水平線上에 達ㅎ지 아니ㅎ면 到底히 相互間에 理解가 無홀지며 理解가 無ᄒᆞᆫ 處에 種種의 誤解와 猜疑가 生홀지라. 그섚 **아니라 朝鮮人이 完全ᄒᆞᆫ 日本 臣民이 되기에도 完全ᄒᆞᆫ 文明人됨이 第一 要件**이니, 朝鮮人이 万一 文明 程度로 內地人을 隨ㅎ지 못ㅎ면 皇化를 背ㅎᄂᆞᆫ 臺灣 生蕃과 異홈이 何有ㅎ리오. 故로 當局에셔ᄂᆞᆫ 學校를 整備ㅎ고 銳意로 靑年의 敎育을 獎勵홈이어니와 長成ᄒᆞᆫ 人士들은 自覺ㅎ야 新知識을 渴求ㅎ여야 홀지라.[19] (삼중당본 '二百六十字 略' 표시)

　전자의 인용문에서 "我日本은", "天皇게셔 率先ㅎ사"라는 표현과 "日本은", "天皇이 率先하여"라는 표현은 천양지차다. 원문의 호칭이 식민지 조선의 귀속 상태를 명시하고 있는 반면 전집의 수정된 호칭은 조선과 일본을 대등한 위치에서 기술하고 있는 까닭이다. 후자의 인용문 또한 "朝鮮人이 完全ᄒᆞᆫ 日本 臣民이 되기에도 完全ᄒᆞᆫ 文明人됨이 第一 要件"이라는 표현이 단적으로 대변하듯 친일적인 색채는 배제한다는 편집 방침에 준하여 삭제되었을 것이다.

　그러나 전집의 수정이 문제가 되는 것은 단순히 친일적인 색채를 소거했다는 데 그치지 않는다. 더욱 문제적인 것은 무단정치 시기 총독

---

18　春園生, 「朝鮮 家庭의 改革」(『매일신보』, 1916.12.14), 『초기 문장집』Ⅱ, 226면.
19　春園 李光洙, 「東京雜信」, (『매일신보』, 1916.11.8), 『초기 문장집』Ⅱ, 104면.

부의 기관지인『매일신보』와 같은 매체에 글을 쓸 때 수반되어야 했던 공식적인 표현의 존재 자체를 간과하게 만든다는 데 있다. 여기에『매일신보』의 편집자가 손을 댔을 가능성까지 고려하면 1910년대 이광수 연구에서 이들 한두 구절이 끼치는 영향은 결코 사소하지 않다.

이 밖에도『매일신보』에 연재된 논설 가운데는 전집에 종종 한두 회씩 빠진 채 편집되어 있는 경우도 눈에 띈다.「동경잡신」의 경우 10월 20일과 21일 이틀 간에 걸쳐 연재된 "朝鮮人은 世界에 第一 奢侈하다"는 소제목의 연재분이 빠져 있다. 자료 수집의 한계로 인한 것일 수도 있지만, 바로 앞의 연재분이 "名士의 儉素"라는 소제목 아래 일본 명사의 검소에 대해 논한 것이라 의식적으로 배제한 것일 가능성도 없지 않다.

다음은 초출본이 아니라 나중에 편집된 단행본에 실린 원고를 수록하면서 출처를 모호하게 표기하여 혼동을 초래한 경우이다.「오도답파기」의 경우는 출처라도 제대로 표기해 두었지만, 다음의 경우는 그마저도 지켜지지 않았다.

> 그러나 人間苦마는 이러한 宿命的 苦뿐이 아니오 人爲的인 것도 잇다. 즉 인류가 자기의 자유의지로 만들어 노흔 모든 제도와 자기의 心的 태도에서 오는 苦—니, 가령 政治的 苦, 經濟的 苦, 社會的 苦, 따라서 階級的 苦, 民族的 苦 등이다. 하고 십혼 그 行을 자유로 할 수 업고 하기 실혼 언행을 억지로 하게 되며 그러치 아니하면 혹은 형벌을 혹은 모욕을 당하는 것이 政治苦, 社會苦다. (…중략…) 혹은 이민족의 침해를 항상 두려워하야 武備에 애를 쓰고 혹은 이민족의 압박에 눌이워 자기의 理想은 發하지 못하고 원치 아니하는 남의 이상에 동화하기를 强制바다(삼중당본, '以下 四十三字 削除' 표시) 항상 鬱忿하고 懊惱하

는 것은 民族的 苦이다.

　인류의 최대다수에 공통하던 이 이상에 반대한 유일한 악마적 사상은 羅馬에 源을 發한 권리사상이다. 이 사상은 인류의 이기적 爭鬪本能에 迎合하야 1000여 년간 白晳人種을 獸化하엿고 근대에 이르러서는 자연과학에 眩暈할 만한 위력을 빌어 東洋諸民族에게까지 이 권리사상의 독액을 注射하야 淨化되엇던 人性에 오래 屛息하엿던 이기적 爭鬪本能을 激發케 하엿다. 이 권리 사상의 표어는 '生存競爭'이다. 우리 東洋民族은 相生의 원리는 알엇스나 相克의 원리인 生存競爭이란 말부터 몰랏다. 우리에게 이것을 가르처주어 우리 미약하던 이기적 爭鬪本能을 激發한 자는 白晳人이다. **근래에는 日本人이다.**(삼중당본, '以下 十字 削除' 표시)

　위의 인용문은 1923년 2월 『개벽』에 실린 「쟁투의 세계로부터 부조 扶助의 세계에」에서 뽑은 것이다. 전집에는 「상쟁相爭의 세계에서 상애 相愛의 세계에」라는 제목으로 바뀌어 수록되어 있는데, 그 이유는 전집에 실린 글의 출처가 1923년 10월 홍문당에서 펴낸 단행본 『조선의 현재와 장래』이기 때문이다. 그럼에도 불구하고 논문의 말미에 출처를 표기하면서 '『개벽』'이라고 적었다. 위의 논문은 『조선의 현재와 장래』에 수록되면서 문체가 경어체로 바뀌었을 뿐만 아니라, 검열로 인해 원문 곳곳이 삭제되었다. 인용문에서 굵은 활자로 표시된 곳이 삭제된 대목이고, 『조선의 현재와 장래』와 전집에는 삭제된 대목이 "以下 十字 削除", "以下 四十三字 削除" 등으로 표시되어 있다.[20] 1920년대 문

20　『조선의 현재와 장래』(홍문당, 1923)는 오영식 선생님의 소장본을 참고했다. 자료를

화통치기 신문잡지의 검열은 다소 완화되었지만, 단행본의 경우 여전히 엄격했던 것을 짐작케 한다. 1920년대의 이광수를 이해하는 데 있어서도 이들 한 구절의 있고 없음의 차이에 생각이 미치지 않을 수 없다.

　이상에서 언급한 사항은 원문과 전집을 일일이 대조한 것이 아니고 원문 입력 작업을 하면서 의심쩍었던 부분을 확인한 데 불과하다. 그러나 이 정도로도 전집은 연구자료로서는 불충분하다는 사실이 또렷해졌으리라 생각한다. 원문이 자료집으로 간행되는 순간 겪게 되는 운명은 원문을 확인하지 않는 이상 알기 어려운 법. 『이광수 초기 문장집』I · II 역시 엮은이들이 부족한 탓에 여전히 남아 있을 실책들이 눈에 밟혀 마음이 무겁다. 후속 작업으로 세 권 분량의 『이광수 후기 문장집(1936~1945)』을 준비하고 있으니, 부디 애정 어린 관심 당부드린다.

---

확인할 수 있도록 도와주신 선생님께 진심으로 감사드린다.

# 제6장

# 우리는 얼마나 잘못된『사랑』을 읽고 있나

## 뜻하지 않은 작업

요즘(2018) 춘원연구학회에서는 이광수 전집 간행 준비로 분주하다. 우선 1차로 소설편 작업이 진행 중인데, 작업은 감수자가 선본善本으로 선정한 원전原典을 토대로 하여 출판사에서 입력한 원고를 검토하는 방식으로 진행된다. 일단 입력 원고는 삼중당본(1962)을 저본으로 선정했다. 원본을 토대로 한 입력 작업의 어려움도 어려움이지만, 감수 과정에서 자연스레 판본의 비교 검토도 이루어질 수 있을 것이라는 기대도 한몫했다. 그런데 저자가 감수하기로 한 장편『사랑』은 문학과지성사본(2008)으로 입력 작업을 진행했다는 연락을 받게 되었다. 삼중당본과의 비교 작업의 기회가 물건너 간 것이 아쉬웠지만 내심은 만세를 불렀다. 책임 편집자를 내세워 권위있는 문학전문 출판사에서 간행한 판본이니 감수 작업이 손쉬워졌구나 싶었던 까닭이다.

이광수 연구자의 입장에서 저자가 생각하는 선본은 초출본이다. 선본의 기준은 연구자마다 다를 테지만 적어도 어떤 작품이 놓인 일차적인 맥락을 제대로 읽어내자면 당대에 발표된 문장을 저본으로 삼는 것이 옳다고 생각하기 때문이다. 선행 작업으로 당대에 간행된 박문서관본(1938)과 해방 이후에 간행된 박문출판사본(1950)을 검토한 결과로도 박문출판사본은 편집 상태에 문제가 많아서 박문서관본을 저본으로 선택하고 감수 작업을 시작했다. 그런데 작업을 진행하다 보니 문학과지성사본으로 입력 작업을 진행했다는 원고에 오류가 너무 많았다. 이상하다 싶어 확인해 보았는데 문학과지성사본의 전반부는 박문서관본을 충실하게 따르고 있었다.

그런데 출판사 쪽에서 착오가 있었던 모양이라고 생각하며 책을 덮으려는 순간, '일러두기'에 적힌 "1950년 박문출판사 간행본을 저본으로 하고 일신서적출판사본(1995)을 참조하였다"[1]는 구절이 눈에 띄었다. 그 문제 많은 박문출판사본을 저본으로 했다니 그럴 리가 없는데 싶어서 참고했다는 일신서적본을 찾아보았다. 그리고 검토 결과 문학과지성사본은 박문출판사본이 아니라 일신서적본을 저본으로 작업한 사실을 발견할 수 있었다. 일신서적본은 『사랑』 전편은 박문서관본, 후편은 박문출판사본을 저본으로 삼은 불완전한 판본이었는데, 놀랍게도 문학과지성사본은 일신서적본의 판본 구성을 그대로 따르고 있었던 것이다.

사정이 이리 되고 보니, 감수 작업도 감수 작업이지만 도대체 이런 일이 어떻게 벌어진 것인지 연구자로서의 호기심이 발동하지 않을 수

---

1    한승옥 편, 『사랑』, 문학과지성사, 2008.

없었다. 일신서적본은 '일러두기'도 없어서 어떤 판본을 저본으로 삼았는지도 알 수 없는 판본이었다. 그래서 우선 삼중당본부터 비교 검토해 보았는데, 삼중당본은 말미에 "一九三九年刊〈現代傑作長篇小說全集 第一・二卷〉所載"라고 출처를 표기해 두었으나 작품 전체에 걸쳐 박문출판사본의 오류를 그대로 따르고 있었다. 일신서적본이 저본으로 한 판본은 적어도 삼중당본은 아닌 것이 확실했다. 그렇다면 삼중당본 이후에 간행된『사랑』의 목록을 뒤지는 수밖에 없었다. 1992년 우신사에서 간행된『정본 사랑』이 바로 눈에 들어왔다.

『정본 사랑』은 일찍이 삼중당전집 간행의 실무를 맡았던 노양환이 『정본 무정』(1992)과 함께 삼중당본의 오류를 바로잡은 정전화 작업을 꾀한 판본이다. 그런데 아뿔싸, '일러두기'에 이렇게 적혀 있는 것이 아닌가. "1938년 박문서관에서 발행한 '현대걸작 장편소설 전집' 제1권 『사랑』(상권)과 1950년 같은 출판사에서 발행한『사랑』(하권)을 원전으로 하여 새롭게 펴낸 것이다."[2] '같은 출판사'라고 썼지만 해방 이후의 박문출판사는 사주가 바뀌어 엄밀히 말하면 동일한 출판사가 아니고,[3] 게다가 텍스트 또한 기존의 박문서관본을 새롭게 편집한 전혀 다른 판본이다. 우신사 정본은 박문출판사가 박문서관의 후신이므로 같은 판본일 것이라고 짐작하여 판본 검토를 제대로 행하지 않았고, 그 결과 불행히도 최근의 문학과지성사본에 이르기까지 영향을 끼쳤던 것이다.

이리하여 저자로서는 감수 작업이 손쉬워지기는커녕『사랑』의 판본

---

2    노양환,『정본 사랑』, 우신사, 1992.
3    이두영,『현대한국출판사 1945~2010』, 문예출판사, 2015, 55~56면. 1930년대 후반
     2대 사주 노성석 체제하의 박문서관의 활동에 관해서는 최주한,「박문서관과 이광수」
     (『근대서지』13, 근대서지학회, 2016) 참조.

검토 작업까지 또 일 하나를 번 셈이 되었다. 아무려나 이 글이 우리가 얼마나 잘못된 『사랑』을 읽고 있었는지 돌아봄으로써 원전 비평의 중요성을 다시 한번 곰곰이 생각해 보는 계기가 되었으면 좋겠다.

## 박문서관본(1938 · 1939) vs. 박문출판사본(1950)

장편 『사랑』은 박문서관에서 기획한 '현대걸작 장편소설 전집'의 제1권과 제2권으로 1938년 10월 전편이, 1939년 3월 후편이 각각 간행되었다. 막대한 자본과 탄탄한 기획, 탁월한 역량의 편집진을 갖춘 당대 최고의 출판사였던 박문서관은 기획에서 편집, 교정, 간행, 배포에 이르기까지 심혈을 기울여 장편 『사랑』의 간행과 광고에 나섰다.[4] 이에 힘입어 『사랑』 전편은 초판이 간행된 지 엿새만에 천 부가 팔리고,[5] 불과 두 달 만에 이천 부의 초판이 모두 소진되는 출판계 공전의 기록을 세운다.[6] 『사랑』 전편의 경우만 해도 2월의 재판에 이어 3월 3판, 7월 4판, 12월 5

---

4   전작 장편의 『사랑』의 기획에서 편집, 교정, 간행, 배포, 광고에 이르기까지의 전 과정은 1938년 10월 창간된 기관지 『박문』의 「編輯室日記抄」를 통해 자세히 엿볼 수 있다.

5   "『사랑』천 부 돌파?『금삼의 피』교정을 읽던 우리들은 쾌재를 부르며 교정지를 밀쳐놓고 이야기의 꽃을 피웠다. 항용 소설은 천부를 一版씩으로 잡으니 우리도 곧 나머지 책은 재판으로 찍어서 팝시다. (…중략…)『사랑』이 나온 지 엿새되던 날의 광경이다."「編輯室日記抄」, 『박문』 3, 1938.12, 30면.

6   "『사랑』전편 — 드디어 매진되다. 재판을 곧 착수하다. 초판 이천 부. 책이 나온 지 이개월 오일만에 한 권 남기지 않고 다 나갔다. 조선의 현재 출판계 실정으로 거짓없는 신기록이다."「編輯室日記抄」, 『박문』 5, 1939.2, 31면.

판, 1940년 2월 6판, 8월 7판, 11월 8판, 1941월 6월 9판을 간행했다.[7] 식민지 시기 베스트셀러 가운데 하나였던 장편 『무정』이 1918년의 초판에서 8판 간행에 이르기까지 20여 년의 세월이 걸린 것을 고려하면 실로 눈부신 기록이 아닐 수 없다.

장편 『사랑』이 당대 독자들에게 엄청난 인기를 끈 사실도 흥미롭지만, 당장 판본의 검토와 관련하여 주목되는 것은 박문서관본의 경우 이광수가 편집진과 함께 교정 작업에 공을 들였다는 점이다. 당시 박문서관의 기관지 『박문』의 편집을 맡았던 최영주의 편집일기에는 "再校는 이광수 先生이 病席에 누으셔서 괴롬을 무릅쓰시며 親히 보아주셨"고 "誤字 날 것을 무척 念慮하시는 先生에게 激勵되어 우리도 全精力을 여기에 傾注하였다"[8]는 기록도 보인다. 박문서관본 『사랑』이 현재까지 간행된 판본 가운데 가장 온전한 판본의 자리를 차지하고 있는 것은 최선의 단행본을 간행하기 위한 작가와 편집진의 노고 덕분이었다고 해도 좋을 것이다.

한편 1950년에는 박문출판사에서 기획한 '춘원선집春園選集'의 제1권과 제2권으로 『사랑』 상·하가 각각 간행되었다.[9] 물자의 부족과 사상적 통제가 혹심했던 1940년대 전시총동원체제의 위축을 딛고 재기하기 위한 발판으로 식민지 시기 가장 잘 팔렸던 장편 『사랑』을 선집의 선두에 내세웠을 것이다. 박문출판사본은 기존의 표기법을 당대 표기법으

---

7　최주한, 「『사랑』의 저자는 누구인가」, 『이광수와 식민지 문학의 윤리』, 소명출판, 2014, 472면. 『사랑』 전편 9판(1941.6) 판권면 참조.

8　「編輯室日記抄」, 『박문』 2, 1938.11, 31면.

9　『사랑』 상권은 1951년 11월의 재판본(1950.3 초판)을, 하권은 1954년에 새로 간행된 판본을 참고했다. 1954년에 간행된 판본은 '춘원선집'이라는 타이틀이 삭제된 채 독립된 단행본으로 간행되었지만, 1950년에 간행된 판본과 동일한 조판에 의거하고 있어서 동일한 판본으로 간주해도 무방하다.

로 바꾸고 일부 표현에도 손질을 가하는 등 편집자가 적극 개입한 것은 물론 활자체는 그대로 유지하되 2단으로 편집 조판한 새로운 판본이다. 그런데 편집자의 자의적인 개입이 지나친 데다 교정 단계에서 오탈자를 제대로 잡아내지 못한 탓에 원전이 훼손된 문제적인 판본이기도 하다.

먼저 오탈자로 인해 문장이 왜곡되거나 의미가 제대로 전달되지 않는 사례는 이루 헤아리기 어려울 정도다. 지면 관계상 몇몇의 명시적인 사례만 제시하면 다음과 같다. 박문서관본을 기준으로 오탈자 부분은 굵은 활자로, 수정된 표현은 나란히 표시해 본다.

안빈이가 병원 뒷곁 개장 앞에 앉아서 **개 하고** 싸우는 것 같은 소리를 듣고(상, 64면)

**어떤 날/이튿날** 밤에 서로 싸와서 머리와 몸에 크게 상쳐가 나고 피투성이가 되어서 정신을 못차리는 **사람 둘이/사람들이** 경관 안동하여 안빈의 병원에 **메워서** 들어왔다.(상, 67면)

그리워하는 것 즉 연애는 동물에 있어서는 일 년에 한 번 일정한 기간에만 생기는 것이오 **인류와 같이 사철 어느 때에나 생기는 것은 아니며,** 또 슬픔으로 말하면 인류에 있어서는 일생을 두고 무시로 경험하는 것이지만 동물에 있어서는 자식을 **빼앗긴** 때, 어떤 소수의 동물에서는 그 배우를 빼앗긴 때밖에는 일어나지 않는 모양이오.(상, 69면)

만일 이것을 문학적으로 표현한다면 생명의 촛불이 **슬픔의 푸른빛**을 발하

고 타고 남은 재, 그것조차도 그 성분에 있어서는 별로 틀림이 없을 것이다.(상, 74면)

실험의 결과로 보건댄 암모니아, 유황으로 신경을 자극하면 **광포성/광광성**을 발하는데 이것이 이성의 애정에서 가끔 보는 **광포성/공포성**의 원인이라고 안빈은 생각하였다. 아우라몬은 이러한 **광포성/공포성**을 제거한 사랑 즉 자비의 표상이 되는 것이다.(상, 79면)

그의 시인적 상상력으로 월미도에서 일어날 순옥과 자기와의 수없는 **사랑의 씬을/씨를** 그리면서 밤을 세웠다.(상, 86면)

**칠 년/천 년** 적공이 오늘 이루었다.(상, 86면)

불상에 도금을 하는 까닭이나, **부처의 살이 진금색이라는 뜻/부처의 살에 진금색이 타는 뜻**이 알아지는 것 같았다.(상, 131면)

이만한 환경 속에 태어나서 이만한 기쁨과 이만한 슬픔을 보게 된 금생의 순옥이 원인이 **뭣일까/아닐까?**(상, 150면)

안빈은 톨스토이가 영국과 **불국의 대문학/불국에게 문학**이란 것을 매도한 것을 기억한다.(상, 230면)

그래두 모두들 장가 들구 시집 가구 자식 낳구 허는 걸 보면 다들 자기

들이 꽨 **듯/꽤** 하고 싶은 게지?(상, 388면)


무슨 면목으로 다시 순옥씨를—**참말/만날** 면목이 없어요.(상, 430면)


그동안 순옥이가 어떻게나 기름이 빠졌는지 아십니까. 아주 죽게 됐습니다. 저를 만나면 울기만 허구요. **그럴 거 아닙니까/그런 거 아십니까**(하, 25면)


제가 **거리끼구/지키고** 못허는 말을 대신 해주었는데(하, 42면)


병원에선 좀 **안됐지/안 되지**(하, 67면)


'순옥이가 **물러서/몰라서** 그럴까? 어쩌면 안선생을 사모하던 정을 불과 석 달에 저렇게 떼어버렸을까?'하고 인원은 '라 **돈나 에 모빌레/마돈나 에모빌레** (계집의 마음은 변한다)'하는 노래를 생각해 본다.(하, 122면)[10]


여보 **야마낑이오? 요리쯔끼 가네신/야마낑이오요? 리프끼 가네신** 얼마요?(하, 159면)[11]


어쨌으나 **나루는/남은** 헤아릴 수 없는(하, 228면)

---

10 베르디의 오페라 리골레토 3막에 나오는 아리아의 제목 〈La donna è mobile〉를 가리킨다.
11 야마낀(山金)은 주식을 거래하는 증권회사의 이름을, 요리츠키(寄りつき)는 주식의 첫 거래 가격을 가리킨다. 번역하자면 '야마낀(山金) 증권회사요? 카네신(カネシン) 주 (柱)의 첫 거래 가격은 얼마요?' 정도가 된다. 오식을 바로잡지 못해서 우스꽝스러운 문장이 되었다.

순옥은 벌써 '천핫 사람이 다/천하 사람이다'라는 그러한 세간을 벗어난 사
람(하, 448면)

다음은 지명이나 일본어 표기를 당대 맥락에 맞춰 수정하거나 번역
하는 과정에서 빚어진 혼선과 오류들이다.

①
**조선/우리나라** 개(상, 69면)

**조선/대한** 천지(하, 82면)

칸트 신부는 육십이나 된 노인으로 **조선에/同** 이십년 만주에 십오년이나
와 있는 이로 **조선인/同**의 풍속과 습관을 연구하여서(하, 474면)

**권농정/권농동**(상, 393면)

**경성역/서울역**(상, 119면)

우리가 시시각각으로 고마운 절을 드릴 분은 우리 **나라님/조국님**이시고
(하, 525면)

②
**안동현/아현동**에서 매독을 올려서(하, 281면)

③
**사바이/연극**(상, 90면)

**유까다/방구석, 도꼬노마/사복**(상, 94면)

**오다노시미네(좋으시겠어요)/ 좋으시겠어요**(상, 98면)

오시까께니오보오/同야요. (상, 223면)[12]

"너이들 방학이 언제?" 하고 물었다. "니쥬산니찌요/이십삼일예요."(상, 454면)

케케묵은, 지다이오꾸레/ 시대에 뒤떨어진(하, 105면)

"아아 마이따/녹았어. 하하하하. 우리 마누라가. 하하하하"(하, 147면)[13]

그게야 아다마가 와루이허니/머리가 나쁘니까 그렇지(하, 156면)

창경원 요사구라/밤 사쿠라 구경(하, 160면)

오뎅집에서 고뿌술/컵술을 퍼먹을 때에는(하, 166면)

얼굴에 웃음을 띤 귀득은 훨신 돋보여서 순진한 애티와 참이/참함이 있다 (하, 307면)[14]

오늘 삿소꾸/당장 혼인 신고와 출생신고를 한 몫하러 왔단 말아(하, 362면)


해방 이후의 맥락에서 '조선'은 '우리나라', '대한', '조국' 등의 표현으로 바뀌었고, 해방 이후의 맥락을 반영하기 어려운 곳은 그대로 '조선'으로 쓰기도 하는 등 용어에 혼선을 빚고 있다(①). 심지어 지명이 바뀌어 있는 곳도 있다(②). 또한 외래어 표현, 특히 일본어 표현은 대개 한글로 번역했으나 그대로 둔 곳이 있는가 하면 오역도 발견된다(③). 해방 후『무정』의 수정된 판본이 그러했듯이,[15] 일본어 표현의 번역은 당시 일상적인 대화에서 일본어 표현이 빈번했을 식민지 말기의 언어 ·

---

12  '오시카케뇨보(押し掛け女房)'는 남자한테 매달려 어거지로 아내가 된 여자를 가리킨다. 마땅한 번역어를 찾지 못해서 이 표현은 일본어 그대로 둔 듯하다.
13  '마이따'는 '參った'를 가리키는 단어로, 유도나 검도 등의 시합에서 패한 사실을 승인하는 말이다. 이 문맥에서는 '내가 졌어' 정도의 의미를 지닌다.
14  '참(charm)'을 '참함'으로 고치는 바람에 귀득의 매력적인 면모가 다소곳한 면모로 왜곡되었다.
15  김철, 「무정의 계보」, 『바로잡은 『무정』』, 문학동네, 2003, 725~727면.

문화적 상황을 소거해 버린다는 점에서 문제가 있다.


## 박문서관본 오류의 답습, 삼중당본(1962)


　1962년에는 삼중당에서 기획한 이광수 전집의 제10권으로 장편 『사랑』이 간행된다. 삼중당에서 간행한 이광수 전집의 경우 저본의 출처를 정확하게 밝히지 않고 있어서 연구 수행시 주의할 필요가 있다는 점에 관해서는 이미 한 차례 지적된 바 있으나,[16] 『사랑』은 출처를 밝히고 있는 경우도 그대로 믿어서는 곤란하다는 점을 명시적으로 보여주는 사례. 말미에 "一九三九年刊〈現代傑作長篇小說全集 第一・二卷〉所載"라고 구체적인 출처를 밝히고 있음에도 불구하고 실제의 작업은 1950년에 간행된 박문출판사본을 저본으로 삼고 있는 것이다. 따라서 삼중당본 『사랑』은 기본적으로 박문출판사본의 오류를 그대로 답습하고 있는 것은 물론, 여기에 다시 오탈자, 또 오류를 바로잡는 과정에서 빚어진 오류까지 더해져 있다. 역시 박문서관본을 기준으로 오탈자 부분은 굵은 활자로, 수정된 표현은 나란히 표시해 본다.


　더구나 그 사상 인생관으루 말하면 중세기식이란 **말요. 안빈이란** 사람은 시대정신을 이해허지 못허구, 이를테면 시대에 역행허는 사람이어든. 안

---

16　최주한, 「이광수 문장집의 어제와 오늘」, 『근대서지』 12, 근대서지학회, 2015, 238면.

빈의 문학이란 계몽기 문학이란 말야(하, 105면)

이 부부가 물가으로 걸어가는 양은 종용 그것이오 화평 그것이었다. 이
따금 물가/들가에 앉아서 먹을 것을 사냥하다가 나라가는 물새/들새들을 바
라보는 외에 별로 한눈도 팔지 아니하고 꼭같은 무거운 거름으로 그들은
송림끝, 강과 바다가 합수하는 목까지 걸어가서는 모래 우에 한참 앉았다
가 일정한 시간이 되면 거기서 일어나서 다시 물가/들가로 걸어나려오는
것이었다(상, 226면)

기침을 할 때에는 반드시 지리가미로/수지로(박문출판)/수시로 입을 막고 하
였고(상, 326면)[17]

오 인제는 가슴에다가 독약을 찔르는 구나— 어서 죽으라구. 인제는
가만 두어두 죽는다. 아서라— 아, 섭이두 그놈의 독약으로 죽이구—우.
네 남편두 그놈의 독약으루 죽이구—/!우. 나두 그놈의 독약으루 죽여라
—/!아. 그러구 너의 모녀만 무병장수허구 잘 살아라—/!아.(하, 495면)

이 점에서 삼중당본의 오류를 바로잡기 위해 1992년 우신사에서 장
편『사랑』의 정본화 작업을 꾀한 것은 퍽 의미있는 시도였다고 할 수
있다. 그러나 뒤에 살펴보겠지만 기본적인 판본 검토를 제대로 거치지

---

17 '치리가미(ちり紙)'는 휴지를 가리킨다. 오역을 바로잡지 못해서 '수지로'가 되었고,
   박문출판사본을 저본으로 삼은 삼중당본은 '수시로'로 바로잡는 바람에 원전의 맥
   락이 왜곡되었다.

않아 불완전한 시도에 불과한 데다 '정본定本'이라는 명목 탓에 최근의 판본에 이르기까지 부정적인 영향을 끼친 장본이라는 비판에서 자유로울 수 없다.

## 절반의 복원, 우신사 정본(1992)에서 문학과지성사본(2008)에 이르기까지

1992년 우신사에서 간행된 『정본 사랑』은 일찍이 이광수 전집 간행의 실무를 맡았던 노양환이 삼중당본의 오류를 바로잡기 위해 간행한 새로운 판본이다. 『정본 무정』(1922)과 나란히 간행된 것으로 보아 이미 학계 내에서도 삼중당본의 문제점에 대해서는 어느 정도 문제의식을 공유하고 있었던 듯하다. 그러나 정본 작업을 통한 새로운 정전화라는 의욕적인 시도에도 불구하고 기본적인 판본 검토 작업을 거치지 않아 결과적으로는 절반의 복원에 그쳤다. "1938년 박문서관에서 발행한 '현대걸작 장편소설 전집' 제1권 『사랑』(상권)과 1950년 같은 출판사에서 발행한 『사랑』(하권)을 원전으로 하여 새롭게 펴낸 것"이라는 일러두기의 언급대로, 상권은 박문서관본을, 하권은 박문출판사본을 저본으로 삼은 것이다. 당연히 『사랑』의 하권에 해당하는 부분은 앞서 언급한 박문출판사본의 오류를 그대로 답습하고 있다.

1995년 일신서적출판사에서 간행한 『사랑』은 일러두기는 물론 저본의 출처도 밝혀져 있지 않다. 그러나 우신사 정본의 기이한 판본 구성 및 오류를 그대로 따르고 있어 우신사본을 저본으로 삼은 사실이 확인된다.[18] 이 점에서 2008년에 간행된 문학과지성사본이 우신사 정본의 오류를 반복한 것은 필연적인 일이었다고 할 수 있다. '일러두기'에 명시해 둔 대로 문학과지성사본은 "1950년 박문출판사 간행본을 저본으로 하고 일신서적출판사본(1995)을 참고"한 판본인 까닭이다. 2008년 '한국문학전집'의 하나로 간행된 문학과지성사본 『사랑』은 기본의 판본과 달리 책임 편집자를 내세워 또 다른 정전화 작업을 꾀했지만, 기본적인 판본 검토를 거치지 않은 탓에 우신사 정본의 오류를 답습하는 결과를 낳았던 것이다. 실제로 문학과지성사본 『사랑』은 '조선', '우리나라', '대한', '조국' 등 용어의 혼란, 일본어 표현 번역 여부의 비일관성, 오역, 오탈자에 의한 왜곡 등이 그대로 반복되고 있다. 게다가 독자들의 이해를 돕기 위해 마련한 각주 또한 저본의 불완전함으로 인해 오히려 오류를 정전화하는 오류를 빚고 있다. 역시 박문서관본을 기준으로 오탈자 부분은 굵은 활자로, 수정된 표현은 나란히 표시해본다.

모든 것을 악한 각도에서 보는 버릇을 가진 배은희의 **주작/수작**(하, 3면)

아마 **연신/연진(우)/연지**두 없는가 보든데요(하, 70면)

라 **돈나** 에 모빌레/ **마돈나** 에 모빌레(계집의 마음은 변한다)'하는 노래(하, 122면)

---

18 명백한 오류 한 대목으로 우신사 정본은 〈첫날밤〉 장 가운데 허영이 안빈의 시를 비평하는 대목 가운데 다음의 구절이 누락되어 있다. "안빈의 시는 시가 아니어든. 케케묵은, 지다이오꾸레란 말요"(하, 105면). 일신서적본도 이 대목이 누락되어 있는 것을 확인할 수 있다. 다만 박문출판사본을 참고한 문학과지성사본은 이 대목을 복구할 수 있었는데, 박문출판사본의 경우 '지다이오꾸레'를 "시대에 뒤떨어진"으로 번역 수정한 터라 문학과지성사본도 번역 수정된 표현을 따르고 있다.

어보 야마낑이오? 요리쯔끼 가네신/야마낑이오요? 리쯔끼 가네신(우)/야마낑이요? 리쯔기 가네신 얼마요?(하, 159면)

허영이가 **가부로/고본으로(우)/고본으로** 돈을 벌랴던 동기 중에는(하, 282면)

   '주작做作'은 없는 사실을 꾸며서 만든다는 뜻이다. 박문출판사본 이하 '수작'으로 수정된 것이 고정되었다. '연신連信'은 서로 소식이 끊이지 아니함, 또는 그 소식을 의미한다. 문학과지성본사은 '연지連枝'로 잘못 수정된 표현에 '한 뿌리에서 난 이어진 가지라는 뜻으로, 형제자매를 비유적으로 이르는 말'이라는 각주를 달았다. 베르디의 오페라 리골레토 3막의 그 유명한 아리아 '라 돈나 에 모빌레La donna è mobile' 또한 '마 돈나 에 모빌레'로 잘못 고정되었다. '야마낑山金이오?' 대목은 제대로 수정되었으나 이하 대목은 여전히 잘못이다. 요리츠키寄りつき는 주식의 첫 거래 가격, 리츠키利付き는 이자 배당금을 뜻한다. 전혀 다른 의미가 되었다. 마지막으로 '가부'는 주식 곧 '가부시키株式'의 줄임말인데, 역시 잘못 수정된 '고본股本'이라는 단어에 '투자 자본금, 투자 증명 문서'라는 의미의 각주를 달아 오류가 고정되고 말았다.

# 원전 비평의 중요성을 되새기며

저본으로 삼은 판본 자체의 문제 탓이라고는 해도 문학과지성사본의 오류는 아무리 생각해도 유감이다. 원전 비평의 중요성에 관해서는 이미 2003년 문학동네에서 간행된 『바로잡은 『무정』』을 계기로 학계에서도 폭넓게 공론화된 이후의 일이기 때문이다. 더욱이 저본의 비일관성에 조금만 주의를 기울였더라면 얼마든지 알아챌 수 있는 일이었다. 하나의 텍스트에 '조선'과 '우리나라'와 '대한'이라는 용어가 뒤섞여 등장하고, 일본어 표현에 있어서도 번역 여부가 갈리고 있는데 다 그 유명한 아리아 '라 돈나 에 모빌레'의 경우처럼 명백한 오류도 존재했으니 말이다. 만일 책임 편집자와 출판사의 권위를 믿고 이 판본을 저본으로 일본어역이나 영문역에 나선다면 번역자는 행간에서 얼마나 당황스러울까. 상상만으로도 부끄러움이 앞선다.

이런 글을 쓰는 것은 저자에게도 뼈아픈 일이다. 여러 권의 이광수 문장집 간행 작업을 해오고 있는 저자 역시 수많은 오탈자와 오역의 가능성에서 자유롭지 않기 때문이다. 그럼에도 불구하고 원전 비평의 중요성을 환기하는 일은 보아온 대로 여전히 필요하고 또 필요한 일이 아닐 수 없다. 현재 춘원연구학회에서 준비하고 있는 이광수 전집은 일반 독자를 대상으로 한 현대어 판본이다. 불가피하게 현재적 관점의 표기법이 반영되는 한계를 지닐 수밖에 없다. 그러나 적어도 원전 비평을 거친 판본이라는 점에서 판본에서 빚어지는 오류는 다소나마 줄일 수 있지 않을까 생각한다. 저자가 참고한 박문서관본 『사랑』은 근

대서지학회 오영식 선생님의 소장본이다. 번번이 귀중한 자료를 제공
해 주시는 선생님께 다시 한번 진심으로 감사드린다.

# 제7장

# 『무정』의 숲을 거닐다*

## #Signal

## Opening

안녕하세요?

〈인문학 산책〉 이주향입니다.

작가 이광수는 수목 가운데에 솔 다음으로 오동을 사랑한다고 했는데

그 까닭이 이렇습니다.

봉황이 오동나무가 아니면 머물러 앉지 않는다 할 정도로

오동은 품격 있는 나무이며

좋은 소리를 내는 거문고의 재료가 되는 귀한 나무이기 때문입니다.

조선에서는 오동나무가 흔하지 않지만,

---

* 이 글은 2016년 10월 29일 방송된 KBS1 라디오 〈이주향의 인문학 산책〉(진행 이주향, 피디 허보혜, 작가 이하영)의 방송 원고를 보충하여 작성한 것이다.

이광수의 한양 집에서는 절로 두 그루나 나서
안방 서창 밖과 사랑 마당 앞으로 오동 그늘이 드리웠다고 하지요.
또 이광수는 돌베개도 좋아했습니다.
구약성서에서 야곱이 돌베개를 배고 자다가
좋은 꿈을 꾸었다는 구절을 읽은 후
자신도 돌베개를 구해 베개를 삼았는데요,
큰 민족의 조상이 되려는 불붙는 야심을 품은 야곱처럼
그에게도 우리 민족을 위한 전망이 있었을 것입니다.
하지만 오늘날 우리는 그의 이름에서 오동나무의 품격과
돌베개의 묵직함을 떠올리지는 않지요.
그의 이름은 훼절과 반역의 상징으로 굳어지는 동시에
건드릴수록 덧나는 상처처럼
좀처럼 딱정이가 앉지 않는 생생한 아픔으로 남았습니다.
이는 역설적으로 그의 문재가 얼마나 뛰어났던가를 보여주고,
우리의 근대성이 그에게 빚진 것이 얼마나 많은지를 말해주고 있지요.

잠시 후 인문학 산책의 토요일 순서,
'인문의 숲을 거닐다'에서
이광수의 장편소설 『무정』과 함께 그의 시대를
함께 거닐어보는 시간, 마련합니다.

## #Logo
매주 토요일 밤, 인문학 명저를 탐험하는 짧지만 깊은 여행 '인문의

숲을 거닐다'

오늘은 최주한 선생님과 함께 이광수의 소설 『무정』을 읽어봅니다.
최주한 선생님, 어서오세요.


네. 안녕하세요.



# 『무정』을 어떤 맥락에서 읽을 것인가


소설 『무정』이 내년이면 100주년이더라고요. 이광수를 재평가하는 움직임이 학계에서 활발하게 펼쳐지고 있다면서요?


이광수의 『무정』은 한국 최초의 근대 장편소설입니다. 1917년 1월 1일부터 6월 14일까지 126회에 걸쳐 『매일신보』에 연재되었으니, 말씀하신 대로 내년 1월이면 꼭 100주년을 맞는 한국 근대문학사의 기념비적인 작품이지요. 그래서 요즘 학계는 물론이고 여러 문학관에서는 벌써부터 『무정』 100년을 앞두고 다양한 학술행사라든가 기획전시 준비로 분주합니다. 재평가라기보다 재조명이랄까. 어떤 각도에서 『무정』의 면모들이 재조명될지 저도 무척 기대가 큽니다.

연재 당시에도 반응이 대단했다면서요?

주로 청년 독자층의 반향이 컸습니다. 연재 직전에는 이틀에 걸쳐 1면에 일찍이 불교의 근대화에 앞장섰고 문학에도 관심이 많았던 백화白樺 양건식이 투고한 「춘원의 소설을 환영하노라」라는 장문의 글이 실리기도 했습니다. 또 독자들의 반응은 당시의 원고료로도 알 수 있습니다. 연재가 시작될 무렵에는 월 5원이던 것이 끝날 무렵에는 10원을 받았습니다. 당시 이광수가 김성수에게 지원받고 있던 한 달 생활비가 20원이었는데, 후속장편인 『개척자』 연재 시작 무렵에는 20원으로 원고료가 올랐다고 해요. 상당한 액수였다는 것을 알 수 있지요.

100년 전 소설을 지금 다시 읽으면서 재밌게 읽을 수 있는 포인트가 있다면요?

『무정』은 정말 다양한 얼굴을 가진 복합적인 텍스트라서 관심에 따라 얼마든지 다양한 각도에서 읽을 수 있습니다. 오늘 이 시간에는 『무정』이 연재된 1910년대라는 맥락, 『무정』이 연재된 『매일신보』라는 매체의 성격 및 『무정』의 집필 배경, 그리고 한국 최초의 근대장편이라는 이름에 걸맞게 『무정』에서 처음 시도된 다양한 실험들, 예컨대 묘사라든가 구성, 문체 등을 염두에 두고 읽어 보고자 합니다. 또 100년 전의 청년들은 어떤 사랑을 했는지, 오늘날과는 어떻게 같고 또 다른지에 대해서도 함께 생각해 보면서 100년 전의 『무정』이 오늘날의 우리와 어떻게 연결되어 있는지 돌아보는 시간이 되었으면 합니다.

# 김철 교주본 『무정』(2003)의 선정 이유

오늘 읽어볼 텍스트로는 김철 교주본 『무정』을 선택했는데요. 이전까지 『무정』의 판본은 대개 1962년 삼중당에서 간행한 20권짜리 이광수 전집이 저본입니다. 또 삼중당본 『무정』은 해방 후 허영숙이 세운 광영사에서 간행된 『무정』(1956)이 저본이고요. 삼중당본 『무정』의 특징은, 고어체 어미는 일괄하여 현대어법으로 바꾸고, 일본어에 해당하는 표현은 없애거나 한국어로 번역해서 원작에 담겨 있던 당대적 언어와 맥락이 모두 지워져 있습니다. 그런데 김철 교주본 『무정』은 매일신보 연재본을 저본으로 하여 원래의 맥락을 복원한 까닭에 매일신보 연재본은 1910년대 무단통치기의 언어라든가 사회, 풍속의 실상을 그대로 보여줍니다.

예를 들면 1장의 신우선과 이형식의 대화 장면에 사용되는 일본어 '요-오 오메데또(축하하네)', '이이나즈께(약혼자)', '움 나루호도(과연)', 37장에서 형식이 영채를 찾아 동대문행 전차를 타고 청량사 가는 길에 '도오다이몬 슈-뗀(동대문 종점)', 55장 형식이 자살하러 간 영채를 찾아 평양역에 내렸을 때는 '헤이죠오(평양)'하고 역부가 일본어로 외치는 소리가 들립니다. 또 104장 형식 일행이 남대문역에 내렸을 때 전송객들이 서로 인사를 나누는 언어 역시 '사요나라 고끼겐요우(안녕히 가세요, 안녕히 계세요)'하는 일본어입니다. 그리고 119장 삼랑진에서 형식 일행이 찾아간 여관에서도 하녀와 '반또(주인)'가 '이랏샤이(어서오세요)'를 부르고 이들 일행을 '하찌조마(팔첩 다다미방)'로 안내하고요. 일상 대화에서 일본어를 섞어 쓰는 것이 지식계층 간에서는 이미 자연스러웠다는 것, 또 공공기관에서는 당연히 일본어로 안내방송이 흘러나왔고, 또 철도나 여관과 같은 교통기관, 숙박업소를 사용하는 주고객은 사실 일본인들이었다는 것을 그대로 보여주는 대목들인데, 이런 대목을 조선어로 번역해 버리면 식민통치하의 조선이라는 배경이 증발해버리고 말지요. 다만 김철 교주본은 100년 전의 표기법에 따르고 있어서 오늘날의 일반 독자가 읽기는 좀 까다로운 텍스트이긴 합니다.

## 『무정』의 집필 배경

이광수가 이 소설을 쓴 배경부터 작가의 말을 한번 들어보고 시작하겠습니다.

[낭독 1]

내가 이 이야기를 쓴 것은 지금으로부터 13년 전의 일이었다고 생각합니다. 당시는 한국이 일본에 병합된 지 얼마 지나지 않은 무렵으로 언론출판의 자유는 조금도 허용되지 않았습니다. 그래서 조선인은 병합 직전 일시 왕성했던 정치적 담론조차도 논할 수 없었고, 입을 굳게 다물고 붓은 깊이깊이 감추어 죽음과 같은 침묵이 영원히, 영원히 계속되는 것일까 생각될 정도였습니다. 이런 때를 당하여 들끓는 머릿속의 불평과 결코 입 밖으로 꺼내 말할 수 없는 민족적인 어떤 토료을 문학적 형식을 빌려 표현하고자 한 것은 물론 당연하겠지요.

"들끓는 머릿속의 불평과 결코 입 밖으로 꺼내 말할 수 없는 민족적인 어떤 동경을 문학적 형식을 빌려 표현하고자" 했다고 춘원 이광수가 이야기하고 있는데요. 그 당시 지식인으로서의 고민이 들어 있는 문장이네요.

『무정』은 1928년부터 이듬해에 걸쳐 『조선사상통신朝鮮思想通信』이라는 재조선 일본인들의 일간잡지에 일본어로 번역 연재되었는데, 연재 직후 이광수가 작가의 말에서 쓴 회고의 한 대목입니다. 언론출판의 자유가 없었던 무단통치기의 무거운 분위기가 그대로 전해지는 회고이지요. 1908년 최남선이 창간한 국내 유일한 종합잡지 『소년』은 한일병합 직후 얼마 못가 폐간됩니다. 이어서 1914년 10월 창간된 『청춘』 또한 이듬해 3월 반년도 못 되어 정간되고, 또 동경에서 발행되던 유학생 잡지 『학지광』도 이광수가 편집을 주재했던 8·9·10호가 모두 압수되고요. 『매일신보』는 1910년대 무단통치기의 총독부 기관지로 당대 유일한 조선어 신문이었습니다. 당대 지식인은 물론 일반 조선인 독자들도 외면하던 매체였지만, 조선인 독자와 소통할 수 있는 유일한 창구였지요. 이광수가 장편 『무정』의 연재를 비롯하여 총독부 기관지 『매일신보』에 글을 쓴 중요한 이유의 하나는 바로 조선인 독자와의 소통에 있었음을 잘 보여주는 대목입니다.

이 연재를 의뢰받았을 때 이광수의 나이는 스물여섯이었다고요. 이십대 중반의 들끓는 청춘이잖아요. 당시 개인의 상황은 어땠어요?

이광수가 소설 연재를 의뢰받은 것은 1916년 겨울방학을 앞둔 무렵입니다. 100년 전 오늘, 그러니까 10월 이 무렵까지만 해도 자신이 『매일신보』에, 그것도 한국 최초의 근대장편 『무정』을 연재할 거라고는 꿈에도 생각지 못했던 일이지요. 당시 와세다대학 철학과 1학년이었던 이광수는 『매일신보』 기자였던 친구이자 『무정』의 신우선이라는 인물의 모델이기도 한 심우섭의 주선으로 이해 9월부터 『매일신보』에 집중적으로 논설을 써서 청년 독자층의 호응을 얻고 있었습니다.

연재를 의뢰받은 게 겨울방학을 앞둔 무렵이라면 『무정』의 집필 시기가 굉장히 짧았다는 얘기가 되는데요. 이십대에 춘원 이광수가 얼마나 집중하고 몰입하면서 썼는지를 보여주는 대목이네요.

그렇습니다. 당시 와세다대학 겨울방학은 12월 25일에서 1월 10일까지였는데, 학기말 시험이 끝나자마자 집필을 시작해서 12월 말까지 경성의 매일신보사에 보낸 원고 분량은 70회분입니다. 불과 십여 일만에 전체 126회 가운데 절반 이상을 쓴 셈이지요. 그런데도 다양한 인물, 절묘한 구성, 디테일한 묘사라든가 정돈된 문체, 주제적 지향성 등을 고려하면, 불과 한 달여만에 구성에서 집필까지 놀라운 집중력과 능력 발휘했다고 할 수 있지요.

중학 시절부터 문재文才가 뛰어났고, 또 나름의 포부도 갖고 있던 영민한 학생이었다고요?

그렇습니다. 기본적으로 중학 시절과 와세다 시절 두 차례에 걸친 일본 유학생활에서 문학, 영화, 연극 등을 접하면서 익힌 문예적 소양, 여기에 중학 시절 영화를 소설화하고 또 오산 시절 스토의 『엉클 톰스 캐빈』을 『검둥의 설움』이라는 제목으로 번역하면서 얻은 다양한 성취, 중학 시절 이래의 꾸준한 문체 실험, 그리고 대륙방랑 시절 이래 구상해 온 독립 준비로서의 문명 조선의 구상과 관련하여 또렷한 청사진을 갖고 있었기에 그 모든 것이 가능했습니다. 집필의 기회는 다소 갑작스럽게 찾아왔지만, 사실 작가로서 갖추어야 할 모든 조건이 무르익은 시점에서 장편 『무정』은 극적으로 탄생한 셈이죠.

## 디테일(심리묘사, 장면묘사)에 강한 리얼리스트

**그럼 본격적으로 소설 속으로 들어가 보겠습니다. 어떤 대목부터 들어볼까요?**

이광수는 소설이란 "모 시대의 모 방면의 충실한 기록"이라고 정의한 바 있습니다. '시대의 그림'이라는 표현을 쓰기도 했지요. "나는 사실주의 전성시대에 청년의 눈을 떴는지라 내게는 사실주의적 색채가 많다"(「여의 작가적 태도」, 1931)라는 회고를 하기도 했는데, 이러한 사실주의적 태도는 심리묘사와 장면묘사에서 특장을 발휘합니다. 먼저 들어볼 대목은 심리묘사의 한 대목입니다. 유명한 첫 장면, 경성학교 영어

교사 이형식이 선형에게 영어를 가르치기 위해 안동 김장로의 집으로 가면서 이런저런 상념에 젖는 대목입니다.

[낭독 2]

　형식은 여러 가지 생각을 한다. 우선 처음 만나서 어떻게 인사를 할까. 남자 남자 간에 하는 모양으로 '처음 보입니다. 저는 리형식이올시다' 이렇게 할까. 그러나 잠시라도 나는 가르치는 자요 저는 배우는 자라. 그러면 미상불 무슨 차별이 있지나 아니할까. 저 편에서 먼저 내게 인사를 하거든 그제야 나도 인사를 하는 것이 마땅하지 아니할까. 그것은 그러려니와 교수하는 방법은 어떻게나 할는지. 어제 김장로에게 그 청탁을 들은 뒤로 지금껏 생각하건마는 무슨 묘방이 아니 생긴다. 가운데 책상을 하나 놓고 거기 마주 앉아서 가르칠까. 그러면 입김과 입김이 서로 마주치렷다. 혹 저 편 히사시가미가 내 이마에 스칠 때도 있으렷다. 책상 아래에서 무릎과 무릎이 가만히 마주 닿기도 하렷다. 이렇게 생각하고 형식은 얼굴이 붉어지며 혼자 빙긋 웃었다. 아니, 아니? 그러다가 만일 마음으로라도 죄를 범하게 되면 어찌하게. 옳다! 될 수 있는 대로 책상에서 멀리 떠나 앉았다가 만일 저편 무릎이 내게 닿거든 깜짝 놀라며 내 무릎을 치우리라. 그러나 내 입에서 무슨 냄새가 나면 여자에게 대하여 실례라. 점심 후에는 아직 담배는 아니 먹었건마는 하고 손으로 입을 가리고 입김을 후 내어 불어본다. 그 입김이 손바닥에 반사되어 코로 들어가면 냄새의 유무를 시험할 수 있음이라. 형식은 아뿔사 내가 어찌하여 이러한 생각을 하는가, 내 마음이 이렇게 약하던가 하면서 두 주먹을 불끈 쥐고 전신에 힘을 주어 이러한 약한 생각을 떼어버리려 하나 가슴속에는 이상하게 불길이 확확

일어난다. (1장)

"가슴 속에는 이상하게 불길이 확확 일어난다". 중학교 영어 교사인 주인공 형식이 지금 개인교사로 초빙받아서 선형이라는 여학생을 만나러 가는 길이잖아요. 당대 남녀칠세부동석이었던 조선사회에 호기심을 불러일으키기 아주 충분한 대목이었을 것이라는 생각이 드는데요.

그렇습니다. 주인공 형식은 변변하지 못한 집안의 고아 출신으로 일개 중학 영어교사입니다. 하지만 토쿄에서 유학했고 '조선에서 가장 진보한 선각자'로 자처할 만큼 자부심이 대단하고 또 그만큼 학생들의 교육에도 열성적이었지요. 그런데 선형을 만나러 가는 형식의 마음을 사로잡고 있는 것은 교사로서의 고민이라기보다 처음 대하는 여성과의 만남을 앞둔 남성으로서의 설렘입니다. 더욱이 선형으로 말하면 부친이 독실한 기독교 신자이자 미국 워싱턴의 주재원까지 지낸 부유한 집안의 외동딸로 미국 유학을 앞둔 미모의 '하이칼라' 여성이고요. 그런데 말씀하신 것처럼 당대는 아직 미혼의 남녀가 가까이하는 것을 꺼리는 분위기였습니다. 그래서 처음 만나는 여학생을 어떻게 대해야 할지 상상하는 청년 이형식이 보여주는 내면 심리는 그 자체로 당대 독자들의 호기심을 끌기에 충분했지요.

당대 독자들의 반응은 크게 두 가지였습니다. 노년층인 유림들은 청년들을 타락케 하는 연애 희문이라 해서 비판을 하고, 신문사에 이광수의 글을 싣지 말라고 탄원하기도 했습니다. 정반대로 청년들은 연애의 해방이라는 측면에서 근대적 연애에 환호했지요. 여하튼 『무정』이 당대 독자들에게 상당한 호응을 얻었던 것은 심리묘사가 치밀했던 것과도 무관하지 않다 할 수 있습니다. 방금 들으신 대로 처음 만나면 인사는 어떻게 해야 할지, 책상을 마주하고 앉아 가르치면 서로 입김이 닿고, 앞머리가 닿고, 무릎이 닿을 텐데, 혹시 마음으로라도 죄를 범하게 되면 어쩌나 등등, 처음 만나는 여학생과의 만남을 앞둔 형식의 마음 세계가 손에 잡힐 듯이 선명하게 그려져 있는데, 이렇게 생생한 심리묘사가 가능했던 것은 『무정』이 당대로서는 실험적이었던 근대적 한글 문체로 쓰인 덕분이라는 점도 기억해둘 만합니다.

그런데 『무정』의 주인공 하면 선형이 아니라 주로 영채를 이야기해요. 형식에게는 영채라는 옛 여인이 있었지요?

영채는 고아인 형식을 거두어 공부시키고 돌보아준 옛 스승 박진사의 딸입니다. 일찍이 스승이 아내로 허락하기도 했던 여성이지요. 영채는 부친과 오빠들이 누명을 써서 감옥에 가게 되자 그들을 뒷바라지하기 위해 기생이 됩니다. 그런데 부친은 영채가 기생이 되었다는 사실을 알고 자결하고 두 오빠들마저 세상을 등지게 되지요. 무정한 세상 한 가운데 던져진 채 지조가 굳은 기생 월화를 의지하여 지내던 영채는 이윽고 7년 만에 형식을 찾게 됩니다. 그런데 하필이면 그게 형식이 선형의 개인교수를 끝내고 집에 돌아온 날 저녁의 일입니다. 왜 하필인가 하면, 이미 그날 낮 동안 형식은 돈, 미모, 신분 등 모든 조건을 갖춘 선형에게 마음이 끌리기 시작했기 때문이지요. 기생 영채의 등장은 형식에게 고민과 갈등의 씨앗이었습니다.

갈등이 있어야 소설이 전개되는 건 맞는데, 영채와 선형을 두고 형식이 이중적인 태도를 취하잖아요.

바로 이 점에 대해서 문학사의 라이벌 김동인은 주인공 형식의 성격이 통일되어 있지 못하고, 이는 작가의 역량이 부족한 탓이라고 비판한 바 있습니다. 형식은 영채를 생각하면 영채를 위해 눈물을 흘리고 아내로 삼아야겠다고 다짐하면서 또 선형을 보면 선형에게 마음이 기우는 줏대 없고 자기주장이 없는 인물인데, 그런 인물에게 신도덕, 신연애관을 주창케 했다는 것이지요. 이에 대한 이광수는 이렇게 반론합니다. "내 작품에 나오는 인물들의 무기력을 조소하는 비평을 종종 들을 때 나는 혼자 고소를 금치 못한다. 나는 당대 지식 청년의 모습을 그린 것이지 결코 이상적인 인물을 그린 것이 아니다"(「여의 작가적 태도」, 1931). 당대의 시대상을 여실히 묘사하려는 의도에서 과도기에 처한 청년의 혼란을 그대로 묘사했다는 주장입니다. 단편작가로서의 김동인에게는 '성격의 통일성'이 중요했겠지만, '시대의 그림'을 그리고자 했던 이광수에게는 당대적 인간상을 여실히 보여주는 것이 중요했다고 할 수 있겠지요.

이번에는 형식이 영채를 찾아 평양으로 가는 장면 들어보겠습니다.

[낭독 3]
  두 사람이 탄 열차는 평양역에 도착하였다. '헤이죠오'하는 역부의 외치는 소리와 딸각딸각하는 나막신 소리가 차가 다 서기도 전부터 들린다. 아

까부터 짐을 묶고 옷을 입던 사람들은 혹은 제가 먼저 내릴 양으로 남을 떠밀치고 나가기도 하고 혹은 가장 점잖은 듯이 빙그레 웃으며 일부러 남들이 먼저 나가기를 기다리기도 한다. 형식과 뚱뚱한 노파도 플렛폼에 내렸다. 어느 군대에 어른이 가는지 젊은 사관들이 일등차실 곁에 서서 여러 번 모자에 손을 대어 허리를 굽힌다. 뚱뚱한 서양 사람 두엇이 바지에 두 손을 찌르고 주위의 사람들은 번뜻도 보지 아니하면서 뚜벅뚜벅 왔다갔다 한다. 어떤 일본 부인이 차를 아니 놓칠 양으로 커다란 '신겡부구로(信玄袋)'를 들고 통통 뛰어 들어온다. 북으로 더 갈 승객들은 세수도 아니한 얼굴에 맨머리 바람으로 우두커니 나와 서서 아는 사람이나 찾는 듯이 입구를 바라보고 섰다. 개찰인(改札人)은 빈 가위를 떼걱떼걱하고 섰다. 형식과 노파는 출구를 나섰다. 지켜섰던 순사가 흘끗 두 사람의 뒤를 본다 (55장).

형식이 영채를 찾아 평양으로 가는 장면인데, 평양역의 풍경을 아주 자세히 그리고 있네요.

네. 유서를 남기고 평양으로 떠난 영채를 찾아 형식이 영채의 기생 어미와 함께 평양역에 내리는 장면입니다. 평양역을 오가는 다양한 인물군상이 묘사되어 있는데, 단순한 장면묘사처럼 보이지만 자세히 들여다보면 이 짧은 대목에 당대의 시대적 분위기가 놀라울 만큼 날카롭게 포착되어 있습니다. 먼저 기차가 평양역에 서기 전부터 '헤이죠오' (평양)하고 역부의 외치는 소리와 함께 딸각딸각하는 나막신 소리가 들려옵니다. 관공서는 물론 철도와 같은 공공기관에서는 일본어가 상용되었고, 딸각딸각하는 나막신 소리로 보아 역부 또한 일본인이라는 사실을 알 수 있습니다.

　이윽고 기차가 플렛폼에 들어와 서고 형식이 노파와 함께 내리는데, 이 장면에서 가장 먼저 눈에 들어오는 것은 일등차실 곁에서 상관을 전송하는 젊은 사관들의 모습입니다. 이 군인들은 당연히 조선인이 아니라, 조선에 주둔한 일본군대 즉 조선군 소속 일본인이죠. 일등차실 곁에서 상관에게 예를 갖추는 젊은 사관들의 모습은 그 자체로 식민통치 권력의 권위에 대한 시각적 과시이기도 했습니다. 당시 대개의 흰 옷 입은 조선인은 삼등석이 고작이었고, 가난한 중학교사 형식도 당연히 삼등차실을 탔겠지요. 작가의 시선은 무심한 듯이, 그러면서도 무단통치하에 놓인 식민지 조선의 현실을 놓치지 않고 포착하고 있는 것입니다.

　다음에 보이는 것이 커다란 '신겐부구로'(원문)를 들고 차안으로 뛰어드는 일본 부인의 모습입니다. 신겐부구로는 일본 전국시대 무장인 다케다 신겐이 전장에 나갈 때 전쟁도구를 챙겼던 자루 주머니에서 유래했다고 합니다. 조선 부인이었다면 당연히 보자기에 싼 '보따리'를 들었겠지만, 일본 부인에게 '보따리'는 어울리지 않는다고 작가는 생각했겠지요. 작가의 예민한 언어의식과 더불어 디테일에도 철저한 리얼리스트로서의 면모를 보여주는 대목입니다.

　마지막으로 개찰구에서 지켜섰다가 출구를 나서는 두 사람의 뒷모습을 흘끗 보는 순사의 모습이 보입니다. 이미 인물들은 역을 빠져나온 다음인데도 작가의 시선은 끝까지 남아 순사의 모습을 포착하고 있는 것이지요. 『무정』에는 유난히 경찰서가 많이 등장하는데, 『무정』의 첫 장면 안동 네거리의 경찰서, 평양 경찰서, 삼랑진 경찰서 등등, 무단통치기 일상화된 감시의 시선을 엿볼 수 있는 대목입니다.

요컨대 평양역 장면은 기차가 플랫폼에 들어서는 순간부터 두 사람이 개찰구를 나오는 마지막 순간까지 디테일 하나 하나가 이미 식민통치가 일상화된 당대의 시대적 분위기를 압축적으로 포착하고 있습니다. 그저 스쳐지나가듯 심상하게 묘사하고 있는 것처럼 보이지만, 간결한 묘사 자체가 역으로 자유로운 의사표현이 불가능했던 당대 분위기를 날카롭고도 긴장감 있게 전해주고 있다고 할 수 있지요.


## 뛰어난 이야기 구성력 – 운명적 만남을 예비한 엇갈린 운명


한편, 유서를 써놓고 평양 가는 열차 속의 영채는 어떤 심경인지 들어보겠습니다.


[낭독 4]

영채는 수건으로 눈을 씻으며 얼굴을 찌푸리고 속으로 "에구 아퍼"하였다. 석탄가루가 처음에는 눈 웃시울 속에 들어간 듯하더니 한참 비비고 난 뒤에는 어디 간지를 알 수 없고 다만 아프기만 하였다. 그래도 수건을 눈 속으로 넣어서 씻어내려 하다가 마침내 나오지 아니함을 보고 영채는 화를 내어 차창에 손을 대고 손 위에 얼굴을 대고 엎디어 울었다. 지금껏 졸던 슬픔이 갑자기 깨어난 모양으로 눈물이 쏟아진다. 무슨 까닭인지도 모르게 그저 슬프기만 하여 소리를 참고 울었다. 지금껏 꿈속 같던 정신이 갑자기 쇄락하여지는 듯하였다. 지나간 모든 생각이 온통 슬픔을 띠고 분명하게 마음속에 일어난다. 영채는 눈에 석탄가루 들어간 것도 잊어버리고 혼자 슬퍼서 울었다. 오늘 저녁이면 나는 죽는다. 나는 대동강에 빠진다. 이 눈물도 없어지고 몸에 따뜻한 기운도 없어진다. 오늘 본 산과 들과 사람은 다 마지막 본 것이라. 나는 몇 시간 아니하여서 죽는다 하는 생각이 바늘 끝 모양으로 전신을 푹푹 찌른다. 내가 왜 났던고. 무엇하러 살아왔는고 하는 후회도 난다(87장).

영채의 눈에 석탄가루가 들어갔어요. 이를 계기로 그냥 우는 거죠. 자기 설움에 북받쳐서. 당시 정말 많은 사람들이 영채와 함께 울었을 것 같은데요.

영채가 평양행 열차를 탄 것은 대동강에 몸을 던지기 위해서였습니다. 그동안 형식을 지아비로 여기며 정절을 지켜왔지만 7년 만에 만난 형식이 자신을 그다지 반겨주지도 않고, 게다가 청량사에서 배학감 일행에게 정조마저 잃게 되자 영채는 실의에 빠지게 됩니다. 결국 삶의 의미를 잃고 대동강에 몸을 던지기로 결심하고 평양행 열차에 오른 길이죠. 그런데 갑자기 차창가에서 '석탄가루'가 날려와 눈에 들어가고, 영채는 지금껏 참았던 눈물을 한꺼번에 쏟아냅니다. 이때 영채가 흘리는 눈물은 단순히 석탄가루 때문이라기보다 그동안 목숨처럼 지켜왔던 정절의 덧없음에 대한 회한의 눈물이기도 합니다. 작가는 그것을 "지금껏 꿈속 같던 정신이 갑자기 쇄락하여지는 듯하였다"고 절묘한 표현으로 포착해내고 있는 것이시요.

그야말로 하나의 세계가 완전한 절망으로 들어가고 있는데, 그런데 이때 기대치 않았던, 자신의 운명을 바꾸어주는 인연을 만나게 되잖아요.

그렇습니다. 눈에 석탄가루가 들어가서 울고 있는 영채 앞에 병욱이라는 여성이 등장합니다. 병욱은 토쿄에서 음악을 공부하고 있는 근대적인 의식을 지닌 신여성입니다. 울고 있는 영채를 달래면서 자초지종을 듣던 병욱은 영채에게 형식을 사랑하느냐고 묻습니다. 그리고 대답을 망설이는 영채에게 사랑하지도 않는 사람을 위해 정절을 지키는 것은 낡은 사상의 속박이라며 속박을 깨고 '저를 위하여 사는 사람'이 되라고 영채를 설득하죠. 결국 영채는 평양까지 가지 않고 병욱의 집인 황해도 황주로 가게 되고, 한 달 남짓 병욱과 함께 황주에서 지내면서 일본에 유학하여 성악을 공부하기로 결심하게 됩니다.

그래서 결국 영채와 형식의 운명은 엇갈리게 됩니다. 형식은 영채를 찾으러 평양에 가지만 영채는 평양행 도중에 병욱과 만나 황주로 가게 되었으니까요. 그러나 덕분에 형식은 그토록 바라던 선형과 약혼하게 되고, 영채는 과거의 속박을 끊고 새 사람으로 거듭날 수 있게 되지요. 이 점에서 이러한 운명의 엇갈림은 두 사람의 운명적 만남을 예비한 것이기도 합니다. 선형과 약혼하여 미국 유학길에 오른 형식과, 병욱과 함께 일본 유학길에 오른 영채. 두 사람은 한날한시에 같은 기차를 타게 되어 다시 재회하게 되는데, 이 만남은 만일 형식이 선형과 약혼하지 않았다면, 또 영채가 병욱을 만나지 않았다면 불가능했을 사건이기 때문이지요.

# 극적 구성의 절정, 대단원－개인을 뛰어넘는 공동체의 발견

극적인 상황의 연속이라서, 연재를 읽는 독자들은 정말 흥미로웠겠어요. 이 것 때문에 당시『매일신보』보는 사람들이 많았을 것 같아요.

그렇습니다. 앞서도 말씀드렸듯이 연재 후반부에 원고료가 두 배나 올랐지요. 하지만『무정』의 극적 구성의 절정은 뭐니뭐니 해도 삼랑진 의 대단원을 꼽지 않을 수 없습니다. 문학사의 라이벌 김동인은『무 정』에 대해 줏대가 없는 주인공 이형식은 성격이 통일되어 있지 않다, 병욱은 이형식과 같은 성격의 주인공으로는 도저히 소설의 이상을 구현 하기 어려워서 급조해낸 인물이다, 영채가 자살하러 오른 기차에서 병 욱을 만나는 것은 '기차상의 기연奇緣'의 남발이다, 등등 시시콜콜 딴죽을 걸었습니다. 하지만 그랬던 김동인조차도 이 대단원에 대해서는 "춘원 의 전 작품을 통하여 유일한 '적절한 삽입'"(「춘원연구」, 1935)이었다고 칭 찬을 했지요.

정말 중요한 대단원을 보게 될 텐데요, 김동인도 칭찬했다는 절정 대목 들 어보겠습니다.

[낭독 5]
"아니, 저 물 보셔요!" 하고 병욱이가 가시 돋은 철사에 배를 대고 허리 를 굽히며 소리를 친다. 다른 세 사람도 속으로는 '저 물 보게' 하면서도 아

무도 입 밖에 말을 내기는 아니한다.

"저것 보게. 거기 저 집들이 반이나 잠겼습니다 그려!" 하고 마산선으로 갈려나가는 길가에 있는 초가집들을 가리킨다. 과연 대단한 물이로다. 좌우편 산을 남겨놓고는 온통 시뻘건 흙물이로다. (…중략…)

길 잃은 물은 사람 사는 촌중에까지 침입하여 사람들을 다 내어몰고 방안, 부엌, 벽장 할 것 없이 온통 점령하고 말았다. 그리고 집을 잃은 사람들은 모두 아이를 업고 늙은이를 이끌고 높은 데 높은 데를 찾아 산으로 기어오른다. (…중략…)

땅에 목말랐던 판에 먹을 수 있는 대로 실컷 물을 먹어서 무럭무럭하게 되었다. 마치 지심地心까지 들려졌을 것 같다. 하늘 위며 땅 밑이 온통 물 세상이로다. 이 물세상에 서서 사람들은 '어찌 되려는고'하고 하늘만 우러러 본다. 병욱은 다시

"이렇게 물이 많이 나서 흉년이나 아니 들까요" 하고 형식을 본다. 형식도 우적우적 높은 땅으로 기어오르는 사람들을 보고 섰다가 고개를 병욱에게 돌리며 "글쎄올시다. 이제라도 곧 비가 그쳤으면 좋으련만은 이제 하루만 더 오면 농사는 말이 아닐 것 같습니다."

이 말을 하는 동안에 세 처녀는 일제히 형식의 입을 바라본다. 그네의 속에는 개인을 넘어선 일종의 근심과 두려움이 찬다. '큰물', '흉년'하는 생각과 물소리와 뭉글뭉글하는 구름과 집을 잃고 높은 땅으로 기어오르는 사람은 그네로 하여금 개인이라는 생각을 잊어버리고 공통한 생각 (…중략…) 즉 사람으로 저마다 가지는 생각을 가지게 되었다(119장).

수해가 난 거죠? 선형과 형식, 영채와 병욱이 같은 기차를 타고 있었고, 재회한

두 사람의 심경이 복잡했을 것을 생각하면 참 아슬아슬한 대목이에요. 그런데 이 삼랑진의 수해가 모든 걸 삼키고 이 젊은이들을 하나로 만들어주는 거잖아요.

그렇습니다. 낙동강의 홍수로 선로가 파괴되어 기차가 삼랑진에 정차하는 바람에 주인공들이 바깥으로 나와 물구경에 나선 대목인데요. 『무정』의 대단원 하면 흔히들 삼랑진의 수해를 만나 힘없는 민족을 발견한 주인공들이 조선문명화의 사명을 깨닫고 교육과 실행에 나설 것을 다짐하는 장면, 예컨대 "힘을 주어야지요! 문명을 주어야지요!" "가르쳐야지요! 인도해야지요!" 이런 구절을 떠올립니다. 하지만 개인적으로는 주인공들에게 개인을 넘어선 공동체적 감각이 발아되는 순간을 포착하고 있는 이 대목에 좀더 주목하고 싶습니다.

주인공들이 민족의 계몽을 다짐하는 대목이 다소 직설적이라면, 이 물 장면은 묘하게 매력적인 게 해가 뜨면 별들이 다 지잖아요, 큰 문제가 생기면 작은 문제로 갈등하던 사람들이 합심해서 문제를 해결하려 드는 경향이 있는데, 이를 보여주는 대목으로 의미가 있다는 생각이 들어요.

동감입니다. 시작은 시간도 때울 겸 재미삼아 물구경을 나선 것인데, 막상 주인공들의 눈앞에 펼쳐진 것은 집이며 논밭을 모두 삼켜버린 거대한 물, 그리고 집을 잃고 높은 땅으로 기어오르는 무력한 사람들의 모습입니다. 이 비참한 풍경을 목도한 주인공들은 저도 모르는 사이에 "개인이라는 생각을 잊어버리고" "공통한 생각" 곧 "사람으로 저마다 가지는 생각"을 갖게 되는데, 타인의 불행에 공감하고 동정하는 능력이야말로 타고난 인간 본연의 성정이라는 작가의 인간관을 잘 보여주는 대목이라고 생각합니다.

삼랑진의 홍수가 단순한 자연재해는 아닐 거예요. 당시 우리 민족이 처했던 상황을 돌아보면.

말씀하신 것처럼 단순한 자연 재해가 아니라 제국주의 근대의 격랑에 휩쓸린 민족의 위태로운 운명을 상징합니다. 사실 주인공들에게 한 순간 마음속에 떠올랐던 '공통한 생각'은 일시적이고 구체적인 내용성도 없습니다. 물구경이 시들해진 주인공들은 금세 각각 저마다의 개인으로 돌아가고 말지요. 하지만 중요한 것은 한번 발아된 공동체적 감각은 주인공들의 마음속에 각인되고, 이후 수재민을 구호하기 위해 이들 주인공이 힘을 합쳐 자선음악회를 벌이는 활동과 더불어 활짝 개화된다는 점입니다. 그리고 이렇게 꽃을 피운 공동체적 감각은, 곤경에 처한 민족을 구제하는 길은 그들에게 '힘'과 '지식', '생활의 근거'를 주는 것, 곧 '조선문명화의 사명'에 대한 자각이라는 열매로 이어지고, 대단원은 이러한 민족적 사명감을 자각하게 된 주인공들이 유학의 길에 오르는 것으로 마무리되고 있지요. 근대적 연애를 통하여 자기 욕망에 충실한 근대적 개인의식에 눈떴던 주인공들은 이제 민족의 구제라는 시대적 요청에 직면하여 민족적 사명에 눈떠가는 인물로 성장하고 있는 것입니다. 이광수의 문명 지향성은 흔히 제국주의적 사회진화론이 추구하는 힘과 동일시되는 경향이 있는데, 이광수에게 문명은 어디까지나 민족의 운명을 개척하는 힘, 곧 독립과 자존의 능력과 동의어였다는 점을 기억하지 않으면 안 됩니다.

　그런데 제국주의 사회진화론이라고 하면?

　사회진화론은 적자생존의 개념에 기반한 다윈의 생물진화론을 사회에 적용시킨 이론으로 영국의 허버트 스펜서Herbert Spencer가 처음 주창했습니다. 생물진화론의 적자생존처럼 인간사회도 열등한 자는 도태되고 생존조건에 적합한 우월한 자가 살아남기 마련이라는 점을 강조하면서 19세기에서 20세기에 걸쳐 제국주의 열강들의 식민 지배를 정당화했던 이론이었지요. 이 점과 관련하여 이광수의 문명 지향성은 그 자체가 문명화의 논리를 승인한 것이라는 점에서 제국주의 근대의 질서에 종속된 식민성에 불과한 것이었다는 비판의 시각도 있습니다. 그러나 일찍이 스토의 『엉클 톰스 캐빈』을 자유와 해방, 문명화와 독립의 키워드로써 감동적으로 번역해낸 『검둥의 설움』(1913)의 선례가 보여주듯 이광수에게 문명은 독립과 자존의 능력과 동의어였고, 이 점이야말로 앞서 이광수 자신이 회고했던 '결코 입 밖에 꺼내 말할 수 없었던 민족적 동경'의 내용에 해당한다는 점을 강조해두고 싶습니다.

## 근대 문체의 확립자로서

옛 어투가 있긴 해도 『무정』은 지금 읽어도 무리가 없는 문장이잖아요. 이 소설이 중요한 이유가 근대 문체의 확립이라는 당대의 과제를 해결했다는 점도 크게 강조되지요?

그렇습니다. 앞서 제시한 낭독문은 표기법만 현대어로 바꾸었을 뿐 문체는 그대로 둔 것인데, 몇몇 곳에 여전히 고어체의 흔적이 남아 있기는 하지만 오늘날의 문체와 큰 차이가 느껴지지 않죠. 기본적으로 고전소설의 문체가 전지적 서술자의 입장에서 '-이라', '-더라'와 같이 초월적인 고어체를 사용하여 독자에게 이야기를 전달하고 있는 반면, 『무정』의 경우 객관적이고 중립적인 어말어미 '-다/ㅆ다'에 기반한 근대적인 문체를 구사하여 이야기 세계를 객관적으로 전달하고 있기 때문입니다.

1910년대 이러한 근대 문체의 확립이 가졌던 중요성은 어디 있는가 하면, 적어도 이광수에게 그것은 '독자적인 조선의 근대어'를 갖는다는 것을 의미했습니다. 당대 '조선인의 사상과 감정'을 표현하려면 독자적인 근대어가 필요하다는 것, 또 독자적인 근대어가 있어야 '후대에 전할 민족 고유의 정신적 유산'을 창출할 수 있다는 것이 당시 이광수의 생각이었지요. 이는 일차적으로 중화사상에 기반한 한문맥으로부터의 독립을 꾀한 것이었지만, 더욱 중요하게는 식민통치의 시작과 더불어 일본어를 '국어'로 강제했던 제국주의적 언어 편제에 대한 대항으로서의 성격을 띤 것이기도 했습니다.

당대 일본의 문학자들은 조선어를 '아일랜드어 부흥운동'과 같이 민족주의적 정치운동과 연계될 위험한 언어이자 일본어에 비해 현저하게 문학적 가치가 떨어지는 언어로 간주했습니다. 단적인 예로 메이지 시기 일본의 자연주의 문학자이자 평론가로서 와세다대학 문학부 교수를 지내기도 했던 시마무라 호게츠島村抱月는 조선의 문학 청년들을 향해 '문학적 가치가 있는 일본어'로 조선의 신문학을 건설하라고 역설하기도 했습니다. 그러나 조선의 문학 청년들의 생각은 당연히 달랐지요. 조선 신문학의 건설은 근대적인 조선어문을 정비하는 데서 시작한다는 것이 이들의 신념이었고, 이광수도 최남선의 선도적인 문체 실험을 적극 지지하면서『소년』,『아이들보이』,『새별』,『청춘』등의 지면에 영화, 연설, 서간, 번안・번역 등을 통해 다방면으로 근대 문체를 꾸준히 실험했습니다.『무정』에서 확립된 근대 문체는 그 소중한 결실로서, 1919년 3・1운동 이후 본격화된 조선어운동의 전개와 더불어 화려하게 꽃을 피운 문화운동의 초석이 되어줍니다. 오늘날 우리가 쉬운 한글문체로 다양한 사고와 감정을 자유롭게 표현할 수 있는 것도 물론 그 덕분이지요.

# 100년 후, 오늘날의 세상은

이제 이광수 소설『무정』의 후일담이랄 수 있는 마지막 장으로 가보겠습니다.

[낭독 6]

아아, 우리 땅은 날로 아름다워간다. 우리의 연약하던 팔뚝에는 날로 힘이 오르고 우리의 어둡던 정신에는 날로 빛이 난다. 우리는 마침내 남과 같이 번쩍하게 될 것이로다. 그러할수록에 우리는 더욱 힘을 써야겠고 더욱 큰 인물, 큰 학자, 큰 교육가, 큰 실업가, 큰 예술가, 큰 발명가, 큰 종교가가 나야 할 터인데. 더욱 더욱 나야 할 터인데. 마침 금년 가을에는 사방으로 돌아오는 유학생과 함께 형식, 병욱, 영채, 선형 같은 훌륭한 인물을 맞아들일 것이니 어찌 아니 기쁠까. 해마다 각 전문학교에서는 튼튼한 일꾼이 쏟아져 나오고 해마다 보통학교 문으로는 어여쁘고 기운찬 도련님, 작은 아씨들이 들어가는구나. 아니 기쁘고 어찌하랴.

어둡던 세상이 평생 어두울 것이 아니오 무정하던 세상이 평생 무정할 것이 아니다. 우리는 우리 힘으로 밝게 하고 유정하게 하고 즐겁게 하고 가멸하고 굳세게 할 것이로다.

기쁜 웃음과 만세의 부르짖음으로 지나간 세상을 조상하는『무정』을 마치자……

"어둡던 세상이 평생 어두울 것이 아니오 무정하던 세상이 평생 무정할 것이 아니다"라는 이광수의 믿음에 정말 힘을 보태고 싶은데요. 작가가 주인공을 선정하고 인물들을 만들면 거기에 애정을 바치게 마련인데, 이들의 무정한 세월이 결코 무정으로 끝나지 않을 것이라는 믿음과 희망을 보여주고 있네요.

그렇습니다. 오늘날의 우리 세대는 100년 전의 청년들이 그토록 염원했던 독립을 했고 근대화도 이뤘지요. 그런데 과연 오늘날의 우리는 100년 전의 무정한 세상에서 얼마나 멀어졌을까, 또 100년 전 『무정』의 청년 주인공들이 꿈꿨던 유정한 세상에 얼마나 가까워졌을까를 생각하면 마음이 무거워지는 것도 사실입니다. 오늘날의 세상 또한 여전히 무정한 세상처럼 여겨진다면 그 이유는 무엇인지, 또 그 무정한 세상을 유정한 세상으로 바꾸어 나가는 힘을 우리 세대는 어디서 찾아야 할지 등등 오늘날의 우리에게도 많은 것을 생각하게 만드는 구절이라고 생각합니다.

이광수의 『무정』 100주년을 앞두고 최주한 선생님과 완전 총정리를 한 기분이에요. 선생님은 어떻게 이광수를 연구하게 되셨나요?

한국사회에서 이광수에 대한 평가는 정치적으로는 친일협력자라는 반민족주의자의 낙인에서 자유롭지 못합니다. 게다가 한국 근대문학의 선구이자 사상가로서의 이광수의 업적이라는 것도 사회진화론으로 대변되는 서구 혹은 일본 근대문학과 사상의 이식과 모방일 뿐이라는 관점이 여전히 지배적이고요. 더욱이 사회진화론을 내면화한 서구 혹은 일본 근대문명의 추종자라는 2차 유학 시절의 이미지나 1921년 상하이에서의 귀국을 기점으로 한 독립운동의 배반자로서의 이광수의 이미지는 일제 말기 제국 일본의 힘을 추종하며 제국 권력에 투항해갔던 친일파라는 평가와 직결되기도 합니다.

그런데 이광수 연구자로서 오랫동안 이광수 주변을 맴돌았던 저는 이런 기존의 평가 앞에서 자주 막막한 기분이 되곤 했습니다. 저는 이광수에게서 제국이 강요한 생존 경쟁의 논리를 내면화한 사회진화론자라기보다 동서양의 보편주의에 기반해 근대 제국주의의 논리에 맞서고자 했던 인본주의자의 모습을 보았고, 식민사관을 내면화해 민족성을 폄하하는 데 앞장선 식민주의적 개조론자이기보다 우수한 민족성을 일깨우고 회복해 인류 보편의 문화에 기여하기 위한 일련의 문화적 기획에 분투했던 민족적 개조론자의 모습을 발견하곤 합니다. 또 일제 말기 전시동원체제 속에도 제국 일본의 힘에 대한 추종만으로는 해석하기 어려운 양가적인 실천의 국면들을 구사하는 전략적 타협가의 모습을 보았지요. 그렇다면 내가 보고 있는 이광수는 도대체 누구란 말인가. 이광수에 대한 기존의 평가와 주관적 직관 간의 괴리 사이에서 느낀 이런 혼란스러움을 정리해 보고 싶다는 생각, 또 마침 최근 5년 여간 이광수 관련 새로운 자료들이 다수 발굴되어 이광수의 새로운 면모를 볼 수 있는 여건이 마련되기도 해서 이를 동력삼아 지금까지 이광수 연구를 해오고 있습니다.

기존의 평가와 주관적 직관이 충돌할 때는 주관적 직관을 따라야 새로운 것이 나오지 않을까 싶은데요. "어둡던 세상이 평생 어두울 것이 아니오 무정하던 세상이 평생 무정할 것이 아니다", 이 문장을 품고 싶은 그런 시간입니다.

오늘 '인문의 숲을 거닐다'는 우리 근대 문체의 확립자, 소설가 춘원 이광수의 장편소설 『무정』 속을 함께 거닐어 보았습니다. 안내해 주신 분은 서강대 인문과학연구소 연구교수 최주한 선생님이었습니다. 고맙습니다.

감사합니다.

## Closing

오랜 세월 동안 삼랑진은 교통의 요충지였습니다.
부산에서 출발한 열차들은
삼랑진역에서 목포행과 서울행으로 갈라졌지요.
KTX 시대를 맞으며
기차역으로서 삼랑진역의 위세는
예전과 비할 수 없이 위축되고 말았습니다.
그렇게 세월은 지난날의 영화를 지워버렸는데,
여름마다 들려오는 잠수교 부근의 사고 소식만은
아직도 끊이지 않고 있지요.
삼랑진은 여름마다 장마철이면
이웃 고장 밀양으로 향하는 건널목인
다리가 물에 잠기곤 했습니다.
그 다리를 잠수교라 불렀는데요,
지금도 여름이면 그 다리 부근에서
인명 피해 소식이 들려오곤 합니다.

여러모로 무정의 시대는 현재진행형인 것 같습니다.

이주향의 인문학 산책 오늘 순서 여기서 문을 닫겠습니다.

고맙습니다.

## 초출일람

### 제1부_근대문학 형성기 문학장의 분할과 이원적 글쓰기

「이광수 초기 문장에 대하여」, 『이광수 초기 문장집』 II, 소나무, 2015.

「『검둥의 설움』과 번역의 윤리-정치학」, 『대동문화연구』 84, 성균관대 대동문화연구원, 2014.

「『무정』의 근대 문체와 서간」, 『서강인문논총』 42, 서강대 인문과학연구소, 2015.

「이광수의 이중어 글쓰기와 「오도답파여행」」, 『민족문학사연구』 55, 민족문학사학회, 2014.

「『경성일보』라는 매체와 이광수의 일본어 글쓰기-『경성일보』 소재 「차중잡감」(1918) 연작 기행
문에 대하여」, 『근대서지』 10, 근대서지학회, 2014.

「『독립신문』 소재 이광수 논설의 재검토」, 『민족문학사연구』 69, 민족문학사학회, 2019.

「『독립신문』 소재 단편 「피눈물」에 대하여」, 『근대서지』 19, 근대서지학회, 2019.

### 제2부_조선문단의 정착과 언어·문화적 경합

「이광수와 번역-『어둠의 힘』(1923)을 중심으로」, 『대동문화연구』 94, 성균관대 대동문화연구원, 2016.

「민중예술로서의 『허생전』(1924)」, 『민족문학사연구』 67, 민족문학사학회, 2018.

「문화횡단적 경합으로서의 『일설춘향전』(1925)-〈춘향전〉의 번역과 개작을 둘러싼 문화횡단적
경합을 중심으로」, 『민족문학사연구』 60, 민족문학사학회, 2016.

「이광수의 『단종애사』(1928)와 영월-부재하는 민족국가의 역사지리적 상상력」, 『대동문화연구』
101, 성균관대 대동문화연구원, 2018.

「이광수 민족 파시즘론 재고-『동광총서』(1933)을 중심으로」, 『대동문화연구』 105, 성균관대
대동문화연구원, 2019.

### 제3부_전시체제하 문학장의 변동과 경계의 글쓰기

「이광수 후기 문장에 대하여」, 『이광수 후기 문장집』 III, 소나무, 2019.

「『사랑』(1938), 또 하나의 전향서」, 『춘원연구학보』 13, 춘원연구학회, 2018.

「이광수의 친일문학을 다시 생각한다-『방송지우』 및 『일본부인』(조선판) 소재 조선어 단편을
중심으로」, 『근대서지』 6, 근대서지학회, 2012.

「중일전쟁기 이광수의 황민화론이 놓인 세 위치」, 『서강인문논총』 47, 서강대 인문과학연구소, 2016.

「신체제기 이광수 황민화론의 세 계기」, 『서강인문논총』 50, 서강대 인문과학연구소, 2017.

「토쿠토미 소호와 이광수」, 『춘원연구학보』 9, 춘원연구학회, 2016.

「이광수의 일본어 소설 『40년』(1944)의 서사적 간극에 대하여」, 『근대서지』 15, 근대서지학회, 2017.

「이광수의 「소녀의 고백」(1944) 다시 읽기」, 『민족문학사연구』 58, 민족문학사학회, 2015.

## 제4부_이광수 문학의 정치·문화적 반향들

「보성중학과 이광수―보성중학 관련 세 편의 자료를 중심으로」, 『근대서지』 11, 근대서지학회, 2015.

「『무정』 100년의 계보를 읽는다」, 『근대서지』 13, 근대서지학회, 2016.

「영화화된 〈무정〉(1939)의 역설」, 『근대서지』 14, 근대서지학회, 2016.

「박문서관과 이광수」, 『근대서지』 13, 근대서지학회, 2016.

「이광수 문장집의 어제와 오늘」, 『근대서지』 12, 근대서지학회, 2015.

「우리는 얼마나 잘못된 『사랑』을 읽고 있나」, 『근대서지』 17, 근대서지학회, 2018.

「『무정』의 숲을 거닐다」, 『근대서지』 14, 근대서지학회, 2016.